津田博幸編

経国集対策注釈

塙書房刊

序

本書は『経国集』巻二十に収められた二十六首の「対策」に全注釈を施したものである。『経国集』は天長四年(八二七)に成った勅撰の漢詩文集で、その書名は、周知のように魏・文帝「典論論文」の「蓋《けだ》し文章は経国の大業、不朽の盛事なり」(『文選』巻五二)に拠る。ここで言われる「文章」とは単なるドキュメントではなく、思想的にも文学的にも優れた言葉の連なりのことを指す。そのような言葉こそが「経国の大業」なのだと考えられていたのである。

『経国集』はもとは全二十巻あったが、残念ながら多くの巻が失われている(六つの巻のみが残存)。その中で、巻二十は「策下」として対策二十六首を収めて現存する。「対策」とは、賢人が皇帝の問い(「策」)に答えること(「対」)、または、その答えの「文章」のことをいう。皇帝の問いは国家経営の要点たる思想的・政策的問題をテーマとする。それに当代の賢者たちが答える、というのが「対策」の理念である。つまり、「対策」は文章経国思想の最も具体的な表れとして、その根幹をなす営為だった。古代日本では、現実には高級官吏登用のための論文試験、式部省が監理する「監試」(「考課令」の「凡試貢擧人」条)として行われた。『経国集』巻二十に収めるのはその答案だと考えられる。

『経国集』巻二十に収められた各対策の制作年は、慶雲四年(七〇七)から延暦二十年(八〇一)に渡る。ほぼ八世紀全般をカバーするこれだけの量の作品が現代に伝わったことは僥倖とすべきであろう。各対策の文体はいわゆる四六駢儷体で、四字句・六字句を中心に字数を整え、対句を駆使し（駢儷）、漢籍・仏典の典拠を踏まえた文学的文章である。そして、その華麗な文章によって思想的・政策的問題を論じている。その制作に大量の知識と優れた技量を必要とする文章であり、古代日本の知性の一つの精華といってよい。また、それだけに対策は読む側にもそれに見合う知識を要求する、やっかいな作品群である。日本古典漢文研究を代表する碩学・小島憲之氏もしばしば、自らの学力ではこれらの対策を読むのは難しいとの苦衷を表明されている。そのためか、これまで詳細な注釈的研究はあまり行われてこなかった。その唯一の例外として小島憲之氏の注釈があるが、二十六首全てに渡るものではなく、かつ複数の本に分かれて一首ずつの注釈が掲載され、また、未完のものや簡単に過ぎるものも含まれている。

このように『経国集』対策は難解な文章群であり、現代に至るまで完備した注釈書もなかった。したがって、これだけのボリュームをもつ貴重なテキスト群であるのに、文学史・思想史・古代史などの分野で研究対象になったり、言及されることが極めて少ない、というのが現状である。本書はこのような不幸な研究状況を打開するために企画された。

注釈作業に際して、最も意を用いたのは、典拠・用例の調査を徹底して行うことである。古典漢文の文学的文章は、先人の高潔・深淵な思考の中に参入し、彼らが用いた由緒正しく典雅な言葉を自らの内に引用することで成り立っている。「文章」とはそのような引用の織物（まさにテキスト）として作るものだ、というのが絶対的なルールだった。また、漢文は前近代の東アジアの共通言語であったから、漢文の「文章」を書くとはそのような国際的な普遍的言語空間に参入して自らを表現することでもあった。したがって、その注釈の中心的作業は、それぞれの語彙・語句が漢文の言語空間の中の何を基にしているのか、その原テキストの文脈上での意味は何か、また、原義そのままに用いているのか、ずらして用いているのかを検討しつつ、解釈を確定してゆくこととなる。逆に見れば、このような注釈作業を通して、古代日本の最高峰の知性たちがどのような言語空間を生きていたかが明らかになる、ということでもある。

この作業に際して、小島憲之氏の時代と現代では決定的に違う条件がある。現代は現存する漢籍・仏典のほとんどが電子テキスト化されて、公共のデータベースや市販のデータ集として利用可能で、用例検索が一瞬の内にできることである。本書はこの利点を徹底的に活用した。その点では、小島氏以前の諸研究より相当解明が進んだ部分はあると自負している。ただし、どれほど文明の利器を使っても、最後にものをいうのはデータを読む者の解釈力である。本書の執筆者たちの能力は小島氏には遙かに及ばないし、当該分野の現役の研究者諸氏、またこれから現れる後進たちにも及ばないだろう。しかし、誰かがそもそもの踏み石にならなければ研究は飛躍しないということもまた事実である。本書はそのような最初の踏み石になることを意図している。おそらく本書に含まれるだろうさまざまな誤りについて、研究の志を同じくする人々からの叱正を強く期待する。

なお、注釈執筆に際しては、学生・大学院生レベルの初学者の学習にも資し、できるだけ多くの人が研究の最先端にアクセスできるよう、引用する漢籍・仏典については句読点・返り点を付し、古くさい業界用語や気取り・韜晦はなるべく排し、全体としてわかりやすい記述を心がけた。

二〇一九年一月

津田博幸

注釈執筆者一覧（五十音順）

市田悟　一色知枝　稲生知子　遠藤慶太　奥田和広　木下綾子　笹生美貴子
佐藤信一　佐野誠子　津田博幸　布村浩一　保坂秀子　松田浩　三品泰子
村本春香　本橋裕美　山口敦史　山田純　湯浅幸代　尤海燕

目次

凡例

一　本書は『経国集』巻二十「策下」に訓読・現代語訳・注釈を施したものである。
二　底本は群書類従版本とし、以下の諸本と校合した。所蔵者等の詳細は、付載の「『経国集』諸本と巻第二十「策下」の本文整定」を参照されたい。閲覧・複写を許可された諸機関に感謝申し上げる。

〔諸本略号一覧〕（五十音順）

池田—池田家本　井上—井上頼圀旧蔵本　大倉—大倉本
鎌田—鎌田共済会本　河村—河村家旧蔵本　関西—関西大学所蔵本
菊亭—菊亭家本　久邇—穂久邇文庫本　慶長—慶長写本
小室—小室文庫本　塩釜—鹽竈神社本　彰考—彰考館本
諸陵—諸陵寮本　神宮—神宮文庫本　尊経—尊経閣文庫本
大学—大學校本　鷹司—鷹司家本　谷森—谷森善臣旧蔵本
多和—多和文庫本　帝慶—帝慶山弐百館本　東海—篠崎東海旧蔵本
内閣—内閣文庫本　中根—中根重成旧蔵本　南葵—南葵文庫本
萩野—萩野本　林氏—林家旧蔵本　東山—東山御文庫本

人見―人見卜幽軒本　　平松―平松家本　　文叢―本朝文叢本
蓬左―蓬左文庫本　　松井―松井簡治旧蔵本　　三手―三手文庫本
山岸―山岸徳平旧蔵本　　山口―山口県立図書館本　　柳原―柳原家本
祐徳―祐徳稲荷神社本　　陽三―陽明文庫三冊本　　陽二―陽明文庫二冊本
脇坂―脇坂家本

三　各対策の表題は、底本にもともと付されているものは「　」に入れて示し、それ以外は編者が適宜付したものである。

四　『経国集』巻二十は、同一作者の二首ずつの対策を順に並べている。各作者の一首目の冒頭に「作者解説」を付し、その中に制作年についての情報も記した。

五　本文はおおむね底本に基づくが、新字と同じ字体・異体字・俗字等の大部分は旧字に改めた。また、踊り字（反復記号）は漢字に改めた。本文に句読点・返り点を施し、対句がわかりやすいように配置した。よって、改行等のレイアウトは底本をまったく反映していない。なお、底本の表敬のための欠字（「聖朝」の前を一字分空けるなど）は底本の体裁通りにした。

六　訓読はあくまで翻訳であると考えて、現代通用の訓読法に拠り、古代日本の訓読法の復元はしていない。

七　注釈内に引用する漢籍・仏典・日本の古典籍の書名・原文は、現行のそれらの諸テキスト（書籍、電子データ）の実態に合わせて、できるだけ旧字体で表記し、句読点・返り点を施した。それ以外は新字体で表記した。

八　注釈は「対策」筆者たちの知的世界になるべく寄り添うことを心がけた。漢籍・仏典の書名・著者について、現代では変更されたり、誤りが指摘されている事柄もあるが、できるだけ古代日本の常識の側に立って記述した。例示すれば、『詩経』を『毛詩』、『書経』を『尚書』、『易経』を『周易』と呼び、『毛詩』の注釈者を毛公（毛亨と毛萇）、『尚書』のそれを孔安国とすることなどである。また、注釈に参照した漢籍・仏典がそもそも対策執筆者が目にしえたものかどうか（日本に伝来していたか否か）に関わる情報もできるだけ記述した。

九　注釈に引いた漢籍・仏典の筆者・注釈者については、各対策に初出の箇所でその人物が生きた国の名を表示した（「唐・李善」など）。ただし、『文選』『芸文類聚』などのアンソロジーに再収された作品の筆者名については、同名の場合がある国王等以外は、国名表示を省略した。

十　大正新脩大蔵経に収められている仏典については、引用した文章が載る巻・頁・段（上・中・下）を注記した。

十一　『孝経』のテキストは「古文」「今文」二種が伝わるが、対策執筆者がそのどちらに拠ったかは必ずしも明らかでない。よって、古文・今文の間で本文に異同がない場合は単に『孝経』と記し、異同がある場合はどちらからの引用か明示すべく『古文孝経』または『今文孝経』と記した。

十二　注釈に引用する漢籍・仏典についてはできるだけ複数のテキストを参照し、また、既存の注釈書類を参照したが、煩瑣を避けるため、特別な場合を除いてそれらはいちいち表示しなかった。

経国集対策注釈

経國集巻第廿目録

策下

駿河介正六位上紀朝臣眞象對策文二首

正六位上伊勢大掾栗原連年足對策文二首

正六位上行石見掾道守朝臣宮繼對策文二首

散位寮大属正八位上勳十二等大日奉舍人連首名對策文(1)二首

百濟君倭麻呂對策文二首

刀利宣令對策文二首

主金蘭對策文二首

下野虫麻呂對策文二首

葛井諸會對策文二首

白猪廣成對策文二首

船連沙彌麻呂對策文二首

蔵技美麻呂對策文二首

大神直虫麻呂對策文二首

（注）本目録を欠くのは、諸陵本のみである。（1）「文」は底本になし。諸本により補う。

1　紀真象・対新羅政策

〔作者解説〕

○策問執筆者　記載なく不明。

○対策者　紀《きの》真《ま》象《かた》　生没年未詳。『經國集』巻二十「策下」の目録に「駿河介正六位上紀朝臣眞象対策文二首」、対策文の書き出しに「文章生大初位上紀朝臣眞象」とある。2の左注によれば、本対策は天平宝字元年（七五七）十一月十日の作。なお平城宮跡式部省東方・東面大垣の発掘調査で東一坊大路西側溝（SD四九五一）から出土した木簡に「従七位下紀朝臣眞□《象カ》」と記すものがみえ、紀真象のことと推定される（山下信一郎「奈良・平城宮跡」、『木簡研究』二〇、一九九八年十一月。馬場基『平城京に暮らす　天平人の泣き笑い』、吉川弘文館、二〇一〇年）。

〔本文〕

經國集卷第廿

　策下

　對策

〔訓読〕

經國集卷第廿

　策の下

　對策

問。
三韓朝宗、爲レ日久矣。
占レ風輸レ貢、歳時靡レ絕。
頃蕞爾(1)新羅、漸闕二蕃禮一、
蔑二先祖之要誓一、
從二後主之迷圖一。
思下欲多發二樓船一、
遠揚二威武一、
斮二奔鯨於鯷壑一、
戮中封豕於雞林上。
但、
良將伐レ謀、
神兵不レ戰。
欲レ到二斯道一、何施而獲。
文章生大初位上紀朝臣眞象上。
臣聞、
六位時成、大易煥二師貞之義一、

問ふ。
三韓《さんかん》の朝宗《てうそう》せるは、日を爲すこと久し。
風を占《うら》へ貢《みつき》を輸《いだ》すは、歳時絕えず。
頃《このごろ》蕞爾《さいじ》たる新羅《しらぎ》、漸《やくやく》に蕃禮《ばんれい》を闕《か》き、
先祖の要誓《えうせい》を蔑《なみ》し、
後主の迷圖《めいと》に從へり。
多く樓船《ろうせん》を發《おこ》し、
遠く威武《ゐぶ》を揚げ、
奔鯨《ほんげい》を鯷壑《ていがく》に斮《き》り、
封豕《ほうし》を雞林《けいりん》に戮《ころ》さむと思欲《おもほ》す。
但し、
良將《りやうしやう》は謀《ぼう》を伐《う》ち、
神兵《しんぺい》は戰はず。
斯《こ》の道に到らむと欲《おも》へば、何を施《ほどこ》して獲むや。
文章生大初位上紀朝臣眞象上《たてまつ》る。
臣聞く、
六位《りくゐ》時に成り、大易《たいえき》は師貞《してい》の義を煥《あきら》かにし、五兵爰設、玄女開二武定之符一。
人稟二剛柔一、共二陰陽一而同レ節、
情分二喜怒一、與二乾坤一以通レ靈。
實知、
天生二五材一、民竝用レ之、
廢レ一不レ可、誰能去レ兵。
若其、
欲レ知レ水者、先達二其源一、
欲レ知レ政者、先達二其本一。
不レ然何以、
驗二人事之終始一、
究二徳教之汙隆一。
故、
追レ光避レ影而影逾興、
抽レ薪止レ沸而沸乃息。
何則、
極レ末者巧虧、
統レ源者効顯。

五兵《ごへい》爰《ここ》に設け、玄女《げんぢょ》は武定《ぶてい》の符を開く。
人は剛柔《がうじう》を稟《う》け、陰陽を共にして節を同じくし、
情は喜怒を分かち、乾坤《けんこん》と與《とも》にして靈を通はす、と。
實《まこと》に知りぬ、
天五材《ござい》を生じ、民竝びに之を用ゐ、
一を廢《す》つも可ならず、誰か能く兵を去らむや、と。
若《も》し其《そ》れ、
水を知らむと欲《おも》へば、先づ其の源に達《いた》り、
政を知らむと欲へば、先づ其の本に達らむ。
然らざれば何を以ちてか、
人事の終始を驗《かむが》へ、
徳教《とくけう》の汙《を》隆《りゅう》を究めむ。
故《かれ》、
光を追ひ影を避けて、影逾《いよいよ》興り、
薪を抽《ぬ》き沸《たぎ》るを止めて、沸り乃《すなは》ち息《や》みぬ。
何則《いかむとならば》、
末を極むれば巧虧《か》け、
源を統《をさ》むれば効顯《あら》はるればなり。

観夫夷狄難レ化、由來尚矣。
禮儀隔二於人靈一、
侵伐由二於天性一、
鴈門警レ火、獫狁猾(2)二於周民一、
馬邑驚レ塵(3)、驕子梗(4)二於漢地一。
自レ彼迄レ今、歷代不レ免。
其有下協二柔荒之本圖一、
悟二懷狄之遠筭一者上。
是蓋干戚(5)舞階之主、
江漢被化之君也。
故、
不レ血二一刃一而密須歸レ仁、
不レ勞二一戎一而有苗向レ德。
然則、
兜甲千重、虎賁百万、
蹴二蹋戎寇(6)之地一、
叱二咤鋒刃之間一、
徒見二師旅之勞一、

夫《か》の夷狄《いてき》の化し難きを觀《み》れば、由來は尚《ひさ》し。
禮儀は人靈《じんれい》に隔たり、
侵伐《しんばつ》は天性に由《よ》り、
鴈門《がんもん》火に警《いまし》め、獫狁周民《けんいんしゅうみん》を猾《みだ》し、
馬邑《ばいう》塵に驚き、驕子漢地《けうしかんち》を梗《ふさ》ぐ。
彼《か》れより今まで、歴代免がれず。
其《そ》れ、柔荒《じうくわう》の本圖《ほんと》に協《かな》ひ、
懷狄《くわいてき》の遠筭《ゑんさん》を悟る者有り。
是《こ》れ蓋《けだ》し干戚《かんせき》舞階《ぶかい》の主、
江漢《こうかん》被化《ひか》の君なり。
故《かれ》、
一刃《いちじん》に血《ち》ぬらずして密須《みつしゅ》仁に歸《おもむ》き、
一戎《いちじゅう》を勞《つか》らさずして有苗《いうべう》德に向《むか》ひぬ。
然れば則ち、
兜甲《じこう》千重、虎賁《こほん》百万、
戎寇《じゅうこう》の地を蹴蹋《しゅうとう》し、
鋒刃《ほうじん》の間を叱咤《しった》するも、
徒《いたづ》らに師旅《しりよ》の勞《つか》れを見、

遂無二綏寧之實一。
我國家、
子二愛海內一、
君二臨寓中一。
四二三皇一以垂風、
一二六合一而光宅。
青雲干[7]レ呂、異域多二問レ化之人一、
白露凝レ秋、將軍無二耀レ威之所一。
兵器鎖而無レ用、
戎旗巻而不レ舒。
別有二西北一隅、雞林小域一。
人迷二禮法一、
俗尚二頑兇一。
傲レ天侮レ神、逆二我皇化一。
爰警二居レ安之懼一、
仍想二柔レ邊之方一、
祕略奇謀、俯二訪淺智一。
夫以、

遂に綏寧《すいねい》の實《じつ》無からむ。
我が國家、
海内《かいだい》を子愛《しあい》し、
寓中《うちゆう》に君臨す。
三皇《さんくわう》を四として以て垂風《すいふう》し、
六合《りくがふ》を一《いつ》として光宅《くわうたく》す。
青雲《せいうん》呂《ろ》を干《おか》して、異域の化《くわ》を問《とぶら》ふ人多く、
白露《はくろ》秋に凝《こ》りて、將軍は威《ゐ》を耀《かかや》かす所無し。
兵器は鎖《と》じて用ゐる無く、
戎旗《じゆうき》は巻きて舒《の》べず。
別に西北の一隅に、雞林なる小域有り。
人は禮法《れいはう》に迷ひ、
俗は頑兇《ぐわんきよう》を尚《たふと》ぶ。
天に傲《おご》り神を侮《あなど》り、我が皇化《くわうくわ》に逆《さか》ふ。
爰《ここ》に安きに居るの懼《おそ》れを警《いまし》め、
仍《より》て邊《さかひ》を柔《やす》くするの方《のり》を想ひたまひて、
祕略奇謀《ひりやくきぼう》、淺智《せんち》を俯訪したまふ。
夫れ以《おもひみ》るに、

勢成而要レ功、非二善者一也。
戰勝而矜レ名、非二良將一也。
故、
擧二秋毫一者、不レ謂二多力一、
聽二雷電一者、不レ爲二聰耳一。
古之善戰者、
無二智力一、
無二勇功一。
謀二於未萌之前一、
立二於不敗之地一。
是以、
權或不レ失、市人可二駈而使一、
謀或不レ差、敵國可二得而制一。
發レ號施レ令、使二人皆樂一レ聞、
接レ刃交レ鋒、使二人皆安一レ死。
以二我順一而乘二其逆一、
以二我和一而取二其離一。
孫吳再生、不レ知下爲二敵人一計上矣。

勢ひ成りて功を要《もと》むるは、善者《ぜんしや》に非ざるなり。
戰ひ勝ちて名を矜《ほこ》るは、良將《りやうしやう》に非ざるなり。
故に、
秋毫《しうがう》を擧ぐる者は、多力《たりよく》と謂はず、
雷電《らいでん》を聽く者は、聰耳《さうじ》と爲さず。
古の善く戰ふ者は、
智力《ちりよく》無く、
勇功《ゆうこう》無し。
未萌《みばう》の前に謀り、
不敗《ふはい》の地に立つ。
是《ここ》を以ちて、
權《けん》或ひは失はざれば、市人《しじん》駈《か》りて使ふべく、
謀《ぼう》或ひは差《たが》はざれば、敵國《てきこく》得て制すべし。
號を發《おこ》し令を施《ほどこ》すに、人をして皆聞くを楽《よろこ》ばしめ、
刃を接《まじ》へ鋒《ほこ》を交《かは》すに、人をして皆死に安んぜしむ。
我が順を以て其の逆に乘り、
我が和を以て其の離を取る。
孫《そん》・吳《ご》再生するとも、敵人《てきじん》の爲に計ることを知らざらむ。

是百勝之術、
　神兵之道也。
於二臣之所一レ見、當今之略者、
　多發二船航一、
　遠跨二邊岸一。
　耕耘既(8)廢、民疲二(9)于役之勞一、
　(10)紡無レ脩、室盈二怨曠之嘆一。
　殆(11)乖二撫毗之術一、
　恐(12)貽二害仁之刺一。
誠宜下擇二陸賈出境之才一、
　用二文翁牧人之宰一、
　陳レ之以二德義一、
　示レ之以中利害上。
然後、
　啗以二玉帛之利一、
　敦以二和親之辭一、
　絕二其股肱之佐一、
　呑二其要害之地一、

是れ百勝《ひやくしよう》の術、
　神兵の道なり。
臣の見るところに於《お》いては、當今《とうこん》の略は、
　多く船航を發《おこ》し、
　遠く邊岸を跨《こ》えむ。
　耕耘《こううん》既に廢《すた》りて、民は于役《うえき》の勞に疲れ、
　紡織《ぼうしよく》脩《をさ》むる無く、室は怨曠《ゑんくわう》の嘆きに盈《み》つ。
　殆《ほとほと》に撫毗《ぶばう》の術《みち》に乖《そむ》き、
　恐らくは害仁《がいじん》の刺《そしり》を貽《のこ》さむ。
誠に宜しく陸賈《りくか》出境《しゆつきやう》の才を擇び、
　文翁牧人《ぶんをうぼくじん》の宰を用ゐ、
　之を陳《の》ぶるに德義を以てし、
　之を示すに利害を以てすべし。
然して後、
　啗《くら》はすに玉帛《ぎよくはく》の利を以てし、
　敦《あつ》くするに和親《わしん》の辭を以てし、
　其の股肱《ここう》の佐を絕ち、
　其の要害《ようがい》の地を呑まば、

則同二於檻獸一、自有二求レ食之心一、
類二於井魚一、詎有二觸レ綸之意一。
謹對。

則ち檻獣《かんじゅう》に同じく、自《おのづか》ら食を求むるの心有らむ、
井魚《せいぎょ》に類《たぐ》ひて、詎《なに》ぞ綸《いと》に触るるの意《こころ》有らむや。
謹《つつし》みて對《こた》ふ。

〔校異〕

（1）蕞爾―底本「蕞尒」。内閣により改める。
（2）火獫狁―底本「狁火獫」。諸本により、次のように改める。
・鴈門警狁火獫猾於周民（底本）
・鴈門警火／獫狁猾於周民（校訂本文）
（3）塵―底本「鹿」。諸本により改める。
（4）於―底本「放」。諸本により改める。
（5）干戚―底本・鎌田・萩野「千歳」。内閣・三手・関西・塩釜・人見・柳原により改める。
（6）寇―底本「冠」（傍書「穴イ」）。谷森・三手・脇坂・彰考により改める。
（7）干―底本「中」。内閣・諸陵・南葵・蓬左・平松・文叢・大倉・多和・人見、および典拠「青雲干呂」を勘案して改める。
（8）廢―底本ナシ。諸本により補う。
（9）民疲干―底本「甿之術」。「撫甿之術」の句重出、語順に乱れあり。諸本により次のように改める。
・耕耘既撫甿之術役之勞、紛織無脩、室盈怨曠之嘆／殆撫甿之術、恐貽貽害仁之刺（底　本）

・耕耘既廃、民疲于役之労／紡織無脩、室盈怨曠之嘆／殆乖撫眦之術、恐貽害仁之刺（校訂本文）

(10) 紡―底本「紛」。諸本により改める。

(11) 乖―底本ナシ。諸本により補う。

(12) 貽―底本「貽貽」。底本の重出とみて諸本により改める。

〔通釈〕

問う。三韓が（日本に）朝貢するのは、長く久しいことである。順風を占って貢ぎ物を納めることは、時節ごとに絶えることがなかった。（しかし）このごろ、卑小な新羅は、次第に蕃国としての礼を欠くようになってきた。先祖が誓約したことを軽んじ、後の君主の誤った方針に従っている。（そこで）軍船を多く発して遠くまで武威を宣揚し、逃げ泳ぐ鯨（新羅）を朝鮮の地（の海辺）で斬り、貪欲な猪（新羅）を新羅の地で殺そうと思う。ただし「良将は（戦う前に）陰謀を打ち破り、神のように勝れた兵は戦わない」（ともいう）。こちら（後者）の方法を実行しようとする場合、どのような政策を施せば成果を得られるだろうか。

文章生大初位上紀朝臣真象が奉る。

私は次のように聞いております。「易における六つの爻《こう》は時機に応じて定まり、偉大な『周易』には軍隊を正しく用いる意義を明示し、五種の兵器が設けられ、玄女は武力で平定するまじない札を開いた。人間というものは剛柔ふたつの性質をうけ、陰陽と同じに区別され、感情は喜怒に分かれて、天地の霊と心を通じているものなのだ」と。

まことに知りましたことは、「天は五つの元素を生じ、民はそれをすべて用い、一つとして廃することができず、

（金の元素から生じた）武器もいったい誰が無くせようか」ということです。

もし水を知ろうと思うならば、まずその水源に到達するべきでしょう。政治を知ろうと思うならば、まずその根本に練達するべきでしょう。それ以外のやり方では、どのようにして人の世のことがらの始めから終わりまでを調べ、道徳による教化の盛衰についての知を究められましょう。そこで、光を追って影を避けようとすると、（かえって）影はいよいよ大きくなり、（逆に）薪を引き抜いて沸騰を止めると、はじめてたぎりが鎮まるということになります。というのも、末端を極めるのは巧みさを欠くことであり、本源を統べるなら効果が現れるからです。

あの夷狄《いてき》の教化の難しさを見るに、その由来は久しい昔からのことで、礼儀（を知らぬこと）は人としての心から遠く離れ、侵略（を専らにすること）は天性のもの、（周の）鴈門《がんもん》の地では烽火によって警報し、（夷狄の）獫《けん》狁《いん》は周の民の生活を乱し、（漢の）馬邑《ばゆう》の城では（匈奴襲来の）砂塵に驚かされ、驕った匈奴は漢の地を（侵略して）塞ぎました。そのような時代から今まで、代々に渡って（夷狄の害を）免れなかったのです。

さて、遠い蛮族を手なづけるという本来の意図にかない、夷狄をなつかせる遠大な計略を悟った者がいました。これがおそらく、盾と鉞《まさかり》を取って階段で舞った主（舜と禹）、長江・漢水の流域に徳化を及ぼした君（周の文王）であります。そうして、一ふりの刃も血で染めることなく（蛮夷の）密須《みっしゅ》国は（周の文王の）仁に帰服し、一つの武器も使用することなく有苗《ゆうびょう》族は（舜や禹の）徳におもむいたのです。ですから、兕《じ》の皮の頑丈な鎧を千枚も重ね、勇猛な兵士を百万人も動員して、夷狄の浸食した土地を踏みにじり、ひしめく武器の中で怒号をあげてみたところで、いたずらに軍の疲弊を見るだけで、結局は安寧な世の実現はないでしょう。

わが今上陛下は、国内の民を子のように慈しみ、天地四方に君として臨んでいらっしゃいます。三皇に（陛下を）加えて四皇というべき（素晴らしい）感化を（天下に）施し、天地四方を一つにして居ながらに聖徳を遠くまで及ぼしていらっしゃいます。（春の）青い雲（陽の気）が（陰の音である）呂《りょ》を犯す頃には、夷狄の地から王化を慕って訪問してくる者が多く、白露が結ばれる（戦争の季節の）秋となっても、（平和であるため）将軍たちが武威を耀かせることもありません。武器はしまい込まれて用いられず、軍旗は巻かれたままでひろげることもありません。

そのようなわが国とは別に、西北の一隅に雞林（新羅）という小さな地域があります。その地の人々は礼儀の方法に迷い、風俗はかたくなで凶悪です。天におごり神をあなどり、わが陛下の徳化にも逆らうありさまです。そこで、（陛下は）安穏なときも将来の危機を懼れるよう警められ、そのため、（新羅という）辺境を懐柔する方策に思いをめぐらしなさって、秘蔵の優れた策略はないかと、浅薄な智恵（のわたくし）にご下問くださいました。

さて、考えてみますと、戦争で勢いに乗じて軍功を求めようとするのは、すぐれた人物ではありません。戦いに勝って名声を誇るのは、すぐれた将軍ではありません。それで、秋に生え替わった動物の毛のように細くて軽い物を持ち上げる者を力持ちとは言いませんし、雷鳴が聞こえる者を耳が聡いとは言わないのです。昔の戦《いくさ》上手は、（勝ちやすい状況を作って勝ったのであって）知謀の力もなく、武勇の功績もなかったのです。（彼らは）いまだ事が兆す前に謀《はかりごと》をめぐらし、けっして敗れることのない立場に立っていたのです。

こういうわけで、もし臨機の策が失策でないなら、市場にいる民であっても駆り立てて（兵士として）使いこなせるでしょうし、もし謀が的外れでないなら、互角の国であっても制圧できましょう。号令を発布して、皆にその号令を聞くことを楽しませ、刃《やいば》をまじえ鋒先をかわして、皆に死をも安らかと思わせることでしょう。われらの順境によって相手の逆境につけこみ、我らの調和によって相手の離反者を取りこみましょう。（そうなれば）たとえ孫子や呉子が（敵方に）再び生まれたとしても、敵（新羅）を利する計略は考えつかないでしょう。

これが百勝の術、神兵の道というものです。

わたくしが拝見いたしますに、現在の計略は、多くの船を出航させ、遠く（新羅）の海岸まで踏み越えようというものです。（それではわが国の）農耕がまったく廃れ、民は兵役に赴く苦労に疲弊し、機織りをすることもなくなり、家々は夫との離別の嘆きに満ちてしまいます。（これでは）民を安んじる政策からほぼ乖離し、仁徳を損《そこな》ったとの批判を（後世に）おそらく残すことになりましょう。

まことに、（南越を帰服させた）陸賈《りくか》のような外交の才覚を持つ者を択び、（蛮夷の蜀人を教育した）文翁《ぶんおう》のような地方官を用いて、新羅に徳義を陳べ、利害を示すべきです。そうした後に、（新羅に）玉器や絹織物の利をむさぼらせ、和親の言葉を手厚くしておいて、（新羅王と）輔佐の臣とのつながりを断ち切り、戦略上の要地を滅ぼしてしまえば、（新羅は）檻の中の獣と同じで、自ら（従順に）餌をねだる気持ちにもなりましょうし、（さらには）井戸の中の魚と同じで、釣り糸にかかる気持ちもなくすでしょう。

謹んでお答え申し上げます。

〔語釈〕

【問】

○**三韓朝宗　爲日久矣**　「三韓」は古代朝鮮の高麗・百済・新羅を指す。『日本書紀』「神功皇后摂政前紀」には三韓が日本に朝貢する起源を「従レ今以後、永稱二西蕃一、不レ絶二朝貢一。故因以定二内官家一。是所謂之三韓也」と記している。「朝宗」は諸侯が天子に拝謁すること。『周禮』「春官・大宗伯」に「以二賓禮一、親二邦國一。春見曰レ朝、夏見曰レ宗、秋見曰レ覲、冬見曰レ遇」、『文選』巻四〇、謝朓「拜二中軍記室一辭二隋王一牋」に「潢汙之水、願二朝宗一而每竭」とある。「爲日久矣」の用例は、『後漢書』巻六〇上「馬融傳」所引、馬融「廣成頌」に「闇昧不レ覩二日月之光一、聾昏不レ聞二雷霆之震一、于レ今十二年、爲レ日久矣」とあるなど。

○**占風輸貢　歳時靡絶**　「占風」は、ここは朝貢の航海のために風向きを占うこと。同様の文脈で用いた例として、『藝文類聚』巻一四「帝王部四・陳文帝」所引、陳・徐陵文帝「哀策文」に「帝載維遠、王靈維大。候レ雨占レ風、荒中海外、慓二彼鞮譯一、咸承二冠帶一。是曰二君臨一、斯爲二交泰一」とある。この語は古代日本の史料では『續日本後紀』承和九年（八四二）三月辛丑条、『日本三代實錄』貞観元年（八五九）五月十日条など渤海との外交文書に限って現れ、蕃国が航海して朝貢することを表現する常套句であったらしい。「輸貢」はミツキ（服属の証としての貢納物）を納めること。本対策以前の漢籍にほとんど用例を見ないが、『晉書』巻九七「四夷列傳・北狄・匈奴」に「其部落隨二所レ居郡縣一、使レ宰二牧之一、與二編戶一大同、而不レ輸二貢賦一」とある。「歳時」は毎年の四時の意だが、ここは、しかるべき歳のしかるべき時節に、ということ。類例は、『漢書』巻八九「循吏傳・文翁」に「文翁終二於蜀一、吏民爲立二祠堂一、歳時祭祀不レ絶」（文翁は後出。【対】の用文翁牧人之宰の項を参照）、『北史』巻五四「斛律金傳」子孫・羨の項に「天統元年五月、突厥可汗遣レ使請二朝貢一。自レ是歳時不レ絶」とあるなど。

○**蕞爾新羅　漸闕蕃禮**　新羅が日本に対し蕃国としての礼を欠くことをいう。本対策の五年前、『續日本紀』

天平勝宝四年（七五二）六月壬辰是日条に、新羅使に対する「言行怠慢、闕二失恒禮一」との非難が見える。「蕞爾」はちいさいさま。『春秋左氏傳』昭公七年に「鄭雖二無腆一、抑諺曰、蕞爾國」とあり、晋・杜預注が「蕞、小貌」とする。『日本書紀』欽明天皇二年四月に、朝鮮半島の金官（金海）を指して「南加羅、蕞爾狭小」とした例がある。同じく『日本書紀』欽明天皇二三年に「春正月、新羅打二滅任那官家一。夏六月、詔曰。新羅西羌小醜。逆レ天無狀。違二我恩義一、破二我官家一」とあり、新羅を蔑視・小国視している。「蕃禮」の用例は、『北史』巻九四「高句麗傳」に高句麗王・元について「徵レ元入朝、元懼、蕃禮頗闕。大業七年、帝將二討レ元罪一」とあるなど。

○蔑先祖之要誓　従後主之迷圖　先に触れた『日本書紀』「神功皇后摂政前紀」には、新羅国王が神功皇后に対して朝貢を誓約したことを「重誓之曰。（中略）殊闕二春秋之朝一、怠廢二梳鞭之貢一、天神地祇共討焉」とする。「要誓」は誓約。用例は、（漢民族から見た）北方の異民族同士の誓約の例だが、『三國志』「魏書」巻二六「田豫傳」に「鮮卑數十部（中略）割レ地統御、各有二分界一、乃共要誓、皆不レ得三以レ馬與二中國市一」とあるなど。「後主」は、ここは「先祖」の対で、後代の（現在の）新羅の君主を指す。「後主」の用例は『史記』巻一二二「酷吏列傳・杜周」に「前主所レ是、著爲レ律、後主所レ是、疏爲レ令。當レ時爲レ是。何古之法乎」とあるなど。「迷圖」は誤った方針。具体的には、新羅が「蕃国」に位置づける日本側に反発して外交上のトラブルを生じた八世紀の状況を指すのであろう。なお、「迷圖」をこのような文脈で用いた例は漢籍に未見。

○思欲　「思欲」は続く二つの対句（「戮中封豕於雞林」まで）にかかる。同様に対句にかかる用例は、『文選』巻四二、曹植「與二呉季重一書」に「思下欲抑二六龍之首一、頓二義和之轡一、折二若木之華一、閉中濛汜之谷上」とあるなど。

○多發樓船　遠揚威武　大軍を発遣する文脈で「多發」といった例として『漢書』巻四九「鼂錯傳」に（辺境への胡人の侵入について）「陛下不レ救、則邊民絶望而有二降レ敵之心一。救レ之、少發則不レ足、多發、遠縣纔至、則胡又已去」（唐・顔師古注「纔、淺也。猶レ言二僅至一也」）とある。「樓船」は水上の戦闘に用いたやぐらのある船。漢代には雑号将軍として「樓船将軍」があった。『漢書』巻九五「西南夷兩粤朝鮮傳・朝鮮」に「天子募二罪人一擊二朝鮮一。其秋、遣二樓船將軍楊僕一、從レ齊浮二勃海一、兵五萬、左將軍荀彘出二遼東一、誅二右渠一」（「右渠」は朝鮮王の名）などと見える。なお、この策問があった後に新羅遠征が計画され、船五百艘建造の命令と節度使任命、船・子弟・水手の検定がなされた（『續日本紀』天平宝字三年〈七五九〉九月壬午条、同五年〈七六一〉十一月丁酉条）。「遠揚」の用例は、『藝文類聚』巻六二「居處部・臺」、曹植「登臺賦」に「揚二仁化於宇內一、盡二肅恭於上京一。唯桓文之爲レ盛、豈足レ方二乎聖明一。休矣美矣、惠澤遠揚」とあるなど。「威武」は威力と武力をいう。『孟子』「滕文公下」に「富貴不レ能レ淫、貧賤不レ能レ移、威武不レ能レ屈、此之謂二大丈夫一」とある。

○斮奔鯨於鯷壑　戮封豕於雞林　　新羅人をイメージの良くない「奔鯨」「封豕」（クジラやイノシシ）に喩えている。「奔鯨」は逃げ泳ぐクジラ。『文選』巻三〇、謝朓「和二王著作八公山一」に「長虵固能翦、奔鯨自レ此濼」とあり、唐・李善注が「奔鯨、喩レ堅也」（晋に侵攻して破られた前秦の符堅を喩える）とする。同注は続けて「左氏傳、申苞胥如レ秦乞レ師曰、吳爲二封豕・長蛇一、以荐食二上國一」とし、「奔鯨」「封豕」の両語が一つの注の中に見える。「鯷壑」の「鯷」はナマズまたはイワシ、「壑」は谷間または穴のことだが、「鯷壑」で高麗・渤海などの朝鮮半島を指す異名とみられる。貞観一九年（六四五）に高麗親征から凱旋した唐・太宗が発布した「班師詔」に「悍彼島夷、僻二居鯷壑一」（『全唐文』巻七。本詔には「豈有下恣二欲稜威一、取二鯨鯢一而竭レ澤、覆レ巣探レ穴、罄二鷹卵一以塗レ原者上乎」と、悪人・敵国をクジラに喩える表現も見える）、垂拱年間（六八五～八）に在世の人とされる唐・龐行基「大唐故上護軍龐府君墓誌銘序」に「三韓未レ坿、鯷壑驚レ波、九種猶迷、鼇津駭レ浪。公荷二霜戈一而奮レ武、揮二星劍一以臨レ戎」（『唐文拾遺』巻一七）、『北堂書鈔』巻一五八「地理部二・海」に「鯷壑。漢書云、會稽海外有二東鯷壑㆒。分爲㆓二十餘國㆒、以㆓歳時㆒來獻」（『初學記』巻六「地部中・海・事對」にもほぼ同文あり。なお、現行本『漢書』巻二八下「地理志下」は「會稽海外有㆓東鯷人㆒」に作る）などとある。また、高句麗人である泉男生の墓誌銘に「鯷壑擢㆑鱗、遷㆑舟遽㆑遠」（国史編纂委員会『韓国古代金石文資料集』Ⅰ、時事文化社、一九九五年）、『経國集』巻第一一、滋野貞主「春日奉㆑使入㆓渤海客館㆒」に「鯷壑難辛孤帆度、鯨濤殺怕遠情傳」などの例が指摘できる。「封豕」は大きな猪。『文選』巻八、司馬相如「上林賦」の「射㆓封豕㆒」に李善注が「郭璞曰、封豕、大豬也」とする。ここは、貪欲なものの喩え。（「奔鯨」への『文選』李善注に引かれていた）『春秋左氏傳』定公四年に「吳爲㆓封豕・長蛇㆒、以荐食㆓上國㆒」とあり、杜預注が「荐、數也。言㆔吳貪害如㆓蛇・豕㆓」とする。「雞林」は新羅の別名。『三國史記』巻三四「地理一」や『三國遺事』巻一「紀異常一・金閼智・脱解王代」には、鶏が始林の中に鳴き、そこで新羅の王室金氏の祖となる男児（閼智）がいたと伝承される。この降臨伝承により新羅を「雞林」と称し、唐は新羅の文武王を「雞林州都督」に任じた（『舊唐書』巻一九九上「東夷列傳・新羅」）。『日本書紀』にも、崇神天皇六五年七月に「任那者、去㆓筑紫國㆒二千餘里、北阻㆑海以在㆓鶏林之西南㆒」とある。

○良將伐謀　神兵不戰　『孫子』「謀攻」の「不㆑戰而屈㆓人之兵㆒、善之善者也。故上兵伐㆑謀、其次伐㆑交、其次伐㆑兵、其下攻㆑城」を踏まえたもの。直接的な軍事行動に移る前に、敵が陰謀を企てている間にその陰謀を伐って帰服させることを優先している。『漢書』巻四五「息夫躬傳」の「下㆓其章諸將軍㆒、令㆓匈奴客聞㆒焉。則是所謂、上兵伐㆑謀、其次伐㆑交者也」への顔師古注に「言、知㆓敵有㆑謀者㆒、則以㆑事而應㆑之、沮㆓其所㆒㆑爲、不㆑用㆓兵革㆒、所㆓以爲㆑貴耳」とある。「良將」はすぐれた将軍、名将。『孫子』「火攻」に「明主慮㆑之、良將修㆑之、非㆑利不㆑動、非㆑得不㆑用、非㆑危不㆑戰」、『六韜』「龍韜・軍勢」に「善勝㆑敵者、勝㆓於無㆒㆑形。上戰無㆓與戰㆒。故爭㆓勝於白刃之前㆒者、非㆓良將㆒也」などとある。「神兵」の「神」は『後漢書』巻一下「光武帝紀」の「贊」の

「神旌乃顧、遞行二天討一」に唐・李賢注が「稱レ神者、猶レ言二神兵・神筭一也」とするように美称だが、『後漢書』巻七一「皇甫嵩傳」に「兵動若レ神、謀不二再計一、摧レ強易二於折レ枯、消レ堅甚二於湯レ雪、旬月之間、神兵電埽、封レ尸刻レ石、南向以報」、『日本書紀』「神功皇后摂政前紀」に、新羅王が「吾聞、東有二神國一、謂二日本一。亦有二聖王一、謂二天皇一。必其國之神兵也」と語ったなどともあり、神のように勝れているとの含みがあろう。

○欲到斯道　何施而獲　「斯道」は前句の「伐謀」「不戰」の「道」。『論語』「雍也」の「子曰、誰能出不レ由レ戸、何莫レ由二斯道一也」に拠る語。本対策では王の採るべき政策を指しているが、そのような文脈で用いた例としては、『後漢書』巻三「章帝紀」、元和元年の改元詔に「永惟二庶事一、思レ稽二厥衷一、與二凡百君子一、共弘二斯道一」（「斯道」は「衷」の道＝中道）とあるなど。「何施」を本対策のように政策実現の方策を問う文脈で用いた例としては、『漢書』巻六「武帝紀」元光元年の賢良への詔に「朕聞、昔在唐虞、畫レ象而民不レ犯。（中略）星辰不レ孛、日月不レ蝕、山陵不レ崩、川谷不レ塞、麟鳳在二郊藪一、河洛出二圖書一。嗚虖、何施而臻レ此與」とあるなど。

【対】

○臣聞　対策の書き出しと結びの形式は、『経國集』巻二〇では、（「問」に対し）「對」で書き出し「謹對」で結ぶのが定型である。ところが紀真象の対策二首は「臣聞」で書き出し「謹對」と結んでおり、小島憲之は「紀眞象の筆癖によるのか、時代によるのか、理由はよくわからない」とする（『国風暗黒時代の文学　補篇』四二三頁）。なお、21・22の船沙弥麻呂対策も同じ形式である。

○六位時成　大易煥師貞之義　「六位」は易の六四卦それぞれの六つの爻《こう》（陰・陽を表す記号）の位置。『周易』「乾」の彖《たん》伝に「彖曰、大哉乾元。萬物資始、乃統レ天。雲行雨施、品物流レ形。大明二終始一、六位時成」とあり、陰・陽それぞれが時機に応じて六爻のあるべき位置に定まることをいう。「大易」は大いなる易、『周易』の別称。「師貞之義」は正しく軍隊を用いる意義のこと。『周易』

「師」に「師、貞。丈人吉、无レ咎」とあり、その彖伝に「師、衆也。貞、正也。能以レ衆正、可二以王一矣」とあり、正しく軍を率いれば王者たりうる、としている。

○**五兵爰設　玄女開武定之符**　「五兵」は五種類の兵器。その内容については諸説あり、『周禮』「夏官・司兵」の「五兵」に後漢・鄭玄注は「五兵者、戈・殳・戟・酋矛・夷矛」、『漢書』巻六四上「吾丘壽王傳」の「五兵」に顔師古注は「五兵、謂二矛・戟・弓・劍・戈一」とする。「玄女」は神話上の人首鳥形の仙女。黄帝に兵法や房中術を授けた話、また、玄女にちなんだ兵法書の名が諸書に散見する。たとえば、『藝文類聚』巻二「天部下・霧」所引『黄帝玄女之宮戰法』に「黄帝與二蚩尤一對、力戰九不レ勝。黄帝歸二於太山一、三日三夜、天霧冥冥。有二一婦人一、人首鳥形。黄帝稽首再拜、伏不二敢起一。婦人曰、吾所謂玄女者。子欲二何問一。黄帝曰、小子欲二萬戰萬勝、萬隱萬匿一。首當二何從起一」とある。「玄女」と「符」については、『藝文類聚』巻一一「帝王部一・黄帝軒轅氏」所引『龍魚河圖』に「天遣二玄女下一、授二黄帝兵信神符一。制二伏蚩尤一、帝因使下之主レ兵、以制中八方上」、『北堂書鈔』巻一一三「藝文部・符」、「玄女出行」に「河圖記云。玄女出行二信符一。黄帝得レ之、以剋二蚩尤一」などとある。「武定」は武力で平定すること。『尚書』「虞書・大禹謨」、「益曰、都帝德廣運、乃聖乃神乃武乃文」への前漢・孔安国伝に「益因二舜言一、又美レ堯也。廣謂二所レ覆者大一、運謂二所レ及者遠一、聖無レ所レ不レ通、神妙無レ方、文經二天地一、武定二禍亂一」、『文選』巻四六、顔延之「三月三日曲水詩序」に「高祖以二聖武一定レ鼎、規同二造物一」などとある表現に学んでいよう。「武定符」は、戦争に効能のあるまじない札の類であろう。『後漢書』巻八二上「方術列傳」の序、「至二乃河洛之文、龜龍之圖、箕子之術、師曠之書、緯候之部、鈐決之符一、皆所下以探二抽冥賾一、參中驗人區上、時有二可レ聞者一焉」の「鈐決之符」への李賢注に「兵法有二玉鈐篇及玄女六韜要決一曰、太公對二武王一曰。主將有二陰符一。有二大勝得レ敵之符一、符長一尺。有二破レ軍禽レ敵之符一、符長九寸。有二降レ城得レ邑之符一、符長八寸。有二却レ敵執レ遠之符一、符長七寸。有二交レ兵驚レ中堅守之符一、符長六寸。有下請二粮食益レ兵之符上、符長五寸。有二敗レ軍亡レ將之符一、符長四寸。有下失二亡吏卒一之符上、符長三寸」と玄女の名を冠する兵書から種々の符を紹介している。なお、玄女の符を開くという表現が、本対策よりやや遅れるが、唐・孟郊（七五一～八一四年）「獻二漢南樊尚書一」に「天下昔崩亂、大君識二賢臣一、衆木盡搖落、始見二竹色眞一。兵勢走二山嶽一、陽光潛二埃塵一、心開二玄女符一、面二縛清波人二」（『全唐詩』巻三七七）とある。

○人稟剛柔　共陰陽而同節　「剛柔」は万物を作り出す二気である陰陽を言い換えたもの。『淮南子』「精神訓」に「剛柔相成、万物乃形」とあり、後漢・高誘注が「剛柔、陰陽也」とする。易の説明にしばしば用いられ、『周易』「繫辭上」には「天尊地卑、乾坤定矣。卑高以陳、貴賤位矣。動靜有レ常、剛柔斷矣。（中略）是故、剛柔相摩、八卦相盪」とある。『文選』巻五〇、沈約「宋書謝靈運傳論」に「史臣曰、民稟二天地之靈一、含二五常之德一、剛柔迭用、喜慍分レ情」とあり、次項の二句も含めた対はこれを参照している可能性があろう。「同節」は区切り・分節を同じくすること。『禮記』「樂記」に「大樂與二天地一同レ和、大禮與二天地一同レ節」とあり、鄭玄注が「言順二天地之氣一與二其數二」、唐・孔穎達疏が「天地之形各有二高下大小一爲二限節一。大禮辨二尊卑貴賤一與二天地一相似。是大禮與二天地一同レ節也」とする。

○情分喜怒　與乾坤以通靈　「喜怒」は、『漢書』巻二二「禮樂志」に「人函二天地陰陽之氣一、有二喜怒哀樂之情二」（顏師古注「函、包容也」）、『晉書』巻一九「禮志上」に「夫人含二天地陰陽之靈一、有二哀樂喜怒之情二」などとあり、陰陽論によって説明されている。なお、前項に引いた『文選』「宋書謝靈運傳論」の「喜慍分レ情」を参照。「乾坤」は易の卦で天地をあらわす。『周易』「說卦傳」に「乾、天也。故稱二乎父一。坤、地也。故稱二乎母二」とある。「通靈」は神霊と心を通わすこと。『三國志』巻二九「魏書・方技傳・管輅」の宋・裴松之注に「輅荅曰。夫天雖レ有二大象一、而不レ能レ言。故運二星精於上一、流二神明於下一、驗二風雲一以表レ異、役二鳥獸一以通レ靈。表レ異者必有二浮沈之候一、通レ靈者必有二宮商之應二」、同「輅言。吾與二天地一參レ神、著龜通レ靈。抱二日月一而遊二杳冥一、極二變化一而覽二未然一」、『宋書』巻九九「二凶列傳・元兇劭」に「有二女巫嚴道育一、本吳興人、自言レ通レ靈、能役二使鬼物一」、『文選』巻一六、潘岳「寡婦賦」に「願二假レ夢以通一レ靈兮、目烱烱而不レ寢。（中略）亡魂逝而永遠兮、時歳忽其遒盡」などとある。

○天生五材　民竝用之　廢一不可　誰能去兵　『春秋左氏傳』襄公二七年に「天生二五材一、民竝用レ之。廢レ一不可、誰能去レ兵」とあるのにそのまま拠っている。「五材」は五つの元素、五行に同じ。右の「五材」に杜預注が「金木水火土也」とする。

○欲知水者　先達其源　欲知政者　先達其本　文意は明快だが、類似の表現は漢籍・仏典ともに未見。水の源を知ると述べる例は、本対策と同時代の成立だが、唐・湛然『止觀輔行傳弘決』に「深水曰レ淵、水本曰レ源。見二衆生病一知二病根本一、如三人見レ水知二水源底一」（大正藏四六巻三四六頁上～中）とあるなど。政の本を知ると述べる例は、『晉書』巻三三「何曾傳」に「漢宣稱曰、百姓所下以安二其田里一、而無中歎息愁恨之心上者、政平訟理也。（中略）此誠可レ謂レ知二政之本一也」とあるなど。「源」「本」に達すると述べる例は、『文選』巻二二、沈約「鍾山詩應二西陽王教一」の「多値二息心侶一、結二架山之足一」に李善注が「大灌頂經曰、息レ心達二本源一、故號爲二沙門一」とするなど。

○驗人事之終始　究徳教之汙隆　「人事之終始」は人の世のことがらの全体。『周易』「歸妹」の彖伝に「歸妹、人之終始也」、『文選』巻一六、潘岳「閑居賦」に「闚二天文之祕奧一、究二人事之終始一」などとある。「徳教」は道徳による教化。『漢書』巻二二「禮樂志」に「王者承二天意一以從レ事。故務二徳教一而省二刑罰一」とある。「汙隆」は低と高、控え目と盛ん。「汚隆」にも作る。『禮記』「檀弓上」に、「昔者吾先君子、無レ所レ失レ道。道隆則從而隆、道汚則從而汚」（鄭玄注「汚、猶レ殺也。有レ隆有レ殺。進退如レ禮」）、『文選』巻五五、劉峻「廣絕交論」に「蓋聖人握二金鏡一闡二風烈一、龍驤蠖屈、從レ道汙隆」（李善注「聖人懷二明道一、而闡二風化一、如二龍蠖之驤屈一。蓋從二道之汙隆一也」）などとある。

○追光避影而影逾興　抽薪止沸而沸乃息　ものごとは根本に働きかけることが重要だということを、光と影・薪と沸騰する湯の譬喩で述べる。「追光避影而影逾興」の類例は、唐・玄嶷「甄正論」に「趨レ日避レ影重覺二心勞一、欲レ隱而彰レ僞跡逾顯」とある（大正蔵五二巻五六三頁下）。「抽薪止沸」は、『三國志』巻六「魏書・董卓傳」の裴松之注が引く董卓の表に「揚レ湯止レ沸、不レ如二滅レ火去一レ薪」とある。故事成語の「抽薪止沸」（物事を根本から解決すること）はこれが出典である。

○極末者巧虧　統源者効顯　「極末」の例は、『弘明集』巻九、蕭琛「難二范縝神滅論一」に「思二息レ末以尊一レ本、不二抜レ本以極一レ末」（大正蔵五二巻五八頁上）とあるなど。「巧虧」という言い回しは本対策以前の漢籍・仏典に未見。「統源」は『宋書』巻二〇「樂志二」の「大會行禮歌二章」に「大哉皇宋、長發二其祥一、纂レ系在レ漢、統レ源伊唐」、仏典では、法琳『辯正論』巻一に「利レ生救レ苦則以二慈悲一統レ源」（大正蔵五二巻四九二頁上）とある。「効顯」の例も少ないが、『魏書』巻一〇七下「律暦志三下」に「撥レ亂反レ正、決レ江疏レ河、效顯勤レ王、動彰濟レ世」とある。

○観夫夷狄難化　由來尚矣　「観夫」を小島憲之は「観《み》るに夫《そ》れ」と訓み、「『夫』は語調を整へる助字」として、「用例の検出は後考を俟つ」とする（『国風暗黒時代の文学　補篇』四二九頁。なお、『上代日本文学と中国文学下』一四二五頁では「観《み》れば夫《そ》れ」と訓む）。しかし、「観夫〇〇」は「観二夫〇〇一」（夫《か》の〇〇を観るに。「夫」は代詞）ととるのが通説である。たとえば、『後漢書』巻六「順帝紀」に「論曰、古之人君、（中略）能中二興其業一。観二夫順朝之政一、殆不レ然乎。何其傚レ僻之多與」に吉川忠夫訓注『後漢書』第二冊（岩波書店、二〇〇二年）の訓読は「夫の順朝の政を観るに」、『續高僧傳』巻四「譯經篇」の「論」の書き出し「論曰、観二夫翻譯之功一、誠遠大矣」に吉村誠・山口弘江訳注『新国訳大蔵経　続高僧伝I』（大蔵出版、二〇一二年）の訓読は「夫の翻譯の功を観るに、誠に遠大なるも」とあるなど。ここはひとまず通説に従っておく。「夷狄」は中国周辺の異民族、王化に浴していない民を見下した言葉。『漢書』巻九四上「匈奴傳上」に「夷狄譬如二禽獸一、得二其善言一不レ足レ喜、惡言不レ足レ怒也」、同・巻九四下「匈奴傳下」に「春秋内二諸夏一而外二夷狄一。夷狄之人貪而好レ利、被髮左衽、人面獸心。其與二中國一殊二章服一、異二習俗一、飲食不レ同、言語不レ通」などという評価を見る。問で新羅を獣扱いしていることに対応して、策では日本を中華、新羅を夷狄にあてはめている。「尙矣」は、同「匈奴傳上」に「自二淳維一以至二頭曼一千有餘歲、時大時小、別散分離、尙矣」（顔師古注「尙、久遠」）。「淳維」「頭曼」は匈奴の王の名。『史記』巻一一〇「匈奴列傳」に同文あり）、同「匈奴傳下」に「難二化以一レ善、易二誊以一レ惡」、同「贊」に「久矣、夷狄之爲レ患也」などとあるのを参照した可能性もあろう。

○禮儀隔於人靈　侵伐由於天性　「人靈」は人間の精神、または、精神的存在としての人間。『後漢書』巻五九「張衡傳」の「贊」に「三才理通、人靈多レ蔽」（李賢注「三才、天・地・人。言、人雖下與二天地一通爲中三才上、而性靈多蔽、罕三能知二天道一也」）、『文選』巻五五、劉峻「廣絕交論」に「比二黔首一以二鷹鸇一、媲二人靈於豺虎一」とあり、李善注が「尙書曰、惟人萬物之靈」とする。「侵伐」は他国を侵略すること。「天性」は持って生れた性質。『漢書』巻九四上「匈奴傳上」に、匈奴を「其俗、寬則隨レ畜、田二獵禽獸一爲二生業一、急則人習二戰攻一以侵伐、其天性也。其長兵則弓矢、短兵則刀鋋。利則進、不利則退、不レ羞二遁走一。苟利所レ在、不レ知二禮義一」（『史記』巻一一〇「匈奴列傳」に同文あり）と評するのを参照した可能性があろう。

○鴈門警火　獫狁猾於周民　以下の四句は、中国で異民族（獫狁・驕子）が国境地帯（鴈門・馬邑）を侵略し、民や土地を荒らした故事をいう。「鴈門」は現在の山西省代県の西北にあった関所で、匈奴と漢との戦場となった。『漢書』巻五「景帝紀」中元元年に「六月、匈奴入二鴈門一、至二武泉一、入二上郡一、取二苑馬一。吏卒戰死者二千人」などと見える。「警火」は本対策以前の漢籍・仏典に用例を見出せず。『漢書』巻九四下「匈奴傳下」の「初北邊、自二宣帝一以來數世、不レ見二煙火之警一、人民熾盛、牛馬布レ野」、『隋書』巻五五「乞伏慧傳」の「突厥屢爲二寇抄一。慧、於レ是嚴警二烽燧一、遠爲二斥候一」などの例から、烽火により警報することと解しておく。「獫狁」（「玁狁」「獫充」とも）は周代の異民族の称で、後の匈奴と同じとされる。『毛詩』「小雅・鹿鳴之什・采薇」の序に「文王之時、西有二昆夷之患一、北有二玁狁之難一」、詩に「靡レ室靡レ家、玁狁之故。不レ遑二啟居一、玁狁之故」（前漢・毛公伝「玁狁、北狄也」）、『漢書』巻七三「韋賢傳」に「臣聞、周室既衰、四夷竝侵。獫狁最彊。於レ今匈奴是也」、同・巻九四上「匈奴傳上」に「唐虞以上有二山戎・獫允・葷粥一」（顏師古注「皆匈奴別號。獫、音險」）などとある。「周民」は周の民。『史記』巻四「周本紀」に「周君王赧卒、周民遂東亡」、『文選』巻四九、干寶「晉紀総論」に「周民從而思レ之曰、仁人不レ可レ失也」などとある。小島憲之は慶長本の「周氏」を採るが（『国風暗黒時代の文学補篇』四三一頁）、底本のままで文意は通ること、および、「周氏」に作るのは慶長・林氏・萩野・中根・脇坂・大倉にとどまり、他の諸本は「周民」で一致することから、底本のままとする。

○馬邑驚塵　驕子梗於漢地　「馬邑」は鴈門郡に属した城邑の名前。『漢書』巻二八下「地理志下・鴈門郡」に「縣十四。（中略）馬邑」と見え、顏師古注が「晉太康地記云、秦時建二此城一、輒崩不レ成。有レ馬周旋馳走反覆。父老異レ之、因依以築レ城。遂名爲二馬邑一」とする。また、同・巻九四上「匈奴傳上」に漢・高祖の時のこととして「漢初定、徙二韓王信於代一都二馬邑一。匈奴大攻圍二馬邑一、韓信降二匈奴一」とある。後、漢は武帝の時に単于を誘い出して討つ計画を立てて失敗し（馬邑の役）、以後は漢と匈奴は交戦状態となった。「驚塵」は匈奴の襲来を示す砂塵に驚くことと解す。「驚塵」を戦乱の象徴として表現した例に、本対策以前の伝来は未詳だが、唐・駱賓王「兵部奏姚州破二賊設蒙儉等一露布」に「獨率二馬軍一、憑レ川轉レ鬪、驚レ塵亂起、六合爲レ之寢レ光、殺氣相稽、四溟由レ是變レ色」（『全唐文』巻一九九）とある。「驕子」は思い上がった子。『漢書』巻九四上「匈奴傳上」

に、狐鹿姑単于が漢に送ってよこした書簡の文言として「南有二大漢一、北有二強胡一。胡者天之驕子也。不下爲二小禮一以自煩上」と、匈奴がみずからを「驕子」と称した言葉が見える。「漢地」は漢の領土。『漢書』巻九四上「匈奴傳上」に、漢・高祖から賄を贈られた冒頓単于の妻が夫に休戦を勧める言葉に「今得二漢地一、單于終非二能居一レ之。且漢主有レ神、單于察レ之」（『史記』巻一一〇「匈奴列傳」に同文）とある。

○有協柔荒之本圖　悟懷狄之遠筭者　「柔荒」は荒服（畿内から二千里以上離れた遠い荒野に住む蛮夷）を手なずけること。熟語としては見えないが、『魏書』巻九九「沮渠蒙遜傳」に「遠二袪王略一、懷二柔荒隅一」、『舊唐書』巻四八「食貨志上」所引、開元元年（七一三）十一月の劉彤「論二鹽鐵一表」（『全唐文』巻三〇一再収。ただし、作者を呂向とする）に「下二寛貸之令一、蠲二窮獨之徭一、可三以惠二羣生一、可三以柔二荒服一」などとあり、これらの類句からとったものであろう。「本圖」はもとからの意図、はかりごと。用例は、『魏書』巻五九「劉昶傳」の魏・高祖（孝文帝）の自らの「南討」についての言葉に「朕之此行、本無二攻守之意一。正欲二伐レ罪弔レ民、宣レ威布レ徳。二事既暢、不レ失二本圖一」、『晉書』巻一二六「禿髮利鹿孤載記」の利鹿孤の言葉に「本期三與レ卿共成二大業一、事乖二本圖一」とあるなど。「懐狄」は「柔服」と同じく熟語としては見えないが、「柔服」に対応して狄（北方の異民族）を懐柔するの意であろう。『東觀漢記』巻二二に「内攝二時制一、外懷二狄戎一」、『後漢書』巻三六「賈逵傳」に「宣帝、威懷二戎狄一、神雀仍集、此胡降之徴也」などとあり、これらからとったのであろう。「遠筭」は遠大なはかりごと。『文選』巻五〇、范曄「後漢書二十八將傳論」に「然原二夫深圖遠筭一、固將レ有二以爲一レ爾」（『後漢書』巻二二「朱景王杜馬劉傅堅馬列傳」の「論」を再収）とある。

○干戚舞階之主　江漢被化之君　「干戚」は武の舞に用いられたタテとマサカリ。『禮記』「樂記」に「比レ音而樂レ之、及二干戚羽旄一、謂二之樂一」とあり、鄭玄注が「干、盾也。戚、斧也。武舞所レ執也。羽、翟羽也。旄、旄牛尾也。文舞所㆑執」とする。舜や禹が「干戚」を持って舞い、武力を用いずに異民族の有苗（「三苗」とも。次項参照）を帰服させた故事がある。舜については、『尚書』「虞書・大禹謨」に「帝乃誕敷㆓文徳㆒、舞㆓干羽于兩階㆒。七旬有苗格」（孔安国伝「干、楯。羽、翳也。皆舞者所㆑執。修㆓闡文教㆒、舞㆓文舞于賓主階間㆒、抑㆓武事㆒」）とある。ただし、これは文と武の舞（孔安国の解釈では文舞）を舞ったとある。「干戚」（武舞）を舞った伝えとしては、『文選』巻四四、鍾會「檄㆑蜀文」に「王者之師、有㆑征無㆑戰。故虞舜舞㆓干戚㆒、而服㆓有苗㆒」、『藝文類聚』巻一一「帝王部一・帝舜有虞氏」所引『帝王世紀』に「有苗氏負㆑固不㆑服。禹請㆑征㆑之。舜曰、我徳不㆑厚而行㆑武、非道也。吾前教由未也。乃脩㆑教三年、執㆓干戚㆒而舞㆑之、有苗請㆑服」などとある。禹については、『淮南子』「繆稱訓」に「禹執㆓干戚㆒、舞㆓於兩階之間㆒、而三苗服」とある。「江漢」は長江と漢水。『毛詩』「國風・周南・漢廣」の序に「漢廣徳廣所㆑及也。文王之道被㆓于南國㆒、美化行㆓乎江漢之域㆒、無㆑思㆑犯㆑禮」とあり、周の文王が徳化した地とされている。「被化」の用例は、『毛詩』「國風・召南・行露」の序の「行露、召伯聽㆑訟也。衰亂之俗微、貞信之教興」への孔穎達疏に「由㆓文王之時被㆑化日久、衰亂之俗已微」とあるなど。小島憲之は「江漢被化」を「禹に関する故事をさす」（『国風暗黒時代の文学補篇』四三三頁）とするが、どのような故事であるか具体的な典拠を示していない。

○不血一刃而密須帰仁　不勞一戎而有苗向徳　「不血一刃」「不労一戎」の対は、『漢書』巻六四上「嚴助傳」所引、淮南王安の上書に「陛下以㆓方寸之印・丈二之組㆒、塡㆓撫方外㆒、不㆑勞㆓一卒㆒、不㆑頓㆓一戟㆒、而威徳竝行」（同文は、『文選』巻四四、陳琳「檄㆓呉將校部曲㆒文」の「利盡㆓西海㆒、兵不㆑鈍㆑鋒」への李善注に引かれている）とあるのを参照したか。なお、『文選』巻四四、陳琳「爲㆓袁紹㆒檄㆓豫州㆒」に「登㆓高岡㆒而擊㆓鼓吹㆒、揚㆓素揮㆒以啟㆓降路㆒、必土崩瓦解、不㆑俟㆓血刃㆒」とあり、李善注に「孫卿子曰、舜伐㆓有苗㆒、禹伐㆓共工㆒、湯伐㆓有夏㆒、文王伐㆑崇、武王伐㆑紂。遠方慕㆑義、兵不㆑血㆑刃」、『晉書』巻一〇九

「慕容皝載記」に「今若克レ之、則歸可レ不レ勞レ兵而滅」などの類句が見出せる。「密須」は周の文王が帰服させた長安の西方の異民族の国。『毛詩』「大雅・文王之什・皇矣」に「密人不恭、敢距二大邦一、侵レ阮徂レ共」とあり、毛公伝が「國有二密須氏一。侵レ阮、遂往侵レ共」とする。また、『史記』巻四「周本紀」に西伯（文王）が「伐二密須一」とあり、宋・裴駰『史記集解』が「應劭曰、密須氏、姞姓之國。瓚曰、安定・陰密縣是」とする。その帰服のことは、右の『毛詩』「皇矣」に、続けて文王の進軍のことを述べて「陟二我高岡一、無レ矢二我陵一、我陵我阿、無レ飲二我泉一」とあり、密須が戦わずして敗走したように描写されている。また、『呂氏春秋』「離俗覧・用民」に「密須之民、自縛二其主一、而與二文王一」とも見える。これらを参照して文王が「不血一刃」にして密須を帰服させたと解したのだろう。「歸仁」は仁徳あるものに慕いなつくこと。『論語』「顔淵」に「一日克レ己復レ禮、天下歸レ仁焉」とあるのに拠る。「不労一戎」の「戎」は『文選』巻三、張衡「東京賦」の「戎士」への李善注「戎、兵也。士、士卒也」により武器とみられる。「有苗」は、もとは長江流域にいた非漢族。『淮南子』「兵略訓」に「舜伐二有苗一」とあり、高誘注が「有苗、三苗也」とするように、三苗ともいう。前項に引いた『尚書』「虞書・大禹謨」の「七旬有苗格」への孔安国伝に「三苗之國、左二洞庭一、右二彭蠡一、在二荒服之例一。去二京師一二千五百里也」、『史記』巻一「五帝本紀・帝堯」に「三苗在二江・淮・荊州一、數爲レ亂。（中略）遷二三苗於三危一、以變二西戎一」などとある。三危（長安西方にある山の名）に遷された後の三苗について、『漢書』巻二八上「地理志上」に「三危既宅、三苗丕敘」とあり、顔師古注が「三危、山名、已可レ居也。三苗、本有苗氏之族、徙二居於此一、分而爲レ三、故言二三苗一。今皆大得二其次敘一」とする。有苗帰順の伝承については前項を参照。「向徳」という言い回しの例は本対策以前の漢籍・仏典に未見。いずれも本対策よりやや遅れる例だが、唐・朱慶餘「將之上京留二別淮南書記李侍禦一」に「人心皆向レ德、物色不レ供レ才」（『全唐詩』巻五一五）、類似表現として、唐・柳宗元「爲二韋侍郎一賀二布衣竇羣一除二左拾遺一表」に「臣聞、直道之行、四方嚮レ德。逸人是舉、天下歸レ心」（『全唐文』巻五七二）などとあり、漢文としてありうる表現である。

○兕甲千重　虎賁百万　「兕甲」は兕の革で作ったよろい。『藝文類聚』巻九五「獸部下・兕」に「說文曰。兕、如二野牛一、青皮堅厚、可二以爲レ鎧一」、『史記』巻二三「禮書」に「楚人、鮫革・犀・兕、所二以爲レ甲、堅如二金石一」とあるように、兕の革は堅固だった。『淮南子』「說山訓」に「矢之於二十步一、貫二兕甲一、於二三百步一、不レ能レ入二魯縞一」とある。「虎賁」は虎のように勇猛な兵士。官職の名にもなる。『尚書』「周書・牧誓」に「虎賁三百人」とあり、孔安国伝が「勇士稱也。若二虎賁レ獸一。言二其猛一也」とする。奈良時代には藤原恵美押勝（藤原仲麻呂）の官名改易により兵衛府が虎賁衛と改められた。『續日本紀』天平宝字二年（七五八）八月甲子条に「左右兵衛府、折衝禁レ暴、虎奔宣レ威。故改爲二左右虎賁衛一」とあって、本対策と同時代の「虎賁」のイメージがわかる。

○蹴蹋戎寇之地　叱咤鋒刃之間　「蹴蹋」は足蹴にすること、蹂躙すること。用例は、『文選』巻九、楊雄「長楊賦」の「帥レ軍踤レ阹、錫レ戎獲レ胡」への李善注に「顏監曰、踤、足蹴也。（中略）方言曰、踤、蹴蹋也」、『廣弘明集』巻一二、柳宣「與二翻經大德等一書」に「但龍象蹴蹋、非二驢所レ堪、猶二緇服壺奧、白衣不レ踐」（大正蔵五二巻一六〇頁下～次頁上）などとある。「戎寇」は異民族の侵害。用例は、『史記』巻四「周本紀」に「平王立、東遷二于雒邑一、辟二戎寇一」、『後漢書』巻八七「西羌傳」に「至二周貞王八年一、秦厲公滅二大荔一、取二其地一。趙亦滅二代戎一。卽北戎也。韓・魏復共稍幷二伊洛・陰戎一滅レ之。（中略）自レ是中國無二戎寇一」などとある。「叱咤」は怒声をあげて叱りつけること。『史記』巻九二「淮陰侯傳」に「項王暗噁叱咤、千人皆廢」とあり、唐・司馬貞『史記索隱』が「暗啞、懷二怒氣一」「叱咤、發二怒聲一」とし、『後漢書』巻巻七一「皇甫嵩傳」に「將軍權重二於淮陰一、指撝足三以振二風雲一、叱咤可三以興二雷電一」とあり、李賢注が「叱咤、怒聲也」とするなど。「鋒刃」はホコの刃、「鋒刃之間」は死地、危険な戦場を意味する。『晉書』巻一二四「慕容盛載記」に「今崎二嶇於鋒刃之間一、在二疑忌之際一。（中略）當レ如二鴻鵠高飛一一擧萬里一、不レ可三坐待二罟網一也」、本対策よりやや遅れるが、唐・白居易「與二茂昭一書」に「將士等各懷二勇烈一、同忿二寇讎一。激二於衆心一、致二此殊效一。況荷二戈於炎暑之際一、奮二身於鋒刃之間一」（『白氏文集』巻三九）などとある。なお、『文選』巻二七、曹植「白馬篇」に「長驅蹈二匈奴一、左顧凌二鮮卑一。棄二身鋒刃端一、性命安可レ懷」とあるのも参照したか。

○徒見師旅之勞　遂無綏寧之實　「師旅」は戦争または軍隊をいう。本来は軍の単位で、「旅」は五百人、「師」は五旅で編成された。『論語』「先進」に小国の危機的状況を「千乘之國、攝二乎大國之間一、加レ之以二師旅一、因レ之以二飢饉一」と述べ、これを踏まえて、『文選』巻二〇、潘岳「關中詩」に「斯民如何、荼二毒于秦一。師旅既加、饑饉是因」とある。「綏寧」は安んじること。用例は、『三國志』巻二七「魏書・徐胡二王傳・王基」の基が司馬文王に進言した言葉に「當今之務、在下于鎭二安社稷一、綏中寧百姓上。未レ宜三動レ衆以求二外利一」（「衆」は軍隊のこと。裴松之注がより詳しい記事として引く司馬彪『戰略』は「當今之宜、當下鎭二安社稷一、撫二寧上下一、力レ農務レ本、懷中柔百姓上。未レ宜三動レ衆以求二外利一」とする）、『晉書』巻二「景帝紀」正元元年の詔に「伊摯之保二乂殷邦一、公旦之綏二寧周室一」などとある。

○我國家　ここから今上天皇（孝謙）への讃美を述べる。「國家」は、ここは今上帝を指す。この意味での用例は、『晉書』巻六六「陶侃傳」に、幼くして即位した成帝を指して「國家年小、不レ出二胸懷一」とあるなど。なお、『萬葉集』巻一九・四二四五「毛等能國家尓」（もとのミカドに）は、上代で「國家」をミカドと訓ませた例。六国史等の「國家」の語例検証は、関根淳「日本古代史料における「国家」―天皇・国家・公―」『上智史学』五四（二〇〇九年十一月）を参照。

○子愛海内　君臨寓中　「子愛」は我が子のようにいつくしむこと。「海内」は「海外」の反意語、国内のこと。『漢書』巻八一「匡衡傳」に「陛下聖徳天覆、子二愛海内一」とある。「君臨」は君主として万民の上に立つこと。『陳書』巻五「宣帝紀」に「朕君二臨宇宙一、十變二年籥一、旰日勿レ休、乙夜忘レ寝」、『舊唐書』巻八「玄宗紀」所引、開元十年（七二二）九月の詔に「朕君二臨宇内一、子二育黎元一」などとある。「寓中」は「宇中」に同じで、天地四方のこと。古代日本の用例では「藤原宮御寓天皇」（和銅五年長屋王願経）、「藤原宮御宇太上天皇」（天平勝宝八歳東大寺献物帳）と見え、通用したことがわかる。『淮南子』「兵略訓」に（「道」なるものは）「浸二乎金石一、潤二乎草木一、宇中六合、振豪之末、莫レ不二順比一」、『弘明集』巻四、何承天「達性論」に「夫兩儀既位、帝王參レ之。宇中莫レ尊レ焉」（大正蔵五二巻二一頁下）などとある。

○四三皇以垂風　一六合而光宅　「三皇」は中国の神話上の帝王。『藝文類聚』巻一「天部上・天」所引、徐整『三五暦紀』に「天地混沌如二雞子一。盤古生二其中一、萬八千歳。天地開闢、陽清爲レ天、陰濁爲レ地。盤古在二其中一、（中略）盤古日長一丈、如レ此萬八千歳、天數極高、地數極深、盤古極長。後乃有二三皇一」とある。具体的に誰を指すかは、後漢・王符『潛夫論』（『日本國見在書目録』に名が見える）「五徳志」に「世傳二三皇五帝一、多以爲、伏羲・神農爲二二皇一、其一者或曰二燧人一、或曰二祝融一、或曰二女媧一。其是與レ非、未レ可レ知也。我聞、古有二天皇・地皇・人皇一。以爲二或及レ此謂一、亦不二敢明一」とあるなど、諸説があった。ここは、今上天皇を三皇の同列に加えて四と数えて讃える。先例は、『文選』巻第一一、何晏「景福殿賦」に皇帝を讃えて「總二神靈之貺祐一、集二華夏之至歡一。方四二三皇一而六二五帝一、曾何周夏之足レ言」とあり、李善注が「軻曰、高欲レ令レ四二三王一、下欲レ令レ六二五霸一、於レ君何如也」とする。また、『藝文類聚』巻五〇「職官部六・尹」、梁・元帝「丹陽尹傳序」に「皇上受レ圖負レ扆、寶歴惟新。制レ禮以告二成功一、作レ樂以彰二治定一。豈直四二三皇一、六二五帝一、孕レ夏陶レ周而已哉」とある。「垂風」は風化を施すこと。天子の善政・徳教を表す語。『藝文類聚』巻二一「人部五・譲」所引、陸雲「太伯碑」に「夫至仁至德、垂レ風垂レ化、内脩二訓範一、外陶二氓俗一」、李善「上二文選注一表」（顕慶元年〈六五六〉九月上表）に「伏惟陛下、経緯成レ徳、文思垂レ風。則レ大居レ尊、耀二三辰之珠璧一、希レ聲應レ物、宣二六代之雲英一」（『全唐文』巻一八七）とある。「六合」は天地と四方、合わせて天下をいう。前項に引いた『淮南子』「兵略訓」にも「宇中六合」とあった。『文選』巻五、左思「呉都賦」に「古先帝代、曾二覧八紘之洪緒一、一二六合一而光宅」との同句があり、劉淵林注が「一二六合一而光宅者、并二有天下一而一家也」、李善注が「呂氏春秋曰、神通二乎六合一。高誘曰、四方上下爲二六合一。尚書序曰、光二宅天下一」とする。「光宅」は帝王が一つの場所にいて、その聖徳を遠くまで及ぼすこと。右に李善注のいう「尚書序」は現代の通説では偽書であるが、それを収載する『尚書正義』において孔穎達疏が「此序、鄭玄・馬融・王肅竝云二孔子所一レ作」「安國既以二同序一爲レ巻」とする通りに本対策の時代の日本でも認知されていたと考えられる。その「尚書序」に（李善注が引いたように）「昔在二帝堯一、聰明文思、光二宅天下一」とあり、孔安国伝が「言二聖徳之遠著一」とする。なお、「四三皇…」「一六合…」を対にした例として、本対策との先後関係、日本への伝来は未詳だが、唐・敬括（大暦六年〈七七一〉卒）「花萼樓賦」に「大哉神武、四二三皇一而作レ主、赫矣動華、一二六合一而爲レ家」（『全唐文』巻三五四）とある。

○青雲干呂　異域多問化之人　「青雲」は青空の雲、「干呂」は春の盛りの時節をいう。「呂」は陰の音律。それを「干」（おかす）とは、春の陽気が冬の陰気を上回ることを意味する。『文選』巻五六、陸倕「新刻漏銘」の「河海夷晏、風雲律呂」への李善注に「十洲記曰。天漢三年、西國王使、獻二靈膠四兩・吉光毛裘一。受以付レ庫。使者曰、常占、東風入レ律、十旬不レ休、青雲干レ呂、連月不レ散、意者、閻浮有二好レ道之君一。我王故、捜二奇蘊一而貢二神香一、歩二天材一而請二猛獸一、乘二毛車一以濟二弱水一、于レ今十三年矣」（『初學記』巻一「天部上・雲」、同・巻二〇「政理部・奉使」に「十洲記」のほぼ同文が載る）、「萬歳通天二年（六九七）三月朔日」の起草日付をもつ（『全唐文』巻二一六）唐・陳子昂「禡牙文」に「我皇周子二育萬國一寵二綏百蠻一。青雲干レ呂、白環入貢、久有年矣」（『初學記』巻二二「武部・旌旗」にも所載）などとあり、「青雲干呂」の時節と夷狄が王化を慕って朝貢に訪れることが結びつけられている。「異域」は、ここは夷狄の地。このような意味で「異域」を用いた例は、『後漢書』巻四七「班超傳」に「大丈夫無二他志略一、猶當下效二傅介子・張騫一立二功異域一、以取中封侯上」（李賢注「傅介子、北地人。昭帝時使二西域一、刺二殺樓蘭王一、封二義陽侯一。張騫、漢中人。武帝時鑿空開二西域一、封二博望侯一」）、『文選』巻一六、江淹「恨賦」に、王昭君について「望二君王一兮何期、終蕪二絶兮異域一」とあるなど。「問化」は文脈から「（異域の者たちが今上天皇の）風化・化育を慕って訪ねてくる」の意と考えられるが、用例未見。

○白露凝秋　将軍無耀威之所　「白露凝秋」は秋の情景。春の「青雲干呂」に対して、秋を対置する。『禮記』「月令・孟秋」に「涼風至、白露降」とあり、続けて「立秋之日、天子親帥二三公・九卿・諸侯・大夫一以迎二秋於西郊一、還反賞二軍帥・武人於朝一。天子乃命二將帥一、選レ士厲レ兵。簡二練桀俊一、專任二有功一、以征二不義一、詰二誅暴慢一、以明二好悪一、順二彼遠方一」とあり、秋は征戦の季節であった。しかし、ここは、そのような季節になっても善政により平和であるために将軍が武功を輝かせることがないとするのである。「白露凝」の例は、『文選』巻四、左思「蜀都賦」に「若乃大火流、涼風厲、白露凝、微霜結」（劉淵林注「禮記月令、孟秋涼風至」）、伝来未詳だが、開元二十二年（七三四）八月二日の葬儀の際の唐・韓休「惠宣太子哀冊文」に「涼陰戒レ秋、白露凝レ夜。傃二哀挽於郊道一、儼二虚容於池榭一」（『全唐文』巻巻二九五）などとある。「耀威」は武威をかがやかせる。用例は、『文選』巻一、班固「東都賦」の「自二孝武之所レ不レ征、孝宣之所レ未レ臣」に李善注が「孝武耀レ威、匈奴遠懾、孝宣脩レ德、呼韓入臣」とする、同「西都賦」に「盛二娯游之壯觀一、奮二泰武乎上囿一。因レ茲以威レ戎夸レ狄、耀二威靈一而講二武事一」とあるなど。

○兵器鎖而無用　戎旗巻而不舒　前句「將軍無耀威之所」を具体的に述べて、今上天皇讃美をしめくくる。

「兵器鎖」の類例は未見。なお、以下の例は徳治と軍隊との関係を考える参考となる。『後漢書』巻七〇「鄭太傳」、大軍を率いる董卓の横暴を制そうとして鄭太が卓に「夫政在レ徳、不レ在レ衆也」（「衆」は大軍のこと）と言うと、卓が「如二卿此言一、兵爲二無用一邪」と答えたとある。政治は徳によって行われるべきで、それが実現していれば「兵器」は「無用」だという論理がうかがえる。

「戎旗」は軍旗。用例は、『晉書』巻五二「華譚傳」に「今聖朝、徳音發二於帷幄一、清風翔二乎無外一。戎旗南指、江漢席巻、干戈西征、羌蠻慕レ化」とあるなど。軍旗が巻かれたままでひろげられることがないとは、戦争の無い平和な状態。『淮南子』「兵略訓」に「故得レ道之兵、車不レ發レ軔、騎不レ被レ鞍、鼓不レ振レ塵、旗不レ解レ巻、甲不レ離レ矢、刃不レ嘗レ血」と、類似した描写がある。「古事記序」にも壬申の乱後の平和を叙して「放レ牛息レ馬、愷悌歸二於華夏一、巻レ旌戢レ戈、儛詠停二於都邑一」とある。

○**別有西北一隅　雞林小域**　問の「戮封豕於雞林」を受け、ここから新羅問題へ戻る。「別有」は、（述べたように）徳治により平和なわが国とは趣を異にして新羅が有る、ということ。小島憲之は「別有」について「唐詩に於いては、終りの二句目に現はれる場合が多い」とするが（『国風暗黒時代の文学　補篇』四三九頁）、律詩ではたしかにその傾向がある。唐詩以外の例を挙げると、『藝文類聚』巻九「橋」、張文琮「賦レ橋詩」に「造舟浮レ渭日、鞭石表レ秦初。星文遙瀉レ漢、虹勢尙凌レ虚。已授二文成履一、空題二武騎書一。別有下臨二濠上一、棲偃獨觀上レ魚」、散文では、『魏書』巻一〇二「西域傳・波斯國」に「王於二其國内一別有二小牙十餘所一。猶二中國之離宮一也。毎年四月出遊處レ之、十月乃還」とあるなど。「西北一隅」は、本対策以前の日本への伝来は未詳だが、唐・唐璿「諫レ罷二豐州一書」（永淳元年（六八二）成）に「貞觀之末、始募レ人以實レ之、西北一隅、方得二寧謐一。今若廢棄、則河傍之地復爲二賊有一、靈・夏等州人不レ安レ業、非二國家之利一也」（『全唐文』巻一八九）とある。『舊唐書』九三「唐休璟傳」（休璟は璿の字《あざな》）に拠れば、右は永淳元年に突厥に豊州が攻められ都督・崔智弁が戦死したため、朝廷が豊州を廃止して住民を霊・夏州に移そうとした際に、それを諫めた上書である。異民族と接する地域を指して「西北一隅」と呼んでいる。「雞林」は新羅を指す（問の斮奔鯨於鯷壑…の項を参照）。「小域」は本対策以前の漢籍・仏典に用例未見。問の「蕞爾新羅」（小さな新羅）を受け、新羅を小国として蔑んだ称である。

○人迷禮法　俗尚頑兇　「人迷禮法」は問の「漸闕蕃禮」「從後主之迷圖」を受ける。「禮法」の用例は多いが、異民族との関わりの中で用いた例として、本対策以前の日本への伝来は未詳だが、唐・溫彥博（六三七年没）「安二置突厥一議」に「突厥餘醜、以レ命歸レ我。我援二護之一、使レ居二内地一、我指二麾之一、教以二禮法一。數載之後、盡爲二農人一」（『全唐文』巻一三七。『舊唐書』巻一九四上「突厥傳上・突利可汗」にも引かれるが小異あり）とあり、異民族は「禮法」を知らないものとして表象されている。「頑兇」の用例は、『陳書』巻一「高祖本紀」に「同姓有扈、頑兇不レ賓、憑二藉宗盟一、圖レ危二社稷一」とあるなど。なお、「頑兇」は「頑凶」に同じ。異民族を評した例として、『尙書』「虞書・益稷」の「弼二成五服一、至二于五千一、州十有二師、外薄二四海一、咸建二五長一、各迪二有功一、苗頑弗レ即レ工」への孔安国伝に「九州五長、各蹈爲二有功一。唯三苗頑凶、不レ得レ就レ官」とある。

○傲天侮神　逆我皇化　「傲天侮神」の類例として、『淮南子』「兵略訓」に「聞下敵國之君、有中加二虐於民一者上、則擧レ兵而臨二其境一、責レ之以二不義一。（中略）乃發レ號施レ令曰。其國之君、傲レ天侮レ鬼、決二獄不辜一、殺二戮無罪一。此天之所レ誅也、民之所レ仇也」とある。これに拠ったか。「皇化」は天子が民に及ぼす徳化。『藝文類聚』巻一〇「符命部・符命」、曹植「魏德論」に「天地位矣、九域淸矣。皇化四達、帝猷成矣。明哉元首、股肱貞矣」、『晉書』巻一二九「沮渠蒙遜載記」に「今皇化日隆、遐邇寧泰」などとある。日本では『續日本紀』天平元年（七二九）八月癸亥「唐僧道榮、身生二本鄕一、心向二皇化一、遠涉二滄波一」、同天平宝字二年（七五八）六月辛亥「去年八月以來、歸降夷俘、男女惣一千六百九十餘人。或去二離本土一、歸二慕皇化一」などの例もある。

○爰警居安之懼　仍想柔邊之方　今上天皇が新羅問題につき策問を下した事情を述べる。「居安」は安穏な状態にあること。多くの用例は『春秋左氏傳』襄公一一年の「書曰、居レ安思レ危。思則有レ備、有レ備無レ患、敢以二此規一」（「書」は逸書。現行の『尚書』にこの文はない）を踏まえて、「居安思危」、つまり、安穏な時にも将来ありうる危機に配慮して備えるという文脈を成す。例示すれば、『藝文類聚』巻二三「人部七・鑒誡」、梁・武帝「凡百箴」に「日不二恒中一、月盈則虧、履レ邪念レ正、居レ安思レ危」、『宋書』巻七九「文五王列傳・竟陵王誕傳」に「居レ安慮レ危、不レ可レ不レ懼」とあるなど。一方、『晉書』巻九三「外戚傳」巻頭の論には「居レ安而不レ慮レ危、務レ進而不レ知レ退」ともある。これらを参照すると、本対策の、「警」の目的語である「居安之懼」は、「安穏な時も危うきを懼れること」、「安穏さに油断して危うきを忘れることへの懼れ」のいずれにもとれる。ひとまず、『春秋左氏傳』と多くの用例を踏まえて、前者に解しておく。「柔邊」は本対策以前の漢籍・仏典に未見。はるか後代になるが、清・雍正帝『世宗憲皇帝硃批諭旨』巻五四に「皇上懷二柔邊方一、撫二綏漢夷一」とあるのを参照して、辺境の新羅を懐柔することととり、「方」は方法・方略と解しておく。

○祕略奇謀　俯訪淺智　「祕略」は秘蔵の策略。『抱朴子』外篇「擢才」に「孫臏思レ騁二其祕略一」、また、本対策以前の日本への伝来は未詳だが、唐・太宗「授二房元齡・杜如晦左右僕射一詔」に「深謀祕略。動合二規矩一」（『全唐文』巻五）、唐・王勃の論題に「平臺祕略論十首」（『文苑英華』巻七五五）などの例がある。「奇謀」はすぐれたはかりごと。『文選』巻四七、陸機「漢高祖功臣頌」では、高祖の謀臣である陳平の献策を「奇謀六奮、嘉慮四迴」と讃えている。「俯訪」は、下問する意と考えられる。本対策以前の日本への伝来は未詳だが、唐・呉師道「對二賢良方正策一第二道」に「陛下功包二邃古一、道逸二上皇一。（中略）冀二山谷之無レ遺、庶二賢良之畢レ萃、俯二訪愚魯一、敢述二明敭一」（『全唐文』巻二六〇。略歴に「垂拱元年〈六八五〉進士」）、唐・張仲宣「對下知レ合二孫呉一可レ以二運籌決勝策」に「今欲明守邊之術、開斥地之制、緬惟經算、俯訪芻蕘。謏聞鄙術、何足以觀之」（『全唐文』巻四〇七。略歴に「元宗時、對策擢第」）などとある。「淺智」は浅薄な智恵。真象がみずからを謙遜した語。用例は、『藝文類聚』巻一〇「符命部・符命」、傅幹「王命」に「又况淺智小才、勇不足畏、強不足憚」とあるなど。

○勢成而要功　非善者也　以下は問の「良將伐謀、神兵不戰」に対応する。「勢成」は戦いのはずみをつけること。『三國志』巻五八「吳書・陸遜傳」に「先攻一營、不利。諸將皆曰、空殺兵耳。遜曰、吾已曉破之之術。乃敕各持一把茅、以火攻拔之。一爾勢成、通率諸軍同時俱攻」とある。『孫子』「勢篇」では、戦いにおいて自然な「勢」に任せることの重要性を述べて、「善戰者、求之於勢、不責於人。故能擇人而任勢。任勢者、其戰人也、如轉木石。木石之性、安則靜、危則動、方則止、圓則行。故善戰人之勢、如轉圓石於千仞之山者、勢也」とする。「要功」は功績を求めること。ここは、勢いで勝ってもそれに乗じて功績を求めることは否定していることになる。「要功」の用例として『漢書』巻九四上「匈奴傳上」に、漢の貳師将軍が匈奴を伐とうとして「欲深入要功、遂北至郅居水上。（中略）單于知漢軍勞倦、自將五萬騎遮擊貳師、相殺傷甚衆。夜塹漢軍前、深數尺、從後急擊之、軍大亂敗、貳師降」とあるが、これは功を求めて匈奴に敗れた例である。このようなところから着想した作句か。前漢・董仲舒『春秋繁露』「爲人者天」に「聖人之道、不能獨以威勢成政、必有敎化」とあるのなども参考になろう。なお、「…要功、非善者也」は**擧秋毫者…**の項も参照。

○戰勝而矜名　非良將也　「矜名」の用例は『文選』巻二二、謝霊運「遊赤石進帆海」の「矜名道不足、適己物可忽」（李善注「韓子、白圭曰、宋君少主也、而務矜名。郭象莊子注曰、德之所以流蕩、矜名故也」）とあるなど。なお、同・巻三七、李密「陳情表」の「歷職郎署、本圖宦達、不矜名節」に李善注が「鄭玄禮記注曰、矜、謂二自尊大一也」とするのも参考になる。「戰勝而」は次項を参照。

○擧秋毫者　不謂多力　聽雷電者　不爲聰耳　古之善戰者　無智力　無勇功　　この七句は『孫子』「形篇」に拠る。前の「…要功、非善者也」「戰勝而」もこれに拠っていよう。「見レ勝不レ過二衆人之所一レ知、非二善之善者一也。戰勝而天下曰レ善、非二善之善者一也。故擧二秋毫一不レ爲二多力一、見二日月一不レ爲二明目一、聽二雷霆一不レ爲二聰耳一。古之所謂善戰者、勝二於易勝一者也。故善勝者之勝也、無二智名一、無二勇功一」とある。「秋毫」は秋に生え替わった動物の毛。細くて軽いものの象徴。右の『孫子』は、「古之所謂善戰者」とは勝ちやすい状況を測り、または用意して勝つ者であり、だから（戰鬪における）知謀の名声も武勇による功績もないのだとする。本対策の「無智力、無勇功」もその文脈で理解するべきであろう。なお、引用末尾の「善勝者之勝也…無勇功」の論理を裏返した表現にすれば、前の「…要功、非善者也」になる。

○謀於未萌之前　立於不敗之地　「未萌之前」は事が兆すよりも前。『戰國策』「趙策・武靈王」に「愚者昧二於成一レ事、智者見二於未一レ萌」、『文選』巻三九、司馬相如「上書諫レ獵」に「蓋聞、明者遠見二於未一レ萌、而智者避二危於無一レ形」などとある。「立於不敗之地」は前項に引いた『孫子』「形篇」のすぐ後に「善戰者、立二於不敗之地一、而不レ失二敵之敗一也」とあるのに拠る。

○權或不失　市人可駈而使　「權」は臨機応変の策。類似の表現として、『後漢書』巻七四上「袁紹傳」に「今迎二朝廷一、於レ義爲レ得、於レ時爲レ宜。若不二早定一、必有二先レ之者一焉。夫權不レ失レ幾、功不レ猒レ速。願其圖レ之」、また、同・巻六五「段熲傳」に「臣每奉二詔書一、軍不二內御一。願卒二斯言一、一以任レ臣。臨レ時量レ宜、不レ失二權便一」ともある。なお、次項を参照。「市人…」は、『漢書』巻三四「韓信傳」に「兵法不レ曰下陷二之死地一而後生、投二之亡地一而後存上乎。且信非レ得三素拊二循士大夫一、經所謂、敺二市人一而戰レ之也」とあり、顔師古注が「經亦謂二兵法一也。敺與レ驅同也。忽入二市鄽一而敺二取其人一令レ戰、言レ非三素所二練習一」とするのに拠っていよう。

なお、『呂氏春秋』「簡選」にも「世有レ言、曰、驅二市人一而戰レ之、可三以勝二人之厚祿教卒一」とある。

○謀或不差　敵國可得而制　「權或…、謀或…」の対は熟語「權謀」を割って配したものだろう。戦いに「權謀」を用いることを肯定・優先する説の例は、『六韜』「文韜・上賢」に「七害者、一曰、無二智略權謀一、而以二重賞一尊二爵之一。故強勇輕戰、僥二倖於外一。王者愼勿レ使レ爲レ將」、『漢書』巻三〇「藝文志・兵權謀」に「權謀者、以レ正守レ國、以レ奇用レ兵、先レ計而後レ戰、兼二形勢一、包二陰陽一、用二技巧一者也」、『後漢書』巻二八上「桓譚傳」に「今聖朝興二復祖統一、爲二人臣主一、而四方盜賊未二盡歸伏一者、此權謀未レ得也」などとある。『孫子』「謀攻」も、「權謀」の語は見えないが、はかりごとによって戦わずに勝つ要締を説く。「不差」はここは、外れないこと、ずれないこと。「權謀」が「不差」とする例は未見だが、たとえば、『漢書』巻二二「禮樂志・樂・郊祀歌十九章・天地」、「寒暑不レ忒況レ皇章」の顔師古注に「晉灼曰。況、賜也。皇、君也。章、明也。（中略）臣瓚曰。忒、差也。寒暑不レ差、言二陰陽和一也。以レ此賜レ君、章二賢德一也」、『後漢書』巻六〇下「蔡邕傳」、「謚曰二貞定公一」の李賢注に「謚法曰。淸白守レ節曰レ貞、純行不レ差曰レ定」、『晉書』巻四九「劉伶傳」に「伶雖二陶兀昏放一、而機應不レ差」などとあるのが参考になる。「敵國」は敵対する国、または、国力の匹敵する国・同格の国。前者の用例は、『漢書』巻三四「英黥布傳」に「楚人還レ兵、間以二梁地一、深入二敵國一八九百里、欲レ戰則不レ得」とあるなど。後者の用例は、『漢書』巻四九「鼂錯傳」の「夫卑レ身以事レ彊、小國之形也。合レ小以攻レ大、敵國之形也」に顔師古注が「彼我力均、不レ能二相勝一、則須下連二結外援一共制上レ之也」とするなど。ここは「国力に適正なはかりごとを加えることによって…」との文脈から後者にとっておく。

○發號施令　使人皆樂聞　接刃交鋒　使人皆安死　『吳子』「勵士」に「夫發レ號布レ令、而人樂レ聞、興レ師動レ衆、而人樂レ戰、交レ兵接レ刃、而人樂レ死。此三者、人主之所レ恃也」とあるのに拠る。なお、『群書治要』巻三六「呉子・勵士」は「而人樂レ死」を「而民安レ死」に作る。「交鋒」の用例は、『後漢書』巻七四上「袁紹傳」に「令三臣骨肉兄弟、還爲二讎敵一、交レ鋒接レ刃、搆レ難滋甚」、『文選』巻五三、陸機「辯亡論」に「神兵東驅、奮レ寡犯レ衆、攻無二堅レ城之將一、戰無二交レ鋒之虜一」とあるなど。「安死」は『戰國策』「魏策・安釐王」に「君無二爲レ魏計一、君其自爲計。且安レ死乎、安レ生乎、安レ窮乎、安レ貴乎」とある。なお、前述の『群書治要』所引『呉子』「勵士」と同様の異文を真象が見ていた可能性もあろう。

○以我順而乘其逆　以我和而取其離　類似表現の例として、『三國志』巻四六「呉書・孫策傳」、「時袁術僭號、策以レ書責而絶レ之」への裴松之注に「可二得而勝一者、以二彼亂而我治、彼逆而我順一也」、より近い例に、本対策以前の日本への伝来は未詳だが、唐・太宗「親二征高麗一手詔」に「略言二必勝之道一、蓋有レ五焉。一曰、以二我大一而撃二其小一。二曰、以二我順一而討二其逆一。三曰、以二我安一而乘二其亂一。四曰、以二我逸一而敵二其勞一。五曰、以二我悦一而當二其怨一。何憂不レ尅、何慮不レ摧。可下布二告元元一、勿上爲二疑懼一耳」（『新唐書』巻二二〇「東夷傳・高麗」、および『全唐文』巻七）などとある。「我和」と「其離」の対比は未見だが、あるいは音楽用語の「和離」を応用して分けたものか。『禮記』「明堂位」の「垂之和鍾、叔之離磬」への鄭玄注に「垂、堯之共工也。（中略）叔未レ聞也。和離謂レ次二其聲縣一也」とあり、その孔穎達疏が「垂之和鍾者、垂之所レ作調和之鍾、叔之離磬者、叔之所レ作編離之磬。和離謂レ次二序其聲縣一也者、聲、解レ和也、縣、解レ離也」とする。この場合、「和」は音色を調和させること、「離」は楽器の配置を調節することであるが、本対策では調和と離反の意に用いている。

○孫呉再生　不知爲敵人計矣　「孫呉」は春秋時代の兵法家である孫武と呉起。兵家の代表として併称され、『史記』巻六五には一緒に列伝が立てられている。「たとえ孫呉が生き返ったとしても…」との表現は、『晉書』巻一〇四「石勒載記上」に「今寇來轉逼、彼衆我寡、恐攻圍不レ解、外救不レ至、內糧罄絶、縱孫呉重生、亦不レ能レ固也」とある。「敵人」の用例は、『呉子』「料敵」

に「敵人遠來新至、行列未レ定、可レ撃」、『後漢書』巻一七「馮岑賈列傳」の論に「若二馮・賈之不レ伐、岑公之義信一、乃足下以感二三軍一而懐中敵人上」、『文選』巻三七、劉琨「勸進表」に「外以絶二敵人之志一、內以固二闔境之情一」などとある。

○是百勝之術　神兵之道也　「百勝之術」は『史記』巻四四「魏世家」に「魏伐レ趙、趙告二急齊一。齊宣王用二孫子計一、救レ趙擊レ魏。魏遂大興レ師、使二龐涓將一、而令三太子申爲二上將軍一。過二外黃一、外黃徐子謂二太子一曰、臣有二百戰百勝之術一。太子曰、可レ得レ聞乎。客曰、固願レ效レ之。曰、太子自將攻レ齊、大勝幷レ莒、則富不レ過レ有レ魏、貴不レ益レ爲レ王。若戰不レ勝レ齊、則萬世無レ魏矣。此臣之百戰百勝之術也」とある。「孫子」（孫武の子孫・臏）の計略を用いて魏を撃った斉に敵対して大勝することも敗北することも避けることを「百戰百勝之術」と言っており、武力衝突を避けることを主張する本対策と一致する。また、『漢書』巻六九「趙充國傳」に「帝王之兵、以レ全取レ勝。是以、貴レ謀而賤レ戰。戰而百勝、非二善之善者一也」とあるのも「百勝」の例だが、戦闘より謀計によって勝つことを優先している。「神兵」は、問に「神兵不戰」とあった。

○於臣之所見　當今之略者　「臣之所見」と断って自分の意見を述べる。類例は『漢書』巻四四「淮南厲王長傳」に「大王行レ之、棄二南面之位一、奮二諸・賁之勇一、常出三入危亡之路一、臣之所レ見、高皇帝之神必不レ廟三食於大王之手一、明白」とあるなど。「當今之略」の類例は、『後漢書』巻四七「班超傳」に「不レ入二虎穴一、不レ得二虎子一。當今之計、獨有三因レ夜以レ火攻一レ虜。使三彼不レ知二我多少一、必大震怖、可二殄盡一也」とある。

○多發船航　遠跨邊岸　問の「多發樓船」を受ける（同項を参照）。「船航」は対の「邊岸」との釣り合いから名詞として解すべきだが（「航」もここは「ふね」の意）、「船航」を熟語として用いた例は本対策以前の漢籍・仏典とも未見。「遠跨」の用例は、『藝文類聚』巻六五「産業部上・圃」、江總「玄圃石室銘」に「移二華甲觀一、徙三構震方一、遠跨二飛梁一、俛臨二倒景一」、唐・義浄『大唐西域求法高僧傳』（六九一年成。『大日本古文書』天平勝宝五年〈七五三〉五月七日の「奉写疏集傳目録」に名が見える）巻上「沙門玄照法師」に、「仗レ錫西邁、掛二想祇園一、背二金府一而出二流沙一、踐二鐵門一而登二雪嶺一。（中略）途經二速利一、過二覩貨羅一、遠跨二胡疆一、到二吐蕃國一」（大正蔵五一巻一頁下）とあるなど。「邊岸」の用例は漢籍には少ない。本対策以前の日本への伝来は未詳だが、唐・徐延寿「南州行」に「搖艇至二南國一、國門連二大江一。中洲西邊岸、數歩一垂楊」（『全唐詩』巻一一四）とある。仏典には散見し、たとえば、晋・佛駄跋陀羅訳『大方廣佛華嚴經』（『續日本紀』養老六年〈七二二〉十一月丙戌の詔で書写命令を下している）巻五一「入法界品」に「若有二衆生一、遭二於海難・雲難・山難・大風・洄澓及以波浪一、迷惑失レ道不レ見二邊岸一」（大正蔵九巻七二〇頁下）とあるなど。ここは新羅の海岸のこと。

○耕耘既廢　民疲于役之勞　「耕耘」は田畑を耕作し、雑草を取り除くこと。『文選』巻一、班固「東都賦」に「抑二工商之淫業一、興二農桑之盛務一。遂令二海内一棄レ末而反レ本、背レ偽而歸レ眞。女脩二織紝一、男務二耕耘一」（李善注「毛萇詩傳曰、耘、除レ草也」）などとあり、男性の役割とされた。『續日本紀』霊亀元年（七一五）十月乙卯条の詔にも、「國家隆泰、要在レ富レ民。富レ民之本、務從二貨食一。故男勤二耕耘一、女脩二紝織一、家有二衣食之饒一」とある。「于役」は、君主の命によって務めに赴くこと（「于」は、往く）。ここは新羅への兵役を指す。『毛詩』「國風・王風・君子于役」に「君子于レ役、不レ知二其期一」（鄭玄箋「君子于二往行役一、我不レ知二其反期一」）とあり、同「序」には「君子于役、刺二平王一也。君子行レ役、無二期度一。大夫思二其危難一、以風焉」とある。次項の「怨曠之嘆」と同じく課役で民が苦しむことへの批判的な文脈で用いられる。

○紡織無脩　室盈怨曠之嘆　「紡織」は糸をつむぎ、布を織ること。前項の「耕耘」と対で女性の役割とされた。用例は、『墨子』「辭過」に、君主の贅沢を批判して「飾レ車以二文采一、飾レ舟以二刻鏤一、女子廢二其紡織一而脩二文采一、故民寒、男子離二其耕稼一而脩二刻鏤一、故民饑」、『藝文類聚』巻一八「人部二・賢婦人」に「婦人曰、採桑力作、紡織經織、以供衣食、奉二親、養夫子而已矣」とあるなど。「怨曠」は伴侶の不在に対するうらみ。『毛詩』「國風・邶風・雄雉」の「序」に「雄雉、刺衛宣公也。淫亂不恤國事、軍旅數起、大夫久役、男女怨曠、國人患之、而作是詩」（鄭玄箋「國人久處軍役之事。故男多曠、女多怨也。男曠而苦其事、女怨而望其君子」）、『抱朴子』「外篇・用刑」に「北撃獫狁、南征百越、暴兵百萬、動數十年。天下有生離之哀、家戸懷怨曠之嘆」、『藝文類聚』巻二六「人部十・言志」所引『孔子家語』に「鑄兵刃爲農器、放牛馬於原藪、室家無怨曠之思、千載無戰鬥之患」（現行の『孔子家語』「到思（一本、觀思）」は「離曠之思」に作る）などとある。

○殆乖撫甿之術　恐貽害仁之刺　「甿」は耕作民。『文選』巻六、左思「魏都賦」の「長世字甿者」に李善注が「說文曰、甿、田民也」とする。「撫甿」は民を安んじること。本対策以前の漢籍・仏典に用例未見。後の例だが、『舊唐書』巻一二二「李叔明傳」に「時東川、兵荒之後、凋殘頗甚。叔明理之近二十年、招撫甿庶、夷落獲安」とある。ほぼ同義の「撫民」の例は多い。たとえば、『漢書』巻一二「平帝紀」に「詔曰。蓋聞、帝王以德撫民、其次親親以相及也」、『藝文類聚』巻一一「帝王部一・黃帝軒轅氏」所引『帝王世紀』に「黃帝脩德撫民、諸侯咸去神農而歸之」などとある。「害仁」は仁徳をそこなうこと。『論語』「衞靈公」の「子曰、志士仁人、無求生以害仁、有殺身以成仁」に拠る。

○擇陸賈出境之才　前漢・陸賈が南越を帰服させた故事に拠る。陸賈は前漢・高祖に仕え、南越への使者となり、王を自称していた趙尉他を説得して漢に臣従させた。『史記』巻九七「陸賈傳」に「陸賈者、楚人也。以客從高祖定天下。名爲有口辯士、居左右、常使諸侯。及高祖時中國初定、尉他平南越、因王之。高祖使陸賈賜尉他印、爲南越王」とあり、弁舌の才があった。「出境」は国境の外へ出ること、「出境之才」は外交術の才をいう。『三國志』巻四八「吳書・三嗣主傳・孫皓」、「寶鼎元年正月、遣大鴻臚張儼・五官中郎將丁忠一弔三祭晉文帝二」への裴松之注に（『吳錄』を引き）「使二於晉一、晧謂レ儼曰、今南北通レ好、以レ君爲レ有二出境之才一、故相屈行」、『續高僧傳』巻七「釋洪偃傳」に「會二齊使通レ和舟車相接一、崔子武等、擅二出境之才一、議二其瞻對一。衆莫二能擧一。世祖文皇、以三偃内外優敏可二與杭言一、勅令レ統二接賓禮一」（大正蔵五〇巻四七七頁上）などとある。なお『藝文類聚』巻五三「治政部下・奉使」が右の『史記』を引き（小異あり）、近接して、裴讓之「公館讌酬南使徐陵詩」の「出境君圖レ事、尋盟二我恤鄰一」を引いている。

○用文翁牧人之宰　前漢・文翁が蜀郡の守として教化に功績があった故事に拠る。文翁は郡民の蛮夷の風を改めようと教育に努め、見込みのある者たちを都に送って勉学させ、また成都に学校を設置するなどして成果を上げた。『漢書』巻八九「循吏傳・文翁」に「至レ今巴蜀好二文雅一、文翁之化也」と讃えられている。『藝文類聚』巻五〇「職官部六・太守」も右の『漢書』「循吏傳」を要約して引いて「修二起學館於成都一、招二下縣子弟一、以爲二學官僮子一、得二教令一。吏民見而榮レ之。由レ是大化二蜀地一。學二于京師一者、比二齊魯一焉」とする。「牧人」は、ここは人を治め養うこと。『後漢書』巻一六「寇恂傳」に「寇恂文武備足、有二牧レ人御レ衆之才一」、『文選』巻五七、潘岳「馬汧督誄」の「牧人透迤、自レ公退食」への李善注に「國語・里革曰、且夫君也者、將三牧レ人而正二其邪一」（『國語』「魯語上」は「牧民」に作る）とある。「宰」は地方を治める官人。『釋日本紀』巻一一所引の日本紀講私記は「美古止毛知」（みこともち）と訓じ、「含二持天皇御言一之人也」と説明している。

○陳之以德義　示之以利害　「陳之以德義」は、『孝經』「三才章」に「先王見三教之可二以化レ民也。是故先レ之以二博愛一、而民莫レ遺二其親一。陳レ之以二德義一、而民興行」（古文・今文同じ。唐・玄宗注「陳二説德義之美一爲二衆所レ慕、則人起レ心而行レ之」）とあるのに拠る。『漢書』巻八一「匡衡傳」にも「蓋保レ民者、陳レ之以二德義一、示レ之以二好惡一」と引かれている。異民族に「利害」を述べて懐柔した例として、『漢書』巻九二「游俠傳・陳遵」に「大

臣薦㆑遵爲㆓大司馬護軍㆒、與㆓歸德侯劉颯㆒倶使㆓匈奴㆒。單于欲㆑脅詘遵、遵陳㆓利害㆒、爲言㆓曲直㆒、單于大奇㆑之、遣還」とある。

○啗以玉帛之利　「啗」は食らわす。利益を与えて誘うことの喩。『史記』巻八「高祖本紀」に「及㆔趙高已殺㆓二世㆒、使㆓人來㆒、欲㆔約分王㆓關中㆒。沛公以爲㆑詐。乃用㆓張良計㆒、使㆔酈生・陸賈往説㆓秦將㆒、啗以㆑利、因襲攻㆓武關㆒、破㆑之」とある。同じエピソードを、『漢書』巻一上「高帝紀上」は「使㆔酈食其・陸賈往説㆓秦將㆒、啗以㆑利」とし、顔師古注が「啗者、本謂㆓食啗㆒耳。（中略）今言㆓以㆑利誘㆑之、取㆑食爲㆑譬」とする。また、『後漢書』巻四七「班超傳」に「超因發㆓疏勒・于窴兵㆒擊㆓莎車㆒。莎車陰通㆓使疏勒王忠㆒、啖以㆓重利㆒」（李賢注「謂㆘多以㆓珍寶㆒誘㆗引之㆖。（中略）前書曰、高祖令㆔陸賈往説㆓秦將㆒、啗以㆑利。啖與㆑啗同」）ともある。これらに拠ったものだろう。「玉帛」は玉器と絹織物。神霊への供物、諸侯が皇帝に臣従を誓う際の捧げ物、王が賢者を招聘する際の礼物などとしての用例が散見する語である。ただし、『文選』巻五五、陸機「演連珠五十首」が「萬邦凱樂、非㆑悅㆓鍾鼓之娛㆒、天下歸㆑仁、非㆑感㆓玉帛之惠㆒」とするように、「玉帛」を与えて人を帰服させることは政治の理想ではなかった。

○敦以和親之辭　「敦」は手厚くする、親切にする。『禮記』「中庸」に「小德川流、大德敦化。此天地之所㆓以爲㆑大也」（鄭玄注「小德川流、浸潤萌㆑芽。喩㆓諸侯㆒也。大德敦化、厚生㆓萬物㆒。喩㆓天子㆒也」、孔穎達疏「言、孔子所㆑作春秋、若以㆓諸侯小德㆒言㆑之、如㆓川水之流、浸潤萌㆑芽。若以㆓天子大德㆒言㆑之、則仁愛敦厚、化㆓生萬物㆒也」）とあるように、化育や仁愛の形容にもいう。ここも同様の用い方である。敵対する国や異民族との「和親」をいう例は、『史記』巻一〇「孝文本紀」に「與㆓匈奴㆒和親、匈奴背㆑約入盜、然令㆔邊備守、不㆓發㆑兵深入㆒」、『後漢書』巻一二「彭寵傳」に「寵遂拔㆓右北平・上谷數縣㆒。遣㆑使以㆓美女繒綵㆒賂㆓遺匈奴㆒、要㆓結和親㆒」などとある。後者は贈り物によって手なづけようとしている点も本対策に類似する。日本でも、同盟国同士の例だが、『日本書

紀』欽明天皇二年七月、百済の聖明王が任那へ伝えた言葉に「昔我先祖速古王・貴首王、與二故旱岐等一、始約二和親一、式爲二兄弟一。共事二天皇一、俱距二強敵一、安レ國全レ家、至二于今日一。言念下先祖與二舊旱岐一、和親之詞上、有レ如二皎日一。(中略)故今追二崇先世和親之好一、敬二順天皇詔勅之詞一」とある。

○絶其股肱之佐　「股肱」は手足。主君を輔佐する臣をたとえる。「股肱之佐」の例は、本対策以前の日本への伝来は未詳だが、唐・太宗「求二訪賢良一限二來年二月一集二泰山一詔」に「朕遐二觀前載一、歴二選列辟一、莫レ不下貴二此得人一、崇中茲多士上。猶三股肱之佐二元首一、譬舟楫之濟二巨川一」(『全唐文』巻六)とある。類例は、『三國志』巻四「魏書・三少帝紀・高貴郷公髦」に「今羣公卿士股肱之輔、四方征鎭宣力之佐、皆積レ德累レ功、忠二勤帝室一」、『魏書』巻六三「宋弁傳」に「德政不レ理、徭役滋劇、内無二股肱之助一、外有二怨叛之民一」などとある。『日本書紀』欽明天皇紀にも、五年十一月に「往古來今、新羅無道。食言違信、而滅二卓淳一。股肱之國、欲レ快返悔」、同九年十一月に「奈率馬武、是王之股肱臣也。納レ上傳レ下、甚協二王心一、而爲二王佐一」などとある。

○呑其要害之地　「要害之地」は険阻な地形で敵の攻撃を防ぐのに適した場所。存亡を左右する戦略上の要地。用例は、『晉書』巻七一「王鑒傳」に「南望二交廣一、西撫二蠻夷一。要害之地、勒二勁卒一以保レ之、深溝堅壁、按二精甲一而守レ之」とあるなど。『日本書紀』「欽明天皇紀」にも五年十一月に「新羅・安羅兩國之境、有二大江水一。要害之地也」、同十七年正月「令レ守二津路要害之地一焉」、同二十三年六月「授二新羅要害之地一、崇二新羅非次之榮一」などとみえる。要害の地を「呑む」とは滅ぼすこと。『文選』巻五一、賈誼「過秦論」、「呑二二周一而亡二諸侯一」(李善注「史記曰、始皇滅二二周一、置二三川郡一」)とある。

○同於檻獸　自有求食之心　「檻獸」の本対策以前成立の現存文献に確認できる用例は、魏・徐幹『中論』(『大日本古文書』天平一四年「優婆塞貢進解」に名が見える)「亡國」に「明王之得レ賢也、得二其心一也、非レ謂レ得二其軀一也。苟得二其軀一、而不レ論二其心一也、斯與二籠鳥檻獸一無二以異一也」とあるのみであるが、文脈が本対策とは異なる。『漢書』巻六二「司馬遷傳」に「猛虎處二深山一、百獸震恐、及三其在二穽檻之中一、搖レ尾而求レ食、積二威約一之漸也」（顏師古注「穽、掘レ地以陷レ獸也」）とある（『文選』巻四一に司馬遷「報任少卿書」として再収。小異あり）。これに拠って、「猛虎」も「穽檻」に閉じ込められた「檻獸」となってしまえば、自ら尾を揺らして餌を求めてくる（「求食」）とまとめたのだろう。

○類於井魚　詎有觸綸之意　「井魚」は井戸の中の魚。狭い世界しか知らないものの喩。『淮南子』「原道訓」に「夫井魚不レ可二與語一レ大、拘二於隘一也。夏蟲不レ可二與語一レ寒、篤二於時一也」、『藝文類聚』巻七六「内典部上・内典」、張綰「龍樓寺碑」に「蓋聞、井魚之不レ識二巨海一、夏蟲之不レ見二冬冰一」などとある。本対策では、追い詰められた新羅が陥るであろう状況を「檻獸」、「井魚」にたとえている。「触綸」は魚が釣り糸にかかること。『文選』巻五、左思「吳都賦」に「精衛銜レ石而遇レ繳、文鰩夜飛而觸レ綸、北山亡二其翔翼一、西海失二其遊鱗一」とあるのに拠る。典拠では、飛び魚（「文鰩」）が呉王によって獲り尽くされ海から消えてしまうという（「失二其遊鱗一」）が、ここは、いわゆる「井の中の蛙」になった新羅（「井魚」）は外の世界へ出る意欲を失うだろうという。

2　紀真象・文字の成立

〔本文〕

問。

　上古淳朴、唯有二結縄一、

　中葉澆醨、始造二書契一。

是知三五六經、由レ文垂レ教、

未レ審二七十二君一、何字刻レ石。

子、

　貫二穿墳典一、

　該二博古今一。

　既辨二三豕之疑一、

　亦探二百氏之奥一。

懋陳二精辨一、俟レ祛二茲惑一。

臣聞、

〔訓読〕

問ふ。

　上古は淳朴にして、唯《た》だ結縄有るのみ、

　中葉は澆醨《げうり》にして、始めて書契を造る。

是《ここ》に知る、三・五・六經は、文に由《よ》りて教へを垂ると、

未だ審《つまび》らかにせず、七十二君、何《いづ》れの字をか石に刻める。

子《し》は、

　墳典を貫穿《かんせん》し、

　古今に該博なり。

　既に三豕《さんし》の疑を辨じ、

　亦《ま》た百氏の奥を探《さぐ》る。

懋《つと》めて精辨を陳《の》べて、茲《こ》の惑《まど》ひを祛《のぞ》かむことを俟《ま》つ。

臣聞く、

珠聯璧合(1)、鏡㆓圓蓋㆒以垂㆑文、
翠岳玄流、灑㆓方輿㆒以錯㆑理。
黼藻法㆑之而潤色、
含章因㆑之以成工。
文之時義、其大矣哉。
上古、道存不㆑宰、
　徳光而孚。
鷇飲鶉棲、恬然大化。
迨㆓于聲績可㆑紀、
　孝慈著聞㆒、
　始制㆓書契㆒、
　遂改㆓繩政㆒。
龜浮龍出、虙犠創㆓之於前㆒、
類㆑物寫㆑迹、蒼頡廣㆓之于後㆒。
指事寫形之制、始闢㆓其規㆒、
轉注假借之流、爰揮㆓其法㆒。
皇墳所以大照、
帝典由㆑其聿脩。

珠聯璧合、円蓋を鏡《て》らして文を垂《た》れ、
翠岳玄流、方輿《はうよ》に灑《そそ》ぎて理を錯《まじ》ふ。
黼藻《ほさう》之に法《のっと》りて潤色され、
含章《がんしゃう》之に因《よ》りて成工さる、と。
文の時義、其《そ》れ大なるかな。
上古、道存して宰《つかさ》どらずとも、
　徳光りて孚《はぐく》まる。
鷇飲鶉棲《こういんじゅんせい》し、恬然《てんぜん》として大いに化《くわ》す。
聲績紀《しる》すべく、
孝慈著聞せらるるに迨《およ》びて、
始めて書契を制し、
遂に繩政を改む。
龜浮き龍出でて、虙犠《ふくき》之を前に創り、
物に類《に》せ迹《あと》を寫《うつ》して、蒼頡《そうけつ》之を後に廣む。
指事・寫形の制、始めて其の規《のり》を闢《ひら》き、
轉注・假借《かしゃ》の流、爰《ここ》に其の法《のり》を揮《ふる》ふ。
皇墳所以《ゆゑ》に大いに照り、
帝典其れに由りて聿《ここ》に脩《をさ》まる。

若其望二綿載一以旴衡、
　傃二玄風一而繹思、
萬八千歳、盤古之際難レ詳、
七十二君、皇極之猷可レ驗。
刻レ石紀レ號、禪二云亭一以騰レ英、
展レ采觀レ風、登二嵩岳一而傳レ迹。
仲父博物、其言匪レ妄、
司遷良史、其書有レ實。
然則、
　施二於王猷一、用起二六羽之後一、
　徵二於濫觴一、理存二九翼之前一。
矧夫、
　威禽呈レ象、
　河圖負レ書、
　文字之興、殆均二造化一。
但、經典散亡、
　群言繁亂。
萬古(2)之下、難二以レ意推一。

若《も》し其れ綿載を望みて以て旴衡《くかう》し、
　玄風に傃《む》かひて繹思《えきし》すれども、
萬八千歳、盤古の際《きは》は詳らかにし難く、
七十二君、皇極の猷《みち》は驗《ため》すべし。
石に刻み號《な》を紀し、云・亭に禪して英を騰《あ》げ、
采を展《の》べ風《ふう》を觀、嵩岳《すうがく》に登りて迹を傳ふ。
仲父は博物にして、其の言妄《いつはり》に匪《あら》ず、
司遷は良史にして、其の書實有り。
然らば則ち、
　王猷《わういう》を施すに、用は六羽の後に起こり、
　濫觴《らんしゃう》を徵するに、理は九翼の前に存す。
矧《いは》んや夫れ、
　威禽象《かたち》を呈《あらは》し、
　河圖《かと》書を負ひ、
　文字の興《おこ》り、殆《ほとん》ど造化に均しきをや。
但し、經典散亡し、
　群言繁亂す。
萬古の下、意を以て推し難し。

臣、學非㆓稽古㆒、
業謝㆓專門㆒。
以㆓閭閻之小才㆒、
叨㆓明時之貢薦㆒。
高問難㆑報、茫然闕㆓對揚之敏㆒、
下春易㆑斜、逡巡無㆓厝言之地㆒。
謹對。

天平寶字元年十一月十日

臣、學は稽古に非ず、
業は専門を謝《さ》る。
閭閻《りょえん》の小才を以て、
明時の貢薦を叨《むさぼ》る。
高問報じ難く、茫然として對揚の敏を闕《か》き、
下春《かしょう》斜《かたぶ》き易く、逡巡して厝言《そげん》の地無し。
謹みて對《こた》ふ。

天平寶字元年十一月十日

〔校異〕

（1）璧—底本「璧」。諸本が「璧」に作ること、および文意により改める。

（2）萬古—底本「萬下」。蓬左が傍書して「古カ」と。三手は「万古」につくり、「古」字に傍書して「下」とすること、および文意により改める。

〔通釈〕

問う。上古の時代は純朴であったために、（記録には）ただ縄の結び目があれば足りたという。中頃の時代になり、人情が薄くなってはじめて文字が作られた。そこで、三墳・五典や六経は（文字成立以後に）文章によって教えを広めたものだとわかるが、古代に封禅を行った七十二

君はどのような文字を泰山の石に刻んだのだろうか。あなたは、三墳・五典といった経典を広く読みふけり、古今のことに博識である。すでに「己亥」を「三豕」とするような文字の間違いも見分け、また諸子百家の学問の深遠な部分も探った。どうか力を尽くして精密な意見を述べ、この疑問を解消してもらいたい。

私は次のように聞いております。連なり合わさった珠玉の光は天を照らして文様を示し、翠《みどり》の丘と黒い流れは地に散らばり注いで条理をまじえ、この天地の文様・条理にのっとって、模様のある衣や水草は飾られ、あやを含むものは技巧を施される、そのようにして文章は書かれる、と。文章の（移ろう）時に応じた（その時ごとの）意義はまことに偉大であります。

上古の時代は道があって特に支配をせずとも、徳の光りで世界がはぐくまれたのです。（人々は）鶉《うずら》のように暮らして、ゆったりと広く徳による教化が行われたのです。（やがて）記録すべき（政治上の）立派な業績ができ、（有徳者の）孝養と慈愛の心が世の評判になって、はじめて文字の制度をつくり、縄による記録の制度を改めたのです。亀が洛書を背負って浮かび、龍が河図を出して、（それを見た）伏羲が（八卦を）先に作り、物の形に似せ鳥獣の足跡を写して、蒼頡が（文字を）後に広めました。指事・写形といった（造字の）制度が、初めに規範となり、転注・仮借といった流儀が、そこで法式として効力を発揮しました。三皇の典籍は文字によって大いに輝き、五帝の事跡は文字によって整えられたのです。

もし、遠い昔からの記録を眺めて目を見張り、徳教の事績に向き合って思いを馳せたとしても、一万八千年前の盤古神の時代は詳しい探求は難しく、（一方）封禅をした七十二君の王道のはかりごとについては、検証できるのです。彼らは石に刻んで王者としての称号を記録し、泰山の云云や亭亭の山で封禅の儀式をして名声を高めました。政府の職務を発展させ世の風俗を見、崇岳に登って自らの事跡を伝えました。管仲は物知りであり、（封禅した王者は七十二家だとの）発言は嘘ではなく、司馬遷は優良な歴史家であり、（「封禅書」に）記したことは事実です。

そう（聖王の後に文字ができた）であるならば、聖王のはかりごとを人々に施す効用は六羽（三皇の一人・上皇）の後にあったでしょうし、（政字と文字の）起源を検するにその道理は九翼（三皇の一人・天皇）よりも前に存在していたはずです。ましてや、鳥が（足跡で）文字の形を示唆し、（龍が背に）河図の書を負っていたという文字の発生は、天地創造とほぼ同時なのです。ただ経典が散り散りになって失われたために、諸説紛々たる状態です。（結局）はるか昔のことは意味を探って推測することが難しいのです。

私は学んでも古《いにしえ》の道をきちんと考察しておりませんし、学業は専門的に深めたわけでもありません。ただ人（並の身分）の僅かな才能でもって明君の御治世の（お恵みである）薦挙に貪《むさぼ》りついております。（陛下の）高尚な御下問（の恩）にお報《こた》えすることは難しく、茫然たるまま、対《こた》えによって御下問を称揚する機敏さを欠くうちに、夕べの頃、日は西の山に傾きやすく（試験終了時刻は迫り来て）、（心が迷って）後ずさりして（もはや）言葉を吐く余地もありません。

謹んでお答え申し上げます。

天平宝字元年（七五七）十一月十日

〔語釈〕

【問】

○上古淳朴　唯有結縄　中葉澆醨　始造書契　「上古」、「中葉」は、過去をあらわす言葉。用例からすると、指す時代は一定しないが、ここでは、文字誕生以前を「上古」、文字誕生後を「中葉」と呼んでいる。「結縄」は無文字時代に、記録のために縄を結んだこと。「書契」は文字のこと。文字の有無で時代区分をするという発想は、『周易』「繋辭下」にあり、「上古結レ縄而治、後世聖人易レ之以二書契一」とある。「淳朴」は純朴に同じく、質素で朴質であること。『藝文類聚』巻五八「雜文部四・硯」、王粲「硯銘」に「昔在皇頡、爰初二書契一、以代二結縄一、民察官理、庶績誕興。在二世季末一、華藻流淫、文不レ寫レ行、書不レ盡レ心、淳朴澆散、俗以崩沈」とある。無文字時代は「淳朴」であるというのは、梁・昭明太子蕭統「文選序」に「世質民淳、斯文未レ作。逮三乎伏羲氏之王二天下一也、始畫二八卦一、造二書契一、以代二結縄之政一、由レ是文籍生焉」とある。なお、本対策より時代が降るが、『續日本紀』神亀元年〔七二四〕一一月甲子条にも、「太政官奏言、上古淳朴、冬穴夏巣、後世聖人、代以二宮室一」とある。「澆醨」は、薄情の意。「醨」は「漓」に通じる。『廣弘明集』巻一九、南斉・竟陵王蕭子良「與二隱士劉虬一書」に「淳清既辨、澆漓代襲」（大正蔵五二巻二七七頁中）とある。

○是知三五六經　由文垂教　「三五六經」で重要な経典を指す。『文選』巻四八、司馬相如「封禪文」に「軒轅之前、遐哉邈乎、其詳不レ可レ得レ聞已。五三六經、載籍之傳、維風可レ觀也」とあり、その唐・李善注は「漢書音義曰。五、五帝也。三、三王也。經籍所レ載、善惡可レ知也」とする。三は三王（三皇）、五は五帝の神話時代の皇帝の事績を記した書と推定される。また、三王の事蹟を記した書を「三墳」、五帝の事蹟を記した書を「五典」と呼ぶ。『文選』巻四五、孔安国「尚書序」に「古者伏犧氏之王二天下一也、始畫二八卦一、造二書契一、以代二結縄之政一、由レ是文籍生焉。伏羲・神農・黄帝之書、謂二之三墳一、言二大道一也。少昊・顓頊・高辛・唐・虞之書、謂二之五典一、言二常道一也」とある。なお、**子貫穿墳典…**の項を参照。「六經」は『毛詩』、『尙書』、『禮記』、『樂記』、『周易』、『春秋』の儒家の六つの経典を指す。『文選』巻四二、魏・文帝曹丕「與二朝歌令吳質一書」に「既妙二思六經一、逍二遙百氏一」とあり、李善注が『莊子』を引いて「孔子謂二老聃一曰、丘治二詩・書・禮・樂・易・春秋六經一、自以爲レ久矣。」また、『淮南子』を引き「百家異說、各有レ所レ出」とする。「由文」の用例では、『三國志』巻三八「蜀書・秦宓傳」に「蓋河・洛由レ文興、六經由レ文起。君子懿二文德一、采藻其何傷」とあるのが本対策に最も近い。「垂教」の用例は、『後漢書』巻五二「崔駰傳」所引「達旨」の「臨二雍泮一以恢レ儒」への唐・李賢注に「天子辟雍、諸侯頖宮。辟雍者、環レ之以レ水、圓而如レ璧也。頖、半也。諸侯半二天子之宮一。皆所二以立レ學垂レ教也」、『魏書』巻五〇「尉元傳」に「天子父二事三老一、兄二事五更一、所下以明二孝悌於萬國一、垂中教本于天下上」とあるなど。

○未審七十二君　何字刻石　「七十二君」は中国古代に泰山で封禅を行った七十二人の王を指す。『史記』巻二八「封禪書」に「秦繆公卽位九年、齊桓公既霸、會二諸侯於葵丘一、而欲二封禪一。管仲曰、古者封二泰山一禪二梁父一者、七十二家、而夷吾所レ記者十有二焉」とあり、唐・張守節『史記正義』（七三六年成立）が「韓詩外傳云、孔子升二泰山一、觀二易レ姓而王一可二得而數一者七十餘人、不二得而數一者萬數也。案、管仲所レ記自二無懷氏一以下十二家。其六十家無二紀錄一也」とする。また、唐・司馬貞「史記三皇本紀」に「韓詩以爲、自レ古封二太山一、禪二梁甫一者、萬有餘家。仲尼觀レ之、不レ能二盡識一。管子亦曰、古封二太山一七十二家、夷吾所レ識十有二焉。首有二無懷氏一。然則無懷之前、天皇已後、年紀悠邈、皇王何昇而告。但古書亡矣、不レ可二備論一。豈得レ謂レ無二帝王一耶」とある。このように具体的に誰であったのかは不詳とされており、本策問はこのような言説を踏まえて発せられている。なお、前項に既出の司馬相如「封禪文」に「繼二韶夏一、崇二號謚一、略可レ道者七十有二君」、（李善注「封二禪於泰山一者、七十有二人也。管子曰、封二太山一、禪二梁父一者、七十有二家」）

ともあり、本対策の文章は、この「封禪文」を参考にした可能性が高い。「刻石」は泰山での封禅の際に記録として石に文字を刻むこと。『藝文類聚』巻三九「禮部中・封禪」所引『河圖會昌符』に「漢太興之道、在九代之王、封于太山。刻石著紀、禪于梁甫、退考功」とある。同文は『續漢書』「志七・祭祀上・封禪」にもみえる。

○子　貫穿墳典　該博古今　「子」は解答者への敬意をこめた呼びかけ。『本朝文粋』巻三「鳥獣言語」対策の問に「遲子博古、拓惑於今」とあるのと同じ「貫穿」は多くの書籍に通じていること。『漢書』巻六二「司馬遷傳・贊」に「亦其渉獵者廣博、貫穿經傳、馳騁古今上下數千載間、斯已勤矣」とある。「墳典」は古代の書である三墳・五典のこと（「墳」は高大の意）。それぞれ、三王（三皇）、五帝に関するものであるといわれる。是知三五六経…の項に引いた孔安国「尚書序」に「討論墳典」とある。「該博」は物事に通じていること。晋・王嘉『拾遺記』「前漢上」に「張善爲日南太守、郡民有得金鳧以獻。張善該博多通、考其年月、即秦始皇墓之金鳧也」とある。

○既辨三豕之疑　亦探百氏之奥　「三豕」は文字の読み間違いのこと。史書を読む者が「三豕渉河」としたのに対して、孔子の弟子である子夏が「三豕」は「己亥」の間違いであることを指摘した故事に基づく。『呂氏春秋』「察傳」に「子夏之晉、過衛、有讀史記者曰、晉師三豕渉河。子夏曰、非也。是己亥也。夫己與三相近、豕與亥相似。至於晉而問之。則曰、晉師己亥渉河也」とある。「百氏」は様々な諸子の思想を指す。是知三五六経の項に引いた曹丕「與朝歌令吳質書」に「百氏」の用例がみられた。

○懋陳精辨　俟袪茲惑　「懋」は懸命につとめること。『文選』巻三六、王融「永明九年策秀才文五首」では「懋陳三道之要、以光四科之首」と、同じく問の最後で用いられている。「精辨」は清廉な人物の智恵のある議論（「精」と「清」は通じる）。用例は、『魏書』巻二一上「獻文六王列傳・廣陵王羽」に高祖の言葉として「卿等既是親レ典、邪正得失、悉所レ具レ之、可二精辨以聞一」とあるなど。「祛」は衣服をからげて風を通す、また、除き去ること。「祛茲惑」に類する表現は、『抱朴子』「内篇・微旨」に「竊聞、求生之道當レ知二一山一。不レ審三此山爲二何所在一。願垂二告悟一、以祛二其惑一」（同篇の章名として「祛惑」ともある）、『晉書』巻七二「郭璞傳」に「將レ祛二子之惑一、訊以未レ悟」、本対策以前の日本への伝来は未詳だが、陳・吉蔵『大乘玄論』に「二一諦者蓋是祛レ惑之勝境、入道之實津」（大正蔵四五巻一五頁上）などとある。

【対】

○珠聯璧合　鏡圓蓋以垂文　翠岳玄流　灑方輿以錯理

「珠聯璧合」は「珠璧（たま）」と「聯合（あわさる）」を合わせた造句。北周・庾信「周兗州刺史廣饒公宇文公神道碑」（『文苑英華』巻九一九所収。小島憲之は『庾信集』の名が『大日本古文書』三に見え、上代に伝来していたことを指摘する。〈『国風暗黒時代の文学　補篇』四五八頁〉）に「開レ國承レ家、珠聯璧合。是用二克明俊德一。思レ皇多レ士」とある。また類似の例として、『初學記』巻一の見出し語に「合璧　連珠」とある。「圓蓋」はまるいドームから転じて天の意味。「方輿」は方形の乗り物で地の意味。『文選』巻一九、束晳「補亡詩之五」に「漫漫方輿、迴迴洪覆」とあり、李善注が「淮南子曰、以レ天爲レ蓋、以レ地爲レ輿。曾子曰、天道曰レ員、地道曰レ方」とする。このように伝統的に天は円く、地は四角いと考えられていたための表現である。「垂文」はここは星の並びが文様を示すこと。それが書かれる文章のいわば源泉として位置づけられ、文章を書くことと連続する。前者の例として『藝文類聚』巻五五「雜文部一・經典」に「尙書璇璣鈐曰。尙書篇題號。尙者上也。上天垂二文象一、布二節度一書也。如レ天行也」とある。後者の例として『楚辭』劉向「九嘆・逢紛」に「垂レ文揚レ采、遺二將來一兮」。「翠岳玄流」は、「珠聯璧合」と同構造の造句。文字通りの意味では、みどりの山と黒い水の流れとなる。類似の用例として、『文苑英華』巻四六二、（作者未詳。配列から唐代の作と思われる）「擧賢制」に「璧月珠星、實爲二麗天之象一。蒼波翠岳、爰標二紀地之形一」、『文選』巻一〇、潘岳「西征賦」に「昔豫章之名宇、披二玄流一而特起」とあり、李善注が「西京賦曰、神池靈沼、黒水玄沚、豫章珍館、掲焉中峙」とする。「錯理」は用例未見。「錯」は、『文選』巻五五、陸機「演連珠」に「臣聞、日薄星迴、穹天所二以紀一レ物、山盈川沖、后土所二以播一レ氣。五行錯而致レ用、四時違而成レ歳」とあるのと同じ（調和の取れた交ざり合い）。李善「進二文選一表」に「道光二九野一、縟二景緯一以照臨、徳載二八埏一、麗二山川一以錯峙。垂象之文斯著、含章之義聿宣」（『全唐文』巻一八七）とあるのも、「山川」が「徳」の具象化した姿として秩序立って大地の上に混在・屹立することを「錯峙」と表現している。5の道守宮継の対策に「悠々方儀…列二山川一而分レ理」とあるのも同じ発想の表現である。小島憲之は、「文《あや》」と「理《まめ》」は「對策文など文章を作る上に必要な要素」だとして、『令集解』の「古記云。問二文理一。答。文、文句也。理、謂二義理一也」をあげた（『国風暗黒時代の文学　上』一二二三頁）。また、後に、「「理」は、「文」（修辞的なもの、あや、文章）に対して論理的、形式的なものをいふ」として、「文」「理」を対にする例が劉勰『文心雕龍』に多く見られることを指摘している（『国風暗黒時代の文学　補篇』四六〇頁）。

○黼藻法之而潤色　含章因之以成工

「黼藻」は縫い取り模様のある服と、模様のある水草。ともに文飾をたとえる。『尚書』「虞書・益稷謨」の前漢・孔安国伝に「藻、水草有レ文者。黼、若二斧形一」とある。「含章」は『周易』「坤」に「六三含レ章可レ貞」、『文選』巻四、左思「蜀都賦」に「揚雄含レ章而挺生」とあり、李善注は前掲の『周易』を引用して説明する。「章」は模様の意で、「含章」は模様を含む美しいものの意。「潤色」は文字を修飾して文章を美しくすること。『論語』「憲問」に「爲レ命、裨諶草二創之一、世叔討二論之一、行人子羽修二飾之一、東里子産潤二色之一」。「成工」は適切な用例がなく、小島憲之も「和製漢語」かとする（『国風暗黒時代の文学　補篇』四六〇頁）。文意からすれば、技巧を加えて完成させることであろう。

○文之時義　其大矣哉　　『周易』「豫」に、（豫は物事が道理に従って動く卦だとして）「天地以レ順動、故日月不レ過、而四時不レ忒。聖人以レ順動、則刑罰清而民服。豫之時義大矣哉」とある。この文脈では「時義大矣哉」は、豫に当たる時期とその意義は偉大だ、の意である（同「遯」にも「遯之時義大矣哉」とある）。これを受けて、梁・昭明太子蕭統「文選序」に「易曰、観二乎天文一、以察二時變一。観二乎人文一、以化二成天下一。文之時義遠矣哉」とある。この文脈では「時義」は、時に応じて「天文」「人文」が示す表象の意義、の意である。本対策はこれに拠り、構成も、「文選序」の「易曰『…』。…遠矣哉」を「臣聞『…』。…其大矣哉」へと変形したのだろう。

○上古　道存不宰　徳光而孚　鷇飲鶉棲　恬然大化

「上古」は問の上古淳朴…の項参照。「不宰」は君主が支配を行わなくても、自然と徳が行き届き、治まっている状態。『老子』「養徳」に「生而不レ有、為而不レ恃、長而不レ宰、是謂二玄徳一」。「鷇飲」は「鷇食」に同じ。鳥の雛（鷇）が母親から餌をもらいうける様子をいう。「鶉棲」は「鶉居」に同じ。野宿してとどまるところがないことをいう。ともに隠者のとらわれなさや質素な生活の喩えとして『荘子』「天地」に「夫聖人、鶉居而鷇食、鳥行而無レ彰」とあり、晋・郭象注が「仰レ物而足」、唐・陸徳明『荘子音義』が「鶉居、謂レ無二常居一也。又云、如二鶉之居一、猶レ言二野處一」、唐・成玄英疏が「鶉、鵪鶉也。野居而無二常處一。鷇者、鳥之子、食必仰レ母而足。聖人寢處倹薄、譬二彼鵪鶉一。供膳裁充、方茲鷇鳥。既無二心於侈靡一、豈有二情於滋味一乎」とする。これを文字以前の民の喩に転じた例として、『隋書』巻五七「薛道衡傳」に「太始太素、荒茫造化之初、天皇地皇、杳冥書契之外。其道絶、其迹遠、言談所レ不レ詣、耳目所レ不レ追。至二於入レ穴登レ巣、鶉居鷇飲、不レ殊二於羽族一、取二類於毛羣一。亦何貴二於人靈一、何用二於心識一」とある。「恬然」は安らかでのんびりとしているさま。『荀子』「彊国」に「観二其朝廷一、其朝閑、聽二決百事一不レ留。恬然如レ無二治者一、古之朝也」。「大化」は広大な徳化・教化。『尚書』「周書・大誥」に「肆予大化、誘二我友邦君一」とあり、その唐・孔穎達疏が「故我大爲二教化一、勸二誘我所レ友國君一、共伐二叛逆一」とする。

○迨于聲績可紀　孝慈著聞　始制書契　遂改繩政

「聲績」は立派な業績。『藝文類聚』巻四「歳時部中・三月三日」、梁・簡文帝「三日侍二皇太子曲水宴一詩」に「顧惟菲薄、徒承二恩裕一、藝學未レ優、聲績不レ樹」とあるなど。「孝慈」は目上に孝行をつくし、目下の者を慈しむこと。『論語』「爲政」に「臨レ之以レ莊則敬、孝慈則忠」とある。「著聞」は世の中に広く知れ渡ること。『魏書』巻八八「良吏傳・張應」に「應、履行貞素、聲績著聞」などの用例もみられる。「書契」と「繩政」は問の上古淳朴…の項に既出。

○龜浮龍出　虙犧創之於前　類物寫迹　蒼頡廣之于後

「龜浮龍出」は河図・洛書の出現を指す。『藝文類聚』巻九八「祥瑞部・龍」所引『孝經援神契』に「左契曰、天子孝、天龍負レ圖、地龜出レ書」とある。また、『藝文類聚』巻一一「帝王部一・黄帝軒轅氏」所引『河圖挺佐輔』に「天老曰、河出二龍圖一、雒出二龜書一、紀二帝錄一、列二聖人姓號一、興謀二治太平一」とあるように、河図洛書には聖人の記録が書かれていたという説もある。「虙犧」は伏義のこと。八卦や結縄の制度を作ったという伝説がある神話上の人物。『周易』「繫辭下」に「古者包犧氏之王天下也、仰則觀二象於天一、俯則觀二法於地一、觀二鳥獸之文一、與二地之宜一、近取二諸身一、遠取二諸物一。於レ是始作二八卦一、以通二神明之德一。以類二萬物之情一、結レ繩而爲二網罟一。以レ畋以レ漁、蓋取二諸離一」（『藝文類聚』巻一一「帝王部一・太昊庖犧氏」にもみえる）。一般的には、文字の起源に河図・洛書は結びつかない。この文でも典拠として使われている『周易』「繫辭下」、「尙書序」、『說文解字』「叙」、「文選序」でも文字の歴史を叙述するが、いずれも河図・洛書は登場しない。ただ、『漢書』「五行志」の序に「易曰、天垂レ象、見二吉凶一。河出レ圖、雒出レ書、聖人則レ之。劉歆以爲、虙羲氏繼レ天而王。受二河圖一、則而畫レ之。八卦是也。禹治二洪水一、賜二雒書一、法而陳レ之。洪範是也」、また、本対策より遅れるが、『舊唐書』巻四六

『經籍志上』が「夫龜文成レ象、肇二八卦於庖犧一、鳥跡分レ形、創二六書於蒼頡一」とするなど、河図と伏羲が作ったとされる八卦を結びつける説はある（八卦は陰陽の重ね合わせを表す八種の記号。陰と陽を表す二種の記号・爻《こう》（切れ目のない横線が陽、中央に切れ目のある横線が陰）を三段に重ねると〈順列計算の〉二の三乗で八種の重ね合わせが作れる。それを八卦とする）。蒼頡は漢字を作ったといわれる伝説上の人物。右の『舊唐書』にもあるように鳥や獣の足跡をみて文字を作ったという。後漢・許慎『說文解字』巻一五上「叙」に「黃帝之史倉頡見二鳥獸蹏迒之迹一、知三文理之可二相別異一也、初造二書契一（中略）倉頡之初作レ書、蓋依レ類象レ形。故謂二之文一、其後形聲相益。即謂二之字一」とある。また右の前には、庖犧が八卦を作ったこと（前引『周易』を引く）、神農が結縄を作ったことが書かれ、歴史叙述をなしている。同様に、『隋書』巻四九「牛弘傳」には「經籍所レ興、由來尚矣。爻畫肇二於庖羲一、文字生二於蒼頡一」とある。本対策はこれらと同じく、いわば「記号の歴史」として伏羲の八卦から蒼頡の文字へという流れを述べている。

○指事寫形之制　始闢其規　轉注假借之流　爰揮其法

「指事」「寫形」「轉注」「假借」は漢字の成り立ち・用法を示す六書のうちの四つ。他に会意・形声がある。『說文解字』巻一五上「叙」に六書の解説がある。「指事」は「上」「下」のように、抽象的な概念を図式化した文字。「寫形」は、「山」など、そのものの形を写して作った文字。「轉注」は、文字の意味を転化させた用字法だとされるが、具体的にどのようなものかは、諸説ある。「假借」は既製の文字について、あらわす語と同じ音か近似している他の語を用いてあらわす方法。「闢」は単純な文字の成立、「揮」は単純な文字から応用的な用字への発展を示していると読むこともできる。

○皇墳所以大照　帝典由其聿脩　「皇墳」「帝典」は問の「三墳五典」に対応した表現。本対策以前の日本への伝来は未詳だが、唐・王福時「錄下唐太宗與二房魏一論中禮樂事上」に「若陛下重張二皇墳一、更造二帝典一、則非三駑劣所二能議及一也」（『全唐文』巻一六二）、唐・張東之「對二賢良方正策第二道」（永昌元年〈六八九〉）に「起二帝典一而孤立、孕二皇墳一而獨秀」（『全唐文』巻一七五）などとある。「聿脩」は『毛詩』「大雅・文王之什・文王」に「無レ念二爾祖一、聿二脩厥徳一、永言二配命一、自求二多福一」とあり、前漢・毛公伝が「聿、述。永、長言レ我也」と注が、「聿」は「述べる」という動詞用法の他、「ここに」という間投詞用法もあり、後代の注だが、南宋・朱熹『詩集傳』は右の『毛詩』の例について「聿、發語辭」と注し、間投詞とみている。当該例も対句としては、そのように読む方が均整がとれる。

○若其望綿載以盱衡　傃玄風而繹思

「綿載」は「綿」に昔の意があり、昔のことについての記載という意味だろう。北魏・酈道元『水經注』巻二六「淄水」に「余生二長東齊一、極二遊其下一、于レ中潤絕。乃積二綿載一。後圖二王事一、後出二海岱一」とある。「盱衡」は、目を見はり、眉をつりあげる動作。『文選』巻六、左思「魏都賦」に「魏國先生有レ睟其容、乃盱衡而誥曰」（李善注「趙岐曰、睟、潤澤貌也。眉上曰レ衡。盱、舉レ眉大視也」）とある。

「傃」は向かうの意。『文選』巻五七、顔延之「陶徵士誄」に「傃レ幽告レ終、懷レ和長畢。嗚呼哀哉」（李善注「傃、向也」）とある。「玄風」は、優れた天子の奥深い政治の風姿のこと。用例は、『晉書』巻四二「王濬傳」に「今皇澤被二於九州一、玄風洽二於區外一」、同・巻六九「劉隗傳・孫波」に「往者先帝以二玄風一御レ世、責二成羣后一、坐二運天綱一、隨二化委順一」、前出「文選序」に「式二觀元始一、眇二覿玄風一」などとある。「繹思」は思いを馳せること。『毛詩』「周頌・閔予小子之什・賚」に「敷レ時繹レ思。我徂維求レ定」とある。

○萬八千歳　盤古之際難詳　七十二君　皇極之猷可驗

「盤古」は中国神話上における創世神。『藝文類聚』巻一「天部上・天」所引、徐整『三五暦紀』に「天地混沌如二雞子一。盤古生二其中一、萬八千歳」とある。「七十二君」は問の「未審七十二君」を受ける。「皇極」は、『尚書』「周書・洪範」に「天乃錫二禹洪範九疇一、彝倫攸敘。初一曰、五行。次二曰、敬二用五事一。次三曰、農二用八政一。次四曰、協二用五紀一。次五曰、建二用皇極一。…」（孔安国伝

「皇、大、極、中也。凡立レ事當レ用二大中之道一」）とある。政治の根本となる道の一つ。「猷」は、はかりごとの意。ここでは「皇極」にのっとる王のはかりごと（王猷）の意と同義に使われていよう。

○刻石紀號　禪二云亭以騰英　展采觀風　登嵩岳而傳迹

「刻石紀号」は問の「刻石」を受ける。用例としては、後漢・班固『白虎通』巻六「徳論・封禪」に「王者易レ姓而起、天下太平功成、封禪以告二太平一也。禪二梁父之阯一、廣厚也。刻レ石紀レ號、著二己之功績一」とある。「云亭」は封禅が行われた云云・亭亭という山を指す。『史記』巻二八「封禪書」に「管仲曰、古者封二泰山一禪二梁父一者七十二家、（中略）昔無懷氏封二泰山一、禪二云云一。（中略）黄帝封二泰山一、禪二亭亭一」とあり、「云云」は、劉宋・裴駰『史記集解』に「李奇曰、云云山在二梁父東一」、唐・司馬貞『史記索隱』に「晉灼云、山在二蒙陰縣故城東北一、下有二云云亭一也」。「亭亭」は、『史記集解』に「徐廣曰、在二鉅平一。駰案、服虔曰、亭亭山在二牟陰一」、『史記索隱』に「應劭云、在二鉅平北十餘里一。服虔云、在二牟陰一、非也」などとある。「騰英」は、ここでは優れた名声をあげる意。『藝文類聚』巻一三「帝王部三・宋孝武帝」所引、謝荘「孝武帝哀策文」に「騰三英聲與二茂實一」とある。また、『文選』巻四八、司馬相如「封禪文」には「俾丁萬世得丙激二清流一、揚二微波一、蜚二英聲一、騰乙茂實甲」とあり、「封禪文」の「蜚」（李善注は「蜚、古飛字也」とする）字を「騰」字に置き換えたものと考えられる。「展采」は、役人を使って仕事や事業を行うこと。「采」は「寀」に通じ、ここでは役人の意。同じく「封禪文」に「而後因レ雜薦二紳先生之略術一、使レ獲下燿二日月之末光絶炎一、以展レ寀錯上事」とあり、李善注が「漢書音義曰、寀。官也。使丁諸儒記二功著業一、得丙觀二日月末光殊絶之明一、以展二其官職一、設乙錯事業甲也」とある。「觀風」は、民の風俗の良し悪しを観察すること。『禮記』「王制」に「命二大師一陳レ詩以觀二民風一」。「嵩岳」は中国五岳の一で、中国の中央に位置する山のこと。舜が五岳を回り封禅のようなまつりごとをしたことを指す。同じく『史記』「封禪書」に「尙書曰、舜在二璇璣玉衡一、以齊二七

政一。遂類二于上帝一、禋二于六宗一、望二山川一、徧二羣神一、輯二五瑞一、擇二吉月日一、見二四嶽諸牧一、還レ瑞。歳二月、東巡狩、至二于岱宗一。岱宗、泰山也。（中略）中嶽、嵩高也。五載一巡狩」とある。

○仲父博物　其言匪妄　司遷良史　其書有實　　仲父は管仲（字は夷吾）を指す。斉の桓公が管仲のことを仲父（父のように敬う存在）と呼んだことにちなむ。『史記』巻九七「范雎傳」に「齊桓公得二管夷吾一以爲二仲父一」とある。「博物」は博学なこと。司馬遷への評価として、『漢書』巻六二「司馬遷傳」に「烏呼、以二遷之博物洽聞一、而不レ能三以知二自全一、既陷二極刑一、幽而發憤、書亦信矣」とあるのを管仲に移した。「其言」は、七十二君の封禅について述べた管仲の言で、問の末審七十二君…の項に引いた『史記』「封禪書」の「管仲曰…」を指す。「司遷」は問との対応からして司馬遷のことを指すが、漢籍の用例で司馬遷を「司遷」と略するものは未見。「良史」は優れた史官。司馬遷への評言の例として、『晉書』巻六〇「張輔傳」に「遷爲二蘇秦・張儀・范雎・蔡澤一作レ傳。逞辭流離、亦足三以明二其大才一。故、述二辯士一則辭藻華靡、敘二實錄一則隱核名檢、此所三以遷稱二良史一也」とある。「其書」はその管仲の言を載せる『史記』、なかんずく「封禪書」を指す。

○然則　　以上の文字の歴史についての叙述を受ける。文字は政治の業績・名声が揚がってから作られ、三皇五帝の事績が記された、という内容を受けて以下に続ける。

○施於王猷　用起六羽之後　徵於濫觴　理存九翼之前　「王猷」は、王のはかりごと。「猷」は「猶」にも作る。『毛詩』「大雅・蕩之什・常武」に「王猶允塞、徐方既來」（毛公伝「猶、謀也」、鄭玄箋「猶、尚允信也」）とある。「濫觴」は物事の起源。ここは政治の起源のこと『初學記』巻一六所引、虞世南「琵琶賦」に「強秦創二其濫觴一、盛漢盡二其深致一」とある。「六羽」「九翼」は、『初學記』巻九帝王部に「六羽　九翼」で項目がたてられ、「春秋命歷序曰、人皇九頭駕二六羽一、乘二雲谷口一。河圖曰、天皇九翼、是名二旋復一」とある。右の「人皇」「天皇」は神話上の帝王（三皇のうちの二帝）を指す。『藝文類聚』

巻一一「帝王部一・天皇氏」に「項峻始學篇曰、天地立、有二天皇十三頭一、號曰二天靈一。治萬八千歳」「徐整三五曆紀云、歳起二攝提一。元氣肇、有二神靈一人一、有二十三頭一、號二天皇一」「春秋緯曰、天皇・地皇・人皇、兄弟九人。分二九州一、長二天下一也」、同「人皇氏」に「項峻始學篇曰、人皇九頭、兄弟各三百歳」などとある。「六羽」は『北堂書鈔』巻一六「帝王部・巡行」に「人皇駕二六羽一〈春秋〉神農駕二六龍一〈春秋〉」（〈 〉は細字注）、『藝文類聚』巻七一「舟車部・車」に「春秋命歷序曰、人皇九頭。駕二六提羽一、乘二雲車一、使二風雨一」ともあるように、人皇の乗り物を指す。なお、右の『北堂書鈔』の対句を参照すれば、「九翼」も「天皇」の乗り物と解されよう。日本へ伝来していたかは未詳だが、『唐文拾遺』巻一三所収、作者未詳（闕名）「白鶴觀碑」に「稽二上皇一而比レ德、則仁超二九翼之前一、校二近古一而論レ功、則道出二六飛之外一」とあり、「九翼之前」が「上皇」（上古の帝王）を指す表現として用いられ、対句の構成も本対策とよく似る。真象はこれか、または伝来していて散逸した書の類似の表現から学んだのだろう。

○**威禽呈象　河圖負書**　「威禽」は、本対策以前の日本への伝来は未詳だが、『文苑英華』巻四八二「方正・賢良方正策七道」所収、唐・呉師道「對二賢良方正策一第三道」に「五蹄仁獸、樂二君囿一而來遊、六象威禽、拂二帝梧一而萃止」とある（『全唐文』巻二六〇再収。同書の注記に拠れば、師道は垂拱元年〈六八五〉進士）。「六象威禽」は、『初學記』巻三〇「鳥部・鳳」に「論語摘衰聖曰、鳳有二六像・九苞一。六像者、一曰頭像レ天、二曰目像レ日、三曰背像レ月、四曰翼像レ風、五曰足像レ地、六曰尾像レ緯」とあり、鳳凰（身体の六部位にそれぞれ象徴するものがある）を指すが、ここは、「威禽呈象」で鳥の足跡が蒼頡に文字作成を示唆したことを指していよう。あるいは、「六象威禽」の「六象」を文字の「六書」（指事寫形之制…の項参照）に転じたか。「河圖負書」は龜浮龍出…の項を参照。

○**文字之興　殆均造化**　「文字之興」に類する句は、本対策以前の日本への伝来はいずれも未詳だが、唐・太宗「修㆓晉書㆒詔」に「是知、右史序言、繇㆑斯不㆑昧、左官詮事、歷㆑茲未㆑遠、發㆓揮文字之本㆒、導㆓達書契之源㆒。大矣哉、蓋史籍之爲㆑用也」（『全唐文』巻八）、唐・逢行珪「進㆓鬻子㆒表」に「臣聞、結繩以往、書疏蔑然、文字之初、教義斯起、記言之史設、褒貶之迹聿興」（『全唐文』巻一六三。同書の注記に拠れば、行珪は永徽年間〈六五〇～六五五〉の官が華州鄭県尉）、唐・張懐瓘「書斷論」に「是知、卦象者、文字之祖、萬物之根」（『全唐文』巻四三二。同書の注記に拠れば、懐瓘は開元年間〈七一三～七四一〉の官が鄂州司馬翰林院供奉）などとある。「造化」は天地の創造を指す。『文選』巻二、班固「東都賦」に「紹㆓百王之荒屯㆒、因㆓造化之盪滌㆒」とあり、李善注が「禮記曰、百王之所㆑同、古今之所㆑一也。淮南子、大丈夫恬然無㆑爲、與㆓造化㆒逍遙。高誘曰、造化、天地也」とする。また、本対策とはやや文脈を異にするが、『三國志』「魏書」巻二「文帝紀」延康元年十月、漢帝の曹丕（文帝）への譲位記事に対する宋・裴松之注に「夫古聖王之治也、至徳合㆓乾坤㆒、惠澤均㆓造化㆒、禮教優㆓乎昆蟲㆒、仁恩洽㆓乎草木㆒」とある。

○經典散亡　群言繁亂　萬古之下　難以意推　「經典散亡」は、『禮記』「曲禮上」、「知㆑生者弔、知㆑死者傷」への後漢・鄭玄注「傷辭未㆑聞也」に唐・孔穎達疏が「云㆓傷辭未㆑聞者、經典散亡、故未㆑聞也」とするなど、唐代の注疏に散見する表現である。「群言」はさまざまな人物の言論。本対策と類似の文脈で用いた例として、『漢書』巻一〇〇下「敍傳下」に「虙羲畫㆑卦、書契後作。虞夏商周、孔纂㆓其業㆒、篹㆑書刪㆑詩、綴㆑禮正㆑樂、彖㆓系大易㆒、因㆑史立㆑法。六學既登、遭㆑世罔㆑弘、羣言紛亂、諸子相騰。秦人是滅、漢修㆓其缺㆒、劉向司㆑籍、九流以別」とある。「繁亂」を本対策と類似の文脈で用いた例は、本対策とほぼ同時代だが、『文苑英華』巻六七八「贈答中」所引、唐・蕭穎士「贈㆓韋司業㆒書」に「有㆓漢之興、舊章頓革㆒。馬遷唱㆓其始㆒、班固揚㆓其風㆒。紀傳平分、表志區別。其文複而雜、其體漫而疏。事同㆓舉措㆒、言殊㆓卷帙㆒。首末不㆑足㆔以振㆓綱維㆒、支條適㆑足㆔以助㆓繁亂㆒。於㆑是、聖明之筆削、褒貶之文廢矣。後進因循、學猶㆑不レ及」とある。「萬古」は遥か昔。『文選』巻五五、劉峻「廣絶交論」に「歴二萬古一而一遇」とあり、李善注が「萬古一遇、難レ逢之甚也」とする。「以意推」は、本対策以前の日本への伝来は未詳だが（『日本國見在書目錄』に『蔡邕集』として名が見える）、『蔡中郎集』巻七「荅三詔問二災異一」に「夫牝雞但雄鳴、尚有二索レ家不レ榮之名一。況乃陰陽易レ體、名實變改、此誠大異。臣竊以レ意推レ之、頭爲二元首・人君之象一。今雞身已變、未レ至二于頭一、而聖主知レ之、訪二問其故一、是將レ有二其事一、而遂不レ成之象也」、『魏書』巻一〇九「樂志五」に「調絃緩急、清濁可二以レ意推一耳」とあるなど。

○臣學非稽古　業謝専門　「稽古」はいにしえのことを考察すること。『尙書』「虞書・堯典」に「曰若稽レ古、帝堯曰二放勳一」、太安万侶「古事記序」にも「雖二歩驟各異、文質不レ同、莫レ不下稽レ古以繩二風猷於既頽一、照レ今以補中典敎於欲上レ絶」とある。この語を謙遜の辞に用いた例は、本対策以前の日本への伝来は未詳だが、唐・孫逖（六九六〜七六二）「應二賢良方正科一對策」に「臣學昧二稽古一、思迷二政途一、謀適二不用一」（『全唐文』巻三一一）、また、本対策よりやや遅れるが、唐・李絳（七六四〜八三〇）「論レ不二召對一疏」に「學非二稽古一、才昧二濟時一、陛下過聽、不レ以二臣等愚懵無一レ取、誤置二於嚴密之地一」（『全唐文』巻六四五）、唐・李徳裕（七八七〜八五〇）「謝二恩賜錦綵銀器一狀」に「臣學非二稽古一、文不レ逮レ人。徒以下運遇二聖明一、職叨中宰弼上」（『全唐文』巻七〇四）などとあり、類型をなしている。真象がこれに類する例を参照した可能性はあろう。「専門」は特定の学問を掘り下げて研究すること。『藝文類聚』巻五五「雜文部・經典」、謝朓「隨王賜二左傳一啓」に「思レ勸二挾策一、慈レ勗二下帷一。朓未レ窺二山笥一、早懵二河籍一。業謝二專門一、説非二章句一」とある。

○以閭閻之小才　叨明時之貢薦　「閭閻」は平民を指す。『史記』巻八七「李斯傳・贊」に「夫蘇秦起二閭閻一、連二六國一從レ親、此其智有二過レ人者一」とある。「小才」はわずかな才能。ここは謙遜の辞。『藝文類聚』巻五五「雜文部・經典」、沈約「上二宋書一表」に「臣遠愧二南董一、近謝二遷固一。以二閭閻小才一、述二一代盛典一」とある。

この文は、前項で言及した謝朓「隨王賜二左傳一啓」の前に引用されており、真象が『藝文類聚』巻五五「經典」を参照しながらこの対策文を作ったことは確実だろう。「明時」はよい政治が行われている時代。『周易』「革」に「君子以治二歴明時一」。『文選』巻三七、魏・陳思王曹植「求二自試一表」に「志欲下自效二於明時一、立中功於聖世上」などとある。やや遅れるが、『續日本紀』天平宝字四年（七六〇）八月甲子条に「又得二大師奏一稱。故臣父及叔者、竝爲二聖代之棟梁一、共作二明時之羽翼一」とある。「貢薦」は人物を推薦すること。『漢書』巻八九「循吏列傳・朱邑」に「邑感二敞言一、貢二薦賢士大夫一、多得二其助一者」とある。

○高問難報　茫然闕對揚之敏

「高問」は文脈からすると、下された問いを指しているが、漢籍に用例は少ない。『魏書』巻五二「宋欽傳」に「高允答レ書曰、頃因二行李一、承二足下高問一、延佇之勞、爲レ日久矣」とある。「難報」は、漢籍の用例の多くが「恩に報い難い」という文脈で用いられている。たとえば、『宋書』巻九七「夷蠻列傳・西南夷・呵羅單國」、国王・毗沙跋摩の上表文に「此人忠志、其恩難レ報」、本対策と同時代かやや遅れるが、唐・李端（七三二〜七九二年）「送二陸郎中歸田司空幕一」に「農桑連二紫陌一、分野入二青州一。覆被恩難レ報、西看レ成二白頭一」（『全唐詩』巻二八五）とあるなど。また、仏典では、『父母恩難報經』の名が正倉院文書、天平勝宝四年（七五二）正月二五日付け（本対策の五年前）「可請本經目錄」に見える。本対策も天皇から「高問」を下されたことを恩ととらえる含みがあろう。「茫然」は何もわからないでぼうっとしているさま。『漢書』巻五七下「司馬相如傳」に「於レ是諸大夫茫然、喪三其所二懷來一」とある。これを対策の謙辞に用いた例として、本対策以前の日本への伝来は未詳だが、唐・孫翃「應二文辭雅麗科一對策」に「臣學不二師古一、才非二敏贍一。慙二瑣瑣之陋一、無二足言一哉、仰二蒼蒼之高一、茫然自失。謹對」（『全唐文』巻三〇三。同書の注記に拠れば開元三年〈七一五〉作）とある。「對揚」は君命に答えてそれを称揚すること。『尚書』「商書・説命下」に「敢對二揚天子之休命一」。

（孔安国伝「對、答也。答受二美命一而稱二揚之一」）とある。

○下春易斜　逡巡無厝言之地　「下春」は日が沈んで暗くなる時刻のこと。ここは試験終了の時刻が迫っていることをいう。「考課令」によれば、卯時（午前六時頃）に「策」が授けられ（試験開始）、「当日」中に「對」を終えることになっていた。『淮南子』「天文訓」に、日が通過する地点十六箇所を述べて、（日が）「至二于淵虞一是謂二高春一。至二于連石一、是謂二下春一」とあり、後漢・高誘注が「連石、西北山。言、將レ欲二冥下一、象レ息レ春、故曰二下春一」とする（『芸文類聚』巻一「天部上・日」、『初學記』巻一「天部上・日」再収。後者は高誘注まで引用）。後代の日本の例だが、対策の末尾に試験時間の残り少なさをいう例として、『本朝文粋』巻三、都言道（良香）「漏刻」に「食時之期忽過、顧二淮南一而有レ恥、春夕之漏頻瀉、望二山西一以驚レ魂。謹對」とある。「逡巡」は後ずさりすること。『文選』巻一、班固「東都賦」に「主人之辭未レ終、西都賓矍然失レ容。逡巡降レ階、惵然意下、捧レ手欲レ辭」（李善注「公羊傳、趙盾逡巡北面再拜。郭璞爾雅注曰、逡巡、却去也」）とある。「厝言」は言葉を述べること。『隋書』巻三六「后妃傳・煬帝蕭皇后」に「帝每二遊幸一、后未三嘗不二隨從一。時后見二帝失レ德、心亭知レ不レ可、不二敢厝レ言、因爲二述志賦一以自寄」とある。

3　菅原清公（問）・栗原年足（対）「天地終始」

〔作者解説〕

○策問執筆者　菅原《すがわらの》清公《きよとも》

『續日本後紀』承和九年（八四二）十月十七日の薨伝に以下のようにある。

文章博士従三位菅原朝臣清公薨。清公、故遠江介従五位下古人之第四子也。父古人儒行高レ世、不三與レ人同一。家無二餘財一、諸兒寒苦。淸公年少、略渉二經史一。延曆三年詔令レ陪二東宮一。弱冠奉試、補二文章生一。學業優長、學二秀才一。十七年對策登科、除二大學少允一。廿一年任二遣唐判官一、兼二近江權掾一。廿三年七月渡レ海到レ唐。與二大使一俱謁二天子一、得レ蒙二顧眄一。廿四年七月歸朝。叙二従五位下一、轉二大學助一。大同元年任二尾張介一。不レ用二刑罰一、施二劉寛之治一。弘仁三年秩滿入レ京。補二左京亮一、遷二大學頭一。四年任二主殿頭一。五年拜二右少辨一、轉二左少辨一、遷二式部少輔一。七年加二従五位上一、兼二阿波守一。九年有二詔書一、天下儀式、男女衣服、皆依二唐法一。五位已上位記、改從二漢樣一。諸宮殿院堂門閣、皆著二新額一。又肆二百官舞踏一。如レ此朝儀、竝得二關說一。十年正月加二正五位下一、兼二文章博士一、侍三讀文選一、兼二參集議之事一。十二年叙二従四位下一、轉二式部大輔一、尋任二左中辨一。有レ不レ適レ意、求レ遷二右京大夫一。上從容問二京職大夫官品一。淸公朝臣對曰「正五位官、卽日改爲二從四位官一。左亦同レ之」。十四年除二彈正大弼一。天長元年出爲二播磨權守一。不レ異二左貶一、時人憂レ之。二年八月公卿議奏「國之元老、不レ合二遠離一」。更使レ入レ都、兼二文章博士一。三年三月亦遷二彈正大弼一、兼二信濃守一、復轉二左京大夫一。文章博士如レ故。八年正月授二正四位下一。承和二年兼二但馬權守一、侍三讀後漢書一。六年正月叙二從三位一。老病羸弱、行歩多レ艱。勅聽下乘二牛車一、到中南大庭梨樹

底上。斯乃稽古之力、非二徇求所一レ致。其後託レ病、漸絶二入内一。仁而愛レ物、不レ好二殺伐一。造像寫經、以レ此爲レ勤。恒服二名藥一、容顏不レ衰。薨時年七十三。

本策問の執筆は延暦二十年（八〇一。対策者の項参照）。策問の前に「大學少允従六位下兼越前前大目菅原朝臣清公」と示されているが、これは、『續日本後紀』薨伝の「（延暦）十七年對策登科、除二大學少允一」と一致する。この時、清公三十二才。孫の道真の『菅家文草』に、自らの『菅家文草』とともに、父是善、祖父清公の集を献じた旨が見えるが、その折の集にはこの策問も収載されたか。

○対策者　栗原年足《くりはらのとしたり》　生没年未詳。『經國集』巻二十「策下」の目録に「正六位上伊勢大掾栗原連年足對策文二首」、第二対策「宗廟禘祫」の末尾に「延暦廿年二月廿五日監試　文章生正八位上中臣栗原連年足上」とある。また、『國司補任』に、「天長四年（八二七）正六位上伊勢大掾」と見える。これ以外のことは未詳。なお、中臣栗原連氏については、『續日本紀』天応元年（七八一）七月十六日に「右京人正六位上栗原勝子公言『子公等之先祖伊賀都臣、是中臣遠祖天御中主命廿世之孫、意美佐夜麻之子也。伊賀都臣、神功皇后御世、使二於百濟一。便娶二彼土女一、生二二男一。名曰二本大臣・小大臣一。遙尋二本系一、歸二於聖朝一。時賜二美濃國不破郡栗原地一、以居焉。厥後因レ居命レ氏、遂負二栗原勝姓一。伏乞、蒙レ賜二中臣栗原連一』。於レ是、子公等男女十八人依レ請改賜レ之」とあり、帰化人系の氏族であることがわかる。

〔本文〕

對策二首

〔訓読〕

對策二首

天地終始
大學少充従六位下兼越前前大目菅原朝臣清公
問。
混元肇判、方圓自形。
或陽或陰、日高日厚。
縟㆓七耀㆒而左旋、
載㆓萬靈㆒而右闢。
斯則、
千品之源、
三才之本者也。
然而、
遞成遞壞、釋氏之教斯存、
有㆑始無[1]㆑終、儒家之風不㆑落。
今、
欲㆑法㆓之釋教㆒、彼始自㆑空、
尋㆓之儒風㆒、其終焉在。
雖㆔默語別㆑道、

天地の終始
大學少充従六位下兼越前前大目菅原朝臣清公
問ふ。
混元肇《はじ》めて判《わか》れ、方圓《はうゑん》自《おのづか》ら形《かた》どる。
或いは陽、或いは陰、日《ひにひ》に高く、日に厚し。
七耀を縟《まだ》らかにして左に旋《めぐ》り、
萬靈を載せて右に闢《ひら》く。
斯《こ》れ則ち、
千品の源、
三才の本たるものなり。
然して、
遞《たが》ひに成りて遞ひに壞《やぶ》る、釋氏の教斯《ここ》に存り、
始《はじめ》有りて終《をはり》無し、儒家の風落ちず。
今、
之を釋教に法《のつと》らむとすれば、彼の始空自《よ》りし、
之を儒風に尋ぬれば、其の終焉《いづく》にか在る。
默・語は道を別《わか》ち、

辭有二頗異一、
而聖哲同レ致、何可レ錯乎(2)。
才爲レ世出、識作二物表一。
優劣異同、佇レ聞二芳話一。

文章生正八位上中臣栗原連年足上
對。

竊以、
陽清上動、懸二二紀五緯一而左旋、
陰濁下凝、錯二丘陵江海一以右闢。
考レ形測レ數、可レ寓二遊心之端一、
推變研レ神、何得二(3)絶慮之表一。
自下皇雄畫レ卦、取二象於天一、
高密膺レ圖、求中歩於地上、
雖レ陳二數度一、莫レ辨二區條一。
故、
四術紛綸、異端之論蜂起、
三家舛雜、臆斷之辭抑揚。

辭《ことば》に頗る異《ことなり》有りと雖も、
而《しか》も聖哲は致《むね》を同じくす、何ぞ錯《たが》ふべけむや。
才は世の爲《ため》に出で、識は物表《ぶつぺう》を作《な》す。
優劣・異同、芳話《はうわ》を聞かむことを佇《ま》つ。

文章生正八位上中臣栗原連年足上《たてまつ》る
對ふ。

竊《ひそ》かに以《おもひ》みれば、
陽の清《す》めるは上り動き、二紀五緯を懸けて左に旋《めぐ》り、
陰の濁れるは下り凝《こ》り、丘陵江海を錯《まじ》へて右に闢《ひら》く。
形を考へ數を測るは、遊心《いうしん》の端《はし》を寓《やど》すべくも、
推變に神《しん》を研《みが》くも、何ぞ絶慮の表《うへ》を得む。
皇雄卦《くわうゆうくわ》を畫《か》きて、象《しやう》を天に取り、
高密圖《かうみつと》に膺《あた》りて、歩を地に求めしより、
數度を陳《の》ぶと雖も、區條を辨《わか》つこと莫し。
故に、
四術紛綸《ふんりん》し、異端の論蜂起し、
三家舛雜《さんざつ》し、臆斷の辭抑揚す。

言多二米鹽一、
事爲二楚越一、
累代因襲、
指掌未詳。
豈不レ以下古今措二刊錯之煩一、
　　夷夏致中傳譯之謬上矣。
夫以、
周星殞レ夕、
漢夢發レ霄、
象譯之編爰傳、
龍緘之敎遂闢。
於レ是、
辨二虛空之不一レ極、
說二世界之無一レ窮。
接二比十方(4)一、
積二累三千一。
(5)三千日月、等二渤海之輪廻一、
百億閻浮、同二塵沙之數量一。

言は米鹽《べいえん》多く、
事は楚越《そゑつ》を爲し、
累代因襲して、
指掌未詳なり。
豈に古今刊錯《かんさく》の 煩《わづらひ》を措《お》き、
　夷夏傳譯《いかでんやく》の 謬《あやまり》を致すを以てせざらむや。
夫れ 以《おもひ》みれば、
周星《しうせい》夕に殞《お》ち、
漢夢霄《よひ》に發《ひら》く、
象譯《しやうやく》の編爰《ふみここ》に傳はり、
龍緘《りゆうかん》の 敎《をしへ》遂に闢《ひら》く。
是に於て、
虛空《こくう》の 極《きはま》らざるを 辨《わきま》へ、
世界の 窮《きはま》る無きを說く。
十方に接比《せつぴ》し、
三千に積累す。
三千の日月、渤海《ぼつかい》の輪廻《りんね》に等しく、
百億の閻浮《えんぶ》、塵沙《ぢんさ》の數量に同じ。

是知、
章亥（6）宛騾、豈盡二其邊一、
隷首忽微、何知二其算一。
至レ若二天地終始、
　國界壞成一、
始以復終、
終以復始、
乍空乍住、
倶壞倶成、
減則二極於十年一、
增則二留於八萬一。
何則、
住劫云謝、
災難已多、
烈火炎炎、
洪波淼淼、
聚爲二山岳一、
散爲二江河一。

是に知りぬ、
章《しやう》・亥《がい》の宛騾《ゑんしう》も、豈に其の邊を盡くさむ、
隷首《れいしゆ》の忽微《こつび》も、何ぞ其の算《かず》を知らむといふことを。
天地の終始、
國界の壞成《ゑじやう》の若《ごと》きに至りては、
始まりては復《また》終り、
終りては復始まり、
乍《たちま》ち空、乍ち住、
倶《とも》に壞、倶に成、
減ずれば則ち十年に極まり、
增すれば則ち八萬に留まる。
何となれば則ち、
住劫云《ぢゆうごふここ》に謝《さ》り、
災難已《すで》に多く、
烈火は炎炎たり、
洪波は淼淼《べうべう》たり、
聚《あつま》りては山岳と爲《な》り、
散りては江河と爲るによる。

事隱二於玄名一、
理絕二於深蹟一。
然則、
區區庸陋、不レ能レ達二其淵源一、
蠢蠢凡愚、不レ能レ詳二其旨趣一。
但、混家之法、畧而可レ言、
天圓而寛、
地方而小。
形如二鳥卵一、
運似二車輪一、
載レ水而浮、
乘レ氣而立。
日月之度、
星辰之行、
廻レ地而晦明、
麗レ天而旋運。
考二之實狀一、不レ失二其宜一、
施二之治方一、尤得二其理一。

事は玄名に隠れ、
理は深蹟《しんさく》に絶ゆ。
然れば則ち、
區區《くく》たる庸陋《ようろう》、其の淵源に達《いた》ること能はず、
蠢蠢《しゅんしゅん》たる凡愚、其の旨趣を詳《つまび》らかにすること能はず。
但し、混家の法、畧《あらあら》言ひつべし、
天は圓《まろ》くして寛《ひろ》く、
地は方にして小さし。
形は鳥卵の如く、
運《めぐり》は車輪に似たり。
水を載せて浮かび、
氣に乗りて立つ。
日月の度《わたり》、
星辰の行《めぐり》、
地を廻りて晦明《くわいめい》に、
天に麗《つ》きて旋運《せんうん》す、と。
之を實狀に考ふるに、其の宜しきを失はず、
之を治方《ちはう》に施すに、尤《もつと》も其の理《ことわり》を得たり。

又其上天下地、有レ始無レ終、
不易之義攸レ詮、
長存之説斯著(7)。
是則、
經典所レ緯、既有二前聞一、
耳目所レ安、(8)亦無二後異一。
管局之見、獨滯二儒宗一、
豈曰レ談レ天、還同レ測レ海。
謹對。

又其の上天・下地、始有りて終無きは、
不易の義詮《と》く攸《ところ》、
長存の説斯《ここ》に著《しる》し。
是れ則ち、
經典の緯《ぬき》とするところ、既に前聞有り、
耳目の安みするところ、亦《また》後異無し。
管局の見《けん》、獨り儒宗に滯り、
豈に天を談《かた》ると曰はむや、還《また》海を測るに同じ。
謹みて對ふ。

〔校異〕

（1）無―底本「有」。山口「無」、谷森右書入「無ヵ」により改める。
（2）乎―底本「子」。塩釜・人見・柳原・脇坂により改める。
（3）絕―底本「施」。諸本により改める。
（4）方―底本「萬」。諸本により改める。
（5）積累三千、三千日月―底本「積累三千日月」。谷森・中根「積累三千、□□日月」（闕字二字）、井上右書入・陽三「積累□□、三千日月」・陽三頭書「積累三千、三十日月」などを勘案して「積累三千、三千日月」と定める。〔語釈〕参照。

（6）宛―底本「死」。諸本により改める。
（7）著―底本「着」。諸本により改める。
（8）亦―底本「互」。諸本により改める。

〔通釈〕

　問う。天地が初めて分かれ、方形の地と円形の天はおのずから形をなした。あるものは陽（天）として、あるものは陰（地）として、（天は）日に日に高く、（地は）日に日に厚くなり、天は日月五星の七曜を色とりどりに飾り付けて左まわりに旋回し、地は数多くの神霊を載せて右に展開した。これがすなわち萬物の淵源であり、天・地・人の三才の根本である。

　しかし、（一説には）世界には生成の時期たる成劫《じょうこう》と崩壊の時期たる壊劫《えこう》がかわるがわる訪れるといい、ここに釈迦の教えがあり、（また一説に）天地には始まりがあって終わりがないといい、この儒教の伝統的な考えは零落することがない。今（天地の終始について）これを釈迦の教えに従えば、その始まりは空虚にあり、これを儒教の伝統的考えに求めれば、その（言及されない）終わりはどこにあるのだろうか。（二教は）沈黙と言及とで道を別にし、その言辞もかなり異なっている。しかしながら、聖人と哲人はその本旨を同じくしているはずであり、どうして食い違うはずがあろうか。（あなたの優れた）才知は世に応じて現れたものであり、その見識は俗世の凡庸さを超越している。（天地終始における儒仏二教の説の）優劣や相違について、すばらしいお話を謹んでうかがいたい。

　文章生正八位上中臣栗原連年足が奉る。

お答えいたします。私に考えをめぐらせますに、清く軽い陽の気は上方で動いて天となり、日月五星を懸けて左まわりに旋回し、重く濁った陰の気は下方で凝結して地となり、丘陵や大河・海を上に載せて右にまわりに展開します。その天地の形を考察し数を測ることは、超越的世界に心を遊ばせる端緒を心に宿しましょうが、陰陽の推移と変化の神妙なさまを研究しても、どうして一般人の思慮の及ばぬ境地を得ることができましょう。皇雄（庖羲）が（初めて）八卦を作って、天象をそこにかたどり、高密（禹）が図《と》を受け取って天子となり、大地をくまなく歩いて教化した時よりこのかた、（天地の規模などを測る）数や度について陳べることはありましたが、その詳細をわきまえるには至りませんでした。

それゆえに、四術は煩瑣に入り乱れ、異端の論が蜂の群のように乱れ起こり、三家の教えもゆき違い混乱し、憶測による判断の言辞が浮き沈みしております。諸々の言説は米と塩を混ぜたように細々としていて、その述べる事柄も楚国と越国が遠く隔たっているように甚だかけ離れ、（それらが）代々累ねて受け継がれているために、掌の物を指すような明瞭な答えは未だ明らかになっていません。（また）古《いにし》えと今との間の書承上の誤りを削り正す煩を放棄したり、異国と中国との間の翻訳に誤りが生ずることは、どうして避けられましょう（よって、ますますわからなくなっています）。

さて、考えてみますに、周王朝が夕べに衰亡するや、それに次ぐ宵には漢王朝が起こり、明帝が夢で仏教の存在を知りました。ここに漢訳される仏典が伝来し、龍の秘蔵するその奥義の封が遂に開かれました。ここにおいて虚空のきわまりなきことがわきまえられ、世界のきわまりなきことが説かれました。（それによれば）諸世界は十方（上下・八方）に接して並び、千の三乗もの数が積み重なります。千の三乗も存在する世界の一つ一つの日月は、（宇宙の水を飲み込む）渤海の海流が輪転してやまぬのと同じく廻り続け、百億も存在する世界の一つ一つの地上界たる閻浮提は、塵沙の数にも等しく数えきれません。これによって分かります。たとえ（禹の命によって地上の果てまで歩いた）大章・豎亥の二人が延々と長い道のりをはや駆けしたとしても、どうして世界の辺際までを歩き尽くすことができよう、黄帝の史官として算術を初めて成した隷首の微細な計算であっても、どうして世界の数を了知することができようか、と。

（仏教によれば）天地の終始、世界の崩壊・生成とは、終わればまた始まり、始まればまた終わるものであり、空劫《くうこう》があればたちまちに住劫《じゅうこう》があり、壊劫《えこう》とともに成劫《じょうこう》があって、（人の寿命は）減少して十年の短きに行き着き、増大して八万年の長きに留まる（ことが繰り返される）ものです。その（天地の終始がくり返される）事情は、住劫が去ると災難がもはや多くなり、猛烈な勢いの火焔が盛んに燃え、大波が広範に広がり、（やがて）烈火の灰燼は集まって山岳となり、洪水の大波はくだけ散って大河となるという次第です。（このように世界の成壊の道理は）人知をもっては計り知れない奥深い先人の業績の内に隠れ絶えてしまっています。ですから、小さな卑しい者である私には、その淵源に到達することができませんし、蠢《うごめ》く虫けらのように凡庸で愚かな私には、その趣旨をつまびらかにすることがかないません。

ただし、儒家のさまざまな学派を合わせた教えであれば、そのあらましを述べることができます。すなわち、天は円形で広く、地は四角くて小さい。天の形は鳥の卵のようであり、その運行は車輪の廻るようである。（天は）雨水を載せて浮かび、（地は陰の）気に乗じて確立している。日月の渡りは地を廻って昼夜をなし、星の運行は天蓋に付着して旋回する、と。

これ（儒家の説）を実情に照らして考えるに、適切な説でありますし、国を治める方法として（民に）施すことは、もっとも道理に適っています。またその、上の天と下の地に始めがあり終わりがないことは、永遠不変の真理として説かれるところであり、長く伝わり保たれる説であることは明らかです。これはつまり、（儒教の）経典に織り込み済みのこととして、昔から聞き覚えのあることであり、耳目にも安らかな（穏当な）考えとして、後世にも異同のないところです。私の、管を通して（天を）覗くような狭くちぢこまった所見は、儒学の宗師の説にのみとどまっており、どうして天地始終を談じたと言えましょうか。ひさごで海水の量を測るようなものです。

謹んでお答えいたします。

〔語釈〕

○天地終始　底本および諸本に付されている、本策問と対策の題目。以下に続く菅原清公出題の策問四首にのみこのようなタイトルが付されている。あるいは出題当初からあったものか。「天地終始」の例は、前漢・董仲舒『春秋繁露』「重政」に「惟聖人能屬萬物於一、而繫之元也。（中略）是以、春秋變一謂之元。元猶原也。其義以隨天地終始也」、『史記』巻七九「蔡澤傳」に「天下繼其統、守其業、傳之無窮。名實純粹、澤流千里、世世稱之而無絶、與天地終始。豈道德之符而聖人所謂吉祥善事者與」とあるなど（前者は「終始」の「始」の方に力点があり、後者は本対策と文意を異にするが参考に挙げておく）。ここの「天地終始」は天地の終わりと始まりの意。『大學』第一段に「物有本末、事有終始」などとある「終始」と同じである。天地は、儒教においては無窮のものとされるが、仏教においては生成と崩壊を繰り返すものとされる。なお、以下の語釈を参照。

【問】

○混元肇判　方圓自形　「混元肇判」は天地開闢のこと。「混元」は世界の始原、まだ陰陽が分かれる前の状態のこと。『周易』「繋辞上」、「易有二太極一。是生二兩儀一」への唐・孔穎達疏に「太極謂二天地未レ分之前、元氣混而爲レ一。卽是太初・太一也。故老子云、道生レ一。卽此太極是也。又謂、混元既分、卽有二天地一。故曰三太極生二兩儀一」、『藝文類聚』巻六八「儀飾部・漏刻」所引、王褒「漏刻銘」に「混元開闢、天迴地旋、曆象運行、暑來寒往」などとある。また、日本の例として、太安万侶「古事記序」に「混元既凝、氣象未レ效、無レ名無レ爲、誰知二其形一」とある。「肇判」は、初めて分かれるの意。『藝文類聚』巻三八「祭祀」所引、徐悱妻劉氏「祭夫文」に「二儀既肇判、合始分簡」などとある。「混元肇判」の類句には、『藝文類聚』巻六八「儀飾部・相風」所引、潘岳「相風賦」の「混元怳其初判、二氣變而無窮」、唐・長孫無忌「進二五經正義一表」の「混元初闢、三極之道分焉」などがある。「方圓自形」は天地が自ずから形成されることをいう。「方圓」は、四角形と円形、ここは四角い大地と丸い天を指す。後漢・班固『白虎通』「天地」に「男女總名爲レ人、天地所三以無二總名一何。曰、天圓地方、不二相類一、故無二總名一也」（『藝文類聚』巻一「天部上・天」にほぼ同文を収む）とある。「自形」は、おのずから形を成すの意。『列子』「天瑞」に「生レ物者不レ生、化レ物者不レ化。自生自化、自形自色、自智自力、自消自息」とあるのに拠る。

○或陽或陰　日高日厚　陰陽二気が天地となり、天と地が一日一日と次第に離れてゆくさまをいう。『藝文類聚』巻一「天部上・天」所引「三五曆紀」に「天地開闢、陽清爲レ天、陰濁爲レ地。盤古在二其中一、一日九變。神二於天一、聖二於地一。天日高一丈、地日厚一丈。盤古日長一丈。如レ此萬八千歲、天數極高、地數極深、盤古極長」とある盤古神話を踏まえていよう。

○縟七耀而左旋　載萬靈而右闢　天が日月五星を飾って左まわりに旋回し、大地が万物を載せて右まわりに開くという。「縟」は色とりどりに飾ること（『類聚名義抄』

「法中」一三五に「マタラカニシテ」「マタラナリ」の訓あり）。唐・李善「上文選注表」に「道光九野、縟景緯以照臨」（「景緯」は日と星。『全唐文』巻一八七）とある。「七耀」は「七曜」に同じ。『初學記』巻一「天部上・天」に「日月五星謂之七曜」とあるように、日月・五星（木火金水土）をいう。用例は、『宋書』巻一二「律暦志中」に「暦所以擬天行而序七耀、紀萬國而授人時」とあるなど。「萬靈」は、ここは人を頂点とする霊をもつ生き物すべてを指す。この意味での用例は『藝文類聚』巻九八「祥瑞部上・甘露」所引「鶡冠子」に「聖人之德、上及太清、下及太寧、中及萬靈、則膏露下」、本策問以前の日本への伝来は未詳だが、唐・張説（六六七〜七三〇年）「爲留守奏嘉禾表」に「伏惟、天冊金輪聖神皇帝陛下、仁覆萬靈、孝理四海」（『全唐文』巻二二二）などとある。「載萬靈」という表現は漢籍・仏典とも未見。類例は、本対策よりやや遅れる可能性が高いが、唐・歐陽詹（七九二年に進士）「棧道銘序」に「天地也者、將以上覆下燾、含蓄萬靈」（「燾」は「載」と同義。『全唐文』巻五九八）とある。清公がこの種の類例を知っていた可能性はあろう。なお、『禮記』「中庸」に「今夫地、…萬物載焉」とあり、この種の表現の応用でも当該句は作れたろう。「左旋」「右闢」は天が左にめぐり地が右に展開すること。『白虎通』「天地」の、混元肇判…の項に引いた箇所の直前に「天道所以左旋、地道右周何。以爲、天地動而不別、行而不離。所以左旋右周者、猶君臣・陰陽相對之義」、『藝文類聚』巻一「天部上・天」が「白虎通曰、（中略）天圓地方、不相類。天左旋、地右周、猶君臣・陰陽相對向也」と縮約して引く。また、『文選』巻一九、張華「勵志詩」の「大儀斡運、天迴地游」への唐・李善注に「春秋元命包曰、天左旋、地右動」とある。これらに拠っていよう。「右闢」の用例は『太平御覧』巻三七「地部二・地下」所引『尸子』に「天左舒而起牽牛、地右闢而起畢昴」とある以外検出しえない（『尸子』の本対策以前の日本への伝来は未詳）。

○斯則千品之源　三才之本者也　「斯」は天地開闢を

指す。「千品」は、ここは天地の間に生じる全てのもののこと。『文選』巻一、班固「東都賦」に「庭實千品、旨酒萬鍾、列二金罍一、班二玉觴一、嘉珍御、太牢饗」とあるのは物の例、同巻三、張衡「東京賦」の「君臣歡康、具醉熏熏。千品萬官、已事而踆」（李善注「國語曰、觀射父曰、百姓、千品、萬官、億醜」）とあるのは人々のことである。なお、「千品之源」という表現は漢籍・仏典とも未見。「三才」は天・地・人。『周易』「説卦」に「立二天之道一、曰陰與レ陽。立二地之道一、曰柔與レ剛。立二人之道一、曰仁與レ義。兼二三才一而両レ之。故、易六畫而成レ卦」、『後漢書』巻四〇下「班固傳」所引「典引篇」に「顯定二三才一昭登之績、匪レ堯不レ興」とあり、唐・李賢注が「三才、天・地・人也。易曰、兼二三才一而兩レ之」とする。「三才之本」という表現は、本策問以前の日本への伝来は未詳、かつ、本策問とは文脈をやや異にするが、唐・高宗の明堂の設計を定める詔に「當レ中置レ堂、處二二儀之中一、定二三才之本一、構二茲一宇一、臨二此萬方一」（乾封三年〈六六八〉三月。『舊唐書』巻二二「禮儀志二」所引）とある。

○遞成遞壊　釋氏之教斯存

「遞成遞壊」の「成」「壊」は、仏教の四劫における「成劫《じょうこう》」と「壊劫《えこう》」のこと。四劫は、世界の崩壊から空を経て生成・安定に至るまでの過程を壊劫（崩壊）・空劫（空無）・成劫（生成）・住劫（安定）の四時期に分けたもので、「遞成遞壊」は、成劫・壊劫が替わるがわるあり、世界の生成・崩壊が繰り返されることをいう。ただし、それぞれの「劫」は計り知れないほど長い時間とされる。後秦・仏陀耶舎および竺仏念訳『長阿含經』巻二一「三災品」に「佛告二比丘一。有二四事一、長久無量無限、不レ可下以二日月歳數一而稱計上也。云何爲レ四。一者世間災漸起、壞二此世一時、中間長久無量無限、不レ可下以二日月歳數一而稱計上也。二者此世間壞已、中間空曠無レ有二世間一、長久迴遠、不レ可下以二日月歳數一而稱計上也。三者天地初起、向欲レ成時、中間長久、不レ可下以二日月歳數一而稱計上也。四者天地成已、久住不レ壞、不レ可下以二日月歳數一而稱計上也。是爲二四事一長久無量無限、不レ可下以二日月歳數一而計量上也」（大正蔵一巻一三七頁中）とある。「遞」は、互いに入れ替わる。

『爾雅』に「遞、迭也」とある。「釋氏之敎」は釈迦牟尼の教え、仏教のこと。『廣弘明集』巻二六、沈約「究竟慈悲論」に「釋氏之敎、義本二慈悲一」（大正蔵五二巻二九二頁下）とある。

○有始無終　儒家之風不落　「有始無終」は、天地に始まりの時はあっても、終りの時がないこと。それは儒教の考えだとする。「有始無終」の例は、いずれも本策問とは文脈を異にするが、『漢書』巻二七中之上「五行志中之上」に、雄鶏が自らの尾を食い切るという妖異の後、それを予兆として王室の果てしない乱れが始まった事例に続けて「京房易傳曰、有レ始無レ終、厥妖、雄雞自齧二斷其尾一」、類句として、『尚書』「周書・君陳」、「凡人未レ見レ聖、若レ不レ克レ見、既見レ聖、亦不レ克レ由レ聖」への前漢・孔安国伝に「此言二凡人有レ初無一レ終。未レ見二聖道一、如レ不レ能レ得レ見。已見二聖道一、亦不レ能レ用レ之。所二以無一レ成」などとある。本策問のように天地について「有始無終」という例は漢籍・仏典ともに未見。天地に終わりがないことをいう例は、『周易』「恆」に「天地之道、恆久而不レ已也」、『文選』巻二〇、曹子建「送二應氏一詩」に「天地無二終極一、人命若二朝霜一」（李善注「莊子曰、天與レ地無レ窮、人死者有レ時」）、同・巻三八、任昉「爲二褚諮議蓁一讓二代レ兄襲一レ封表」、「稟二承在昔一、理絕二終天一」への李善注に「天道無レ終、而云二終天一、永訣之辭也」などと見える。「儒家之風」という言い回しは、本策問以前の漢籍・仏典に未見。次項の「儒風」と同義。

○法之釋敎　彼始自空　尋之儒風　其終焉在　先の四句をまとめる。「釋敎」は、前出「釋氏之敎」の縮約。用例は、『藝文類聚』巻七九「靈異部下・神」、梁・簡文帝「吳興楚王神廟碑」に「楚王既弘二茲釋敎一、竝止レ獻二車牛一」とあるなど。「彼始自空」の「彼」は仏教を指す。「空」は、前文を受けて世界が生成する成劫の前段階の「空劫」を指すと取れるが、より広く、空《くう》から縁起によって森羅万象が生起することも含むか。「儒風」の用例は、『廣弘明集』巻二五「議二沙門兼拜一狀合三首・右淸道衞長史李洽等議狀」に「竊以、道敎沖虛、釋門祕寂。至二於照レ仁濟レ物崇レ義爲一レ心、乃睠二儒風一」（大正蔵五二巻二八九頁上）とあるなど。

○雖默語別道　辭有頗異　「默語」は黙ることと語ること。『文選』巻五三、李康「運命論」に「若夫出處不レ違二其時一、默語不レ失二其人一、天動星迴、而辰極猶レ居二其所一、璣旋輪轉、而衡軸猶レ執二其中一」とあり、李善注が『周易』「繋辭上」の「子曰、君子之道、或出或處、或默或語」を引く。「雖默語別道」の類句として、『晉書』巻三五「裴秀傳」所引、（秀の子）裴頠「崇有之論」に「識智既授、雖二出處異一レ業、默語殊レ塗、所二以寶レ生存一レ宜、其情一也」とある。「（雖…）辭有頗異」の類句は、『晉書』巻二二「樂志上」に「二代三京、襲而不レ變、雖二詩章辭異、興廢隨一レ時、至二其韵逗留曲折一、皆繫二於舊一、有二由然一也」とある。

○聖哲同致　何可錯乎　「聖哲」は、聖人と哲人。ここでは孔子と釈迦とを指す。『春秋左氏傳』文公六年に「古之王者知二命之不一レ長、是以竝二建聖哲一」とある。「同致」は、むねを同じくすること、「一致」に同じ。『文選』巻四三、嵇康「與二山巨源一絶レ交書」に「君子百行、殊レ塗而同レ致、循レ性而動、各附レ所レ安」とあり、李善注が『周易』「繋辭下」の「子曰、天下同レ歸而殊レ塗、一レ致而百慮」を引く。

○才爲世出　識作物表　ここからは、対策者・栗原年足への呼びかけ。「才」「識」は年足のそれを指す。「才爲世出」は、優れた才能が世に応じて現れること。『文選』巻四三、丘遲「與二陳伯之一書」に「將軍勇冠二三軍一、才爲レ世出」（李善注が前漢・蘇武「答二李陵一書」の「每念、足下才爲レ世生、器爲レ時出」を引く。『藝文類聚』巻二五「人部九・說」に再収）、同・巻四七、袁宏「三國名臣序贊」に「才爲レ世出、世亦須レ才。得而能任、貴在レ無レ猜」（李善注同前）などとある。なお、小島憲之は「世出《せいしゅつ》をなし」と訓じ、「識作物表」と合わせて「有能な才能を持つ」の意ととる（『国風暗黒時代の文学　上』二三一～二頁）。対の「識作物表」との対応からそう訓む方がバランスはよいが、ひとまず典拠の語構成のままに「世の為に出る」の意に解しておく。「物表」は世俗の外の意で、「識作物表」は学識が世俗を超越していること。用例は、

『藝文類聚』巻四〇「禮部下・謚」、虞羲「與二蕭令王僕射書一爲二袁彖一求レ謚」に「明公德冠二時宗一、道高二物表一」、唐・道宣『續高僧傳』巻二二「唐京師普光寺釋玄琬傳」に「法師早二袪塵累一、遊二神物表一。闡二鷲嶺之微言一、探二龍宮之祕藏一、洞二開靈府一、凝二照玄門一」（大正蔵五〇巻六一七頁上）とあるなど。

○優劣異同　佇聞芳話　「優劣異同」は、仏教・儒教それぞれの「天地終始」説の「優劣異同」。「佇聞」は聞くことを待ち望む意、「芳話」は解答者の答えを指す、敬意をこめた表現。策問の結びとして類句が多く見られる。『文選』巻三六、任昉「天監三年策二秀才一文三首」に「斯理何從、佇レ聞二良說一」とある。唐代の例で、いずれも本対策以前の日本への伝来は未詳だが、崔沔（六七三～七三九年）「應下封二神岳一擧上對二賢良方正策一第一道」の問に「佇レ聞二芳話一、宏二茲盛烈一」（『文苑英華』巻四八一「方正」所引。同書は神功元年〈六九七〉の作とする。『全唐文』巻二七三再収）は完全に一致、さらに、駱賓王（六四〇～六八四年）「對策文三道」の問に「其道如何。佇レ聞二嘉答一」（『全唐文』巻一九七）、張説（六六七～七三〇年）「對二詞摽文苑科策一第二道」の問に「子大夫等、學富二三冬一、才高二十室一。刑政之要、實所二明閑一、傾二此虛襟一、佇レ聞二良說一」（『全唐文』巻二二四）、呉師道「對二賢良方正策一第一道」の問に「佇レ聞二良算一。明言二政要一、朕將二親覽一」（『全唐文』巻二六〇。同書に拠れば師道は垂拱元年〈六八五〉進士）などとある。

【対】

○竊以　これから述べることは個人的見解に過ぎないと謙遜する辞。本書の対に多用される。用例は、『漢書』巻四九「鼂錯傳」の、文帝の策問（詔策）への錯の対に「詔策曰、明二於國家大體一。愚臣竊以、古之五帝明レ之。臣聞、五帝神聖、其臣莫二能及一、故自親事處二于法宮之中、明堂之上一、動靜、上配レ天、下順レ地、中得レ人」とあるなど。

○陽淸上動　懸二紀五緯而左旋　陰濁下凝　錯丘陵江海以右闢　「陽淸上動」は、天地開闢において、軽く淸らかな性質の陽の気が上昇して天となること、「陰濁下凝」は重く濁った性質の陰の気が下方で凝結して地となること。『藝文類聚』巻一「天部上・天」所引『三五暦紀』に「天地開闢、陽清爲レ天、陰濁爲レ地」、『淮南子』「天文訓」に「清陽者薄靡而爲レ天、重濁者凝滯而爲レ地」（同文が『日本書紀』巻一に引かれている）とある。「二紀五緯」の「二紀」は日月、「五緯」は五星で、合わせて問の「七曜」に同じ。『後漢書』巻五九「張衡傳」所引「思玄賦」に「察二二紀五緯之綢繆遹皇一」とあり、李賢注が「二紀、日月也。五緯、五星也」とする（『文選』巻一五再収。李善注は李賢注と同文）。天が「左旋」すること、地が「右闢」することは問の縟七耀而左旋…の項を参照。「錯丘陵江海」は大地の上に山川・海が秩序立って混在すること。この「錯」は、『文選』巻五五、陸機「演連珠」に「臣聞、日薄星迴、穹天所二以紀一レ物、山盈川沖、后土所二以播一レ氣。五行錯而致レ用、四時違而成レ歳」とあるのと同じ（調和の取れた交ざり合い）。問の縟七耀而左旋…の項に引いた李善「上二文選注一表」に「道光二九野一、縟二景緯一以照臨、徳載二八埏一、麗二山川一以錯峙。垂象之文斯著、含章之義聿宣」（『全唐文』巻一八七）とあるのも、「山川」が「徳」の具象化した姿として秩序立って大地の上に混在・屹立することを「錯峙」と表現している。なお、本書の第二対策（紀真象）にも大地を描写して「翠岳玄流、灑二方輿一以錯レ理」とあった。天が日月五星を懸け、地が山河と海を載せることは、『禮記』「中庸」に「今夫天、斯昭昭之多。及二其無窮一也、日月星辰繫焉、萬物覆焉。今夫地、一撮土之多。及二其廣大一、載二華嶽一而不レ重、振二河海一而不レ洩、萬物載焉」とある。「江海」（大河と海）の用例は、『三國志』巻一九「魏書・陳思王植傳」に「臣聞、天稱二其高一者、以レ無レ不レ覆、地稱二其廣一者、以レ無レ不レ載、日月稱二其明一者、以レ無レ不レ照、江海稱二其大一者、以レ無レ不レ容」とあるなど。

○考形測數　可寓遊心之端　推變研神　何得絶慮之表

「考形」「測數」はともに本対策以前の漢籍・仏典に用例未見。前句を受け、天地の生成とありようについて、その形を考え数を測るということ。天地の「形」と「數」

を取り合わせるのは『周易』に拠っていよう。同「繫辭上」に「天尊地卑、乾坤定矣。卑高以陳、貴賤位矣。（中略）方以レ類聚、物以レ羣分、吉凶生矣。在レ天成レ象、在レ地成レ形、變化見矣」とあり、天が高く地は卑《ひく》いという根本条件があり（それが易においては乾〈純陽〉の卦・坤〈純陰〉の卦として抽象化されつつ）、その陰陽の交じり合いから森羅万象の類別・吉凶が生まれ、天象・地形の「變化」が見《あらわ》れる、とする。数についても、同「繫辭上」に「天數五（晋・韓康伯注「五奇也」、孔穎達疏「謂二一・三・五・七・九一也」）、地數五（韓康伯注「五耦也」、孔穎達疏「謂二二・四・六・八・十一也」）、天數二十有五、地數三十、凡天地之數五十有五。此所下以成二變化一、而行中鬼神上也」とあり、奇数を「天數」、偶数を「地數」とし、その数が（一から十の総計五十五が易占に用いる筮竹の総本数五十と概算で一致することを念頭に）森羅万象の変化と鬼神の作用を遂行させるものだとしている。「遊心之端」は、『莊子』「外篇・田子方」に見える老子の境地を踏まえるか。「老聃曰、吾遊二心於物之初一。孔子曰、何謂邪」との問答があり、続けて老子が「物之初」について陰陽論で説明をして「至陰肅肅、至陽赫赫。肅肅出二乎天一、赫赫發二乎地一。兩者交通成レ和而物生レ焉」と言ったとある。「遊心」はこの「物之初」のような超越的世界（本対策の文脈では、天地の始まりと終わり）に心を遊ばせる聖人の境地を指していよう。同様に、『淮南子』「俶眞訓」に「聖人之學也、欲下以反二性於初一、而游中心於虚上也」、『藝文類聚』巻一七「人部一・髑髏」所引、張衡「髑髏賦」に、路傍の髑髏の語りとして「吾宋人也。姓莊名周。遊二心方外一、不レ能二自修一」などとあり、超越的世界に心を遊ばせる文脈で用いている。「推變」は天地の終始をもたらす陰陽の推移と変化。『周易』「繫辭上」に「剛柔相推、而生二變化一」同「繫辭下」に「剛柔相推、變在二其中一矣」（孔穎達疏「是變化之道、在二剛柔相推之中一。剛柔卽陰陽也」）とある。熟語「推變」の例は、『後漢書』巻四九「仲長統傳」の論に「雖二周レ物之智一、不レ能レ研二其推變一」（李賢注「推、遷也」）とある。なお、小島憲之は「變を推し」と訓じ、「推」は「推し測る」意ととる

（『国風暗黒時代の文学　上』二三二頁）。対の「考レ形測レ數」との対応からそう訓むべき可能性もあるが、ひとまず典拠の語構成のままに「推移と変化」の意に解しておく。「研神」もほぼ用例を見ない語だが、梁・劉勰『文心雕龍』「原道」に「玄聖創レ典、素王述レ訓、莫レ不下原二道心一以敷レ章、研二神理一而設上レ教」とあるのと同じで、天地・陰陽の神妙な理法を研究する意と解される。『周易』「繫辭上」に「陰陽不レ測、之謂レ神」、「子曰、知二變化之道一者、其知二神之所一レ爲乎」（韓康伯注「夫變化之道、不レ爲而自然。故知二變化一者、則知二神之所一レ爲」）などとあり、陰陽の人智を越える作用・変化は「神」と評された。なお、前引『後漢書』「仲長統傳」に「不レ能レ研二其推變一」とあったのも参考になる。「絶慮」は、常人の思慮が及ばない領域・境地のこと、「表」はそのさらに外側。『文選』巻四三、孫楚「爲二石仲容一與二孫皓一書」に「廟勝之筭、應變無レ窮、獨見之鑒、與レ衆絶レ慮」とある。仏典に用例が多く、正倉院文書に名の見える経典にも、隋・智顗『妙法蓮華經玄義』巻七下に「妙名二不可思議一。小乘眞諦、亡レ言絶レ慮。通得二是不思議一、通名爲レ妙耳」（大正藏三三巻七七一頁下）、新羅・元曉『金剛三昧經論』巻上に「無窮之相、唯分別滅。如レ是義相、離レ言絶レ慮、故不思議」（大正藏三四巻九九六頁中）などとあり、「思議」の及ばぬ境地をいう表現として見える。

○皇雄畫卦　取象於天　「皇雄」は伝説の三皇の一人、庖羲（伏羲・虙犧とも呼ばれる）。『周易』「繫辭下」の「包犧氏沒、神農氏作」に、孔穎達疏が「包犧者案二帝王世紀一云。（中略）取二犧牲一以充二包廚一故、號曰二包犧氏一。後世音謬故、或謂二之伏犧一、或謂二之虙犧一。一號二皇雄氏一」とする。「皇雄畫卦、取象於天」は、庖羲が天地の森羅万象を観察し、その形象をもとに易の八卦を作った故事を指す。『周易』「繫辭下」に「古者、包犧氏之王二天下一也、仰則觀二象於天一、俯則觀二法於地一、觀二鳥獸之文與二地之宜一、近取二諸身一、遠取二諸物一。於レ是、始作二八卦一、以通二神明之德一」、易の成立とは異なる文脈だが、『禮記』「三年問」に「上取二象於天一、下取二法於地一、中取二則於人一」（後漢・鄭玄注「取二象於天地一、謂レ法二其變易一也」）とある。「畫卦」は陰陽それぞれを表す記号を重ねて八卦を作ること。『漢書』巻二七「五行志上」に「虙羲氏繼レ天而王、受二河圖一、則而畫レ之、八卦是也」、同巻一〇〇下「敍傳」に「虙羲畫レ卦、書契後作」、孔穎達「周易正義序」に「伏羲雖レ得二河圖一、復須二仰觀俯察、以相參正一、然後畫レ卦。伏犧初畫二八卦一、萬物之象、皆在二其中一」などとある。

○高密膺圖　求歩於地　「高密」は、伝説の聖王、夏の禹王のこと。『藝文類聚』巻一一「帝王部一・帝禹夏后氏」所引「帝王世紀」に「伯禹夏后氏。姒姓也（中略）字高密。身長九尺二寸。長二於西羌一」とある。小島憲之は「高密」を「高く奥深い意」として、これを伏犧あるいは黄帝を指すものとするが（『国風暗黒時代の文学上』二四八頁）、従えない。「膺圖」は、天の瑞祥として図《と》を受け取ること、天命を受けて天子の位を得ることの象徴。『文選』巻五九、沈約「齊故安陸昭王碑文」に「稷契身佐二唐虞一、有二大功於天地一。商武・姫文、所三以膺レ圖受レ籙」、『藝文類聚』巻三八「禮部上・辟雍」所引、陳・徐陵皇太子「臨二辟雍一頌」に「皇運勃啟、膺レ圖受レ命」などとある。禹については『尚書』「周書・洪範」に「天乃錫二禹洪範九疇一、彝倫攸敘」とある。また、『漢書』巻二七上「五行志」が『周易』「繫辭上」の「河出レ圖、雒出レ書、聖人則レ之」を引き、「劉歆以爲、虙羲氏繼レ天而王、受二河圖一、則而畫レ之、八卦是也。禹治二洪水一、賜二雒書一、法而陳レ之、洪範是也」（唐・顔師古注「取二法雒書一而陳二洪範一也」）、『藝文類聚』巻一一「帝王部一・帝夏禹」所引『尚書中候』に「伯禹曰、臣觀二河伯一。面長人首魚身。出レ水曰、吾河精也。授二臣河圖一」などとあり、禹が受け取った図・書を河図・洛書に関連づける説も見える。「求歩於地」は、禹が中国全土をくまなく歩いて山川を治め、そのことによって天下の教化を達成した故事を指す。『尚書』巻六「夏書・禹貢」の冒頭に「禹敷レ土、隨レ山刊レ木、奠二高山大川一」（孔安国伝「洪水汎溢、禹分二布治九州之土一、隨二行山林一、斬レ木通レ道」）、末尾に「東漸二于海一、西被二于流沙一、朔南曁二聲敎一、訖二于四海一」（孔安国伝「漸、入也。被、及也。此言下五服之外、皆與二王者聲敎一而朝見上」)、『淮南子』「脩務訓」に「禹沐二霪雨一、櫛二疾風一、決レ江疏レ河、鑿二龍門一、闢二伊闕一、修二彭蠡之防一、乘二四載一、隨レ山刊レ木、平二治水土一、定二千八百國一」(『藝文類聚』巻一一「帝王部一・帝夏禹」にほぼ同文を引く)などとある。禹の歩みを直接描写した例は未見だが、『藝文類聚』巻一一「帝王部一・帝夏禹」所引『帝王世記』に「繼レ鯀治レ水、乃勞レ身涉勤、不レ重二徑尺之璧一、而愛二日之寸陰一、手足胼胝。故、世傳下禹病二偏枯一、足不中相過上。至レ今、巫稱二禹歩一是也」とあり、禹が過労により半身を患い(偏枯)、歩む足が相互に出なくなったことと、その歩き方を象った「禹歩」が巫覡の間で行われているとある。

○雖陳數度　莫辨區條　「數度」は、基準をもって定められた数や尺度。『漢書』巻八七下「揚雄傳」に、『太玄經』について「玄首四重者、非卦也、數也。其用、自二天元一推二一晝・一夜・陰陽・數度・律曆之紀一、九九大運、與レ天終始」(「首四重」は天地人の数である三の四乗、つまり八十一のこと。易の六十四卦に対応する)、『晉書』巻一六「律曆志上」に「周禮、太師掌二六律六呂一、以合二陰陽之聲一。(中略)其典同掌二六律六呂之和一、以辯二天地四方陰陽之聲一、以爲二樂器一、皆以二十有二律一而爲二之數度一」などとある。ここは天地の規模等を測る数・度の意。「區條」は本対策以前の漢籍・仏典に用例未見。細かい区別・箇条項目の意で用いたものだろう。

○四術紛綸　異端之論蜂起　三家舛雜　臆斷之辭抑揚　「四術」「三家」は諸学・諸説を分類整理する際の数え方。具体的に数え上げられる学と説は用例によってさまざまであるが、ここは天地の終始に関する諸学・諸説を指していよう。小島憲之が、唐・杜嗣先『兎園策府』巻一「辯二天地一」に「窮二精四術一、覽二奥三家一」とあることを指摘する(『国風暗黒時代の文学　上』一二三三頁)。『兎園策府』は対策文の文例集と考えられる散逸書。葛継男は、その成立を龍朔元年(六六一)〜乾封元年(六六六)頃と推定し、編者・杜嗣先が、大宝二年(七〇二)出国の日本の遣唐使を饗応、面談しているので、その遣唐使(慶雲年間に二度に分けて帰国)によって同書が将来された可能性を指摘する（同「『兎園策府』の成立、性格及びその日本伝来」、二松学舎大学東アジア学術総合研究所『日本漢文学研究』第一〇号、二〇一五年三月）。同書は『日本國見在書目錄』に名が見えるも、その後散逸。敦煌文書に残巻が発見されている。小島氏の指摘する「辯天地」はスタイン文書六一四写本、「窮精四術、覽奥三家」は、中国社会科学院歴史研究所『英藏敦煌文獻　漢文佛經以外部份』（四川人民出版社）第二巻八六頁に見える。他に、「三家」は、後漢・王充『論衡』「謝短」に「易有二三家一。一曰二連山一、二曰二歸藏一、三曰二周易一」、『後漢書』巻五九「張衡傳」の「研二覈陰陽一、妙二盡琁機之正一、作二渾天儀一」への李賢注が『漢名臣奏』を引いて「蔡邕曰。言二天體一者有二三家一。一曰二周髀一、二曰二宣夜一、三曰二渾天一」などとある。「四術」は、本対策以前の日本への伝来は未詳だが、宋・賀道養「渾天記」が、右の蔡邕説を踏まえて「昔記二天體一者有レ三。（中略）近世復有二四術一。一曰二方天一、興二於王充一。二曰二軒天一、起二於姚信一。三曰二穹天一、由二於虞喜一。皆以二臆斷浮說一、不レ足レ觀也。惟渾天之事、證驗不レ疑」（『太平御覽』「天部二・渾儀」所引）とする。小島憲之は、「三家」は詩・書・礼、または儒・仏・道、「四術」は詩・書・礼・楽の四つの経書の説く道とみる（『国風暗黒時代の文学　上』一二三三頁）が、右のように陰陽論や天体論についての「三家」「四術」を念頭においての作句である可能性もあろう。「紛綸」「舛雜」はともに、混乱したさま。「紛綸」は『文選』巻四八、司馬相如「封禪文」に「紛綸威蕤、湮滅而不レ稱者、不レ可二勝數一」（李善注「張揖曰、紛綸、亂貌」）とあるなど。「舛雜」は顔師古「漢書敘例」に「諸表列位、雖レ有二科條一、文字繁多、遂致二舛雜一。前後失レ次、上下乖レ方、昭穆參差、名實虧廢」、これを踏まえた『日本書紀』欽明天皇二年三月の一書注に「帝王本紀、多有二古字一、撰集之人、屢經二遷易一。後人習讀、以レ意刊改、傳寫既多、遂致二舛雜一、前後失レ次、兄弟參差」などとある。「異端」は正しい結果に至らない道。『論語』「爲政」に「子曰、攻二乎異端一、斯害也已」（魏・何晏注「攻、治也。善道有レ統、故殊レ塗而同レ歸。異端不レ同レ歸也」）、『三國志』巻四六「呉書・

孫破虜討逆傳」の評への宋・裴松之注に「羣情絶二異端之論一、不レ逞杜二覬覦之心一」などとある。「蜂起」は、蜂の群のように乱れ起こること。『貞觀政要』「崇儒学」に「諸儒傳二習師說一、舛謬已久、皆共非レ之、異端蜂起」とある。「臆斷」は憶測による判断。先に引いた宋・賀道養「渾天記」に「臆斷浮說」とあった。さらに用例を挙げれば、『三國志』巻六三「呉書・趙達傳」の評の裴松之注に「神仙之術、詎可二測量一。臣之臆斷、以爲レ惑レ衆、所謂夏蟲不レ知二冷冰一耳」とあるなど。「抑揚」は沈んだり浮いたり。『漢書』巻三〇「藝文志」に「儒家者流」の末裔について「惑者既失二精微一、而辟者又隨レ時抑揚、違二離道本一、苟以レ譁レ衆取レ寵」とある。

○言多米鹽　事爲楚越　「米鹽」は米と塩。こまごまと煩瑣なものの喩え。用例は『史記』巻二七「天官書」に「近世十二諸侯・七國相王、言二從衡一者繼レ踵、而皐・唐・甘・石、因二時務一論二其書傳一、故其占驗淩雜米鹽」（唐・張守節『史記正義』に「淩雜、交亂也。米鹽、細碎也」）とあるなど。「楚越」は戦国時代の楚と越。遠くかけ離れていることの喩え。『莊子』「德充符」に「自二其異者一視レ之、肝膽楚越也。自二其同者一視レ之、萬物皆一也」、『文選』巻二五、盧諶「贈二劉琨一詩」の「爰造二異論一、肝膽楚越。惟同二大觀一、萬殊一轍」への李善注に「高誘淮南子注曰、肝膽、喩レ近也。楚越、喩レ遠也」とある。

○累代因襲　指掌未詳　「累代」は代をかさねること。用例は『晉書』巻一八「律暦志・下」に「累代暦數、皆疏而不レ密。自二黄帝一以來、常改革不レ已」とあるなど。「因襲」は受け継ぐこと。用例は『後漢書』巻三六「陳元傳」に「先帝不下以二左氏一爲上レ經、故不レ置二博士一。後主所レ宜二因襲一」とあるなど。「指掌」はわかりやすいことの喩え。ここは天地の終始についての明快な説明を指す。『論語』「八佾」に「或問二禘之說一。子曰、不レ知也。知二其說一者之於二天下一也、其如レ示二諸斯一乎、指二其掌一」（梁・皇侃『論語義疏』に「孔子謂二或人一言、知二禘禮之說一者、於二天下之事一、如レ指二示掌中之物一。言二其易了一」）とある。

○豈不以古今措刊錯之煩　夷夏致傳譯之謬　「豈不

以…」は、ここは、「…」以下のことが不可避であることをいう。「措」は、ここは、そのままほおっておくこと。「刊錯」は本対策以前の漢籍・仏典に用例未見。書物の錯誤を刊《けず》り正すこと。「夷夏」は夷狄と中華、「傳譯」は翻訳。ここは仏典漢訳を念頭に、「夷」としての天竺（インド）と「夏」としての中国との間の、梵語から漢語への翻訳をいっていよう。梁・慧皎『高僧傳』巻三「譯經下・論」に「夷夏不レ同、音韻殊隔。自レ非レ精二括詁訓一、領會良難。屬レ有二支謙・聶承遠・竺佛念・釋寶雲・竺叔蘭・無羅叉等一、竝妙善二梵漢之音一、故能盡二翻譯之致一」（大正蔵五〇巻三四五頁下）、また、同・巻一「譯經上・安清傳」（字《あざな》は世高）に「天竺國自稱レ書爲二天書一、語爲二天語一。音訓詭蹇與レ漢殊異、先後傳譯多致二謬濫一、唯高所レ出爲二群譯之首一」（大正蔵五〇巻三二四頁上）とある。以上は、天地終始説について、難解ゆえに、古えから今まで書物の誤りが正されないこと、（仏説にも）梵語から漢語へ翻訳される際の誤謬が生じることの二つが不可避であることをいう。

○周星殞夕　漢夢發霄　ここからは仏説の天地終始を論じる。「周星殞夕」は周王朝（孔子・老子を象徴）の衰亡のこと、「漢夢發霄」は後漢の明帝が夢のお告げで仏教を中国へ将来したことをいう。類似の表現として、『藝文類聚』巻七六「内典部上・内典」所引、王褒「京師突厥寺碑」に「至二於周星夕隕、漢宮宵夢一、身高二梵世一、力減二須彌一、應二現十方一、分二身百佛一、上極二天中一、下窮二地際一」、『廣弘明集』巻二五、唐・高宗「停二沙門拜一レ君詔」に「自二周霄隕レ照、漢夢延レ輝、妙化西移、惠流東被」（大正蔵五二巻二八九頁下）などとある。これらに拠ったものだろう。周王朝は孔子が範としたものである。『論語』「述而」に「子曰。甚矣、吾衰也。久矣、吾不三復夢見二周公一」（皇侃『論語義疏』に「孔子衰老、不三復夢見二周公一。明盛時、夢見二周公一、欲レ行二其道一也」）とある。また、『史記』巻六三「老子傳」は「周之衰」を見た老子が関所の向こうに去ったとし、『藝文類聚』巻六「地部・關」所引「列仙傳」等は周を去った老子が「西遊」したとする。つまり、周王朝の衰亡は同時に儒教・道教の退潮を象徴することになる。「漢夢發霄」の「霄」はみぞれの意の字だが、「宵」と通用した。『呂氏春秋』「季夏紀・明理」に、「至亂」の治世に起こる現象として「有二衆日竝出一、有二晝盲一、有二霄見一」とあり、後漢・高誘注が「霄、夜。見、明」とする。ここは、「夕」と「霄」との対で二つの出来事が次いで起こることをあらわす。明帝の感夢求法は、中国における最初の漢訳経典とされた『四十二章經』（大正蔵七八四）の伝来と白馬寺建立の起源譚として知られるもので、『四十二章經』序文のほか、『高僧傳』、唐・道世『法苑珠林』などにその伝承が見える。『高僧傳』巻一「譯經上・攝摩騰傳」に、中国へ初めて仏教を伝えた摂摩騰の招来について「漢永平中、明皇帝夜夢二金人飛レ空而至一。乃、大集二群臣一、以占レ所レ夢。通人傅毅奉答。臣聞、西域有レ神、其名曰レ佛。陛下所レ夢將必是乎。帝以爲レ然。卽遣二郎中蔡愔・博士弟子秦景等一、使下往二天竺一尋中訪佛法上。愔等於レ彼遇二見摩騰一、乃要還二漢地一」（大正蔵五〇巻三二二頁下）とある。なお、小島憲之は「漢夢發霄」を『史記』巻八「高祖本紀」の、漢・高祖の母・劉媼の感応説話とみる（『国風暗黒時代の文学　上』二三四頁）が、従えない。

○象譯之編爰傳　龍緘之教遂闢

「象譯」は翻訳の意。『禮記』「王制」の「五方之民、言語不レ通、嗜欲不レ同。達二其志一、通二其欲一、東方曰レ寄、南方曰レ象、西方曰二狄鞮一、北方曰レ譯」から出た語。『呂氏春秋』「審分覽・愼勢」に「凡冠帶之國、舟車之所レ通、不レ用二象譯狄鞮一、方三千里」とある。「象譯之編」は漢訳仏典を指す。「龍緘」は龍の秘匿して守る奥義。いずれも本対策以前の日本への伝来は未詳だが、唐・盧照鄰『盧昇之集』巻七「益州至眞觀主黎君碑」に「玉笈雲囊之術、龍緘鳳蘊之圖、莫レ不下呑二楚夢於胸中一、指中魯城於掌上上」、唐・史崇「妙門由起序」に「披二鳳笈之仙章一、啟二龍緘之祕訣一、文多二隱諱一、字殊二俗體一」（『一切道經音義妙門由起』）とある。右では道教関連で用いられているが、ここは天龍八部衆の龍が守護する仏法、あるいはその長たる龍王が龍宮で儲蔵する仏の教えの意で用いたものとみられる。『續高僧傳』巻四「譯經篇四・京大慈恩寺釋玄奘傳」に「搜二

揚三藏一、盡二龍宮之所一レ儲、研二究一乘一、窮二鷲嶺之遺旨一。竝已載二於白馬一還獻二紫宸一」（大正藏五〇巻四五六頁下）とある。

○辨虚空之不極　說世界之無窮　「虛空」「世界」は仏教語。ここは天地に対応させて用いている。「不極」「無窮」は、いずれも無限で尽きることのないさま。『藝文類聚』巻七六「內典」、梁・簡文帝「神山寺碑序」に「天地始終、愆レ長不レ極、劫數沙塵、寂寥誰辯」、同じく、徐陵「齊國宋司徒寺碑」に「衆生無盡、世界無窮」、『廣弘明集』巻一五、晉安王蕭綱「菩提樹頌・序」に「法雲法水之潤、等二世界於無邊一、智燈智炬之光、同二虛空於莫限一」（大正藏五二巻二〇四頁中）などとある。

○接比十方　積累三千　以下、仏説が述べる尽きることのない天地のさまをいう。「接比」は接してならぶ、「積累」は積みかさなる、の意。『漢書』巻二八下「地理志下・吳地」に「本吳・粵與レ楚接比、數相并兼、故民俗略同」、『文選』巻五二、班彪「王命論」に「帝王之祚、必有二明聖顯懿之德、豐功厚利、積累之業一」などとある。

「十方」「三千」はともに仏教語。「十方」は、東西南北・艮（北東）巽（東南）坤（南西）乾（西北）の水平方向の八方と、垂直方向の上下二方とを合わせた称で、あらゆる方角・場所を表す。「三千」は三千大千世界の「三千」。須弥山を中心に置く一つの世界が千集まって小千世界をなし、それが千集まって中千世界、さらに中千世界が千集まって三千大千世界をなす。つまり、「三千」は千の三乗のこと。唐・玄奘訳『瑜伽師地論』巻二「本地分中意地第二之二」に「此世界有二其三種一。一、小千界。謂、千日月乃至梵世總攝爲レ一。二、中千界。謂、千小千。三、大千界。謂、千中千。合レ此名爲二三千大千世界一」（大正藏三〇巻二八八頁上）とある。「十方」「三千」を対にした例は、『大般若波羅蜜多經』巻四二九「外道品」に「當レ知、此處佛寶・法寶・苾芻僧寶、久住不レ滅。於レ此、三千大千世界、乃至十方無量無數無邊世界、亦復如レ是」（大正藏七巻一五七頁中）とあるなど。

○三千日月　等渤海之輪廻　百億閻浮　同塵沙之數量　この四句は、『藝文類聚』巻七六「內典」、周・王褒「善

行寺碑」および「京師突厥寺碑」にほぼ同句が見える。「善行寺碑」に「塵沙日月、同二渤澥之輪廻一、百億鐵圍、等二閻浮之數量一」、「京師突厥寺碑」に「百億閻浮、塵沙筭而不レ盡、三千日月、世界數而無邊」とある。「三千日月」は三千世界の日月。一つの世界ごとに一組の日月がある。「渤海」（「渤澥」とも書く）は、中国大陸の東の海洋。『列子』「湯問」に「渤海之東、不レ知二幾億萬里一、有二大壑一焉。實惟無レ底之谷。其下無レ底、名曰二歸墟一。八紘九野之水、天漢之流、莫レ不レ注レ之、而無レ增無レ減焉」（『藝文類聚』巻九「水部下・壑」に「…無底之谷」まで再収）とあり、渤海の東に、宇宙の水が全て流れ込み、かつ水位が増減しない底なし谷があるとされていた。「渤海之輪廻」とは、典拠の「善行寺碑」以外に類例未見。仏典では『大方廣佛華嚴經』巻一一「功德華聚菩薩十行品」に「菩薩觀二察三世一、發二如レ是念一。哀哉衆生。爲二愚癡所レ覆、煩惱所レ纏、常二流生死一、輪二廻苦海一」（大正蔵九巻四六七頁上）などとあるように、「輪廻」が海流に喩えられることがある。ここの「輪廻」も渤海の海流が輪転してやまないことをいうとみる。句意は、三千世界をなす一つ一つの世界の日月が渤海の海流のようにめぐっているということ。日月の「輪廻」をいう表現は、本対策よりやや遅れるが、唐・斉光乂「陳公神廟碑」にも「事咸不朽、跡著無方。名與二日月一輪迴、功隨二載籍一舒巻」（『全唐文』巻八一三）と見える。「百億閻浮」は、三千世界すべての閻浮提。閻浮提は須弥山の南方の大陸で、人間界、地上世界をいう。『大方廣佛華嚴經』巻五「如來光明覺品」に「爾時世尊、從二兩足相輪一、放二百億光明一、遍二照三千大千世界、百億閻浮提、（中略）百億大海、百億金剛圍山、百億菩薩生、百億菩薩出家、百億佛始成正覺、（中略）百億果實天、百億色究竟天一」（大正蔵九巻四二二頁中）とある。「塵沙」は塵埃と沙土で、ここでは、三千世界においては閻浮提が数限りなくあることをいう。なお、底本は「日月」の上二字を闕字とするが、「三千」を補って「三千日月」と校訂した。闕字とせずに「積累三千日月」とする本（尊経など）も多いが、字数不足となるため採れない。闕字とするものには「積累三千、□□日月」と句を区切るもの（谷森など）、「積累□□、三千日月」と句を区切るもの（人見書入など）があり、「三千」を前句・後句のいずれに帰属させるかに異同を見るが、東海頭書「一本」に「積累三千、三十日《（ママ）》月」とあるのを参考に「累積三千。三千日月」と「三千」が繰り返されるものとみる。現行諸本が「三千」を一つ欠くのは、「三千」の語が繰り返されるために衍字と見做されたためであろう。

○章亥宛騾　豈盡其邊　隷首忽微　何知其算　前項に引いた『藝文類聚』巻七六「内典」、王褒「善行寺碑」に「章亥歩騾、豈盡二世界之邊一、隷首忽微、寧窮二却海之筭一」と、ほぼ同句がある。「章亥」は、大章と竪亥《じゅがい》。歩行に優れ、禹の命によって、大章は世界の東から西の果てまで歩き、竪亥は南から北の果てまで歩いたという。『淮南子』「墜形訓」に「禹乃使下大章歩自二東極一至中於西極上、二億三萬三千五百里七十歩。使下竪亥歩自二北極一至中於南極上、二億三萬三千五百七十里」とあり、高誘注が「太章・竪亥、善行人。皆禹臣也」とする。『文選』巻三五、張協「七命八首」に天馬を描写して「踰二天垠一、越二地隔一、過二汗漫之所一レ不レ游、躡二章亥之所一レ未レ迹」とあり、李善注が右の『淮南子』の記事を引く。「宛騾」は、漢籍・仏典とも用例未見。「善行寺碑」の「歩騾」をアレンジして、宛宛たる（うねうねと長い）道のりを早駆けする意に用いたのだろう。「豈盡其邊」は、そのように能く行く二人であっても三千世界の辺際までを歩き尽くすことはできない、の意。「隷首」は黄帝（軒轅氏）の臣で初めて算術を定めた人物ともいう。『續漢書』「律暦志」に「隷首作レ數」（梁・劉昭注「博物記曰、隷首、黄帝之臣。一說、隷首善算者也」）、『晉書』巻一七「律暦志・中」に「軒轅紀二三綱一而闡二書契一。乃使下羲和占レ日、常儀占レ月、臾區占二星氣一、伶倫造二律呂一、大撓造二甲子一、隷首作中算數上」とある。「忽微」は、きわめてこまかいこと。『漢書』巻二一上「律暦志・上」に「太族・姑洗・林鐘・南呂、皆以二正聲一應、無レ有二忽微一」とあり、顔師古注に「孟康曰、忽微、若レ有若レ無、細二於髮一者也」とある。「何知其算」は、そのように微細な計算のできる者であっても、百億の閻浮提を数えることはできない、の意。

○天地終始　國界壞成　始以復終　終以復始　「天地終始」は天地の終わりと始まり（天地終始の項を参照）。「國界」は、ここは広大な国土、世界。用例は魏・菩提流志訳『大寶積經』巻三一「出現光明會第十一之二」に「爾時世尊、知二月光童子深心所念一、熙怡微笑、放二金色光一。其光普照二無量無邊諸佛國土一、於二彼國界一作二利益一已」（大正蔵一一巻一七三頁下）とあるなど。「壞成」は、仏教の四劫における成劫と壊劫。問の遞成遞壞…の項を参照。「始以復終、終以復始」は、成劫が終われば壊劫が始まり、壊劫が終われば成劫が始まる、の意。同様の言説は、本対策と同時代の作で年足が目にした可能性はほとんどないが、唐・宗密（七八〇～八四一年）『原人論』に「劫劫生生輪迴不レ絕。無終無始如二汲井輪一〈道敎只知二今此世界未レ成時一度空劫一、云二虛無・混沌・一氣等一、名爲二元始一。不レ知下空界已前、早經二千千萬萬遍成・住・壞・空一、終而復始上〉」（〈 〉は細字二行の自注。大正蔵四五巻七〇九頁中）とある（『原人論』は宗密が比較的若い頃に書いた可能性が指摘されている〈鎌田茂雄『原人論』「解説」、明徳出版社、一九七三年〉）。参考に挙げておく。

○乍空乍住　倶壞倶成　成劫・住劫・壊劫・空劫がきびすを接して続くことをいう（「乍～乍…」は「～したかと思えばたちまち…する」の意）。接比十方…の項に引いた『瑜伽師地論』巻二「本地分中意地第二之二」の同一箇所に「三千大千世界倶成倶壞。（中略。接比十方…の項に引いた部分）四方上下無邊無際三千世界、正壞正成、猶如下天雨注如二車軸一無レ間無レ斷、其水連注、墮中諸方分上。」（大正蔵三〇巻二八八頁上）とある。

○減則極於十年　增則留於八萬　住劫における人の寿命の増減をいう。人の寿命は無量から漸次減少して十歳になり、次に漸次増加して八万歳となることをくり返すとの説に拠る。唐・玄奘訳『阿毘達磨倶舍論』巻一二「分別世品第三之五」に、無間地獄で二十回の中劫を終えた有情が生きる時間の説明として「復有二二十中劫一名二成已住一。次第而起。謂、從二風起一造二器世間一、乃至後時、有情漸住。此洲人壽、經二無量時一至二住劫一、初壽方

漸減、從二無量一減至極二十年一。卽名爲二初一住中劫一。此後十八、皆有二增減一。謂、從二十年一增至二八萬一、復從二八萬一減至二十年一。爾乃名爲二第二中劫一。次後十七例皆如レ是。於二十八後一從二十歲一增極至二八萬歲一、名第二十劫。一切劫增無レ過二八萬一、一切劫減唯極二十年二」（「中劫」は小劫二十回分。大正蔵二九巻六三頁上〜中）とある。

○住劫云謝　災難已多　烈火炎炎　洪波淼淼　聚爲山岳　散爲江河　「謝」は去る・退く（『玉篇』に「辭也、去也」）。「烈火炎炎」は猛烈な勢いの火焔が盛んに燃えるさま、「洪波淼淼」は大波の水勢の広大なさまで、住劫の去った後の災難の具体的な様子をいう。「聚爲山岳」は烈火の灰燼が集まって山岳をなすこと、「散爲江河」は大波が散って大河をなすことで、再び世界が生成することをいう。この六句は『藝文類聚』巻七六「內典」所収、沈約「法王寺碑銘」の「往劫將レ謝、災難孔多。炎炎烈火、淼淼洪波。聚爲二丘岳一、散成二江河一」に拠る。

○事隱於玄名　理絕於深蹟　「事理」「隱絕」「深玄」「名蹟」を各句に分けて配し、世界の成壞の道理は、人智をもっては計り知れない奥深い先人のすぐれた業績の内に隠れて絶えてしまっていることを述べる。「事理」は事物の道理。用例は『文選』巻五二、班彪「王命論」に「猶下能推二事理之致一、探中禍福之幾上」とあるなど。「隱絕」は隠れて世俗との繫がりを絶つこと。『法苑珠林』巻二四「感應緣・唐沙門釋道慧」に「去レ聖遙遠、微言隱絕。庸鄙所レ傳不レ足二師範一」（大正蔵五三巻四六八頁中）とある。「深玄」は人智では計り知れないほど奥深いこと。『廣弘明集』巻二一、昭明太子蕭統「解二二諦義一令旨」に「二諦、理實深玄」（大正蔵五二巻二四七頁下）とある。「名蹟」は名迹・名跡に同じで先人の優れた行い・業績の意。『廣弘明集』巻二三、釈慧琳「武丘法綱法師誄」に「既遵二玄轍一、洞二曉名跡一」（大正蔵五二巻二六五頁中）とある。

○區區庸陋　不能達其淵源　蠢蠢凡愚　不能詳其旨趣　自らを仏道を理解できぬ凡愚として謙遜して、仏教の説く世界の終始については、その根本を理解することができず、説明する力もないことを述べる。「區區」は小さくつまらぬさま、「庸陋」はいやしいさまをいう。「蠢蠢」は虫のうごめくさまから、虫のように卑小であることの喩、「凡愚」は仏教語で仏教の道理を理解しない世俗の愚かな人間、凡夫。『廣弘明集』巻二二、唐・太宗「三藏聖教序」に、仏道を論じて「妙道凝玄、遵レ之莫レ知二其際一、法流湛寂、挹レ之莫レ測二其源一。故知、蠢蠢凡愚・區區庸鄙、投二其旨趣一能無二疑惑一者哉」（大正蔵五二巻二五八頁中）とあるのに拠る。なお、「庸陋」の用例には『文選』巻四〇、沈約「奏二彈王源一文」の「源雖二人品庸陋一、胄レ實參レ華」などがある。

○混家之法　略而可言　ここからは儒教における天地終始について論じる。「混家」は漢籍・仏典とも用例未見。「混家之法」で、儒家のさまざまな家法（儒家の経学伝授において家ごとに師弟間で相伝された学問・学派）をひとまとめにしていったものと解しておく。『後漢書』巻七九上「儒林列傳」の序に「立二五經博士一、各以二家法一教授。易、有二施・孟・梁丘・京氏一。尙書、歐陽・大小夏侯。詩、齊・魯・韓。禮、大小戴。春秋、嚴・顏。凡十四博士、太常差次總領焉」とある。「混」は合わせる意。『老子道德經』巻上「贊玄第十四」の「混而爲レ一」の河上公注に「混、合也」とある。

○天圓而寛　地方而小　形如鳥卵　運似車輪　載水而浮　乘氣而立　「天圓」「地方」は、天が丸く地が四角いこと（問の混元肇判…の項を参照）。「形如鳥卵」以下の四句は、天蓋は鶏卵のように丸く、車輪のようにめぐり、（雨）水を載せて浮び、地は（陰の）気に乗じて確立しているという。『藝文類聚』巻一「天部上・天」所引、張衡『渾天儀』の「天如二雞子一、天大地小、天表裏有レ水。地各乘レ氣而立、載レ水而浮。天轉如二車轂之運一」に拠る。なお、『藝文類聚』の「地各乘」を『太平御覽』「天部二・渾儀」所引『渾天儀』は「天地各乘」に作る。こちらの方が「各」と整合するが、ひとまず現行の『藝文類聚』の本文に従う。『渾天儀』の文意は難解で、特に「載水而浮」は天、地、または天地のいずれのことをいうのか、本文の問題も相俟って不分明である。年足が「載水而浮」と「乘氣而立」の順序を典拠とは逆にしたのも意あってのことだろう。ひとまず右のように解しておく。

○日月之度　星辰之行　廻地而晦明　麗天而旋運

「日月之度、星辰之行」は日月星辰の軌道上の運行。「度」「行」は天文・律暦の用語で日月星辰の軌道の度数とその運行。『漢書』巻三六「楚元王傳」（「劉歆傳」を含む）の「贊」に劉歆『三統暦譜』を讃えて「考二歩日月五星之度一、有三意其推二本之一也」、『禮記』「月令」に暦術を所掌する太史の説明として「命二大史一守レ典奉レ法、司二天日月星辰之行一、宿離不レ貸、毋レ失二經紀一」（鄭玄注「經紀、謂二天文進退度數一」）とある。「晦明」は暗いと明るいで昼夜をいう。『春秋左氏傳』昭公元年に「天有二六氣一（中略）六氣曰二陰陽・風雨・晦明一也。分爲二四時一、序爲二五節一、過則爲レ菑」とある。「麗天」は天に著く。『周易』「離」に「彖曰、離、麗也。日月麗二乎天一、百穀草木麗二乎土一。重明以麗二乎正一、乃化二成天下一」とあり、その魏・王弼注に「麗、猶レ著也。各得二所レ著之宜一」とある。「旋運」の用例は、本対策以前の日本への伝来は未詳だが、唐・劉允済（七世紀後半に経歴あり）「天賦」に、天を叙述して「横二斗樞以旋運一、廓二星漢之昭回一」（『文苑英華』巻一「天象一」所収）とある。また、本対策とは文脈を異にするが、『法苑珠林』巻一「劫量篇・壞劫部」に「此水火風三大災起、逼二有情類一、令下捨二下地一集中上天中上。初火災興、由二七日一現。有說、如レ是七日輪行、猶如二雁行分レ路旋運一」（大正蔵五三巻二七五頁中）とある。

○考之實狀　不失其宜　施之治方　尤得其理　以上の儒家の説く天地のありようを実状に即して考えてみると、適切（「宜」）であり、その説に則り政治を行うことが道理にかなっているという。なお、たとえば『周易』「泰」に「象曰、天地交、泰。后以財二成天地之道一、輔二相天地之宜一、以左二右民一」とあるように、儒教では、天子が天地のよろしき状態に学び、そのような状態が持続するように政治を行うことが主張される。ここもこのような思想が背景にあるか。「治方」は天下・国を治める方法。用例は『周書』巻七「宣帝紀」大象二年夏四月条の詔に

「朕以二寡薄一、昧二於治方一、不レ能レ使二天地休和、陰陽調序一」とあるなど。

〇上天下地　有始無終　「上天下地」は対策冒頭の「陽清上動…陰濁下凝」との縁による表現か。なお、日月之度…の項に引いた『法苑珠林』に（文脈は異なるが）用例があった。「有始無終」は問の「有始無終、儒家之風不落」を受ける。

〇不易之義攸詮　長存之說斯著　儒家の説を永遠不変の説として評価する。「不易」はものごとが永遠に変わらないこと。唐・孔穎達「周易正義序」に「凡有無相代、彼此相易、皆是易義。不易者、常體之名、有常有體、無常無體、是不易之義」とある。「長存」は、ここは儒家の説がその正しさゆえに長く伝わり保たれること。思想や道理が長く保たれる意で用いた例として、『廣弘明集』巻六、唐・高祖「沙三汰釋李二宗一詔」に「朕膺レ期馭レ宇、興二隆教法一深思二利益一、情在二護持一。使二玉石區分、薫蕕有レ辯、長存二妙道一、永固二福田一、正レ本澄レ源、宜レ從二沙汰一」（大正蔵五二巻一二六頁上）とある。

〇經典所緯　既有前聞　耳目所安　互無後異　「經典所緯」は儒教の経典に織り込まれたことの意。ただし、この言い回しは未見。『晉書』巻二〇「禮志・中」の「雖レ非二經典所一レ載、是歷代故事」と同義と解される。なお、『文選』巻一七、陸機「文賦」に「塊孤立而特峙、非二常音之所一レ緯」（李善注「文之綺麗、若二經緯相成一。一句既佳、塊然立而特峙、非三常音所二能緯一也」）とあるのを参照したか。「緯」は横糸のことでもあり、「經典」の「經」（縦糸）と呼応させたか（右の李善注にも「經緯相成」とある）。「前聞」はもとから聞いていること。『禮記』「檀弓上」に「我未二之前聞一也」（孔穎達疏「前、猶レ故也」）とある。「耳目所安」は儒家の説が耳にも目にも安らかだ（穏当だ）の意と解されるが、類例未見。「互無後異」は儒教の経典の諸説は互いに後から異なりが生じることもないとの意に解されるが、これも類似表現は未見。

〇管局之見　獨滯儒宗　豈曰談天　還同測海　年足の謙辞。「管局」は用例未見。「管」はくだ、「局」は小さく狭いさまで、「管局之見」は管を通して見るようなせせこましい見識の意と解される。「管見」に同じだろう。『莊子』「秋水篇」に「用レ管闚レ天、用レ錐指レ地也」とある。「獨滯」は、ある対象（ここは儒家の説）にだけ留まること。『弘明集』巻一一、釈道高「答二李交州一之書」に、儒教を肯定し仏家の説だけを疑うことを批判して「釋氏震二法鼓於鹿園一、夫子揚二德音於鄒魯一。皆耳眼所レ不レ得、倶信二之於書契一。若不レ信レ彼、不レ患レ疑レ此。既能了レ彼何獨滯レ此」（大正蔵五二巻七頁中）とある。「儒宗」は人物評に用いられる語で儒教の宗師、学問の領袖のこと。用例は『漢書』巻三六「楚元王傳・劉向」に「仲舒爲二世儒宗一、定レ議有レ益二天下一」とあるなど。「談天」は策問「天地始終」について答えることを指す。『後漢書』巻八八「西域傳」の「論」に「雖二鄒衍談天之辯、莊周蝸角之論一、尙未レ足三以概二其萬一一」とあり、李賢注が「談天言レ大、蝸角喩レ小也」とする。「測海」は、ひさごで海水の量を測ることで、課題に対して能力が及ばないことの喩。『文選』巻四五、東方朔「答二客難一」に「語曰、以レ筦窺レ天、以レ蠡測レ海、以レ筳撞レ鍾。豈能通二其條貫一、考其二文理一、發二其音聲一哉」とあり、李善注が「蠡、瓠瓢也」とする。

4　菅原清公（問）・栗原年足（対）「宗廟禘祫」

〔本文〕

宗廟禘祫　菅原清公

問。

龍鳳別紀、五帝不レ相二沿樂一、

金水遞旋、三王不レ相二襲禮一。

斯知、

質文之變、隨レ時之義大哉、

損益之事、追レ世之理深矣。

聖朝、

務在二勤恤一、

未レ建二廟祠一、

徳馨通レ神、

頌聲愜レ物。

今、

〔訓読〕

宗廟禘祫　菅原清公

問ふ。

龍鳳は別けて紀《しる》し、五帝は樂相沿《あひしたが》はず、

金水は遞《たが》ひに旋《めぐ》り、三王は禮相襲《あひつ》がず。

斯《ここ》に知る、

質文の變、時に隨ふの義は大いなるかな、

損益の事、世を追ふの理は深し、と。

聖朝、

務めは勤恤《きんじゅつ》に在りて、

未だ廟祠を建てざるも、

徳の馨《かほ》りは神に通じ、

頌の聲は物に愜《かな》ふ。

今、

欲下尋二芳訓於姫孔一、
訪二舊章於馬鄭一、
設二七廟一而豐二潔粢一、
則二千古一以啓中殷祭上。
然則、
明堂祖廟之異說、可レ據二詎人一、
三五禘祫之盛禮、萌在二何世一。
詳二論義理一、
復陳二可否一。

對。
竊以、
遐二觀囊冊一、想二太易之初一、
歷二討綿書一、尋二混元之始一、
太昊少昊以往、既樸略而未レ聞、
高陽高辛而還、漸昭彰而可レ見。
雖二復揖讓膺一レ圖之主、
干戈受レ命之君、

芳訓を姫孔に尋ね、
舊章を馬鄭に訪ね、
七廟を設《まう》けて潔粢《けっし》を豐かにし、
千古に則《のっと》りて殷祭を啓かむと欲す。
然れば則ち、
明堂・祖廟の異說は、詎《いづく》の人に據るべく、
三五の禘祫の盛禮は、萌《きざ》すこと何《いづれ》の世に在らむ。
詳《つまび》らかに義理を論じ、
復た可否を陳べよ。

對ふ。
竊かに以ひみるに、
囊冊《なうさつ》を遐觀《くわくわむ》して、太易の初めを想ひ、
綿書《めんしょ》を歷討《れきたう》して、混元の始めを尋ぬるに、
太昊少昊《たいかうせうかう》以往《いわう》、既に樸略にして未だ聞かず、
高陽高辛而還《かうやうかうしんこのかた》、漸《やくや》く昭彰にして見るべし。
揖讓して圖《と》を膺《う》くるの主、
干戈して命を受くるの君、

沿革殊レ途、
汙隆異レ等、
莫乙不下建二七廟一而嚴二祖考一、
敷(1)二五教一而治中邦家上者甲矣。
夫孝者、
發二於深衷一、
本二於至性一。
行レ之在レ己、外無二因レ物之勞一、
體レ之由レ心、內有二徇レ情之逸一。
萬德雖レ舛、以レ道爲レ宗、
百行雖レ殊、以レ孝爲レ大。
施二之於國一則主泰、
用二之於家一則親安。
既可三以施二於一人一、
又可三以移二於四海一。
舒レ之則盈二宇內一、
卷レ之則發二懷中一。
聖人之德、無レ加二于孝一、

沿革は途《みち》を殊にし、
汙隆《おりゅう》は等《ひと》しきを異にすと雖《いへど》も、
七廟を建てて祖考を嚴《うやま》ひ、
五教を敷きて邦家を治めざる者なし。
夫《そ》れ孝は、
深衷に發し、
至性に本づく。
之を行ふは己《おのれ》に在り、外、物に因《よ》るの勞無く、
之を體するは心に由《よ》り、內、情に徇《したが》ふの逸有り。
萬德は舛《たが》ふと雖も、道を以て宗と爲し、
百行は殊なると雖も、孝を以て大と爲す。
これを國に施せば則ち主泰《やす》く、
これを家に用ゐれば則ち親安《やす》し。
既に以て一人に施すべく、
又た以て四海に移すべし。
之を舒《の》ぶれば則ち宇內《うない》に盈《み》ち、
之を卷けば則ち懷中より發す。
聖人の德は、孝に加ふる無く、

人子之徳、無レ加二于孝一。
人子之道、可レ不レ欽哉。
是以、
千帝百王、愼レ終追レ遠、
前賢往哲、事レ死如レ生。
春雨既濡、方切二怵(2)惕之思一、
秋霜爰降、轉增二悽愴之心一。
然則、
事豈今哉、
其來尚矣。
洎二馬鄭更進一、三雍之論不レ同、
義在レ可レ疑、兩二存之一宜レ所レ貴。
祭祀之典、雖レ興二於曠時一、
禘祫之儀、尤盛二於周日一。
伏惟　聖朝、
仁超二四目一、
道冠二九頭一。
莫二遠不レ霑、雨露慙二於渥澤一、

人子の徳は、孝に加ふる無し。
人子の道、欽《つつし》まざるべけむや。
是《ここ》を以ちて、
千帝百王は、終《をはり》を愼み遠きを追ひ、
前賢往哲は、死に事《つか》ふること生の如くす。
春雨既に濡れて、方《まさ》に怵惕《じゅってき》の思ひを切にし、
秋霜爰《ここ》に降りて、轉《うた》た悽愴《せいさう》の心を增す。
然れば則ち、
事は豈に今のみならんや、
其の來たるところは尚《ひさし》し。
馬・鄭の更《あらた》め進むるに洎《およ》びても、三雍の論は同じからず、
義は疑ふべき在るも、之を兩存し宜しく貴ぶ所とすべし。
祭祀の典、曠時《くわうじ》に興ると雖も、
禘祫の儀、尤も周日に盛んなり。
伏して惟ひみるに　聖朝、
仁は四目を超え、
道は九頭に冠たり。
遠きとして霑《うるほ》さざる莫く、雨露は渥澤《あつたく》に慙《は》ぢ、

無㆓幽不㆒㆑燭、日月謝㆓於光輝㆒。
今、
欲㆘資㆓往聖之舊章㆒、
窮㆓先賢之貴制㆒、
創立㆓寢廟㆒、
新啓㆗蒸嘗(3)㆖。
斯誠、
尊㆑祖之芳猷、
昭㆑孝之茂範也。
夫以、
明王定㆑制、與㆑世推移、
哲后裁㆑規、隨㆑時變改。
非㆓從㆑地出㆒、
非㆓自㆑天生㆒、
必在㆑逐㆑宜、
安可㆓滯執㆒。
誠須㆘
建㆓茲千歳之運㆒、置㆑廟立㆑尸、

幽《くら》きとして燭《とも》さざる無く、日月は光輝に謝す。
今、
往聖の舊章を資《と》り、
先賢の貴制を窮め、
創りて寢廟を立て、
新しく蒸嘗を啓《ひら》かむと欲す。
斯れ誠に、
祖を尊ぶの芳猷《はういふ》、
孝を昭《あきら》かにするの茂範なり。
夫れ以ひみれば、
明王は制を定め、世とともに推移し、
哲后は規を裁し、時に隨ひて變改す。
地より出づるに非ず、
天より生ずるに非ず、
必ず宜しきを逐《お》ふ在り、
安くんぞ滯執すべけむや。
誠に須らく
茲《こ》の千歳の運を建て、廟を置き尸《し》を立て、

候二彼五年之閒一、先レ祫後レ禘、
合二其昭穆(4)一、
序二其尊卑一、
來二百辟(5)於助祭一、
受三萬壽與二繁祉一、
流二靈德於歌詠一、
感中聖神於管絃上。
何獨、
遊二考室一而賦二斯干一、
向二沛宮一而舞二文始一而已哉。
年足、
學非二今古一、
識謝二方圓一。
(6)辟雍綴レ文、同二和逌之返側一、
銅臺下レ筆、異二曹植之立成一。
高問已來、
庸才難レ報。
謹對。

彼の五年の閒を候《うかが》ひ、祫を先にし禘を後にし、
其の昭穆を合し、
其の尊卑を序し、
百辟を助祭に來たらし、
萬壽と繁祉とを受け、
靈德を歌詠に流し、
聖神を管絃に感ぜしむべし。
何ぞ獨り、
考室に遊びて斯干《しかん》を賦し、
沛宮《はいきう》に向ひて文始を舞ふのみならむや。
年足、
學は今古に非ず、
識は方圓を謝す。
辟雍に文を綴れば、和逌《わいう》の返側に同じく、
銅臺に筆を下さば、曹植の立成に異れり。
高問已に來たり、
庸才は報じ難し。
謹みて對ふ。

延暦廿年二月廿五日監試
文章生正八位上中臣栗原連年足上

延暦廿年二月廿五日監試
文章生正八位上中臣栗原連年足上《たてまつ》る

〔校異〕

（1）敷—底本「放」。諸本により改める。
（2）怵—底本「林」。典拠により改める。
（3）蒸—底本「亟」。諸本により改める。
（4）昭—底本「照」。諸本により改める。
（5）辟—底本「璧」。諸本により改める。
（6）辟—底本「璧」。諸本により改める。

〔通釈〕

問う。龍や鳳などの祥瑞は王朝ごとに別種のものが史書に記され、五帝は（独自の）楽を定めて前王朝に従わず、金・水などの徳は王朝ごとに交替し、三皇は礼を前王朝から踏襲しなかった。このことからわかるのである、治世の質朴と華麗は変遷するもであり、時勢に従う意義のなんと偉大なこと、（そして）礼楽の飾りを世に合わせて増減する道理は深いのだ、と。

（さて）今上陛下は民をいたわりあわれむことに努められて、未だ宗廟祭祀の制度は定められていないが、陛下の徳の芳香は神に通じ、（善政を）称讃する歌声は万物に心地よく聞こえている。今こそ、（宗廟祭祀の制度について）よき教えを周公・孔子に求め、あるいは経典解釈を馬融・鄭玄に求め、（天子にふさわしく）七廟を設けて供物を豊かにし、遠い古えに則って禘祫の祭を創始したい。そういうわけであるから、明堂と祖廟の関係といった諸説あるところは、誰の見解に従えばよいか、そもそも三年で禘・五年で祫という制度の始まりはいつの世にあるのか、詳しくその意義と道理を述べ、また禘祫祭祀の是非を述べてほしい。

お答えいたします。私に考えをめぐらせますに、古い書物を遙かに眺めて天地開闢の初めを想起し、上古以来連綿と続く書籍をあまねく検討して陰陽も分かれない始原の頃をたずねてみましても、太昊・少昊以前は（文字のない）素朴・野鄙な時代で（何があったか）聞くこともできず、高陽・高辛帝の時代以降は（書物によって）次第に明らかに歴史を見ることができるようになります。禅譲により瑞祥を受けた（即位した）君主があり、（一方で）武力により天命を受けた（即位した）君主があり、（また）前代の継承か改革か、簡素か盛大かも王朝によって異なりますが、七廟を建立し祖先の序列を正し、五教を広めて国家を治めなかった者はなかったのです。

そもそも孝とは、深い心から発し、善良な性質に基づくものです。孝の実践は自分次第であり、外では何かに影響される労苦がなく、孝の体現は自らの心に由来し、内では情に従う安楽があります。徳にも多くの種類がありますが、孝道こそが最も中心となるものであり、たくさんの良い行いはそれぞれ特別ですが、孝行は最も偉大なものです。これ（孝）を国に施せば君主は泰然とし、これを家に用いれば親は安らかでいられます。孝はまず一人に施すべきであるうえに、さらにまた（その孝を）天下に移し施すべきです。孝というものは広げれば天下に満ち、巻き取れば懐の中から現れるものなのです。聖人の徳は孝に加えるものはなく、人の子の徳も、孝に加えるものはないのです。人の子の道として、尊重せずにはいられましょうか。これによって歴代の帝王たちは父母の葬儀を丁重にし、先祖を祭って、死者への奉仕をあたかも生者に行うように（誠実に）行ってきたのです。こうして、（彼らは）春雨が降っては（柔らかく湿った大地に触れ、亡親に再会したかのように）はっと驚き、秋の霜が降りては（冷えた大地に触れ）ますます（親を亡くした）ぞっとするような寂しさを感じたのです。こういうわけですから、親への孝はまさか今に始まることではありますまい、そのよって来たるところは遥か遠い昔なのです。（後漢の）馬融・鄭玄らが（経典に注釈して）議論をあらため進めても、なお三雍（辟雍・明堂・霊台）の指すものを決めかねており、その議論には疑うべきところもありますが、これら諸説はいずれも残して尊重すべきです。宗廟祭祀の典礼ははるか昔に興りましたが、禘祫の儀礼は周の時代に最も盛んでした。

謹んで考えてみますに、今上陛下は、その仁は舜を超え、道は人皇をも上まわっていらっしゃいます。（陛下の恩恵は）どれほど遠い所も濡らさぬ所はなく、雨と露でさえその恩恵に恥じ入るようであり、どれほど暗い所も照らさぬ所はなく、太陽と月でさえその光輝に謝るかのようです。そして今、上古の聖人たちの古い規範を採用し、昔の賢人たちの貴い制度を究明し、寝廟を創設し、秋冬の祭を開始されようとしています。これこそまことに祖先を尊ぶ素晴らしいはかりごとであり、孝を明らかにする立派な決定であります。そもそも考えてみますに、明君は制度を定めて世とともに推移させ、賢主は法規を制定して時勢に合わせて改変します。（そのような変遷は）地から出てくるものではなく、天から生れるものでもなく、（人の心にもとづくのであり、その変遷は）、必ず適宜さを求めた結果なのです。（わが朝廷においても）どうして（旧習に）固執してとどまる必要がありましょうか。まことに、千年に一度の聖人たる陛下が現れなさったこのめぐりあわせを確固たるものとし、宗廟を作り巫者を置き、今後五年の間に期を見計らい、祫（先祖との共食の祭）を先に、禘（先祖の序列を正す祭）を後に行い、霊廟を順序正しく配置し、尊卑の序列を正し、祭を助けに諸侯を参らせ、祖霊から長寿と幸福の祝福を受け、祖霊の徳を歌に込めて詠唱し、聖霊を管弦楽で感動させるべきです。（それも）どうして、ただ廟の落成祭に遊んで斯干の詩を歌い、始祖廟に向かって文始の舞を舞うだけで済ませてよいものでしょう（より本格的・盛大に祭るべきです）。

わたくし年足は、学問は現在・過去いずれも心得ず、知識は（矮小で）天地のことに及びません。辟雍で文を綴れば、免官されそうになった和逌《わゆう》の煩悶の故事よろしく筆は進まず、銅雀台で筆を下ろしても、たちどころに文章を成した曹植のようにはとてもいきません。すでに高尚な御下問にあずかりましたが、凡才ゆえに満足なお答えを申し上げられません。

謹んでお答え申し上げます。

延暦二十年（八〇一）二月二十五日の監試で、文章生正八位上中臣栗原連年足が奉った。

〔語釈〕

○宗廟禘祫　宗廟での禘・祫の祭り。本策問と対策の題目。宗廟は先祖の神主《しんしゅ》（位牌・木神）を配置して祭る御霊屋《みたまや》のこと。『藝文類聚』巻三八「禮部上・宗廟」が引く『釋名』に、「宗、尊也。廟、貌也。先祖形貌所レ在也」とある。「禘祫」は、宗廟で行われる数年に一度の盛大な祭祀のこと。七廟に祭られた神主以外の、既に毀《こぼ》たれて祧《ちょう》された神主も太廟に合わせ祭る特別な大祭で、殷祭とも呼ばれる。「禘」は神主の順位を定めて以って尊位序列を正す祭であり、「祫」はそれらの神主と共食する祭である（金子修一『古代中国と皇帝祭祀』汲古書院、二〇〇一年一月）。『藝文類聚』巻三八「禮部上・宗廟」所引『續漢書』に「祫、合也。毀廟之主、合二食於太祖一也。禘以二四月一、祫以二十月一。四月陽氣在レ上、陰氣在レ下、正二尊卑之義一。十月五穀登、故骨肉合聚飲食」、『後漢書』巻三「肅宗孝章帝紀」の「尊レ廟曰二顯宗一、其四時禘祫於二光武之堂一」への唐・李賢注が同じく『續漢書』を引き「五年再殷祭、三年一祫、五年一禘。父爲レ昭、南向。

子爲レ穆、北向。禘以二夏四月一、祫以二冬十月一。禘之爲レ言諦、諦二審昭穆尊卑之義一。祫者、合也。冬十月五穀成、故骨肉合飲二食於祖廟一、謂二之殷祭一」とあるのが詳しい。右に「五年再殷祭、三年一祫、五年一禘」とあるように、通常は三年喪が明けた十月に祫、その二年後の四月に禘を行い、この二つのセットを「殷祭」として五年ごとにくり返してゆくとされるが、諸説ある（「殷祭」は本策問に後出）。

【問】

○龍鳳別紀　五帝不相沿樂　金水遞旋　三王不相襲禮

「龍鳳…金水…」の「龍鳳」は王朝の善政を天が祝福している徴《しるし》（祥瑞）として現れる聖獣、「金水」は五行の金気と水気で、王朝ごとの徳の性質のこと。後漢以後、王朝交替は五行の徳の交替として理屈づけられていた。ここにいう「紀」とは、『漢書』巻一の総題「高帝紀第一上」に付された唐・顔師古注に「紀、理也。統レ理衆レ事、而繋二之於年月一者也」とあるように、理を根拠として事物を年月順に再配列した歴史叙述を指す。この「理」が王朝ごとに異なっており、それが聖獣出現の祥瑞や五行の徳などによって象徴されていた。「龍鳳別紀」は、『春秋左氏傳』昭公一七年秋の「大皞氏以レ龍紀。故爲二龍師一而龍名。我高祖少皞摯之立也、鳳鳥適至。故紀二於鳥一、爲二鳥師一而鳥名」などに拠ったものだろう。金徳・水徳の例は、たとえば『藝文類聚』巻一一「帝王部一・少昊金天氏」所引、曹植「少昊贊」に「金德承レ土、儀鳳帝レ世」、同「顓頊高陽氏」所引、曹植「顓頊贊」に「始誅二九黎一、水德統レ天」とあるなど。「遞旋」は互いにめぐるの意。本対策以前の漢籍・仏典に用例未見。類例は『隋書』巻七「禮儀志」に「三廟遞遷」とあるなど。「五帝…三王…」は、上古の帝王たちは前王朝の礼楽に固執せず、時代相応の礼楽を用いたことをいう。『禮記』「樂記」に、「五帝殊レ時、不レ相二沿樂一、三王異レ世、不レ相二襲禮一」とあるのに拠る。なお、後漢・鄭玄注が「言三其有二損益一也」とする。「損益」は次項を参照のこと。

○質文之變　損益之事　「質文之變」は、質朴な政治と華やかな政治との間に王朝ごとの変遷があることをいう。「損益」は、王朝ごとの礼楽制度の華美さの増減を指す。『論語』「爲政」の「子張問、十世可レ知也。子曰、殷因二於夏禮一、所二損益一可レ知也。周因二於殷禮一、所二損益一可レ知也」とあり、「十世可レ知也」に魏・何晏注が「孔曰、文質禮變」（梁・皇侃『論語義疏』は「孔」を「孔安國」に作る。以下、同じ）とするのに拠る。なお、「質文之變」の用例として、本対策以前の日本への伝来は不明だが、『舊唐書』巻二六「禮儀志六」の「天寶八年閏六月六日勅文、禘祫之禮、以存二序位一、質文之變、蓋取二隨時一」（天宝八年は七四九年）がある。

○隨時之義大哉　追世之理深矣　時代の変化に応じて礼楽制度を変化させた上古の帝王たちへの称讃。「隨時之義大哉」は『周易』「隨・彖傳」の「隨時之義大矣哉」に拠る。「追世」を本対策と同様の意で用いた例は漢籍・仏典とも未見。

○聖朝　当代の朝廷に対する尊称。用例は、『文選』巻三七、李密「陳情表」に「伏惟、聖朝以レ孝治二天下一。凡在二故老一、猶蒙二矜育一、況臣孤苦、特爲二尤甚一」とあるなど。『經國集』の対策でもしばしば用いられるが、本対策以外はすべて答え（対）の方で用いている。策問はそもそも天皇の問いであるから、策問の方でこの語を用いるのはその原則に抵触する。本策が策問起草者の名を菅原清公と明記することとも関わるか。なお、底本は「聖朝」の上一字分を欠字として敬意を表している。

○務在勤恤　未建廟祠　「勤恤」は民をいたわりあわれむこと。『春秋左氏傳』哀公元年に、自らは質素な生活をして民をいたわった呉王・闔廬《こうりょ》について「昔闔廬、食不レ二味一、居不レ重席一、室不レ崇壇一、器不レ彤鏤一、宮室不レ觀、舟車不レ飾、衣服財用、擇不レ取レ費。在レ國、天有二菑癘一、親巡二其孤寡一、而共二其乏困一。（中略）勤二恤其民一、而與レ之勞逸。是以民不二罷勞一、死知レ不レ曠」とある。ここは、今上帝が民をいたわることに熱心なあまり、宗廟祭祀の制度整備が手つかずになっているとの文脈をなす。「廟祠」は宗廟の祭祀。用例は、『漢書』巻二五下「郊祀志下」に「元帝寝疾、夢神靈譴レ罷二諸廟祠一、上遂復焉」とあるなど。

○徳馨通神　頌聲愜物　「徳馨」は（今上帝の）徳の香り。「通神」は、それが天の神まで届いていることをいう。『尙書』「周書・君陳」に「至治馨香、感二于神明一。黍稷非レ馨、明徳惟レ馨、」（孔安国伝「政治之至者、芬芳馨氣動二於神明一。所謂芬芳、非二黍稷之氣一、乃二明徳之馨一。勵レ之以レ徳」）とあるのをまとめた。「頌聲」は王の善政をほめたたえる詩を歌う声。用例は、『史記』巻四「周本紀」に「作二周官一、興二正禮樂一、度制於レ是改、而民和睦、頌聲興」とあり、宋・裴駰『史記集解』が「何休曰、頌聲者、太平歌頌之聲、帝王之高致也」、『漢書』巻五一「賈山傳」に「君有二餘財一、民有二餘力一、而頌聲作」とあり、顔師古注が「頌者、六詩之一、美二盛徳一之形容、蓋帝王之嘉致」とするなど。なお、『毛詩』「大序」に、「頌者美二盛徳一之形容、以二其成功一、告二於神明一者也」とあり、唐・孔穎達疏が「遠邇咸服、羣生盡遂二其性一、萬物各得二其所一、卽是成功之驗也」とし、「頌」で称讃される善政の一要素を「万物」が所を得ることと説明している。「愜物」は万物に快い、の意。用例は『藝文類聚』巻五一「封爵部・遜讓封」所引、任昉「爲二齊明帝一讓二宣城郡公一表」に「臣知レ不レ愜レ物、誰謂二攸宜一、命輕二鴻毛一、責重二山岳一、存沒同歸、毀譽一貫」とある。なお、『文選』巻一七、陸機「文賦」の「故夫夸レ目尙レ奢、愜レ心者貴レ當」の唐・李善注に「愜、猶レ快也」とある。

○尋芳訓於姫孔　訪舊章於馬鄭　「姫」「孔」「馬」「鄭」は周公旦・孔子・馬融・鄭玄それぞれの姓。「姫孔」を経典、「馬鄭」をその注釈として対置する。「芳訓」の用例は、『藝文類聚』巻一五「后妃部・后妃」所引の江淹「爲二建平皇一慶二皇后正位一章」に「左右詩史、夙鏡二茂資一、早摛二芳訓一、衍敎二紫庭一、麗軌二華屋一」とあるなど。「姫孔」の例は、『梁書』巻五一「處士列傳・劉歊」に「神已適レ彼、祭何所レ祭、祭則失レ理。而姫孔之敎不レ然者、其有レ以乎」。「舊章」の用例は、『藝文類聚』巻一二「帝王部二・漢武帝」所引の曹植「漢武帝贊」に「世宗光光、文武是攘、威二震百蠻一、恢二拓土疆一、簡二定律曆一、辨二脩舊章一、封二天禪土一、功二越百王一」とあるなど。「馬鄭」の例は、孔穎達「尙書正義序」に「歷及二魏晉一、方始稍興、故馬鄭諸儒莫レ覩二其學一、所レ注二經傳一時或異同」とあるなど。

○設七廟而豐潔粢　則千古以啓殷祭　「七廟」は天子（帝室）の宗廟のこと。『禮記』「王制」に「天子七廟、三昭三穆、與二大祖之廟一而七」とあるのに拠る。「潔粢」は神前に供える穀物のこと。『春秋左氏傳』桓公六年春に「奉レ盛以告、曰二絜粢豐盛一、謂二其三時不レ害而民和年豐一也」（「絜」と「潔」は通用）とあり、孔穎達疏が「絜粢豐盛者、非レ謂二所レ祭之食絜浄豐多而已一、乃言二民之糧食盡豐多一也。言二豐絜一者謂下其春・夏・秋三時農之要節、爲レ政不レ害二於民一、得レ使二盡力耕耘、自事生産一、故百姓和而年歲豐上也」とする。「千古」を学ぶべき対象として用いた例は『初學記』巻二〇「政理部・貢獻」所引、唐・中宗「禁レ進二獻奇巧一制」に「朕凝懷二紫宙、滌想二丹闕一、考二千古之澆淳一、稽二百王之治亂一」とあるなど。「殷祭」は宗廟禘祫…の項を参照。ここは「禘祫」の祭祀を指す。

○明堂祖廟之異説　可據詎人　「明堂」は『藝文類聚』巻三八「禮部上・明堂」所引の『孝經援神契』に、「明堂者天子布政之宮。上圓下方、八牕四達、在二國之陽一」とあるように、一般に天子が政治を行う場所で、儒教思想における王者の徳治を象徴する建物を指すが、「明堂」が「宗廟」を指す場合もある。『春秋左氏傳』文公二年春「勇則害レ上、不レ登二於明堂一。死而不義非レ勇也」への晉・杜預注に「明堂、祖廟也。所二以策レ功序一レ德」、『藝文類聚』巻三八「禮部上・明堂」所引、蔡邕「月令論」に「明堂者天子太廟也。所下以宗祀而配二上帝一、明二天地一、統中萬物上也」とあるなど。なお、「明堂」と「宗廟」は同一の建築物の異名なのか、別々の建築物を指すのか、また、「明堂」は「辟雍」と「霊台」とも同一視されているなどの問題・議論がある（洎馬鄭更進…の項を参照）。内野熊一郎「日本古代（上代より平安初期）経書学の研究」（『日本漢学文芸史研究』、東京教育大学文学部、一九五五年）は、「馬融・王肅説は『明堂辟雍太學同處』（隋書牛弘伝引）と見てをり、又左氏旧説・賈逵・蔡邕・服虔・盧植は『祖廟明堂爲一、』（左氏文二年正義）とも見、特に盧植礼記注には、『明堂卽太廟也、天子太廟上可以望氣、故謂之靈臺、中可以序昭穆、故謂之太廟、圓之以水似璧、故謂之辟雍、古法皆同一處、近世殊異、分爲三耳』（毛詩霊台正義引）と説いてをり、蔡邕は更に『明堂者天子太廟、所以祭祀、…饗功養老教學選士皆在其中、故言正室之貌、則曰太廟、取其正室、則曰太室、取其堂則曰明堂、取其四時之學則曰太學、取其圓水則曰辟雍、雖名別而實同』（礼明堂位正義引）と説いてをる」として、異説を紹介し、「以上の如き異説紛糾」の状態を指摘している。また、鄭玄は「明堂」に祀った祖先を天帝に配当し、郊祀の祭祀を行うと述べていることが指摘されている（諸橋轍次『諸橋轍次著作集　第四巻　宗廟篇』、大修館書店、一九七五年一二月）。

○三五禘祫之盛禮　萌在何世　「三五禘祫」は、宗廟禘祫の項で引いた「三年一祫、五年一禘」（『後漢書』李賢注所引『續漢書』）のこと。なお、『藝文類聚』巻三八「禮部上・宗廟」に「周禮注、五歳一禘、三歳一祫」ともある。祖先祭祀について「盛禮」をいう例は、後漢・班固『白虎通』「攷黜」に「圭瓚秬鬯、宗廟之盛禮。故孝道備而賜二之秬鬯一、所三以極二著孝道一」とある。「在何世」と問う例は、（反語だが）後漢・王充『論衡』「刺孟」に「由レ周至二孟子之時一、又七百歳而無二王者一。五百歳必有二王者一之驗、在二何世一乎」とある。

○詳論義理　復陳可否　「論義理」の例は、『周易』「繫辭下」、「其旨遠、其辭文。其言曲而中、其事肆而隱」（魏・王弼注「事顯而理微也」）への孔穎達疏に「其易之所レ載之事、其辭放肆顯露而、所レ論義理深而幽隱也」、「陳可否」の例は、『陳書』巻五「宣帝紀」太建四年に「置二鼓公車一、罕論二得失一、施二石象魏一、莫レ陳二可否一」とある。

【対】

○遐観曩冊　想太易之初　「遐觀」は遙か遠くを見ること。空間にも時間にもいう。用例は、『文選』巻一三、張華「鷦鷯賦」の「普二天壤一以遐觀、吾又安知二大小之所レ如」、本対策以前の日本への伝来は未詳だが、唐・太宗「求二訪賢良一限二來年二月一集二泰山一詔」に「朕遐二觀前載一、歴二選列辟一、莫レ不下貴二此得人一、崇中茲多士上」（『全唐文』巻六）、唐・駱賓王「對策文三道」のうち第一道に「遐二觀素論一、眇二覿元風一」（『全唐文』巻一九七）などとある。「曩冊」は昔の書物。用例は、『晉書』巻五九「東海王越傳」に「詳二觀曩冊一、逖二聴前古一」、先引の唐・駱賓王「對策文三道」のうち第一道に「博二訪古詩一、緬二尋曩冊一」とある。「遐觀」「曩冊」とも用例の少ない語であるので、あるいは年足が駱賓王の対策を参照した可能性もあろう。「太易之初」は、対句の「混元之始」とともに天地開闢の頃の意。『列子』「天瑞」に「夫有形者生二於無形一、則天地安從生。故曰、有二太易一、有二太初一、有二太始一、有二太素一。太易者、未レ見レ氣也。太初者、氣之始也。太始者、形之始也。太素者、質之始也」（『周易正義』「序」所引『易緯乾鑿度』にほぼ同文あり）とある。これに拠るなら、「太易」は陰陽の気すら生じていない始原状態である。「太易之初」の類例は、『文選』巻五六、陸倕「石闕銘」、「仰叶二三靈一、俯從二億兆一、受二昭華之玉一、納二寵叙之圖一」への李善注所引、前漢・楊雄「覈靈賦」に「大易之始、河序二龍馬一、雒貢二龜書一」とある。ただし、この注の文脈中の「大易之始」は易の八卦が作られたことを指すと解される。なお、楊雄「覈靈賦」の逸文は『太平御覧』巻一「天部一・大初」にも引かれており、そこには「太易之始、太初之先、馮馮沉沉、奮搏無端」とある。こちらは天地の始まりの意である。「太易之初」という句は、「覈靈賦」を参看せずとも作れたと思われるが、参考のため挙げておく。

○歴討綿書　尋混元之始　「歴討」「綿書」はいずれも本対策のような文脈で用いた例を漢籍・仏典に見出せない。「歴討」は、前項に引いた唐・太宗「求二訪賢良一限二來年二月一集二泰山一詔」、「朕遐二觀前載一、歴二選列辟一」に近い表現で、あまねく検討するの意、「綿書」は上古から連綿と書かれてきたあまたの書籍の意だろう。本対策以前の日本への伝来は未詳だが、唐・喬師望「鎭軍大将軍行左鷹揚衛大將軍兼賀蘭州都督上柱國涼國公契苾府君碑銘序」に「積レ代爲二英傑之先一、光レ圖絢レ史、保レ家爲二名教之首一、掞レ今超レ昔。宏材膠葛、洪源浩汗。暎二竹史一而騰レ芬、綴二綿書一而擅レ響」（『全唐文』巻一八七。同書の注記に拠れば師望は高宗朝の官人）とある。ただし、この例の「綿書」は個人（涼國公）の綴った文章を指すと解され、本対策の例とはやや異なる。「混元」は世界の始原、まだ陰陽が分かれる前の状態のこと。『周易』「繫辭上」、「易有二太極一。是生二兩儀一」への孔穎達疏に「太極謂二天地未レ分之前、元氣混而爲一レ一。即是太初・太一也。故老子云、道生レ一。即此太極是也。又謂、混元既分、即有二天地一。故曰三太極生二兩儀一」、『藝文類聚』巻六八「儀飾部・漏刻」所引、王褒「漏刻銘」に「混元開闢、天迴地旋、曆象運行、暑來寒往」などとある。また、日本の例として、太安万侶「古事記序」に「混元既凝、氣象未レ效、無レ名無レ爲、誰知二其形一」とある。なお、いずれも本対策以前の日本への伝来は未詳だが、唐・高宗「改二元載初一赦」に「自恭臨二億兆一、已積二炎涼一。尙想二希風一、未レ臻二於至道一、顧二循菲德一、媿二切於深衷一。思宏二顧託之恩一、再闡二混元之始一」（六八九年。『全唐文』巻九六）、唐・顏真卿「尙書刑部侍郎贈尙書右僕射孫逖文公集序」に「公風裁澂明、天才傑出。學窮二百氏一、不レ好二非聖之書一、文統二三變一、特深二稽古之道一。故逸氣上躋、而高情四達。羌索二隱乎混元之始一、表二獨立於常均之外一」（『全唐文』巻三三七）などとある。

○**太昊少昊以往　既樸略而未聞**　「太昊」は、『藝文類聚』巻一一「帝王部一・太昊庖犧氏」に「帝王世紀曰。太昊帝庖犧氏、風姓也。虵身人首、有二聖德一」とあるなど、神話の聖帝、庖犧（伏羲）氏のこと。唐・司馬貞「史記三皇本紀」は「太皞庖犧氏」に作り、帝王の歴史の最初に記している。「少昊」も神話の聖帝。同じく『藝文類聚』巻一一「帝王部一・少昊金天氏」に「帝王世紀曰。少昊帝名摯、字青陽、姬姓也。降居二江水一、有二聖德一。邑二于窮桑一、以登二帝位一、都二曲阜一。故或謂二之窮桑一。卽圖讖所謂白帝朱宣者也。故稱二少昊一、號二金天氏一。在レ位百年而崩」とある。また、『文選』巻四五、孔安国「尙書序」に「古者伏犧氏之王二天下一也、始畫二八卦一、造二書契一、以代二結縄之政一、由レ是文籍生焉。伏羲・神農・黄帝之書、謂二之三墳一、言二大道一也。少昊・顓頊・高辛・唐・虞之書、謂二之五典一、言二常道一也」とあり、伏犧（太昊）が「書契」（文字）を作り「文籍」（書物）が生まれたとし、かつ、伏羲と少昊をそれぞれ「三墳」「五典」の著者の筆頭に位置づけている。年足はこのような言説を前提に、「太昊少昊」、つまり書物が生まれた時代以前のことはよくわからないと述べている。「以往」は以前の意。『魏書』巻一一四「釋老志」に「結縄以往、書契所レ絶、故靡二得而知一焉」とある（『廣弘明集』巻二に再収。大正蔵五二巻一〇一頁上）。「樸略」は、素朴で野鄙なさま。『藝文類聚』巻五四「刑法部・刑法」所引、孔融「肉刑議」に「太古質簡、制事樸略。故耒耜未レ用二於牛一、而弧矢不レ加二筋鐵一、智非レ闇也」、唐・玄宗「孝經註序」に「朕聞上古、其風樸略、雖二因心之孝已萌一、而資敬之禮猶簡」（『全唐文』巻四一。なお、『孝經注疏』は「朴略」に作る。「樸」と「朴」は通用）などとある。また、『文選』巻一一、王逸「魯靈光殿賦」に「伏羲鱗身、女媧蛇軀、鴻荒朴略」とあり、李善注が、「鴻、大也。朴、質也。略、野略。上古之世爲二鴻荒之世一也」とする。

○高陽高辛而還　漸昭彰而可見　「高陽高辛」は、『史記』巻一「五帝本紀・舜」に、「帝顓頊爲二高陽一、帝嚳爲二高辛一」とあるように、顓頊・帝嚳のこと。「而還」は以後・以来の意。本対策以前の日本への伝来は未詳だが、唐・睿宗「定二刑法一制」に「周秦以降、沿革罕同、漢魏而還、條流浸廣」（『全唐文』巻一八）とある。「昭彰」は明らなこと。用例は、『隋書』巻六「禮儀志・南北郊」に「天地靈祇、降二錫休瑞一、鏡二發區宇一、昭二彰耳目一」とあるなど。なお、前項に引いた、玄宗「孝經註序」に「以レ順移レ忠之道昭矣、立レ身揚レ名之義彰矣」とあり、北宋・邢昺疏が「昭・彰、皆明也」とする。参考に挙げておく。

○雖復　揖讓膺圖之主　干戈受命之君　沿革殊途　汙隆異等　「雖復」は二音節語で、「復」に「また」「さらに」の意はない。西田太一郎『漢文の語法』（角川書店、一九八八年再版）は、『史記』巻一〇「孝文本紀」の「死者不レ可二復生一、刑者不レ可二復屬一、雖三復欲二改レ過自新一、其道無レ由也」の「雖復」について「『復』には特に意味はないが、『雖』が強められる感じがする」とする。『漢語大詞典』は「雖復」は「縦令」の意（逆接仮定条件。たとえ～としても）とする。右の『史記』の例、あるいは、『後漢書』巻二八下「馮衍傳」に「雖二九死一而不レ眠兮、恐二餘殃之有レ再」とあり、李賢注が「雖二復九死一而目不レ瞑、言二怨恨之深一也」と、「雖九死」を「雖復九死」に言い換えて説明している例なども逆説仮定条件と解せよう。ただし、本対策の当該例は、過去の帝王たちの史実を述べており、仮定条件とはとれない（逆説確定条件）。松尾良樹「金岡照光氏の『漢譯佛典』を讀む」（『和漢比較文學』第二号、一九八六年）は、（仏典の用例について）「雖復」は「また―と雖も」ではなく「二字を一語として、〈いえども〉と訓じるべきであろう」とする。ひとまずこの説に従っておく。なお、野馬文史『十三經注疏の研究』（研文出版、二〇〇五年）が、接尾辞と解される「復」についての諸説を紹介し、『五經正義』から「雖復」の例を挙げていて、参考になる。「揖讓…」は平和裡に位を譲られる王、「干戈…」は武力により国を得る王。両者、方法は異なるがその本質は同じであるとの文脈をなす。『文選』巻五六、陸倕「石闕銘」に「昔在舜格二文祖一、禹至二神宗一、周變二商俗一、湯黜二夏政一。雖下革命殊二乎因襲一、揖讓異中於干戈上、而晷緯冥合、天人啓惎、克明二俊德一、大庇二生民一、其揆一也」とあり、李善注が「舜禹揖讓也。湯武干戈也。言二揖讓・干戈之道雖レ殊、而用レ賢愛レ仁之義爲レ一也」とするのを参照した可能性が高いだろう。なお、古代日本の用例として、『續日本紀』霊亀元年（七一五年）九月庚辰に「昔者、揖讓之君、旁求歴試、干戈之主、繼レ體承レ基、貽二其後昆一、克隆二鼎祚一」とある。「膺圖」「受命」はいずれも天命により天子の位に就くこと。「圖」は天が聖天子を祝す祥瑞として出現する図。黄河から現れる河図はその代表である。「膺」はそれを受け取ること。用例は、『文選』巻五九、沈約「齊故安陸昭王碑文」に「稷契身佐二唐虞一、有レ大二功於天地一。商武姫文、所三以膺レ圖受レ籙」（李善注「春秋命歴序曰、五徳之運、同徴符合、膺録次相代。尚書璇璣鈐、孔子曰、五帝出受二圖籙一」）とするなど。「受命」の用例は、『史記』巻四「周本紀」に「西伯陰行善、諸侯皆來決レ平。於レ是、虞・芮之人有レ獄不レ能レ決、乃如レ周。入レ界、耕者皆讓レ畔、民俗皆讓レ長。虞・芮之人未レ見二西伯一、皆慙相謂曰、吾所レ爭、周人所レ恥、何往爲、祇取レ辱耳。遂還倶讓而去。諸侯聞レ之曰、西伯蓋受命之君」とあるなど。「沿革」は前代の政策に沿うことと革《あらた》めること。本対策と同様の文脈で用いた例は、『陳書』巻一「高祖本紀」に「雖二復質文殊レ軌、沿革不レ同、歴代因循、斯風靡レ替」、『隋書』巻二五「刑法志・隋」に「帝王作レ法、沿革不レ同、取二適於時一、故有二損益一」とあるなど。「殊途」の用例は、『周易』「繫辭下」に「子曰。天下何思何慮。天下同レ歸而殊レ塗、一レ致而百レ慮」（「途」と「塗」は通用）、『文選』巻四三、嵇康「與二山巨源一絶交書」に「君子百行、殊レ塗而同レ致」（李善注が右の『周易』を引く）とあるなど。「汙隆」は低と高、控え目と盛ん。「汚隆」にも作る。『禮記』「檀弓上」に「昔者吾先君子、無レ所レ失レ道。道隆則從而隆、道汚則從而汚」（鄭玄注「汙、猶レ殺也。有レ隆有レ殺。進退如レ禮」）、『文選』巻五五、劉峻「廣絶交論」に「蓋聖人握二金鏡一闡二風烈一、龍驤蠖屈、從レ道汙隆」（李善注「聖人懷二明道一、而闡二風化一、如二龍蠖之驤屈一。蓋從二道之汙隆一也」）、『魏書』巻八「世宗紀」に「聖人濟レ世、隨レ物汙隆。或正或權、理無二恒在一」などとある。

○莫不建七廟而嚴祖考　敷五教而治邦家者矣　「七廟」は問の設七廟而豐潔粢…の項を参照。「建七廟」の例は、『晉書』巻三「武帝紀」泰始二年に「有司請レ建二七廟一、帝重二其役一、不レ許」とある。「嚴」は敬う、「祖考」は亡き祖父と父。『史記』巻二「夏本紀」、「日嚴振敬二六德一」に裴駰『史記集解』が「孔安國曰、嚴、敬也」とする。「嚴祖考」の例は『後漢書』巻四〇下「班固傳」所引、班固「典引篇」に「猶於穆猗那、翕純皦繹、以崇二嚴祖考一、殷薦宗祀配レ帝、發祥流慶、對越天地者、舄奕乎千載」（李賢注「此言下殷周之代、尚有二於穆猗那之頌一、播三之於二翕純皦繹之樂一、尊レ祖嚴レ父、宗祀配中天於明堂之上上」）。『文選』

巻四八再収）とある。「敷五教」は、『尚書』「虞書・舜典」に「帝曰、契、百姓不レ親、五品不レ遜。汝作二司徒一、敬敷二五教一、在レ寛」（孔安国伝「布二五常之教一、務在レ寛。所下以得二人心一亦美中其前功上」）に拠る。舜が契《せつ》（卨）に「五教」を広めさせたことは『漢書』巻一九上「百官公卿表上」に「卨作二司徒一、敷二五教一」とあり、顔師古注が「應劭曰、五教、父義・母慈・兄友・弟恭・子孝也」とする。「邦家」は国家。『尚書』「商書・湯誥」に「天命弗レ僭、賁若二草木一、兆民允殖。俾三予一人輯二寧爾邦家一」（孔安国伝「言四天使三我輯二安汝國家一」）とある。「治邦家」という言い回しは、本対策以前の漢籍・仏典に未見だが、特に先例がなくとも作り得ただろう。以上は、文献からうかがえる上古以来の諸帝王は、時代に合わせた政策の相違はあっても、全員が祖先祭祀を重んじたことを述べ、以下は、祖先祭祀が続いてきたのは「孝」に根ざしているからだと述べる。

○夫孝者　發於深衷　本於至性　「深衷」は深い心。用例は、『文選』巻二一、顔延年「五君詠五首・劉參軍」に「頌酒雖二短章一、深衷自レ此見」（李善注「衷謂二中心一也。蒼頡篇曰、衷、別外之辭也」）、『晉書』巻三七「宗室列傳・閔王承」に「猥辱二來使一、深同二大趣一、嘉謀英算、發レ自二深衷一」とあるなど。「至性」は、天賦の良き性質。孝心もその発露である。用例は、『後漢書』巻四二「光武十王列傳・東平憲王蒼」に「陛下履二有虞之至性一、追二祖禰之深思一。然懼三左右過議、以累二聖心一」とあるなど。ここは、『今文孝經』「感應章」に「宗廟致レ敬、鬼神著矣。孝悌之至、通二於神明一、光二于四海一、無レ所レ不レ通」とあり、唐・玄宗注が「能敬二宗廟一、順二長幼一、以極二孝悌之心一、則至性通二於神明一、光二于四海一、故曰レ無レ所レ不レ通」とするのに拠っていよう。

○行之在己　外無因物之勞　體之由心　內有徇情之逸　「在己」は自分次第だ、の意。「行之在己」は、『論語』「顏淵」に「爲レ仁由レ己、而由レ人乎哉」とあり、何晏注が「孔曰、行レ善在レ己、不レ在レ人也」とするのに拠っていよう。「因物」の例は、『尚書』「周書・君陳」に「惟民生厚、因レ物有レ遷」（孔安国伝「言、人自然之性敦厚、因㆓所㆑見所㆑習之物㆒、有㆓遷變之道㆒」、『漢書』巻三〇『藝文志』「詩賦略・歌詩」、「言感㆑物造㆑耑」への顔師古注に「耑、古端字也。因㆑物動㆑志、則造㆓辭義㆒之端緒」とあるなど。「物」は自己の心意を動かす契機となる外在物のことである。「由心」の例は、『毛詩』「大雅・文王之什・皇矣」、「維此王季、帝度㆓其心㆒、貊其德音、其德克明」への孔穎達疏に「德由㆑心起、故先言㆓心能度㆑物。心既能度、然後、能施㆓爲政敎㆒、故次㆓貊其德音㆒。言㆓其政敎淸靜㆒也」、『禮記』「檀弓上」、「伯高之喪、孔氏之使者未㆑至。冉子攝㆓束帛乘馬㆒而將㆑之。孔子曰、異哉、徒使㆓我不㆑誠㆓於伯高㆒」の孔安国伝「徒、猶㆑空也。禮所㆔以副㆓忠信㆒也。忠信而無㆑禮、何傳乎」への孔穎達疏に「忠信由㆑心、禮在㆓外貌㆒。若内無㆓忠信㆒、禮何所㆑施。故云㆓忠信而無㆑禮、謂㆑無㆓忠信㆒也」などとある。「徇情」の用例は唐代から見える。本対策以前の日本への伝来は未詳だが、唐・張柬之「駁㆓王元感喪服論㆒」に「今吾子將㆔徇㆑情棄㆑禮、實爲㆓乖僻㆒」（『舊唐書』巻九一「張柬之傳」所引。同書に拠れば、聖暦元年〈六九八〉頃の作。『全唐文』巻一七五再収）、唐・施敬本「服制議」に「廢㆑禮徇㆑情、所㆑務者末。古之制作者、知㆓人情之易搖㆒、恐㆓失禮之將㆑漸㆒」（『全唐文』巻三〇二。同書の注記に拠れば、敬本は開元中〈七一三〜七四一〉に四門助教）などとある。これらはいずれも「徇情」をネガティブにとらえる例だが、本対策は逆に「逸」としてとらえている。この「逸」は、『國語』「周語中」に「不㆑奪㆓民時㆒、不㆑蔑㆓民功㆒、有㆑優無㆑匱、有㆑逸無㆑罷」、同「呉語」に「今大夫老、而又不㆓自安恬逸㆒、而處以念㆑惡、出則罪㆓吾衆㆒」（呉・韋昭注「恬、猶㆑靜也。逸、樂也」）などとあるのと同様、とらわれのない安楽を意味していよう。なお、当該句と同趣のことを述べた例として、『漢書』巻七三「韋玄成傳」に、元帝の宗廟祭祀についての問いへの答えとして「臣聞、祭、非㆓自㆑外至者㆒也、繇㆑中出、生㆓於心㆒也。故唯聖人爲㆓能饗㆑帝、孝子爲㆓能饗㆑親」がある。

○萬德雖舛　以道爲宗　百行雖殊　以孝爲大　　この四句は、『今文孝經』「開宗明義章」に「子曰、夫孝、德之本也、敎之所㆓由生㆒也」、同「聖治章」に「人之行、莫

レ大二於孝一」とあるような、孝を徳・行の第一とする思想を基底に作られている。「萬徳」は漢籍には用例をほとんど見ず、仏典に多く見られる語である。本対策と類似の表現として『廣弘明集』巻二〇、梁・湘東王（元帝）「法寶聯璧序」に「般若無二五時之説一、不レ生二煩惱一、涅槃爲二萬徳之宗一、無レ不下酌二其菁華一撮中其指要上」（大正蔵五二巻二四三頁中）とある。また、「萬徳」「百行」を対にした例も仏典に見られる。『金剛三昧經論』（大日本古文書「写一切經所請經帳」の天平一六年〈七四四〉六月二九日付文書等に名があり）に「始從十信乃至十地、百行備足、萬徳圓滿。如レ是、諸門爲二是經宗一」（大正蔵三四巻九六頁中）、『釋摩訶衍論』（最澄『守護國界章』に大安寺の戒明法師が天応年中〈七八一〉に唐から将来したとある）に、若値二勸請縁一、漸漸進修、備二百行因一、至二萬徳果一」（大正蔵三二巻五九七頁中）、同「斷二一切惡一、修二一切善一、具二百行之因一、滿二萬徳之果一」（同六三六頁中）、同「內中有二本覺之佛性一、外中具二修行之功能一、圓二百行之因一、滿二萬徳之果一」（同六三八頁下）などとある。「百行」は、本対策と文脈が類似する用例として、『晉書』巻四九「嵆康傳」に「君子百行、殊レ塗同レ致、循レ性而動、各附レ所レ安」、同・巻六八「賀循傳」に「夫百行不レ同、故出處道殊、因レ性而用、各任二其眞一耳」、唐・玄宗「孝經註序」に「雖二五孝之用則別一、而百行之源不レ殊」（『孝經注疏』所引。〈参考〉北宋・邢昺疏「五孝者、天子・諸侯・卿大夫・士・庶人、五等所レ行之孝也。言、此五孝之用、雖二尊卑不一レ同、而孝爲二百行之源一、則其致レ一也」）などとある。さらに、「百行」の中で「孝」を第一に位置づける言説が散見する。『後漢書』巻三九「江革傳」の詔に「夫孝、百行之冠、衆善之始也」、『晉書』巻八九「忠義列傳」の論に「史臣曰（中略）所レ由之理雖レ同、所レ趣之塗卽異、而竝見レ稱二當世一、垂二芳竹帛一。豈不乙以下君父居二在三之極一、忠孝爲中百行之先上者甲乎」、同・巻九四「隱逸列傳・龔壯」に「壯謂、百行之本莫レ大二忠孝一」などと見える。「道」は孝道を指す。

○施之於國則主泰　用之於家則親安　「之」は孝を指す。孝をもって国や家を治めれば泰安であるとは、『今文孝經』「孝治章」に拠る。同章は「子曰、昔者、明王之以レ孝治二天下一也」に始まり、孝で天下・国・家を治めることを具体的に述べた上で、「夫然故、生則親安レ之、祭則鬼享レ之。是以、天下和平、災害不レ生、禍亂不レ作。故、明王之以レ孝治二天下一也、如レ此」とする。「孝」を「施」すという言い回しは、『尙書』「周書・君陳」に、「惟孝、友二于兄弟一、克施二有政一」への孔安国伝「言、善二父母一者、必友二于兄弟一、能施二有政令一」、その孔穎達疏に「父母、尊之極、兄弟、親之甚緣。其施二孝於極尊一、乃能施二友於甚親一。言、善事二父母一者、必友二於兄弟一、推二此親親之心一、以至二於疎遠一、毎レ事以二仁恕一行レ之、故能施二有政令一也」とあり、親へ孝を「施」し、それを兄弟への友愛、国家の「有政令」（「有」は助辞）へと推し広げて「施」すことが、「仁恕」の政治へとつながると言われている。

○既可以施於一人　又可以移於四海　　一人の相手に孝を尽くすことに始まってそれを多くの相手に広げることは前項に引いた『尙書』「周書・君陳」の孔穎達疏にもあったが、この対句の語彙は、『今文孝經』「廣要道章」に「敬二其父一則子悅、敬二其兄一則弟悅、敬二其君一則臣悅。敬二一人一而千萬人悅。所レ敬者寡、而悅者衆。此之謂二要道一也」、「廣揚名章」に「君子之事レ親孝、故忠可レ移二於君一（玄宗注「以レ孝事レ君則忠」）。事レ兄悌、故順可レ移二於長一。居レ家理、故治可レ移二於官一。是以行成二於內一、而名立二於後世一矣」、「聖治章」に「人之行莫レ大二於孝一。孝莫レ大二於嚴レ父。嚴レ父莫レ大二於配レ天。則周公其人也。昔者周公、郊二祀后稷一以配レ天、宗二祀文王於明堂一以配二上帝一。是以四海之內、各以二其職一來レ祭」などとあるのに拠っていよう（夫孝者…の項に引いた「感應章」も参照）。なお、『後漢書』巻四九「王符傳」所引「潛夫論・浮侈篇」に「王者以二四海一爲レ家、兆人爲レ子」とあり、家における親と子の関係が「四海」（四つの海に囲まれた世界としての天下）における「王者」と「兆民」の関係と相同であることが言われている。

○舒之則盈宇內　卷之則發懷中　　ここまで述べてきたことを譬喩で繰り返す。前句は「施之於國則主泰〜又可以移於四海」に、後句は「夫孝者發於深衷～內有徇情之逸」にそれぞれ対応している。「卷」と「舒」の取り合わせは、『淮南子』「原道訓」に「舒レ之幎二於六合一、卷レ之不レ盈二於一握一」とある。なお、類似の表現が19白猪広成対策に「敬異之旨悉卷、親同之跡偏舒」とみえる。「宇內」は天下。「盈宇內」に類似の表現は、『藝文類聚』巻一三「帝王部三・魏文帝」所引、曹植「慶二文帝受レ禪上レ禮章」に「陛下以二明聖之德一、受二天顯命一、良辰卽レ祚、以臨二天下一。洪化宣流、洋二溢宇內一」、『三國志』巻五「魏書・后妃傳・文昭甄皇后」に「至二於文昭皇后一、膺二天靈符一、誕二育明聖一、功濟二生民一、德盈二宇宙一、開二諸後嗣一、乃道化之所レ興也」とあるなど。「懷中」を本対策と類似の文脈で用いた例は未見。なお、本対策より後の作である可能性が高いが、唐・白居易（七七二～八四六年）「唐故湖州長城縣令贈戶部侍郎博陵崔府君神道碑銘」に「矯矯崔公、道積二厥躬一、大志長略、卷二於懷中一」（『全唐文』巻六七八）とある。年足がこのような表現の類例を参照した可能性はあろう。

○聖人之德　無加于孝　人子之德　無加于孝　『今文孝經』「聖治章」の「曾子曰、敢問、聖人之德無三以加二於孝一乎」に拠る。

○人子之道　可不欽哉　「人子之道」は『三國志』巻七「吳書・諸葛瑾傳」の宋・裴松之注に「事二繼母一恭謹、甚得二人子之道一」とあり、この例でも親（継母）への孝を指して「人子之道」と言っている。

○千帝百王　前賢往哲　愼終追遠　事死如生　ここからは孝という理念に基づく限り、礼制の小異にこだわる必要はないことを述べる。「千帝百王」の例は、本対策以前の日本への伝来は未詳だが、唐・李嶠（六四五～七一四年）「代二百寮一請レ立二周七廟一表」に「臣聞、享レ帝立レ廟、陳二乎太極之典一、尊レ祖配レ天、載二乎厥初之頌一。蓋用嚴レ宗虔レ祀、敦レ孝睦レ親、以修二海內之職一、以崇二天下之訓一。斯千帝百王之所二因襲一也、四學三雍之所二講肄一也」とある。「前賢往哲」の例は、『魏書』巻一〇八・四「禮志四之四・喪服下」所引、清河王懌の表に「臣聞、百王所レ尙、莫レ尙二於禮一、於二禮之重一、喪紀斯極。世代沿

革、損益不㆑同、遺風餘烈、景行終在。至㆑如㆓前賢往哲、商推有㆑異、或竝證㆓經文㆒、而論情別㆑緒、或各言㆓所見㆒、而討事共㆑端」とある。「愼終追遠」は、『論語』「學而」の「曾子曰、愼㆑終追㆑遠、民德歸㆑厚矣」（何晏注「孔曰、愼㆑終者、喪盡㆓其哀㆒。追㆑遠者、祭盡㆓其敬㆒。君能行㆓此二㆒者、民化㆓其德㆒、皆歸㆓於厚㆒也」）に拠る。「愼終」は葬儀、「追遠」は祖先祭祀をいう。「事死如生」は、『禮記』「中庸」、「踐㆓其位㆒、行㆓其禮㆒、奏㆓其樂㆒、敬㆓其所㆑尊、愛㆓其所㆑親、事㆑死如㆑事㆑生、事㆑亡如㆑事㆑存、孝之至也」に拠る。

○春雨既濡　方切怵惕之思　秋霜爰降　轉增悽愴之心

『禮記』「祭義」の「祭不㆑欲㆑數。數則煩。煩則不㆑敬。祭不㆑欲㆑疏。疏則怠。怠則忘。是故君子合㆓諸天道㆒、春禘秋嘗。霜露既降、君子履㆑之、必有㆓悽愴之心㆒。非㆓其寒之謂㆒也。春、雨露既濡、君子履㆑之、必有㆓怵惕之心㆒、如㆑將㆑見㆑之」に拠る。「怵惕」を底本は「林惕」に作り、かつ諸本一致している（ただし、三手は「林」字を欠き、谷森は「林」に相当する箇所が一字分空白）。「林惕」は漢籍・仏典ともに用例未見で、このままでは文意が通らない。典拠の『禮記』の「怵惕」は（柔らかに潤った地面の感触を親に再会したように感じて）はっと驚く、の意である。「林惕」は『禮記』の「怵惕」の誤記と見て意改した。また、『禮記』の傍線部には「秋」字が見られないが、このことについて鄭玄注が「非㆓其寒之謂㆒、謂㆔悽愴及怵惕、皆爲㆓感㆑時念㆒㆑親也。霜露既降、禮說在㆑秋。此無㆓秋字㆒、蓋脫㆑爾」とし、「霜露既降」の上にあるべき「秋」字が脱漏していると指摘する。本対策はこれを踏まえて、「春」と対応するよう「秋」字を補ったものだろう。「悽愴」はぞっとするような寂しさ。

○事豈今哉　其來尙矣　「豈今…」を過去との比較で用いた例は、年足が目にしえたかは未詳だが、唐・韓愈（七六八〜八二四年）「答㆓崔立之㆒書」に「夫所謂博學者、豈今之所㆑謂者乎。夫所謂宏詞者、豈今之所㆑謂者乎。誠使㆘古之豪傑之士若㆓屈原・孟軻・司馬遷・相如・揚雄之徒㆒、進㆗於是選㆖、必知其懷㆑慙、乃不㆓自進㆒而已耳。（中略）然彼五子者、且使㆑生㆓於今之世㆒、其道雖㆑不㆑顯㆓於天下㆒、其自負何如哉」（『全唐文』巻五五二）とある。年足はこのような表現の類例を知っていたのであろう。「其來尚矣」に似た表現は、祭祀の歴史を語る文脈で、『漢書』巻二五上「郊祀志上」に「自三共工氏霸二九州一、其子曰二句龍一、能平二水土一、死爲二社祠一。有二烈山氏一王二天下一、其子曰レ柱、能殖二百穀一、死爲二稷祠一。故郊祀社稷、所二從來一尚矣」（顔師古注「尚、上也。謂レ起二於上古一」）とある。

ここまでは「孝」と祖先祭祀の普遍性を述べる。

○泊馬鄭更進　三擁之論不同　「馬鄭」については問の尋芳訓於姫孔…の項を参照。「三擁」は、『文選』巻一、班固「東都賦」「盛二三雍之上儀一」への李善注「漢書曰、武帝時、河間獻王來朝、對二三雍宮一。應劭曰、辟雍・明堂・靈臺也」とするように「辟雍・明堂・靈臺」のことである。『隋書』巻四九「牛弘傳」の、弘が明堂の「修立」を請うた上書に、明堂の規模等についての鄭玄説を引いた上で「馬融・王肅・干寶所レ注、與レ鄭亦異。今不二具出一」として、具体的には不明であるが、諸説の異同があることを示している。内野前掲論（問の明堂祖廟之異説…の項）は、「馬融・王肅説は『明堂辟雍太學同處』（隋書牛弘伝引）と見てをり」、「鄭玄説は『明堂者周制五室、……秦爲九室十二階、』（御覧五百三十三）と言い、周礼考工記に基く如く、且『天子之廟及路寢皆如明堂制、明堂在國之陽、毎月就其時之堂、而聽朔焉、』（玉藻注）と説き、又王制『大學在郊、天子曰辟雍、諸侯曰頖宮、』注に『學所以學士也、』と説いているし、又『天子有靈臺者、所以觀祲象察氣之妖祥也、』（詩文王篇）とも説いているから、明堂・辟雍・霊台の三者を夫々異物と見、唯明堂と祖廟との同制は認める様である」として、馬融は「三擁」を同一と見、鄭玄は別々のものと見ているとの違いを指摘している。

○義在可疑　兩存之宜所貴　「義在可疑」は、裴駰「史記集解序」に「或義在レ可レ疑、則數家兼列」とあり、唐・張守節『史記正義』（七三六年成）が「數家之説不レ同、各有二道理一。致レ生二疑惑一、不二敢偏弃一。故皆兼列」と注するのに拠ったものだろう。「兩存」の用例は、『論語』「學而」の「子曰、道二千乘之國一」に対する何晏注の「融依二周禮一、包依二王制・孟子一。義疑故兩存焉」などがあり、二説の内から一説を選べない時に両説とも記しておくこと。注釈用語である。

○祭祀之典　雖興於曠時　禘祫之儀　尤盛於周日

「祭祀之典」の「典」は儀礼のこと。用例は、『魏書』巻一〇八・三「禮志四之三」に「祭祀之典、事由二聖經一」、『禮記』「祭法」、「及二夫日月星辰一、民所二瞻仰一也。山林川谷丘陵、民所レ取二財用一也。非二此族一也、不レ在二祀典一」（鄭玄注「祀典、謂二祭祀一也」）への孔穎達疏に「無レ益二於民一者、悉不レ得レ預二於祭祀之典一也」、本対策以前の日本への伝来は未詳だが、唐・玄宗「量減二祭祀應レ用牛牲一詔」に「祭祀之典、犠牲所レ備、將レ有レ達二於虔誠一、蓋不レ資二於廣殺一」（『全唐文』巻一三）などとある。「曠時」は、ここは、時を遠く隔てることで、遙か昔の意。名詞として用いた例ではないが、『初學記』巻三〇「鱗介部・龍」、繆襲「青龍賦」に（青龍は）「燿二文采一以陸離、曠二時代一以稀出。觀二四靈而持レ奇」とある。なお、「曠」字をこの意味で用いた例として、『漢書』巻九四下「匈奴傳下」、「贊」の「自二漢興一以至二于今一、曠世歴年、多二於春秋一」などがある。「周日」は、ここは周の時代のこと。用例は、本対策以前の日本への伝来は未詳だが、唐・宇文融（七二九年没）「奉二和聖製左丞相說右丞相璟太子少傅乾曜同日上官命宴都堂賜詩一」に「申甫生二周日一、宣慈舉二舜年一。何如偶二昌運一、比德邁二前賢一」とあるなど。なお、『漢書』巻二五上「郊祀志上」に、「周公相二成王一、王道大洽、制レ禮作レ樂、天子曰二明堂辟雍一、諸侯曰二泮宮一、郊二祀后稷一以配レ天、宗二祀文王於明堂一以配二上帝一」として、周公旦によって明堂の制などが整備されたことを伝える。また、『毛詩』「周頌・臣工之什・雝」の「雝、禘二大祖一也」（鄭玄箋「禘、大祭也。大二於四時一、而小二於祫一、大祖、謂二文王一」）への孔穎達疏が「雝者、禘二大祖一之樂歌也。謂三周公・成王太平之時、禘二祭太祖之廟一。詩人以二今之太平一、由二此大祖一、故因二其祭一、述二其事一、而爲二此歌一焉」として、宗廟祭祀における周公旦の重要性を述べている。宗廟祭祀のディティールには諸説あるが、周の制に則った宗廟禘祫を以下に提言する、という文脈をなす。

○伏惟　聖朝　「伏惟」は、謹んで考え思う、の意。下位の者から上位の者に対していう謙辞。「聖朝」は、当代の朝廷に対する尊称。ここでは桓武朝を指す。底本は表敬のために「聖朝」の上一字分を欠字とする。他の対策も同様。用例は、『文選』巻三七、李密「陳情表」に「伏惟、聖朝以レ孝治二天下一。凡在二故老一、猶蒙二矜育一、況臣孤苦、特爲二尤甚一」とあるなど。

○仁超四目　道冠九頭　「四目」は舜を指す。『尚書』「虞書・堯典」に、「月正元日、舜格二于文祖一、詢二于四岳一、闢二四門一、明二四目一、達二四聰一」とあり、孔安国伝が「廣視二聽於四方一、使三天下無二壅塞一」とする。「舜」と「仁」の関係は、『禮記』「大學」に「堯舜率二天下一以レ仁、而民從レ之。」とある。「九頭」は「人皇」のこと。『藝文類聚』巻一一「帝王部・人皇氏」所引の項峻「始學篇」に「人皇九頭、兄弟各三百歳」とある。「道」との関係は未詳。「四目」との対で選ばれた言葉であろう。

○莫遠不霑　雨露暫於渥澤　無幽不燭　日月謝於光輝　「雨露」「日月」は今上帝の徳と恩恵、「霑」「燭」はそれが人々に及ぶことのそれぞれ喩である。「莫遠不霑」の類例は、『文選』巻五一、王褒「四子講德論」に「宣三布詔書一、勞來不レ怠、令三百姓徧曉二聖德一、莫レ不二霑濡一」、『隋書』巻五六「張衡傳」に「帝令レ頒三賜公卿、下至二衛士一、無レ不二霑洽一」とあるなど。「雨露」「渥澤」（厚い恵み）「日月」を本対策と同様の文脈で用いた例は、『後漢書』巻一六「鄧騭傳」に「託二日月之末光一、被二雲雨之渥澤一」、『魏書』巻九八「島夷蕭衍傳」に「使二夫日月之照不レ私、雨露之施均洽一、運二諸仁壽之域一、納二於福祿之林一」、本対策以前の日本への伝来は未詳だが、唐・粛宗「改二元寶應一赦文」（七六二年）に「受二茲福應一、佇以二升平一、因二日月之重光一、布二雨露之渥澤一」（『全唐文』巻四五）などがある。「無幽不燭」は、『文選』巻三七、劉琨「勸進表」に「陛下明竝二日月一、無二幽不レ燭」とある。これに拠ったものだろう。

○資往聖之舊章　窮先賢之貴制　今上帝が上古の聖人に学ぼうとすることを称讃し、以下、その上古の教えに則って宗廟祭祀を開始すべき旨を述べる。「資」は「取る」の義。『釋名』巻三「釋姿容」に「資、取也」とある。「往聖之舊章」は、『隋書』巻二「高祖紀下」仁寿二年冬一〇月に「理宜二弘レ風訓一レ俗、導レ徳齊レ禮、綴二往聖之舊章一、興二先王之茂則一」とある。「先賢之貴制」の類例は、『藝文類聚』巻二六「人部十・言志」所引の王僧孺「與二何遜一書」に「獻レ書盡二先賢之徳一、作レ頌罄二前皇之美一」とあるなど。「貴制」を本対策と同様の意に用いた例は、本対策以前の漢籍・仏典に未見。

○創立寢廟　新啓蒸嘗　「廟」は先祖の位牌を安置する建物、「寢」は「廟」の背後にあって祖先の衣服などを安置する建物のこと。『禮記』「月令・仲春之月」に「寢廟畢備」とあり、鄭玄注が「凡廟、前曰レ廟、後曰レ寢」、孔穎達疏が「廟是接レ神之處、其處尊、故在レ前。寢、衣冠所レ藏之處、對レ廟爲レ卑、故在レ後。但廟制有二東西廂一、有二序牆一。寢制惟室而已」とする。「蒸」「嘗」は宗廟における定期的な常祭で、「嘗」が秋、「蒸」が冬の祭である。『藝文類聚』巻三八「禮部上・祭祀」所引『尙書大傳』に「秋祭曰レ嘗、嘗二新穀一也。冬祭曰レ蒸、蒸進也」とある。

○尊祖之芳猷　昭孝之茂範　「尊祖」は祖先を尊ぶこと、「芳猷」は、良き思い、優れたはかりごと。宗廟を定めることが「尊祖」であることは、『漢書』巻七三「韋玄成傳」の「復下レ詔曰、蓋聞、明王制レ禮、立二親廟一四、祖宗之廟、萬世不レ毀、所下以明二尊レ祖敬上レ宗、著上親レ親也。」から理解できる。「芳猷」の用例は、『隋書』巻一「高祖楊堅紀上」に「入處二禁闈一、出居二藩政一、芳猷茂績、問望彌遠」とあるなど。「昭孝」は孝道を明らかにすること。『漢書』巻二五上「郊祀志上」の「洪範八政、三曰祀。祀者、所三以昭レ孝事二レ祖、通二神明一也」に拠る。「茂範」は立派な法、決めごと。用例は、『晉書』巻一二一「載記・李勢」に「立レ子以レ嫡、往哲通訓、繼レ體承レ基、前修茂範」とあるなど。

○明王定制　與世推移　哲后裁規　隨時變改　問の「質文之變、隨時之義大哉、損益之事、追世之理深矣」に対応した句。「明王定制」の類例は、前項『漢書』巻七三「韋玄成傳」の「明王制レ禮」。「與世推移」は『史記』巻八四「屈原傳」に「漁父曰、夫聖人者、不二凝滯於物一而能與レ世推移」（『楚辭』「漁父」、『文選』巻三三、屈原「漁父」にも同文）とあるのに拠る。「明王」「哲后」の対の例は、『隋書』巻一六「律曆志上」の「且八音克諧、明王盛範、同二律度量一、哲后通規」などがある。「裁規」は法規を制定すること。用例は、本対策以前の日本への伝来は未詳だが、唐・中宗「大二赦雒州一制」に「朕惟新闡レ政、方事二澄源一、期望レ古而裁レ規、具修レ今而布レ澤」（『全唐文』巻一六）とあるなど。

○非從地出　非自天生　『禮記』「問葬」に（親の喪に服する時の作法について）「此、孝子之志也、人情之實也、禮義之經也。非二從レ天降一也。非二從レ地出一也。人情而已矣」とあるのに拠る。この典拠を踏まえ、宗廟制度も、外在的な要因（天・地）ではなく人の心に基づいて変化するのだとの文脈が形成される。

○必在逐宜　安可滯執　「必在…」は「明王定制～隨時變改」を受ける。類例は、本対策以前の日本への伝来は未詳だが、唐・玄宗「以二今文一繕二寫尚書一詔」に、『尚書』の伝本について「古先所レ制、有レ異二於當今一。傳寫浸訛、轉疑二於後學一。永言刊革、必在レ從レ宜。尙書應是古體文字、竝依二今字一繕寫施行」（『全唐文』巻三二）とある。「宜」は、ここは時代に合った宗廟制度を指す。「逐宜」は右の玄宗の詔の類例だが、「逐宜」そのままの例は本対策以前の漢籍に未見。本対策とほぼ同時代（七九五～七九八年）の成立で、年足が目にした可能性は低いと考えられるが、唐・般若訳『大方廣佛華嚴經』巻一二「入不思議解脱境界普賢行願品之二」に「我王聖德、如二彼日輪一。大明御レ宇、無二幽不一レ燭。（中略）愼擇二三臣一、統二茲百辟一。何等爲レ三。一者輔臣、二者將帥、三者使臣。（中略）二將帥者、主レ兵大臣。必在二忠淳一、深レ仁厚レ義。（中略）初レ自二七月一至二十月一終、嚴レ鼓戒レ兵。順レ天肅レ勵、乘レ便逐レ宜」（大正蔵一〇巻七一五頁中）とある。「逐宜」だけでなく、近接箇所に本対策と共通の表現（傍線部）が見える。参考に挙げておく。「滯執」の用例は、本対策以前の日本への伝来が確実な文献では、唐・元康『肇論疏』（天平一六年〈七四四〉一二月一五日付け正倉院文書に名が見える）に「虚心者無レ執。（中略）懐二六合於胸中下一。四方上下六合也。明見二六合於心中一、而心智有二餘力一也。明見二萬有於心中一、而心神無二滯執一也」（大正蔵四五巻一九七頁上）とある。漢籍では、本対策以前の伝来は未詳だが、唐・盧藏用（開元初〈七一三年〜〉に年五十余で没）「析滯論」に「人謀鬼謀、良歸二有道一。此竝經史陳迹、聖賢通規。仁遠乎哉、詎宜二滯執一」（『全唐文』巻二三八）とあるなど。なお、本対策と同年に完成した文献だが、唐・杜佑『通典』巻四八「禮八・立尸義・夏殷周」に「古之人樸質、中華與二夷狄一同、有二祭立レ尸焉。（中略）自レ周以前、天地宗廟社稷一切祭享、凡皆立レ尸。秦漢以降、中華則無矣。或有二是古者一、猶レ言二祭尸禮重、亦可レ習レ之、斯豈非下甚二滯執一者上乎」とあり、次項に見る「尸」（シャマン）を置く宗廟祭祀を「滯執」（旧習への固執）と断じている。参考に挙げておく。

○建茲千歳之運　置廟立尸　候彼五年之閒　先祫後禘

「千歳之運」は、『文選』巻三七、劉琨「勸進表」に「伏惟陛下、玄徳通二於神明一、聖姿合二於兩儀一、應二命代之期一、紹二千載之運一」とあり、李善注が「孟子曰、五百年、必有二王者興一、其閒必有二名レ世者一也。廣雅曰、命、名也。桓子新論曰、夫聖人乃千載一出、賢人君子所二想思一而不レ可レ得レ見也」とするのに拠り、千年に一度の聖人（今上天皇）が現れ出ためぐりあわせをいう。「尸」は形代《かたしろ》、神や死霊が憑依する巫者。『禮記』「檀弓・下」に「虞而立レ尸、有二几筵一、卒哭而諱、生事畢而鬼事始已」（孔穎達疏「此一節論下葬後當上以二鬼神事之禮一。未レ葬由二生事レ之、故未レ有レ尸。既葬、親形已藏、故立レ尸以係二孝子之心一也」）とある。「五年之閒、先祫後禘」については、問の宗廟禘祫および**三五禘祫之盛禮**…の項を参照。当該項に引いた諸書に「三年一祫、五年一禘」とあるが、『禮記』「王制」の鄭玄注には「五年再殷祭」とある。両者の違いは、大祭を行う時期の違いにある。「三年一祫・五年一禘」は、三年喪の明けた年の「十月」に祫して、その二年後の「四月」に禘するもので、実施月が固定している。一方、「五年再殷祭」は三年喪が明けて祫した三十ヶ月後に禘するもので、五年六十ヶ月の間に二回大祭を行う。すなわち、実施月を規定しないものである。六朝時代には「五年再殷祭」が実践され、唐初には「三年一祫・五年一禘」が採用されるも、開元期に「五年再殷祭」に戻されたという（金子修一『中国古代皇帝祭祀の研究』、岩波書店、二〇〇六年）。本対策が「先祫後禘」とするのは、「三年一祫・五年一禘」説かと思われるが、「候彼五年之閒」を見れば「五年再殷祭」説とも取れ、具体的には不明と言わざるを得ない。なお、前掲内野論文（問の明堂祖廟之異説…の項）は「年足対策には、『創立寝廟、新啓蒸嘗、斯誠尊祖之芳猷、昭孝之茂範也』とも論じているから、やはり時祭の蒸・嘗を、冬・秋の祭として、新たに興すべきことをも、言うと見らるべく、随つて『五年一禘、三年一祫』説と共に、時祭説をも混成して、宗廟祭祀・禘祫説を説き出そう、としているのである」とする。

○合其昭穆　序其尊卑　「昭穆」とは宗廟に順に祭る廟のことで、一世である始祖廟を中央に置き、その左側に二世・四世・六世と並べたものを「昭」といい、右側に三世・五世・七世と並べたものを「穆」という。すなわち祖先の序列を正し、祖先への敬意を示すことである。『禮記』「中庸」の「宗廟之禮、所三以序二昭穆一也。序レ爵、所三以辨二貴賤一也」に拠る。なお、「序其尊卑」の類例は『漢書』巻一〇「成帝紀」永始四年六月の詔に「聖王明二禮制一以序二尊卑一、異二車服一以章二有德一」とあるなど。また、本対策と同年に完成した文献だが、『通典』巻五〇「禮十・祫禘下」に「禘祫二禮、倶爲二殷祭一。祫謂レ合、食二祖廟一、禘謂レ諦、序二尊卑一」とある。参考に挙げておく。

○來百辟於助祭　受萬壽與繁祉　「百辟」の「辟」は領主（諸侯・卿・士・大夫）、「助祭」は王の宗廟祭を助けること。『毛詩』「周頌・臣工之什・雝」（前漢・毛公伝「雝、禘二大祖一也」）の「有レ來雝雝、至止肅肅、相維辟公、天子穆穆」の毛公伝に「相、助」、鄭玄箋に「既至止肅肅者、乃助二王禘祭一。百辟與二諸侯一也」、『漢書』巻七三「韋玄成傳」が同じ詩を引き、顔師古注が「辟、百辟卿士也。公、諸侯也。有來而和者、至而敬者、助レ王禘祭、是百辟諸侯也」とする、などに拠る。「萬壽」は、『毛詩』「小雅・鹿鳴之什・天保」に「吉蠲爲レ饎、是用孝享。禴祠烝嘗、于二公先王一。君曰卜レ爾、萬壽無疆」（毛公伝「君、先君也。尸所三以象二神。卜、予也」、鄭玄箋「君曰卜爾者、尸嘏二主人一傳二神辭一也」）とあり、祭りを受けた先君の霊が尸に憑依し、子を祝福して（鄭玄箋の「嘏」）「萬壽」と告げるという。これを念頭に置いた作句だろう。「繁祉」は福が多いこと。『毛詩』「周頌・臣工之什・雝」に、「綏二我眉壽一、介以二繁祉一」（鄭玄箋「繁、多也」）、また『後漢書』巻四〇下「班固傳」所引「東都賦」に「三靈之繁祉」（李賢注「三靈、天地人之神也。繁、多也。祉、福也」）などとある。宗廟の祭で奏でられる音楽

○流靈德於歌詠　感聖神於管絃　「靈德」「聖神」は『後漢書』巻四〇下「班固傳」所引「東都賦・寶鼎詩」に「登二祖廟一兮享二聖神一、昭二靈德一兮彌二億年一」（『文選』巻一に再収）とあるのに拠ったのだろう。「歌詠」「管弦」は宗廟祭で奏でられる音楽。

○遊考室而賦斯干　向沛宮而舞文始　「考室」は宗廟の創始・落成のこと。「斯干」はその落成の祭で歌われる詩である。『毛詩』「小雅・鴻雁之什・斯干」の小序に「斯干、宣王考レ室也」とあり、その鄭玄箋に「考、成也。德行國富、人民殷衆、而皆佼好、骨肉和親。宣王於レ是、築二宮廟羣寢一、既成而釁レ之、歌二斯干之詩一、以落レ之。此之謂レ成レ室。宗廟成、則又祭二祀先祖一」とあるのに拠る。「沛宮」は前漢・高祖の宗廟を指し、「文始」はそこで舞われた舞楽の名である。『漢書』巻二二「禮樂志」の「高祖廟奏二武德・文始・五行之舞一。（中略）文始舞者、曰レ本二舜招舞一也。高祖六年更レ名曰二文始一、以示レ不二相襲一也」、同「初、高祖既定二天下一、過レ沛、與二故人・父老一相樂、醉レ酒歡哀、作二風起之詩一、令二沛中僮兒百二十人習而歌レ之。至二孝惠時一、以二沛宮一爲二原廟一。皆令二歌兒習吹一以相和、常以二百二十人一爲レ員」とあるのに拠る。

○年足　學非今古　識謝方圓　「年足」と、姓を述べず名だけいうのはへりくだった自称。なお、底本は「年足」を小字で記す。「學非今古」は、たとえば『後漢書』

巻五六「陳球傳」、球のひ孫・登について李賢注に「謝承書曰、（中略）登、字元龍。學通二今古一、處レ身循レ禮、非法不レ行、性兼二文武一、有二雄姿異略一」とあるのを反対に表現した謙辞。「方圓」は四角形と円形、ここは四角い大地と丸い天を指す。班固『白虎通』「天地」に「男女總名爲レ人、天地所三以無二總名一何。曰、天圓地方、不二相類一、故無二總名一也」（『藝文類聚』巻一「天部上・天」にほぼ同文を収む）とある。なお、「方圓」は「明堂」の構造を匂わせてもいる。『藝文類聚』巻三八「禮部・上・明堂」所引『孝經援神契』に「明堂者天子布政之宮。上圓下方、八牕四達、在二國之陽一」とある。

○**辟雍綴文　同和逌之返側**　　自分は文章を書くのが遅く拙いことをいう（謙辞）。魏の和逌《わゆう》が辟雍において詩作に手間取ったことで免官されそうになったが帝に許された故事に拠る。『三國志』巻四「三少帝紀」甘露二年に「五月辛未、帝幸二辟雍一、會命羣臣賦レ詩。侍中和逌・尚書陳騫等作詩稽留、有司奏二免官一。詔曰、吾以二暗昧一、愛二好文雅一、廣二延詩賦一、以知二得失一。而乃爾紛紜、良用反仄。其原二逌等一。主者宜勅自レ今以後、羣臣皆當下玩二習古義一、修二明經典一、稱中朕意上焉」とあるに拠る。「返側」は典拠の「反仄」（心が安らかでなくて眠れず寝返りをうつこと）と同義と解される。「反仄」は「反側」とも書く。『毛詩』「國風・周南・關雎」に「求レ之不レ得、寤寐思服。悠哉悠哉、輾轉反側」とある。右の和逌の故事も『太平御覽』巻九四「皇王部十九・廢帝高貴鄕公」所引の本文は「反側」に作る。本対策のように「返側」に作る例は本対策以前の漢籍に未見。なお、『玉臺新詠』巻二、曹植「棄婦篇」の「憂懷從レ中來、嘆息通二雞鳴一、反側不レ能レ寐、逍二遙於前庭一」の「反側」を明・楊慎『丹鉛續録』は「返側」に作って引用する（『四庫全書』）。また、本書の諸写本の内、東海・三手は「反側」に作るが、ひとまず諸本に従い、改めずにおく。

○**銅臺下筆　異曹植之立成**　　たちどころに賦を成した曹植のような文才はない、の意。『三國志』巻一九「魏志・陳思王植傳」の「太祖嘗視二其文一、謂レ植曰、汝倩レ人邪。植跪曰、言出爲レ論、下レ筆成レ章、顧當面試、奈何倩レ人。時鄴銅爵臺新成、太祖悉將二諸子一登レ臺、使二各爲レ賦。植援レ筆立成、可レ觀。太祖甚異レ之」に拠る。

5　菅原清公（問）・道守宮継（対）「調和五行」

〔作者解説〕

○策問執筆者　菅原清公　03〔作者解説〕を参照。

○対策者　道守宮継《ちもりのみやつぐ》　生没年・経歴未詳。『經國集』巻二十「策下」の目録に「正六位上行石見掾道守朝臣宮繼」とある以外は不明。6の左注に対策年時を「延暦廿年二月廿六日監試」（八〇一年）とする。

〔本文〕

對策二首。

調㆓和五行㆒。

大學少允從六位下兼越前大目菅原朝臣清公問。

二儀剖判、

五行生成。

揚㆓四序㆒而遞旋、

〔訓読〕

對策二首。

五行を調和す。

大學少允從六位下兼越前大目菅原朝臣清公問ふ。

二儀剖判《ほうはん》し、

五行生成す。

四序を揚げて遞《たが》ひに旋《めぐ》り、

望二七政一以無レ謬。
若使二聖哲居レ世、風霜順レ節、
號令失レ時、金木變レ性。
然則、
八眉握レ鏡、滔天之災未レ休、
四肘臨レ圖、燋地之眚(1)猶厲。
豈爲二天地之應、終可レ無レ徵、
將謂二殷唐之治、時有レ所レ缺。
孫弘之對必可レ有レ源、
班固之書何所二祖述一。
(2)子、呑鳥之藻、無レ慙二於羅生一、
吐鳳之辭、不レ謝二於楊氏一。
詳稽二往古之義一、(3)令レ可レ行二於當今(4)一。

文章生大初位下道守朝臣宮繼上。

對、竊以、
亹々圓象、懸二日月一以垂レ文、
悠々方儀、列二山川一而分レ理。

七政を望みて謬《あやま》つこと無し。
若《も》し聖哲をして世に居《を》らしめば、風霜節に順ひ、
號令をして時を失はしめば、金木性を變へむ。
然れば則ち、
八眉《はちび》鏡を握るも、滔天《たうてん》の災《わざはひ》未だ休《や》まず、
四肘《しちう》圖《と》に臨むも、燋地《せうち》の眚《わざはひ》猶ほ厲《はげ》し。
豈《あに》天地の應、終《つひ》に徵《しるし》無かるべしと爲《せ》むや、
將《はた》殷唐《いんたう》の治、時に缺《か》くる所有りと謂はむや。
孫弘《そんこう》が對《たい》必ず源有るべく、
班固《はんこ》の書何の祖述するところぞ。
子《し》は、呑鳥《どんてう》の藻、羅生《らせい》に慙《は》づること無く、
吐鳳《とほう》の辭、楊氏《やうし》に謝《は》ぢず。
詳《つまび》らかに往古の義を稽《かんが》へ、當今に行ふべからしめよ。

文章生大初位下道守朝臣宮繼上《たてまつ》る

對《こた》ふ。竊《ひそ》かに以《おもひ》みれば、
亹《び》々《び》たる圓象、日月を懸けて以て文を垂れ、
悠々たる方儀、山川を列《つら》ねて理《ことわり》を分かつ。

於レ是、
　四時更謝、寒暑往來、
　五德遞遷、王相運轉。
爾乃、
　皇雄畫レ卦、天人之道爰明、
　高密錫レ疇、帝王之法旣立。
　汨(5)二陳其性一、則帝有レ不レ畀(6)、
　能寶二其眞一、則天有レ逌(7)レ叙。
是以、
　周王虛レ己、訪二奧祕於父師(8)一、
　漢帝興レ言、窮二精微於丞相一、
　至二唐堯受レ籙(9)、洪水滔レ天、
　殷湯膺レ圖、亢旱燋レ土、
　運距二陽九一、
　時會二百六一。
　天地非レ無二其徵一、
　唐殷非レ觖二其治一。
是知、

是《ここ》に於いて、
　四時更《かわ》りて謝《さ》り、寒暑往來し、
　五德遞《たがひ》に遷《うつ》り、王相運轉す。
爾乃《かれすなは》ち、
　皇雄卦《くわうゆうくわ》を畫《か》きて、天人の道爰《ここ》に明らけく、
　高密疇《かうみつちう》を錫《たま》はりて、帝王の法《のり》旣に立つ。
　其の性を汨陳《こつちん》すれば、則ち帝畀《あた》へぬこと有り、
　能く其の眞を寶とすれば、則ち天叙《つい》づる逌《ところ》有り。
是を以て、
　周王己《おのれ》を虛《むな》しうして、奧祕を父師《ふし》に訪《と》ひ、
　漢帝言を興《あ》げて、精微を丞相に窮む。
　唐堯籙《ろく》を受くるも、洪水天に滔《はびこ》り、
　殷湯圖《と》に膺《あた》るも、亢旱《かうかん》土を燋《や》くに至りては、
　運は陽九に距《いた》り、
　時は百六に會ふ。
　天地其の徵《しるし》無きに非ず、
　唐殷其の治を觖《か》くるに非ず。
是に知りぬ、

乘レ運之譴、哲后不レ能レ除、
膺レ期之災、聖君(10)不レ能レ救。
故以、
　孫弘之對、方看二其源一、
　班固之書、遂述二其旨一。
伏惟　聖朝、
　儀レ天演レ粹、道備二於禮經一、
　揚レ德韜レ英、義光二於易象一。
猶能欲下明二四時之理一、
　　窮中五行之要上。
實治國之通規、
　爲政之茂範。
夫以、
　木火虧レ政、風蝗所以興レ災、
　金水乖レ方、霜雹由レ其告レ譴。
若乃、
　三驅有レ制、則曲直成二其功一、
　四佞離レ朝、則炎上得二其性一。

運に乘るの譴《せめ》は、哲后も除くこと能はず、
期に膺《あた》るの災は、聖君も救ふこと能はず、と。
故《かれ》以て、
　孫弘が對、方《まさ》に其の源を看《み》、
　班固が書、遂に其の旨を述ぶ。
伏して惟《おもひ》みるに　聖朝、
　天に儀《なら》ひ粹を演《の》べて、道は禮經に備はり、
　德を揚げ英を韜《つつ》みて、義は易象に光れり。
猶ほ能く四時の理を明らかにし、
　　五行の要を窮めむと欲す。
實に治國の通規、
　爲政の茂範なり。
夫《そ》れ以みれば、
　木火政を虧《か》けば、風蝗《ふうくわう》所以《ゆゑ》に災ひを興し、
　金水方に乖《そむ》かば、霜雹《さうはく》其《それ》に由りて譴《せめ》を告ぐ。
若《も》し乃ち、
　三驅《さんく》制有れば、則ち曲直其の功を成し、
　四佞《しねい》朝を離《さ》れば、則ち炎上其の性を得《う》。

抗レ威禁レ暴、遂二從革之能一、
發レ號柔レ神、申二潤下之德一。
卑二儉宮室一、稼穡所レ成、
儀二形寡妻一、草木惟茂。
禮敷義暢、龜驎(11)所以獻レ祥、
仁洽智周、龍鳳於レ焉効レ祉。
既而、
弘レ之以レ德、長無二一變之災一、
救レ之以レ道、安有二五時之失一。
然則、
巍々之化、擧レ目應レ瞻、
蕩々之風、企レ足可レ待。
謹對。

〔校異〕
（1）猶―底本「獨」。諸本により改める。
（2）子―底本「乎」。諸本により改める。

威を抗《あ》げて暴を禁ずれば、從革の能を遂げ、
號を發し神を柔らぐれば、潤下の德を申《の》ぶ。
宮室を卑儉すれば、稼穡《かしょく》成るところ、
寡妻《くわさい》に儀形すれば、草木惟《こ》れ茂る。
禮敷き義暢《の》ぶれば、龜驎所以に祥《さち》を獻り、
仁洽《あまね》く智周《あまね》ければ、龍鳳焉《ここ》に祉《さち》を効《いた》す。
既にして、
之を弘むるに德を以てすれば、長《とこしなへ》に一變の災も無く、
之を救ふに道を以てすれば、安《いづく》んぞ五時の失有らむや。
然れば則ち、
巍々《ぎぎ》の化、目を擧げて應に瞻《み》るべく、
蕩々の風、足を企《つまだ》てて待つべし。
謹みて對ふ。

（3）令—底本「今」。諸本により改める。
（4）今—底本一字欠。諸本により補う。
（5）汨—底本「泊」。諸本により改める。
（6）畀—底本「卑」。諸本により改める。
（7）迥—底本「過」。諸本により改める。
（8）父—底本「文」。小島憲之の意改に従う。
（9）籙—底本「錄」。井上・川村・鎌田・三手・小室・谷森・平松・蓬左により改める。
（10）君—底本「居」。諸本により改める。
（11）所—底本「可」。諸本により改める。

〔通釈〕

対策二首。

五行を調和させる。　大学少允従六位下兼越前大目菅原朝臣清公

問う。天地が二つに分かれ、五行が生成した。（五行は）四季を生じて順序正しく交替し、（日月五星の）七曜を望みみれば（その運行に）誤りはない。聖人や哲人が世にあれば（徳化が及んで）、風・霜も秩序立って穏やかだが、天子の号令が時宜を逸すれば、（五行の）金・木もその本性を変えてしまう。しかしながら、（聖哲である）八眉（堯帝）が明鏡を持って（道に則って）いても、天に届くような洪水の災いは止むことがなく、四肘（殷の湯王）が天のさとしである図《と》に則っていても、地を焦がすような旱魃の災いはやはり厲《はげ》しかった。どうして（聖天

子の徳に対して）最後まで天地感応の証拠（瑞祥）が現れないことがあろうか、まさか殷の湯王・陶唐氏尭帝の政治にも、時には欠けるところがあったというのだろうか。公孫弘の対策には必ずその源があるはずであり、班固の『漢書』（五行志）はどのような先人の道に基づいて述べるところなのか。あなたは、文才は鳥を呑む夢を見て文章を作った羅含にも、鳳を吐く夢を見て文辞を作った楊雄にも恥じない。詳しく故事を考えて、当代において五行を調和させる方法を述べよ。

文章生大初位下道守朝臣宮継が奉る。

お答えいたします。私に考えをめぐらせますに、絶え間なく運行する天体は、日月を懸けて文《あや》をなし、遠く遙かに続く大地は、山川を列ねて理《ことわり》を分別します。これによって、四季は交替して寒暑が順に訪れ、五行の徳は互いに移り変わって盛衰します。そこで、皇雄（伏羲）が八卦を作り、天と人との道理は明らかになり、高密（禹）が天から九疇（治国の大法）を与えられ、帝王の法は成立しました。五行の並びを乱すと天帝は九疇を与えないことがあり、天の教える真理を大切にすると天帝は五行の運行を秩序だててくれます。そこで、周の武王は、私心を無くして奥義を父師である箕子にたずね、漢の武帝は、布告して献策を求め、宰相である公孫弘の意見を採用して精密微妙な真理を窮めました。

ところが、尭帝は天命の書を受けて即位したのに洪水が天まで溢れ、湯王は天子となる予言書を得たのに厳しい日照りが大地を焼き尽くしたという先例は、運の巡り合わせで不可避的に訪れる災害に行き当たり、時の巡り合わせで百六年の間に必ずある旱魃に出くわしたということなのです。天地は天子の徳への感応の兆候を示さないわけではありませんし、尭・湯の治世に欠陥があったわけでもありません。ここでわかることは、天運に乗じて天子になったのに天から下される譴責は、賢君であっても取り除くことができないし、天命を得て王となったのに天から下される災害は、聖天子であっても救えない、ということです。このことをもちまして、公孫弘の対策はまさにこのことの源を注視しており、班固の書物はこの主旨を述べているると言えるのであります。

謹んで考えますに、聖朝（桓武朝）におかれましては、天象に則りその精粋を押し広められて、道は礼経通りに備わっております。徳を称揚し美を包みもって、道義はさらにその上、こうして四時の道理を明らかにし、五行の要諦を究めようとされています。それはまさしく国を治める普遍的規範であり、政治を為すための大法であります。

そもそも考えますに、木と火について正しい政治が欠落すれば、そのために風害・蝗害が起こり、金と水について正しい道から外れると、そのために霜害・雹害が発生して天の譴責を告げます。もしそこで、天子の狩猟が三つの目的通り正しく行われれば、木は曲がったりまっすぐになったりする功を遂げ、（舜の時代のように）四人の凶悪人が朝廷から追放されれば、火は燃え上がる本性をわがものとします。天子が武威を盛んにして暴動を禁圧すれば、金は自由に変形する能力を全うし、号令が天の時に従い神々を和ませれば、水は物を潤し低い所へ流れる徳を伸びやかにするのです。天子が宮殿を低く慎しく作れば土は万物を生みなし、規範に則って嫡妻を治めれば草木は繁茂します。天子が礼を広め、義を行き渡らせれば、亀と麒麟はそれゆえに祥瑞を献じ、仁をあまねくして智を行き届かせれば、龍と鳳凰は幸福をもたらすのです。

そこで、これらの徳を広めれば、長きに渡って天変や災害は皆無となり、道義をもって天下を救えば、五時（春・夏・季夏・秋・冬）の推移が秩序を失うことなどがどうしてありましょうか。そうであれば、陛下の高大にして広遠な風化を、人々は目を上げて仰ぎ見、つま先立って望み見るに違いありません。

謹んでお答え申し上げます。

〔語釈〕

○調和五行　本策問と対策の題目。「五行」は、世界を構成する五つの元素、木・火・土・金・水のこと。『尚書』「周書・洪範」に「一、五行。一曰水、二曰火、三曰木、四曰金、五曰土」とある。「調和」の用例は、『漢書』巻七二「貢禹傳」に「變レ世易レ俗、調二和陰陽一、陶二冶萬物一、化二正天下一」、『尚書』「虞書・舜典」、「歌永言、聲依レ永、律和レ聲」（前漢・孔安国伝「聲謂二五聲一」）への唐・孔穎達疏に「聲依レ永者、謂、五聲依下附二長言一而爲上之、其聲未レ和、乃用二此律呂一、調二和其五聲一、使レ應二於節奏一也」とあるなど。なお、「調和五行」という表現は、本策問以前の漢籍・仏典に未見。

【問】

○二儀剖判　五行生成　「二儀」は、天と地、また、陰と陽。用例は、『文選』巻二四、潘岳「爲二賈謐一作贈二陸機一」に「肇自二初創一、二儀烟熅」とあり、唐・李善注が「周易曰、易有二太極一、是生二兩儀一。王肅曰、兩儀、天地也」とするなど。「剖判」は、物が分れる意。開闢。用例は、『弘明集』巻六、謝鎮之「重與二顧道士一書」に「夫太極剖判、兩儀妄構」（大正蔵五二巻四二頁中）とあるなど。ともに一句をなす例は、本策問より遅れるが『白孔六帖』巻一「明天文」に「二儀剖判、見二若レ卵之肇分一」とある。また、『經典釋文』巻一「序」に「人稟二二儀之淳和一、含二五行之秀氣一」とあるのは、「五行」と対になる例。「五行生成」は、調和五行の項に引いた『尚書』「周書・洪範」の「一、五行。一曰水、二曰火、三曰木、四曰金、五曰土」への孔安国伝「皆其生數」に対する孔穎達疏に「易繫辭曰、天一、地二、天三、地四、天五、地六、天七、地八、天九、地十。此卽是五行生成之數。天一生レ水、地二生レ火、天三生レ木、地四生レ金、天五生レ土、此其生數也。如レ此則陽無レ匹、陰無レ耦。故、地六成レ水、天七成レ火、地八成レ木、天九成レ金、地十成レ土。於レ是陰陽各有二匹偶一、而物得レ成焉。故謂二之成數一也」とある。

○揚四序而遞旋　望七政以無謬　「四序」は、春夏秋

冬の順序。用例は、『續漢書』「天文志上」、「言二其時星辰之變・表象之應一、以顯二天戒・明王事一焉」への梁・劉昭注に「天以順動、不レ失二其中一、則四序順至、寒暑不レ減」、孔穎達「禮記正義序」に「乘二四序一、賦二清濁一、以二醇醨一、感二陰陽一而遷變」などとある。「遞旋」は互いにめぐる、交替するの意。4の問に既出。「七政」は、七曜と同じく、日（太陽）・月（太陰）の二星と、火（熒惑）・水（辰星）・木（歳星）・金（太白）・土（塡星・鎭星）の五星との運行をいう。『尙書』「虞書・舜典」の「在二璿璣玉衡一、以齊二七政一」に孔安国伝が「在、察也。（中略）七政、日月五星」とする。

○聖哲居世　風霜順節　「聖哲」は、聖人と哲人。『春秋左氏傳』文公六年に「古之王者、知二命之不一レ長、是以竝二建聖哲一、樹二之風聲一」とある。「居世」は世にあること。『晉書』巻四九「嵇康傳」に「堯舜之居レ世、許由之巖棲、子房之佐レ漢、接輿之行歌、其揆一也」とある。「聖哲」や「堯舜」が世にあるという文脈には、世に徳化が及んでよくなるという含みがあろう。「風霜」は植物（農作物）を害するものの代表。『藝文類聚』巻八九「木部下・桂」所引、范雲「詠レ桂詩」に「南中有二八樹一、繁華無二四時一、不レ識二風霜苦一、安知二零落期一」とある。また、「風霜順節」の類例として『後漢書』巻七六「循吏列傳・任延」に「是歳風雨順レ節、穀稼豐衍」とある。この二句は「聖哲」が善政を行えば風・霜は秩序立っていて（穏やかで）暴威を振るわないとの趣旨で、天人相関説である。『春秋左氏傳』昭公四年に「聖人在レ上無レ雹、雖レ有不レ爲レ災」とあるのも同趣の表現。

○號令失時　金木變性　この二句は『漢書』巻二七中之上「五行志中之上・言」に「上號令不レ順二民心一、虛譁憒亂、則不レ能レ治二海內一。（中略）刑罰妄加、羣陰不レ附、則陽氣勝。故其罰常陽也。旱傷二百穀一、則有二寇難一。（中略）凡言傷者、病二金氣一。金氣病、則木沴レ之」、および、同「貌」に「凡貌傷者、病二木氣一。木氣病、則金沴レ之。衝氣相通也。於レ易、震在二東方一爲レ春爲レ木也。兌在二西方一爲レ秋爲レ金也。（中略）春與レ秋、日夜分、寒暑平。是以金木之氣、易以相變。故貌傷則致二秋陰常雨一、言傷則致二春陽常旱一也」とあるのに拠っていよう。天子の容貌・立ち居振る舞いに過ちがあれば木気が病み、その結果として旱魃になり、言葉に過ちがあれば金気が病み、長雨（水害）となるとしている。「號令」は天子の号令、「失時」は時宜を逸すること。『毛詩』「國風・齊・東方未明」の序に「東方未明、刺レ無レ節也。朝廷興居無レ節、號令不レ時。挈壺氏不レ能レ掌二其職一焉」とあり、天子の号令が適切でない時に発せられることを批判している。「失時」は右の「不時」と同義で用いていよう。『史記』巻二四「樂書」に「化不レ時則不レ生」とあり、唐・張守節『史記正義』が「若人主行化失レ時、天地應以二悪氣一毀レ物。故云二化不レ時則不レ生也」と注するのが参考になる。「金木變性」は、（天子の号令が時宜を逸すれば）五行の金と木が互いに犯し合って性を変じるの意（その結果、異変が起こる）。

○八眉握鏡　滔天之災未休　「八眉」は伝説の聖帝・尭のこと。『尚書大傳』巻五に「堯八眉、舜四瞳、子禹其跳、湯扁、文王四乳。八眉者如二八字一者也」とある（『尚書大傳』は『令集解』所引「古記」〈天平年間成〉に引例がある）。また、『初學記』巻九「帝王部・總叙帝王・事對・八眉」にも「尚書大傳曰、堯八眉。八眉者如二八字二」とある。「握鏡」は明鏡を手に持つ。聖人や天子が道に則ることの喩。用例は『藝文類聚』巻二六「人部十・言志」所引、梁・元帝「玄覽賦」に「唯天爲レ大、唯堯則レ之。唯地爲レ厚、唯王國レ之。粤羲皇之握レ鏡、實乃神而乃聖」とあるなど。「滔天之災」は聖天子である尭の治世にもかかわらず天にも届くほどの洪水が起こったという故事を指す。『尚書』「虞書・堯典」に「湯湯洪氷、方割。蕩蕩懷レ山襄レ陵、浩浩滔レ天、下民其咨」とあり、同「皋陶模」には「洪水滔レ天、浩浩懷レ山襄レ陵、下民昏墊」ともある。

○四肘臨圖　燋地之眚猶厲　「四肘」は殷の湯王のこと。『藝文類聚』「帝王部二・殷成湯」に「春秋元命苞曰。湯臂四肘。是謂二神肘一」とある。「圖《と》」は天が聖天子を祝す祥瑞として出現する図。黄河から現れる河図《かと》はその代表である。『後漢書』巻一上「光武帝紀」に「宛人李通等、以二圖讖一説二光武一云、劉氏復起、李氏爲レ輔」とあり、唐・李賢注が「圖、河圖也。讖、符命之書。讖、驗也。言レ爲二王者受命之徵驗一也」とする。天子が「臨圖」するという用例は未見だが、図に則って政治を行うの意と考えられる。「燋地之眚」は、聖天子である湯王の治世にも地を焦がすようなひどい旱魃があった故事を指す。前項の尭と並べて述べる例として、『漢書』巻二四上「食貨志上」に「堯・禹有二九年之水一、湯有二七年之旱一、而國無二捐瘠一者（中略）以二畜積多而備先具一也」、『藝文類聚』巻二「天部下・雨」所引、傅咸「喜雨賦」に「昔洪水滔レ天二於唐堯之朝一、亢旱爲レ災二於殷湯之世一、下民其咨、莫二能俾レ乂」などがある。「燋地」は本策問以前の漢籍・仏典に用例未見。類例としては『北堂書鈔』巻一五六「歳時部四・熱篇」に「熙天灼レ地」、その小字注に「傅咸羽扇賦云。熾九日之隆、赫然高二燎於扶桑一、熱二熙天一而灼レ地、沸二巨海一而成レ湯」とある。

○豈爲天地之應　終可無徵　將謂殷唐之治　時有所缺

小島憲之は以下の四句の対を「豈天地の應爲《たる》…」、「將《はた》殷唐の治と謂ふも…」とそれぞれ六字句の中で返って訓むが（『国風暗黒時代の文学　中（上）』一一一四頁～）、「豈爲」「將謂」はそれぞれ「終可無徵」「時有所缺」まで掛かって二つの反語文をなすと解すべきである。「將…」は反語文であることを表す。「應」は天子の徳に対する天地の感応のこと。『後漢書』巻二九「郅惲傳」に「武王不下以二天下一易中一人之命上、故能獲二天地之應一、尅二商如林之旅一」とあり、李賢注が「天地之應、謂二夜雨止畢レ陳、白魚入レ舟之類一」とする。「徵」は尭帝や湯王の徳に対する天地の感応の具体的現れ（奇瑞・祥瑞）のこと。「無徵」をこのような意味で用いた例として『三國志』巻一二「魏書・毛玠傳」に（『春秋左氏傳』僖公十九年の、旱魃に苦しんでいた衛が非道の邢を伐った時、出兵に天が感応して雨が降った故事を踏まえて）「成湯聖世、野無レ生レ草、周宣令主、旱魃爲レ虐。（中略）衛人伐レ邢、師興而雨、罪惡無レ徵、何以應レ天」とある。「殷唐」は用例未見。「殷」は殷の湯王、「唐」は陶唐氏、すなわち尭帝を指すと考えられる。『史記』巻一「五帝本紀」に「自二黃帝一至二舜・禹一、皆同姓而異二其國號一、以章二明德一。故黃帝爲二有熊一、（中略）帝堯爲二陶唐一」とあり、宋・裴駰『史記集解』が「韋昭曰。陶・唐皆國名。猶三湯稱二殷・商一矣」とする。「缺」は、治世の欠陥。なお、堯・湯の治世と洪水・旱魃との間の天人相関説的因果関係を否定した論として後漢・王充『論衡』がある。【対】の膺期之災…の項を参照。

○孫弘之對　必可有源　前漢の丞相（宰相）公孫弘が武帝に献策した故事に基づく。『漢書』巻五八「公孫弘傳」に武帝が儒者たちに「蓋聞。上古至治、畫二衣冠一、異二章服一、而民不レ犯、陰陽和、五穀登、六畜蕃、甘露降、風雨時、嘉禾興、朱屮生、山不レ童、澤不レ涸。麟鳳在二郊藪一、龜龍游二於沼一、河洛出二圖書一（中略）問二子大夫一。天人之道、何所本始。吉凶之效、安所期焉。禹湯水旱、厥咎何由」と問い、弘が「臣聞レ之。氣同則從、聲比則應。今人主和二德於上一、百姓和二合於下一。故心和則氣和、氣和則形和、形和則聲和、聲和則天地之和應矣。故陰陽和、風雨時、甘露降、五穀登、六畜蕃、嘉禾興、朱草生、山不レ童、澤不レ涸、此和之至也。（中略）德配二天地一、明竝二日月一、則麟鳳至、龜龍在レ郊、河出レ圖、洛出レ書。（中略）此和之極也。（中略）臣聞下堯遭二鴻水一、使中禹治上之、未レ聞二禹之有一レ水也。若二湯之旱一、則桀之餘烈也」と答えたとある。

○班固之書　何所祖述　班固の『漢書』、特に「五行志」を指す。本策問・対策はこの「五行志」に拠るところが多い。金木變性の項も参照。「祖述」は、根源たる先人の道を受け継いで述べること。『禮記』「中庸」に「仲尼祖二述堯舜一、憲二章文武一」（孔安国伝「孔子述二堯舜之道一而制二春秋一、而斷以二文王武王之法度一」）とある。

○呑鳥之藻　無慙於羅生　晋の羅含が美しい鳥が自分の口中に入る夢を見てから文章に巧みになったという故事を指す。『晉書』巻九二「羅含傳」に「含幼孤、爲二叔母朱氏所一レ養。少有二志尚一。嘗晝臥、夢三一鳥文彩異一レ常、飛二入口中一。朱氏曰。鳥有二文彩一、汝後必有二文章一。（中略）年七十七卒。所レ著文章行二於世一」とある。「羅生」は羅含を指す。（あなたは）羅含にも恥じない文才だの意。

○吐鳳之辭　不謝於楊氏　　小島憲之は『白孔六帖』巻八六「文辭」の、前漢の揚雄が「甘泉賦」を作り終わってから白鳳を吐く夢を見たという故事「揚雄鳳藻〈甘泉賦成、夢吐二白鳳一〉」（〈 〉内は小字注）を指摘する（『国風暗黒時代の文学　中（上）』一一一五頁）。ただし、『白孔六帖』（またはその原型）は本策問とほぼ同時代の成立と推定され、清公が目にしえたか不審が残る。確実に本対策以前に成った文献にある記事としては、『西京雑記』巻二（同書は『後漢書』李賢注等に引用され、『日本國見在書目錄』にも名が見える）に、同じく揚雄が「太玄經」を作り終わって、鳳凰を吐く夢を見たという故事を伝えて「揚雄讀レ書、有レ人語レ之曰。無爲自苦、玄故難レ傳。忽然不レ見。雄著二太玄經一、夢吐二鳳凰一、集二玄之上一、頃而滅」とする。参考のために挙げておく。「謝」は「恥じる」の意。「楊氏」は楊雄を指し、（あなたは）楊雄にも恥じない文才だの意。

○詳稽往古之義　令可行於當今　　「稽」は、考える、の意。『尚書』「虞書・堯典」に「曰若稽二古帝堯一」とあり、孔安国伝が「稽、考也」とする。日本でも太安万侶「古事記序」に「莫レ不下稽レ古以繩二風猷於既頽一、照レ今以補中典教於欲上レ絶」とある。

【対】

○亹々圓象　悠々方儀　懸日月以垂文　列山川而分理

「亹々圓象」（天）は「懸日月以垂文」、「悠々方儀」（地）は「列山川而分理」との文脈をなす。「亹々圓象」「悠々方儀」は『文選』巻三〇、盧諶「時興」に「亹亹圓象運、悠悠方儀廓」とあるのに拠る。李善注が「楚辭曰、歳亹亹而過レ中。曾子曰、天道曰レ圓、地道曰レ方。在レ天成レ象、故曰二圓象一。天地曰二兩儀一、故曰二方儀一也。逵國語注曰、悠悠、長也」とする。天は円形、地は方形とされていた。「亹亹」は進み行くさま。『後漢書』巻五九「張衡傳」所引「思玄賦」に「時亹亹而代序兮、疇可二與乎比伉一」とあり、李賢注が「亹亹、進貌也。謂二四時更進而代序一」とする。「懸日月」は天が日月を懸けてぶら下げること。『禮記』「中庸」に「今夫天、斯昭昭之多。及二其無窮一也、日月星辰繫焉、萬物覆焉」とあるのが参考になる。「垂文」は星の並びが秩序立った文様を示すこと。『藝文類聚』巻五五「雜文部一・經典」に「尙書璇璣鈐曰。尙書篇題號、尙者上也。上天垂二文象一布二節度一書也。如レ天行也」とある。「分理」は、筋道を分ける、ここは山川の配列が自ずと道理をなすことをいう。『禮記』「禮器」に「天時有レ生也。地理有レ宜也」とあり、孔穎達疏に「地理有レ宜也者、地之分レ理、自然各有レ所レ宜。若二高田一宜二黍稷一、下田宜二稻麥一是也」とある。2の紀真象の対策にも「珠聯璧合、鏡二圓蓋一以垂レ文、翠岳玄流、灑二方輿一以錯レ理」とあった。

○四時更謝　寒暑往來　五德遞遷　王相運轉　「四時更謝」は四季が移り替わること。『文選』巻三、張衡「東京賦」、「春秋改レ節、四時迭代」への李善注に「孔子曰、天地有二春秋冬夏節一、故生二四時一。又曰、五行迭終、四時更廢」とある。「更」は替わる・あらたまる、「謝」は、『文選』巻二三、潘岳「悼亡詩」に「荏苒冬春謝、寒暑忽流易」とあり、李善注が「王逸楚辭注曰、謝、去也」とするのを参照。「寒暑往來」は暑さ寒さが順番に訪れること。『周易正義』「巻首・第一論二易之三名一」に「自二天地開闢一、陰陽運行、寒暑迭來、日月更出」とある。また、本対策以前の日本への伝来は未詳だが、唐・張説「開元大衍曆序」に「晦朔相催而變レ月、寒暑往來而成レ歳」（『文苑英華』巻七三六）とある。「五德遞遷」は五行の徳が互いに遷移すること。『後漢書』巻二八下「馮衍傳下」所引「顯志賦」に「覽二天地之幽奧一兮、統二萬物之維綱一、究二陰陽之變化一兮、昭二五德之精光一」（李賢注「五德、五行之德也。施二之於物一、則爲二金・木・水・火・土一、施二之於人一、則爲二仁・義・禮・智・信一也」）とある。その移り替わりをいう例は『史記』巻七四「孟子傳」に「稱二引天地剖判以來、五德轉移、治各有レ宜、而符應若レ茲」。「遞遷」を本対策と類似の文脈で用いた例は、本対策以前の日本への伝来は未詳だが、唐・崔希逸「對二藏冰不レ固判一」に「寒暑遞遷、四時有二凝陰之節一、宗廟致敬、五禮標二陳薦之儀一」（『全唐文』巻三〇五。同書に拠れば希逸は開元中〈七一三～七四一年〉に散騎常侍河西節度使、後、河南尹に遷る）とある。「王相運轉」は五行のそれぞれの徳の勢いが盛んになったり衰えたりして移り替わること。「王」は旺盛、「相」は強壮、「運轉」は変化する、の意。『周禮』「天官・庖人」の「凡用二禽獻一、春、行二羔豚一、膳二膏香一。夏、行二腒鱐一、膳二膏臊一。秋、行二犢麛一、膳二膏腥一。冬、行二鱻羽一、膳二膏羶一」について、後漢・鄭玄注が「此八物者、得二四時之氣尤盛一、爲二人食レ之弗レ勝。是以用二休廢之脂膏一煎和膳レ之」とし、その唐・賈公彦疏に「五行王相相剋。春、木王、火相、土死、金囚、水爲二休廢一。夏、火王、土相、金死、水囚、木爲二休廢一。已下推レ之可レ知。王所レ勝者死、相所レ勝者囚」とある。なお、小島憲之は『韓非子』一九「飾邪」を指摘する（『国風暗黒時代の文学　中（上）』二一一七頁）。同書の「此非二豐隆・五行・太一・王相・攝提・六神・五括・天河・殷搶・歳星、數年在レ西也」のことと考えられるが、ここでの「王相」は吉凶を占う星の名（「王良」とも）であり、従えない。

○皇雄畫卦　天人之道爰明　「皇雄」は、伝説の三皇の一人、庖羲（伏羲・虙犧）。『周易』「繫辭下」の「包犧氏沒、神農氏作」に孔穎達疏が「包犧者案二帝王世紀一云。（中略）取二犧牲一以充二包厨一故號曰二包犧氏一。後世音謬故或謂二之伏犧一、或謂二之虙犧一。一號二皇雄一」とする。「畫卦」は伏義が易の八卦を作ったことをいう。『漢書』巻二七「五行志上」に「虙羲氏繼レ天而王、受二河圖一、則而畫レ之、八卦是也」とある。また、『周易』「繫辭下」に「古者包犧氏之王二天下一也、仰則觀二象於天一、俯則觀二法於地一、（中略）始作二八卦一以通二神明之德一、以類二萬物之情一」とあり、孔穎達「周易正義序」が「孔安國・馬融・王肅・姚信等竝云。伏犧得二河圖一而作レ易。是則伏羲雖レ得二河圖一、復須二仰觀俯察、以相參正一、然後畫レ卦。伏犧初畫二八卦一、萬物之象皆在二其中一」とする。「天人之道」は、天に則って天子の採るべき道のこと。『漢書』巻二一上「律暦志上」に「易與二春秋一、天人之道也」、同「五行志上」に「孔子述二春秋一。則二乾坤之陰陽一、效二洪範之咎徵一、天人之道粲然著矣」などとある。

○高密錫疇　帝王之法既立　「高密」は伝説の聖王、

夏の禹王の字《あざな》。『藝文類聚』巻一一「帝王部・帝夏禹」に「帝王世紀曰。伯禹夏后氏。姒姓也。（中略）字高密。身長九尺二寸。長二於西羌一」とある。「錫疇」は禹が天から九疇（天子の則るべき九条の治世の大法）を与えられたことをいう。『尚書』「周書・洪範」に「天乃錫二禹洪範九疇一、彝倫攸敍」とある。「帝王之法」はその「洪範九疇」を指す。用例は、『漢書』巻一八「外戚恩澤侯表」の「自レ古受命及中興之君、必興レ滅繼レ絶、修レ廢擧レ逸、然後天下歸レ仁、四方之政行焉」に唐・顔師古注が「論語孔子陳二帝王之法一云。審二法度一、修二廢官一、四方之政行焉。興二滅國一、繼二絶世一、擧二逸人一、天下之人歸レ心焉」とするなど。

○汨陳其性　則帝有不畀　『尚書』「周書・洪範」の「鯀陻二洪水一、汨二陳其五行一。帝乃震怒、不レ畀二洪範九疇一。彝倫攸斁」に拠る。これにつき、孔安国伝が「陻、塞。汨、亂也。治水失レ道亂二陳其五行一」「畀、與。斁、敗也。天動怒レ鯀、不レ與大法九疇一。疇、類也。故、常道所二以敗一」とし、孔穎達疏が「汨陳其五行」を「五行陳列皆亂也」と説明する。また、同文が『漢書』巻二七「五行志上」に引用され、顔師古注が「帝、謂二上帝一、卽天也。震、動也。畀、與也。疇、類也。九類、卽九章也。斁、敗也」とする。よって、「汨陳」とは並んだもの（五行の順）を乱すの意で、そういうことをすると上帝（天）は「洪範九疇」を与えない、との文意となる。

○能寶其眞　則天有逌敍　「寶」は大切にする、「其眞」は伏羲や禹に与えられた天の教え、真理。『漢書』巻二七「五行志上」の「虙羲氏繼レ天而王、受二河圖一、則而畫レ之、八卦是也。禹治二洪水一、賜二雒書一、法而陳レ之、洪範是也。聖人行二其道一而寶二其眞一」に拠る。「能寶」の用例は、『史記』巻一二八「龜策列傳」に「龜者是天下之寶也。先得二此龜一者爲二天子一。且十言十當、十戰十勝。（中略）先知二利害一、察二於禍福一、以レ言而當、以レ戰而勝。王能寶レ之、諸侯盡服」、『藝文類聚』巻二六「人部十・言志」、馮衍「顯志賦」に「德與レ道其孰能寶、名與レ身其孰親」などとある。「逌敍」は「攸敍」に同じ（「逌」は「攸」の古字）。高密錫疇…の項に引いた『尚書』

「周書・洪範」の「天乃錫二禹洪範九疇一、彝倫攸敘」を『漢書』巻二七「五行志上」が引き、「攸敘」を「逌叙」に作る（後漢・応劭注が「攸、所也」とする）。なお、これにより小島憲之は、本策は「直接には」（『尚書』ではなく）『漢書』に拠っていると推定する（『国風暗黒時代の文学 中（上）』一一一八頁）。「叙」は順序だつの意。よって、天の教えを大切にすると、天はそれに応じて五行の運行を順序だててくれるの意となる。

○周王虚己　訪奥祕於父師　周の武王が天の定めた真理を箕子に尋ねた故事。前項に引き続き『漢書』巻二七「五行志上」の「聖人行二其道一而寶二其眞一。降及二於殷一、箕子在二父師之位一而典レ之（顔師古注「父師、即太師、殷之三公也。箕子、紂之諸父而爲二太師一、故曰二父師一」）。周既克レ殷、以二箕子一歸。周武王親虚レ已而問焉。故經曰。惟十有三祀、王訪二于箕子一」に拠る。「虚己」は私心なくの意。「奥祕」は奥義。用例は、『藝文類聚』巻七四「巧藝部・圍棊」に引く梁・武帝「圍棊賦」の「君子以レ之遊レ神、先達以レ之安レ思。盡二有戯之要道一、窮二情理之奥祕一」など。

○漢帝興言　窮精微於丞相　【問】の孫弘之對…の項で引いた献策の故事を指す。「漢帝」は前漢・武帝、丞相（宰相）は公孫弘のこと。「興言」は号令を発する、広く告げ知らせること。用例は『文選』巻六、左思「魏都賦」の「至二乎勍敵糾紛、庶土罔レ寧、聖武興レ言、将レ曜二威靈一」など。「精微」は精密微妙な真理。用例は『漢書』巻二七中之下「五行志中之下」の「燕一烏鵲闘二於宮中一而黒者死、楚以二萬數一闘二於野外一而白者死。象下燕陰謀未レ發、獨王自二殺於宮一、故一烏水色者死、楚炕陽舉レ兵、軍師大二敗於野一、故衆烏金色者死上。天道精微之效也」など。

○唐堯受籙　洪水滔天　殷湯膺圖　亢旱燋土　問の「八眉握鏡、滔天之災未休、四肘臨圖、燋地之眚猶厲」を言い換えた。『藝文類聚』巻二「天部下・雨」所引、傅咸「喜雨賦」の「昔洪水滔レ天二於唐堯之朝一、亢旱爲レ災二於殷湯之世一、下民其咨、莫二能俾一レ乂」を参照したか。「唐堯」は將謂殷唐之治…の項に引いた『史記』巻一

「五帝本紀」に「帝堯爲二陶・唐一」、「殷湯」はその『史記集解』に「猶三湯稱二殷・商一矣」とあったのを参照。「籙」は天が天子になるべき者に与える予言書。これを受けた者が天子になる。「受籙」はその天命を受けること。「膺圖」も同じこと。用例は『文選』巻五九、沈約「齊故安陸昭王碑文」に「稷契身佐二唐虞一、有三大二功於天地一。商武姫文、所二以膺レ圖受レ籙」とあり、李善注が「春秋命歴序曰。五德之運、同徵符合、膺錄次相代。尙書璇璣鈐。孔子曰、五帝出受二圖籙一」とするなど（「圖」は【問】の四肘臨圖…の項を参照）。また、『文選』巻三、張衡「東京賦」に「高祖膺レ籙受レ圖、順レ天行レ誅、杖二朱旗一而建二大號一」ともある。「亢旱」は厳しい日照り。「燋土」は、本対策とは文脈を異にするが、『藝文類聚』巻六「地部・岡」所引、劉楨「京口記」に「城北四十餘里、有二小崗一。高二丈許。有二人鼻形一、着二崗西頭一。有二口在レ上、而鼻在レ下。方圓數尺、狀如二燋土一。古老相傳、因名二下鼻一。今無二復鼻一、厥口猶在」とある。本対策のような文脈で用いた例は未見。なお、四肘臨圖…の項を参照。

○運距陽九　時會百六　『文選』巻六、左思「魏都賦」の「于レ時運距二陽九一、漢網絶レ維」に拠る。李善注が「孔安國尙書傳曰、距、至也。漢書陽九厄曰、初入、百六、陽九。音義曰、易傳所レ謂陽九之厄」とするが、「漢書陽九厄」とは、『漢書』巻二一「律曆志第一上」の「初入レ元、百六、陽九。次三百七十四、陰九」のことである（李善の引用では「元」が脱落）。「元」とは年数を括る単位で四六一七年間。その元に入った初めの一〇六年間に「陽厄」（陽の災い、つまり旱魃）が九回あり（陽九）、次の三七四年間に、陰の災い（洪水）が九回ある（陰九）の意。つまり、「陽九」とは一〇六年間に九回不可避的に訪れる旱魃のことであり、「時會百六」は一〇六年の間にその旱魃に遭遇することである。ただし、ここは尭の洪水・湯の旱魃を受ける文脈なので、「陰九」も含意されていよう。なお、『後漢書』巻七二「董卓傳」に「贊曰。百六有レ會、過剝成レ災。董卓滔レ天、干二逆三才一」とあり、李賢注が「前書音義曰。四千五百歲爲二一元一、一元之中有二九厄一。陽厄五、陰厄四。陽爲レ旱、陰爲レ水」と『漢書音義』を引いた上で「初入レ元百六歳有二陽厄一、故曰二百六之會一」」とする。なお、後の膺期之災…の項を参照。

○天地非無其徴　唐殷非秩其治　問の「豈爲天地之應、終可無徴、將謂殷唐之治、時有所秩」」の趣旨をくり返す。天子の徳治に対する天地の感応は必ず現れ、唐殷の治世に欠陥があったのではないとの意。なお、後の膺期之災…の項を参照。

○乘運之譴　哲后不能除　「乘運」は天子となるべき運に乗じる（天子となる）。用例は『宋書』巻一「武帝本紀上」に「楚王、宣武之子、勳德蓋レ世。晉室微弱、民望久移。乘レ運禪レ代、有二何不レ可」とある。「譴」は、天の咎め。天運に乗じて天子となった者にも天の咎めが下されることをいう。「哲后」は、賢明な君主。『晉書』巻六五「王導傳」に「史臣曰。飛龍御レ天、故資二雲雨之勢一、帝王興レ運、必俟二股肱之力一。軒轅、聖人也。杖二師臣一而授レ圖。商湯、哲后也。託二負鼎一而成レ業」とある。「除」は、ここは災厄をとりさる意。賢明な君主も天の咎めをとりさることはできないの意。

○膺期之災　聖君不能救　「膺期」はその時期に当たる、とりわけ天命を受けて天子になることを指す。用例は『晉書』巻一〇二「劉聰載記」に「光文皇帝以二聖武一膺レ期、創二建鴻祚一。而六合未レ一、夙世升遐」とあるなど。「膺期之災」は、天命により天子になった時にも起こる災厄。「聖君」は聖天子。「救」は、ここは阻止すること。『毛詩』「國風・鄭風・溱洧」の序に「溱洧、刺レ亂也。兵革不レ息、男女相棄、淫風大行、莫二之能救一焉」とあり、毛公伝が「救、猶レ止也」とする。聖君でも災いを阻止できない、ということ。「聖君」を本対策と同様の文脈で用いた例は、本対策以前の日本への伝来は未詳だが（『日本國見在書目錄』には名が見える）、後漢・王充『論衡』「明雩」に「世之聖君、莫レ有レ如二堯・湯一、堯遭二洪水一、湯遭二大旱一。如謂二政治所レ致、堯・湯惡君也。如非二政治一、是運氣也」、同「順鼓」に「堯遭二洪水一、春秋之大水也。聖君知レ之、不レ禱二於神一、不レ改二乎政一、使二禹治一レ之、百川東流」、同「治期」に「仁恵盛者、莫レ過二堯・湯一、堯遭二洪水一、湯遭二大旱一。水旱、災害之甚者也、而二聖逢レ之、豈二聖政之所レ致哉。天地歴數當然也。（中略）災至自有レ數、或時返在二聖君之世一。實事者說下堯之洪水・湯之大旱、皆有二遭遇一、非中政惡之所上レ致」など、本対策と同様に尭・湯を具体例にして聖天子と災厄というテーマが論じられる中でくり返し用いられており、注目される。あるいは清公の策問自体が『論衡』を参照してテーマを選んだ可能性もあるか。宮継の対においても、「運距陽九、時會百六」で災害には歴数のめぐり合わせがあることを述べたり、「唐殷非缺其治」で尭・湯の政治に欠陥があったわけではないことを述べるところは、右の『論衡』の主張と共通している。

○孫弘之對　方看其源　【問】の孫弘之對必可有源の項を参照。

○班固之書　遂述其旨　【問】の班固之書何所祖述の項を参照。

○伏惟　聖朝　4栗原年足対策の【対】の伏惟聖朝の項を参照。ここから今上天皇（桓武）の讃美に入る。

○儀天演粋　道備於禮經　「儀天」は天象の示すところに則ること。『文選』巻五五、陸機「演連珠五十首」に「儀レ天歩レ晷、而脩短可レ量」とあり、李善注が「儀、猶レ法レ象也」とする。また、『藝文類聚』巻三八「禮部上・辟雍」の陳・徐陵皇太子「臨二辟雍一頌」に「儀レ天以行二三善一。儷レ極以照二四方一」ともある。「演粋」は用例未見。ここでの「演」は、広めるの意であろう。臣下を主語とする用例だが、『漢書』巻九七下「孝成趙皇后傳」に「不レ知下推二演聖德一述中先帝之志上」とあり、顔師古注が「演、廣也」とする。「禮經」は礼節の教えを説く経典。ここは特定の経典に限定しなくてもよいだろう。『史記』巻一三〇「太史公自序」に「易著二天地陰陽四時五行一、故長二於變一。禮經紀二人倫一、故長二於行一」などとある。今上天皇（桓武）の政道は礼節が経典通りに完備しているの意。

○揚徳韜英　義光於易象　「揚徳」は徳を称揚する。用例は『藝文類聚』巻九九「祥瑞部下・騶虞」、薛綜

「頌」に「婉婉白虎、優仁是崇。飢不レ侵レ暴、困不レ改レ容。斂レ威揚レ徳、愷悌之風、聖徳極盛、騶虞乃彰」など。「韜英」は、ここは美質を内蔵するの意か。用例は『藝文類聚』巻二九「人部十三・別上」、王筠「侍三宴餞二臨川王北伐一應レ詔詩」に「金版韜レ英、玉牒蘊レ精。帝徳乃武、王威有レ征」とある。「易象」は『春秋左氏傳』昭公二年に「見三易象與二魯春秋一曰、周禮盡在レ魯矣」とあり、晋・杜預注が「易象、上下經之象辭」とするように、『周易』の象辞（卦・爻に対する解釈の言葉）のこと。ここはその中でも吉兆をいう象辞を指していよう。今上天皇の治世は行われている道義が『周易』のめでたい象辞の通りに光り輝いている、の意。類似の例として、『藝文類聚』巻三七「人部二十一・隱逸下」、沈約「謝二齊竟陵王教撰高士傳一啟」に「高尚其事、義光二爻象一、賢者避レ世、聲煥二典墳一」とある。

○明四時之理　窮五行之要　治國之通規　爲政之茂範

今上天皇は、四季の本質・運行の理法を明らかにし、五行の要諦を究明しており、それは政治の正しいあり方だという趣旨。「四時之理」と「五行之要」に則ることが正しい政治の根幹であることは、『藝文類聚』巻五四「刑法部・刑法」所引『管子』「版法解」に「象二四時之行一、以治二天下一。四時之行、有レ寒有レ暑。聖人法レ之、故有レ文有レ武」、また、『史記』巻二「夏本紀」、「有扈氏威二侮五行一、怠二棄三正一」への『史記集解』に「鄭玄曰、五行・四時、盛徳所レ行之政也」などと見える。「通規」は普遍的規範。用例は、『魏書』巻八「世宗紀」に「詔曰。進レ善退レ悪、治之通規、三載考察、政之明典」、また、同・巻九「粛宗紀」に「詔曰。治レ歴明レ時、前王茂軌、考レ辰正レ律、弈代通規」などとある。「茂範」は立派な規範、大法。用例は『晉書』巻一二一「李勢載記」に「立レ子以レ嫡、往哲通訓、繼レ體承レ基、前修茂範」とあるなど。日本でも、本対策の五年後、大同元年（八〇六）六月辛丑の詔（平城天皇）に「尊レ祖追レ榮、先王之茂範、敦レ親贈レ號、曩哲之嘉猷」とある（『日本後紀』）。

○木火虧政　風蝗所以興災　以下、策問の「號令失時、金木變性」を受け、答えの結論部に入る。「木火」と対の「金水」は、【問】の號令失時…の項に引いた『漢書』巻二七中之上「五行志中之上・貌」に「於レ易、震在二東方一爲レ春爲レ木也。兌在二西方一爲レ秋爲レ金也。離在二南方一爲レ夏爲レ火也。坎在二北方一爲レ冬爲レ水也」とあり、木＝東＝春、火＝南＝夏、金＝西＝秋、水＝北＝冬とカテゴライズされる。本対策もこの認識を共有していよう。その上でまず、木・火の状態に影響する政治に欠陥があれば風の害・蝗《いなご》の害が起こることをいう。木と風の関連については『周易』「説卦傳」に「巽、爲レ木爲レ風」（孔穎達疏「巽爲レ木、木可二以輮曲直一、即巽順之謂也。爲レ風、取二其陽在レ上搖レ木也」）とあり、本質を同じくするものとして位置づけられている。本対策以前の日本への伝来は未詳だが、前漢・董仲舒『春秋繁露』「五行五事」に「王者、與レ臣無禮、貌不二肅敬一、則木不二曲直一、而夏多二暴風一。風者木之氣也、其音角也。故應レ之以二暴風一」とあり、王者の「貌」（風貌・立ち居振る舞い）の乱れが木の気、ひいては風の異変を惹起するとしている。火と蝗については『漢書』巻二七中之上「五行志中之上・言」に「介蟲孽者、謂二小蟲有レ甲飛揚之類一、陽氣所レ生也。於二春秋一爲レ螽、今謂二之蝗一、皆其類也」とあり、蝗を「陽気」（火に通ず）の生むものとしている。「虧政」は正しい政治の欠落。用例は『北堂書鈔』巻七九「設官部・孝廉」所引、荀爽「讓二孝廉一記」に「古之貢士、賢則光レ君、愚則虧レ政。爽以二虧暗一何當二茲選一」とあるなど。「興災」は災いが起きること。用例は『晉書』巻二二「樂志上」に、「及二褒艶興レ災、平王逢レ亂、禮廢二親疎一、樂沈二河海一」とある。

○金水乖方　霜雹由其告譴　前項と同様、金・水の状態に影響する政治が不正だと霜の害・雹の害によって天が譴責することをいう。金と霜についてはその正しい状態の説明として『漢書』巻二七上「五行志上・金」に「説曰。金、西方、萬物既成、殺氣之始也。故立秋而鷹隼擊、秋分而微霜降」とある。水と雹は、同・巻二七中之下「五行志中之下・聽」に「釐公二十九年秋大雨レ雹。劉向以爲、盛陽雨レ水、溫煖而湯熱。陰氣脅レ之不二相入一、則轉而爲レ雹。（中略）釐公末年信二用公子遂一、遂專權自恣、將レ至二於殺レ君、故陰脅レ陽之象見。（中略）左氏傳曰、聖人在レ上無レ雹、雖レ有不レ爲レ災。（中略）凡雹、皆冬之愆陽、夏之伏陰也」（顔師古注「愆、過也。過陽、冬温也。伏陰、夏寒也」）とあり、陰の気（水に通ず）が陽の気を脅かして（右の例では臣下が専横で）バランスが崩れた時にその「象」として雹が雨《ふ》る。一方、聖人が上にある時は雹の害はないともいう。また、時期を誤った政策で霜・雹の害が起こるとする例として、『漢書』巻七五「李尋傳」に「季夏擧二兵法一、時寒氣應、恐後有二霜雹之災一」とある。こういった言説を踏まえていよう。「乖方」は、正しくなくなること。用例は、『漢書』「敘例」に「諸表列位、雖レ有二科條一、文字繁多、遂致二舛雜一。前後失レ次、上下乖レ方、昭穆參差、名實虧廢」、『文選』巻五六、陸倕「新漏刻銘」に「擊刁舛レ次、聚木乖レ方」などとある。

○三驅有制　則曲直成其功　天子の狩猟が「三驅」の定め（三つの目的）通り正しく行われれば木は曲がったりまっすぐになったりする本性を発揮する、の意。『漢書』巻二七上「五行志上」の「經曰。初一曰五行。五行、一曰水、二曰火、三曰木、四曰金、五曰土。水曰潤下、火曰炎上、木曰曲直、金曰從革、土爰稼穡。傳曰。田獵不レ宿、飲食不レ享、出入不レ節、奪二民農時一、及有二姦謀一、則木不二曲直一。說曰。（中略）行步有二佩玉之度一、登車有二和鸞之節一、田狩有二三驅之制一、飲食有二享獻之禮一、出入有レ名、使レ民以レ時、務在レ勸二農桑一、謀在レ安二百姓一。如レ此則木得二其性一矣」に拠る。右の「經曰」以下は五行についての総説で、本対策では以下、これに倣って木火土金水それぞれの性質をいう「曲直」「炎上」「從革」「潤下」「稼穡」の語が用いられている。「傳曰」以下は、政治のありようがどのように木の状態に影響するかについての解說。「三驅之制」は顔師古注に「三驅之禮、一爲二乾豆一、二爲二賓客一、三爲レ充二君之庖一也」とある。

○四佞離朝　則炎上得其性　天子が四人の凶悪人を朝廷から追放すれば火は燃え上がる本性を発揮する、の意。前項と同じく『漢書』巻二七上「五行志上」の火についての「傳曰。棄二法律一、逐二功臣一、殺二太子一、以レ妾爲レ妻、則火不二炎上一。說曰。（中略）堯舜擧二群賢一而命二之朝一、遠二四佞一而放二諸埜一。（中略）賢佞分別、官人有レ序、帥二由舊章一、敬二重功勳一、殊二別適庶一、如レ此則火得二其性一矣」に拠る。「四佞」は四人の凶悪人。右の「遠二四佞一」に対して顔師古注が「四佞、卽四凶也。遠、離也」とする。『尙書』「虞書・舜典」に「流二共工于幽州一、放二驩兜于崇山一、竄二三苗于三危一、殛二鯀于羽山一。四罪而天下咸服」とあり、このことを『春秋左氏傳』文公一八年に「舜臣レ堯、賓二于四門一、流二四凶族一（中略）是以堯崩而天下如レ一、同レ心戴レ舜以爲二天子一。以下其擧二十六相一去中四凶上也」とする。

○抗威禁暴　遂従革之能　天子が武威を盛んにし、暴動を禁圧すれば（武力を正しく用いれば）金は自由に変形する能力を発揮する、の意。前項と同じく『漢書』巻二七上「五行志上」の金についての「傳曰。好二戰攻一、輕二百姓一、飾二城郭一、侵二邊境一、則金不二從革一。說曰。金、西方。萬物既成、殺氣之始也。（中略）其於二王事一、出レ軍行レ師、把レ旄杖レ鉞、誓二士衆一、抗二威武一。所下以征二畔逆一止中暴亂上也。（中略）如レ此則金得二其性一矣」に拠る。

○發號柔神　申潤下之德　天子の号令が天の時に従い、神々を和ませれば、水は物を潤し低い所へ流れる徳を発揮する、の意。前項と同じく『漢書』巻二七上「五行志上」の水についての「傳曰。簡二宗廟一、不二禱祠一、廢二祭祀一、逆二天時一、則水不二潤下一。說曰。（中略）王者卽位、必郊二祀天地一、禱二祈神祇一、望二秩山川一、懷二柔百神一、亡レ不二宗事一。（中略）至二發號施令一、亦奉二天時一。十二月咸得二其氣一、則陰陽調而終始成。如レ此則水得二其性一矣」に拠る。

○卑儉宮室　稼穡所成　天子が宮殿を低く質素にすれば土は万物を生みなす、の意。前項と同じく『漢書』巻二七上「五行志上」の土についての「傳曰。治二宮室一、飾二臺榭一、內二淫亂一、犯二親戚一、侮二父兄一、則稼穡不レ成。說曰。土、中央。生二萬物一者也。其於二王者一、爲二內事一。宮室、夫婦、親屬、亦相生者也。（中略）孔子曰。禮與二其奢一也寧儉。故禹卑二宮室一、文王刑二于寡妻一。此聖人之

所以昭教化也。如此則土得其性矣。若乃奢淫驕慢、則土失其性。亡水旱之災而草木百穀不孰、是爲稼穡不成」に拠る。

○儀形寡妻　草木惟茂　規範に則って嫡妻を治めれば草木は繁茂する、の意。前項に引いた『漢書』巻二七上「五行志上」の「文王刑于寡妻」に拠り、「刑」を「儀形」に換えた。「草木」の語も右に見える。「寡妻」は右の顔師古注に「寡妻、謂正嫡也」とある。「儀形」は、模範に則ること。『漢書』巻九九上「王莽傳」に「敬畏上天之戒、儀形虞周之盛」とあり、顔師古注が「儀形、謂則而象之」とする。

○禮敷義暢　龜驎所以獻祥　天子が天下に礼と義を敷き広げれば、亀や麒麟が治世を讃えて祥瑞を天子に献ずる、の意。「禮敷義暢」は熟語「禮義」「敷暢」を分解して交互に配したか。「禮義」の用例は『文選』巻五九、沈約「齊故安陸昭王碑文」に「禮義既敷、威刑具舉、強民獷俗、反志遷情、風塵不起、囹圄寂寞」とあるなど。「敷暢」の用例は、『文選』巻四五、孔安国「尚書序」に「約文申義、敷暢厥旨。庶幾有補於將來」とある。

○仁洽智周　龍鳳於焉効祉　天子が天下に仁と智を遍く施せば、龍と鳳凰が幸せをもたらす、の意。前項に続き、ここも熟語「周洽」を分けて配したか。『後漢書』巻四八「翟酺傳」に「陛下誠仁恩周洽、以親九族」とある。「効祉」の用例は、『文選』巻四〇、任昉「百辟勸進今上牋」に「能使海若登祇、罄圖效祉」とあるなど。

○弘之以徳　長無一變之災　救之以道　安有五時之失　徳を天下に広げれば長期に渡って天変や災害はなく、道義に基づいて天下を救えば五時の推移が秩序を失うことはない、の意。この対句の類例に、『晉書』巻六五「王導傳」の「拯其淪墜而濟之以道、扶其顛傾而弘之以仁」や、本対策以前の日本への伝来は未詳だが、『貞觀政要』「論誠信」の「欲繼軒・唐之風、將追舜・禹之跡、必鎭之以道德、弘之以仁義」などがある。「五時」は一年を構成する五つの季節、春・夏・

季夏・秋・冬のこと。五行説に基づく区分。『後漢書』巻四二「光武十王列傳・東平憲王蒼」に「命留二五時衣各一襲、及常所レ御衣合五十篋一、餘悉分下布諸王主及子孫在二京師一者上、各有レ差」とあり、「五時」について李賢注が「五時衣、謂二春青、夏朱、季夏黄、秋白、冬黒一也」とする。

○巍々之化　擧目應瞻　蕩々之風　企足可待　『論語』「泰伯」の「子曰、巍巍乎、舜禹之有二天下一也、而不レ與焉。子曰、大哉、堯之爲レ君也。巍巍乎、唯天爲レ大。唯堯則レ之。蕩蕩乎、民無二能名一焉。巍巍乎、其有二成功一也。煥乎其有二文章一」に拠る。魏・何晏注が「巍巍」は「高大之稱」、「蕩蕩」は「廣遠之稱」とする。「化」と「風」は熟語「風化」を分けて配したもの。「擧目」の用例は、『文選』巻四一、李陵「答二蘇武一書」に「擧レ目言笑、誰與爲レ歡」。「企足」は、かかとを挙げて爪先立って望み見る。「企」は「跂」に同じ。『文選』巻一六、陸機「歎逝賦」に「望二湯谷一以企予、惜二此景之屢戢一」とあり、李善注が「毛詩曰、誰謂二宋遠、跂予望レ之。鄭玄曰、跂レ足則可レ望二見之一。企與レ跂同。字林曰、企、擧レ踵也」とする。

6　菅原清公（問）・道守宮継（対）「治平民富」

〔本文〕

治平民富

問。

　民爲二邦本一。本固邦寧。

　吏爲二民君一。君良民足。

是以、

　漢帝宰レ極、委二腹心於韓崇一、

　齊侯務レ功、資二羽翼於管仲一。

今、欲下

　揚二澡幘褰帷之輩一、

　引二四知三異之人一、

　習二（1）富教於孔氏一、

　追中昇平於周室上。

　得賢之頌、何行興レ之、

〔訓読〕

治平民富

問ふ。

　民は邦の本なり。本固くして邦寧《やす》し。

　吏は民の君なり。君良くして民足る。

是を以ちて、

　漢帝極を宰《つかさど》りて、腹心を韓崇に委ね、

　齊侯功を務めて、羽翼を管仲に資《よ》る。

今、

　澡幘褰帷《そうさくけんい》の輩を揚げ、

　四知三異《しちさんい》の人を引き、

　富教を孔氏に習ひ、

　昇平を周室に追はむと欲す。

　得賢《とくけん》の頌《うた》、何を行ひて之を興さむ、

餘粮之隆、其術安在。
證二據經典一、以發二蒙滯一。
對。
竊以、
明王撫レ俗、克念承レ天。
所レ愛惟民、所レ寶惟穀。
誠知、
民爲二國本一、強レ國先二於富一レ民、
下實上基、利レ上必二於豐一レ下。
是以、
韓崇授レ職、久著二腹心之功一。
管仲任レ官、長傳二羽翼之歎一。
故、上行下レ化、類二水如一レ泥。
所以、
紫變二齊風一、

餘粮《よりやう》の隆《さかり》、其術安《いづく》に在る。
經典に證據《しやうこ》して、以ちて蒙滯《もうたい》を發《ひら》け。
對ふ。
竊《ひそ》かに以《おも》ひみれば、
明王は俗を撫で、克《よ》く念《おも》ひて天に承く。
愛《かなし》む所は惟《こ》れ民、寶とする所は惟《こ》れ穀なり。
誠に知りぬ、
民は國の本にして、國を強くするに民を富ますを先にし、
下は實に上の基にして、上を利するに下を豐かにするを必ずす、といふことを。
是を以ちて、
韓崇職を授けられ、久しく腹心の功を著はし、
管仲官に任ぜられ、長く羽翼の歎を傳ふ。
故《かれ》、上行なひ下を化すは、水の泥《ひぢ》に如《ゆ》くに類す。
所以《ゆゑ》に、
紫の齊風を變へ、

繆遷㆓鄒俗(2)㆒。
但、
漢川照車之寶、寒不㆑可㆑衣、
荊岫連城之珍、飢不㆑可㆑食。
是故、
帝籍斯闕(3)、仍懷㆓九載之憂㆒、
藾觀不㆑親、便盈㆓七月之歎㆒。
方今、
政清㆓宇宙㆒、
地廣㆓紘埏㆒。
淳風洽㆓乎無垠㆒、
大道光㆓乎有截㆒。
誠可㆘抑㆓止末作(4)㆒、
勸㆗㆑勉農功㆖。
勸體授㆓力田之官㆒、
遊手行㆓投裔之罰㆒、
自然、
浮僞戢㆓於四海㆒、

繆の鄒俗を遷す。
但し、
漢川照車《かんせんせうしや》の寶も、寒きときには衣《き》るべからず、
荊岫連城《けいしうれんじやう》の珍《たから》も、飢うるときには食ふべからず。
是の故に、
帝籍斯《ここ》に闕《か》くれば、仍《よ》りて九載の憂《うれへ》を懷き、
藾觀《けんくわん》親《みづから》せざれば、便ち七月の歎《なげき》に盈《み》つ。
方今《はうこん》、
政宇宙に清み、
地紘埏《くわうえん》に廣し。
淳風無垠《むぎん》に洽《あまね》く、
大道有截《いうせつ》に光る。
誠に末作を抑止し、
農功を勸勉すべし。
勸體には力田《りよくでん》の官を授け、
遊手に投裔《とうえい》の罰を行なはば、
自然《おのづから》、
浮僞四海に戢《おさ》まり、

彫文紀二於百工一。
黄金息二無用之求一、
翠羽棄二非常之貨一、
則千箱可レ積、
萬庾將レ儲。
室餘二栖畝之粮一、
家餘二如坻之粟一。
加以、
位以レ徳進、
官以レ才昇、
因レ賢致レ賢、
由レ俊得レ俊。
然則、
澡幘褰帷之輩、歛レ衽而風來、
四知三異之儔、彈レ冠而雨集。
庶績凝二乎多士一、
群寮整二乎得人一、
朝無二曠職之憂一、

彫文百工に紀《おさ》まらむ。
黄金無用の求を息《や》め、
翠羽非常の貨を棄てば、
則ち千箱《せんさう》積むべく、
萬庾《ばんゆ》將に儲《たくは》へんとす。
室は栖畝《せいほ》の粮を餘し、
家は如坻《じょち》の粟《ぞく》を餘さむ。
加以《しかのみにあらず》、
位は徳を以ちて進み、
官は才を以ちて昇り、
賢に因りて賢を致し、
俊に由りて俊を得む。
然《しか》れば則ち、
澡幘褰帷《さうさくけんゐ》の輩、衽《えり》を歛《おさ》めて風來し、
四知三異の儔《ともがら》、冠を彈《はじ》きて雨集す。
庶績《しょせき》多士に凝《な》り、
群寮《ぐんれう》得人に整ひ、
朝に曠職《こうしょく》の憂《うれひ》無く、

野有二撃壤之詠一。
既而、
富教之術方同二宣尼一、
昇平之功何異二周室一。
御馬之方鬱起、
烹鮮之要可レ窮。
巍巍而治、可レ不レ樂哉。
謹對。

延暦廿年二月廿六日監試

〔校異〕

（1）富―底本・東海「凮」。諸本により改める。
（2）鄒―底本「鄭」。大学・河村・関西・鎌田・萩野・蓬左・神宮・平松・鷹司・大倉・陽二・井上・小室・尊経により改める。
（3）闕―底本「闢」。諸本により改める。
（4）末―底本「未」。諸本により改める。

野に撃壌《げきじやう》の詠《うた》有らむ。
既にして、
富教の術方《まさ》に宣尼《せんぢ》に同じく、
昇平《しようへい》の功何ぞ周室に異《ことな》らむ。
御馬《ぎよば》の方鬱起《うつき》し、
烹鮮《ほうせん》の要《えう》窮むべし。
巍巍《ぎぎ》にして治まる、樂しまざらめや。
謹みて對ふ。

延暦廿年二月廿六日監試

〔通釈〕

問う。民は国家の根本であり、根本がしっかりしていれば国家は安泰である。官吏は民の君であり、良吏であれば、民は満ち足りる。それゆえに、漢帝は帝王の務めをなして韓崇に要害の地を委ね、斉侯（桓公）は功績をあげようと管仲に補佐を頼ったのである。今、破損した頭巾を洗ってそのまま使った（倹約家の）巴祇《はし》や、車の帳をあげて任地をしっかり視察した賈琮《かそう》のような者をとりたて、（天・地・我・汝の）四知を畏れて賄賂を断った楊震《ようしん》や、善政を敷いて三種の奇瑞が現れた魯恭のような人をひきたて、民を富ませてから教化する孔子の教えを習い、太平のあり方を周王室にならおうと思う。（では）賢者登用を讃える歌は何を行えば盛んになるのだろう、食料が余るような隆盛を実現する方法はどこにあるのだろう。経典に拠って証明して、この不審を明らかにしてほしい。

お答えいたします。私に考えをめぐらせますに、聡明な君主は民を慈しみ、善きことをよく考え、天意を受けとります。（明主が）愛するの民であり、宝とするのは穀物です。（そこで）まことにわかりますことは、民は国家の根本であり、国を強くするには民を富ませることを優先し、下の者（民）はまことに上の者（治者）の基盤であり、上の者を利するには下の者を豊かにすることが必須だということです。

そこで、（良吏たる）韓崇は職を授かり要害を守って久しく功績を現し、管仲は任官されてその補佐ぶりへの賛嘆が長く伝わったのです。こうして、上の者の行いが下の者を教化するのは、水が泥にしみこむようなものです。ゆえに、（諫言を容れて自ら行いを正した斉国王は）紫衣を好む斉国の風俗を変え、（鄒君は）冠の紐を長くする鄒国の風俗を変えたのです。

ただし、十二台もの車の前後を照らした漢川産の（光る）宝珠も寒いときに着ることはできませんし、城十五に値する荊山産の珍宝も飢えたときに食べることができません。それゆえに、皇帝の耕す田がなければ、九年分の食料備蓄を欠く憂いをいだくことになりますし、后妃自らが養蚕をしなければ、秋七月の寒さに着るものがない嘆きが満ちることになるのです。

現在、（今上陛下の）政治はその清明さが世界に行き渡り、治めなさる地は広大です。純朴な風俗は果てもなく普及し、（御治世の）大いなる道は整然と輝いています。（このようなときこそ）まさに、末業（商業・工芸）を抑制し、民が農耕に励むようにしむけるべきです。農事に励む者には力田の官を授け、遊び人には追放の罰を行うならば、おのずから、うわべを偽ることは四海の内からなくなり、ぜいたくな飾り彫りも百官の内で（禁じられて）制御されるでしょう。飢えには役立たない黄金を求めることをやめ、翡翠の羽のような普通ではない財貨を棄てれば、（食料を入れた）千の箱が積み上げられ、万の露天の穀物の山が蓄えられるでしょう。（民の）室内には畝に残った穀物があふれ、家には高く積み上げた粟があふれるでしょう。

これに加えて、（官吏の）位は徳によって進み、官職は才能によって昇進し、賢明さを基準に賢者を招き、俊英であるかを基準に俊才を得るようにしましょう。こうすれば、頭巾を洗ってそのまま使った巴祇や車の帳をあげて視察した賈琮のような人材が襟を正して風のようにやってきますし、四知を畏れ賄賂を退けた楊震や、三種の瑞祥を招いた魯恭のような人々が冠の塵を払って雨の降るごとくに集まるでしょう。たくさんの功績が多くの人材によって成り、官庁は人材を得て整い、朝廷には（臣下が）職責を尽くさぬ憂いがなく、民間では（広大な治世の徳に気づかぬ者たちが太平を謳歌する）撃壌遊びの歌が歌われることでしょう。もはや、民を富ませて教化する術はまさに孔子の教え通りに実現しましょうし、天下を平静に治める功績はどうして周王室と異なりましょう。くつわで馬を御するように徳と法で治めることが盛んになり、小魚を煮るように無為でゆったりとした統治の要諦が極められるでしょう。（尭・舜・禹のような）高尚偉大な治世が実現することを、（皆が）楽しまないはずはありません。

謹んでお答え申し上げます。

延暦二十年二月二十六日監試

〔語釈〕

○治平民富　本策問と対策の題目。「治平」は政治が平穏または公平なこと。『漢書』巻四八「賈誼傳」に「河南守呉公治平爲二天下第一一」（唐・顔師古注「治平、言二其政治和平一也」）、『藝文類聚』巻一「天部上・星」に「春秋元命苞曰。嘉置二弧北一指二一大星一爲二老人星一。治平則見、見則王壽」などとある。「民富」は『三國志』「魏書」巻一六「杜畿傳」子の恕の項に「官得二其人一、則政平訟理。政平故民富貴、訟理故囹圄空虚」とある。本題目はこれに拠ったか。

【問】

○民爲邦本　本固邦寧　『尙書』「夏書・五子乃歌」の「民惟邦本、本固邦寧」（前漢・孔安国伝「人君當二固レ民以安レ國一」）に拠る。本対策に先行する日本の例として『續日本紀』延暦三年（七八四）十一月庚子の詔に「民惟邦本。本固國寧」がある。

○吏爲民君　君良民足　「吏爲民君」に類似した表現として『漢書』巻五「景帝紀」六年正月の詔に「夫吏者民之師也」、『續日本紀』天平宝字二年（七五八）十月甲子の勅に「如聞、吏者民之本也。數遷易、則民不レ安レ居。久積レ習、則民知レ所レ従」などがある。「民足」の例は『禮記』「大傳」、「聖人南面而聽二天下一所二且先一者五。民不レ與焉。一曰治レ親、二曰報レ功、三曰擧レ賢、四曰使レ能、五曰存レ愛。五者、一得二於天下一、民無レ不レ足、無二不レ贍者一。五者、一物紕繆、民莫レ得二其死一」（唐・孔穎達疏「壽終而死也」）への後漢・鄭玄注に「物、猶レ事也。紕繆、猶レ錯也。五事得則民足」とあるなど。

○漢帝宰極　委腹心於韓崇　以下、賢臣・良吏の例を挙げる句が続く。「宰極」は本策問以前の漢籍・仏典に用例未見。22船沙弥麻呂対策にも用例がある。「宰」はつかさどる、「極」は最上の位のことで、帝王としての仕事をする意と解される。この二句、小島憲之は漢高祖に仕えた韓信の故事に拠るとし、『史記』巻九二「淮陰侯列傳」の「臣願披二腹心一、輸二肝膽一、效二愚計一」を引くが（『国風暗黒時代の文学　上』一二三八頁）、これは韓信に取り入ろうとした者が「私が腹心を開いてあなた（韓信）に進言しても…」と言った箇所で、本対策の典拠としては不適切である。同伝には韓信が「漢王、遇レ我甚厚」と言ったとはあり、韓信が漢高祖の腹心の部下であったと敷衍することはできるが、韓信を「韓崇」と呼んだ例も未見であり、不審が残る。一方、『後漢書』巻三九「周磐傳」に（汝南の）「太守韓崇」とあり、『北堂書鈔』巻七四「設官部二六・太守上」、「汝南心腹」の項に「謝承後漢書韓崇傳云。韓崇遷二汝南太守一。詔引見、賜二車馬及劍革帶一。上仍勅レ崇曰。汝南心腹之地、位次二京師一也」とある（「心腹」は要害の地）。ここは、ひとまず後者に拠り、「腹心」は「心腹」と同義とみて解釈しておく。

○齊侯務功　資羽翼於管仲　　斉の桓公が管仲を補佐とした故事を指す。『史記』巻六二「管晏傳」に「管仲卽用、任二政於齊一。齊桓公以霸、九二合諸侯一、一二匡天下一。管仲之謀也」とある。「羽翼」は左右から助けること、補佐役をいう。『管子』「霸形」に桓公の管仲への言葉として「寡人之有二仲父一也、猶三飛鴻之有二羽翼一也」とある（『後漢書』巻一三「隗囂傳」、「今俊乂並會、羽翮竝肩」への唐・李賢注が『管子』の同文を引く）。また、『文選』巻三四、枚乘「七發八首」の「獨宜三世之君子、博見強識、（中略）常無レ離レ側、以爲二羽翼一」に唐・李善注が「高誘注呂氏春秋曰、羽翼、佐也」とする。

○揚澡幘褰帷之輩　「澡幘」は後漢の巴祇が、幘（頭巾）が破損したときにそれを直さず洗って水をそそいで日に曝しただけでそのまま用いた故事。『藝文類聚』巻五〇「職官部六・刺史」に「謝承後漢書曰。（中略）巴祇爲二揚州刺史一。幘毀壞、不二復改易一。以レ水滲曝用レ之」とある。「褰帷」は後漢の賈琮が刺史となって任に赴いた時、管轄地をよく視察するために車の帷《とばり》をあげさせた故事を指す。『後漢書』巻三一「賈琮傳」に「詔書沙二汰刺史二千石一、更選二淸能吏一、乃以レ琮爲二冀州刺史一。舊典、傳車驂駕、垂二赤帷裳一、迎二於州界一。及二琮之レ部、升レ車言曰、刺史當三遠視廣聽、糾二察美惡一。何有下反垂二帷裳以自掩塞上乎。乃命二御者一褰レ之」とある。

○引四知三異之人　「四知」は、後漢の楊震が王密に賄賂として金十斤を贈られたが、受け取らなかった故事を指す。『後漢書』巻五四「楊震傳」に「王密爲二昌邑令一、謁見、至レ夜懷二金十斤一以遺レ震。震曰、故人知レ君、君不レ知二故人一何也。密曰、暮夜無二知者一。震曰、天知、神知、我知、子知。何謂レ無レ知。密愧而出」とあり、これを、同伝「玄孫脩」の項で「震畏二四知一」と称す。「三異」は、後漢の魯恭が徳をもって治めたため、螟が県内に入らず、徳化が鳥獣にも及び、子どもにまで仁心があったと称された故事。『後漢書』巻二五「魯恭傳」に、「今蟲不レ犯レ境、此一異也。化及二鳥獸一、此二異也。豎子有二仁心一、此三異也」とある。

○習富教於孔氏　追昇平於周室　「富教」は、民を富ませて後に教えること。『論語』「子路」に「子適レ衞。冉有僕。子曰、庶矣哉。冉有曰、卽庶矣、又何加焉。曰、富レ之。曰、卽富矣。又何加焉。曰、敎レ之」とある。「昇平」は天下が平らぎ静かなこと。『春秋左氏傳』襄公二九年「爲レ之歌二小雅一」への孔穎達疏に「周公而治致二升平一、頌聲乃作レ此」とある。

○得賢之頌　王が賢者を得たことへの賞賛。『漢書』巻六七「梅福傳」に「漢家得レ賢、於レ此爲レ盛」、『廣弘明集』巻一九、梁・簡文帝「又請二御講一啓」に「槐棘均二多士之詩一、貂璫有二得賢之頌一」（大正蔵五二巻三四頁下）などとある。

○餘粮之隆　「餘粮」は国が栄えて食料が余ること。用例は『藝文類聚』巻一一「帝王部一・總載帝王」、干宝「晉紀總論」に「太康之中、天下書同レ文、車同レ軌、牛馬被レ野、餘糧栖レ畝、行旅草舍、外閭不レ閉」とあるなど。

○證據經典　以發蒙滯　「證據」は、根拠をもって証明すること。本対策と同様の文脈で用いた例として『晉書』巻四五「劉毅傳」に「昔龍降二鄭時門之外一、子産不レ賀。（中略）易稱、潛龍勿レ用、陽在レ下也。證二據舊典一、無二賀レ龍之禮一」とある。「發蒙滯」は不審を明らかにする。本対策以前の日本への伝来は未詳だが、隋・灌頂編『國淸百錄』（六〇三年頃成）巻四所引「吉藏法師

書」に「佛日將レ沈、群生眼滅。若非二大師弘忍一、何以剋興。伏願廣二布慈雲一、啓二發蒙滯一」（大正蔵四六巻八二一頁下）とある。

【対】

○明王撫俗　克念承天　「明王」は聡明な王、「撫俗」は民を慈しむこと。『漢書』巻八五「谷永傳」に、「王者以レ民爲レ基、民以レ財爲レ本。財竭則下畔、下畔則上亡。是以、明王愛二養基本一、不二敢窮極一。使レ民如レ承二大祭一」とあるのは同様の思想を述べたもの。「撫俗」の用例は『晉書』巻四七「光逸傳」に「其進也、撫レ俗同レ塵、不レ居二名利一。其退也、餐レ和履レ順、以保二天眞一」とあるなど。「克念」は『尙書』「周書・多方」に、「惟レ聖罔レ念作レ狂、惟レ狂克念作レ聖」とあり、孔安国伝が「惟二聖人一無レ念二於善一、則爲二狂人一。惟二狂人一能念二於善一、則爲二聖人一。言、桀紂非二實狂愚一以レ不レ念レ善故滅亡」とするのに拠る。よく善を思い、善に努めれば聖人となり天命を失うことはない（または、天命を得る）との文脈であり、これを踏まえての作句であろう。「承天」はここは天命・天意を受けること。同様の文脈で用いた例は『藝文類聚』巻五五「雜文部一・讀書」、馮衍「說二鄧禹一書」に「夫爲レ君而不レ明二於道一、上無レ所レ承レ天、下無二以化一レ民」とあるなど。

○所愛惟民　所寶惟穀　明王撫俗…の項に引いた『漢書』巻八五「谷永傳」に「明王愛二養基本一」とあったのを参照。なお、同趣の思想は、『春秋左氏傳』昭公十年「詩曰、德音孔昭、視レ民不レ恌」への晉・杜預注に「詩小雅・恌偷也。言二明德君子必愛一レ民」、『後漢書』巻三一「陸康傳」に「臣聞、先王治レ世、貴在レ愛レ民」などと見える。「所寶惟穀」は『文選』巻三、張衡「東京賦」に「所レ貴惟賢、所レ寶惟穀」とあり、李善注が「范子計然曰、五穀者、萬人之命、國之重寶」とするのに拠る。これに合わせて前句を「所愛惟民」と作ったか。

○民爲國本　強國先於富民　『管子』「治國」に「凡治レ國之道、必先レ富レ民。民富則易レ治也。貧則難レ治也」（『藝文類聚』巻五二「治政部上・善政」にほぼ同文を再収）

とあるのは同様の思想を述べたもの。民を富ませることを「強國」と組み合わせた例は『晉書』巻八七「涼武昭王李玄盛傳」、子・士業の項に「以二清倹素德一爲レ榮、息二茲奢靡之費一、百姓租税、専擬二軍國一、（中略）以強レ國富レ俗」とある。

○下實上基　利上必於豐下　　類例として、明王撫俗…の項に引いた『漢書』巻八五「谷永傳」の「王者以レ民爲レ基、民以レ財爲レ本。財竭則下畔、下畔則上亡」、また、『文選』巻七、潘岳「藉田賦」に「高以レ下爲レ基、民以レ食爲レ天」などがある。

○韓崇授職　久著腹心之功　管仲任官　長傳羽翼之歎　　【問】の漢帝宰極…、および齊侯務功…の項を参照。

○上行下化　類水如泥　　『漢書』巻五六「董仲舒傳」に「堯舜行レ德則民仁壽、桀紂行レ暴則民鄙夭。夫上之化レ下、下之從レ上、猶二泥之在一レ鈞」（王の風化を轆轤が粘土の形を整えるのに喩える）、『文選』巻三六、任昉「天監三年策二秀才一文三首」に「上之化レ下、草偃風從」（風化を風が草をなびかすのに喩える）などに拠る。なお、本対策のように風化を水と泥に例える例は未見。

○紫變齊風　纓遷鄒俗　　前句は前項所引『文選』巻三六「天監三年策二秀才一文三首」の続きに「昔紫衣賤服、猶化二齊風一」とあり、李善注が「韓子曰。齊桓公好レ服レ紫、一國盡服レ紫。當時十素不レ得二一紫一。公患レ之、告二管仲一。管仲曰、君欲レ止レ之、何不二自誡一勿レ衣也。謂二左右一曰、甚惡二紫臭一。公曰、諾。於レ是郎中莫レ衣レ紫。其明日、國中莫レ有レ衣レ紫。三日、境内莫レ衣レ紫」とするのに拠る。齊の桓公が管仲の諫言により紫服を好むのをやめると、国中に紫服を着る者がいなくなったという故事である。後句は同じく「天監三年策二秀才一文三首」に「長纓鄙好、且變二鄒俗一」とあり、李善注が「韓子曰。鄒君好二長纓一。左右皆服、長纓甚貴。鄒君患レ之、問二左右一。左右對曰。君好服レ之、百姓亦多服、是故貴。鄒君因先自斷二其纓一而出、國中皆不レ服二長纓一」とするのに拠る。「纓」は冠の紐。鄒君が側近の諫言により、それまで好んでいた長い纓を自ら断ち切ったところ、国中から纓を長くする者がいなくなったという故事である。二句いずれも臣下の諫言に従った君主の行いが民を風化した例である。

○漢川照車之寶　寒不可衣　荊岫連城之珍　飢不可食

孔穎達「尚書正義序」の「磬二荊山之石一、所レ得者連城、窮二漢水之濱一、所レ求者照乘」と、『漢書』巻五「景帝紀」後三年正月の詔の「農、天下之本也。黄金珠玉、飢不レ可レ食、寒不レ可レ衣」を組み合わせた。「漢川」（漢水）は珠の名産地、「照車之寶」（照乘）は、直径一寸の珠が十二台の車の前後を照らすほどの光を発したという故事に拠る。『史記』巻四六「田敬仲完世家」に魏王が威王に自分の持っている宝について語る中で「若二寡人國一小也、尚有下徑寸之珠、照二車前後一各十二乘者十枚上。奈何以二萬乘之國一而無レ寶乎」とある。「荊岫」は、璧の名産地荊山（楚山ともいう）の岩窟、「連城」は、秦王が趙国に十五の城と交換してくれと申し出たという、荊山産出の名宝・和《か》氏の璧のこと。『史記』巻八一「廉頗藺相如列傳」に、「趙惠文王時、得二楚和氏璧一。秦昭王聞レ之、使三人遺二趙王書一、願以二十五城一請レ易レ璧」とあり、『抱朴子』「內篇・袪惑」に「凡探二明珠一、不レ於二合浦之淵一、不レ得二驪龍之夜光一也。採二美玉一、不レ於二荊山之岫一、不レ得二連城之尺璧一也」とある。

○帝籍斯闕　仍懷九載之憂　「帝籍」は天子が儀礼的に自ら耕す田のこと。この儀礼を「耕籍」という。『禮記』「月令・正月」に「是月也、天子乃以二元日一、祈二穀于上帝一。乃擇二元辰一、天子親載二耒耜一、措二之于參保介之レ御間一、帥二三公九卿諸侯大夫一、躬耕二帝藉一」とあり、鄭玄注が「帝藉、爲二天神一借二民力一所レ治之田也」とする。「九載之憂」は国家に九年分の食料の備蓄がないことへの憂え。『禮記』「王制」に「國無二九年之蓄一曰二不足一」とあるのに拠る。『文選』巻七、潘岳「藉田賦」は皇帝の耕籍実修を讃美する内容だが、その中で対比的に悪しき例をいう箇所に「無二儲稸以虞一レ災、徒望レ歳以自必」とあり、李善注が右の『禮記』の文を引く。ここから「帝藉」が欠ければ「九載之憂」が生ずとの発想は出てこよう。「九載」を同様の文脈で用いた例は『北史』巻四三「李崇傳・從弟平」に「實宜丁安靜新レ人、勸二其稼穡一、令丙國有二九載之糧一、家有乙水旱之備甲」とある。

○藾観不親　便盈七月之歎　「藾観」は蚕を飼う建物、ここは前項の「帝藉」に対応して、后妃が儀礼的に養蚕を行うことを指す。『禮記』「月令・季春之月」に「后妃齊戒、親東鄉躬桑、禁二婦女一毋レ觀、省二婦使一以勸二蠶事一。蠶事卽登、分レ藾稱レ絲效レ功、以共二郊廟之服一、無レ有二敢惰一」とある。「藾觀」は『漢書』巻九八「元后傳」に「春幸二藾館一、率二皇后列侯夫人一桑」とあり、顔師古注が「漢宮閣疏云、上林苑有二藾觀一。蓋蠶藾之所也」とする。「七月之歎」は、『毛詩』「國風・豳風・七月」に「無レ衣無レ褐、何以卒レ歲」とあり、それを踏まえた『文選』巻三六、王融「永明十一年策二秀才一文五首」に「無レ褐無レ衣、必盈二七月之歎一」とあるのに拠る。

○方今　政清宇宙　地廣紘埏　「方今」は現在。ここから今上天皇（桓武）の治世を讃美する。「政清宇宙」は天皇の政治の清明さが全世界に行き渡っていることをいう。『晉書』巻三五「裴秀傳」に、「大晉龍興、混二一六合一、以清二宇宙一」とある。「地廣紘埏」は天皇の治める土地が広大であることをいう。「紘埏」は帝国の外縁の世界を指す。『初學記』巻五「地理上・總載地」に「九州之外有二八埏一。（中略）八埏之外有二八紘一」とある。

○淳風洽乎無垠　「淳風」は純朴な風俗のこと。『梁書』巻五三「良吏傳・向遠」に「敎レ民以二孝悌一、勸レ之以二農桑一。於レ是桀黠化爲二由余一、輕薄變爲二忠厚一。淳風已洽、民自知レ禁」とある。「無垠」はかぎりがないこと。『宋書』巻九九「二凶」に「先帝聖德在レ位、功格二區宇一、明照二萬國一、道洽二無垠一、風之所レ被、荒隅變レ識、仁之所レ動、木石開レ心」とある。

○大道光乎有截　「大道」は、正しく大いなる道。『藝文類聚』巻五三「治政部下・薦舉」、応璩「薦二和虛則一牋」に「寔英奇敍用之時、貢達進致之良秋也。令下夜光之璧、顯二價於和氏之肆一、千里之足、定中功於伯樂之庭上、庶有以宣二明大道一、光二益時化一」とある。「有截」は治まって整然としていること。『毛詩』「商頌・長發」、「相土烈烈。海外有截」の鄭玄箋に「截、整齊也」とある。

○抑止末作　勸勉農功　ここから政策提言。聖代だからこそ以下のことを行うべきだとの文脈をなす。「末作」は商業・工芸のこと。「末業」とも。農業に対して商業・工芸を低く価値付ける語。民を農業に専念させ「末作」をやめさせることの勧奨は、『後漢書』巻四九「仲長統傳」所引「損益篇」に「急農桑以豊委積、去末作以一本業」などの例がある。「農功」をすすめつとめさせる例は、『後漢書』巻六「孝順帝紀」陽嘉元年二月に「以冀部比年水潦、民食不贍、詔案行稟貸、勸農功、賑乏絶」などとある。

○勸體授力田之官　「勸體」は農事に勤労する者。「力田之官」は、在郷の篤農家に授けられた官で漢代にはじまる。『漢書』巻三「高后紀」元年二月に「初置孝弟・力田、二千石者一人」、その顔師古注に「特置孝弟・力田官而尊其秩、欲以勸厲天下、令各敦行務本」、『漢書』巻四「文帝紀」十二年三月に「孝悌、天下之大順也。力田、爲生之本也。三老、衆民之師也。廉吏、民之表也。（中略）以戸口率、置三老・孝悌・力田常員、令各率其意以道民焉」などとあり、『後漢書』巻二「顯宗孝明帝紀」中元二年四月の「其賜天下男子爵、人二級、三老・孝悌・力田、人三級」に李賢注が「三老・孝悌・力田、三者皆鄕官之名。三老、高帝置、孝悌・力田、高后置。所以勸導鄕里、助成風化也」とする。日本でも「力田」に褒賞を与えた例が、『續日本紀』の元正・聖武・称徳治世下の記事に散見する。

○遊手行投裔之罰　「遊手」は無為徒食の者。『後漢書』巻四九「王符傳」所引「浮侈篇」に「今、擧俗舍本農、趨商賈、牛馬車輿塡塞道路、游手爲巧充盈都邑、務本者少、浮食者衆。商邑翼翼、四方是極。今察、洛陽資末業者什於農夫、虚僞游手什於末業」とあり、「末業」（商工業者）より低く位置付けられている。「投裔」は遠い場所へ追放すること。『後漢書』巻四一「第五倫傳・曾孫種」に「單超積懷忿恨、遂以事陷種、竟坐徙朔方。（中略）第五使君當投裔土、而單超外屬爲彼郡守」とある。

○浮僞戢於四海　彫文紀於百工　「浮僞」はうわべを偽ること。『藝文類聚』巻一七「人部一・舌」、梁・簡文帝「舌賦」に「吾將レ欲下廢二便辟之交一、遠二巧佞之友一、殄二張儀之餘一、殲二蘇秦之後一、粉二虞卿之白璧一、碎中漢王之玉斗上。然後、浮僞可レ息、淳風不レ朽」とあり、「淳風」と対比されている（淳風洽平無垠の項を参照）。「四海」は四つの海に囲まれた世界としての天下。用例は、『後漢書』巻四九「王符傳」所引「潛夫論・浮侈篇」に「王者以二四海一爲レ家、兆人爲レ子」とあるなど。「彫文」は彫り飾った模様のこと。『漢書』巻五「景帝紀」後二年四月の詔に「雕文刻鏤、傷二農事一者也」とある。前項所引『後漢書』巻四九「王符傳」所引「浮侈篇」の「遊手爲レ巧」について李賢注が「謂二彫鏤之屬一也」としていることも参照。「百工」は、ここは百官（官吏）の意。『尙書』「虞書・堯典」の「允釐二百工一、庶績咸熙」に孔穎達疏が「工、官」とする。

○黄金息無用之求　翠羽棄非常之貨　『漢書』巻五「景帝紀」後三年正月の詔に「農、天下之本也。黄金珠玉、飢不レ可レ食」とある（漢川照車之寶…の項を参照）。「翠羽」は翡翠（かわせみ）の羽をさす。「黄金」と「翠羽」は天子の車の装飾で、またとない宝の象徴。『文選』巻二、張衡「西京賦」の「戴二翠帽一、倚二金較一」に李善注が「翠羽爲二車蓋一、黄金以飾レ較也」とする。また、『晉書』巻一一三「苻堅載記上」には、天子の贅沢を戒めて、「敷二純風於天下一、流二休範於無窮一、賤二金玉一、珍二穀帛一、勤二恤人隱一、勸二課農桑一、捐二無用之器一、棄二難得之貨一、敦二至道一以厲二薄俗一、修二文德一以懷二遠人一」とある。

○千箱可積　万庾將儲　「千箱」「万庾」は農作物の実りの多さを表す。「庾」は露天に積み上げた穀物。『毛詩』「小雅・甫田之什・甫田」に「曾孫之稼、如レ茨如レ梁、曾孫之庾、如レ坻如レ京。乃求二千斯倉一、乃求二萬斯箱一」とあり、収穫の多さを「千斯倉」「萬斯箱」と表現している。この「曾孫之庾」に鄭玄箋が「庾、露積穀也」とする。「万庾」の用例は『文選』巻二一、虞羲「詠霍將軍北伐」に「位登萬庾積、功立百行成」。「千箱」は、本対策より後の成立と推定されるが、唐・白居易「與二諸公一同出レ城觀レ稼」に「老尹醉醺醺、來隨二年少群一。不レ憂二頭似レ雪、但喜二稼如レ雲。歲望千箱積、秋憐五穀分。何人知帝力、堯舜正爲レ君」（『全唐詩』巻四五一）とある。参考に挙げておく。

○室餘栖畝之粮　家餘如坻之粟　「栖畝」は穫れ過ぎて余った作物が畝に残されること。【問】の餘粮之隆の項を参照。「如坻」は積み上げた収穫物の高さの形容。前項所引『毛詩』「小雅・甫田之什・甫田」に「曾孫之庾、如レ坻如レ京」とあり、鄭玄箋が「坻、水中之高地也」とする。また、『文選』巻七、潘岳「籍田賦」に「我倉如レ陵、我庾如レ坻」とある。15下毛野虫麻呂の第一対策に「誠使三三農叶レ節、千箱盈二庾一」ともある。

○位以徳進　官以才昇　『藝文類聚』巻五〇「職官部六・尹」、梁・元帝「丹陽尹傳序」に「若夫位以レ徳敍、徳以レ位成」、本対策以前の日本への伝来は未詳だが、唐・張玄素（六六四年没）「諫レ窮二問張玄素出身一疏」に「大唐創レ曆、任官以レ才、卜祝庸保、量レ能使用」（『全唐文』巻一四九）とある。

○因賢致賢　由俊得俊　【問】の「得賢之頌」を受ける。「致賢」は賢者を招くこと。『毛詩』「大雅・生民之什・巻阿」の「有二巻者阿一、飄風自レ南」への鄭玄箋に「大陵曰レ阿。有二大陵巻然而曲一、迴風從、長養之方來入レ之。興者、喩王當三屈レ體以得二賢者一、賢者則猥來就レ之、如三飄風之入二曲阿一然。其來也、爲二長養レ民」、孔穎達疏に「鄭以爲（中略）以興、王有二降屈之意一、則賢者懷二其撫養之徳一來就レ之。阿以二岸曲一而來レ風、猶下王以二體屈一而致上レ賢也」とあり、「得賢」と「致賢」は置き換え可能な表現である。なお、右では、曲がりくねった大きな山がその懐に風を招き寄せることを、王が身を屈して賢者を招くことの喩として説明しているが、これを踏まえて次項で賢人が「風來」すると表現したと考えられる。「得俊」は、本対策以前の日本への伝来は未詳だが、唐・辛替否（七四二年没）「諫レ造二金仙玉眞兩觀一疏」に「賞必俟レ功、官必得レ雋、所レ爲無レ不レ成、所レ征無レ不レ伏」（「雋」は「俊」と通用。『全唐文』巻二七二）とある。

○澡幘褰帷之輩　斂衽而風來　【問】の「揚澡幘褰帷之輩」を受けている。「斂衽」は、襟を正し、身なりを整えること。『藝文類聚』巻五二「治政部上・善政」、裴子野「丹陽尹湘東王善政碑」に「上弘二其禮一、下悦二其風一。虚往實レ歸、人得所レ至。由レ是百吏仰レ成、具僚斂レ衽」とある。「風來」は賢人が風のようにやって来ること。前項を参照。

○四知三異之儔　彈冠而雨集　【問】の「四知三異之人」を受けている。「彈冠」は出仕の準備に冠の塵を払うこと。『漢書』巻七二「龔鮑傳」に「王陽在レ位、貢公彈レ冠」とあり、その顔師古注に「彈レ冠者、且二入仕一也」とある。「雨集」は雨が降りそそぐように集まること。用例は『後漢書』巻七〇「孔融傳」に「爲二袁譚所一レ攻、自レ春至レ夏、戰士所レ餘裁數百人、流矢雨集、戈矛内接」とあるなど。賢人が集まる例としては、『文選』巻五一、王褒「四子講徳論」に「履下二明詔一、擧二賢良一、求二術士一、招二異倫一、拔二俊茂一。是以海内歡慕、莫レ不二風馳雨集一。襲雜竝至、塡レ庭溢レ闕。含淳詠徳之聲盈レ耳。登降揖讓之禮極レ目」とある。

○庶績凝乎多士　群寮整乎得人　「庶績」は多くの功績のこと。『尙書』「虞書・皐陶謨」に「俊乂在レ官、百僚・師師・百工惟時撫二于五辰一、庶績其凝」とあり、孔安国伝が「凝、成也。言下百官皆撫二順五行之時一、衆功皆成上」とする。「多士」は多くの優れた人材、「得人」は人材を得ること。『漢書』巻八六「王嘉傳」に「臣聞、聖王之功在二於得一レ人」、『晉書』巻五二「華譚傳」に「昔帝舜以二二八一成レ功、文王以二多士一興レ周。夫制化在二於得一レ人、而賢才難レ得」などとある。

○朝無曠職之憂　野有擊壤之詠　「曠職」は官にあって、その職責を尽くさないこと。『漢書』巻九七下「孝成許皇后傳」に「洿穢不レ修、曠レ職尸レ官」とあり、顔師古注が「曠、空也。尸、主也。妄主二其官一」とする。「擊壤」は諸説あり（土をたたく、鼓をうつ、遊戲の名など）、定説を見ない。ただし、『文選』巻二六、謝靈運「初去レ郡」の「卽二是羲唐化一、獲二我擊壤聲一」への李善注に「周處風土記曰。擊壤者、以レ木作レ之、前廣後鋭、長四尺三寸、其形如レ履。將レ戲、先側二一壤於地一、遙於二三四十歩一、以二手中壤一擊レ之、中者爲二上部一」とあり、古代の日本人はこれによって理解していた可能性が高い。ここは、堯の治世の徳が広大過ぎて、「撃壌」する老人（被治者）には認識できなかったという故事に拠る。『藝文類聚』巻一一「帝王部一・帝堯陶唐氏」所引『帝王世紀』に「天下大和、百姓無レ事。有二五十老人一、撃二壌於道一。観者歎曰、大哉、帝之徳也。老人曰、吾日出而作、日入而息。鑿レ井而飲、耕レ田而食。帝何力レ於レ我哉」とあり、『論衡』「藝増」がほぼ同文を引いて「此言下蕩蕩無二能名一之效上也」とする。右では「撃壌」と「詠」との関係が明確でないが、『廣弘明集』巻一五下、梁・簡文帝「唱導文」に「奉願、聖御與二天地一比レ隆、慈明與二日月一齊レ照、九有被二康哉之澤一、八方延二仁壽之恩一、玉燭之美日著二遐方一、撃壌之歌遍聞二天下一」（大正蔵五二巻二〇五頁上）、また、本対策以前の日本への伝来は未詳だが、魏・崔鴻「呈二奏十六國春秋一表」に「隱愍鴻濟之澤、三樂撃壌之歌、百姓始得二陶然蘇息一、欣二于堯舜之世一」（『全後魏文』巻二五）などとある。

○富教之術　方同宣尼　昇平之功　何異周室　【問】の習富教於孔氏…の項を参照。「宣尼」は孔子のこと。『漢書』巻一二「平帝紀」元始元年六月に「孔子後孔均爲二褒成侯一、奉二其祀一、追二謚孔子一曰二褒成宣尼公一」とある。

○御馬之方鬱起　「御馬之方」は、孔子が徳と法による政治を、銜勒（くつわ）で馬を御すことに喩えたことを指す。『孔子家語』「執轡」に「閔子騫爲二費宰一、問二政於孔子一。子曰。以レ徳以レ法。夫徳法者、御レ民之具、猶三御レ馬之有二銜勒一也」とある（『孔子家語』は『令集解』に引例あり）。「鬱起」は盛んになる意。『文心雕龍』「辨騷」に「自二風雅寢一レ聲、莫レ或レ抽レ緒。奇文鬱起、其離騷哉」とある。

○烹鮮之要可窮　「烹鮮」は小魚を煮るのに余計な手を加えずにゆったりと煮ること。『老子』「居位」に「治二大國一若レ亨二小鮮一」とある。また、『晉書』巻九〇「良吏傳」の史臣の「贊」に「猗歟良宰、嗣二美前賢一。威同レ御レ黠、靜若レ烹レ鮮。唯嘗二吳水一、但挹二貪泉一。人風既偃、俗化斯遷」とある。

○巍巍而治　可不樂哉　「巍巍」は孔子が堯・舜・禹

の政治を讃えた語。『論語』「泰伯」に「子曰。巍巍乎、舜・禹之有二天下一也、而不レ與焉」、「子曰。大哉、堯之爲レ君也。巍巍乎唯天爲レ大。唯堯則レ之。蕩蕩乎民無二能名一焉。巍巍乎其有二成功一也。煥乎其有二文章一」とあり、魏・何晏注が「巍巍、高大之稱」とする。

7　大日奉首名・文と武の優劣

〔作者解説〕

○策問執筆者　記載なく不明。

○対策者　大《おお》日《ひ》奉《まつりの》首名《おびとな》　生没年・経歴未詳。『經國集』巻二十「策下」の目録に「散位寮大屬正八位動十二等大日奉舎人連首名」と記されているが、その他は定かではない。小島憲之は初め本対策を延暦二十年の作としていた（『上代日本文学と中国文学　下』一四二二頁）、後、首名を「奈良朝初期慶雲頃の官人とみるべきであらうか」とする（『国風暗黒時代の文学　中（上）』七四四四頁）が、いずれも根拠は不明である。

〔本文〕

問。
　摸レ陽而立二文道一、
　寫レ陰而樹二武略一。
所以、
揖讓之君、干戈之帝、

〔訓読〕

問ふ。
　陽を摸《うつ》して文道を立て、
　陰を寫して武略を樹《た》つ。
所以《ゆゑ》に、
揖讓《いふじやう》の君、干戈《かんくわ》の帝、

是依世革、寔用㆓斯緒㆒。
康㆑時庇㆑俗、庶聴㆓指要㆒。

大日奉首名

對。
竊以、
陰陽之理、寔乃千端、
變化之義、本非㆓一揆㆒。
是以、
(1)摸㆑陽之道、既顯㆓之前策㆒、
寫㆑陰之理、又彰㆓之昔典㆒。
斯實、
對問之休烈、
損益之大旨。
用㆑之則上下和穆、
捨㆑之則貴賤崩離。
就日望雲之帝、
握(2)褒履翼之王、

是に依りて世革《あらた》まるに、寔《まこと》に斯の緒《わざ》を用ゐる。
時を康《やす》んじ俗を庇《おほ》ふこと、庶《ねが》はくは指要を聴かむ。

大日奉首名

對《こた》ふ。
竊《ひそか》に以《おもひ》みれば、
陰陽の理、寔《まこと》に乃《すなは》ち千端にして、
變化の義、本より一揆《いつき》にあらず。
是を以て、
陽を摸《うつ》すの道は、既に之を前策に顯《あらは》し、
陰を寫すの理《ことわり》は、又之を昔典《せきてん》に彰《あらは》す。
斯れ實に、
對問の休烈《きうれつ》、
損益《そんえき》の大旨なり。
之を用ゐれば則ち上下和穆《わぼく》し、
之を捨つれば則ち貴賤崩離《はうり》す。
就日・望雲の帝、
握褒・履翼の王、

以レ文爲レ道、
以レ武爲レ功、
取二經邦之權衡一、
闢二緯俗之規模一。
所以、
　芳猷雜沓若二春蘭之亂一レ園、
　鴻績繽紛似二秋菊之蕩一レ颷。
乃知、
　康レ時之道、其猶二契合一、
　庇レ俗之義、又似二符同一。
伏惟　聖朝、
　名薫二紫霄之上一、
　道光二丹闕之前一。
　豐功不測高駈二五岳之外一、
　厚利無方廣被二四瀛之間一。
　混二車書一而欣二無爲一、
　垂二衣裳一而事二息浪一。
思レ驗二文教之所レ辨、

文を以て道と爲し、
武を以て功と爲し、
經邦の權衡《けんかう》を取り、
緯俗《ゐぞく》の規模を闢《ひら》く。
所以《ゆゑ》に、
　芳猷《はういう》の雜沓《ざつたふ》するは春蘭の園に亂るるがごとく、
　鴻績《こうせき》の繽紛《ひんぷん》たるは秋菊の颷《つむじ》に蕩《ゆ》るるに似たり。
乃ち知りぬ、
　時を康んずるの道は、其れ猶ほ契の合ふがごとく、
　俗を庇《おほ》ふの義は、又符の同じきに似るを。
伏して惟《おもひ》みるに　聖朝、
　名は紫霄《しせう》の上に薫り、
　道は丹闕《たんけつ》の前に光《て》る。
　豐功《はうこう》不測にして　高きこと五岳の外に駈《かけ》り、
　厚利無方にして　廣きこと四瀛《しえい》の間に被《およ》ぶ。
　車書を混へて無爲《むゐ》を欣《よろこ》び、
　衣裳を垂れて息浪《そくらう》を事とす。
　　文教の辨《わか》つ所

武機之所レ由、
諒救レ溺之津梁、
濟レ流之舟棹。
然則、
春之與レ秋義等二鹽梅一、
文之與レ武理同二喉舌一。
故、能括二囊文華一、
包二綜武幹一
七功之高跡皆行、
九徳之深致咸用、
觀者莫レ測二其源一、
聽者詎知二其際一。
噴レ紙含レ筆之夫、風流徹レ夜、
運レ日連レ蜺之士、精勤新レ日。
由レ是、
使二武不レ廢レ文、
文不レ偃レ武、
則揖讓之猷可レ談、

武機の由る所を驗《こころ》みむことを思ほすは、
諒《まこと》に溺るるを救ふ津梁《しんりやう》、
流れを濟《わた》す舟棹なり。
然れば則ち、
春と秋と、義は鹽梅《えんばい》に等しく、
文と武と、理は喉舌《こうぜつ》に同じ。
故に、能く文華を括囊《くわつなう》し、
武幹を包綜《はうそう》せば、
七功の高跡皆行はれ、
九徳の深致《しんち》咸《みな》用ゐられ、
観る者其の源を測るなく、
聽く者詎《なん》ぞ其の際《きはみ》を知らむ。
紙を噴き筆を含む夫、風流夜を徹《とほ》し、
日を運《めぐ》らし蜺《にじ》を連ぬる士、精勤日を新しくす。
是に由りて、
武をして文を廢《す》てず、
文をして武を偃《や》めざらしめば、
則ち揖讓《いふじやう》の猷《みち》談ずべく、

干戈之理未レ遂。

干戈《かんくわ》の理《ことわり》未だ遂《つ》きざらむ。

謹對。

謹みて對ふ。

〔校異〕

（1）摸―底本「模」。諸本により改める。

（2）褎―底本「裒」。神宮・菊亭（傍書「褎イ」）・彰考（傍書「褎」）により改める。

〔通釈〕

問う。（政治は）陽を模して文治の道を、陰を写して武略の道をそれぞれ樹立するものである。そこで、平和裡に帝位を譲った君や、武力によって位に就いた帝たちは、この考えに従って、世が改まる際に、まことにこの（文武の道という革新の）端緒を用いている。さて、時勢を安らかにし民を庇護するのに（文武の道をどう用いるべきか）、願わくはその主旨を聴きたい。

お答えいたします。私に考えをめぐらせますに、陰陽の理というものは、まことに多様であり、その変化の義は、もとより一通りではありません。そこで（先人も議論を重ね）、陽を模す（文治の）道はすでに過去の策問にも現れており、陰を写す（武略の）理もまた昔の書物に著されています。これ（陰陽模写の道理）はまことにこの対策における重大事ですし、（文と武の）盛衰論の大事な主旨となります。これ（陽の文道と陰の武略）を用いれば上下の人々が調和し、これを捨てれば貴賤の秩序が崩壊します。太陽や雲のように人々が慕い仰ぐ尭帝、手中に「褎」字を握っていた舜帝、足で翼宿（たすき星）を履《ふ》んだ尭帝などは、文治を自らの政道とし、武略で功をあげて、(その文と武によって)統治の基準を定め、風俗を整える典範をもたらしめました。それ故に、優れた政策が多く入り乱れるさまは、春蘭が園に咲き乱れるようであり、偉大な業績が盛んに積み重なるさまは、秋菊(の群落が)がつむじ風に揺れるようでした。そこでわかるのです、時勢を安寧にする道は文と武が契のように合わさることであり、世俗を守る正しい方法もまた文と武が同一の符のようになることだ、と。

謹んで考えてみますに、今上陛下は、名声は空の高みにまで薫りわたり、政道は王宮の前に照り輝いています。その豊かな功業は測り知れず、五岳を超えて高く駆け巡り、その厚い恵みは無限で、四海(天下)の隅々にまで行き渡っています。天下の規範が統一され無為のままに治まることを喜び、衣裳を垂れたまま安息することをもっぱらとしています。(そのような聖代にあって)文教の道の分別するところと武の働きの由るところとを検証なさろうとの(陛下の)叡慮は、まことに溺れる者を救う架け橋、民に奔流を渡らせる舟の櫂であります。

このようなわけで、(陰陽がせめぎあう季節である)春と秋の正しいあり方は塩と梅の調和に等しく、(同様に)文と武の関係の道理は喉と舌の調和と同じなのです。ですから、よく文才ある者たちを括りまとめ、武才のある者たちを包みまとめれば、七功を生む優れた事業はみな実行され、九徳の思想はあまねく用いられ、それを観る者はその源を推し量ることもできず、聴く者もどうしてその限界を知れましょうか。速筆・遅筆それぞれの文筆の士たちは名文を作るのに夜を徹し、もとは邪悪であった者たちも日に日に精勤の度を増してゆきます。これによって、武に文を捨てさせず、文に武を止めさせないようにすれば、平和裡に譲位する道の意義は語られ続け、武力で位に就く道理が消えることもないのです。

謹んでお答え申し上げます。

〔語釈〕

【問】

○摸陽而立文道　寫陰而樹武略　「摸陽」「寫陰」は本策問以前の漢籍・仏典に未見。後世の例だが、南宋・朱熹『文公易說』に「易是聖人摸二寫陰陽造化一」とある。これに類する典拠が本対策の時代にも存在し、「摸寫」と「陰陽」を対句に配したか。文は陽、武は陰とする考え方は、舞楽についての議論だが、以下のような例がある。『禮記』「樂記」に「比レ音而樂レ之、及二干戚羽旄一、謂二之樂一」に、後漢・鄭玄注が「干、盾也。戚、斧也。武舞所レ執也。羽、翟羽也。旄、旄牛尾也。文舞所レ執」と注し、舞に文舞の区別があることがわかる。そして、この『禮記』の同文が『史記』「樂書」に引かれ、それに対する唐・張守節『史記正義』が「比、音鼻、次也。音、五音也。言。五音雖レ雜、猶未レ足レ爲レ樂、復須下次二比器之音一及中文武所レ執之物上、共相諧會、乃是由レ音得レ名。爲レ樂武陰文陽、故所レ執有二輕重異一」とする。政道について述べた例は、本対策より後のものだが、唐・徐鍇（九二〇～九七四年）『說文繫傳』巻三八に「古之君子、則レ天以臨レ民、剛以經レ之、柔以緯レ之、陽以繩レ之、陰以繟レ之、寛以濟レ之、猛以糾レ之。故文武之道、一弛而一張、文陽而武陰、蓋著レ之明」とある。

○揖讓之君　干戈之帝　「揖讓之君」は平和裡に位を譲られる天子。舜と禹を典型とする。「干戈之帝」は武力により国を得る王。典型は殷の湯王と周の武王である。『文選』巻四七、袁宏「三國名臣序贊」に「揖讓之與二干戈一、文德之與二武功一」とあり、唐・李善注が『孔叢子』の「曾子謂二子思一曰、舜禹揖讓、湯武用師、非二相詭一、乃時也」を引く。また、『藝文類聚』巻一三「帝王部三・晉元帝」、劉琨「勸二進元帝一表」に「舜禹揖讓、以陟二帝位一、湯武征伐、以濟二時難一」などとある。「揖讓」と「干戈」と方法は異なるがその目的は同じであることは、たとえば、『文選』巻五六、陸倕「石闕銘」に「昔在舜格二文祖一、禹至二神宗一、周變二商俗一、湯黜二夏政一。雖下革命殊二乎因襲一、揖讓異中於干戈上、而晷緯冥合、天人啓悳、克明二俊德一、大庇二生民一、其揆一也」とある。なお、古代日本での用例として、『續日本紀』霊亀元年（七一五年）九月庚辰の詔に「昔者、揖讓之君、旁求歷試、干戈之主、繼レ體承レ基、貽二其後昆一、克隆二鼎祚一」とある。

○是依世革　寔用斯緒　「是依」は、これに従う（依拠する）の意。「是」は冒頭の二句（撲陽…、寫陰…）を指す。『毛詩』「小雅・節南山之什・小旻」に「謀之其臧、則具是違、謀之不レ臧、則具是依」とあり、鄭玄箋が「謀之善者俱背二違之一、其不レ善者依二就之一」、同詩を引いた『漢書』巻三六「楚元王傳・玄孫劉向」の該当箇所に、唐・顔師古注が「謀之善者、則背二違之一、不善之謀、依而施用」とする。『三國志』「魏書」巻二十五「高堂隆傳」にも「昔周之東遷、晉・鄭是依、漢呂之亂、實賴二朱虚一」とある。「緒」は糸口、端緒。ここは、政治を革新する端緒の意で用いていよう。「斯緒」は革新の端緒としての文武の道のことととる。なお、『觀智院本類聚名義抄』「緒」に「しわざ」の訓があるのを参照。

○康時庇俗　庶聽指要　「康時庇俗」の類例は、『晉書』巻二〇「禮志・中」に「臣等以爲、陛下宜二割レ情以康レ時濟レ俗」、本対策以前の日本への伝来は未詳だが、唐・朱敬則（六三五～七〇九年）「隋高祖論」に「若乃庇レ俗匡レ時、體レ國經レ野、謀出二心膂一、政待二股肱一」（『全唐文』巻一七一）などとある。「指要」は要旨・要点。用例は『晉書』巻七五「王湛傳」、「子承」の項の「承、字安期。清虚寡欲、無レ所二修尚一。言レ理辯レ物、但明二其指要一而不レ飾二文辭一。有識者服二其約而能通一」など。

【対】

○竊以　　3栗原年足対策の竊以の項を参照。

○陰陽之理　寔乃千端　變化之義　本非一揆　「陰陽之理」は、『漢書』巻八一「匡衡傳」に「陰陽之理、各應二其感一。陰變則靜者動、陽蔽則明者晻、水旱之災隨レ類而至」とあるように、陰陽の気の動きに感応して諸現象が生成変化する原理のこと。ただし、それは、『周易』「繫辭上」の「陰陽不レ測之謂レ神」について、唐・孔穎達疏が「天下萬物、皆由二陰陽一、或生或成、本其所レ由之理、不レ可二測量一之謂レ神也」とするように、人知では不可測の神秘と考えられていた。「陰陽之理」が「變化之義」と対をなすことは、孔穎達「周易正義序」に「夫易者變化之總名、改換之殊稱。自二天地開闢一、陰陽運行、寒暑迭來、日月更出、孚二萌庶類一、亭二毒羣品一、新新不レ停、生生相續、莫レ非レ資二變化之力、換代之功一。然變化運行、在二陰陽二氣一。故聖人初畫二八卦一、設二剛柔兩畫一、象二二氣一也、布以二三位一、象二三才一也。謂レ之爲レ易、取二變化之義一」とあることからも確かめられる。本対策の成立年時が未詳なので、これらの孔穎達の文章を首名が目にしえたかは未詳だが、同様の論理は彼の脳裏にあったことだろう。陰陽とそれに対応する諸現象の生成変化のあり方が「千端」（多様）であることについては、『抱朴子』「内篇・黄白」の金銀の合成（錬金術）の可能性を述べる箇所に「至二於飛走之屬、蠕動之類一、稟形造化、既有レ定矣。及下其倏忽而易二舊體一、改更而爲中異物上者、千端萬品、不レ可二勝論一。（中略）變化者、乃天地之自然」とある。「一揆」は一つの道。本対策のような文脈で用いた例として『廣弘明集』巻二四、釈曇積「諫三周太祖沙二汰僧一表」に「竊惟、入道多端、諒非二一揆一」（大正蔵五二巻二七九頁上）とある。

○模陽之道　既顯之前策　寫陰之理　又彰之昔典

【問】の「摸陽而立文道、寫陰而樹武略」を受ける。似たような表現は『藝文類聚』巻五三「政治部下・薦擧」、江総「擧レ士詔」に「堯施二諫鼓一、禹拜二昌言一。求レ之二異等一、久著二前冊一、擧以二滯淹一、復聞二昔典一」とあるなど。

○對問之休烈　損益之大旨

「對問」は問答形式の文体の名でもあるが（『文選』巻四五に部立てあり）、ここは「策問に対《こた》える」の意であろう。「休烈」は、『漢書』「宣帝紀」に「朕未下能章二先帝休烈一、協二寧百姓一、承レ天順レ地、調中序四時上」とあり、顔師古注が「休、美也。烈、業也」とする。帝王の事業を讃えるのに用いることが一般的だが、ここは臣下が下問に答えることについて用いており、不審が残る。ひとまず「（陰陽模写の道理を述べることは）この対策における重大事だ」の意にとっておく。「損益」は、易の卦（損と益）に基づく語で、増減、盛衰などの意。『周易』では、「損」に「損レ剛益レ柔有レ時。損益盈虚、與レ時偕行」、「雑卦」に「損益盛衰之始也」など、時勢の推移による変化と一体で論じられている。ここは、「（陰陽変化の道理は）文武の損益を論ずる際の大事な主旨だ」の意にとっておく。小島憲之は、底本の「損益」ではなく、慶長・脇坂の「抗答」を採っているが（『国風暗黒時代の文学　中（上）』七四五頁。「抗答」は大声で答える意）、ひとまず底本に従い、後考を俟ちたい。

○用之則上下和穆　捨之則貴賤崩離　「用之」「捨之」の「之」は、いずれも【問】の「陽を摸して文道を立て、陰を寫して武略を樹てる」ことを指していよう。「和穆」は調和すること。用例は、『宋書』巻六一「江夏文獻王義恭傳」に「伏願陛下聽覽之餘、薄垂昭納、則上下相安、表裏和穆矣」とあるなど。「崩離」はバラバラになること。用例は、『後漢書』巻六七「黨錮列傳」に「黄巾遂盛、朝野崩離、綱紀文章蕩然矣」とあるなど。

○就日望雲之帝　　尭のこと。『史記』「五帝本紀」に「帝堯者、放勳。其仁如レ天、其知如レ神。就レ之如レ日、望レ之如レ雲」とあるのに拠る。ほぼ同文が『大戴禮』巻六二「五帝德」にあり、『藝文類聚』巻一一「帝王部・帝堯陶唐氏」が『大戴礼』の同箇所を引用している。

○握褒履翼之王　「握褒」は舜の手中に「褒」の字があったという故事に拠る。『藝文類聚』巻一一「帝王部一・帝舜有虞氏」所引『孝經援神契』に「舜龍顔重瞳大口、手握レ褒」、その注に「握レ褒、手中有二褒字一。喩下從二勞苦一起、受二褒飾一、致中大位上也」とある。「履翼」は、小島憲之は周の始祖后稷のこととする（『国風暗黒時代の文学　中（上）』七四六頁）。后稷の母が巨人の足跡を踏んで懐妊し、生まれた后稷を不祥の子として川の氷の上に捨てたところ、鳥が翼で覆い守ったとの故事である。『毛詩』「大雅・生民之什・生民」に「誕寘二之寒冰一、鳥覆二翼之一」、『史記』巻四「周本紀」に「遷レ之而弃二渠中冰上一。飛鳥以二其翼一覆二薦之一」とあり、ほぼ同文が『藝文類聚』巻一〇「符命部・符命」にも引かれている。また、唐・崔融（六五三～七〇六）「則天大聖后哀冊文」にも「天生二后稷一、飛鳥覆翼」（『全唐文』巻二二〇）とある。しかし、これらは「覆翼」「覆薦」であって、「履翼」ではないという難点がある（「覆」は、おおう、「履」は、ふむ）。諸本に異同はなく、小島氏も「履翼」に作っている。『史記』の「覆薦」は、后稷を守るよう鳥の翼が上から覆ったり、下に敷かれたりということなので、結果として、后稷が翼を踏むことにはなろう。しかし、やはり無理がある。「履翼」で用例を検するなら、『宋書』巻二七「符瑞上」に尭の誕生について「帝堯之母曰二慶都一。生二於斗維之野一、常有二黄雲一覆二護其上一。及レ長、観二于三河一、常有レ龍隨レ之。一旦、龍負レ圖而至。其文要曰、亦受二天祐一。眉八彩、鬢髪長七尺二寸、面鋭上豊下、足履二翼宿一。既而陰風四合、赤龍感レ之、孕十四月而生二堯於丹陵一」とあり、『北堂書鈔』巻一「奇表四」所引『宋瑞志』にも、「堯足履二翼宿一」と見える。これらをとれば帝尭を指すことになる。なお、小島氏も後年、別の対策（二六　大神虫麻呂第二対策）の「履翼」について、「『翼』（二八宿の一つ、「たすきぼし」）の運行を履行することか」としている（『国風暗黒時代の文学　補篇』四九七～八頁）。ただし、右に見える「足履翼宿」がどういう象徴的意味を有するかは未詳。また、前句「就日望雲之帝」で尭のことを言い、ここでまた尭を挙げることにも強い不審が残るが、ひとまず「履翼」も尭を指すと解し、後考を俟ちたい。

○取經邦之權衡　闢緯俗之規模

「經邦」の用例は『尚書』「周書・周官」に「論レ道經レ邦、燮二理陰陽一」、「緯俗」と組み合わせた例は、『梁書』巻五三「良吏傳」、「伏暅」の項に「臣聞。失二忠與レ信、一心之道以虧、貌是情非、兩觀之誅宜レ及。未レ有下陵二犯名教一、要冒二君親一、而可緯レ俗經レ邦者上也」、『北史』巻二一「列傳第九」の論に「昭成・道武之時、雲雷方始、至二於經レ邦緯レ俗、文武兼レ資」（昭成・道武は皇帝名）などがある。「權衡」は秤《はかり》。『隋書』巻一六「律曆志上・審度・十二宋氏尺」に「周建德六年平レ齊後、即以二此同律度量一、頒二于天下一。其後宣帝時、達奚震及牛弘等議曰、竊惟權衡度量、經レ邦懋軌、誠須下詳二求故實一、考中校得衷上」とあるように、帝王が「經邦」の法規として全国一律のものを制定する。そこから、基準や権力の意になる。「規模」は法制、典範。【問】の揖譲之君…の項に引いた『文選』巻五六、陸倕「石闕銘」に「歴代規模、前王典故、莫レ不三芟夷翦截、允執二厥中一」とある。本対策の文脈では、聖帝が文道・武略を統治の基準とし、規範としてもたらした、の意となろう。

○芳猷雑沓若春蘭之亂園　鴻績繽紛似秋菊之蕩颸　文道・武略を調和させた聖帝によって優れた政策と功績が積み重なったことをいう。「芳猷」は優れたはかりごと(政策)。用例は『藝文類聚』巻三三「人部十七・報恩」、謝朓「酬徳賦」に「君奉二筆於帝儲一、我曳二裾於皇穆一。籍二風雲之光景一、申レ遊三好於蘭菊一。結二徳言一而爲レ佩、帶二芳猷一而爲レ服」、『隋書』巻一「高祖楊堅紀上」に「入處二禁闈一、出居二藩政一、芳猷茂績、問望彌遠」とあるなど。「雑沓」は混み合って多いさま。用例は『晉書』巻五一「皇甫謐傳」所引「釋勸論」に「子其鑒二先哲之洪範一、副二聖朝之虚心一、沖二靈翼於雲路一、浴二天池一以濯レ鱗、排二閶闔一、步二玉岑一、登二紫闥一、侍二北辰一、翻二然景曜一、雑三沓英塵二」とあるなど。「鴻績」は偉大な功績。用例は梁・劉勰『文心雕龍』巻一「原道」に「夏后氏興、業峻鴻績」、『晉書』巻一三〇「赫連勃勃載記」に「我皇祖大禹、以二至聖之姿一、當二經綸之會一、鑿二龍門一而闢二伊闕一、疏二三江一而決二九河一、夷二一元之窮災一、拯二六合之沈溺一、鴻績侔二于天地一、神功邁二于造化一」とあるなど。「繽紛」は盛んなさま。用例は『文選』巻三二、屈平「離騷經」に「不二吾知一其亦已兮、苟余情其信芳。高二余冠之岌岌一兮、長二余佩之陸離一。芳與レ澤其雜糅兮、唯昭質其猶未レ虧。忽反顧以游レ目兮、將三往觀二乎四荒一。佩繽紛其繁飾兮、芳菲菲其彌章」とあり、李善注が「繽紛、盛貌」とする。「春蘭」と「秋菊」を取り合わせた例は、前引の『藝文類聚』巻三三、謝朓「酬徳賦」に有徳の士の賞美の対象として「蘭菊」があったが、他にたとえば『楚辭』、屈平「九歌」の「禮魂」に、祖霊祭祀の供物として「成レ禮兮會レ鼓、傳レ芭兮代舞。姱女倡兮容與。春蘭兮秋菊、長無レ絶兮終古」とある(『藝文類聚』巻八一「藥香草部上・菊」再収)。「颸」はつむじ風。「飈」の俗字。『文選』巻一八、成公綏「嘯賦」に「逸氣奮涌、繽紛交錯、烈烈飈揚、啾啾響作」とあり、嘯《うそぶき》の「繽紛」たる様子と取り合わせている（『晉書』巻九二「成公綏傳」にも所引）。「湯飈」は熟語ではなく、文脈上「飈に蕩《ゆ》れる」意と考えられる（「蕩飈」の用例は本対策以前の漢籍・仏典に未見）。風の作用を「蕩」と描写した例は、たとえば『藝文類聚』巻一「天部上・風」、梁・簡文帝「詠風詩」に「亟搖故葉落、屢蕩新花開」とある。

○康時之道　其猶契合　庇俗之義　又似符同　「康時」「庇俗」は【問】の康時庇俗…の項を参照。「契合」「符同」は割り符がぴたりと合うこと。ここは文道と武略の調和をいう。用例は『藝文類聚』巻一三「帝王部三・晉孝武帝」、王珣「孝武帝哀策」に「惟皇作レ極、五德迭胤。康實復レ夏、武亦隆レ晉。（中略）於穆皇考、嗣レ徽絕レ軌。前聖後哲、契合一レ揆」、僧祐『弘明集』巻一〇、「大梁皇帝勅答二臣下神滅論一」所引、顔繕「答」に「書云、魂氣無レ所レ不レ之。佛經又曰、而神不レ滅。既內外符同、神在之事無レ所二多疑一」（大正蔵五二巻六八頁中）など。

○伏惟　聖朝　4粟原年足対策の【対】の伏惟聖朝の項を参照。

○名薫紫霄之上　道光丹闕之前　「紫霄」は大空の意から転じて王宮をいう。「丹闕」は赤く塗った王宮の門。用例は『梁書』巻三八「朱异傳」に「皇太子又製二圍城賦一、其末章云。彼高冠及厚履、竝レ鼎食而乘レ肥、升二紫霄之丹地一、排二玉殿之金扉一」、本対策以前の日本への伝来は未詳だが、唐・太宗（五九八～六四九）「秋日卽目」に「爽氣浮二丹闕一、秋光澹二紫宮一」（『全唐詩』巻一）とあるなど。時代はやや下るが、「紫霄」「丹闕」を取り合わせた例に、唐・李逢吉（七五八～八三五）「奉二送李相公重鎮襄陽一」に「望留二丹闕下一、恩在二紫霄閒一」（『全唐詩』巻四三七）がある。参考に挙げておく。

○豐功不測高駈五岳之外　厚利無方廣被四瀛之間　「豐功」「厚利」は今上帝の功績、民にもたらす利。二語を取り合わせた例は、『文選』巻五二、班彪「王命論」に「帝王之祚、必有二明聖顯懿之德、豐功厚利、積累之業一、然後精誠通二于神明一、流澤加二於生民一」とある。「五岳」（「岳」は底本のまま。「嶽」の古字）は、中国の五名山、五鎮。「四瀛」は四方の海、転じて国内、天下。『史記』巻一二「孝武本紀」に「今上封レ禪、其後十二歳而還、徧二於五嶽、四瀆一矣」、『文選』巻四七、陸機「漢高祖功臣頌」に「波振二四海一、塵飛二五嶽一」などとある。「四瀛」の例は『宋書』巻八「明帝紀」泰始元年の詔に「高祖武皇帝徳洞二四瀛一、化綿二九服一」とある。「五岳」と「四瀛」を取り合わせた例は、本対策以前の日本への伝来は未詳だが、「睿宗太極元年祭二皇地祇於方丘一樂章八首・金奏新加太簇宮」（七一二年、作者未詳）に「坤元至德、品物資生。神凝博厚、道叶高明。列二鎭五嶽一、環二流四瀛一。于何不レ載、萬寶斯成」（『舊唐書』巻三〇「音樂志三」）とある。「無方」は方向と広がりに限りがないこと。『周易』「益」に「天施地生、其益無レ方」とあり、孔穎達疏が「其施化之益、無レ有二方所一」とする。また、前引の陸機「漢高祖功臣頌」にも「灼灼淮陰、靈武冠レ世。策出二無方一、思入二神契一」とある。「廣被」は広く覆う意。用例は、『漢書』巻二二「禮樂志・樂・郊祀歌・赤蛟」に「聖主廣被之資」とあり、その顔師古注が「被猶レ覆也」、また、同巻九四下「匈奴傳下」に「今聖德廣被、天覆二匈奴一」とあり、その顔師古注が「如二天之覆一也」とするなど。

○混車書而欣無爲　「混車書」は、天下中が同じ軌幅の車を使い、同一の文字を使用するようにする意。転じて、天下統一を示す。『禮記』「中庸」に「非二天子一不レ議レ禮、不レ制レ度、不レ考レ文。今天下車同レ軌、書同レ文、行同レ倫」、『文選』巻四〇、任昉「奏二彈曹景宗一」に「自三逆胡縱逸、久患二諸夏一、聖朝乃顧、將レ一二車書一」とある。「無爲」は帝王が何もしないでもその徳により世の中が治まること。『論語』「衛霊公」に「子曰、無爲而治者、其舜與」とある。

○垂衣裳而事息浪　「垂衣裳」は、『周易』「繋辭下」の「黃帝堯舜、垂二衣裳一而天下治」に拠る。優れた王は衣裳を垂らしたまま何もしなくとも徳によって天下が治まること。「息浪」は波を静める意で天下太平の喩。用例は、本対策以前の日本への伝来は未詳だが、唐・王勃（六四九～六七六）「上二劉右相一書」に「三靈叶レ贊、超然奉二天下之圖一。四海承レ平、高歩取二寰中之託一。君侯之富貴足矣、聖朝之付遇深矣。故知陽侯息レ浪、長鯨臥二横海之鱗一。風伯停レ機、大鵬鎩二垂天之翼一」（『全唐文』巻一七九）とあるなど。なお、仏典では悟りの世界の喩に用いられることが多い。用例は、実叉難陀訳『大方廣佛華嚴經』巻五一「如來出現品」に「如丁海有二四寶一、能飲二一切水一、令丙海不二流溢一、亦復無乙增減甲。如來智亦爾、息レ浪除二法愛一、廣大無レ有レ邊、能生二佛菩薩一」（大正蔵一〇巻二七三頁上）とあるなど。

○文教之所辨　武機之所由　「文教」は、【問】の「文道」の言いかえ。礼制により治めること。用例は『尚書』「夏書・禹貢」の禹が五服の制度を定めた記事に「三百里揆二文教一、二百里奮二武衛一」とあるなど。「武機」は本対策以前の漢籍・仏典に用例未見。ここは武の働き、作用の意であろう。

○救溺之津梁　濟流之舟棹　「救溺」は聖人が民を救うことの喩。『藝文類聚』巻八「水部上・河水」に「韓詩外傳曰、（中略）聖仁之人、民之父母也。今爲二濡足一不レ救二溺人一、可乎」とある。仏典では仏法が衆生を救済することの喩として多く用いられる。「津梁」と組み合わせた例として、『弘明集』巻六、道恒「釋駁論」に「妙旨希夷而體レ之者道。沖虛簡詣而會レ之者得。用二遠能一津二梁頽溺一、拔レ幽拯レ滯。美濟二當時一、化二流無外一」（大正蔵五二巻三七頁上）がある。「濟流」も「救溺」と同趣の喩で、「民に奔流を済《わた》らせる」の意と考えられるが、本対策以前の漢籍の用例は未見。仏典では、隋・費長房『歴代三寶紀』巻一三「大乘錄入藏目」の「所レ受則三歸十善八萬律儀。悉皆奉持、乃至成佛濟レ流如二象渡一レ水」（大正蔵四九巻一〇九頁上）、唐・玄奘『大唐西域記』巻七「五國・吠舍釐國」の「時魔來請レ佛曰。如來在レ世教化已久、蒙レ濟二流轉一數如二塵沙一。寂滅之樂今其時矣」（大正蔵五一巻九〇八頁下）などがある（両書とも正倉院文書の写経録等に名が見える）。「舟棹」を民を救うものの喩とした例は本対策以前の漢籍・仏典に見出せないが、「舟棹」と同義の「舟楫」について、『周易』「繫辭下」に「刳レ木爲レ舟、剡レ木爲レ楫。舟楫之利、以濟レ不レ通、致レ遠以利二天下一」とあり、「舟楫」を天下を利するものと位置付ける。なお、本対策とほぼ同時代のものだが、「舟楫」を「津梁」と組み合わせ、成道の助けの喩とした例として、唐・明曠『天台菩薩戒疏』（七七七年成）の「菩薩律儀乗戒兩具、二死舟楫彼岸津梁」（大正蔵四〇巻六〇〇頁上）がある。参考に挙げておく。ちなみに、『經國集』諸本の内、林氏は「棹」を「楫」に作り、菊亭は「棹」に傍書「楫イ」、彰考は「棹」に傍書「楫」とする。

○春之與秋義等鹽梅　文之與武理同喉舌　「春」と「秋」をいうのは、陰陽がせめぎあう季節だからだろう。「鹽梅」は塩と酢、つまり調味料。『尚書』「商書・說命下」に「爾惟訓二于朕志一。若作二酒醴一、爾惟麴糵。若作二和羹一、爾惟鹽梅。爾交脩レ予、罔二予棄一。予惟克邁二乃訓一」とあり、前漢・孔安国伝が「鹽、鹹。梅、醋。羹須二鹹醋一以和レ之」とするのに拠る。臣下が君主の政治の調味料として働き適切な政治を成すこと、君主と臣下の調和をいうことが多い。ただし、ここは、劉勰『文心雕龍』「聲律・贊」に「吹二律胸臆一、調二鐘脣吻一。聲得二鹽梅一、響滑二楡槿一」とあるように、君臣関係のみならず物事の調和一般の喩である。「喉舌」は、君主の言を下に伝え、下の言を君に伝える臣下の喩。『毛詩』「大雅・蕩之什・烝民」に「王命二仲山甫一、式二是百辟一、纘二戎祖考一、王躬是保。出二納王命一、王之喉舌、賦二政于外一、四方爰發」とあり、鄭玄箋が「如二王口喉舌親所レ言也」とするように、君主と臣下の調和・一体化した関係を指す。ただし、ここは「鹽梅」同様、より広く物事の調和・一体化の喩であろう。

○括囊文華　包綜武幹　「括囊」は袋に入れてまとめること（「囊」は「嚢」の異体字）。用例は『後漢書』巻三五「鄭玄傳」に「鄭玄括二囊大典一、網二羅衆家一、刪二裁繁誣一、刊二改漏失一。自レ是學者略知レ所レ歸」、『藝文類聚』巻一六「儲宮部・儲宮」、王筠「昭明太子哀策文」に「括二囊流略一、包二舉藝文一」などとある。「文華」は文の才。用例は『北史』巻五六「魏收傳」の「收慚、遂折レ節讀レ書。夏月、坐二板牀一、隨二樹陰一諷誦。積レ年、牀板爲レ之鋭減、而精力不レ輟。以文華顯」など。「包綜」の用例は

唐・楊炯「王勃集序」の「器業之敏、先二乎就傅一、九歳讀二顔氏漢書一、撰二指瑕十巻一、十歳包二綜六經一、成二乎期月一」（『全唐文』巻一九一）など。「武幹」は武の才。用例は『晉書』巻六四「武陵威王晞傳」の「晞無二學術一而有二武幹一」など。

○七功之高跡皆行　九徳之深致咸用　「七功」「九徳」は、文と武によって齎される功徳のことと解されるが、「七功」の用例は本対策以前の漢籍に未見。「九徳」は、『尚書』「虞書・皐陶謨」に拠れば人の必ず行うべき九種の徳のこと。「皐陶曰、都、亦行有二九徳一。亦言二其人有徳一、乃言、曰、載采采。禹曰、何。皐陶曰、寛而栗、柔而立、愿而恭、亂而敬、擾而毅、直而溫、簡而廉、剛而塞、彊而義。彰厥有レ常、吉哉」とある。なお、漢籍では武の「七徳」、文の「九功」をいうことが多い。たとえば『晉書』巻五二「阮种傳」の种に課せられた、（本対策と同趣の）策問に「將レ使下武成二七徳一、文濟中九功上、何路而臻二于茲一、凡厥庶事、曷後曷先」とある。また、人物評の例だが、同・巻六五「王導傳」に「公、文貫二九功一、武經二七徳一、外緝二四海一、内齊二八政一、天地以平、人神以和、業同二伊尹一、道隆二姫旦一」、『梁書』巻一「武帝紀上」に「大司馬、攸レ縱自レ天、體レ茲齊レ聖、文洽二九功一、武苞二七徳一」などと見える。日本でも、『續日本紀』宝亀一一年（七八〇年）三月辛巳条の太政官奏に「濟レ世興レ化、寔佇二九功一。討レ罪威レ邊、亦資二七徳一。文武之道廢レ一不可」とある。小島憲之はこのことを踏まえて、本対策の「七功」「九徳」は（武の）「七徳」（文の）「九功」の誤りである可能性を指摘する（『国風暗黒時代の文学　中（上）』七四八頁）。本対策の場合、「七」「九」と「功」「徳」の組み合わせが漢籍とは異なり、かつ、それぞれ文と武のどちらに対応しているかも判然としない。ただし、漢籍にも文が「九功」、武が「七徳」と明示的には表現しないでいう例はある。たとえば、『隋書』巻一「高祖紀上」に「諸將稟二其謀一、壯士感二其義一、不レ違二時日一、咸得二清蕩一。九功遠被、七徳允諧、百僚師師、四門穆穆」、同・巻一四「音樂志中」の「祠二五帝於明堂一樂歌辭」に「載經載營、庶士咸寧、九功以洽、七徳兼盈。丹書入告、玄玉來呈。露甘泉白、雲郁河清」とある。これらは文の「九功」と武の「七徳」を暗黙の前提にした表現だろうが、全体として文武の功徳をいう表現になっているとも解される。本対策も、最初に引いた『尚書』の「九徳」も踏まえつつ、文武をまとめて「七功」「九徳」と表現したとひとまずみておく。なお、漢籍における武の「七徳」の具体は『春秋左氏傳』宣公一二年に「夫武、禁レ暴、戢レ兵、保レ大、定レ功、安レ民、和レ衆、豊レ財者也。故使二子孫無一レ忘二其章一。（中略）武有二七徳一、我無レ一焉。何以示二子孫一」と見える。文の「九功」の具体的中身は不明。歌について言われることはあり、『漢書』巻二二「禮樂志」の「國子者、卿大夫之子弟也。皆學下歌二九徳一、誦中六詩上」への顔師古注に「水・火・金・木・土・穀、謂二之六府一、正徳・利用・厚生、謂二之三事一。六府三事謂二之九功一。九功之徳、皆可レ歌也。故言二九徳一也」、『後漢書』巻四〇下「班固傳下」所引「兩都賦」（二首目「東都賦」）の「抗二五聲一、極二六律一、歌二九功一、舞二八佾一、韶武備、太古畢」への李賢注に「尚書曰、九功惟序、九序惟歌。九功、謂二金・木・水・火・土・穀・正徳・利用・厚生一也」（『文選』巻一に再収。李善注同趣）などと見える。参考に挙げておく。「高跡」は優れた業績、事業。用例は『北史』巻一〇〇「序傳」に「至人高跡、達士弘規、因レ此無レ聞、可レ爲二傷歎一」など。「深致」は深遠な意味、思想。用例は、『隋書』巻六六「房彦謙傳」に「所レ有文筆、恢廓閑雅、有二古人之深致一」とあるなど。

○觀者莫測其源　聽者詎知其際　「觀者」「聽者」の対の例は、『史記』巻一一七「司馬相如傳」に「觀者未レ睹レ指、聽者未レ聞レ音」とあるなど。「莫測其源」「詎知其際」の対に類似する例として、唐・道宣『續高僧傳』巻四「京大慈恩寺釋玄奘傳」の「妙道凝玄、遵レ之莫レ知二其際一、法流湛寂、挹レ之莫レ測二其源一」（大正蔵五〇巻四五六頁上）がある。

○噴紙含筆之夫　風流徹夜　「噴紙」は、『初學記』巻二一「墨第九・事對」に「噴紙　點繪」と立項され、葛洪『神仙傳』「班孟」の「不レ知二何許人一也。嚼レ墨一噴、皆成レ字。竟紙各有二意義一」を引く。墨を口に含んで紙に一噴きすればそれが全て意味のある字をなしたという故事。ここは超絶的な速さで文を成す才を指そう。小島憲之は「筆をとればあやの氣が紙面を吹き飛ばすほどの文筆の士」と解するが典拠は示していない（『国風暗黒時代の文学　中（上）』七四八頁）。「含筆」は、筆をくわえて文案を考えるさま。ここは遅筆だが傑作をものす才を指そう。『文心雕龍』巻六「神思」に「人之稟レ才、遅速異レ分、文之制レ體、大小殊レ功。相如含レ筆而腐レ毫、揚雄輟レ翰而驚レ夢、桓譚疾感二於苦思一、王充氣竭二於思慮一、張衡研レ京以二十年一、左思練レ都以二一紀一。雖レ有二巨文一、亦思之緩也」とある。「風流」は、ここは優れた文章の妙味。その創出のために夜を徹するということ。用例は、『藝文類聚』巻五八「雑文部四・書」、梁・簡文帝「答二新渝侯和詩一書」の「垂示三首。風雲吐二於行間一、珠玉生二於字裏一、跨二躡曹左一、含二超潘陸一。雙鬢向レ光、風流已絶」など。

○運日連蜆之士　精勤新日　「運日」は鴆《ちん》（羽に毒をもつ鳥）の異名。鴆は、『楚辭』、屈平「離騷」に「吾令二鴆爲レ媒兮」とあり、後漢・王逸注が「鴆、運日也。羽有レ毒可レ殺レ人。以喩二讒佞賊害人一也」とする。「連蜆」は用例未見。「蜆」は雌虹（双出した虹の色の薄い方）。同義字「霓」の例が同じく「離騷」の近接箇所に「帥二雲霓一而來御」とあり、王逸注が「雲霓、悪氣。以喩二佞人御迎一也」とする。「連蜆」が「雲霓」に通じるとみるなら、「運日」は「讒佞賊害人」、「連蜆」は「佞人」の喩となり、そのような邪悪な者たちも「精勤」するという文意となるが、文武を論じる本対策の文脈の中では不審が残る（対句としては前句の「噴紙含筆之夫」に対応して武勇の士を指す語句があるべきところ）。「新日」の用例も未見。「日新」ならば、『周易』「繋辭上」に「一陰一陽之謂レ道（中略）盛徳大業至矣哉。富有之謂二大業一。日新之謂二盛徳一」とあり、孔穎達疏が「聖人以能變通體化、合二變其徳一、日日增新。是徳之盛極、故謂二之盛徳一也」とする。「新日」は、「徹夜」と対句にするために「日新」の上下を変えたか。

○使武不廢文　文不偃武　　「廃文」の用例は、『戰國策』巻三に「辯言偉服、戰攻不レ息。繁稱二文辭一、天下不レ治。（中略）於レ是乃廢レ文任レ武、厚養二死士一、綴レ甲厲レ兵、效二勝於戰場一」とある（『戰國策』の本対策時点での渡来は未詳だが、『日本國見在書目録』には記載あり）。「偃武」の用例は、『尙書』「周書・武成」に「王朝歩レ自レ周于征二伐商一。厥四月哉生明、王來レ自レ商至二于豐一。乃偃レ武修レ文、歸二馬于華山之陽一、放二牛于桃林之野一、示二天下弗レ服」とあるなど。文と武とが調和すべきことについては、『文心雕龍』「程器」に「文武之術、左右惟宜。郤縠敦レ書、故擧爲二元帥一。豈以レ好レ文而不レ練レ武哉。孫武兵經、辭如二珠玉一。豈以レ習レ武而不レ曉レ文也」とある。

8　大日奉首名・信と義

〔本文〕

問。

信近㆓於義㆒、是有若被㆑可之談、

不㆑信不㆑立、是尼父應㆑物之說。

聖垂㆓斯敎㆒、物悪不㆑納。

立㆑身之道、謹對㆓其要㆒。

大日奉首名

對。

臣聞、

　信以交㆑人、載㆓之前書㆒、

義而事㆑君、編㆓於曩志㆒。

故、

　泣㆑麟歎㆑鳳之聖、

〔訓読〕

問ふ。

信、義に近ければとは、是れ有若《いうじやく》に可とせらるるの談、

信ぜざれば立たずとは、是れ尼父《ぢほ》の物に應ずるの説なり。

聖斯《こ》の教へを垂《た》るれば、物悪《いづく》んぞ納《い》れざらむ。

身を立つるの道、謹みて其の要を對《こた》へよ。

大日奉首名

對ふ。

臣聞く、

　信以て人と交はるは、之《これ》を前書に載せ、

義にして君に事《つか》ふるは、曩志《だうし》に編《あ》む、と。

故《かれ》、

　麟に泣き鳳に歎くの聖、

釣レ魚非レ羆之賢、
莫レ不下
以レ信爲レ本、
以レ義爲上レ法。
用レ之則上下芳菲、與二春花一而流レ香、
捨レ之則貴賤別離、共二秋葉一而驚レ色。
握二建言之嘉謀一、
闢二進德之高軌一。
所以、
聖賢淳(1)化、滿二溢乾坤之外一、
賢俊茂跡、浮二流宇宙之間一。
立レ身之道、既顯二之屑玉一、
對レ策之理、又表二之籯金一。
是以、
臣之事レ君不レ妄、
下之奉レ上不レ虛、
斯實信義之深趣、

魚を釣り羆《ひぐま》に非ざるの賢、
信を以て本《もと》と爲し、
義を以て法《のり》と爲さざるは莫し。
之を用ゐれば則ち上下芳菲《はうひ》にして、春花と與に香を流し、
之を捨つれば則ち貴賤別離し、秋葉と共に色に驚かむ。
建言の嘉謀《かばう》を握《にぎ》り、
進德の高軌《かうき》を闢《ひら》く。
所以《ゆゑ》に、
聖賢の淳化《じゆんか》は、乾坤の外に滿溢し、
賢俊の茂跡《もせき》は、宇宙の間に浮流す。
身を立つる道、既に之を屑玉《せつぎよく》に顯《あらは》し、
策に對ふる理、又之を籯金《えいきん》に表《あらは》す。
是《ここ》を以て、
臣の君に事へて妄ならず、
下の上に奉《つか》へて虛ならず。
斯れ實《まこと》に信義の深趣にして、

仁智之大旨。
猶二風之靡一レ草、蓋其斯矣。
伏惟　聖朝、
繼レ天化レ民、
存レ道育レ物。
頌聲聞二於天樞一、
歌韻響二於地軸一。
高仁麗レ天、安照二側陋之幽一、
廣德鎮レ地、不レ擇二塵溜之聚一。
今欲下議二其綱紀一、
辨中其規摸上、
鴻烈不レ墮、義在二於焉一。
竊以、
斟レ露添レ海、義不レ易レ獲、
烈レ燭助レ陽、理實難レ求。
豈能筆分二青黄一、若二三冬之理達一、
略以レ文辨二章句一、如(2)二七步之談藻一。

仁智の大旨なり。
猶ほ風の草を靡《なび》かすがごとしとは、蓋《けだ》し其《そ》れ斯《こ》れなり。
伏して惟《おもひ》みるに　聖朝、
天に繼《つ》ぎ民を化し、
道を存し物を育《はぐく》む。
頌聲天樞《しやうせいてんすう》に聞こえ、
歌韻地軸に響く。
高仁天に麗《つ》き、安らかに側陋《そくらう》の幽を照らし、
廣德地を鎮《しづ》め、塵溜《じんりう》の聚《しう》を擇《わ》けず。
今、其の綱紀《かうき》を議し、
其の規摸《きぼ》を辨《べん》ぜむと欲するは、
鴻烈《こうれつ》墮《お》ちず、義焉《ここ》に在り。
竊《ひそか》に以《おもひ》みれば、
露を斟《く》み海に添ふ、義獲《う》ること易《やす》からず、
燭を烈《もや》し陽《ひ》を助く、理實《まこと》に求むること難《かた》し。
豈《あに》能《よ》く筆青黄を分《わ》くること、三冬の理《ことわり》達するがごとく、
略《ほぼ》文《あや》を以て章句を辨ずること、七步の談藻のごとけむ

雖二人物不レ同、信義相分一、
揚レ名建レ身、其要一也。
在レ士便可レ爲レ信、
於レ女仍須レ爲レ義。
於レ彼[3]■有二優劣一、
於レ此豈無二長短一。
結レ期倚レ橋、是微生之深信、
應レ物斷レ義、復尼父之洪術。
有二前事一不レ朽、足レ爲二准的一。
隨レ世垂レ敎、復何疑也。
謹對。

や。
人・物同じからず、信・義相ひ分かると雖も、
名を揚げ身を建つ、其の要一なり。
士に在りては便ち信を爲すべく、
女に於ては仍ち須く義を爲すべし。
彼に於ては■優劣有り、
此に於ては豈長短無からむや。
期を結んで橋に倚《よ》る、是れ微生《びせい》の深信なり、
物に應じ義を斷ず、復《また》尼父の洪術なり。
前事有りて朽ちず、准的《じゅんてき》と爲すに足る。
世に隨《したが》ひて敎へを垂る、復何をか疑はむや。
謹みて對ふ。

〔校異〕

（1）淳―底本「深」。諸本により改める。

（2）如―底本「知」。諸本により改める。

（3）彼有―底本「彼」「有」の間に一字分空白。■で示した。谷森・東山・三手・萩野・蓬左・菊亭・祐徳・多和・東海・小室も同じ。陽二は「彼」の下に「何」の書き入れあり。慶長・中根・脇坂・大倉は「爲信、

於女仍須爲義。於彼有優劣」を欠く。他は空白なく「於彼有優劣」に作る（五字句となり、対句でなくなる）。欠字箇所に入る字によって文意が変わるが、ひとまず底本のままにしておく（〔語釈〕を参照）。

〔通釈〕

問う。約束が正義に適うことならば（履行してよい）とは、有若によって認められた言葉である。民に（治者への）信頼がなければ（国は）存立しないとは、孔子の民を治めることについての説である。聖人が教えを示せば、人々がそれを受け入れないことがあろうか。（信と義によって）身を立てる道について、謹んでその要綱を答えよ。

大日奉首名

お答えいたします。私は次のように聞いております。信頼をもって人と交際すべきことは、過去の書物に記載され、正義をもって君主に仕えるべきことは、先代の記録に編述されている、と。そこで、麒麟に泣き、鳳凰に歎いた聖人孔子も、魚を釣り、羆ではなく優れた補佐役として見い出された賢人呂尚（太公望）も、信を根本とし義を法としないということはなかったのです。信と義を実行すれば、上も下も徳は芳しく、春の花とともにその香りを流すでしょうし、信と義を実行しなければ、貴賤が乖離して、秋の葉とともに（世の）衰微の色に驚くことになりましょう。（明君は）臣下が申し上げる善いはかりごとを把握し、徳を増進する高尚な道を開きます。それゆえに、最高の賢人の厚い教化が天地の外までも満ち溢れ、俊英な賢人の盛んな事跡は天下に流れ伝わるのです。（このように信と義により）身を立てる道のことはすでに『屑玉』に明示されており、お答えすべき道理もまた『籝金』に表明されています。それゆえに、臣下が君主に仕えてみだりなことがなく、下が上に仕えていつわりがないのです。これはまことに信と義の奥深い趣旨、仁と智の大いなる趣旨です。(明君の統治が)風が草を靡かすようだというのは、おそらくこのこと(信と義による立身の道)なのです。

謹んで考えてみますに、今上陛下は天意を受けて民を教化し、道を保って万物をはぐくんでいらっしゃいます。歌の韻は地の中心にまで響いています。高い慈しみは天(陛下の治世を)称賛の声は天の中心にまで聞こえ、その に着くほどで、(日月のように)安らかに、卑賤の境遇にある賢人を照らして見い出し、広大な徳は(大山のように)地を鎮め、溜まった塵のような者にも分け隔てをなさりません。今、(問いを下され)その(信と義という)規範について議論し、その理念を弁じようとされることは、(累代の)大功を絶やさないこと、その(議論の)意義はこの点(大功の継承)にあります。

私に考えをめぐらせますに、露を汲んで海に添えるような私のお答えで信と義の意義を解き明かすことは容易ではなく、灯火をともして太陽の光を助けるような私の言葉で道理を会得することは難しいでしょう。どうして、盲人のような私の筆が青と黄をよく書き分け、東方朔が三度の冬の学習だけで達したように短時間で道理に達したり、多少なりともあやのある言葉で章句を弁じて、曹植が七歩の間に詩を作ったように即座に美しく談じることができましょうか。(しかし、あえてお答えするなら)人と物とが同じでないように、信と義とは互いに別ですが、名を揚げ身を立てる道においては、その(信と義を用いる)要点は一つです。士(男)にあっては信をなすべきであり、女にあっては義をなすべきです。男と女の間には優劣があり、(それと同様に)信と義の間にどうして長短がないことがありましょうか(よって信を先、義を後にすべきです)。(女と会う)約束をしてずっと橋の下にいた(その結果溺れ死んだ)のは、微生の深い信であり、人々に応じて義を行うのは、孔子の大いなる方策です。このような先人の事跡は不朽であり、則るべき基準としてふさわしいものです。聖人がときどきの世にふさわしいように教えを示したことを、またどうして疑うことがありましょうか。

謹んでお答え申し上げます。

〔語釈〕

【問】

○信近於義　是有若被可之談　『論語』「學而」の「有子曰。信近二於義一、言可レ復也」（魏・何晏注「復、猶レ覆也。義不二必信一、信非レ義也。以三其言可二反覆一故曰レ近レ義」）に拠る。信（約束を守ること）は約束が正義に適うことならば履行してよい、との意。「有若」は「有子」に同じ。孔子の弟子。同じく『論語』「學而」、「有子曰。其爲レ人也、孝弟而好レ犯レ上者鮮矣」の「有子曰」への何晏注に「孔子弟子、有若」とある。「被可」は、典拠の「言可レ復」を踏まえ、（有若によって言の履行が）許容されたの意。

○不信不立　是尼父應物之説　「不信不立」は『論語』「顔淵」の「子貢問レ政。子曰、足レ食、足レ兵、民信之矣。子貢曰、必不レ得レ已而去、於二斯三者一、何先。曰、去レ兵。子貢曰、必不レ得レ已而去、於二斯二者一、何先。曰、去レ食。自レ古皆有レ死。民無レ信不レ立」（何晏注「治レ邦不レ可レ失レ信」）に拠る。国を治めるのに最も不可欠なのは民の信頼だという。「尼父」は孔子（仲尼）を顕彰する称。『史記』巻四七「孔子世家」に「孔子年七十三、以二魯哀公十六年四月己丑一卒。哀公誄レ之曰、（中略）嗚呼哀哉、尼父、毋二自律一」とあり、宋・裴駰『史記集解』が「王粛曰。父、丈夫之顯稱也」とする。「應物」は人々に応ずること。ここはより具体的には人々を治めること。漢籍の用例は『晉書』巻九三「王濛傳」に「虚レ己應レ物、恕而後行」、『隋書』巻七三「劉曠傳」に「性謹厚、毎以二誠恕一應レ物」などがある。なお、仏典に多く用いられ、たとえば唐・実叉難陀訳『大方廣佛華嚴經』「世主妙嚴品」に「如來眞身本無レ二、應レ物隨レ形滿二世間一。衆生各見レ在二其前一、此是焔天之境界」（大正蔵一〇巻九頁上）とある。

○聖垂斯教　物惡不納　「聖垂斯教」は聖人が「信」についての教えを示したこと。『隋書』巻二六「百官志上」に「聖人法二乾坤一以作レ則、因二卑高一以垂レ教」とある。聖人に教化される人々を「物」という例に、『禮記』「禮器」の「君子有レ禮、則外諧而內無レ怨。故物無レ不レ懷レ仁、鬼神饗レ德」がある（「外諧而內無レ怨」に後漢・鄭玄注が「人協服也」とする）。

○立身之道　謹對其要　「立身」は、修養して一人前になること。『孝經』「開宗明義章」に「立レ身行レ道、揚二名於後世一、以顯二父母一、孝之終也。夫孝始二於事レ親、中二於事レ君、終二於立レ身」とある。これが「信」「義」と関わることは以下のような例を参照。『晉書』巻三三「王祥傳」に「言行可レ覆、信之至也。推レ美引レ過、德之至也。揚レ名顯レ親、孝之至也。兄弟怡怡、宗族欣欣、悌之至也。臨レ財莫レ過乎讓。此五者、立身之本」とあり、「信」を「立身之本」たる五要素の一つに挙げる。また、『晉書』巻三「武帝紀」に「令下諸郡中正以二六條一擧中淹滯上。一曰、忠恪匪レ躬、二曰、孝敬盡レ禮、三曰、友二于兄弟一、四曰、潔レ身勞謙、五曰、信義可レ復、六曰、學以爲レ己」（「中正」は人材登用を司る地方官）とあり、人材登用の条件の中に「信義可復」を挙げる。本策問はこういった考えに基づいたものであろう。

【対】

○信以交人　載之前書　義而事君　編於曩志　「信以交人」は、『論語』「學而」の「曾子曰。吾日三省吾身。爲レ人謀而不レ忠乎、與二朋友一交而不レ信乎、傳レ不レ習乎」、「子夏曰。賢レ賢易レ色、事二父母一能竭二其力一、事レ君能致二其身一、與二朋友一交、言而有レ信、雖レ曰レ未レ學、吾必謂二之學矣一」などを踏まえていよう。「事君」は、前項に引いた『孝經』「開宗明義章」に「夫孝始二於事レ親一、中二於事レ君、終二於立レ身」とあった。「事君」が当然「義」と一体であることは、『孟子』「離婁章句上」に（ネガティブな文脈だが）「詩曰三、天之方蹶、無二然泄泄一。泄泄、猶二沓沓一也。事レ君無レ義、進退無レ禮、言則非二先王之道一者、猶二沓沓一也」、また、「事君」の語はないが、『論語』「微子」に「君臣之義、如レ之何其廢レ之。欲レ絜二其身一、而亂二大倫一。君子之仕也、行二其義一也。道之不レ行、已知レ之矣」とある。「前書」「曩志」は先人の書いた書物。「前書」の用例は『梁書』巻一三「沈約傳」所引「郊居賦」に「尋二井田之往記一、考二阡陌於前書一」とあるなど。「曩志」の用例は稀少で、本対策以前の日本への伝来は未詳だが、唐・太宗「修二晉書一詔」に「遂使下典午清高、韜二遺芳於簡冊一、金行曩誌、闕中繼美於驪騵上」（貞觀二〇年〈六四六〉、『唐大詔令集』巻八一）とある。

○泣麟歎鳳之聖　孔子のこと。孔子が仁獣である麒麟が狩られて殺されたことに戦乱の世の到来を予見して涙した故事が『春秋公羊傳』哀公一四年の経文「西狩獲レ麟」への伝に「孔子曰、孰爲來哉、孰爲來哉。反レ袂拭レ面、涕沾レ袍」とあり、また、鳳凰が自分の時代に現れないことを歎いた故事が『論語』「子罕」に「子曰。鳳鳥不レ至、河不レ出レ圖。吾已矣夫」とあるのに拠る。なお、この句は直接には『藝文類聚』巻一〇「符命部・符命」、李徳林「天命論」の「泣レ麟歎レ鳳、恓恓汲汲、雖二聖達一而莫レ許也」に拠る。

○釣魚非羆之賢　周の文王を補佐した賢臣・呂尚（太公望）のこと。文王が狩猟の成果を占ったところ、「獲れるのは羆《ひぐま》などではなく覇王の補佐役だ」との卜辞を得、果たして釣りをしていた呂尚と出会った故事に拠る。

『史記』巻三二「齊太公世家」に「呂尚（中略）以二漁釣一奸二周西伯一。西伯將二出獵一、卜レ之。曰、所レ獲非レ龍、非レ彲、非レ虎、非レ羆、所レ獲霸王之輔。於レ是周西伯獵。果遇二太公於渭之陽一。與語大説、（中略）載與倶歸、立爲レ師」とある。なお、賢臣としての呂尚は謀計の才により名高いが、本対策（の後句）ではその信と義をいう。それは、『史記』「齊太公世家」に、文王を嗣いだ武王によって斉の営丘に封じられた呂尚の治世を「太公至レ國、脩レ政、因二其俗一、簡二其禮一、通二商工之業一、便二魚鹽之利一。而人民多歸レ齊、齊爲二大國一」とすることを踏まえたのだろう。右の呂尚の善政は問にいう孔子の「應物之説」に通じる。

○莫不以信爲本　以義爲法　「本」と「法」とは、ともに従うべきものであるが、『漢書』巻三〇「藝文志」の「祖二述堯舜一憲二章文武一」への唐・顔師古注に「言、以二堯舜一爲二本始一而遵二修之一、以二文王・武王一爲二明法一」とあるように、先後関係を想定することもある。「信」と「義」の関係も、【問】の〔語釈〕で挙げた以外では、『禮記』「禮器」に「先王之立レ禮也、有レ本有レ文。忠信、禮之本也。義理、禮之文也。無レ本不レ立、無レ文不レ行」（鄭玄注「言二必外内具一也」）とあり、「本」と「文」、「内」と「外」として捉えられている。また、『日本書紀』推古天皇一二年（六〇四）四月戊辰のいわゆる憲法十七条の第九条に「信是義本。毎レ事有レ信。其善悪成敗、要在二于信一。群臣共信、何事不レ成。群臣無レ信、萬事悉敗」とある。この議論は本対策の結論において「信」と「義」との「優劣」「軽重」を述べることにつながる。

○用之則上下芳菲　與春花而流香　捨之則貴賤別離　共秋葉而驚色　「用之」「捨之」の「之」は、信と義を指す。「上下」と「貴賤」は、上に立つ人と下にいる人の意で、ここでは君主と臣下を指す。この四句は『文選』巻三二、屈平「離騷經」を踏まえる。「芳菲」は、草花の香りのよいさまで、人に徳があることの喩。「離騷經」の「苟余情其信芳、（中略）芳菲菲其彌章」（唐・李善注「芳、徳之臭也。（中略）菲菲、猶二勃勃一也」）に拠る。「上下芳菲、與春花而流香」は、「離騷經」に、古の聖王は自らに徳があり、その上さらに徳のある賢人たちを求めて臣下に登用したことを「昔三后之純粋兮、固衆芳之所レ在、雑三申椒與二菌桂一兮、豈維紐二夫蕙茝一」（李善注「衆芳、喩二群賢一也。（中略）蕙、茝、皆香草也、以喩二賢者一。言、禹・湯・文王雖レ有二聖徳一、猶雑二用衆賢一、以致二於化一、非下獨索二蕙茝一任中一人上也」）とし、賢臣たちを「衆芳」（多くの香草）に喩え、君主と臣下皆に徳があることを、香草に香草をつなぎ合わせると表現しているのを踏まえ、春花と取り合わせた。「貴賤別離、共秋葉而驚色」は、「離騒經」に、臣下が他の讒言によって君主に任用されず捨てられることを「初既與レ余成レ言兮、後悔遁而有レ他。余既不レ難二離別一、傷二霊脩之數化一」とし、賢臣たち（「衆芳」）がそのような目にあうことを、香草が枯れることに喩えて「哀二衆芳之蕪穢一」（李善注「脩二行忠信一、冀二君任用一、而遂斥棄、則使三衆賢志士失二其行一也」）とすることを踏まえている。

○握建言之嘉謀　闢進徳之高軌　「建言」は意見を上申すること。用例は『漢書』巻二五下「郊祀志下」に「元帝好レ儒、貢禹・韋玄成・匡衡等相繼爲二公卿一。禹建四言漢家宗廟祭祀多不レ應二古禮一、上是二其言一」とあるなど。「嘉謀」は善いはかりごと。用例は『漢書』巻一〇「成帝紀」鴻嘉二年の詔に「古之選賢、傅納以レ言、明試以レ功。故官無二廢事一、下無二逸民一、教化流行、風雨和レ時、百穀用成、衆庶樂レ業、咸以康寧。（中略）冀聞二切言嘉謀一、匡二朕之不一レ逮」、また、『文選』巻三六、王融「永明十一年策二秀才一文」の「進レ謀誦レ志、以沃二朕心一」への李善注に「言レ進二嘉謀一」とあるなど。「進徳」は君子が徳を増進すること。『周易』「乾」の「九三曰、君子終日乾乾、夕惕若、厲无レ咎、何謂也。子曰、君子進レ徳脩レ業。忠信所二以進一レ徳也。脩レ辭立二其誠一所二以居一レ業也」に拠る。「高軌」は高尚な道。用例は『後漢書』巻五一「橋玄傳」の曹操が玄の墓前に献じた文に「故太尉橋公、懿徳高軌、汎愛博容。國念二明訓一、士思二令謨一」（「令謨」はよいはかりごと）とあるなど。

○聖賢淳化　滿溢乾坤之外　賢俊茂跡　浮流宇宙之間　「淳化」は厚い教化。『文選』巻三、張衡「東京賦」に

「清風協二於玄德一、淳化通二於自然一」（李善注「淳、厚也。（中略）言、帝如レ此清惠之風、同二於天德一、淳厚之化、通二於神明一也」）とある。「滿溢」は満ちあふれる。用例は『文選』巻五一、王褒「四子講德論」に「厖眉耆耈之老、咸愛二惜朝夕一、願下濟二須臾一、且觀中大化之淳流上。於レ是皇澤豐沛、主恩滿溢、百姓歡欣、中和感發」とあるなど。「乾坤之外」は本対策以前の漢籍・仏典に未見だが（後世の文献には用例あり）、類義句の「天地之外」は、『文選』巻二九、張協「雜詩」の「人生二瀛海內一」への李善注に「史記、鄒衍曰（中略）有二大瀛海一環二之其外一、天地之外也」（現行『史記』は「天地之際」に作る）とある。「賢俊」の用例は、『文選』巻三七、孔融「薦二禰衡一表」に「旁二求四方一、以招二賢俊一」とあるなど、明君が「賢俊」を登用するという文脈で用いる例が多い。「茂跡」は盛んな事跡。用例は『晉書』巻九二「文苑列傳」の序に「窮二廣內之青編一、緝二平臺之麗曲一、嘉聲茂迹、陳二諸別傳一」（「迹」は「跡」の異体字）とある。「浮流宇宙之間」に類する表現は『南齊書』巻四一「張融傳」所引「海賦」に「雕隼飛而未レ半、鯤龍趠而不レ逮。舟人未レ及二復其端一、已周二流宇宙之外一矣」とある。「宇宙」は天下、世界のこと。用例は、『文選』巻四七、袁宏「三國名臣序贊」に呉の周瑜の赤壁の戦いと三国分立について「卓卓若人、曜二奇赤壁一。三光參分、宇宙暫隔」とあるなど。

○立身之道　既顯之屑玉　對策之理　又表之籝金

「立身之道…對策之理…」は問の「立身之道、謹對其要」を受け、今上天皇の問とその答えたるべき道理が先人の書に記されていることをいう。「屑玉」「籝金」は書物の名と考えられる。小島憲之は『国風暗黒時代の文学上』「対策文の成立」で、ともに「唐代の私撰通俗類書」で、「屑玉」は「未詳の類書」「宋史藝文志、類事類『屑玉二卷』はこれか」とし、「籝金」は敦煌文書に残巻が現存する李若立撰『籝金』で、このようなものが日本でも対策文の参考書になったのではないかとする（二一八～九頁）。

○臣之事君不妄　下之奉上不虛　「不妄」「不虛」は、

『古文孝經』「三才章」の「子曰、夫孝、天之經也、地之誼也、民之行也」への前漢・孔安国伝に「經、常也。誼、宜也。行、所レ由也。（中略）兼而統レ之、則人君之道也。分而殊レ之、則人臣之事也。君失二其道一無三以有二其國一。臣失二其道一無三以有二其位一。故上之畜レ下不レ妄、下之事レ上不レ虚、孝之致也」とあるのに拠る。孔安国伝は、君主に関して「不妄」、臣下に関して「不虚」とするが、ここでは二句ともに臣下に関していっている。

○信義之深趣　仁智之大旨　猶風之靡草　蓋其斯矣

「信義」の用例は『藝文類聚』巻三六「人部二十・隠逸上」、沈約「高士贊」に「易曰。聖人之大寶曰レ位、非レ學則不レ得也。學所三以行二其志一、孝悌・慈仁・信義是也」とある（【問】も参照）。「仁智」の用例は『藝文類聚』巻一二「帝王部二・後漢光武帝」、曹植「漢二祖優劣論」に「其爲レ德也、聰達而多識、仁智而明恕、重愼而周密、樂施而愛レ人」とあるなど。ただし、「信義」「仁智」を対にした例は未見。「信義」「仁智」は儒教の五つの徳目である仁・義・礼・智・信に由来する語。この五徳については、『尚書』「虞書・益稷」の「予欲下聞二六律五聲八音一、在二治忽一、以出中納五言上」への孔安国伝に「言、欲下以二六律一和二聲音一、在三察二天下治理及忽怠者一、又以出二納仁義禮智信五德之言一、施二于民一以成上レ化」、『漢書』巻五六「董仲舒傳」の仲舒が武帝に献じた対策の第一首の結びに「夫、仁誼禮知信五常之道、王者所レ當二脩飭一也。五者脩飭、故受二天之祐一、而享二鬼神之靈一、德施二于方外一、延及二羣生一也」、『漢書』巻九九中「王莽傳中」に「帥レ民承レ上、宣レ美二風俗一、五品乃訓」（顔師古注「五品即五常。謂二仁義禮智信一」）などとあり、いずれも五徳によって民の教化を行うことを述べていて、この四句と趣旨が一致する。また、日本では、『續日本紀』天平二年（七三〇）正月辛丑、踏歌に奉仕した「百官主典已上」に対し「引三入宮裏一、以賜二酒食一。因令レ探二短籍一。書以二仁義禮智信五字一、隨二其字一而賜レ物。得レ仁者絁也。義者絲也。礼者綿也。智者布也。信者段常布也」とあり、聖武天皇が文字通り「仁義禮智信」に基づいて臣下に褒美を振る舞っている。こういった言説群を背景に成った四句であろう。「猶風之靡草」は、君子の徳によって民が教化されることの喩え。『論語』「顔淵」の「君子之徳、風。小人之徳、草。草上二之風一必偃」、『後漢書』巻七八「呂強傳」に「上之化レ下、猶二風之靡レ草一」、『藝文類聚』巻一「天部上・風」、湛方生「風賦」に「君徳喩二其靡レ草、風人假以爲レ名」などとある。「蓋」は以下におよその見当を述べることを示し、「其」は語気を和らげる。二語で、おそらく・あるいはなどの意。「斯」は信義による立身の道を指す。

○伏惟　聖朝　　4栗原年足対策の伏惟聖朝の項を参照。ここから今上天皇への讃美に入る。

○繼天化民　存道育物　「繼天」は天意を受けること。『文選』巻一、班固「東都賦」に「體レ元立レ制、繼レ天而作」（李善注「穀梁傳曰、爲二天下主一者、天也。繼レ天者、君也」）とある。「化民」は民を教化すること。『漢書』巻五六「董仲舒傳」に「王者、上謹於承二天意一、以順レ命也。下務明教二化民一、以成レ性也」とある。「存道」は道を保つこと。用例は『三國志』巻二「魏書・文帝紀」黄初二年の詔に「昔仲尼（中略）欲二屈レ己以存レ道、貶レ身以救レ世」や『藝文類聚』巻四六「職官部二・太尉」、邢子才「太尉韓公墓誌銘」に「廢二寢食一以存レ道、久殊高鳳。忘二冠履一以成レ業、皎皎獨照」などがある。「育物」は万物を育成すること。『周易』「无妄」に「先王以茂對レ時育二萬物一」、『後漢書』巻五七「劉陶傳」に「先王觀レ象育レ物、敬授二民時一」などとある。

○頌聲聞於天樞　歌韻響於地軸　「頌聲」は聖王の治世・徳を称える歌声。『藝文類聚』巻五六「雜文部二・賦」、摯虞「文章流別論」に「古者聖帝明王、功成治定而頌聲興。於レ是奏二於宗廟一告二於鬼神一。故頌之所レ美者、聖王之徳也」とある。「天樞」は天の中心。「地軸」は地の中心にあるとされた軸。『藝文類聚』巻七六「内典部上・内典」、王褒「善行寺碑」に「蓋聞、在レ天成レ象、群星仰二於北辰一。在レ地成レ形、百川起二於東海一。是知、璿璣盈縮、並運二天樞一、江漢所レ宗、爭環二地軸一」とある。「歌韻響」は諸本に揺れがある。「歌韻響」に作るのは底本・塩釜・柳原のみで、多くの本は「歌韻」に作るか

（対句としては字足らず）、「歌韻」の下を一字分空白とする。他に、「歌歌韻」（萩野・神宮・尊経）、「歌謡韻」（脇坂）、「謳歌韻」（三手・南葵・文叢）などという状況である。「歌韻」を熟語名詞として用いた例は本対策以前の漢籍・仏典に未見で、『隋書』巻一四「音樂志中」に「夕牢芬二六鼎一、安歌韻二八風一」、『初學記』巻一五「樂部上・雜樂二」の薛道衡「和二許給事善心戯場轉韻詩一」に「艷質迴二風雪一、笙歌韻二管弦一」などの字面上一致する例を見出すのみである。ただし、後世の例だが、元・耶律楚材「對レ雪鼓レ琴」（一二三四年成）の「酪奴歡伯持二降旌一、詩聲歌韻不二敢鳴一」などの例があり、漢語としてありえない語ではない。ひとまず底本に従っておく。

○高仁麗天　安照側陋之幽　「仁」は慈しみ。「麗天」は、天に著くの意。ここは、今上天皇の高い仁が日月のように照らす、ということ。『周易』「離」の「離、麗也。日月麗二乎天一、百穀草木麗二乎土一」とあり、魏・王弼注が「麗、猶レ著也。各得二所レ著之宜一」とする。賢人を称える喩の例として、『文選』巻四七、袁宏「三國名臣序贊」に「詵詵衆賢、千載一遇。（中略）日月麗レ天、瞻レ之不レ墜。仁義在レ躬、用レ之不レ匱」（李善注「呂氏春秋曰、徳行昭美、比二於日月一、不レ可レ息也」）とある。「側陋」はいやしいこと。「安照側陋之幽」は明君たる今上天皇が卑賤の賢者を探し出すことの喩。『尚書』「虞書・堯典」の「明明揚二側陋一」（孔安国伝「堯知二子不肖一、有二禪位之志一。故明下擧明人在二側陋一者上、廣求レ賢也」）に拠る。また、この「明明揚二側陋一」の「側陋」を「幽仄」に換えて作句したものに、『文選』巻五〇、沈約「恩倖傳論」の「明揚二幽仄一、唯才是與」（李善注「尚書曰、明明揚二仄陋一」）がある（「仄陋」と「側陋」は同義）。「照側陋之幽」の類例として『文選』巻三四、曹植「七啟」に「采二英奇於仄陋一、宣二皇明於巖穴一」（李善注「東都賦曰、散二皇明一以燭レ幽」）とある。

○廣徳鎭地　不擇塵溜之聚　「鎭地」と前項の「麗天」とを対にする例として、『藝文類聚』巻四五「職官部一・諸王」、沈約「丞相長沙宣武王墓誌銘」に「山岳鎭レ地、日月麗レ天。鄰幾者庶、亞レ極稱レ賢」、同巻五八

「雑文部四・檄」、魏收「檄梁文」に「夫辰象麗レ天、山岳鎮レ地。方以類聚、物以群分」とあり、ともに「鎮地」の主語は山岳。今上天皇の広い徳は山岳のように地を鎮めるということ。「塵溜」は塵が溜まる。用例は後漢・王充『論衡』「四諱」に「毋二反懸レ冠、爲レ似二死人服一。或説、悪三其反而承二塵溜一也」とある。ただし、ここは登用されず塵のように扱われている賢人を指すと解されるが、そのような例は漢籍・仏典とも未見。

○議其綱紀　辨其規摸　鴻烈不墮　義在於焉　「議…、辨…」とは、今上天皇が本対策を出題したことを指し、「綱紀」「規摸」は信と義を念頭に置いた言い換え。「綱紀」は何かをまとめるための大綱と小綱、「規模」（底本「摸」は「模」の異体字）は基準を描くコンパスと型、ここはいずれも国を治める規範・理念のこと。「綱紀」の用例は『史記』巻六「秦始皇本紀」始皇二九年に「大聖作レ治、建二定法度一、顯二箸綱紀一」、『漢書』巻二七下之下「五行志下之下・成帝永始二年二月癸未」の「王者失レ道、綱紀廢頓、下將二叛去一。故星叛レ天而隕、以見二其象一」など。「規模」の用例は唐・道宣編『廣弘明集』巻七「辯惑篇第二之三」、「梁・荀濟」の「三墳五典帝皇之稱首、四維六紀終古之規模」（大正蔵五二巻一二八頁下）など。「鴻烈」は大功、「不墮」はやめない、絶やさない。類似句として『論衡』「齊世」に「舜承レ堯、不レ墮二洪業一。禹襲レ舜、不レ虧二大功一」がある。先帝の偉大な業績を踏襲することをいう。「義」は前文で述べたことの意義・意味。「義在於焉」の類例として『晉書』巻二四「職官志」に「及レ秦變二周官一、漢遵二嬴舊一。或隨レ時適用、或因レ務遷革。霸王之典、義在二於斯一」、『宋書』巻八〇「孝武十四王列傳」に「史臣曰。晉安諸王、提二挈羣下一、以成二其釁亂一、遂至二九域沸騰一、難レ結二天下一、而世祖之胤亦殲焉。強不レ如レ弱、義在二於此一也」、秦・仏陀耶舍・竺仏念訳『長阿含經』「大緣方便經」に「是故阿難、以二此緣一知、老死由レ生、緣レ生有二老死一。我所レ説者義在二於此一」（大正蔵一巻六〇頁下）などとある。

○竊以　3栗原年足対策の竊以の項を参照。

○斟露添海　義不易獲　烈燭助陽　理實難求　露を斟

んで海に添え、燭火を燃やして太陽の明かりの助けにするとは、大きなものの前にあって微々たる力しかないことの喩えで、対策者・首名の謙辞。類例として『魏書』巻二四「張袞傳」の上疏文に「臣既庸人、志無二殊操一、（中略）仍參二顧問一、曾無二微誠一、塵山露海」、本対策以前の日本への伝来は未詳だが、唐・中宗「高宗天皇大帝謚議」に「顧以二虚菲一、夙承二乾蔭一。既忝二彰明之地一、常懐二輔佐之誠一。薦二螢燭一以助レ光、引二鶴露一而添レ海」（『唐大詔令集』巻一三「帝王・謚議上」）などとある。

○**豈能筆分青黄　若三冬之理達　略以文辨章句　如七歩之談藻**　文才のある人の故事（東方朔と曹植）を引いて、自分にはそうした才がないと謙遜する。「分青黄」は、『論衡』「別通」に「人、目不レ見二青黄一曰レ盲、耳不レ聞二宮商一曰レ聾、鼻不レ知二香臭一曰レ癰。人、不二博覧一者、不レ聞二古今一、不レ見二事類一、不レ知二然否一、猶二目盲・耳聾・鼻癰者一也。儒生不二博覧一、猶レ爲二閉闇一」とあり、「博覧」でない者の喩として青と黄を識別できない盲人を挙げるのを踏まえていよう。「三冬之理達」は『漢書』巻六五「東方朔傳」の「徴二天下一擧二方正賢良・文學材力之士一。（中略）朔初來、上書曰。臣朔少失二父母一、長二養兄嫂一、年十三學レ書、三冬文史足レ用」（顔師固注「如淳曰、貧子冬日乃得レ學レ書。言、文史之事足レ可レ用也」）に拠る。朔が貧しいために農閑期の冬しか書物を学ばなかったが、三度の冬だけで読み書きに通じた（理解が達し通じた）ということ。「辨章句」は能力ある対策者の条件。本対策以前の日本への伝来は未詳だが、唐・高宗「嚴考二試明經進士一詔」に「學者立身之本、文者經國之資、豈可レ假二以虚名一、必須レ徴二其實效一。如レ聞、明經射策、不レ讀二正經一、抄二撮義條一、纔有二數卷一。進士不レ尋二史傳一、惟誦二舊策一、共相模擬、本無二實才一。所司考試之日、曾不二簡練一、因二循舊例一、以レ分數爲レ限。至下於不レ辨二章句一、未レ渉二文詞一者上、以二人數未一レ充、皆聽及第」（『全唐文』巻一三）とある。「七歩之談藻」は、魏の曹植（東阿王・陳思王）が文帝から七歩進む間に詩を作ることを命じられ、即座に応じて機知ある詩を作った故事を指す。『世説新語』「文學」に「文帝嘗令二東阿王七歩中作一レ詩、不レ成者行二大法一。應レ聲便爲レ詩曰、煮レ豆持作レ羹、漉レ菽以爲レ汁、萁在二釜下一然、豆在二釜中一泣、本自二同根一生、相煎何太急。帝深有二慚色一」、『文選』巻六〇、任昉「齊竟陵文宣王行狀」の「陳思見レ稱二於七歩一」への李善注に「世説曰、魏文帝令二陳思王七歩成レ詩」などとある。「談藻」は漢籍・仏典とも用例未見。「藻」はあやのある文章。

○雖人物不同　信義相分　揚名建身　其要一也　問の末尾「立身之道、謹對其要」を受け、ここから結論に入る。「人物」はここは人と物のこと。人と物が同じでないように信と義は別のものだが立身に際しての要点は一つだということ。「其要一也」は次項に挙げる『禮記』「郊特牲」の「其義一也」が参照されていよう。「人物」について同趣のことをいう例として『晉書』巻九五「藝術列傳・幸靈」に「凡草木之夭二傷於山林一者、必起理レ之、器物之傾二覆於途路一者、必舉正レ之。周二旋江州閒一、謂二其士人一曰、天地之於二人物一、一也。咸欲レ不レ失二其情性一。奈何制二服人一以爲二奴婢一乎」とある。「揚名建身」は、『孝經』「開宗明義章」の「立レ身行レ道、揚二名於後世一」に拠る（問の立身之道の項を参照）。

○在士便可爲信　於女仍須爲義　於彼■有優劣　於此豈無長短　信と義を男と女の二項関係と対比し、「彼」は男女、「此」は信義を指す。男女の間に優劣があるという思想は、『周易』「繫辭上」の「天尊地卑、乾坤定矣。卑高以陳、貴賤位矣。動靜有レ常、剛柔斷矣。（中略）乾道成レ男、坤道成レ女、乾知二大始一、坤作二成物一」や、『禮記』「郊特牲」の婚礼での作法に関して「男先二於女一、剛柔之義也。天先二乎地一、君先二乎臣一、其義一也」などがある。信と義の先後については、『論語』「顏淵」に「主二忠信一徙レ義、崇レ德也」とあり、徳を高めるにはまず（忠と）信を実行し、その後で義の実行に移るのがよいという。男女間では男が先、女が後。信義間では信が先、義が後。これが、本対策の結論である。なお、「於彼■有優劣」の一字分の空白（■で示す。〔校異〕を参照）に打消しや反語の意をもつ語があったとすると句意は逆になるが、対句「於此豈無長短」との矛盾をきたし、かつ全体の文意も通りにくくなる。

○結期倚橋　是微生之深信　「微生」は人名、「尾生」ともいう。女性と橋下で会う約束したが相手は来ず、増水してもその場で待ち続け、橋柱を抱いて溺死したとの故事があり、信の人として諸書に引かれる。『史記』巻六九「蘇秦傳」に「信如二尾生一、與二女子一期二於梁下一、女子不レ來、水至不レ去、抱レ柱而死」や、『漢書』巻六五「東方朔傳」に「信若二尾生一」（顔師古注「尾生、古之信士。與二女子一期二於梁下一、待レ之不レ至、遇レ水而死。一曰卽微生高也」）とある。「期」は約束するの意。

○應物斷義　復尼父之洪術　対の冒頭の「信以交人、載之前書、義而事君、編於曩志」の趣旨をくり返す。「應物」は問の「尼父應物之説」を受ける。「物」は人々。孔子の言葉「不信不立」（人々を治めるには信が最重要）を踏まえる。「斷義」は義を行うこと。用例は『後漢書』巻二四「馬援傳」に「利不レ在レ身、以レ之謀レ事則智。慮不レ私レ己、以レ之斷レ義必厲」とある。信以交人…の項に引いた『論語』「微子」の「君子之仕也、行二其義一也」などを踏まえていよう。「洪術」は大いなる方策（道）の意と解されるが、本対策以前の漢籍・仏典に用例未見。

○有前事不朽　足爲准的　隨世垂敎　復何疑也　「前事」の用例は『藝文類聚』巻六八「儀飾部・鼓吹」、江総「謝勑給鼓吹表」に「略尋二近古一、逖聽二前事一」とある。ここでは微生の故事と孔子の教えを指す。「准的」は則るべき基準。用例は『隋書』巻七六「王冑傳」に「與二虞綽一齊レ名、同志友善、于レ時後進之士咸以二一人一爲二准的一」とあるなど。「隨世」は世の変化に応じること。『魏書』巻一〇八之三「禮志四之三」、平原王陸叡の表に「臣等聞、先王制レ禮、必有レ隨二世之變一、前賢創レ法、亦務レ適二時之宜一。良以世代不レ同、古今異レ致故也」とある。「垂敎」の用例は『後漢書』巻五二「崔駰傳」所引「達旨」の「臨二雍泮一以恢レ儒」への唐・李賢注に「天子辟雍、諸侯頖宮。璧雍者、環レ之以レ水、圓而如レ璧也。頖、半也。諸侯半二天子之宮一。皆所三以立レ學垂レ敎也」、『魏書』巻五〇「尉元傳」に「天子父三事三老一、兄二事五更一、所下以明二孝悌於萬國一、垂中敎本于天下上」とあるなど。

9　百済倭麻呂・賢臣登用

〔作者解説〕

○策問執筆者　記載なく不明。

○対策者　百済《くだらの》倭《やまと》麻呂《まろ》　本文の記名「百」は「百済《くだら》」を中国風の一字名字にした。『藤氏家傳』「下・武智麻呂傳」に、神亀六年（七二九）武智麻呂が大納言に任じられたとき共に「時政」を補佐した人々を挙げる中で、「文雅」の一人として「百斉公倭麻呂」と名が見える。また、『懐風藻』に「正六位上但馬守百済公和麻呂　年五十六」として三首の詩が入集している。うち二首は年次未詳の長屋王邸での宴席での作である。長屋王と親交があり、没年が五十六歳、極官が正六位上但馬守だったらしいことがわかる。他は伝未詳。10の左注によれば、本対策は慶雲四年（七〇七）九月八日の作である。

〔本文〕

問。數歩之内、空流㆓蘭蕙之芳㆒、
　十室之中、獨伏㆓麒麟之櫪㆒。
而、羽毛難㆑辨、遂昧㆓楚鷄㆒、

〔訓読〕

問ふ。數歩《ぶ》の内、空しく蘭蕙《らんけい》の芳《かをり》を流し、
　十室の中、獨り麒麟《きりん》の櫪《うまや》に伏す。
而して、羽毛辨じ難く、遂《つひ》に楚鶏《そけい》に昧《くら》く、

玉石易レ迷、浪珍二燕砄一。
况復、顓師愷悌、被レ輕二於魯公一、
馬氏方圓、見レ重二於魏主一。
帝難之旨、其斯謂歟。
鑒識之方、宜レ陳二指要一。

百倭麻呂

對。竊以、
赤帝文明、知レ人其病、
素王天縱、取レ士其失。
然則、珍砄辨矣、蓬性不レ可レ量矣、
鳳鷄別也、草情豈堪レ識也。
但、
無二求不一レ得、
負レ鼎朝レ殷、
扣レ角入レ齊。
擇必所レ汰、
四凶剪レ虞、

玉石迷ひ易く、浪《みだ》りに燕砄《えんけつ》を珍しとす。
况んや復《また》、顓師《せんし》の愷悌《がいてい》、魯公に輕んぜられ、
馬氏《ばし》の方圓《はうゑん》、魏主に重んぜらるるをや。
帝難の旨、其れ斯《こ》の謂《いひ》か。
鑒識《かんしき》の方、宜しく指要を陳《の》ぶべし。

百倭麻呂

對《こた》ふ。竊《ひそ》かに以《おも》ひみれば、
赤帝の文明、人を知るに其れ病み、
素王の天縱、士を取るに其れ失ふ。
然れば則ち、珍砄《ちんけつ》の辨、蓬性量るべからず、
鳳鷄の別、草情豈に識《し》るに堪へんや。
但し、
求めて得ざるは無く、
鼎を負ひて殷に朝し、
角を扣《たた》きて齊に入る。
擇《えら》びて必ず汰するところ、
四凶虞《ぐ》に剪《き》られ、

　二叔除レ周。
況今道泰隆、雄德盛導焉。
歲星所(1)レ談、占二風雨一而仰歎。
竪亥雨歩、盡入二提封之垠一。
遂、使下少微一星應二多士之位一、
　大雲五彩覆中周行之列上。
巍巍蕩蕩、合二其時一歟、
不レ驅愚去、
不レ召賢來。
謹對。

　二《に》叔周より除かる。
況んや今道泰《おほ》いに隆《さか》りにして、雄德盛りに導く。
歲星談ぜられ、風雨を占ひて仰ぎ歎《なげ》き、
竪亥《じゅがい》雨《おほ》く歩み、盡く提封の垠《はて》に入る。
遂に、少微の一星をして多士の位に應《かな》ひ、
　大雲の五彩をして周行の列を覆はしめむ。
巍巍蕩蕩、其の時に合ふや、
驅《お》はずして愚は去り、
召さずして賢は來たらむ。
謹しみて對ふ。

〔校異〕
（1）所―底本「可」。慶長・大学・蓬左により改める。

〔通釈〕
問う。わずかな広さの土地にも（香よい）蘭や蕙は生えるが、その香は虚しく漂い去るばかり。小さな村にも（千里を走る）麒麟はいるが、（走ることなく）厩《うまや》に伏すばかり。（帝としてそのような埋もれた人材を抜擢すべきだが）声望の虚実は見分けにくく、しまいまで庚桑楚いうところの鶏の優劣（才能の大小）の判断に迷うばかり。玉石の見分けには迷いやすく、まちがって（瓦礫に等しい）燕山の石ころを珍重するばかり。ましてや、（孔子が賞賛した）子張の和楽の心が魯公に軽んじられ、馬氏の方円の説が魏帝に重んじられた例などは引くまでもない。尭帝が難事としたのもこのことではなかろうか。（というわけで、有能な人材の）見分け方の要点を述べなさい。

百倭麻呂

お答えいたします。私に考えをめぐらせますに、尭帝の明知も人の資質を見抜くには苦労し、孔子の天才も士を取り立てるには力を失いました。そうでありますから、燕砄の見分けはねじ曲がった私《わたくし》めの心では思量できませんし、鳳凰と鶏の区別などはこのいやしい心でどうして知ることができましょうか。

しかし、人材を求めて得られぬということはないもので、伊尹《いいん》は自分から鼎を背負って殷の湯王のもとに参じましたし、甯戚《ねいせき》も牛の角を叩いてみずから歌い斉の桓公に取り立てられました。悪人を選び出してまちがいなく捨て去った例として、四凶は舜に剪りとられましたし、二叔は（周公旦の手で）周から除かれました。

ましてや、現在は今上陛下の王道が隆盛を極め、すぐれた徳が盛んに国を導いています。木星のめでたい様子が談ぜられ、風雨を占ってはそのよき結果を（陛下の御世への天の祝福として）仰ぎ感嘆し、竪亥のような臣たちが無数の歩を運んで地の果てまで至り、ことごとく陛下の土地として治めています。そのような治世が、結果として（理想的な人材登用を実現し）少微星に多くの賢人たちが挙用される吉兆を示させ、五色の大雲が朝廷に居並ぶ賢人たちを覆うようにさせましょう。高大広遠なるこの御時勢に会えば、追わずとも愚人は去り、召さずとも賢人は参りましょう。謹んでお答えいたします。

〔語釈〕

【問】

○數歩之內　空流蘭蕙之芳　ごく狭い場所にも登用されずに才能を空費する賢人がいる、の意。「數歩之內」はわずかな範囲、「蘭蕙」は香草で賢人を喩える。『後漢書』巻四九「王符傳」に引く（王符）「實貢篇」に「夫十歩之閒、必有二茂草一。十室之邑、必有二忠信一。是故、亂殷有二三仁一、小衞多二君子一」と「十歩」と「十室」を対にし、賢人を「茂草」に喩えた表現が見える。これに唐・李賢注は「說苑曰。十歩之澤、必有二芳草一。論語曰。十室之邑、必有二忠信一也」とする。「實貢篇」は人物を実質に応じて評価し登用すべきことを訴える趣旨であり、後出の「羽毛」も見え、本対策が参照したと考えられる。また、『晉書』巻一九「禮志上」に「詔曰。夫國之大事、在二祀與レ農。是以古之聖王、躬耕二帝藉一、以供二郊廟之粢盛一、且以訓二化天下一。近世以來、耕藉止二於數歩之中一、空有二慕古之名一」とある。皇帝の自ら耕す田の面積が「數歩之中」にとどまることを述べていて人材登用がテーマではないが、表現の形は似ており、本対策が参照した可能性はあろう。賢人を「蘭蕙」に喩える例は多い。一例を挙げれば、『文選』巻二四、藩岳「爲二賈謐一作贈二陸機一」に「儲皇之選、實簡二惟良一。英英朱鸞、來自二南岡一。曜二藻崇正一、玄冕丹裳。如二彼蘭蕙一、載採二其芳一」とあり、陸機が「惟良」（賢良）として選ばれたことを「蘭蕙」がその芳香により採られることに喩えている。

○十室之中　獨伏麒麟之櫪　小さな村にも傑出した人材が雌伏している、の意。「十室」は家が十軒しかない村。「十室之中」は『論語』「公冶長」の「子曰、十室之邑必有二忠信如一レ丘者一焉」（前出）を踏まえる。「麒麟」は走る動物の第一で、傑出した人物の喩え。『藝文類聚』巻四一「樂部一・論樂」、曹植「薤露行」に「願得レ展二功勤一、輸二力於明君一。懷二此王佐才一、慷慨獨不レ羣。鱗介尊二神龍一、走獸宗二麒麟一。蟲獸猶レ知レ德、何況於士人一」とある。「櫪」は厩。『晉書』巻九八「王敦傳」所引「魏武帝樂府歌」に「老驥伏レ櫪、志在二千里一。烈士暮年、壯心不レ已」（老驥は老いた駿馬）、あるいは、『藝文類聚』巻五二「治政部下・薦擧」、庾亮「薦翟陽郭翻表」に「恐千里之足、屈二於槽櫪之下一、贊世之才、委二於壟畝之閒一。若解二其巾褐一、服二以纓冕一、必能翼二贊皇極一、敷二訓彝倫一」などとある。なお、麒麟が千里を走ることは、唐・王勃「梓州元武縣福會寺碑」に「豫章七歲。麒麟千里」（『全唐文』巻一八五）とある。

○**羽毛難辨**　「羽毛」は人の声望の喩え。**數歩之內**の項に引いた「實貢篇」に「夫志レ道者少レ與、逐レ俗者多レ疇、是以朋黨用レ私、背レ實趨レ華。其貢レ士者、不下復依二其質幹一、準中其才行上、但虛造二聲譽一、妄生二羽毛一」とある。

○**遂昧楚鷄**　「楚鷄」は老子の弟子・庚桑楚が語ったたとえ話の鷄（德は同じだが能力に大小がある）。『莊子』「雜篇・庚桑楚」に庚桑楚の言葉として「越雞不三能伏二鵠卵一。魯雞固能矣。雞之與レ雞、其德非レ不レ同也。有三能與二不能一者、其才固有二巨小一也」とある。

○**浪珍燕砆**　「燕砆」は、燕山から産出する玉に似て玉ではない石をいう。「砆」は「石」に同じ。似て非なるものの喩え。「燕石」を誤って珍重した例は、『後漢書』巻四八「應奉傳」の子「劭」の項に、「昔鄭人以二乾鼠一爲レ璞、鬻二之於周一。宋愚夫亦寶二燕石一、緹緝十重。夫覩レ之者掩レ口盧胡而笑」とあり、その李賢注に「闕子曰。得二燕石梧臺之東一、歸而藏レ之、以爲二大寶一。周客聞而觀レ之。主人父齋七日、端冕之衣、釁レ之以二特牲一、革匱十重、緹巾十襲。客見レ之、俛而掩レ口而笑曰。此燕石也。與二瓦甓一不レ殊。主人父怒曰。商賈之言、竪匠之心。藏レ之愈固、守レ之彌謹」とある。

○**顓師愷悌**　「顓師」は孔子の弟子・顓孫師。字は子張。「愷悌」は和らぎ楽しむこと。『孔子家語』「弟子行」に「美功不レ伐、貴位不レ喜、不レ侮不レ佚、不レ傲二無告一、是顓孫師之行也。孔子言レ之曰。其不レ伐、則猶レ可レ能也。其不レ弊二百姓一、則仁也。詩云、愷悌君子、民之父母。夫子以二其仁一爲レ大」とある。

○**被輕於魯公**　『文選』巻三六、任昉「天監三年策二秀才一文三首」の二首目の「朕傾二心駿骨一、非レ懼二眞龍一」に付された唐・李善注が引く前漢・劉向『新序』の記事を踏まえる。「新序曰。郭隗謂二燕王一曰。（中略）子張見二魯哀公一。哀公不レ禮。去曰。君之好レ士、有レ似二葉公子高之好一レ龍。葉公好レ龍、室屋彫文、盡以寫レ龍。於レ是天龍聞而下レ之、窺二頭於牖一、拖二尾於堂一。葉公見レ之、弃而退走。失二其魂魄一、五色無レ主。是葉公非レ好二眞龍一也、好二夫似レ龍而非レ龍者一也。今君之好レ士也、好二夫似レ士而非レ士者一也」。なお、この対策が書かれた慶雲四年（七〇七）の時点で『新序』が日本に伝来していたかは未詳。ただし、『新序』は『令集解』巻一九・考課令「徳義有聞」の項所引の『古記』が引用する。『古記』の成立は天平一〇年（七三八）頃とされるので、それまでには日本に伝来していたと考えられる。よって、倭麻呂が『文選』ではなく『新序』に拠った可能性も残る。

○**馬氏方圓**　『史記』巻二三「禮書」に「規矩誠錯、則不レ可三欺以二方員一」（「員」は「圓」に同じ。定規が正しく備わっていれば四角や円で人を欺くことはできない）、「規矩者、方員之至也」（定規は四角と円の最も正確なものだ）とあるのに拠るか（この場合、「馬氏」は司馬遷を指すことになる）。次項参照。

○**見重於魏主**　『三國志』巻一七「魏書・張遼傳」「太祖既征孫權還…」の段への宋・裴松子注に「魏武推選二方員一、參以二同異一、爲レ之密教、節二宣其用一」（魏の武帝は、「方員」〈四角と円〉すなわちいろいろなタイプの人材を選び、個性を組み合わせ、密命を下して、行動を制約した、の意）とあるのに拠るか。

○**帝難**　「帝難」は帝にとっても行うのが難しいこと。具体的には、人物を見極め、ふさわしい地位・官職に就かせることの難しさを指す。『尚書』「虞書・皐陶謨」に「皐陶曰。都、在レ知レ人。在レ安レ民。禹曰。吁、咸若レ時、惟レ帝其難レ之。知レ人則哲、能官レ人。安レ民則惠、黎民懷レ之」とあるのを踏まえる。前漢・孔安国伝はこれを解説して「帝堯亦以二知レ人安一レ民爲レ難。故曰吁」とする。以上によれば、「帝難」の帝は尭を指すことになる。『尚書』「堯典」・『史記』「五帝本紀・帝堯」は尭が治水事業に鯀を登用したがうまくゆかなかった話を記す。「帝難」はこういったエピソードを踏まえていよう。

【対】

○赤帝文明　「赤帝」は火徳の帝王のこと。炎帝神農氏を指すこともあるが、ここは策問の「帝難」の「帝」に呼応して尭を指すと考えられる。『尚書』「序」の「少昊・顓頊・高辛・唐・虞之書謂二之五典一」の「唐」(尭)につき唐・孔穎達疏は「火徳王。五帝之四也」とする。また、『史記』「高祖本紀」の高祖が大蛇を斬り殺す場面で、蛇の母である老婆が「吾子白帝子也。化爲レ蛇當レ道。今爲二赤帝子斬一レ之」とあり、宋・裴駰『史記集解』がこれに注して「赤帝堯後、謂レ漢也」とする。尭の後裔の漢帝が「赤帝」であるとは、堯自身も「赤帝」である、ということである。「文明」は文徳の明瞭なこと。「文明」の語は、『尚書』「舜典」に、舜への讃美として「濬哲文明溫恭允塞」と見える。ここの「文明」について孔安国伝に解説はないが、同じく「舜典」の舜評に「重レ華協二于帝一」とあり、孔安国伝は「華謂二文德一。言其光文重二合於堯一、倶聖明」、つまり、舜の文徳の光と文《あや》は尭と重なり合い、神聖にして明らかだ、とする。この解を踏まえれば舜への評価「文明」は尭にも適用されることになろう。また、「堯典」に、尭への讃美として「放勳欽明、文思安安、允恭克讓、光二被四表一、格二于上下一」とあり、孔安国伝が「勳、功。欽、敬也。言、堯放二上世之功一、化而以二敬・明・文・思之四德一」とする。この解で示された尭の化育の四徳のうちの二つ「明」と「文」を組み合わせて「文明」とすることも可能であったろう。

○知人其病　問の「帝難」の典拠『尚書』「虞書・皋陶謨」の「皋陶曰、都、在レ知レ人、在レ安レ民」を踏まえる。帝難の項を参照。「其」は語調を整える辞。

○素王天縦　王者の徳を備えつつも王位に就かない者、すなわち孔子の天才のこと。『漢書』巻五六「董仲舒傳」の(董仲舒の)第二対策に「孔子作二春秋一、先正レ王而繫二萬事一、見二素王之文一焉」、『三國志』巻二「魏書・文帝紀」に「魏文帝黄初二年正月、詔曰。昔仲尼資二大聖之才一、懷二帝王之器一、當二衰周之末一、無二受命之運一。(中略)于レ時王公終莫二能用一レ之、乃退考二五代之禮一、修二素王之事㆒、因㆓魯史㆒而制㆓春秋㆒、就㆓太師㆒而正㆓雅頌㆒」など、『春秋』や『毛詩』を述作することで位なき王者としての事業を行ったという文脈で孔子を「素王」と呼ぶことが多い。「天縦」は『論語』「子罕」に「大宰問㆓於子貢㆒曰、夫子聖者與、何其多能也。子貢曰、固天縦之将聖、又多能也」とある。

○取士其失　「取士」は人材を採用すること。『三國志』巻六一「呉書・陸凱傳」に「臣聞。殷湯取㆓士於商賈㆒、齊桓取㆓士於車轅㆒、周武取㆓士於負薪㆒、大漢取㆓士於奴僕㆒。明王聖主取㆑士以㆑賢、不㆑拘㆓卑賤㆒。故其功徳洋溢、名流㆓竹素㆒」とある。孔子に「取士」の失があったという典拠は未詳。

○珍砄辨矣　問の「浪珍燕砄」を受ける。

○蓬性　倭麻呂自身を指す謙辞。『藝文類聚』巻三八「禮部上・祭祀」、徐悱妻劉氏「祭夫文」に「二儀既肇、判合始分。簡㆑賢依㆑徳、乃隷㆓夫君㆒。外治徒奉、内佐無㆑聞。幸移㆓蓬性㆒、頗習㆓蘭薫㆒」とあり、「蘭薫」と対比して否定されるべき性質を指して用いている。『莊子』「内篇・逍遙遊」には、「莊子曰。夫子固拙㆓於用㆒㆑大矣。（中略）則夫子猶有㆓蓬之心㆒也夫」とあり、大きなものの大きさを生かせない心性を「蓬之心」とする。これについて、晋・郭象注は「蓬、非㆓直達者㆒也」と解す。すなわち、ねじけて真っ直ぐではない心性の喩が「蓬」である。

○草情　「蓬性」と対になる倭麻呂自身を指す謙辞で、「いやしい者の心」の意と考えられる。本対策以前の漢籍・仏典の用例未見。人民を意味する「蒼生」からの連想による造語か。「蒼生」の「蒼」は草の青々とした色で、その草のように生まれ出てくる者たちをいう。『尚書』「虞書・益稷」に「帝光㆓天之下㆒至㆓于海隅蒼生㆒」、また『日本書紀』「神代上」第五段一書第一に「顯見蒼生、此云宇都志枳阿烏比等久佐」とある。

○負鼎朝殷　伊尹《いいん》が初め料理人として殷の湯王に出仕した故事。『史記』巻三「殷本紀」に「伊尹名㆓阿衡㆒。阿衡欲㆑干㆑湯而無㆑由。乃爲㆓有莘氏媵臣㆒、負㆓鼎俎㆒、以㆓滋味㆒説㆑湯、致㆓于王道㆒」とある。

○扣角入齊　甯戚《ねいせき》が牛の角を叩いて自らの不遇を嘆く歌を歌い、それを聞いた斉の桓公に取り立てられた故事。『藝文類聚』巻四三「樂部三・歌」に「甯戚扣牛角歌曰」としてその歌を引く（歌詞省略）。甯戚の故事は『史記』巻二三「鄒陽傳」の「甯戚飯二牛車下一、而桓公任レ之以レ國」に『史記集解』が注して「應劭曰。齊桓公夜出迎レ客。而甯戚疾擊二其牛角一商歌（歌詞省略）。公召與語、說レ之、以爲二大夫一」とする。なお、晋・葛洪『抱朴子』「外篇・嘉遯」に「或負レ鼎而龍躍、或扣レ角以鳳歌」と、伊尹「負鼎」・甯戚「扣角」を対にした例が見える。

○四凶剪虞　舜が四人の悪人（渾敦・窮奇・檮杌・饕餮）を流罪にした故事。「虞」は舜のこと。『春秋左氏傳』文公一八年に「舜臣レ堯、賓二于四門一、流二四凶族一、渾敦・窮奇・檮杌・饕餮、投二諸四裔一、以禦二螭魅一。是以堯崩而天下如レ一、同レ心戴レ舜、以爲二天子一。以下其擧二十六相一去中四凶上也」とある。

○二叔除周　周公旦が反乱をなした弟の叔鮮（管叔）と叔度（蔡叔）を排した故事。『史記』巻四「周本紀」に「成王少、周初定二天下一。周公恐二諸侯畔レ周、公乃攝二行政一當レ國。管叔・蔡叔羣弟疑二周公一、與二武庚一作レ亂、畔レ周。周公奉二成王命一、伐誅二武庚・管叔一、放二蔡叔一」とある。これを「二叔」と呼んだ例は、『毛詩』「小雅・鹿鳴之什・常棣」序の「常棣燕二兄弟一也。閔二管・蔡之失レ道、故作二常棣一焉」に対する後漢・鄭玄箋に「周公弔三二叔之不レ咸而使二兄弟之恩疏一。召公爲作二此詩一而歌レ之以親レ之」とある（召公は周公と共に周を支えた大臣）。

○歳星所談　「歳星」は木星。その位置・運行の方向や速度・色などによって国の命運を占った。ここは今上天皇の治世に肯定的な表徴が木星に見えることを示唆している。たとえば『史記』巻二七「天官書」に、歳星について「其所レ在五星皆從、而聚二於一舍一、其下之國可三以レ義致二天下一」、「所レ居久、國有二德厚一」などとあるのを踏まえていよう。「所談」は、そのような木星の状態の素晴らしさが語られているということ。

○占風雨而仰欸　風雨を占っても（木星と同じく、今上天皇の治世の素晴らしさに応じて）良い結果ばかり出るので（天候の順・不順は王者の治世の善悪に対応するという考え方による）、皆が仰ぎ感嘆している、ということ。

○竪亥雨歩　「竪亥」は「竪亥」のこと（「竪」は「豎」とも書いた）。禹の臣で、歩くことを得意とした。『淮南子』「墬形訓」に（禹が）「使下竪亥歩自二北極一、至中於南極上、二億三萬三千五百里七十五歩」とあり、後漢・高誘注が「竪亥、善行人。（中略）禹臣也」とする。「雨歩」は雨のようにどこまでも無数の歩を踏むの意。ここは今上天皇の臣、特に遠方を治める者たちを竪亥に喩えていよう。『宋書』巻二一「樂志三」、前漢・武帝「碣石」に「雲行雨歩、超二越九江之皐一、臨観異同」とある。

○盡入提封之垠　天皇の（竪亥のような）臣たちが地の果てまでも天皇の領土にしている、ということ。「提封」は皇帝が封じる土地の総計。『漢書』巻二八「地理志・下」に（前漢・平帝の代に）「凡郡國一百三、縣邑千三百一十四、道三十二、侯國二百四十一。地東西九千三百二里、南北萬三千三百六十八里。提封田一萬萬四千五百一十三萬六千四百五頃」とある。

○少微一星　「少微」は星の名。天の南宮にある星群で、「士大夫」を象徴する星々とされる。『史記』巻二七「天官書」に「廷藩西有二隋星五一、曰二少微一。士大夫」、『晉書』巻一一「天文志・上」に「少微四星在二太微西一、士大夫之位也。一名處士、亦天子副主。或曰二博士官一。一曰レ主レ衛二掖門一。南第一星處士、第二星議士、第三星博士、第四星大夫。明大而黄、則賢士舉也」とある。後者によれば、この星が「明大而黄」に見える時は「賢士」が挙用される吉兆だと考えられていた。「使少微一星應多士之位」とは、今上帝の善政が少微星に賢士多数登用の吉兆を示させている、ということ。次項も参照。

○大雲五彩　賢人の存在を示す表徴。『藝文類聚』巻一「天部上・雲」、京房『易飛候』に「視二四方一常有二大雲一五色具、其下賢人隱。青雲潤レ澤、蔽レ雲在二西北一、爲レ舉二賢良一」とある（ほぼ同文が『晉書』巻一二「天文志・中」にも見える）。

○周行之列　賢人たちが周官のように朝廷に列立していること。『毛詩』「國風・周南・巻耳」に「采二采巻耳一、不レ盈二頃筐一。嗟我懐レ人、寘二彼周行一」とある。「巻耳」は序に「后妃之志也。又當下輔二佐君子一、求レ賢審レ官、知中臣下之勤労上」とあり、賢人挙用の志を喩すと解されていた詩である。その「周行」について毛公伝が「思二君子一官二賢人一、置二周之列位一」とし、鄭玄箋が補って「周之列位、謂二朝廷臣一也」とする。「大雲五彩覆周行之列」とは、賢人の居場所を示す五色の大雲がわが朝廷に官位を得た臣たちの居並ぶ上を覆う、ということ。なお、「少微一星」と「大雲五彩」の取り合わせは、唐・楊炯「羣官尋二楊隠居一詩序」に「天光下燭懸二少微之一星一、地氣上騰發二大雲之五色一」（『全唐文』巻一九一）と見える。ただし、この詩序が本対策が書かれた時点で日本に伝来していたかは未詳。

○巍巍蕩蕩　『論語』「泰伯」に「子曰。巍巍乎、舜・禹之有二天下一也、而不レ與焉。子曰。大哉、堯之爲レ君也、巍巍乎、唯天爲レ大。唯堯則レ之。蕩蕩乎、民無二能名一焉」とあり、魏・何晏注が「巍巍、高大之稱」「蕩蕩、廣遠之稱」とする。「巍巍蕩蕩」と重ねた例は、『後漢書』巻四「孝和帝紀」に「有司上奏。孝章皇帝崇二弘鴻業一、德化普洽、（中略）巍巍蕩蕩、莫二與比一レ隆」、『三國志』「魏書・明帝紀」二年二月の記事への裴松子注に「獻帝傳曰。詔曰。蓋五帝之事尙矣。仲尼盛稱二堯・舜巍巍蕩蕩之功一者、以爲二禪レ代乃大聖之懿事一也」などとある。

○合其時歟　（素晴らしい政治の行われる）時勢にめぐり会う、の意。『呂氏春秋』「孝行覧・愼人」に（舜が）「其遇レ時也、登爲二天子一。賢士歸レ之、萬民譽レ之」とある。

10　百済倭麻呂・精勤と清倹

〔本文〕

問。
伏閤(1)之臣精勤徹レ夜、
還珠之宰清儉日新。
瞻二彼二途一、兼レ之非レ易。
如不レ得レ已、何者爲先。

百倭麻呂

對(2)。臣聞、
　莅二百寮一而順二二柄一、
　宰二九州一而班二六條一。
捐レ金投(3)レ玉、虞舜之清儉矣、
櫛レ風沐レ雨、夏禹之精勤矣。
加以、

〔訓読〕

問ふ。
伏閤《ふくかふ》の臣は精勤にして夜を徹し、
還珠《かんじゆ》の宰は清儉にして日《ひび》に新たなり。
彼の二途を瞻《み》るに、之を兼ぬること易《やす》きにあらず。
もし已《や》むことを得ざれば、何をか先と爲む。

百倭麻呂

對ふ。臣聞く、
　百寮に莅《のぞ》みては二柄に順《した》がひ、
　九州を宰《つかさど》りては六條を班《わか》つ。
金を捐《す》て玉を投ぐるは、虞舜の清儉、
風に櫛《くしけず》り雨に沐《ゆあみ》するは、夏禹の精勤なり、と。
加以《しかのみならず》、

楊震作レ守陳二神知於枉(4)道一、
馮豹爲レ郎侍二天渙(5)於閤前一。
飛二譽目前一、
揚二美身後一。
但、
清者稟レ根自レ天、
勤者勞レ株由レ己。
又、
飲水留犢之輩、經疎史少、
駑星去虎之徒、古滿今多。
臣、器非二宋寶一、宇是燕石。
豈堪(6)レ決二前後之源一。
唯竊折二梗概之枝一。
謹對。

慶雲四年九月八日

〔校異〕

（1）閤―底本「閣」。諸本により改める。

楊震《やうしん》は守と作りて神知《じんち》を枉道《わうだう》に陳べ、
馮豹《ふうへう》は郎と爲りて天渙《てんくわん》を閤前《かふぜん》に侍す。
譽を目前に飛ばし、
美を身後に揚ぐ。
但し、
清き者は根を稟《う》くること天よりし、
勤むる者は株を勞すること己よりす。
又、
飲水留犢《りうとく》の輩は、經に疎《まれ》にして史に少く、
駑星去虎の徒は、古に滿ちて今に多し。
臣、器《き》は宋寶に非ずして、宇《う》は是れ燕石たり。
豈に前後の源を決するに堪えむや。
唯だ竊かに梗概の枝を折るのみ。
謹みて對ふ。

慶雲四年九月八日

（2）對―底本以外の諸本「對」字なし。ひとまず底本に従う。
（3）投―底本「挍」。諸本により改める。
（4）枉―底本「抂」。中根・林氏・内閣・脇坂・文叢・諸陵・関西・菊亭・大倉・彰考・陽二・陽三・久邇・小室・池田により改める。
（5）渙―底本「漁」。諸本により改める。
（6）折―底本「析」。諸本により改める。

〔通釈〕

問う。宮中に伺候する臣下は休まず勤めて夜を徹し、珠玉を蘇らせる官吏は清廉で日ごとに（徳を）盛んにする。その二つの道をみると、これらを両立することは容易でない。もしやむをえない場合には、（精勤と清倹の）どちらを優先するか。

百倭麻呂

お答えいたします。私は聞いております、百官に対しては刑罰と褒賞という二つの力を用い、国内全土を治めては（地方官に）六條の心得を頒布する。（自らの徳に拠り）黄金を捨て珠玉を投げ捨てるとは、虞舜の清廉の姿勢であり、風に髪をとかし雨に湯浴みするとは、夏禹の勤め励む姿勢である、と。そればかりでなく、（清倹な官吏であった）楊震は太守となって、神が（悪を）知ることを道を曲げる者に説き、（精勤の官吏であった）馮豹は尚書郎となって、天子の命を待って（夜を徹して）宮殿に伺候しました。（彼らはみな）栄誉を目先から遠ざけ、美名を死後に揚げたのです。ただし、清廉な者がその素質を授かったのは天からであり、精勤の者が自らの根本を労わるのは自分から行うことです。また、水を飲んで満足し、生まれた子牛を（任地に）残す（ような清廉な）者は、経典にはまれにしか見えず史書にも少なく、（一方）星軺《せいよう》に乗って赴任し、人食い虎を去らせる（ほどの仁政を行う精勤の）者は、過去にも満ちており、現代にも多くおります。（しかし）私《わたくし》めの器量は宋人の宝（に価するもの）ではなく、その度量は（玉に似るが価値のない）燕石であります。（このような私が）どうして精勤・清倹の優劣を決定することができましょうか。ただひそかに誰でも言えるようなあらましを述べただけでございます。

謹んでお答え申し上げます。

慶雲四年九月八日

〔語釈〕

【問】

○伏閤之臣精勤徹夜　「伏閤」は宮中に伺候する。「伏閤之臣」は、後漢の馮豹が尚書郎となり奏上のたびに夜明けまで宮殿に伺候して天子の回答を待ったという故事を踏まえる。「精勤」は勤め励む。『後漢書』巻二八下「馮衍傳」、「子・豹」の項に「擧二孝廉一、拜二尚書郎一、忠勤不レ懈。每二奏レ事未レ報、常俯二伏省閤一、或從レ昬至レ明」とある。馮豹爲郎侍天湙於閤前の項を参照。

○還珠之宰清儉日新　「還珠」は蘇った珠玉。『魏書』巻八八「列傳良吏」総説に「移風革俗之美、浮虎還珠之政、九州百郡、無レ所レ聞焉」とある。「還珠之宰」は、後漢の孟嘗が合浦の太守となって善政を行ったところ、それまで貪穢の宰守が多かったため産しなくなっていた珠玉が再び産出されたという故事を踏まえる。『後漢書』巻七六「循吏列傳・孟嘗」に「遷二合浦太守一。郡不レ產二穀實一而海出二珠寶一、與二交阯一比レ境、常通二商販一、貿二糴糧食一。先時宰守竝多貪穢、詭レ人採求不レ知二紀極一、珠遂漸徙二於交阯郡界一。（中略）嘗到レ官、革二易前敝一求二民病利一、曾未レ踰レ歳、去珠復還」とある。時代は下るが、嶋田忠臣『田氏家集』三「省試賦三得珠還二合浦一」に「大守施二廉潔一、還珠自効レ珍」と見え、孟嘗が清廉な官吏として日本でも知られていたことがわかる。「清儉」は蓄財を行わない清廉な官吏の美質として列伝に散見する。たとえば、前出『魏書』「列傳良吏・張恂」に「恂、性清儉不レ營二產業一、身死之日家無二餘財一」とある。「日新」は、日々徳を盛んにする。『周易』「繫辭上」に「日新之謂二盛德一」とある。

○瞻彼二途　兼之非易　「彼二途」は、「伏閤之臣」の精勤と「還珠之宰」の清倹、二通りの官吏のありかたをさす。「精勤」「清儉」の要素を両立する例は未見。

【対】

○莅百寮順二柄　「百僚」は多くの官吏。「二柄」は刑罰と褒賞。『韓非子』「二柄」に「明王之所三導二制其臣下一者、二柄而已矣。二柄者刑德也。殺戮之謂レ刑、慶賞之謂レ德」とある。

○宰九州班六條　「九州」は国内全土。『漢書』巻二四上「食貨志上」に「禹平二洪水一定二九州一、制二土田一、（中略）萬國作レ乂」とある。「班」は頒布する。「六條」は北周・文帝（太祖・宇文泰）が蘇綽に制定させた地方官の心得「六條詔書」を指す。『周書』巻二三「蘇綽傳」に「太祖方欲下革二易時政一、務中弘二彊國一富レ民之道上。故綽得レ盡二其智能一、贊二成其事一。（中略）爲二六條詔書一、奏施二行之一。（中略）太祖甚重レ之、常置二諸座右一。又令三百司習二誦之一」、『宋書』巻四〇「百官志下」、「刺史」の項に「刺史班二行六條詔書一」とある。なお、『周書』「蘇綽傳」所引「六條詔書」の第一條「先治心」には「治民之要、在二清心一而已。夫所謂清心者、非下不レ貪二貨財一之謂上也、乃欲レ使二心氣清和、志意端靜一」とあり、単に財貨を貪らない以上の「清心」を官人に求めている。

○捐金投玉　虞舜之清儉矣　『後漢書』巻四〇下「班固傳」所引「兩都賦」に「捐二金於山一、沈二珠於淵一」とあり、唐・李賢注が「陸賈新語曰、聖人不レ用二珠玉一而

寶二其身一。故舜弃二黄金於嶃巖之山一、捐二珠玉於五湖之川一、以杜二淫邪之欲一也」とするのに拠る。

○櫛風沐雨　夏禹之精勤矣　『莊子』巻十下「雜・天下」に「墨子稱ㇾ道曰、昔禹之湮二洪水一、決二江河一而通二四夷九州一也、名山三百、支川三千、小者無數。禹親自操二槖耜一而九二雜天下之川一、腓無ㇾ胈、脛無ㇾ毛、沐二甚雨一、櫛二疾風一、置二萬國一」とあるのに拠る。

○楊震作守陳神知於枉道　「楊震」は後漢の人、字は伯起。「守」は太守を指す。「枉道」は正しくない、曲がった道。ここは不正を行う者のこと。『後漢書』巻五四「楊震傳」の「四遷荊州刺史東萊太守。當ㇾ之ㇾ郡、道經二昌邑一。故所ㇾ擧荊州茂才王密爲二昌邑令一、謁見、至ㇾ夜懷二金十斤一以遺ㇾ震。震曰、故人知ㇾ君、君不ㇾ知二故人一、何也。密曰、暮夜無二知者一。震曰、天知、神知、我知、子知。何謂ㇾ無ㇾ知。密愧而出。（中略。震は）性公廉、不ㇾ受二私謁一。子孫常蔬食歩行。故舊長者或欲ㇾ令三爲開二産業一、震不ㇾ肯曰。使三後世稱爲二清白吏子孫一」、また、同伝の「論」に「震爲二上相一、抗二直方一以臨二權枉一、先二公道一而後二身名一」とあるのに拠る。

○馮豹爲郎侍天渙於閤前　問の「伏閤之臣精勤徹夜」を受ける。「郎」は尚書郎を指す。「天渙」は天子の恩恵で、ここでは詔勅・勅命を指す。用例は唐・楊炯「少室山少姨廟碑銘」に「降二天渙一、命二司存一、因二其舊跡一、葺二其新廟一」（『全唐文』巻一九二）とあるなど。古代日本の用例としては、時代は下るが、『文華秀麗集』「序」に「忝侍二詮簡一、重承二天渙一」とある。

○飛譽目前揚美身後　「飛譽目前」は、惑わされないよう栄誉を目先から遠ざける。『三國志』巻二七「魏書・王昶傳」の「循二覆車一滋衆、逐ㇾ末彌甚、皆由下惑二當時之譽一、昧中目前之利上故也。夫富貴聲名、人情所ㇾ樂、而君子或得而不ㇾ處、何也。惡ㇾ不ㇾ由二其道一耳」に拠る。「揚美」は名誉を盛んにする。用例は『漢書』巻八二「王商史丹傅喜傳」の「贊」に「史丹父子相繼、高以二重厚一、位至二三公一。丹之輔二道副主一、掩ㇾ惡揚ㇾ美、傅二會善意一、雖二宿儒達士一無三以加二焉」とあるなど。「身後」は死後。楊震作守陳神知於枉道の項を参照。

○清者稟根自天　勤者勞株由己　「稟根」は根本をさずかる。『漢書』巻一〇〇上「敘傳」の「形氣發二于根柢一兮、柯葉彙而靈茂」に対する唐・顔師古注に「草木枝葉各稟二根柢一、人之餘慶資以二積善一、亦猶レ此也」とある。「自天」の用例は『藝文類聚』巻一三「帝王部三・宋武帝」、顔延之「武帝謚議」に「愛敬所レ稟、因心則遠。英粹之照、正性自レ天」とあるなど。「勞株」は漢籍・仏典ともに用例未見。「根」の対である「株」を用い、「勞株」（根元をいたわる）で素質を育てる意としたものか。「由己」は自らに由来する。『論語』「顔淵」に「顔淵問レ仁。子曰。克レ己復レ禮爲レ仁、一日克レ己復レ禮、天下歸レ仁焉。爲レ仁由レ己、而由レ人乎哉」とあり、前漢・孔安国伝が「行レ善在レ己。不レ在レ人也」とする。

○飲水留犢之輩　「飲水」は清貧な生活のたとえ。『禮記』「檀弓下」に「子路曰、傷哉貧也。生無二以爲レ養、死無二以爲レ禮也。孔子曰、啜レ菽飲レ水、盡二其歡一、斯之謂レ孝」、『荀子』「天論」に「君子啜レ菽飲レ水、非レ愚也。是節然也」とある。また、『後漢書』巻五三「周黄徐姜申屠列傳」の総説に、「太原閔仲叔者世稱二節士一、雖二周黨之潔清一自以弗レ及也。黨見二其含レ菽飲レ水遺レ以二生蒜一、受而不レ食」とある。「留犢」は、任地に連れていった牛の産んだ子を連れて帰らず残し留めることで、清廉であることの例。『藝文類聚』巻九四「獸部中・牛」所引『魏略』に「鉅鹿時苗、爲二壽春令一。始之レ官乘二牸牛一。歲餘牛生二一犢一。及レ去、留二其犢一。謂二主簿一曰、令來時本無二此犢一。是淮南所レ生也。吏曰、六畜不レ識レ父、自當レ隨レ母。苗不レ聽」とある（『三國志』巻二三「魏書・常林傳」所引『魏略』「清介傳」の「時苗」の項にも同趣の記事あり）。

○駕星去虎之徒　「駕星」は漢籍・仏典ともに用例未見で語義未詳。やや時代が下るが、唐・屈突滑「對下擧二似レ已者一判上」に「整二日馭一以觀レ風、駕二星軺一而問レ俗」（『文苑英華』巻五一四、『全唐文』巻四〇四）とある。「星軺」は使者の乗る車。この例では「日馭」（天子の車）と対になっており、天子の使者の車と解される。「駕星」が「駕星軺」の略なら「天子の使者として車に乗る（＝

地方へ赴任する)」の意かと推定される。不確実だが、ひとまずそのように解しておく。「去虎」は、唐・史仲謨「後漢溧陽侯史崇墓碑頌」に「蝗飛火滅、還レ珠去レ虎。子民輯悦、建二茲城宇一」(『全唐文』巻一六二)とあり、還珠之宰清儉日新の項に既出の『魏書』「列傳良吏」総説の「浮虎還珠之政」の「浮虎」(虎を河に浮かばせる)と類義と考えられる。「浮虎」の故事は『後漢書』巻七九上「劉昆傳」に「稍遷二侍中弘農太守一。先レ是、崤黽驛道多二虎災一、行旅不レ通。昆爲レ政三年、仁化大行、虎皆負レ子度レ河」とある。「去虎之徒」とは、これらを踏まえて、凶暴な虎を去らせるほどの仁政を行う良吏をいうと考えられる。前句が清廉な官吏について述べていたので、この句は精勤の官吏について言っていよう。

○器非宋寶　宇是燕石　「器…宇…」は、「器宇」(人柄・人品)を分割して対句としたもの。「燕石」は燕山から産出される石で玉に似る。『山海經』「北山經・燕山」に「北百二十里、曰二燕山一、多二嬰石一」とあり、晉・郭璞注が「言二石似レ玉一。有二符彩嬰帶一、所謂燕石者」とする。「宋寶」と「燕石」の対は『藝文類聚』巻六「地部・石」の「闞子曰、宋之愚人、得二燕石於梧臺之東一、歸而藏レ之以爲レ寶。周客聞而觀レ焉。主人齋七日、端冕玄服以發レ寶。革匱十重、緹巾十襲。客見レ之掩レ口而笑。此特燕石也。其與二瓦甓一不レ殊」に拠る。

○決前後之源　前の「飛譽目前、揚美身後」を踏まえ、精勤と清倹の優劣を決定することをいう。

○折梗概之枝　「折枝」は、たやすくできることのたとえ。『孟子』「梁惠王章句上」に「爲二長者一折レ枝。語レ人曰、我不レ能。是不レ爲也。非レ不レ能也」とある。ここは「誰にでも答えられることを答えただけだ」という卑下の辞である。

○慶雲四年九月八日　西暦七〇七年、元明天皇の治世。対策としては現存最古のもの。『類聚符宣抄』巻九「方略試」所引、「請下蒙二宣旨一令上レ奉二方略試播磨少掾正六位上橘朝臣直幹一状」(承平五年〈九三五〉八月二五日)に、「我朝獻策者、始レ自二慶雲之年一、至二承平之日一、都盧六十五人」とある。

11　刀利宣令・適材適所

〔作者解説〕

刀利宣令《とりのせんりょう》

○策問執筆者　記載なく不明。

○対策者　刀利宣令　本対策では中国風の一字名字にして「刀」と記されている。生没年未詳。養老五年（七二一）正月庚午、従七位下のとき、元正天皇の詔によって首皇子（後の聖武天皇）の東宮侍講の一人に任ぜられたことが『續日本紀』に見える。『懷風藻』には、養老七年（七二三）八月の作と目される長屋王宅で新羅の使者を宴した際の「五言、秋日於二長王宅一宴二新羅客一一首」（六三）、および「五言、賀二五八年《よそぢのみとし》一」（六四）の二首が残り、「正六位上刀利宣令。一首。年五十九」（「五十七」とする異本あり）と記される。同目録によれば「伊預掾」であったことが知られる。六四詩が長屋王四十賀の際のものであれば、六三詩と同じく養老七年の作ということになる。長屋王との親交があり、極官が正六位上伊予掾であり、五九歳で没した。『萬葉集』には巻三、巻八にそれぞれ一首の歌を残す（3・三一三・土理宣令、8・一四七〇・刀理宣令）。いずれも歌の配列からは養老から神亀の頃の作と思われる。なお、当該の対策二首には制作年は記されていないものの、直前の百済倭麻呂の対策文左注に「慶雲四（七〇七）年」の記載があり、六首後の葛井連諸会の対策文左注に「和銅四（七一一）年」の記載がある。この配列が年時順であるなら、当該対策の制作時期はその間となるが、巻二十全体で見た場合、冒頭に年時の下る作が配されており、結局、不明とせざるをえない。

〔本文〕

問。
設レ官分レ職、須レ得(1)二其人一。
而、
行殊二輕重一、能有二長短一。
委任責(2)レ成、非レ當覆餗(3)。
授受之略、可レ得レ聞乎。

刀宣令

對。
竊以、
天垂二七政一、辨二星紀於三百一、
地陳二八座一、條(4)二儀式於三千一。
所以、
動異二東西一、調二四時於玉燭一、

〔訓読〕

問ふ。
官を設《まう》け職を分く、須《すべから》く其の人を得《う》べし。
而《しか》れども、
行は輕重を殊《こと》にし、能に長短有り。
委任して成を責《せ》むるも、當《あた》るにあらずは覆餗《ふくそく》せむ。
授受の略、聞くことを得《う》べけむか。

刀宣令

對《こた》ふ。
竊《ひそ》かに以《おも》ひみるに、
天は七政を垂れて、星紀を三百に辨《わか》ち、
地は八座を陳《つら》ねて、儀式を三千に條《わか》つ。
所以《ゆゑ》に、
動は東西を異にして、四時《しいじ》を玉燭《ぎょくしょく》に調《ととの》へ、

治兼二刑德一、(5)齋二萬機於金鏡一者也。
(6)五臣分レ職、虞后致二肅肅之美一、
十亂當レ朝、周王有二濟濟之盛一。
士會還歸、(7)衆盜去二於晉郊一、
大叔爲レ政、群奸聚二於(8)鄭圃一。
輕重短長、略可レ言焉。
伏惟　皇朝、
化平二日域一、
德及二天涯一。
執二禹麾一而招レ能、
坐二堯衢一而訪レ賢、
逃レ周避レ漢之臣、鴈二行於丹墀一、
遊レ潁隱レ箕之夫、鱗二次於絳闕一。
無爲軼二於觀象一、
有道籠二於垂衣一。
是知、
(9)釣璜同レ載、木運祚二於七百一、
(10)指鹿成レ佐、金精滅二於二世一。

治は刑德を兼ねて、萬機を金鏡に齋《ととの》ふるといへり。
五臣職を分かち、虞后《ぐこう》肅肅《しゅくしゅく》の美を致し、
十亂《じふらん》朝に當たり、周王濟濟《せいせい》の盛《さかり》有り。
士會《しくわい》還歸して、衆盜晉郊を去り、
大叔《たいしゅく》政《まつりごと》を爲《な》し、群奸《ぐんかん》鄭圃《ていほ》に聚《あつま》る。
輕重短長、略《ほぼ》言ひつべし。
伏して惟《おも》ひみるに　皇朝、
化は日域《にちゐき》を平《たひ》らかにし、
德は天涯に及《およ》べり。
禹麾《うき》を執りて能《のう》を招き、
堯衢《げうく》に坐《いま》して賢《けん》に訪《と》ふに、
周を逃《さ》り漢を避《さ》るの臣、丹墀《たんち》に鴈行《がんかう》し、
潁《えい》に遊び箕《き》に隱《こも》るの夫、絳闕《かうけつ》に鱗次《りんじ》す。
無爲觀象に軼《す》ぎ、
有道垂衣に籠《こも》る。
是に知る、
釣璜《てうくわう》載《の》ることを同《おな》じうし、木運《ぼくうん》七百に祚《さきは》ひ、
指鹿《しろく》佐《たすけ》を成《な》し、金精《きんせい》二世に滅す。

得㆓其人㆒興㆓畫一之歌㆒、
非㆓其任㆒有㆓尸素之譏㆒。
案㆑此而論、粗當㆓分別㆒。
但、
東遊天縱、猶迷㆓兩兒之對㆒、
西蜀含章、莫㆑辨㆓一夫之問㆒。
至㆔於授㆓洪務㆒、維帝難㆑之。
況乎末學淺志、豈能備述。
謹對。

其の人を得《う》れば、畫一《くわくいつ》の歌を興《おこ》し、
其の任に非ざれば、尸素《しそ》の譏《そしり》有り。
此を案じて論ずるに、粗《あらあら》當に分別すべし。
但し、
東遊《とういう》の天縱《てんしょう》も、猶《な》ほ兩兒《りやうじ》の對《こた》へに迷ひ、
西蜀《せいしょく》の含章《がんしやう》も、一夫の問ひに辨《べん》ずる莫《な》し。
洪務を授くるに至りては、維《これ》、帝すら之《これ》を難しとす。
況んや末學淺志《まつがくせんし》、豈に能く備述《びじゅつ》せむや。
謹みて對ふ。

〔校異〕

（1）得―底本「淂」（「得」の異体字）。諸本により改める。

（2）責成―底本「成責」。東海が底本と同じく「成責」とし、また井上に「責伐」とあるほかは、諸本すべて「責成」とする。『淮南子』などの用例を鑑み、諸本により改める。

（3）餗―底本「饋」。三手・神宮（左書入）・萩野（左書入）・林氏（右書入）および菊亭（異本注記）に「餗」、谷森（右書入）に「餗カ」とある。典拠とする『周易』によって「餗」に改める。

（4）儀―底本「議」。諸本により改める。

（5）齋―底本「齊」。平松・三手・蓬左に「齋」とあるのにより改める。

(6) 五臣—底本「夫百臣」。「夫百臣」とするものは底本の他、慶長および塩釜の二本。谷森・三手に「夫五臣」。平松・脇坂・小室に「五臣」。諸陵・林氏などに「夫臣」。池田・東海などに「大臣」。また、「大臣」とする諸本の内、「五歟」の書入が蓬左などに見られる。典拠に鑑みて「五臣」を採る。

(7) 帰—底本「肆」（右書入「郷」）。東海に「郷」。諸本により、文意の通る「帰」を採る。

(8) 圃—底本「蒲」。平松・小室に「圃」、また「蒲」とする本でも陽二・神宮の右書入に「圃」、尊経右書入異本注記に「圃」、蓬左・萩野・池田・鎌田に「圃歟」の書入がある。典拠に鑑みて「圃」を採る。

(9) 璜—底本「潢」。慶長・蓬左・塩釜・池田・鎌田・神宮・柳原・尊経・萩野・小室・井上・河村に「璜」。典拠に鑑みて「璜」を採る。

(10) 指鹿—底本「捐度」。慶長・谷森・蓬左・塩釜・池田・三手・神宮・柳原・尊経・多和・萩野・小室・内閣・井上・河村に「指鹿」とあるのにより改める。

〔通釈〕

問う。官職を設けてそれぞれに政務を分業させる、そのためにはぜひとも賢臣を得る必要がある。しかしながら、人びとの品行・行状には程度の相違があり、その才能にも長短がある。職務を任せてその成果を義務づけても、それに適う人物でなければ、鼎の足が折れてその中味を覆すように、任務に堪えきれずに失敗することとなろう。職務授受のおよその筋道を聞くことはできないだろうか。

刀宣令

お答えいたします。私に考えをめぐらせますに、天は政治における七つの指針を表す日月五星の七政を垂れて、その起終点である星紀を中心に綱紀を三百に分かち、地は八座の官職を並べて、官吏の行うべき儀式を三千に分けております。

よって、天子の徳が陰陽の気を動かすさまは東西によって異なり、四時の気は天子の徳が玉燭のように輝くのに応じて平らかに調和し、天子の治めるさまは刑罰と慶賞とを兼ね備え、もろもろの政務は金鏡のように輝く明道に整えられております。

五臣が職を分かち任にあたることで、虞舜には恭敬な賢臣が多く集う美しい治世がおとずれましたし、十乱と呼ばれる十人の優れた臣下が公務にあたることで、周の武王には威儀を正した人材が多く揃った盛りがありました。（厳しく民を制した名臣）春秋晋の士会が秦より還ると、多くの盗賊たちが晋の周辺から去り、（鄭では猛政を行うことができない大叔が政治を行うと）鄭国内には多くの悪人が集まりました。臣下の品行と能力とにおける軽重短長のことは、これらの事例であらかた述べることができます。

謹んで考えてみますに、陛下の朝廷においては、その教化が日の照らすすべての場所を平安たらしめており、その徳は天の果てまでも行き届いております。禹王が指揮の旗を手に執って能力のある賢臣を集めたように、あるいはまた尭が衢室において人々と面会して話を聞いたように、周から逃げた賢臣伯夷・叔斉や漢を避けた商山四皓のような隠逸の人士も、宮殿の朱塗りの庭に雁の列のごとくに並び、潁水に遊び箕山に籠る（尭が天下を譲ろうとしてもそれを固辞したという）許由らのような優れた隠士も、魚の鱗が並ぶように宮殿の朱塗りの門前に並んでおります。陛下が何もせず無為にして治まるさまは、天象を観察して地を治める政治にもまさり、ご治世の有道たるさまは、陛下の垂衣という何もせぬ姿に込められております。

これによってわかります。渭水で宝玉の璜を釣ったという太公望呂尚を文王が自分と同じ車に載せて帰ったことで、木徳の周王朝は七百年のあいださきわい、鹿を指して馬と言った趙高を補佐役とした金徳の秦王朝は二世にして滅亡しました。適切な人材を得れば、漢の高祖を助けた蕭何・曹参を讃えた「画一の歌」が興りましょうし、その人が任務に適さなければ、高い位に就きながら職務を果たさないという「尸《し》位《い》素《そ》餐《さん》の譏《そし》り」があらわれましょう。これをもって考えますに、およそ、当然臣下の品行と能力との軽重・長短を分別すべきでありましょう。

ただし、天才と称えられた孔子であっても東に遊説した折に、太陽の遠近を論じる二人の児童に対して答えるのにはやはり迷いましたし、西蜀の含章と称される揚雄であっても、劉歆に太玄経の行く末を問われた際には、弁をなさずに笑みを浮かべるだけでありました。（臣下に）大いなる務めを授けるにあっては、帝でさえもこれを難しいものとします。まして、学問を修めた程度も低く、志も浅い私では、どうして詳しく述べることができましょうか。

謹んでお答え申し上げます。

〔語釈〕

【問】

○設官分職　須得其人　「設官分職」は官職を設けてそれぞれに仕事を任せること。『周禮』「天官・冢宰」に「惟王建レ國、辨レ方正レ位、體レ國經レ野、設レ官分レ職、以爲二民極一」とあり、後漢・鄭玄注が「鄭司農云、置二冢宰・司徒・宗伯・司馬・司寇・司空一、各有レ所レ職、而百事擧」とする。「得人」とは、天下のために優れた臣下を得ることをいう。『孟子』「滕文公章句上」に「天下得レ人者謂二之仁一」とあり、後漢・趙岐注が「言、聖人以レ不レ得二賢聖之臣一、爲二已憂一。農夫以二百畝不一レ易レ治爲二已憂一」とし、同じく「是故、以二天下一與レ人易、爲二天下一得レ人難」に「爲二天下一求下能治二天下一者上難レ得也。故言以二天下一傳二與人一尚爲レ易也」と注する。

○行殊輕重　能有長短　「行」は品行・行状、「能」は才能の意で、「行能」と熟す。臣下にはそれぞれ行能の軽重、長短があるということ。能によって職を与えることは『六韜』「龍韜・王翼」に「因レ能授レ職、各取レ所レ長」と記されており、「謀士五人。主下圖二安危一、慮二未萌一、論二行能一、明二賞罰一、授二官位一、決二嫌疑一、定中可否上」とある。

○委任責成　「委任」は人に任せることで、ここでは特に君主が臣下に施政を任せること。「責成」は職務の成果を挙げることを責任づけること。『史記』巻一〇二「馮唐傳」に「委任而責二成功一、故李牧乃得レ盡二其智能一」とある。また『淮南子』「主述訓」に「人主之術、處二無爲之事一、而行二不言之教一。清靜而不レ動、一レ度而不レ搖、因循而任レ下、責レ成而不レ勞」とある。

○非當覆餗　「餗」は鼎に盛りつけた食事。「覆餗」はその鼎の足が折れて、盛りつけた食事をひっくり返すこと。転じて宰相が与えられた任務に耐えきれずに失敗することをいう。『周易』「鼎」に「九四。鼎折レ足、覆二公餗一、其形渥、凶」とあり、魏・王弼注が「渥、沾濡之貌也。既覆二公餗一、體爲二渥沾一。知二小謀レ大、不レ堪二其任一、受二其至辱一、災及二其身一。故曰二其形渥凶一也」とし、『後漢書』巻八七「謝弼傳」に「必有二折レ足覆レ餗之凶一」、その唐・李賢注に「易曰、鼎折レ足覆二公餗一。鼎以喩二三公一。餗、鼎實也。折レ足覆レ餗、言レ不レ勝二其任一」とある。

【対】

○天垂七政　辨星紀於三百　「天」は「七政」の象を人間に垂れ示し、それによって吉凶を表す。政治をなすに当たり、その「天象」を見極めることが求められた。『周易』「繫辭上」に「天垂レ象、見二吉凶一、聖人象レ之」とある。「七政」の象とは日月五星（水火金木土）のことで、更に日月五星のそれぞれが指示する政治の指針をいう。七政の天象に政治を対応させたもの。『尚書』「舜典」に「在二璿璣玉衡一以齊二七政一」とあり、前漢・孔安国伝が「王者正二天文之器一、可二運轉一者。七政、日月五星、各異レ政。舜察二天文一齊二七政一、以審下已當二天心一與上否」とする。「星紀」は星次の名。赤道上に天球の線を十二等分した十二次の一で、斗宿および牽牛星にあたる。七政（日月五星）の終始するところであるため、天の綱紀とされる。『爾雅』「釋天」に「星紀。斗・牽牛也」とあり、晋・郭璞は「牽牛・斗者、日月五星之所二終始一、故謂二之星紀一」と注する。また『漢書』巻二一上「律暦志上」に「玉衡・杓建、天之綱也。日月初躔、星之紀也」とあり、唐・顔師古注が「孟康曰、二十八舎列在二四方一、日月行焉、起二於星紀一、而又周レ之、猶三四聲爲二宮紀一也」、「晉灼曰、下言斗綱之端連貫二營室一、織女之紀指二牽牛之初一、以紀二日月一、故曰二星紀一。五星起二其初一、日月起二其中一。是謂二天之綱紀一也」とする。「辨星紀於三百」と「條儀式於三千」との隔句対に見られる「三百」―「三千」の対は、『禮記』「禮器」に「經禮三百、曲禮三千、其致一也」、同「中庸」に「禮儀三百、威儀三千、待二其人一而後行」などの例が見える。

○地陳八座　條儀式於三千　対の「天垂」に対して「地陳」とした。このような文脈で「地陳」と表現した例は漢籍・仏典とも未見。2紀真象対策に「(天には)珠聯璧合、鏡二圓蓋一以垂レ文、(地には)翠岳玄流、灑二方輿一以錯レ理」とあるような、天地それぞれに万象が秩序(3では「文」「理」)をもって配置されているとの観念による作句だろう。「八座」は中央政府の八つの高級官吏。その指し示す官職は歴朝によって異なり一定しない。政府の中枢をなす高級官職の意で用いる。『續漢書』志第二六「百官三」では「世祖分爲二六曹一、幷二一令一僕一、謂二之八座一」とし、また『晉書』巻二四「職官志」では「凡五曹尚書・二僕射・一令、爲二八座一」とする。『初學記』巻一一「職官部上・僕射」には「光武分爲二六曹一幷二一令・一僕射一、謂二之八座一、魏有三五曹與二二僕射・一令一、謂二之八座一」と説かれる。「儀式」の「儀」は則ること、「式」は象《かたど》ることをいう。『毛詩』「周頌・清廟之什・我將」に「儀式刑二文王之典一、日靖二四方一」とあり、鄭玄箋に「靖、治也。(中略)儀、則。式、象。法二行文王之常道一、以日施二政於天下一」とある。ここは朝廷の儀式を指すが、同時にそれが天地の秩序に則りそれを象ったものであることを含意していよう。「三千」については天垂七政…の項を参照。

○動異東西　調四時於玉燭　「動異東西」は天子の徳が陰陽の気を動かすことが方角により異なり、「調四時於玉燭」はそれに従って四時の気が平らかに調うこととして解釈できるか。『禮記』「樂記」に君子の理想的な楽舞について「發以二聲音一、而文以二琴瑟一、動以二干戚一、飾以二羽旄一、從以二簫管一。奮二至德之光一、動二四氣之和一、以著二萬物之理一」とあり、孔安国伝が「奮、猶レ動也。動二至德之光一、謂下降二天神一出二地祇一假中祖考上。著、猶レ成也」、孔穎達疏が「動二四氣之和一者、謂下感二動四時之氣序之和平一、使中陰陽順序上也」とする。「四時」は四季のことで、「玉燭」は四時の気が平らかに調和しているさまをいう。『爾雅』「釋樂・四時」に「四時和、謂二之玉燭一。（中略）四時和、爲レ通レ正」とあり、郭璞は「玉燭」に「道二光照一」と注する。後代のものではあるが、北宋・邢昺疏には「此釋、太平之時、四氣和暢、以致二嘉祥一之事也。（中略）四氣和謂二之玉燭一、注云二道光照一者、道、言也。言、四時和レ氣、溫潤・明照、故曰二玉燭一。李巡云、人君德美如レ玉、而明若レ燭。聘義云、君子比二德於玉一焉。是知、人君若德輝動二於內一、則和氣應二於外一、統、而言レ之謂二之玉燭一也」とある。なお、刀利宣令の「秋日於二長王宅一宴二新羅客一」（『懷風藻』）にも「玉燭調二秋序一」の句がある。小島憲之は「『動』は行動の意であらう」とする（『国風暗黒時代の文学　中（上）』一〇八三頁）が、ひとまず以上のように解しておく。

○治秉刑德　齋萬機於金鏡　「刑德」は刑罰と賞賜。『韓非子』「二柄」に「明主之所レ導レ制二其臣一者、二柄而已矣。二柄者、刑・德也。何謂二刑德一。曰、殺戮之謂レ刑、慶賞之謂レ德。爲二人臣一者、畏二誅罰一而利二慶賞一。故、人主自用二其刑德一、則群臣畏二其威一而歸二其利一矣」とある。「萬機」は「萬幾」に同じ。天子の行うもろもろの政務のこと。『尚書』「虞書・皋陶謨」に「兢兢業業、一日二日萬幾」とあり、孔安国伝が「幾、微也。言、當レ戒二萬事之微一」とする。「金鏡」は明道の喩え。『文選』巻五五、劉峻「廣絕交論」の「聖人握二金鏡一」への唐・李善注に「言三聖人懷二明道一（中略）雒書曰、秦失二金鏡一。鄭玄曰、金鏡喩二明道一也」とある。

○五臣分職　虞后致肅肅之美　「虞后」すなわち虞舜が五人の優れた臣に政務を任せて、世を平らかに治めたことをいう。「五臣」は舜の五臣、すなわち禹・稷・契・皐陶・伯益をいう。『論語』「泰伯」、「舜有臣五人、而天下治」の魏・何晏注に「孔曰、禹・稷・契・皐陶・伯益」とある。「五臣分職」は、舜が官を設け職を分かち、五臣に職を任せたことをいう。『隋書』巻六二「柳彧傳」に「舜任五臣、堯咨四岳、設官分職、各有司存、垂拱無爲、天下以治」とある。「肅肅」は、つつしみ敬う様子、態度の意。「肅肅」なる態度であれば賢者が多く集まるという。『毛詩』「國風・周南・兎罝」に「肅肅兎罝、椓之丁丁」とあり、前漢・毛公伝に「肅肅、敬也」、鄭玄箋に「猶能恭敬、則是賢者衆多也」とある。「五臣」と「十亂」との対に関しては次項を参照。

○十亂當朝　周王有濟濟之盛　　周・武王が、十人の優れた臣下を政治に当たらせ、多くの優れた役人たちが政務に励み、栄えたことをいう。「十亂」は、周公旦・太公望（呂尚）ら、「周王」（周・武王）の十人の優れた臣下たち。「亂」は「治」の意で用いる。『尚書』「泰誓中」に「予有亂臣十人。同心同徳」とあり、孔安国伝に「我治理之臣雖少而心徳同」、孔穎達疏に「釋詁云、亂、治也」とある。「濟濟」はきちんとして威厳があり、美しいさまで、「濟濟之盛」は威厳をもって正しく礼義に適った行いをする優れた人材が多くいるために栄えているさま。『毛詩』「大雅・文王之什・文王」に「思皇多士、生此王國、王國克生、維周之楨。濟濟多士、文王以寧」とあり、毛公伝に「濟濟、多威儀也」、鄭玄箋に「願天多生賢人於此邦。此邦能生之、則我周之幹事之臣」とする。また、『毛詩』「周頌・清廟之什・清廟」に「濟濟多士、秉文之徳、對越在天」とあり、毛公伝に「執文徳之人也」、鄭玄箋に「濟濟之衆士、皆執行文王之徳」とある。「五臣」と「十亂」とをあわせて論ずる例は、『論語』「泰伯」に「舜有臣五人而天下治。武王曰、予有亂臣十人」とあるほか、『廣弘明集』巻二二、朱世卿「性法自然論」の「唐虞疊聖加以五臣。文武重光益以十亂」（大正蔵五二巻二五六頁上）、『貞觀政要』巻三、魏徴「貞観十四年、特進魏徴上疏」の「堯・

舜・文・武、見レ稱二前載一、咸以二知レ人則哲一。多士盈レ朝、元凱翼二巍巍之功一。周召、光二煥乎之美一。然則、四岳・九官・五臣・十亂、豈惟生二之於曩代一、而獨無二於當今一者哉在乎」などに見える。

○士會還歸　衆盗去於晉郊　　春秋晋の大夫・士会が秦に出奔した後に帰国すると盗賊らが晋国を去った故事をいう。『春秋左氏傳』宣公一六年春に、「以二黻冕一命、士會將二中軍一、且爲二大傅一。於レ是、晉國之盜逃二奔于秦一」とある。「還歸」はもといたところへ帰る意。『毛詩』「國風・召南・采蘩」の「被レ之祁祁、薄言還歸」などの用例がある。

○大叔爲政　羣奸聚於鄭圃　　鄭国の子産の子、大叔が政治を執ると、国内の萑苻の沢に盗賊が多く現れた故事をいう。『春秋左氏傳』昭公二〇年に、「大叔爲レ政、不レ忍レ猛而寛、鄭國多盜取二人於萑苻之澤一」とある。

○化平日域　徳及天涯　　「化」は徳化、教化、「平」は平らかにする、平和にする意。二字が熟合した「化平」は教化が行き届いて平和であるさま。また、そのように教化することをいう。用例は『後漢書』巻七二「東平憲王蒼傳」に「天下化平、宜レ修二禮樂一」、また、唐・楊烱「老人星賦」（『盈川集』巻一）に「見則化平主昌、明則天下多士」など。「日域」は日の照らす範囲、天下をさす。『魏書』巻五三「李孝伯傳」に「伏惟、世祖太武皇帝、英叡自レ天、籠二罩日域一、東清二遼海一、西定二玉門一」などの用例をみる。「天涯」は天のはて。さらには天蓋と大地の接する極みの遥か遠い彼方の地をいう。用例は『梁書』巻三三「劉孝綽傳」の「但瞻二言漢廣一、邈若二天涯一」など。

○執禹麾而招能　　「麾」は手を挙げてさしまねく意で、そのための指図旗をもさす。ここではその旗の意で用いる。禹の麾のもとに忠直・賢俊な臣下が集って高い位につき、その臣下たちが政治を執ると恵沢が国に遍く満ちたという故事に拠る。『楚辭』「大招」に「直贏在レ位、近二禹麾一只、豪傑執レ政、流澤施只」とあり、後漢・王逸注に「禹聖王、明二於知レ人。麾、擧レ手也。言、忠直之人皆在二顯位一、後有二贏餘賢俊一、以爲二儲副一。誠近夏禹指麾取レ士、一國之人悉進レ之也。一云、誠近夏禹所レ稱三擧賢人一之意也」、「言、豪傑賢士執三持國政一、惠澤流行、無レ不レ被二其施一也」とある。なお、小島憲之は『管子』「桓公問」の「舜有レ告二善之旌一、而主不レ蔽也。禹立二諫鼓於朝一、而備レ訊也」を挙げて、宣令が内容を改変したとみる（『国風暗黒時代の文学　中（上）』一〇八四頁）。

○**坐堯衢而訪賢**　「衢」は「衢室」のことで、尭が政務を執り行った宮殿をいう。尭が衢室において人民の質疑を受ける場を設け、下々の意見を取り入れた故事（「衢室之問」）による。『管子』「桓公問」に、「黄帝立二明臺之議一者、上觀二於賢一也。堯有二衢室之問一者、下聽二於人一也」とある。なお、「禹麾」と「堯衢」との対は、26大神虫麻呂の対策に「設二禹麾一而待レ士、坐二堯衢一以求レ賢」ともある。

○**逃周避漢之臣**　「逃周」の臣は、伯夷・叔斉をさす。周の武王が父文王を葬ることよりも先に殷の紂王を征伐に出た際に、伯夷・叔斉は文王に対する不孝、臣下が君主を弑することの不仁の二点を諫めたが、武王は紂王を討った。伯夷・叔斉は周による平定を恥として、周を逃れ首陽山で餓死した。『文選』巻五一、東方朔「非有先生論」に「伯夷・叔齊避レ周、餓二于首陽之下一。後世稱二其仁一」とあり、『史記』巻六一「伯夷傳」に、「及レ至二西伯卒一、武王載二木主一、號爲二文王一。東伐レ紂。伯夷・叔齊叩レ馬、而諫曰、父死不レ葬、爰及二干戈一可レ謂レ孝乎。以レ臣弑レ君可レ謂レ仁乎。（中略）武王已平二殷亂一天下宗レ周、而伯夷・叔齊恥レ之、義不レ食二周粟一。隱二於首陽山一、采薇而食レ之」とある。「避漢」の臣は、商山四皓（東園公・綺里季・夏黄公・甪里先生）のこと。劉邦が高く評価しつつも、四皓は劉邦を士を侮る者と見做して山中に隠れ、義として漢の臣とならなかった。『漢書』巻四〇「張良傳」に「顧、上有二所レ不レ能レ致者、四人一。四人年老矣。皆以レ上嫚三姆士一。故逃三匿山中一、義不レ爲二漢臣一。然上高二此四人一」とあり、顔師古注に「四人、謂二園公・綺里季・夏黄公・甪里先生一。所謂商山四皓也」とある。伯夷・叔齊と四皓とを並べ称することは、晋・袁宏『後漢紀』巻五「光武皇帝紀」の「自レ古堯有二許由・

巣父一、周有二伯夷・叔齊一、自レ朕高祖有二南山四皓一。自レ古聖王皆有二異士一非二獨今一也」などの例が見られる。小島憲之は「逃周避漢」の臣を「周や漢から逃避して桃花源境に生活を楽しむ人々のやうに世を避けた臣たち」と訳出し（『国風暗黒時代の文学　中（上）』一〇八四頁）、特に限定していないが、以上のような特定が可能であろう。

○鴈行於丹墀　天子の庭に次々に人々が並んでやってくることをいう。「鴈行」は鴈（雁）が飛ぶ形のように斜めに並んで、先頭から順次少しずつ遅れて進むこと。『毛詩』「鄭風・大叔于田」に「兩服上襄、兩驂鴈行」とあり、鄭玄箋が「鴈行者、言下與二中服一相次序上」とする。「丹墀」は赤い漆を塗った庭。宮殿の庭をいう。『文選』巻二、張衡「西京賦」の「青瑣丹墀」に対する李善注の引く『漢官典職』に「丹漆地、故稱二丹墀一」とある。

○遊潁隱箕之夫　「遊潁隱箕之夫」は、許由をさす。許由は、堯が天下を譲ろうとすると、固辞して中岳（嵩山）・箕山・潁水北岸に隠逸したという。『史記』巻六一「伯夷傳」に「堯讓二天下於許由一、許由不レ受、恥レ之逃隱」とあり、『藝文類聚』巻三六「人部二十・隱逸上」所引『嵆康高士傳』に「許由、字武仲。堯舜皆師レ之。（中略）堯舜乃致二天下一而讓焉。（中略）許由曰、吾將レ爲レ名乎、名者實之賓。吾將レ爲レ賓乎。乃去。（中略）由、乃退、而遯二耕於中岳、潁水之陽、箕山之下一。」とある。

○鱗次於絳闕　「鱗次」は魚の鱗のように次々に並ぶこと、「絳闕」は絳《あか》く塗った門のことで、天子の宮殿の門、またその宮殿をさす。『文選』巻九、潘岳「射雉賦」に「綠柏參差、文翮鱗次」、『文選』巻五四、陸機「五等論」に「鼙震二於闉宇一、鋒鏑流二乎絳闕一」などの用例がある。

○無爲軼於觀象　「無爲」は、官に相応しい人物が就いており、君主が何もせずとも治まっている状態をいう。「觀象」は天象を観察すること。「軼」は抜きんでていることをいう。一句は、現在の天皇の無為の政治が天象を観察して行う政治以上に能く治まっていることをいう。『論語』「衛靈公」に「子曰。無爲而治者、其舜與。夫何爲哉。恭レ已、正南面而已矣」とあり、何晏注が「言、任レ官得二其人一。故無爲而治也」とする。『魏書』巻九一「張淵傳」所引（張淵）「觀象賦」に「堯無爲猶二觀象一、而況德非二乎先哲一」とあり、「夫、唐堯至治、猶歷二象璇璣一闚二七政一、況德不レ及レ古而不レ觀レ之乎」と自注する。

○有道籠於垂衣　「有道」は君主に徳があり、国に徳が行き届いて治まっているさまをいう。「有道」であれば優れた人物が仕官する。『論語』「公治長」に「子謂二南容一、邦有レ道不レ廢」とあり、梁・皇侃疏に「若遭二國君有レ道、則出二仕官一、不レ廢二己之才德一也」とする。同じく『論語』「衛靈公」に「邦有レ道則仕、邦無レ道則可二巻而懷レ之」とあり、皇侃疏に「邦有レ道則仕者、出二其君子之事一也」とある。「垂衣」は、衣を垂れて手を拱《こまね》く敬礼で、転じて手を拱いて何もしないこと。また、そのようにして治まることをいう。「垂衣裳」、「垂拱」とも。『周易』「繫辭下」に「黄帝・堯・舜垂二衣裳一而天下治、蓋取二諸乾坤一」とあり、晋・韓康伯注に「垂二衣裳一以辨二貴賤一、乾尊坤卑之義也」とする。また、『梁書』巻五「本紀五・元帝」所引の陳・徐陵「勸二進元帝一表」には「無爲稱二於革舄一、至治表二於垂衣一」とある。

○釣璜同載　木運祚於七百　周・文王が呂尚（太公望）に出会って車に乗せ、周王朝が七百年にわたって栄えたことをいう。『藝文類聚』巻八三「寶玉部上・玉」所引『尚書中候』に「文王至二磻谿一、呂尚釣。王趨稱曰。望レ公七年、今見二光景一。答曰。望レ釣得二玉璜一、刻曰、姬受命。呂佐レ之」とあり、『文選』巻四〇、任昉「百辟勸二進今上一牋」の「增二玉璜一而太公不二以爲レ讓一」に対する李善注にもほぼ同文が引かれ、前漢・伏勝『尚書大傳』にもほぼ同様の内容が記されている。「璜」は璧を半分にした形の宝玉のことで、『説文解字』に「璜、半璧也」とある。「同載」は、ともに車に乗ること。用例は『文選』巻四一、司馬遷「報二任少卿一書」の「昔者衛靈公、與二雍渠一同載、孔子適レ陳」など。なお、時代がやや下る用例だが、『白孔六帖』巻一一「車九・同載」に「文王得二呂望一爲レ師、乃同載而歸」とある。「木運」は周の命運のこと。五行相生説によって周は木徳の王朝である。『孔子家語』巻六「五帝」に「周人以二木德一王、尚レ赤」

とある。「祚」は国を統治すること。

○指鹿成佐　金精滅於二世　鹿を指して馬といった趙高を丞相としていた秦が二世で滅亡したことをいう。『後漢書』巻八「孝靈帝本紀」の論に「秦本紀說、趙高譎二二世一、指レ鹿爲レ馬。而趙忠・張讓亦、紿二靈帝一、不レ得レ登二高臨觀一」とあり、『史記』巻六「秦本紀」に「趙高欲レ爲レ亂。恐二羣臣不一レ聽、乃先設レ驗、持レ鹿獻二於二世一、曰、馬也。二世笑曰、丞相誤耶。謂レ鹿爲レ馬。問二左右一、左右或默、或言レ馬以阿二順趙高一。或言レ鹿者、高因陰中二諸言レ鹿者一以レ法。後羣臣皆畏レ高」とある。「金精」は秦をさす。『文選』巻四七、陸機「漢高祖功臣頌」に秦の滅亡を「金精仍頽、朱光以渥」と表現し、これに対して李善注が「漢書郊祀志曰。秦襄公自以居レ西、主二少昊之神一、作二西畤一、祠二白帝一。至二獻公時一、櫟陽雨レ金、以爲レ瑞。又作二畦畤一、祠二白帝一。少昊金德也」とする。始皇帝自身は秦を水徳の王朝と規定したが（『史記』巻六「秦始皇本紀」始皇二十六年）、その前身である戦国時代の秦の襄公・献公は自らを金徳と見做していた。小島憲之は「金精（水徳）をもつ秦」とするが（『国風暗黒時代の文学中（上）』一〇八四頁）、誤解があろう。

○得其人興畫一之歌　「畫一之歌」は、漢高祖（劉邦）の天下統一を助けた蕭何・曹参を讃えて百姓のうたった歌のこと。『史記』巻五四「曹相國世家」に「參爲二漢相國一、出入三年卒。謚二懿侯一。子窋代レ侯。百姓歌レ之曰、蕭何爲レ法、顜若レ畫レ一。曹參代レ之、守而勿レ失。載二其清淨一、民以寧一」とある。

○非其任有尸素之譏　「尸素」は「尸位素餐」のこと。高い位に就きながら、その職務を果たすことがなく徒らに俸禄を食むことをいう。『漢書』巻六七「朱雲傳」の「今朝廷大臣、上不レ能レ匡レ主、下亡二以益一レ民、皆尸位素餐」への顔師古注に「尸、主也。素、空也。尸位者、不レ擧二其事一、但主二其位一而已。素餐者、德不レ稱レ官、空當二食祿一」とある。また、『文選』巻二五、傅咸「贈二何劭・王濟一一首」に「違レ君能無レ戀、尸素當二言歸一」とあり、李善注が「韓詩曰、何爲二素餐一。素者、質人、但有二質朴一無レ治レ民之材。名曰二素餐一。尸祿者、頗有レ所レ知二善悪一不レ言、默然不レ語、苟欲レ得レ祿而已。譬若レ尸矣」と注す。

○案此而論　粗當分別　「分別」は区別・差別すること。『漢書』巻二七上「五行志上」に「書云、知人則悊、能官人。故、堯舜擧二羣賢一而命二之朝一。遠二四佞一而放二諸壄一。（中略）賢佞分別、官人有序、帥由舊章、敬重功勳、殊別適庶」とある。

○東遊天縦　猶迷兩兒之對　「天縦」は天が認めてほしきままにさせること。特に天が聖人たらしめんとし、自由に振る舞うことを認めた孔子のことをいう。『論語』「子罕」に「太宰問二於子貢一曰、夫子聖者與。何其多能也。子貢曰、固天縦レ之將レ聖、又多能也」とあり、皇侃疏はこれを「子貢曰云云者、子貢答云、孔子大聖、是天所二固縦一、又使二多能一也」と説く。「兩兒之對」は孔子が東に遊説した際に、二人の児童が太陽の遠近に関する議論をしているところへ出逢ったが、そのいずれが正しいかを決することができなかったという故事をいう。『列子』「湯問」に「孔子東游、見二兩小兒辯鬬一。問二其故一。一兒曰。我以、日始出時、去レ人近。而日中時、遠也。一兒以。日初出、遠、而日中時、近也。一兒曰。日初出、大如二車蓋一。及二日中一、則如二盤盂一。此不レ爲二遠者小、而近者大一乎。一兒曰。日初出、滄滄涼涼。及二其日中一、如レ探レ湯。此不レ爲二近者熱、而遠者涼一乎。孔子不レ能レ決也。兩小兒笑曰。孰爲二汝多知一乎」とある。小島憲之は「東遊天縦」を班固と見て、「兩兒」を「東都賦」における東都の主人・西都の賓客とするが（『国風暗黒時代の文学　中（上）』一〇八五頁）、従えない。

○西蜀含章　莫辨一夫之問　「西蜀」は蜀のこと。西方に位置するために西蜀ともいう。ここでは「東遊」との対で特に用いた。「含章」の「章」は「美」の意で、「西蜀含章」は蜀の揚雄が文才の美を内に蔵していたことをいう。『周易』「坤」の「六三、含章可貞」の孔穎達疏に「章、美也」とある。『文選』巻四、左思「蜀都賦」に「揚雄含章、而挺生」とあり、李善注に「揚雄、字子雲。皆蜀人。（中略）子雲作二太玄・法言一。故曰、幽思絢二道德一也。鄭玄曰、文章成謂二之絢一」とある。「莫辨一夫之問」の「一夫」は「兩兒」との対として用いたもの。「一夫之問」は、前漢・劉歆の問いをいうか。衆人には理解できない深遠・高議なる『太玄經』を著したまま、揚雄は禄位に対して恬淡無欲な生活を送っていた。そこへ揚雄を鑽仰する劉歆が訪れ、『太玄經』の行く末を案じて問うたが、揚雄は笑みを浮かべるばかりで何も答えなかったという。『漢書』巻八七「揚雄傳」に「劉歆、亦嘗觀レ之、謂レ雄曰。空自苦。今學者、有二祿利一、然尚不レ能レ明レ易。又如レ玄何。吾恐二後人用レ覆二醤瓿一也。雄、笑而不レ應」とある。あるいは揚雄「解難」において揚雄に質問をする「客」をいうか。客は『太玄經』の難しさを難じるが、揚雄は幽遠なる内容だけに難しくなることはやむを得ないと答える。同じく「揚雄傳」所引（揚雄）「解難」において「客難二揚子一曰。凡著レ書者、爲二衆人之所レ好也。（中略）亶費二精神於此一、而煩二學者於彼一、譬畫者畫二於無形一、弦者放二於無聲一、殆不レ可乎」という客の問いに対して、揚雄は「揚子曰、俞。若夫、閎二言崇議、幽微之塗一、蓋難下與二覽者一同上也。昔人有下觀二象於天一、視二度於地一、察中法於人上者、天麗且彌、地普而深。昔人之辭、廼玉、廼金。彼、豈好爲二艱難一哉。勢不レ得レ已也」と答える。なお、小島憲之は「西蜀含章」を左思と見、「一夫」を「蜀都賦」における東呉王孫とみるが（『国風暗黒時代の文学 中（上）』一〇八五頁）、揚雄の故事とみるべきであろう。

○至於授洪務、維帝難之　「洪務」は天子の大いなる務め。用例は未見だが、「洪」は大いなるさまをいい、「洪業」（帝王の大業）などの語に用いる語であり、「洪務」もまた同様の用い方と考えられる。ここは、天子の補佐として臣下に「洪務」を授けるとの文脈をなす。「帝難之」は9百済倭麻呂対策【問】の帝難の項を参照。

○況乎末學淺志　豈能備述　「末學」は表層的で根本を経ない深みのない学問のこと。謙遜で用いる。「末學膚受」とも。『文選』巻三、張衡「東京賦」に「如レ客所謂末學膚受、貴レ耳而賤レ目者也」とあり、呉・薛綜注に「末學、謂レ不レ經二根本一。膚受、謂二皮膚之不レ經二於心胸一」とあるほか、『後漢書』巻九〇下「蔡邕傳」に「臣伏惟、陛下聖徳允明、深悼二災咎一、褒二臣末學一、特垂二訪及一、非三臣螻蟻所二能堪副一二」などの用例をみる。「淺志」は用例稀少。宣令が目にしえたか未詳だが、唐・韋承慶「上東宮辟」に「蕩蕩鴻澤、霑濡不レ已。區區淺志、答效無レ階」（『文苑英華』巻六五一、『全唐文』巻一八八。後者に拠れば、承慶は、進士に挙された後、太子司議郎などを経て、長安初年〈七〇一〉に司僕少卿）とある。浅い志慮（思慮）の意だろう。「備述」はつぶさに叙述すること。唐・玄奘『大唐西域記』巻一一「僧加羅国」の「誘レ之以二福利一、震レ之以二威禍一、然後、具陳二始末一備二述情事一」（大正蔵五一巻九三二頁下）などの用例がある。

12　刀利宣令・寛大と猛烈

〔本文〕

問。

烈火炎レ丘(1)、畏レ之者歸魂、

柔水襄(2)レ陵、狎(3)レ之者遂往。

是以、

東里遺二猛烈之言一、

西門盡二嚴明之事一。

然、

臧孫爲レ政、端木銜レ訕、

廉范莅レ官、雲中起レ詠。

寛猛之要、冀敘二厥猷一。

刀宣令

對。

〔訓読〕

問ふ。

烈火丘《をか》に炎《も》ゆ、之を畏《おそ》るる者は魂《たま》を歸《かへ》し、

柔水陵《をか》に襄《のぼ》る、之を狎《あなづ》る者は遂に往《い》ぬ。

是《ここ》を以ちて、

東里猛烈の言を遺し、

西門嚴明の事を盡くす。

然れども、

臧孫《ざうそん》政《まつりごと》を爲せば、端木《たんぼく》訕《そしり》を銜《ふく》み、

廉范《れんぱん》官《つかさ》に莅《のぞ》めば、雲中詠を起こす。

寛猛の要、冀《ねが》はくは厥《そ》の猷《はかりごと》を敘《の》べよ。

刀宣令

對ふ。

竊以、
飛龍不レ息、健猛之用顯矣、
行馬無レ疆(4)、順寛之利亨焉。
稟二天地之氣一者人也、
含二喜怒之諍一者情也。
稟同含異、理宜(5)二寛猛一。
猛能禁斷、子產有二烈火之喩一、
寛是兼愛、廉范放二夜作之令一。
沛公入レ洛、義帝許二其寛容一、
仲由言レ志、素王樂二於行行一。
既戴二於經一、
亦具二於史一。
義有二二途一、其揆一也。
但、
理レ髮解レ繩、前史美論、
以レ寛濟レ猛、聖人格言。
是以、

竊《ひそ》かに以《おも》ひみるに、
飛龍息《やす》まずして、健猛の用顯《あら》はれ、
行馬疆《かぎり》無くして、順寛の利亨《とほ》る。
天地の氣を稟《う》くるは人なり、
喜怒の諍《あらそひ》を含《ふく》めるは情なり。
稟くること同じうして含むこと異なれば、理《ことわり》寛猛なるべし。
猛は能く禁斷す、子產《しさん》に烈火の喩《たと》へ有り、
寛は是れ兼愛す、廉范《れんぱん》夜作《やさ》の令を放《や》る。
沛公《はいこう》洛に入るは、義帝其の寛容を許せばなり、
仲由《ちゅうゆう》志を言へば、素王《そわう》行行を樂しむ。
既に經に戴せ、
亦《また》史に具《つまび》らかなり。
義に二途有れど、其の揆一なり。
但し、
髮を理《をさ》め繩を解くは、前史の美論にして、
寛を以ちて猛を濟《すく》ふは、聖人の格言なり。
是を以ちて、

水避レ高而趨レ下、
民去レ急而就レ緩。
因二水民之趨就一、
明二寛猛之梗概一。
欲レ使下
著弦之夫、擁二箠寛容(6)之庭一、
佩韋之臣、束中帯太平之運上。
謹對。

水は高きを避けて下へ趨《はし》り、
民は急を去りて緩に就く。
水・民の趨就《すうしう》に因りて、
寛・猛の梗概を明かす。
著弦《ちやくげん》の夫をして、箠《ははき》を寛容の庭に擁《いだ》かせ、
佩韋《はいゐ》の臣をして、太平の運《めぐり》に束帯せしめむと欲す。
謹みて對ふ。

〔校異〕

（1）丘―底本「兵」。関西・神宮・萩野に「丘」。文意および対句の「陵」との対応により「丘」に改める。

（2）襄―底本「衰」。池田・関西・谷森・菊亭・神宮・岩瀬・多和・萩野・内閣・河村に「襄」。典拠を鑑みて「襄」に改める。

（3）狎―底本「押」。典拠および諸本により改める。

（4）彊―底本「彊」。諸本により改める。

（5）宜―底本「宣」。諸本により改める。

（6）容―底本「穹」。諸本により改める。

〔通釈〕

問う。烈しい火が丘に盛んに燃えるとき、これを畏れる者はあやうく命拾いをし、柔らかな水が丘陵に上り来るとき、これを軽んじる者はついには命を落とす。このようなわけで、東里（子産）は民を治めるには「猛烈」（厳しい統治）であるべきだとの遺言を残し、西門豹は（民を苦しめる巫女たちに）厳切なる態度を尽くして人びとを救った。しかし、臧孫が猛烈なる政治を行った時には、子貢はこれを批判し、廉范が寛容なる政治を行った時には雲中郡の民はこれを讃える頌歌を歌ったという。そこで、政治における寛と猛の要点について考えを述べて欲しい。

刀宣令

お答えいたします。私に考えをめぐらせますに、飛龍は空を飛ぶこと休みなく、そこに天地自然の法則として、強壮なる猛々しき働きが顕れ出ており、牝馬は地を行くこと果てしなく、そこに柔順な寛容の利がゆきとおっています。この健猛なる天の気と順寛なる地の気とを授かって生まれたのが人であり、そのため喜怒の感情の対立を含み持っているのが人の情です。天と地から同じように人は気を授かっていますが、性質の異なる二つの気を含みもっているのですから、道理として寛と猛とをあわせ持たねばなりません。

猛の政治は世に禁制を敷くことに優れているもので、子産の遺言に烈火のように厳しく治めよとの喩えがあります。寛の政治は衆人を等しく愛するもので、廉范が民に夜なべ仕事を許す政令を出した例があります。沛公（漢・高祖）が咸陽に上洛できたのは、義帝が沛公の寛容なる人柄を認めたからであり、子路がその志を述べたときに孔子はその剛強なる性質を楽しみました。（このように）寛猛の要点は既に経書に載せられており、史書に詳述されております。正しい筋道には寛と猛のふたつがありますが、治世という目的においては揆を一にするものです。

ただし、櫛で理髪したように整然とした政治、縄を解くように寛大な治世のありようは、古の史書の立派な議論であり、寛の政治によって猛の政治の足りない部分を補うという孔子の言葉は、聖人の格言であります。

　このようなわけで、水は高い所を避けて低い方へと流れ走りますが、民もまた、急なものから緩やかなものの方へ（猛烈な政治から逃げて、寛大な政治に）懐き従います。水と民の向かうところによって、寛の政治・猛の政治のあらましが明らかになります。

　董安于のように弦を身に帯びて自らの寛緩を矯《た》めて急であることを求める人士には、寛容という名の庭で箒を擁かせて恭しく寛を迎えさせ、西門豹のようになめし革を身に帯びて自らの性急を矯めて寛であることを求める人士には、たとえ天下太平の世運にあっても、きつく締める束帯を着用させて猛を自覚させましょう。

　謹んでお答え申し上げます。

〔語釈〕

【問】

○烈火炎丘　畏之者帰魂　「烈火」は、激しく燃える火のことで、ここでは統治において厳しく引き締めることの例え。鄭・子産（公孫僑、子産は字）が息子の大叔に遺言して、政治の方法に「寛猛」（寛容と厳切と）の二つの方法があることを論じた故事による。『春秋左氏傳』昭公二十年に、「鄭子産有レ疾。謂二子大叔一曰、我死、子必爲レ政。唯有レ徳者、能以レ寛服レ民。其次莫レ如レ猛。夫火烈、民望而畏レ之、故鮮レ死焉。水懦弱、民狎而翫レ之、則多レ死焉。故寛難」とある。「炎丘」の「丘」は対句の「襄陵」の「陵」に応じて用いたもの。「帰魂」は、身から離れ出てしまった遊離魂（遊魂）を、そのあるべきところに戻すこと。死者・生者いずれの場合にも用いるが、ここでは後者で、魂が遊離してあやうく死に向かうところから助かる、すなわち命拾いをするという意。『藝文類聚』巻七九「靈異部下・魂魄」所引、沈炯「歸魂賦」に、「周易有二歸魂卦一、屈原著二招魂篇一。故知二魂之可一レ歸」

とあり、『楚辭』、屈原（あるいは楚・宋玉とも）「招魂篇」に「魂兮歸來、去二君之恒幹一、何爲四方些三」、前漢・京房『京氏易傳』上巻「艮下巽上」に「漸、陰陽升降、復レ本、曰二歸魂之象一」とある。烈しい火が丘に炎上するときには、人々がこれを恐れて避難するがために命を落とさずにすむということ。以下、この問では、子産が遺した統治における「寛猛」二つの方法についての言と、それに対する孔子の評（『春秋左氏傳』前掲箇所の続き）を典拠として、天皇が政治を行うに当たっての、「寛猛」二様のあるべき用い方を問う。

○**柔水襄陵狎之者遂往**　「柔水」はやわらかい水で、前項に引いた『春秋左氏傳』の子産の言における「水懦弱」に対応し、「寛」の政治手法の喩とする。「襄陵」は、大水が丘陵を包み上まで満たすこと。『尙書』「堯典・虞書」に「湯湯洪水方割、蕩蕩懷レ山襄レ陵、浩浩滔レ天」とあり、前漢・孔安国伝に「襄、上也。包レ山上レ陵」とある。「狎」は軽んじる意。子産の言の「水懦弱、民狎而翫レ之」に対する晉・杜預注に「狎、輕也」とある。子産の言を踏まえて、大洪水が起きた場合、水は柔弱なるが故に人々はこれを軽んじてしまい、かえって多くの死者を出すこととなることを述べる。

○**東里遺猛烈之言**　「東里」は鄭の大夫、子産のこと。『論語』「憲問」の「東里子産」に魏・何晏注が「子産居二東里一、因以爲レ號」と注す。「猛烈之言」は、子産が大叔に遺言した統治の方法で、きびしく治めて民を従わせるべきであるという言葉のこと。烈火炎岳…の項参照。

○**西門盡嚴明之事**　「西門」は魏・西門豹のこと。「嚴明」は、厳格にして明確なこと。『陳書』巻二六「徐儉傳」に「爲レ政嚴明、盜賊靜息」、『後漢書』巻四六「陳寵傳」の陳寵の上疏文に「聖賢之政、以二刑罰一爲レ首。往者斷レ獄嚴明、所三以威二懲姦慝一、姦慝既平、必宜二濟レ之以一レ寛」とある。一句は、西門豹が鄴令となった時、河伯（水神）への生贄の儀礼を行って民を苦しめる巫女たちを河に投げ込んで、官吏・民衆を恐れさせて儀礼を改めさせ、さらには民を発して灌漑を施し、民田を豊かにしたという故事による。『史記』巻一二六「滑稽列傳」

に、「魏文侯時、西門豹爲レ鄴令。豹往到レ鄴會二長老一、問三之民所二疾苦一。長老曰、苦下爲二河伯一娶上レ婦、以故貧（中略。豹は）使下吏卒共抱二大巫嫗一投中之河中上。（中略）鄴吏民大驚恐、從レ是以後、不下敢復言中爲二河伯一娶上婦。西門豹、卽發レ民鑿二十二渠一、引二河水一灌二民田一」とある。なお、「東里」と「西門」との対句は『晉書』巻九〇「良吏列傳」の「東里相レ鄭、西門宰レ鄴」などにも見える。

○臧孫爲政　端木銜訕　魯の大夫・臧孫が猛政を行い、孔子の弟子である子貢に批判されて位を退いた故事をさす。「端木」は子貢のこと。『史記』巻六七「仲尼弟子列傳」に、「端木賜、衞人、字子貢」とある。『後漢書』巻四六「陳寵傳」に、章帝の始め、厳切に過ぎる政治を改めようとした陳寵の上疏文に「夫爲レ政、猶レ張二琴瑟一、大弦急者、小弦絕。故、子貢非二臧孫之猛法一、而美二鄭喬之仁政一」とあり、唐・李賢注が「臧孫、魯大夫。行二猛政一。子貢非レ之曰。夫政、猶レ張二琴瑟一也。大絃急、則小絃絕矣。故曰、罰得則姦邪止、賞得則下歡悅。（中略）臧孫慙而避レ位、終身不レ出。見二新序一」とし、『藝文類聚』巻五二「治政部上・論政」所引、劉向『新序』に「臧孫行二猛政一、子貢非レ之曰、夫政猶レ張二琴瑟一也。大絃急、則小絃絕矣」とある（現行の前漢・劉向『新序』には見えない）。

○廉范莅官　雲中起詠　後漢の蜀郡大守・廉范の故事をいう。蜀郡の旧制では防火のために夜なべ仕事を禁じていたが、民の生業のために廉范がこれを許し、その代わりに防火水を儲けることを徹底したところ、その徳を讃える頌歌が民より起こったという。『後漢書』巻六一「廉范傳」に、「建初中、遷二蜀郡太守一、（中略）成都、民物豐盛、邑宇逼側。舊制禁二民夜作一、以防二火災一、而更相隱蔽、燒者日屬。范乃毀二削先令一、但嚴使レ儲レ水而已。百姓爲レ便、乃歌レ之曰。廉叔度、來何暮。不レ禁レ火、民安レ作。平生無レ襦、今五絝」。とある。同様の記事が『藝文類聚』巻五〇「職官部六・大守」所引、『東觀漢記』にも見える。なお、本策問には「雲中起詠」とあって、雲中郡の民が頌歌を詠じたこととなっているが、故事では蜀郡である。廉范は雲中大守の後、武威・武都の二郡の大守を経て蜀郡大守となっており、策問で「雲中」とあることを小島憲之は「對策者の誤解」によるという（『国風暗黒時代の文学　中（上）』一〇九二頁）。

○寛猛之要　冀敍厥猷　「寛猛」はゆるやかにすることと厳しくすることの意。ここでは政治における「寛」と「猛」との兼ね合いの要点を問う。『藝文類聚』巻五二「治世部上・論政治」所引、王粲「儒吏論」の「能寛猛相二濟剛柔一」、『魏書』巻五八「楊播傳」に「法令嚴明、寛猛相濟」などの用例がある。策問冒頭で取り上げられた政治の寛猛に関する子産の遺言（烈火炎丘…の項）に対する孔子の評（『春秋左氏傳』昭公二二年）に「仲尼曰、善哉。政寛則民慢、慢則糾レ之以レ猛。猛則民殘。殘則施レ之以レ寛。寛以濟レ猛、猛以濟レ寛。政是以和」とあり、孔子は「寛猛」が互いに救いあうことで政治はまるくおさまるとして子産を讃える。

【対】

○飛龍不息　健猛之用顯矣　以下、「寛猛」の性質を「乾坤」の性質に由来するものとして論ずる。即ち、「猛」は乾・天の、「寛」は坤・地の性質を帯びるものとして語られる。当該二句は、「猛」と乾・天との関係を述べたもの。「飛龍」は『周易』「乾、九五」の卦、「九五。飛龍在天、利見大人」による。「不息」「健」ともに易の「乾」の性質。『周易』「乾」の「乾。元亨利貞」の唐・孔穎達疏に「天以レ健爲レ用者、運行不レ息、應化无レ窮。此天之自然之理」、同「乾・象傳」の「象曰、天行健、君子以自強不レ息」に対する孔穎達疏に「健者強壯之名、乾是衆健之訓。（中略）健是乾之訓也。順者坤之訓也」とある。

○行馬無疆　順寛之利亨焉　前二句に応じて、「寛猛」の「寛」を「坤」の性質として語る。「行馬」の「馬」は地（坤）のものたる牝馬のこと。『周易』「坤」の卦に「坤、元亨、利二牝馬之貞一」とあり、魏・王弼注に「坤、貞之所レ利、利二於牝馬一也。馬在レ下而行者也。而又牝焉順之至也。至レ順而後乃亨、故唯利二於牝馬之貞一、また『周易』「彖傳」に「牝馬地類、行レ地无レ疆、柔順利貞」とある。

○稟天地之氣者人也　含喜怒之諍者情也　　天地人の三才のうち、人というものは、天の気と地の気とを授かって誕生し、喜怒の情をもつ。『後漢書』巻四二「子瑗傳」に「夫、人稟二天地之氣一以生、及二其終一也、歸二精於天一、還二骨於地一」、また『漢書』巻二二「禮樂志」に「人、函二天地陰陽之氣一、有二喜怒哀樂之情一。天稟二其性一而不二能節一也」、（唐・顔師古注「稟、謂二給授一也」）とある。

○猛能禁斷　子產有烈火之喩　　子產の遺言における「烈火」の喩え（烈火炎岳…の項）によって、これを禁制に優れた「猛」の政治の喩として位置づける。「禁斷」は禁制を敷くこと。『三國志』巻一「魏志・武帝紀」の「禁二斷邪祀一、姦宄逃竄、郡界肅然」などの用例がある。

○寛是兼愛　廉范放夜作之令　　「兼愛」は衆人を平等に愛すること。『莊子』「天道」に「老聃曰、請問、何謂二仁義一。孔子曰、中心物愷、兼愛無私、此仁義之情也」、また『文選』巻四三、嵆康「與二山巨源一絕レ交書」に「仲尼兼愛、不レ羞二執鞭一」とある。「寛」の政治を仁義の情たる「兼愛」として論じ、問で述べられた廉范の故事を承けて、これをその具体例とする（廉范莅官…の項参照）。

○沛公入洛　義帝許其寛容　　「沛公」は漢の初代皇帝、劉邦（高祖）をいう。『史記』巻八「高祖本紀」に「仁而愛レ人喜レ施」とあるように、仁の情を以て人を愛し、施しを好んだという。「寛」の代表として挙げている。「義帝」は楚の懐王のこと。項羽が秦にそむくにあたり、楚の懐王を義帝として立てた（『史記』巻七「項羽本紀」など）。「寛容」は心が広く許し聞き入れること。『後漢書』巻四六「寇恂傳」に「先二寛容一、後二刑辟一」などの例がある。当該二句は、懐王が劉邦の寛容なる人柄を認めて秦征討を任せ、遂に劉邦が秦の都咸陽に入った故事をいう。『史記』「高祖本紀」に「獨沛公素寛大長者、可レ遣。卒不レ許二項羽一、而遣二沛公一、西略レ地」、さらに「沛公曰、始懷王遣レ我、固以二能寛容一、且人已服降、又殺レ之不祥。乃以二秦王一屬レ吏。遂西入二咸陽一」とある。

○仲由言志　素王樂於行行　子路が孔子に志を述べるにあたり剛強のさまであったが、孔子はそれを楽しんだという故事をいう。猛の代表として挙げる。「仲由」は孔子の弟子である子路、「素王」は孔子のこと。『史記』巻三三「魯周公世家」の「十二年、使下仲由毀二三桓城一、收中其甲兵上」に宋・裴駰『史記集解』が「服虔曰、仲由、子路」と注する。また『文選』巻四五、杜預「春秋左氏傳序」に「説者以爲、仲尼自レ衞反レ魯、修二春秋一、立二素王一、丘明爲二素臣一」とある。「樂於行行」は『論語』「先進」に「閔子侍レ側、誾誾如也。子路行行如也。冉有・子貢、侃侃如也。子樂」とあり、梁・皇侃『論語義疏』の引く鄭玄注が「樂三各盡二其性一。行行、剛強之貌」とする。

○旣戴於經　亦具於史　「經」は経書、「史」は史書。対策に述べ来たった事例が、経書や史書に拠ることを述べる。

○義有二途　其揆一也　「義」は正しいすぢみちの意で、「二途」は二つのみち。「揆」は、道理の意。「其揆一也」は、複数の例を提示したのち、それらが一つの道理に基づいていることをいう。類似の表現は、『漢書』巻一八「外戚恩澤侯表」に「世代雖レ殊、其揆一也」とあるなど。

○理髪解縄　前史美論　「理髪」は髪を梳り整えること。ここでは髪を整えるように世を整然と治めることだろう。『北堂書鈔』巻一三六「服飾部五」所引、傅咸「櫛賦序」に「大才治レ世、猶二櫛之理一レ髪也。理髪不レ可レ無レ櫛、治世不レ可レ無レ才」、また、同「儀飾部七」所引、崔寔「政論」に「無二賞罰一而欲二世之治一、是猶下不レ畜二梳枇一而欲中髪之治上也」とある。「解縄」は縄を解くこと。ここでは寛大な政治を指していよう。『藝文類聚』巻五〇「職官部六・太守」、蕭子範「爲二蔡令樽一讓二吳郡一表」に「自レ非二時雨之政、解縄之才一、寧可下奉二共理之言一、承中河潤之旨上」とある。なお、小島憲之氏は「理髪」「解縄」ともに殷・湯王の故事とみる。「理髪」を髪を剪る「剪髪」の意に用いたと見て、殷・湯王が衆人のために自らを犠牲として雨を祈った故事をさすとし、「解縄」を「解網」の意に用いたと見て、同じく湯王が鳥を捕らえる羅網の三面を解き放った故事とみる（『国風暗黒時代の文学　中（上）』一〇八九頁）。『藝文類聚』巻一二「帝王部二・殷成湯」所引、『帝王世紀』に「剪レ髪、斷レ爪、以レ己爲レ牲、禱二於桑林之社一、言未レ已、而大雨方數千里」、『史記』巻三「殷本紀」に「湯出、見レ野張二網四面一（中略）乃去二其三面一、（中略）諸侯聞レ之曰、湯德至矣、及二禽獸一」とあるなどに拠るとするのであるが、ひとまず先述のように解しておく。「前史」は前代の史籍。『文選』巻五三、嵇康「養生論」の「夫神仙雖レ不二目見一、然記籍所レ載、前史所レ傳」などの用例がある。「美論」は見識のある立派な言論のこと。後漢・応劭『風俗通義』に「功德浸盛、故造二美論一。舜・禹本以二白衣・砥行・顯名一、升爲二天子一」の例がある。

○以寛濟猛　聖人格言　子産の寛猛の論（烈火炎丘…の項）に対する孔子の評、「猛則民殘。殘則施レ之以レ寛。寛以濟レ猛、」（寛猛之要…の項）を、聖人の格言として引く。

○水避高而趨下　民去急而就緩　水は高いところを避けて、下へと流れる。その性質を民にあて、民が急から緩へ、すなわち猛から寛へと就くものと説く。『孫子』「虚實」の「夫兵形、象レ水。水之形、避レ高而趨レ下。兵之形、避レ實而擊レ虛」をもとに、兵を民に置き換えて句をなしたもの。「急」と「緩」を対比するのは、著弦之夫…の項に引く『韓非子』「觀行」に拠っていよう。

○因水民之趨就　明寛猛之梗概　「趨就」は走り向かう、走りつくこと。『莊子』「天地」に「禹趨二就下風一、立而問焉」とあるなど。ここでは民が寛になつくものであるということ。

○著弦之夫　擁篲寛容之庭　佩韋之臣　束帶太平之運　「著弦之夫」は晋・董安于のことをいう。隔句対をなす「佩韋之臣」は西門豹（西門盡嚴明之事の項参照）のことで、ともに自らの心の寛猛一方に偏らぬことを心がけた人物。董安于は、自らの心の緩みを正すために張りつめた緊張感を象徴する弦を身に着け、西門豹は、自らの心が急であることを正すために柔らかで緩やかなことを象徴するなめし革を身に佩《お》びたという。『韓非子』「観行」に、「西門豹之性急、故佩レ韋以緩レ己。董安于之心緩、故佩レ弦以自急。故以レ餘補二不足一、以レ長續レ短、之謂二明主一」とある。「擁篲」は箒を執ることで、賓客を迎えるに道を清めて恭敬の情を示すことを意味する。『史記』巻八「高祖本紀」に「高祖朝、太公擁レ篲」とあり、『史記集解』は「李奇曰、爲レ恭也。如三今卒二持帚者一也」と注する。「束帯」は礼服に締める帯で、平素は緩帯を締める。ここでは束帯を締めて礼装をすることをいう。『論語』「公冶長」に「子曰、赤也、束帯立二於朝一、可レ使下與二賓客一言上也」などの用例がある。「太平之運」は安寧な世運。『貞觀政要』巻三「擇官」に「貞觀十三年、太宗謂二侍臣一曰。朕聞、太平後、必有二大亂一。大亂後、必有二太平一。大亂之後、即是太平之運也」とあるなど。

13　主金蘭・忠と孝の先後

〔作者解説〕

○策問執筆者　記載なく不明。

○対策者　主金蘭《しゅきんらん》　生没年未詳。『經國集』巻二十「策下」の目録、および対策文の書き出しに「主金蘭」とあるのみで情報がない。小島憲之『国風暗黒時代の文学　中(上)』は、「作者主金蘭の經暦はさだかでないが、恐らくは彼は歸化人系の出身者であつて、對策文の配列順序から考へて、慶雲・和銅ごろの官人かと推定される」(七三八頁)と述べ、三木雅博「〈忠と孝の鬩《せめ》ぎ合い〉と中国孝子譚―『経国集』対策文から平家・近松へ―」(『国語と国文学』第八八巻一〇号、二〇一一年一〇月)は、「主金蘭」という名は「村主金蘭を唐風に表記したものであろう」とし、本対策は「和銅四年(七一一)三月五日に刀利宣令、下野虫麻呂と共に提出されたもの」とみる。本書で刀利宣令・主金蘭・下野虫麻呂・葛井諸会と対策が配列され、四人の中では最後の(三木論文が名を挙げない)諸会の二首目の末尾に「和銅四年三月五日」と注記されていることによる判断と思われる。しかし、本書の左注の対策年時記載は、同じ(栗原年足と道守宮継)または隣接した(船沙弥麻呂と蔵伎美麻呂)年月日の場合でも対策者ごとに注記しており、諸会対策の左注がそれ以前の四人分の対策の作成年時を一括して示しているとみることは躊躇される。ひとまず対策年時も未詳とするほかない。名も中国式のまま訓んでおく。

〔本文〕

問。
孝以事レ親、
忠以奉レ國。
既非二賢聖一、孰能兼レ此。
必不レ獲レ已、何後何先。

主金蘭

臣金蘭言。
臣、
稟レ性庸愚、
操行狂悖。
本無二學問一、
素疏二翰墨一。
幸逢二文(1)明之運一、
濫從二干(2)祿之後一。
蹇鴑輙就二招レ駿之肆一、
燕砆輕參二求レ珠之庭一。

〔訓読〕

問ふ。
孝以て親に事《つか》へ、
忠以て國に奉《つか》ふ。
既に賢聖に非ざれば、孰《たれ》か能く此れを兼ねむ。
必ず已むを獲ざれば、何れを後にし何れを先にせむ。

主金蘭

臣金蘭言《まお》す。
臣、
性を稟《う》くること庸愚にして、
操行狂悖《きやうはい》たり。
本より學問無く、
素《もと》より翰墨に疏《うと》し。
幸ひに文明の運《とき》に逢ひ、
濫《みだ》りに干祿《かんろく》の後に從ふ。
蹇鴑《けんど》輙《たやす》く駿を招くの肆《いちくら》に就き、
燕砆《えんふ》輕《かろがろ》しく珠を求むるの庭に參《まじ》る。

雖レ仰(3)二孔父思レ齊之教一、
而違二周任量レ力之義一。
三五所レ遺、鑽仰難レ窮、
八九所レ傳、廣遠易レ迷。
況復、
加レ之以二玄旨一、
點レ之以二七歩一。
詎能尺綆汲二淵井一、
　寸管窺二峻垸一者乎。
伏惟　聖朝
懸二金鏡一而導レ俗、
持二玉燭一而敷レ化。
振(4)二儒雅於膠庠一、
進二賢能於帷扆一。
是以、
秀才進士、竝爭二頴脱之說一、
蓬華沈淪、但恥二負擔之賤一。
故、

孔父の齊《ひと》しからむことを思ふの教へを仰ぐと雖も、
而も周任の力を量るの義に違《たが》ふ。
三五の遺すところ、鑽仰窮め難く、
八九の傳ふるところ、廣遠迷ひ易し。
況《いは》むや復《ま》た、
之に加ふるに玄旨を以てし、
之を點ずるに七歩を以てするをや。
詎《なに》ぞ能く尺綆淵井《せきかうえんせい》に汲み、
　寸管峻垸《しゅんわん》を窺《うかが》ふ者ならむや。
伏して惟《おも》ひみるに　聖朝
金鏡を懸けて俗を導き、
玉燭を持ちて化を敷く。
儒雅を膠庠《かうしゃう》に振るひ、
賢能を帷扆《ゐい》に進む。
是《ここ》を以て、
秀才進士、竝びに頴脱《えいだつ》の說を爭ひ、
蓬華《ほうひつ》沈淪、但だ負擔《ふたん》の賤を恥《は》づるなり。
故に、

躍㆓繊鱗於滄波㆒、
勵㆓短翮於雲路㆒、
敢因㆓各言之義㆒、
不㆑揆㆓庸淺之才㆒。
實乖㆓雅藻㆒、猶冀㆓君子之遺跡㆒、
非㆑所㆓剋當㆒、尙仰㆓誘人之鴻敎㆒。
蓋、
　鳥鳴似㆑語、
　蟲葉成㆑字。
故、
　麁寫㆓古迹㆒、
　薄陳㆓今旨㆒。
臣聞、夫人之生也、必須㆓忠孝㆒。
故、
　摩㆑頂問㆑道、
　負㆑笈從㆑師。
然後、
　出則致㆑命、表㆓忠所㆑天之朝㆒、

繊鱗《せんりん》を滄波《さうは》に躍らせ、
短翮《たんかく》を雲路《うんろ》に勵まし、
敢へて各言の義に因り、
庸淺《ようせん》の才を揆《はか》らず。
實に雅藻《がそう》に乖《そむ》き、猶ほ君子の遺跡を冀《ねが》ひ、
剋《よ》く當る所に非ずして、尙《な》ほ誘人《いうじん》の鴻敎《こうけう》を仰ぐ。
蓋《けだ》し、
　鳥鳴《ちょうめい》は語《こと》に似、
　蟲葉《ちゅうよう》は字《あや》を成す。
故に、
　麁《あら》く古の迹《あと》を寫し、
　薄く今の旨を陳《の》ぶ。
臣聞く、夫れ人の生るるや、必ず須《すべから》く忠孝たるべし、と。
故に、
　頂を摩《す》りて道を問ひ、
　笈を負ひて師に從ふ。
然る後、
　出づれば則ち命を致し、忠を天とする所の朝に表し、入則竭レ力、脩二孝所レ育之圏一。
是以、
參損、偏弘二孝子之風一、
政軻、猶藴二忠臣之操一。
蓋是、
事レ親之道、莫尙二於孝一、
奉レ國之義、孰貴二於忠一。
資レ孝以事レ君、前史之所レ載、
求レ忠於二孝門一、舊典之所レ編。
故、
雖二公私不レ等、忠孝相懸一、
揚レ名立レ身、其揆一也。
別、有二
或背レ親以殉レ國、
或捨レ私以濟レ公。
故、
孔丞割二妻子之私一、
中侯推二愛敬之重一。

入りては則ち力を竭《つく》し、孝を育《はぐく》む所の圏《いへ》に脩《をさ》む。
是を以て、
參・損は偏《ひとへ》に孝子の風を弘め、
政・軻は猶ほ忠臣の操を藴《つつ》む。
蓋し是れ、
親に事《つか》ふるの道、孝より尙《たふと》きは莫く、
國に奉《つか》ふるの義、孰《いづ》れか忠より貴からむ。
孝に資《と》りて以て君に事《つか》ふ、前史の載するところなり、
忠を求むるは孝門に於てす、舊典の編むところなり。
故に、
公私等しからず、忠孝相懸《あひはな》るると雖も、
名を揚げ身を立つる、其の揆一なり。
別に、
或は親に背き以て國に殉《したが》ひ、
或は私を捨て以て公を濟《すく》ふ有り。
故に、
孔丞は妻子の私《わたくし》を割き、
中侯は愛敬の重《おも》きを推す。

即是、
　能孝㆓於親㆒、
　移忠㆓於君㆒。
　引㆑古方㆑今、
　實足㆑爲㆑鑒。
在㆑父便孝爲㆑本、
於㆑君仍忠爲㆑先。
探㆓今日之旨㆒、宜㆓先㆑忠後㆑孝。
謹對。

即ち是れ、
　能く親に孝にして、
　移して君に忠たり。
　古《いにしへ》を引き今に方《くら》ぶるに、
　實に鑒《かがみ》と爲すに足る。
父に在りては便《すなは》ち孝を本と爲し、
君に於ては仍《かさ》ねて忠を先と爲す。
今日の旨《むね》を探るに、宜しく忠を先にし孝を後にすべし。
謹みて對ふ。

〔校異〕

（1）文―底本「分」。内閣・帝慶（傍書「文カ」）・関西により改める。

（2）干―底本「于」。東海・蓬左・人見・脇坂・鷹司・帝慶・関西・平松により改める。

（3）仰―底本「似」。諸本により改める。

（4）儒―底本一字分欠字。蓬左（傍書）・神宮・鎌田・人見・鶴舞・萩野・平松・尊経・河村により補う。

〔通釈〕

問う。孝をもって親に仕え、忠をもって国に仕える、という。（しかし）賢人や聖人でない限り、誰も忠孝を兼ね備えることはできないだろう。どうしてもやむをえない場合は、（忠と孝の）、どちらを優先し、どちらを後回しにすべきだろうか。

主金蘭

臣である金蘭が申し上げます。私《わたくし》めは、生まれつき凡庸な愚か者であり、素行は道理に外れた者でございます。もともと学問はなく、昔から文学・文章には疎遠でありました。（しかし）幸いにも学問が盛んな御世にめぐり逢い、分不相応に仕官できました。それはまるで駄馬が千里を駆ける駿馬たちの競り市にやすやすとかけられるようなものであり、また、珠の散りばめられた庭に珠に似ただけの石が軽々しく交じり込むようなものでございます。孔子の「すぐれた人を見れば同じようになろうと思う」という教えを仰ぎながらも、一方で周任の「力いっぱい職務に当たり、出来なければ辞める」という言葉に背いております（厚かましく官位に列なっております）。三皇五帝の遺した功績を讃えて仰ぎ見てもどうしてもそこには辿り着けず、七十二君の伝えた事跡は遥か広大で迂闊に踏み入れば迷ってしまいます。ましてや更にそれらに玄妙な教えを加えたり、あるいは曹植のように七歩のうちに注解したりすることはできません。どうして、短いつるべ縄で深い井戸の深さを測ったり、寸足らずの管で深い椀の深さを測ったりできましょうか（私の愚才はそのようなものです）。

謹んで考えてみますに、今上陛下は、道を明らかにすることで民を導き、また、四気の調和による万物の光で民を教化していらっしゃいます。（そのような聖代ゆえに）優れた儒者を大学から輩出し、有能な賢良が陛下に推挙されています。こういうわけで、秀才や進士たちは（毛遂のように）才気溢れる説を競っていますが、貧賤に沈む私は自分が荷物担ぎのようなつまらない人間であることをただ恥じ入るばかり。そのような私ゆえ、小さな鱗を大海に躍らせ、短い羽を遙か大空に励まし、今は思い切って、孔子が「各人の志を師に憚《はばか》らず述べよ」と言った故事の趣旨に則り、凡庸浅薄な我が才を省みないことにします。まことに私は文雅に暗いにもかかわらず、君子のあとを辿ることを願い、理解もできないのに、先達の偉大な教えを仰いでおります。思うに、鳥の言葉が人の語に似ていたり、木の葉の虫食いの跡が文字の形をしていたりすることがあります。そこで、（鳥や虫のように無能な私も僭越ながら）あらあらと古人の教えを抽き出して、わずかばかり今思うところを申し上げます。

私はこのように聞いております。そもそも人として生まれたからには、忠孝の道は必ずこれをもちいるべきである、と。それゆえに、人は頭頂を磨り減らしてまで全身全霊をかけて学び、書籍を背負って訪ねて行って師に従うのです。その後、（仕官して）外に出れば命を捧げて忠を天と仰ぐ帝に表明し、内に入れば力を尽して孝を育ててくれた家庭で実修するのです。こういうわけで、曽参と閔損はひたすらに孝子の風を広め、聶政や荊軻はいよいよ忠臣としての節操を積み重ねたのです。

思うにこれは、親に仕える道では孝より尊いものはなく、国に仕える道理として忠より貴いものはないということでしょう。孝を（そのまま）生かして（移して）主君に仕えることは前史に述べられ、忠臣を求めるならば孝で名高き家から採るべきことも旧典に編みこまれています。ですから、公と私で等しくはなく、忠と孝は互いに離れたものであったとしても、（公に仕えて）名を揚げ、身を立てる場合にはその道は一つなのです。

特別なこととして、あるいは親に背いて国のために死んだり、あるいは私《わたくし》（家庭）を犠牲にして主君を助けたりするということがあります。それゆえに、武都郡丞の孔奮は賊に妻子を人質にされながら討伐を優先して妻子を殺され、申侯は主君への敬愛の重さを優先したのです。すなわちこれは、親に孝を尽くすことができる者は、その孝を（そのまま主君に）移して主君に対して忠であるということです。古の例を引証して今と比較してみると、（それらの故事は）まことに判断を仰ぐ鑑として十分です。

父親に対してはそのまま孝を根本とし、主君に対してはその上で忠を優先するのです。本日のご下問の趣旨にお答えしますと、忠を先とし孝を後とするべきです。

　謹んでお答え申し上げます。

〔語釈〕

【問】

○孝以事親　忠以奉國　「孝以事親」は、『孝經』「開宗明義章」の「夫孝、始二於事一レ親」に拠る。親に仕え養う「孝」の心を、父から君主へ移し換えて仕えることを、『孝經』「士章」では、「以レ孝事レ君、則忠」とする。『今文孝經』の唐・玄宗による御注には、「移二事レ父孝一以事二於君一、則爲レ忠矣」ともある。すなわち、「忠」は「孝」を前提としてあり、これら「孝」と「忠」の関係を、「孝―親」「忠―国」という対句で、並列させている。

○既非賢聖　孰能兼此　必不獲已　何後何先　聖人君子でなければ「忠」と「孝」を同時に完遂することはできない、やむを得ない場合にはどちらを優先すべきか、と問う。『藤氏家傳』「鎌足傳」に「臣子之行、惟忠與レ孝。忠孝之道、全レ國興レ宗」と見えるように、忠孝一如の実現は臣下の行うべきことであった。忠孝一如の実現困難性については、『晉書』巻五八「周處傳」に「伏波將軍孫秀、知二其將一レ死、謂レ之曰。卿有二老母一、可二以レ此辭一也。處曰。忠孝之道、安得二兩全一。既辭レ親事レ君、父母復安得而子乎。今日是我死所也」とある。あるいは、『後漢書』巻七四上「袁紹傳」の建安元年の上書に「臣、所三以蕩然忘レ哀、貎無二隱戚一者、誠以下忠孝之節、道不二兩立一、顧レ私懷レ己、不上レ能レ全レ功。斯亦愚臣、破レ家徇レ國之二驗」として、忠と孝の節義は道義として両立不可能であることを述べている。

【対】

○稟性庸愚　操行狂悖　対策者金蘭の謙辞から答えに入る。珍しい例である。「稟性」は、生まれつき天から受けた性質のこと。『文選』巻二五、盧諶「贈二劉琨一詩、竝書」に、「諶、稟レ性短弱、當レ世罕レ任」とあり、唐・李善注が「孔安國尚書傳」を引いて「稟、受也」と注している。『三國志』巻四〇「蜀書・劉琰傳」に、「琰、稟レ性空虛、本薄二操行一、加有二酒荒之病一」という用例がある。「庸愚」は凡庸で愚か。用例は唐代になってから目につく。本対策以前の日本への伝来は未詳だが、唐・劉洎（?～六四六年）の太宗への上書に「帝王之與二凡庶一、聖哲之與二庸愚一、上下相懸、擬レ倫斯絕」（『舊唐書』巻七四「劉洎傳」、『全唐文』巻一五二）とあり、「聖哲」（問の「聖賢」に同じ）と対比的に用いている。「操行」は素行。用例は『漢書』巻八「宣帝紀」に「至二今年十八一、師受二詩・論語・孝經一、操行節儉、慈仁愛レ人。可下以嗣二孝昭皇帝後一、奉三承祖宗一、子中萬姓上」とあるなど。「狂悖」は、狂って道理に適っていないこと。用例は『後漢書』巻三三「朱浮傳」に、「今彭寵反畔、張豐逆節。（中略）張豐狂悖、姦黨日增」など。『孝經』「聖治章」には、「不レ愛二其親一、而愛二他人一者、謂二之悖德一。不レ敬二其親一、而敬二他人一者、謂二之悖禮一」と述べられ、あるべき道理に背く文脈で「悖」が用いられている。

○幸逢文明之運　濫從干祿之後　「文明」は学問が盛んなこと。『周易』「乾・文言傳」に、「見龍在レ田、天下文明」とあり、唐・孔穎達疏は「天下文明者、陽氣在レ田、始生二萬物一、故天下有二文章而光明一也」としている。「干祿」は仕官すること。「干」は求める意で、「祿」は俸禄。『論語』「為政」の「子張、學レ干レ祿」（後漢・鄭玄注「干、求也。祿、祿位也」）に拠る。

○蹇駑輒就招駿之肆　燕砆輕參求珠之庭　本対策を提出する監試受験者の中に、自分のような無能な者が紛れ込んでいると述べる、謙遜表現である。「蹇」「駑」はそれぞれ足が不自由な馬・鈍足の馬のこと。どちらも長い距離を一度に移動できない馬である。転じて帝王に重く用いられるには能力が足りない人を表わす。『文選』巻五二、班彪「王命論」の、「是故駑蹇之乘、不レ騁二千里之塗一」に付せられた李善注が『廣雅』を引いて「駑、駘也。今謂二馬之下者一爲レ駑」と記し、また「王逸楚辭注」を引いて「蹇、跛也」とする。「就招駿之肆」は監試に応じたことを指す。「招駿」は本対策以前の漢籍・仏典に未見。後世の例だが、元・楊維楨「黄金臺賦」に「聘レ席之珍尺璧非レ寶兮、寶二於仁人一市二遺骨一、以招レ駿兮」（『御定歴代賦彙』巻一〇七「覽古」）とある。類似の表現を金蘭が見ていた可能性もあろう。「燕砆」は「燕石」、すなわち燕山から出る石で、玉に似て非なるものをいう。ここは金蘭自身を指す。『山海經』「北山經・燕山」の「北百二十里、曰二燕山一、多二嬰石一」への晋・郭璞注に「言二石似レ玉。有二符彩嬰帶一、所謂燕石者」とある。『藝文類聚』巻六「地部・石」に、「闞子曰。宋之愚人、得二燕石於梧臺之東一、歸而藏レ之以爲レ寶。周客聞而觀レ焉。主人齋七日、端冕玄服以發レ寶。革匱十重、緹巾十襲。客見レ之。掩レ口而笑曰。此特燕石也。其與二瓦甓一不レ殊」とある。外見だけ美しく実質のないものの喩えである。「砆」は赤い地に白い文のある美しい石で、『文選』巻七、司馬相如「子虛賦」の「碝石碔砆」に対して李善注が「張揖曰、砆石碔砆、皆石之次レ玉者。（中略）碔砆、赤地白采」とする。玉に似るが玉ではないこと、「燕石」に同じ。これも金蘭を指す。「參求珠之庭」も監試に応じたこと。「求珠」は天皇が賢人（の知恵）を求めたことの喩。同様の文脈で用いた例として、『三國志』巻三八「蜀書・秦宓傳」に「甫欲二鑿レ石索レ玉、剖レ蚌求レ珠。今乃隨・和炳然、有レ如二皎日一」、唐・道宣『廣弘明集』巻二四、樊孝謙「答下沙二汰釋李一詔上表」に「降二情文苑一、斟二酌百家一、想レ執二玉於瑤池一、念レ求二珠於赤水一」(大正蔵五二巻二七四頁上)などとある。

○雖仰孔父思齊之教　而違周任量力之義　「孔父思齊之教」は、自分よりも優れた人を見たらそれに倣うという孔子の教え。『論語』「里仁」の「子曰、見レ賢思レ齊焉、見二不賢一而内自省也」を踏まえる。「周任量力之義」は、自分の実力をよく量り、出来ることに全力を尽くし、出来なければ辞めるべきだという教え。『論語』「季氏」の「孔子曰、求、周任有レ言、曰、陳レ力就レ列、不レ能者止」を踏まえる。魏・何晏『論語集解』が引く後漢・馬融注が「周任、古之良史。言、當下陳二其才力一、度二己所一レ任、以就中其位上、不レ能則當レ止」とする。『藝文類聚』巻五〇「職官部・刺史」の梁・簡文帝「爲二武陵王一讓二揚州一表」に「周任量レ力、請二固所一レ陳」とある。直接にはこれに拠っていよう。

○三五所遺　鑽仰難窮　八九所傳　廣遠易迷　「三五」は三皇五帝、「八九」は(かけ算九九で七十二で)七十二君を、それぞれ指す。『文選』巻四六、王融「三月三日曲水詩序」の「邁二三五一而不レ追、踐二八九一之遙レ迹」への李善注に、「禮記逸禮曰。三皇禪二云云一、五帝禪二亭亭一。史記楚子西曰。孔子丘述二三五之法一、明二周召之業一。八九謂二七十二君一。曹植魏德論曰、越二八九於往素一、踵二黃帝之靈矩一」とある。七十二君は、『史記』巻一〇七「司馬相如傳」引載の封禪文に、「續二昭夏一、崇二號謚一、略可レ道者、七十有二君」とあり、『文選』巻四八再収の同文の李善注は『管子』を引いて「封二泰山一、禪二梁父一者、七十有二家」とする。上古に泰山にて封禅した王君七十二家を指す。「鑽仰」は聖人の徳を慕い仰ぎ見ること。『論語』「子罕」の「顏淵喟然歎曰、仰レ之彌高、鑽レ之彌堅」に拠る成語。用例は、『文選』巻四〇、陳琳「答二東阿王一牋一首」に「此乃天然異稟、非三鑽仰者所二庶幾一也」、『隋書』巻七五「儒林列傳」の序に「舊儒多已凋亡、二劉拔レ萃出レ類。學通二南北一、博極二今古一。後生鑽仰、莫二之能測一」とあるなど。「廣遠」は、ここは七十二君の德や功績の大きさをいう。『論語』「泰伯」の孔子の堯への評「蕩蕩乎、民無二能名一焉」について何晏集解が引く後漢・包咸注に「蕩蕩、廣遠之稱。言四其布德廣遠、民無三能識二其名一焉」とある。

○加之以玄旨　點之以七歩　「之」は前の「三五所遺」「八九所傳」を受ける。「玄旨」は奥深い道理、の意。用例は『三國志』巻二八「魏書・鍾會傳」の宋・裴松之注に「易之爲レ書、窮レ神知レ化、非二天下之至精一、其孰能與二於此一。世之注解、殆皆妄也。況弼以二傅會之辨一而欲レ籠二統玄旨一者乎」とある。なお、漢籍より仏典に用例を多く見る語である。一例を挙げれば、後秦・鳩摩羅什訳『大智度論』巻五四「釋天主品第二十七」に「今聞二深般若一、言似レ可レ及而玄旨幽邃。尋レ之雖レ深而失レ之逾遠」（大正蔵二五巻四四八頁上〜中）とある。「點」は注解すること。「七歩」は魏・曹植（陳思王）の故事で、七歩歩く間に一首の詩を成したほどの優れた詩才のこと。『文選』巻六〇、任昉「齊竟陵文宣王行狀」に「陳思見レ稱二於七歩一」とあり、李善注が宋・劉義慶『世說新語』を引き、「魏文帝、令三陳思王七歩成レ詩。詩曰、萁在二竈下一然、豆居二釜中一泣。本是同根生、相煎何太急」とする。

○尺綆汲淵井　寸管窺峻埦　一尺あまりのつるべ縄では深い井戸の水を汲めないし、一寸あまりの管では埦の深さを窺うことができない、の意。我が身の不才では聖人君子の深い教えには到達できないことを謙遜する表現である。「尺綆汲淵井」は『莊子』「至樂」に、「綆短者不レ可二以汲レ深」とあるのに拠る。「尺綆」の用例は本対策以前の漢籍・仏典に未見。後世の例だが、元・王惲『秋澗集』巻二「自喩」に「尺綆汲二丈泉一」、明・方孝孺『遜志齋集』巻二三「次鄭好義見貽韻五首」に「尺綆愧二深汲一、寸管無二全斑一」などとある。金蘭がこれに類する例を知っていた可能性はあろう。「寸管窺峻埦」は、『莊子』「秋水」の「是直用レ管闚レ天、用レ錐指レ地也」に拠るか。一般には「窺天」または「闚天」で、『漢書』巻六五「東方朔傳」の「答客難」にも、「邪語曰、以レ筦闚レ天、以レ蠡測レ海」とある。

○伏惟　聖朝　4栗原年足対策の伏惟聖朝の項を参照。ここから今上天皇への讃美に入る。

○懸金鏡而導俗　持玉燭而敷化　「金鏡」は『文選』巻五五、劉峻「廣絶交論」の「蓋聖人握二金鏡一」への李善注に「鄭玄曰、金鏡喩二明道一也」とあるように、正しい道に従い、それによって風化・教化を促すことを喩える語。「玉燭」は四季の運行が順当で調和し、万物があたかも輝いているような状態を指す。『爾雅』「釋天」に「四氣和謂二之玉燭一」とあり、郭璞注が「玉燭」を「道二光照一」とする。『文選』巻一九、束晳「補亡詩六首」に「玉燭陽明、顯猷翼翼」とある。なお、11刀利宣令対策にも「調二四時於玉燭一」「齊二萬機於金鏡一者也」との類似表現が見える。

○振儒雅於膠庠　進賢能於帷扆　今上天皇が優れた人材を朝廷に集めていることを賛美する。徳政を実践している聖朝の称讃である。「膠庠」は学校を指す。用例は、『藝文類聚』巻一四「帝王部四・陳宣帝」が引く隋・江総「陳宣帝哀策文」に、宣帝が学業充実に功があったことを称讃して「弘啓二膠庠一、書林吐レ馥」とある。なお、「膠」は『禮記』「王制」の「周人養二國老於東膠一」への鄭玄注に「東序・東膠、亦大學」、「庠」は『禮記』「王制」の「耆老皆朝二于庠一」への鄭玄注に「此庠、謂二鄉學一也」とある。「□雅」は底本では「雅」の上が一字分欠字だが、『文選』巻四五、前漢・孔安国「尚書序」の「漢室龍興、開二設學校一。旁求二儒雅一、以闡二大猷一」から判断して、〔校異〕に示した諸本の「儒雅」を採る。漢王朝は学校を開設して、儒雅を遍く求めることで大道を開いたというのである。「帷扆」は天子が諸侯に対面する際に後ろに立てた衝立という意味から転じて、天子の位も指す。『文選』巻五九、沈約「齊故安陸昭王碑文」の「獻二替帷扆一、實掌二喉脣一」への李善注に「帷扆、帝座也」とある。

○秀才進士　竝爭穎脱之説　蓬蓽沈淪　但恥負擔之賤　「穎脱」は、袋中の錐が袋を破って抜け出ることから、溢れ出る才気のことを指す。『史記』巻七六「平原君傳」に、平原君が「夫、賢士之處レ世也、譬若三錐之處二囊中一。其末立見」と言ったところ、毛遂が「臣、乃今日請レ處二囊中一耳。使下遂蚤得上處二囊中一、乃穎脱而出」と答えた故事に拠る。この「頴」について唐・司馬貞『史記索隠』は「鄭玄曰、穎、環也」として、剣の柄の環状部分の事としている。すなわち、錐の先どころか、柄まで飛び出すということである。「蓬蓽」は、貧賤の人の住まいを指す。「蓬」はよもぎ、「蓽」はいばら。『文選』巻二五、傅咸「贈二何劭王濟一詩」に、「歸二身蓬蓽廬一、樂レ道以忘レ饑」とある。「沈淪」は、深く沈むの意で、落ちぶれることを指す。『楚辭章句』巻一六、劉向「九歎・愍命」に「或沈淪、其無レ所レ達兮」とあり、後漢・王逸注が「淪、沒」とする。「負擔」は、才能のないつまらない人物のこと。原義は荷物を担ぐ労役のことで、『春秋左氏傳』荘公二二年に、「免二於罪戾一、弛二於負擔一」とある。転じて、『漢書』巻五六「董仲舒傳」に、「乘車者君子之位也。負擔者小人之事也」とあるように、聖人君子とは対称的な低位の人物を言う。

○躍纖鱗於滄波　励短翮於雲路　「纖鱗」は小さな鱗のことで転じて小魚を指す。ここは自身を謙遜していう。用例は『文選』巻二二、左思「招隱詩」の「石泉漱二瓊瑤一、纖鱗亦浮沈」など。ただし、謙遜表現の例は本対策以前の漢籍・仏典に未見。「短翮」は短い羽のこと。転じて小鳥を指す。『文選』巻三〇、沈約「和二謝宣城一」の「揆レ余發二皇覽一、短翮屢飛飜」に李善注が後漢・丁儀「周成王論」を引いて「振二短翮一與二鸞鳳一竝翔」とするように、「鸞鳳」すなわち聖人賢人らと対照的な小人物の喩えとなる。二句とも非力ながら力を尽くす意の謙遜表現である。分不相応なことを魚と鳥の比喩で表すことは、『宋書』巻八二「周朗傳」に「若以二賢未レ登、則今之登賢如レ此。以二才應レ進、則吾之非才若レ是。豈可レ欲下以殞レ海之鬐、望レ鼓二鰓於豎鱗之肆一、墜レ風之羽、覬上レ振二翮於軒翥之間一。其不レ能下俱陪二淥水一、竝負中青天上。可レ無レ待二於明見一」とある。

○敢因各言之義　不揆庸淺之才　「各言」は、勧められてあえて発言すること。『論語』「公冶長」に「顏淵・季路侍。子曰、盍三各言二爾志一」とある、孔子が顔淵と季路に対して各自志を述べよと言った故事に拠る。『文選』巻四一、楊惲「報二孫會宗一書」に「默而自守、恐違下孔氏各言二爾志一之義上」という例がある。「庸淺」は平凡で浅はかである様をいい、自らの能力を卑下する表現。用例は『藝文類聚』巻四七「職官部三・儀同」、王筠「爲二王儀同一瑩二初讓一表」の「況臣、才質空疎、器量庸淺」など。

○實乖雅藻　猶冀君子之遺跡　非所剋當　尙仰誘人之鴻教　「雅藻」は華麗な詩文。用例は、本策以前の日本への伝来は未詳だが、呉・謝承『後漢書』に「靈帝嘗問、朕何如二桓帝一。對曰、陛下躬秉二藝文一、聖才雅藻、有レ優二先帝一」（『太平御覧』「人事部六十八・正直上」所引）とある。また、『懐風藻』、藤原総前「七夕」に「帝里初涼至、神衿翫二早秋一。瓊筵振二雅藻一、金閣啓二良遊一」の用例をみる。「剋當」は担当・対処すること。『後漢書』巻二「明帝紀」永平二年十月の詔に「朕固薄レ德、何以克當」という用例がある。「實乖雅藻」「非所剋當」ともに分不相応であることをいう謙遜の辞。「誘人」は『論語』「子罕」の「夫子循循然、善誘レ人」（何晏集解「誘、進也」）に拠り、人を教導する聖人を指す。「鴻教」は大きな教え・神聖な教えの意。梁・劉勰『文心雕龍』「宗經」に「三極彝訓、其書言レ經。經也者、恒久之至道、不刊之鴻教也」とある。

○鳥鳴似語　蟲葉成字　鳥や虫が人語を表した故事に拠り、自分の答えはそのようなものだと謙遜する。「鳥鳴似語」は、『春秋左氏傳』襄公三〇年の、故殷の社で鳥が人語のような声を出した故事に拠る。「或レ叫二于宋大朝一、曰二譆譆出出一。鳥鳴二于亳社一、如レ曰二譆譆一。甲午、宋大災。宋伯姫卒、待レ姆也」とある。「蟲葉成字」は、『漢書』巻二七中之下「五行志中之下」の、「昭帝時、上林苑中大柳樹斷仆レ地、一朝起立、生二枝葉一、有レ蟲食二其葉一、成二文字一、曰二公孫病已立一」に拠る。これらを踏まえて、『文心雕龍』「正緯」に「若二鳥鳴似レ語、蟲葉成レ字、篇條滋蔓、必假二孔氏一」とある。直接にはこれに拠っていよう。ただし、以上はいずれも本対策とは文脈が異なり、災異祥瑞およびその偽造の例である。ここまでが金蘭の謙辞で、異例に長い。

○臣聞　夫人之生也　必須忠孝　ここから本論に入る。

『今文孝經』「聖治章」に「父子之道、天性也、君臣之義也」とあり、唐・玄宗御注が「父子之道、天性之常。加以二尊嚴一、又有二君臣之義一」とする考えに近い。「父子之道」は孝、人は必ず父の子として生まれるので、生まれた時から孝であることが必須である。これが「君臣之義」すなわち忠と合わさるのは、『今文孝經』「廣揚名章」の「君子之事レ親孝、故忠可レ移二於君一」などに見える「親への孝を君への忠に移す」との思想に拠る（資孝以事君…の項も参照）。なお、『藝文類聚』巻二〇「人部四・忠」、梁・元帝「上二忠臣傳一表」に「資レ父事レ君、寔曰二嚴敬一、求レ忠出レ孝、義兼二臣子一。（中略）是知、理合二君親一、孝忠一體、性與二率由一、因レ心致レ極」とあり、君・親に対する忠・孝は一体であり、生まれながらの「性」は人に「率由」すなわち従うべき正しいルート（忠孝の道）を与えて進ませると述べている。

○摩頂問道　負笈從師　「摩頂問道」は、頭から踵に至るまでを磨り減らすほどに、全身全霊で学問をする、の意。「摩頂」の表現は、『孟子』「盡心章句上」の「墨子兼愛、摩レ頂放レ踵、利二天下一爲レ之」に拠る。墨子の博愛主義は、それが一身を磨り減らすような大変な行為であっても、天下のためになることであれば実行する、という文脈である。『文選』巻五五、劉峻「廣絶交論」に「摩レ頂至レ踵」とあり、全身全霊で君主に仕えるという表現で用いている。〔作者解説〕で触れた三木雅博「〈忠と孝の鬩《せめ》ぎ合い〉と中国孝子譚」はここを「人たる者は、親にはぐくまれて（＝摩頂）人としての道を問い」と解するが従えない。「負笈」は書箱を負うこと。『集韻』巻一〇「入聲下・緝第二六・笈」に、「笈、負二書箱一」とある。従って、書箱を背負って先生に従う、の意。小島憲之は出典を『史記』「蘇秦傳」とするが（『上代日本文学と中国文学　下』一四三二頁）、現行の『史記』テキストには見当たらない。『御定康熙字典』巻二二「未集上・竹部・笈」に、「史記蘇秦傳、負笈從師」とあるのに拠ったか。ここは、後漢の李固が書籍を背負って師を尋ねて長く遊学した故事に拠っていると見ておく。『後漢書』巻六三「李固傳」の「少好レ學、常歩行尋レ師、不レ遠二千里一」への唐・李賢注が謝承『後漢書』を引いて、「固、改二易姓名一、杖レ策驅レ驢、負レ笈追二師三輔一、學二五經一、積二十餘年一」とする。なお、「負笈」は、『續日本紀』養老五年（七二一）六月戊戌の詔に「沙門行善、負レ笈遊學」、同養老六年（七二二）四月庚寅の詔に「朕念。御方負二笈遠方一、遊二學蕃國一」とあり、同時代の用例をみることができる。

○出則致命　表忠所天之朝　入則竭力　脩孝所育之圏

『論語』「學而」の「子曰、弟子入則孝、出則悌」に拠り、対句に仕立てている。「出則致命」は、出仕するときは君主の危急に命を捧げる、の意。『論語』「子張」の、「子張曰、士見レ危致レ命」（何晏集解所引、孔安国注「致レ命、不レ愛二其身一」）に拠る。「所天」は主君。『後漢書』巻三四「梁統傳・子竦」に「敢昧レ死自陳二所天一」とあり、李賢注が「臣以レ君爲レ天、故云二所天一」とする。「入則竭力」は、前引の「入則孝」を踏まえ、家では親に対して（孝養に）力を尽くす、の意。また、力を尽くす対象が主君の例であるが、『漢書』巻七六「張敞傳」に「臣聞、忠孝之道、退レ家則盡二心於親一、進レ宦則竭二力於君一」とある。「所育之圏」は養育された家庭のこと。用例・類例は未見。

○參損偏弘孝子之風　政軻猶薀忠臣之操　孝子と忠臣の代表格を挙げ、彼らの伝記によってますます忠孝の具体的な在りようが世に浸透していった、と述べる。「參」は曽參のこと。孝道に通じていた。『史記』巻六七「仲尼弟子列傳」には彼を評して「孔子以爲能通二孝道一。故授二之業一、作二孝經一」とある。「損」は閔損（閔子騫）のこと。同「仲尼弟子列傳」（および『論語』「先進」）には、「孔子曰、孝哉、閔子騫。人不レ間二於其父母昆弟之言一」とあり、孔子がその孝を称讃したとする（前出の三木雅博はこの二人の故事が『孝子傳』の陽明本・船橋本ともに採られていることを指摘する）。「政」は聶政のことで、戦国時代の韓の刺客。見出されて韓の大臣を殺すよう頼まれたが、老母を養う必要があったため辞退。老母の死後、約束通り暗殺を果たして自害した。「軻」は荊軻のこと。両者とも燕の太子丹のために秦王政の暗殺を図った。両者とも

『史記』巻八六「刺客列傳」にそれぞれ本伝がある。

○事親之道　莫尚於孝　奉國之義　孰貴於忠　　忠孝とは、親に尽くす行為と国に仕える行為のうちでも最高の徳である、の意。「事親之道」は、『孟子』「離婁章句上」に、「舜盡二事レ親之道一、而瞽瞍厎レ豫、而天下化」とあるのが初出。舜は自らを虐待した父瞽瞍に孝行を尽くしたので、天下も孝の感化を受けたと述べる部分。ここでは「忠」との対句で構成されているので、『古文孝經』「士章」の「以レ孝事レ君則忠」に付せられた孔安国伝に「操二事レ親之道一、以事レ君、其忠必矣」とあるのに拠ったか。「奉國」の用例は『晉書』巻四六「列傳第十六」の劉頌（字は子雅）への評に「史臣曰。子雅、束髪登朝、竭レ誠奉レ國、廣陳二封建一、深中二機宜一、詳二辨刑名一、該二覈政體一」とあるなど。

○資孝以事君　前史之所載　求忠於孝門　舊典之所編　　「資孝以事君」とは、親への孝が、そのまま君主への忠に移ることをいう。『古文孝經』「士章」の「以レ孝事レ君則忠」、また、同「廣揚名章」の「子曰、君子事レ親孝。故忠可レ移二於君一」などに拠る。なお、時代は下るが、『今文孝經』「廣揚名章」の右に引いたのとほぼ同じ文（「子曰…」）に対して、北宋・邢昺『孝經正義』が、「言、君子之事レ親能孝者、故資レ孝爲レ忠、可レ移二孝行以事一レ君也」とする。「求忠於孝門」は、『古文孝經』「廣揚名章」の右と同文に孔安国伝が「能孝二於親一、則必能忠二於君矣一。求二忠臣一、必於二孝子之門一也」とするのに拠る。

○雖公私不等　忠孝相懸　揚名立身　其揆一也　　「公私」すなわち「忠孝」は（以下に見る故実のように）互いに懸隔があるが、公に仕えて立身出世することについては道は同じだ、の意。「揚名立身」は『古文孝經』「開宗明義章」の「立レ身行レ道、揚二名於後世一、以顯二父母一、孝之終也」に拠る。「其揆一也」は『文選』巻五六、陸倕「石闕銘」の「雖下革レ命殊二乎因襲一、揖讓異中於干戈上、而晷緯寘合、天人啓惎、克明二峻德一、大庇二生民一、其揆一也」への李善注に「舜禹揖讓也。湯武干戈也。言二揖讓・干戈之道雖レ殊、而用レ賢愛レ仁之義爲一レ一也」とある。

○或背親以殉國　或捨私以濟公　　忠孝一如ではあるが、

中には孝に背いて忠のみを尽くした者たちがいる、の意。

孝子が国のために殉死した例に、『漢書』巻五四「李廣傳」、孫陵の記事の「陵事レ親孝、與レ士信、常奮不レ顧レ身、以殉二國家之急一」などがある。

○**孔丞割妻子之私　申侯推愛敬之重**　我が身・我が家を顧みずに国家君主に殉じた人物を挙げ、身を立てて公に仕え、「孝」よりも「忠」を優先させて名を揚げた例があることを示す。「孔丞割妻子之私」は、後漢の武都郡丞・孔奮の故事に拠る。孔奮は、『後漢書』巻三一「孔奮傳」に「事レ母孝謹」とあり、孝の人であった。後に、隴西の賊・隗茂が官舎を攻め、孔奮の妻子を人質にとった時、孔奮は茂の討伐を優先して、妻子を殺された。同「孔奮傳」に「（隗茂が）推二奮妻子一、以置二軍前一、冀レ當二退却一。而擊レ之愈厲、遂禽二滅茂等一、奮妻子亦爲レ所レ殺。世祖下レ詔褒美、拜爲二武都太守一」とある（前出の三木雅博は、奮の妻子が殺されたことは『後漢書』には明記されていないとするが、従えない）。対の「申侯」は『春秋左氏傳』僖公四年、同七年などに名が見える鄭の大夫だが、この人物の事跡に忠について「推愛敬之重」という要素は見えない。あるいは、同じ僖公四年に見える晋の献公の太子申生が、父・献公の寵愛する驪姫《りき》の讒言を告発せずに自殺した故事に拠ったか。すなわち、驪姫を告発すれば彼女が死罪となり、結果として君（＝父）が落胆するだろうという判断のもと、「大子曰、君非二姫氏一、居不レ安、食不レ飽。我辭、姫必有レ罪。君老矣。吾又不レ樂」（晋・杜預注に「吾自理則姫死、姫死則君必不レ樂、不レ樂爲レ由レ吾也」）とある。自身の命よりも主君への「愛敬」を優先した忠の人であるが、主君は父でもあるから、同時に孝の人でもあった例となる。ただし、「申生」を「申侯」と呼び変えたとすると不審が残る（「申侯」は諸本同じ）。これに対し、前出の三木雅博は『孝子傳』（陽明本・船橋本）の「申明」の故事に拠ったとする。楚王に造反した白公を討つために楚王が申明を国相に任ずる。申明は一度は辞退するも、父の説得により国相となり、白公を討つために出撃する。すると、白公は申明の父を捕縛し、申明に「もし攻撃するならばお前の父を殺す」と脅迫する。

申明は「孝子不レ為二忠臣一、忠臣不レ為二孝子一。吾今捨レ父事レ君」（陽明本）と言って白公と戦って勝つも、父は白公に殺されてしまったとの故事である。ただし、申明の場合も本対策が「申侯」と呼んでいる理由は説明できない。なお、『孝子傳』（陽明本・船橋本）は申生・申明の故事をこの順に並べて記載している。「參損偏弘孝子之風」で引かれた曽參・閔損の故事も『孝子傳』にあることを勘案し、三木雅博が主張するように金蘭が主として『孝子傳』を参照していたとするなら、当然、金蘭は申生・申明両方の故事を知っていたことになる。今はどちらかに決せず、後考を俟つ。ともあれ、孔奮・申生・申明いずれも孝よりも忠を優先させた人物ということになる。

○能孝於親　移忠於君　　前引『古文孝經』「廣揚名章」の「君子之事レ親孝、故忠可レ移二於君一」の孔安国伝「能孝二於親一、則必能忠二於君一矣」に拠る。親に孝を尽くせる者は、必ず君に忠の人であるということ。逆に言えば、「忠」とは「孝」を前提としているということである。

○引古方今　實足爲鑒　　過去の例から演繹するのに、これほどの良い例はないでしょう、の意。ここから結論部である。「鑒」は古例に照らして今を判断することを喩える。『毛詩』「大雅・蕩之什・蕩」に「殷鑒不レ遠、在二夏后之世一」とあり、殷は直前の商の政治を鏡として己を訓戒すべきであったと言う。鄭玄箋が「此言三殷之明鏡、不レ遠也、近在二夏后之世一。謂二湯誅レ桀也。後武王誅レ紂。今之王者何以不二用為レ戒」とする。「引古方今」は、古今を比較すると、の意。

○在父便孝爲本　於君仍忠爲先　　父に対しては「孝」を根本とし、そのうえで君に対しては「忠」を優先するのだ、の意。「孝爲本」は『古文孝經』「開宗明義章」の「子曰、夫孝、德之本也」に拠る。同箇所の玄宗御注が引く鄭玄注は、「人之行莫レ大二於孝一」として、「孝」は人倫の行為のうちで、もっとも根本的なものだとする。この根本を、そのまま父に対して行うという意味である。その上で、君主に対して「忠」を行うのである、とする。「仍」は副詞「かさねて、そのうえで」。『爾雅』「釋親」の「為二仍孫一」の郭璞注に「仍、亦重也」、『廣雅』巻五

「釋言」に「仍、重再也」とある。忠は孝を前提とするので、忠があるならば、それは必ず「孝」から発しているという論理である。

○探今日之旨　宜先忠後孝　忠であるならば必ず孝という「忠孝一如」を繰り返し論じてきた上での結論。忠臣は必ず孝子であるため、まずは国家君主に忠であることを求めるべきです、というのである。

14　主金蘭・文と質の優劣

〔本文〕

問。

彫華絢藻、便貽二殉末之愆一、

破璽焚符、終渉二守株之譏一。

彬彬之義、勿レ隱二指南一。

主金蘭

對。

臣聞、

九野圓蓋、懸二日月一以高覆、

八極方輿、列二山川一以廣載。

於レ是、

牛首曰レ君、

虵身稱レ帝。

〔訓読〕

問ふ。

彫華絢藻《てうくわけんさう》は、便ち殉末《じゆんまつ》の愆《とが》を貽《のこ》し、

破璽焚符《はじふんぷ》は、終に守株《しゆしゆ》の譏《そしり》に渉る。

彬彬《ひんぴん》の義、指南を隱す勿かれ。

主金蘭

對ふ。

臣聞く、

九野《きうや》の圓蓋《ゑんがい》は、日月を懸け以て高く覆ひ、

八極の方輿《はうよ》は、山川を列ね以て廣く載す。

是に於て、

牛首《ぎうしゆ》を君と曰ひ、

虵身《だしん》を帝と稱す。

然後、
　文質之迹載敦、
　華實之軌彌闡。
若乃、
　專崇二朴質一、便渉二守株之譏一(1)、
　偏行二文華一、仍貽二殉末之愆一。
然則、
　斌斌雜半、得三之稱二君子一、
　郁郁兩兼、可三(2)以爲二主治一。
　文之與レ質、義等二皮毛一、
　朴之與レ彫、理同二脣齒一。
　二途遞代、以照二萬祀一、
　義杲兼レ兩、理難レ廢レ一。
欲レ使非レ古非レ今、以操二折中之理一、
　行レ文行レ質、以平二野史之義一。
　五福長保、無爲繼二於百王一、
　六極永絶、有道傳二于千帝一。

然る後に、
　文質《ぶんしつ》の迹《あと》載《すなは》ち敦《あつ》く、
　華實《くわじつ》の軌《みち》彌《いよいよ》闡《ひら》く、と。
若《も》し乃ち、
　專ら朴質を崇《たふと》びれば、便ち守株の譏《そしり》に渉《わた》り、
　偏《ひとへ》に文華を行へば、仍ち殉末の愆《あやまち》を貽《のこ》さむ。
然《しか》れば則ち
　斌々《ひんぴん》として雜《まじ》ふること半《なかば》なる、之を君子と稱するを得《え》、
　郁々《いくいく》として兩《ふた》つながら兼ぬる、以て主治《しゆぢ》と爲すべし。
　文と質と、義《ぎ》皮《ひ》毛《まう》に等しく、
　朴と彫と、理《り》脣《しん》齒《し》に同じ。
　二《に》途《と》遞《たが》ひに代《かは》り、以て萬祀《ばんし》を照らし、
　義杲《あきら》かに兩《ふたつ》を兼ね、理《り》一《ひと》つも廢し難し。
　古《いにしへ》に非ず今《いま》に非ず、以て折中《せつちゆう》の理を操《あやつ》り、
　文を行ひ質を行ひ、以て野史《やし》の義を平《たひら》ならしめんと欲《ほつ》す。
　五福長く保ちて、無爲《むゐ》を百王に繼ぎ、
　六極永く絶ちて、有道《いうだう》を千帝に傳ふ。

相變之禮、跡隱難レ辨、
彬彬之義、指(3)微易レ迷。
臣實、尋求不レ彈二其本一、
乘レ流未レ達二其源一。
然、
豈逢二洪(4)慶一而韜レ辭、
仰二芳猷一而輟レ翰。
謹對。

相變《さうへん》の禮、跡《あと》隱れて辨《わ》き難く、
彬々の義、指《し》微《かそ》かにして迷ひ易し。
臣、實に、
尋ね求めて其の本を彈《ただ》さず、
流れに乘りて未だ其の源に達せず。
然るに、
豈に洪慶に逢ひて辭を韜《つつ》み、
芳猷《はういう》を仰《あふ》ぎて翰《ふで》を輟《や》めんや。
謹みて對ふ。

〔校異〕

（1）識―底本「識」。林氏・内閣・谷森・三手・関西・萩野・人見・平松・菊亭（傍書）・岩瀬・陽二により改める。
（2）以―底本なし。川村・鎌田・萩野・蓬左（傍書）・神宮・尊経・池田（傍書）・陽二（傍書）・小室により改める。
（3）指―底本「捐」。諸本により改める。
（4）洪―底本「供」。諸本により改める。

〔通釈〕

問う。はなやかな装飾は、本質を逸れて枝葉末節を追うというあやまちを犯すことになり、（『荘子』に言うように）印を破ったり割符を焚いたりすれば（もとの純朴さに戻ると言うが）、結局（『韓非子』の）「株を守る」の故事のように古きを守り、融通が利かないという譏《そし》りに及ぶ。（『論語』にあるように）文華（はなやかな美しさ）と質朴（素直で素朴）の兼ね合わせの意義を隠さずに教示してほしい。

主金蘭

お答えいたします。私は聞いております、九野に広がる天は日月を懸けて高く覆い、八極に連なる地は山川を並べてそれらを広く載せる、ここにおいて、牛首の異貌をもつ神農氏や蛇身の異貌をもつ伏犠氏が聖帝となり、その聖帝の時代以降、文華と質朴の調和による政治の事績は盛んになり広く行われてきた、と。もし質朴ばかりを尊重したなら、あの「株を守る」の故事のような譏りを招いてしまいますし、文華ばかりに偏っていったなら、あの「殉末の愆《あやまち》」を残すことになってしまうでしょう。

こういうわけでありますから、（文華と質朴とを）斌斌《ひんぴん》とうまくまじえて政治をしてこそ、君子と称讃され、郁《いく》郁《いく》と二つを兼ね備えた者が統治者たるべきです。文華と質朴とは、その意義は皮と毛の密接な関係に等しく、朴と彫（装飾）とは、その道理は脣《くちびる》と歯の密接な関係と同じです。この二者が互いに入れ替わって、万年に渡って（世を）照らしてきたのであり、（文と質の）意義からして明らかに二つを兼備すべきであり、道理としてどちらか一つでも廃することはできません。古今を問わず、（文・質）両者を折衷する道理を駆使し、文を実行し、質を実行し、そのことで（孔子の言うような）野《や》（素朴）と史《し》（装飾）のよいところを平《なら》して用いたいものです。（そうすれば）五福の幸いは長く保たれ、六極の禍いは永遠に絶たれ、無為の治世は百代の王に受け継がれ、有徳の治世は千代の帝に伝わります。

文・質が交替する道理は、その痕跡が隠れてこれと弁別しがたく、文・質が調和した「彬々《ひんぴん》」の意義は、その指すところが隠微で判断に迷うところです。私《わたくし》めは、実に、（文質の義を）尋ね求めてもその根本を正せず、歴史の流れに乗って（遡って）も、その源にはまだたどり着けません。とはいえ、どうして大いなる慶びの（お答えを捧げる）機会に出会って言葉を包み隠し、陛下のすばらしいお尋ねを仰ぎ見て書くことをやめたりなどできましょうか（それゆえお答えしました）。

　謹んでお答え申し上げます。

〔語釈〕

【問】

○彫華絢藻　貽殉末之愆　はなやかな文飾は本質を逸れて枝葉末節を追う過ちに至るの意。「彫華」「絢藻」とも、文飾の華やかさを表現した語。「彫華」は、梁・慧皎『高僧傳』巻一三「唱導・論」に「綺製彫華文藻横逸、才之爲レ用也」（大正蔵五〇巻四一七頁下）、「絢藻」は『陳書』巻一六「蔡景傳」に「雕麗暉煥、摛掞絢藻」などの用例がある。「殉末」は、『文選』巻三六、王融「永明十一年策二秀才一文五首」に「今農戰不レ脩、文儒是競、弃レ本殉レ末、厥弊茲多」とあり、唐・李善注が「漢書、詔曰。農、天下之大本也。而人或不レ務レ本而事レ末。故生不レ遂。李奇曰。本、農也。末、賈也」とする。賢良たちが政治の大本（農業・軍事）をおろそかにして、末節（文雅・商業）を求めることをいう。

○破璽焚符　渉守株之譏　文飾を捨てて醇朴に戻れば、古きに固執しすぎるとのそしりを受けるの意。「破璽焚符」は『莊子』「外篇・胠篋」に「擿レ玉毀レ珠、小盜不レ起。焚レ符破レ璽、而民朴鄙」とあるのに拠る。不正を防ぐための印や割符を破ったり焚いたりすれば、かえって民は質朴・正直になるということ。ここは文華を捨てることを指す。「守株」は『韓非子』「五蠹」の「宋人有二耕レ田者一。田中有レ株、兎走觸レ株、折レ頸而死。因釋二其耒一而守レ株、冀二復得レ兎。兎不レ可二復得一、而身爲二宋國笑一。今欲下以二先王之政一、治中當世之民上、皆守レ株之類也」に拠る。古きに固執して新規の対応ができないことをいう。

○彬彬之義　文飾と質朴の兼ね合わせの意義。「彬彬」は文飾と質朴の両方を兼ね備えて理想的なさま。『論語』「雍也」に「子曰。質勝レ文則野。文勝レ質則史。文質彬彬、然後君子」とあり、魏・何晏注が「包曰。彬彬、文質相半之貌」とする。

○勿隱指南　「指南」は、指南車（常に南を指し示す人形を設置した車）のように人を教え導くこと。『宋書』巻一八「禮志五」に「指南車、其始周公所レ作、以送二荒外一遠使。（中略）安帝義熙十三年、宋武帝平二長安一、始得二此車一。其制如二鼓車一、設二木人於車上一、擧レ手指レ南。車雖二回轉一、所レ指不レ移」とある。「指南」の用例は『文選』巻三、張衡「東京賦」に「予習レ非而遂迷也。幸見三指二南於吾子一」とあるなど。

【対】

○九野圓蓋　懸日月以高覆　「九野」は天のこと。『呂氏春秋』「有始」に「天有二九野一、地有二九州一」、また、『列子』「湯問」に「八紘九野之水、天漢之流、莫レ不レ注レ之」とあり、晋・張湛注が「九野、天之八方中央也」とする。「圓蓋」は丸い屋根。転じて、天を屋根に見立てた。用例は『續漢書』志一「律暦上」に「律術曰。陽以レ圓爲レ形、其性動。陰以レ方爲レ節、其性靜。動者數三、靜者數二。（中略）皆參レ天兩レ地、圓蓋方覆、六耦承レ奇之道也」など。「圓蓋」と「方輿」を対にする例は『藝文類聚』巻七一「舟車部・車」、李尤「小車銘」に「員蓋象レ天、方輿則レ地」とあるなど。「懸日月」の例は『漢書』巻七五、「翼奉傳」に「臣聞二之於師一曰、天地設レ位、懸二日月一、布二星辰一、分二陰陽一、定二四時一、列二五行一、以視二聖人一、名レ之曰レ道」とあるなど。

○八極方輿　列山川以廣載　「八極」は八方のはてのこと。八紘と同じ。『淮南子』「原道訓」に「夫道者、覆レ天載レ地、廓二四方一、柝二八極一、高不レ可レ際、深不レ可レ測」とあり、後漢・高誘注が「八極、八方之極也。言二其遠一」とする。「方輿」は大地。『文選』巻一九、束晳「補亡詩」の「漫漫方輿、迴迴洪覆」に李善注が「淮南子曰。以レ天爲レ蓋、以レ地爲レ輿」とする。「列山川」の例は、本対策以前の日本への伝来は未詳だが、唐・賈公彦「明堂賦」に「貫二星象一而調二七政一、列二山川一而宅二五都一」（『全唐文』巻一六四）とあるなど。

○牛首曰君　虵身称帝　「牛首」は中国神話における聖帝王である神農氏（炎帝）を指す。『藝文類聚』巻一一「帝王部一・神農氏」に「帝王世紀曰。炎帝神農氏、姜姓也。人身牛首、長二於姜水一。有二聖德一」とある。「虵」は「蛇」の俗字。「蛇身」は同じく庖犠氏（伏犠）をさす。『藝文類聚』巻一一「帝王部・太昊庖犠氏」に「帝王世紀曰。太昊帝庖羲氏、風姓也。虵身人首、有二聖德一」とある。小島憲之は庖犠氏が書契を考案して結縄の政治に代えたことから文字が生まれ、「文《あや》」が生じたことを指摘する（『国風暗黒時代の文学　中（上）』七四一頁）。つまり、「牛首」は書契以前の質朴の時代の聖帝、「蛇身」は文華を生み出した聖帝となる。

○文質之迹載敦　華實之軌彌闡　問の「彬彬之義」を受けて述べる。「文質」は文華と質朴を指す。彬彬之義の項に引いた『論語』「雍也」に「文質彬彬、然後君子」とあった。「華實」は、華麗と質朴のこと。用例は『魏書』巻六二「李彪傳」に「文窮二於秦漢一、事盡二於哀平一。徴勸兩書、華實兼載、文質彬彬、富哉言也」とあるなど。

○専崇朴質　便渉守株之譏　偏行文華　仍貽殉末之愆　「朴質」は素朴で飾り気がないこと。用例は『陳書』巻三〇「傅縡傳」に「尋二書契之前、至淳之世一、朴質其心、行不レ言之教、當二于此時一」とあるなど。「文華」は文飾の華やかさ。用例は、梁・昭明太子「文選序」に「若下其讃論之綜二緝辭采一、序述之錯中比文華上、事出二於沈思一、義歸二乎翰藻一」とあるなど。なお、本対策より後の例だが、「彬彬之義」の項に引いた『論語』「雍也」の「文質彬彬、然後君子」に対する北宋・邢昺疏に「言、文華質朴相半彬彬然、然後可レ爲二君子一也」とある。他は問の〔語釈〕を参照。

○斌斌雜半　得之稱君子　郁郁兩秉　可以爲主治

「斌斌」は文と質とが備わり整うさま。「彬彬」と通行している。問に対して字を変えたのは平板を避けた技巧的用字だろう。『論語』「雍也」の本文は「文質彬彬、然後君子」、本対策の問にも「彬彬之義」とあるが、鄭玄注『論語』の本文は「文質斌斌」、その注には「斌斌、雜半之貌」（王素編著『唐写本論語鄭氏注及其研究』、文物出版社、一九九一年）とある。よって、問に対し、金蘭は鄭玄注『論語』を利用して答えた、と考えることもできる。なお、小島憲之は、問に「彬彬」、対に「斌斌」とすることについて、論語の某テキストや某注などによったとみるより原本系玉篇の訓詁によったとみるべきだとする（『国風暗黒時代の文学　中（上）』七四一頁）。「得之稱君子」は、問の彬彬之義の項に引いた『論語』「雍也」の「文質彬彬、然後君子」に拠る。「郁郁」は文飾の美が盛んなさま。『論語』「八佾」の「子曰、周監二於二代一、郁郁乎文哉。吾從レ周」に拠る。梁・皇侃『論語義疏』に「郁郁、文章明著也。言、以二周世一比二視於夏殷一、則周家文章最著明大備也」（懐徳堂刊本。『武内義雄全集』第一巻による）とある。また、『漢書』巻八八「儒林傳」が前文に右の『論語』「八佾」該当箇所を引き、唐・顔師古注が「郁郁、文章盛貌」とする。対になる「斌斌雜半」との関係から、ここは「郁郁」たる文華と質朴の両方を兼ねるの意であろう。「主治」は漢籍では通常「治めることを主《つかさ》どる」の意で用いられる表現で熟語ではない。用例は『史記』巻四三「趙世家」に「主父欲レ令二子主一レ治レ國」とあるなど。なお、『魏書』巻一一二下「靈徵志」に、「丘池縣大柳谷山」の石に「受命之符」として「太平天王繼世主治」の文字列が記されていたとある例では「主治」を熟語と見ることもできよう。ここは「君子」との対なので、「統治を主る者」の意であろう。

○文之與質　義等皮毛　朴之與彫　理同脣齒　「皮毛」について小島憲之は「皮と毛との関係のやうなもの」とし、「両者間の関係」が「深い」ことを表す表現とする（『国風暗黒時代の文学　中（上）』七四二頁）。ただし、本対策以前の漢籍では、『漢書』巻四九「鼂錯傳」の「胡人食レ肉、飲レ酪、衣二皮毛一」のように動物の毛皮をいうことが多く、関係の密接さの喩に用いた例は未見。対になる「脣齒」は脣《くちびる》と歯の意から関係が密接であることの喩として用いる。例は、『晉書』巻六「明帝紀」の「譬若二脣齒一、表裏相資」、『三國志』巻一二「魏書・鮑勛傳」の「勛面諫曰。王師屢征而未レ有レ所レ克者、蓋以下吳・蜀脣齒相依、憑二阻山水一、有中難レ拔之勢上故也」など。なお、本対策より少し遅れるが、「皮毛」を「脣齒」と並列した例が、唐・明宗「賜二孟知祥一詔」に「茲察二詭計一、究二彼初心一、附二皮毛脣齒一之歡、足レ明二矯妄一、竊二郡邑金湯一之利、可レ驗二包藏一」（『全唐文』巻一〇七）、「皮毛」を「脣齒」と同様の喩として用いた例が、『舊唐書』巻一八七下「張巡傳」に「初圍レ城之日、城中數萬口。今婦人老幼、相食殆盡。張中丞殺二愛妾一以啖二軍人一。今見存之數、不レ過二數千一。城中之人、分當レ餌レ賊。但睢陽既拔、即及二臨淮一。皮毛相依、理須二援助一」などとある。類例が主金蘭の時代にもすでにあり、それが日本でも知られていた可能性もあろう。「彫」はここは装飾の意。「朴」と対比的に用いた例に、唐・道宣『續高僧傳』巻一七「周湎陽仙城山善光寺釋慧命傳一」の「西闕明レ道、東野談レ仁、彫朴改レ工、有無異レ軫」（大正蔵五〇巻五六二頁上）がある。

○二途遞代　以照萬祀　「二途」は、ここは対比的な二つの政道を指す。用例は『文選』巻三六、王融「永明九年策二秀才一文五首」に（刑罰の峻烈と寛大の）「二途如レ爽、即用兼通」とあるなど。「遞代」は交替すること。用例は『隋書』巻一九「天文志上・晷影」の「日爲二陽精一。玄象之者然者也。生靈因レ之動息、寒暑由レ其遞代」など。「萬祀」は万年、いつまでも長く続く年月。『文選』巻四、張衡「南都賦」に「皇祖歆而降レ福、彌二萬祀一而無レ衰」とあり、李善注が「祀、年也」とする。

○義杲兼兩　理難廢一　「文質彬彬」の理念には「文」も「質」も必須であることをいう。「義杲」の「杲」は日の出の光、転じて、明らかの意。小島憲之は本文「義果」を採り、「義と成果(?)」と解釈するが(『国風暗黒時代の文学　中(上)』七三九・七四二頁)、「義果」の用例は未見。ひとまず底本に従って解釈しておく。なお、諸本の内、「杲」を「果」とするのは、林氏・内閣・谷森・諸陵・河村・関西・萩野・蓬左・神宮・尊経・人見・菊亭・平松・柳原・脇坂・池田・大倉・陽二・小室・久邇である(小島氏の校訂は「(三・神)」に拠ったとあり、三手・神宮を参照したものと思われるが、三手は「杲」に作っている)。「兼兩」をこのような文脈で用いた例は、『魏書』巻九二「列傳良吏・明亮」の「謀勇二事、體本相須。若勇而無レ謀、則勇不二獨擧一、若謀而無レ勇、則謀不二孤行一。必須レ兼レ兩、乃能制レ勝」、また、「両義を兼ねる」という表現として、新羅・義寂『菩薩戒本疏』に「若二大士戒一具兼二兩義一。一孝順義、能攝二善等一故。二制止義、能離二惡法一故」(大正蔵四〇巻六六二頁下)とある。「廢一」をこのような文脈で用いた例は『春秋左氏傳』襄公二七年の「天生二五材一、民竝用レ之。廢レ一不レ可」など。

○操折中之理　「折中」は複数の選択肢から中正なものを選び取ること。折衷とも。『漢書』巻七二「貢禹傳」に「四海之內、天下之君、微二孔子之言一亡レ所二折中一」とあり、顔師古注が「微、亦無也。折、斷也。非二孔子之言一則無二以爲レ中也」とする。

○平野史之義　「野史」の「野」は田舎者(質朴の象徴)、「史」は朝廷の文書官(文華の象徴)のこと。『論語』「雍也」の「質勝レ文則野、文勝レ質則史、文質彬彬、然後君子」に拠る(何晏注が「包曰。野、如二野人一。言鄙略也」、「包曰。史者文多而質少」とする)。なお、「野史」は通常、民間で私的に編まれた歴史書を指す語(「正史」に対する)。本例のように『論語』から「野」と「史」を抽出して組み合わせた例は未見。

○五福長保　無爲繼於百王　六極永絶　有道傳于千帝　「五福」「六極」は『尙書』「洪範」の、天が禹に与えた

「洪範九疇」の内の第九にいう五種類の幸福と六種類の災いのこと。同書に「次九曰、嚮二用五福一、威二用六極一」（前漢・孔安国伝に「言、天所以嚮三勸人用二五福一、所以威三沮人用二六極一」）、また、「皇極。皇二建其有極一、斂二時五福一、用敷錫二厥庶民一。（中略）五福、一曰レ壽、二曰レ富、三曰二康寧一、四曰レ攸二好德一、五曰二考終一レ命。六極、一曰二凶短折一、二曰レ疾、三曰レ憂、四曰レ貧、五曰レ悪、六曰レ弱」とある。「無爲」は、聖帝の徳によって何もしなくても天下がおさまること。『論語』「衛靈公」の「子曰。無爲而治者、其舜也與一」に拠る。「百王」は聖帝に続く歴代帝王。用例は『漢書』巻五六「董仲舒傳」に「蓋聞、五帝三王之道、改レ制作レ樂而天下洽和、百王同レ之」など。日本でも太安万侶「古事記序」に「寔知、懸レ鏡吐レ珠、而百王相續、喫レ劔切レ蛇、以萬神蕃息與」とある。「有道」は徳を備えていること。天子の資格。『藝文類聚』巻一二「帝王部二・殷成湯」に、「湯曰。此天子之位、有レ道者可二以處一レ之矣。夫天下非二一家之有一也。有レ道者之有也。故天下者、唯有レ道者理レ之、唯有レ道者宜レ處レ之。湯以レ此三讓。三千諸侯、莫二敢卽一レ位。然後湯卽二天子之位一」とある。なお、本対策との先後は不明だが、「無爲」と「有道」を対にした日本の例として、『懷風藻』、紀古麻呂「望レ雪」に「無爲聖德重二寸陰一、有道神功輕二球琳一」とある。「千帝」の用例は、『隋書』巻五七「薛道衡傳」に「悠哉邃古、邈矣季世、四海九州、萬王千帝」など。本対策との先後および日本への伝来は不明だが、「百王」と「千帝」を組み合わせた例として、唐・李嶠（六四五〜七一四年）「代二百寮一請レ立二周七廟一表」に「臣聞。享レ帝立レ廟、陳二乎太極一之典、尊レ祖配レ天、載二乎厥初一之頌。（中略）斯千帝百王之所二因襲一也、四學三雍之所二講肄一也」（『全唐文』巻二四三）とある（以降、唐代に複数例あり）。

○相變之禮　「相變」は、ここでは文と質が相互に交替すること。用例は『漢書』巻二七中之上「五行志中之上」の「春與レ秋、日夜分、寒暑平。是以金木之氣易以相變」など。「禮」はここでは道理の象徴、転じて道理の意で用いていよう。『禮記』「樂記」に「樂也者情之不レ可レ變者也。禮也者理之不レ可レ易者也」、同「仲尼燕居」に「子曰。禮也者理也。樂也者節也」などとある。

○指微易迷　「指」は指すところ、趣意。『漢書』巻五三「河間獻王德傳」に「武帝時、獻王來朝、獻二雅樂一、對二三雍宮及詔策所レ問三十餘事一。其對推二道術一而言、得二事之中一、文約指明」とあり、顔師古注が「指、謂二義之所レ趨。若二人以レ手指レ物也」とある。

○尋求不彈其本　乘流未達其源　対策者・金蘭の謙辞。「彈其本」に類する表現は未見。「乘流未達其源」と類似する表現として、梁・僧祐『弘明集』巻一、牟子「理惑正誣論」に「牟子曰。未レ達二其源一而問二其流一也」（大正蔵五二巻四頁下）とある。

○逢洪慶而韜辭　「洪慶」は大きな慶事。金蘭が対策者に選ばれたことを指す。小島憲之は「鴻恩に逢つて」と解釈する（『国風暗黒時代の文学　中（上）』七四二頁）。用例は『南齊書』巻二「高帝本紀下」の「寶祚初啟、洪慶惟新」など。「韜辭」はことばを慎む。用例は少ないが、唐・道宣『廣弘明集』巻二〇、梁・簡文帝「上二大法頌一表」に「可二閣レ筆韜レ辭詠歌不レ作者也」（大正蔵五二巻二四〇頁上）とある。

○仰芳猷而輟翰　「芳猷」は優れたはかりごと。ここは帝の策問を指す。用例は、『文選』巻五八、顔延之「宋文皇帝元皇后哀策文」に「惠問川流、芳猷淵塞」、『隋書』巻一「高祖楊堅紀上」に「入處二禁闈一、出居二藩政一、芳猷茂績、問望彌遠」とあるなど。「輟翰」は筆をやめる。擱筆する。用例は、『後漢書』巻八〇「王逸傳」の「子延壽。字文考。有二儁才一。少遊二魯國一、作二靈光殿賦一。後蔡邕亦造二此賦一、未レ成、及レ見二延壽所一レ爲、甚奇レ之、遂輟レ翰而已」、『文心雕龍』「神思」に「相如含レ筆而腐レ毫、揚雄輟レ翰而驚レ夢」など。

15　下毛野虫麻呂・偽銭駆逐

〔作者解説〕

○策問執筆者　記載なく不明。

○対策者　下毛野虫麻呂《しもつけのむしまろ》　『續日本紀』によると、養老四年（七二〇）正月に従五位下、養老五年正月に従五位上、同年六月に式部員外少輔となる。また養老五年正月甲戌に出された、学業優秀者を褒賞する詔に、「文章」における優秀者としてその名が挙がる。『懷風藻』に「大學助教従五位下下毛野朝臣虫麻呂。一首。年三十六」とあり、養老七年（七二三）あるいは神亀三年（七二六）の初秋に比定される長屋王宅での新羅使送別宴の詩が残る。小島憲之は、下毛野虫麻呂の対策第二首目（儒仏老の比較）のテーマと成立時期について、「養老元年（七一七）四月二三日の詔によれば、法服を着用した私度の僧尼らが仏の釋教にそむくやうな態度をもつて民衆を迷はしていた當時の様子がわかる。この對策文はこれらを反映した道・儒・仏の三教に関する策問とみられ、養老初期を降らぬ頃の作と推定される」とする（『国風暗黒時代の文学　上』二一四頁）。なお、〔語釈〕の謂爾進士…の項も参照。

〔本文〕

問。

〔訓読〕

問ふ。

既號二天龍一、無レ足而走、
還稱二地馬一、無レ翼而飛。
雖二逐レ時文異一、如レ泉利同。
豈可下起詐之子、擅(1)放二西蜀之偽一、
　乾沒之夫、專行中東呉之私上。
欺(2)二濫群小一、
罔(3)二冒公司一。
屢煩二丹筆一、
徒闐(4)二黄沙一。
謂、爾進士應レ識二公方一。
懲二茲不軌一、用レ何能肅(5)。

下毛虫麻呂

對。竊聞、
　沙石化爲二珠玉一、
良難レ可二以療一レ飢、
倉困實其坻京、
唯易レ迷二以濟一レ命。

既に天龍と號し、足無くして走り、
還《また》地馬と稱し、翼無くして飛ぶ。
時を逐《お》ひて文異《あや》なると雖も、泉の如くに利すること同じ。
豈《あに》、起詐の子、擅《ほしいまま》に西蜀の偽に放《なら》ひ、
　乾沒《かんぼつ》の夫、專《もはら》に東呉の私を行ふべけんや。
群小を欺濫《ぎらん》し、
公司を罔冒《まうばう》す。
屢《しばしば》丹筆を煩《わづら》はし、
徒《いたづら》に黄沙《かうさ》を闐《みた》す。
謂《おもへ》らく、爾進士《なむちしんし》應《まさ》に公方《かうはう》を識《し》るべし。
茲《こ》の不軌《ふき》を懲《こ》らさむに、何を用《もち》てか能《よ》く肅《ただ》さむや。

下毛虫麻呂

對《こた》ふ。竊《ひそか》に聞く、
　沙石化して珠玉と爲《な》るも、
良《まこと》に以て飢《うゑ》を療《いや》すべきこと難《かた》く、
倉困實《さうきんみ》つること其《そ》れ坻京《ちけい》たれば、
唯《ただ》以て命を濟《すく》ふに迷《おほ》ふこと易《やす》し、と。

是知、
　寫圖而前、猶事二血飲一、
　調律而後、誰不レ食レ穀。
自下太公開二九府之制一、
　管父通中萬鍾之式上、
龍文錯二於郭裏一、
龜冊入二於幣閒一。
白金馳二其奸情一、
朱仄競二其濫制一。
西蜀銅岳、徒擅二佞倖之門一、
東晉金溝、遂滿二誇奢之室一。
姫景舍レ輕、單穆陳二(6)權子之譏一、
劉文放レ鑄、賈生致二(7)博禍之談一。
寔由下棄二耕桑之務一、
　爭中錐刀之末上。
伏惟　聖朝
　握二天鏡一、
紐二地(8)鈐一、

是《ここ》に知る、
　寫圖《しやと》而前《じぜん》、猶《なほ》血飲を事《こと》とし、
　調律而後《じご》、誰か穀を食はざらむ。
太公九府の制を開《ひら》き、
　管父萬鍾《まんしやう》の式を通《かよ》はせしより、
龍文《りようもん》郭裏《くわくり》に錯《まじ》り、
龜冊幣閒《きさくへいかん》に入る。
白金其の奸情《かんじやう》を馳《は》せしめ、
朱仄《しゆそく》其の濫制を競《きそ》はしむ。
西蜀の銅岳、徒《いたづら》に佞倖《ねいこう》の門を擅にし、
東晉の金溝、遂《つひ》に誇奢の室を滿たす。
姫《き》景輕を舍《す》てんとして、單穆《ぜんぼく》權子の譏《いさめ》を陳《の》べ、
劉文鑄を放《ほしいまま》にせんとして、賈生博禍《かせいはくか》の談を致《いた》す。
寔《まこと》に耕桑《かうさう》の務《つとめ》を棄て、
　錐刀《すいたう》の末《すゑ》を爭ふに由《よ》る。
伏《ふ》して惟《おもひみ》るに　聖朝、
　天鏡を握り、
地鈐《ちけん》を紐《むす》びたまひて、

徳音被二於有截一、
至教翔二於無垠一、
銜禾之獸屢臻、
見穰之鱗荐集。
今欲下既停二起詐之功一、
終(9)斷中治鎔之途上。
誠使二三農叶レ節、
千箱盈レ庾、
淮陽高レ枕、追二長孺之芳趣一、
耶谷送レ歸、發二祖榮之清轍一。
則銖文曷レ惑、
鏹貫無レ訛、
頓屛二磨屑之風一、
永斷二炭挾之俗一。
謹對。

〔校異〕

（1）擅―底本「檀」。諸本により改める。

徳音有截《ゆうせつ》を被《おほ》ひ、
至教無垠《むぎん》に翔る。
銜禾《がんくわ》の獸、屢《しばしば》臻《いた》り
見穰《けんじやう》の鱗、荐《しきり》に集《あつま》る。
今、既に起詐の功を停《とど》め、
終《つひ》に治鎔《ややう》の途《みち》を斷《た》たむと欲したまふ。
誠に三農をして節に叶《かな》ひ、
千箱をして庾《ゆ》に盈《み》たしめ、
淮陽《わいやう》枕を高くして、長孺《ちやうじゆ》の芳趣を追ひ、
耶谷《やこく》歸を送るに、祖榮《えい》の清轍《せいてつ》を發《あらは》せば、
則ち銖文《しゆぶん》惑《みだれ》を曷《とど》め、
鏹貫《きやうくわん》訛《いつわり》無く、
頓《とみ》に磨屑の風を屛《しりぞ》け、
永く炭挾の俗を斷たむ。
謹みて對ふ。

（2）欺―底本「斯」傍書「欺」。諸本により改める。
（3）罔―底本「囙」。諸本により改める。
（4）閫―底本「閒」。諸本により改める。〔閫―慶長・林氏・大学・東山・中根・菊亭・脇坂・鷹司・大倉・陽二・多和・東海。圓―谷森（傍書「圀カ」）・萩野（傍書「圖」）・神宮（傍書「圖」）・尊経（傍書「圖」）。圖―河村。圄―三手。圚―塩釜・人見・柳原。圓―南葵・蓬左・帝慶・池田・井上。門―平松〕
（5）肅―底本「爾」（「爾」は底本・内閣・諸陵・関西・菊亭・帝慶・陽三・久邇。林氏は傍書「爾」）。諸本により改める。
（6）権―底本「擁」。塩釜・柳原および典拠により改める。
（7）博―底本「轉」（「轉」は底本・関西・東海。萩野・神宮は傍書で「轉」）。諸本により改める。
（8）鈐―底本「鉾」。諸本により改める。
（9）斷―底本「析」。諸本により改める。

〔通釈〕

問う。貨幣は、天龍と呼ばれ、また地馬と呼ばれ、足も無いのに走り、また翼も無いのに飛ぶ。時とともに文様は変わるが、泉のように世間を流れるというはたらきは変わらない。どうして、いつわりごとを始める者がほしいままに西蜀の鄧通の偽りを真似し、投機的売買をする者がひたすらに東呉の呉王濞の私鋳銭のようなことを行ってよいものだろうか。彼等は多くの民を欺いて道から外れさせ、朝廷をないがしろにする。（その結果、法に触れる者が増え）絶え間なく刑罰が朱筆で記され、むやみと黄沙の監獄が罪人で満たされる。思うに、進士であるあなたは公正な道をきっと知っているだろう。このような法に従わない者を懲らしめるには、どのようにしてただすのがよいだろうか。

お答えします。私に聞いておりますことは、砂利石が珠玉に変ったとしても、まことに珠玉では飢えを癒すことは難しく、（一方）穀物が倉に満ちていれば、まさしく民の命をあまねく救うことが容易にできる、と。なるほど、伏羲氏が文字を作る以前は獣の血を飲んでいましたが、黄帝が音律を整定して以後は（農業のもたらす）穀物を食べない者がおりましょうか。（やがて）太公望が貨幣制度を始め、管仲が穀価安定のための法式を広めてからは、龍の文様が銭の縁に施され、亀の文様（のついた銭）が貨幣にまじるようになりました。（すると）白金銭は（民に）よこしまな心をしきりに起こさせ、赤仄《せきそく》銭は（民に）違法な鋳銭を競わせることになりました。西蜀の銅山で銭を私鋳した鄧通は、こびへつらいで帝寵をただほしいままにし、東晋の王済の「金溝」は、奢《おご》った贅沢のあげくに馬場を銭で囲んだものでした。周の景王が低額の銭を廃止しようとしたときに、単の穆公が高額の銭と低額の銭の両方によって調整しあうべきだと諫めました。漢の文帝が私鋳銭を容認しようとしたときは、賈誼がそれは大きな禍になると反対しました。（このようなことは）まことに農業を棄て、（商業によって）僅かな利益を追い求めるようになったためであります。

謹んで考えてみますに、今上陛下は、天下を明察なさり、大地を統べなさって、徳のあるお言葉が整然とした天下を被い、至上の教えは果てしない遠くへ飛び翔っております。（聖王の治世を祝福する）穂をくわえた霊獣が絶え間なく訪れ、豊かな実りを見て龍がしきりに集まってきます。（そして）今や、いつわりを起こすことを完全に止めさせ、鋳型で銭を私鋳する方法を永久に断とうとなさっています。まことに農事を時節に適合させ、多くの箱車で運んだ穀物を積み上げさせ、淮陽郡の人々が安眠して長孺（汲黯）の（私鋳銭を粛正した）かぐわしい事績を慕い、若邪山の谷の民が帰任を見送って（餞別の百銭のうち一銭しか受け取らなかった）祖栄（劉寵）の清廉を実現すれば、貨幣の乱れはなくなり、銭の束に偽物も混じらなくなります。銭を削った屑から偽銭を作る風潮はすぐにも退けられ、私鋳銭を作るための銅と炭を隠し持つことは永久に絶たれましょう。

　謹んでお答え申し上げます。

〔語釈〕

【問】

○既號天龍　無足而走　還稱地馬　無翼而飛　貨幣に関して「號天龍」「稱地馬」とは、『漢書』巻二四下「食貨志下」の「造二銀錫一白金。（唐・顔師古注「如淳曰、雜二鑄銀錫一爲二白金一」）以爲、天用莫レ如レ龍、地用莫レ如レ馬、人用莫レ如レ龜。故白金三品。其一曰、重八兩、圜レ之、其文龍、名白撰、直三千。二曰、以レ重差小、方レ之、其文馬、直五百。三曰、復小、橢レ之、其文龜、直三百」を踏まえる。前漢・武帝の世に造られた白金銭に三等級あり、天において最もはたらきのあるものである龍、地において最もはたらきのあるものである馬、人において最もはたらきのあるものである亀を、それぞれ文様にした。なお、『史記』巻三〇「平準書」にほぼ同文が見えるが、小島憲之は、『日本書紀』において『史記』よりも『漢書』が多く依用されたこと、唐初の顕著な学問は『漢書』学であったことを根拠に、「虫麻呂も『漢書』の方をより多く活用したとみてよかろう」とする（『万葉以前』二二二頁）。「天龍」「地馬」が対で用いられる例は、唐・宋伯宜の「對泉貨策」に「漢改二四銖一、秦行二半兩一。用捨更互、廢レ輕就レ重之宜、損益不レ常、地馬天龍之異」（『文苑英華』巻四九九、『全唐文』巻九五七）とあるが、それ以外では未見。宋伯宜は伝未詳で、小島憲之は初唐（『文苑英華』の配列に拠る）・晩唐（『全唐文』の配列に拠る）両方の可能性を留保しつつ、本対策と「對泉貨策」との「あや」が「甚だよく類似し」ていることを指摘する（同前）。「無足而走」「無翼而飛」は、『藝文類聚』巻六六「産業部下・錢」、魯褒「錢神論」の「無レ翼而飛、無レ足而走」による。貨幣が世間に流通することの喩え。

○逐時文異　如泉利同　「文」は、文様。ここでは銭に付された文様を指す。「如泉利」は、『漢書』巻二四下「食貨志下」冒頭で、五種類の貨幣（金・刀銭・銭・布・帛）それぞれの言葉を近似する音によって説明する箇所に、「貨、寶二於金一、利二於刀一、流二於泉一、布二於布一、束二於帛一」（顔師古注「如淳曰、流行如レ泉也」）とあり、泉（せん）のように世間を流れるから銭（せん）という。「利」は、はたらきの意。

○起詐之子　擅放西蜀之偽　乾沒之夫　専行東呉之私　「起詐」は、いつわりごとを始めるの意だが、用例は未見。『漢書』巻二四下「食貨志下」に類義語「起姦」がある。対になる「乾沒」は、投機的利益を得ようとすることで、典拠は『漢書』巻五九「張湯傳」の「始爲二小吏一、乾沒、與二長安富賈田甲・魚翁叔之屬一交レ私」（顔師古注「如淳曰、豫居レ物以待レ之、得レ利爲レ乾、失レ利爲レ沒」）。『漢書』「食貨志下」に、天子でない分際で鋳銭を行った者として、「呉以二諸侯一、即レ山鑄錢、富埒二天子一、後卒叛逆。鄧通、大夫也、以二鑄錢一財過二王者一。故呉・鄧錢布二天下一」と、呉（呉王濞のこと）と鄧通を挙げる。同・巻三五「呉王濞傳」に「呉有二豫章郡銅山一、即招二致天下亡命者一盜鑄レ錢、東煑二海水一爲レ鹽、以故無レ賦、國用饒足」、同・巻九三「鄧通傳」に「於レ是賜二通蜀嚴道銅山一、得二自鑄レ錢。鄧氏錢布二天下一、其富如レ此」とあり、呉王濞は呉に、鄧通は蜀に、それぞれ銅山を所有し、銭を私鋳していた。よって、「西蜀之偽」は鄧通の私鋳銭を指し、「東呉之私」は呉王濞の私鋳銭を指す。小島憲之は、「起詐之子」を呉王濞、「西蜀之偽」を「蜀都賦」の「西蜀公子の如き偽をまねたようなこと」、「乾没之夫」を、「乾没」の語がある前掲「湯張傳」の湯張、「東呉之私」を「呉都賦」の「東呉王孫の如き私心を挟むようなこと」ことだとする（『万葉以前』二二三頁）が、従えない（「蜀都賦」「呉都賦」から西蜀公子・東呉王孫の偽り・私心を読み取ることには無理がある）。「起詐之子」「乾没之夫」は、特定の人物を指すのではなく、呉王濞や鄧通を真似て不法な行いをする者全般のことをいうと解しておく。

○欺濫群小　罔冒公司　「欺濫」は、あざむき乱す、欺いて道を外れさせることだが、本策問以前の用例は未見。なお、本対策より後の例である可能性が高いが（文中に、「竊見元和以來」とあり、元和年間〈八〇六～八二〇〉以降の成立と推定される）元慎「錢貨議狀」に「積錢不レ出二於墻垣一、欺濫遍二行於市井一」（『全唐文』巻六五一）とある。「群小」は、多くの小人の意。『毛詩』「國風・邶風・柏舟」に「憂心悄悄、慍二于群小一」とあり、後漢・鄭玄箋が「群小、衆小人在二君側一者」とする。「小人」は、大人・君子に対して、取るに足らないつまらない者のこと。『論語』「衞靈公」に「子曰、君子固窮、小人窮斯濫矣」とある。「罔冒」は、みだりにおかすの意。用例は、『隋書』巻四一「蘇威傳」（「子夔」の項）の「以二曲道一任二其從父弟徹・肅等一罔冒爲レ官」など、上を欺いて無理に官職に就く、任ずることをいうものがほとんどであるが、ここは朝廷の出す法令をおかすことをいう。「公司」は、公的な役所・朝廷のことだろうが用例は未見。

○屢煩丹筆　徒闐黃沙　「丹筆」は、朱で書くこと。ここは、罪人の断罪に際して刑罰を朱で書くことを指す。『藝文類聚』巻四九「職官部五・廷尉」所引「會稽典錄」に「盛吉拜二廷尉一。吉性多二仁恩一、務在二哀矜一。每レ至二冬月一、罪囚當レ斷。其妻執レ燭、吉手二丹筆一、夫妻相向垂泣」とある。「黃沙」は、監獄の名前。『晉書』「武帝紀」に「六月、初置二黃沙獄一」とある。「闐」は、（監獄が罪人で）満ちるの意。『文選』巻一、班固「西都賦」に「闐レ城溢レ郭」（唐・李善注「鄭玄禮記注曰、塡、滿也。塡與レ闐同」）とある。二句ともに、罪に陥る者が増えることをいう。小島憲之は「闐」に対して「圄」（三手・谷森傍書。囚禁の意）を採り、黄沙の獄に罪人として留置する意に解すが（『万葉以前』二二五頁）、「屢煩」の対としての整合性、および「圄」が事実上三手本のみの弧例であることに鑑み、ひとまず「闐」を採っておく（諸本の状況は〔校異〕に提示した通り）。

○謂爾進士　応識公方　「進士」は官吏登用試験の科目名であるが、受験者を指すこともある。進士科に課せられるのは「時務策」である（「考課令」）。私鋳銭について論じることは、和銅元年（七〇八）二月の催鋳銭司の設置以降の銭貨普及政策、同二年（七〇九）正月・四年（七一一）十月の私鋳銭禁止法令整備の詔勅発布など（以上『續日本紀』）を背景に、当代の政治に関わっていた可能性がある（下毛野虫麻呂は『續日本紀』では養老四年〈七二〇〉正月の従五位下昇叙記事に初見。よって、本対策はそれ以前の作）。「公方」は、公正さの意。用例は、『漢書』巻六〇「杜欽傳」に「近二諂諛之人一而遠二公方一（顔師古注「方、正也」）、信二讒賊之臣一以誅二忠良一」など、人の性質についていうことが多い。

○懲茲不軌　用何能肅　「不軌」は、『漢書』巻二四下「食貨志下」に「不軌逐レ利之民、畜二積餘贏一以稽二市物一」とあり、顔師古注が「不軌、謂下不レ循二軌度一者上也」とする。法令に従わない者の意。「肅」は、いましめる、ただすの意。『禮記』「祭統」の「宮宰宿二夫人一」への後漢・鄭玄注に「宿、讀爲レ肅。肅、猶レ戒也。戒、輕。肅、重也」とある。

【対】

○沙石化爲珠玉　良難可以療飢　二句全体の典拠は、『後漢書』巻五七「劉陶傳」の、陶が貨幣改鋳に関する下問に対して上奏した「議」、または、『藝文類聚』巻六六「産業部下・錢」の劉騊駼「上書諫二鑄錢事一」のいずれかであろう。両者は互いに異伝の関係にあるらしく、異同が多い。参考に両者とも引いておく。『後漢書』巻五七「劉陶傳」に「就使下當今沙礫化爲二南金一、瓦石變爲中和玉上、使二百姓渇無レ所レ飲、飢無一レ所レ食、雖二皇羲之純德、唐虞之文明一、猶不レ能三以保二蕭牆之內一也」、『藝文類聚』巻六六「産業部下・錢」、劉騊駼「上書諫二鑄錢事一」に「就使下當令土礫化爲二南金一、瓦鹵變爲二和玉一、沙石悉成二隨珠一、犬羊盡作中狐白上、綈繡盈レ堂、文綺縵レ野、使二百姓渇無レ所レ飲、飢無一レ所レ食、雖二犧皇之純德、大禹之勤勞、周文之不暇一、猶不レ能三以保二蕭牆之內一」。価値のないものを高価な珠玉に変じさせても、珠玉で飢えは満たせないという。同趣の主張は、『漢書』巻二四上「食貨志上」鼂錯の前漢・文帝への上奏文にも「明主知二其然一也、故務二民於農桑一、薄二賦斂一、廣二畜積一、以實二倉廩一、備二水旱一、故民可二得而有一也。（中略）夫珠玉金銀、飢不レ可レ食、寒不レ可レ衣」とある。なお、小島憲之は、宋伯宜「對泉貨策」の「對。臣聞、楚王明月之珠、寒而不レ可レ服、魏王照室之寶、饑而不レ可レ餌」との「類似」を指摘する（『万葉以前』二二八頁）。財貨である金銀珠玉より衣食のほうが大事とは、商業より農業が大事だということを意味する。「療飢」は空腹を癒すの意。用例は『文選』巻三六、王融「永明十一年策二秀才一文」に「豈非下療レ飢不レ期二於鼎食一、拯レ溺無上レ待二於規行一」（李善注「毛詩曰、泌之洋洋、可二以樂一レ飢。鄭玄曰、泌水洋洋、然飢者見レ之、可二飲以療一レ飢。療、音義與レ療同」）とある。なお、「療飢」は神仙関係の文献に用例が多い。

○倉囷實其坻京　唯易迷以濟命　「倉囷實其坻京」は、『毛詩』「小雅・甫田之什・甫田」の「曾孫之庾、如レ坻如レ京。乃求二千斯倉一、乃求二萬斯箱一」（前漢・毛公伝「京、高丘也」、後漢・鄭玄箋「庾、露積穀也。坻、水中之高地也」）による。「倉」は方形の倉、「囷」は円形の倉。「京」は高い丘、「坻」は川の中洲の小高くなった所の意。「倉囷」の用例は、『韓非子』「難二」に「發二倉囷一、賜二貧窮一、論二囹圄一、出二薄惱一」とある。『毛詩』は、実りが豊かで露積みの穀物は高い丘のようになり、それを収めるには千や万の多くの倉がいるほどだというが、ここでは、倉に収められた穀物が高い丘のようだと、少し変わる。

これに類する表現は、『陳書』巻一「高祖本紀」の高祖の策に「賤レ寶崇レ穀、疏レ爵待レ農。室富二京坻一、民知二榮辱一」とある。「唯易迷以濟命」の「迷」は、「彌」に通じ、いきわたるの意で用いたものだろう。『周禮』「春官・眡祲」の「七曰レ彌」への鄭玄注に「故書彌作レ迷。（中略）彌者白虹彌レ天也」とある。民の命を救うことがいきわたる、ということ。小島憲之は「唯し命を済ふに迷ふこと易し」と訓み、「（穀倉に収穫が豊かに満ちても、）ただ生命を救うことはいささか躊躇される」（『万葉以前』二二七～八頁）と解すが、文脈と整合しないので、ひとまず右のように解しておく。

○寫圖而前　猶事血飲　調律而後　誰不食穀　「寫圖」は、『周易』「繫辭上」の「河出レ圖、洛出レ書、聖人則レ之」を踏まえ、伏羲が黄河から現れた龍の背の文様を見て易の八卦と書契を作ったという故事を指す。なお、「寫圖」でこの故事をいう例は本対策以前の漢籍・仏典に未見。「而前」は以前。「血飲」は、梁・昭明太子「文選序」の「冬穴夏巣之時、茹レ毛飲レ血之世、世質民淳、斯文未レ作」に拠り、原始時代に獣の血肉を食料にしていたことをいう。「調律」は、黄帝が音律を作ったという故事を指す。『漢書』巻二一上「律暦志上」に「律十有二、陽六爲レ律、陰六爲レ呂。（中略）其傳曰、黄帝之所レ作也。黄帝使二泠綸一、自二大夏之西昆侖之陰一、取二竹之解谷生其竅厚均者一、斷二兩節閒一而吹レ之、以爲二黄鐘之宮一」とあり、『呂氏春秋』巻五「古樂」はこれを「昔黄帝令三泠綸作二爲律一」とする。「調律」の用例は、『藝文類聚』巻四四「樂部四・箜篌」、晉・鈕滔母孫氏「箜篌賦」の「命二伶倫一而調レ律、浮音穆以遐暢、唇響幽而若絶」など。「寫圖」「調律」は合わせて文明の始まりをいう。「而後」は以後。「飲血」の世と穀物を食べる世とが比較される例に、『論衡』「齊世」の「彼見二上世之民一、飲レ血茹レ毛、無二五穀之食一、後世穿レ地爲レ井、耕レ土種レ穀、飲レ井食レ粟、有二水火之調一」がある。なお、宋伯宜「對泉貨策」にも「雖二繼レ天象レ日之際一、猶爲二血飲一、但立レ地甄レ海而還、誰不二粟食一」とある。

○太公開九府之制　管父通萬鐘之式　「太公」は周の

太公望呂尚、「管父」は斉の管仲（夷吾）を指す。管仲を「管父」と称する例は未見。桓公が管仲を尊んで「仲父」と称したことをいう例は多い。『漢書』巻二四下「食貨志下」冒頭に、「凡貨、金銭布帛之用、夏殷以前其詳靡二記云一。太公爲レ周立二九府圜法一。太公退、又行二之于齊一。至三管仲相二桓公一、通二輕重之權一、曰。歳有二凶穰一、故穀有二貴賤一。令有二緩急一、故物有二輕重一。（中略）民有レ餘則輕レ之、故人君斂レ之以レ輕。民不レ足則重レ之、故人君散レ之以レ重。凡輕重斂散之以レ時、則準平。守二準平一、使下萬室之邑必有二萬鍾之臧一、臧二繦千萬一、千室之邑必有二千鍾之臧一、臧中繦百萬上」とあるのに拠る。「九府之制」は、右の顔師古注に「周官。太府・玉府・内府・外府・泉府・天府・職内・職金・職幣。皆掌二財幣一之官、故云二九府一。圜、謂二均而通一也」とあり、通貨を掌る九つの役所のこと。「万鍾之式」の「鍾」は容量の単位。同じく顔師古注に「孟康曰、六斛四斗爲レ鍾」とある。「万鍾之式」は右で管仲の言う、豊作の年には役所が穀物の余りを買い入れ、不作の年には放出することで物価を安定させ、村ごとに穀物と貨幣を十分に備蓄させる政策のこと。なお、宋伯宜「對泉貨策」の策問にも「太公立二九府之法一、夷吾通二萬鍾之藏一。輕重良由二於出令一、斂散實在二於得時一」（「夷吾」は管仲の名）とある。

○**龍文錯於郭裏　龜冊入於幣間**　「龍文」は龍の文様、「龜冊」は亀の文様（「冊」は、編まれた竹簡のこと。ここでは「文」と類義と考えられるが、「冊」のそのような用例は未見）。それらが装飾された貨幣が造られたことをいう。【問】の既號天龍…の項所引『漢書』巻二四下「食貨志下」の、前漢・武帝の世に造られた白金銭に龍の文様を付したものと亀の文様を付したものがあったとする記事に拠る。「錯於郭裏」を小島憲之は「貨幣の周郭《まわり》に竜の模様を鍍金」することとする（『万葉以前』二二九頁）。「入於幣間」は貨幣の間にまじわる。

○**白金駞其姧情　朱仄競其濫制**　二句は『漢書』巻二四下「食貨志下」の以下の一連の記事を踏まえる。「白金」は白金銭。前漢・武帝の時に白金銭が造られて以来、法を犯して私鋳銭を行う者が無数に現れたことが、「食貨志下」に「自レ造二白金・五銖銭一後五歳、（中略）天下大氏無慮皆鑄二金錢一矣。犯レ法者衆、吏不レ能二盡誅一」とある。「奸情」は、よこしまな心の意で、ここは私鋳銭関連の諸悪を行う心を指そう。用例は、『後漢書』巻五七「劉瑜傳」の「州郡官府、各自考レ事、姦情賕賂、皆爲二吏餌一」などがある。「朱仄」は赤仄銭を指す。「食貨志下」に、右に引いた記事に続けて、「郡國鑄錢、民多姦鑄、錢多輕。而公卿請レ令三京師鑄二官赤仄一」（顔師古注「如淳曰、以二赤銅一爲二其郭一也」）とあり、民間の「姦鑄」への対応策として新たに制定された銭で、「青銅の銭の周囲に銅製の『たが』をつけた銭とされている」（永田英正・梅原郁『漢書食貨・地理・溝洫志』東洋文庫四八八）。同記事に、さらに続けて、「白金稍賤、民弗二寶用一、縣官以レ令禁レ之無レ益、歳餘終廢不レ行。（中略）其後二歳、赤仄錢賤、民巧レ法用レ之、不レ便又廢」とあり、赤仄銭が造られてから白金銭が廃れ、やがて、赤仄銭も悪用されるようになって（「巧レ法用レ之」）廃されたとする。「濫制」は用例未見。小島憲之は、右の白金銭・赤仄銭の顛末を踏まえて「みだりな鋳銭の制度」を指すとする（『万葉以前』二三〇頁）。なお、宋伯宜「對泉貨策」の策問に「白金易レ賤、赤仄難レ行」とある。

○西蜀銅岳　徒擅佞倖之門　東晉金溝　遂滿誇奢之室

「西蜀銅岳、徒擅佞倖之門」は、問の「擅放西蜀之偽」を受け、蜀に銅山を所有して鋳銭を行った鄧通を指す（【問】の起詐之子…の項参照）。「佞倖」は、こびへつらって主君の気に入られる者のこと。鄧通が前漢・孝文帝の佞倖の寵臣であったことは、『漢書』巻九三「佞幸傳」序に「漢興、佞幸寵臣、（中略）孝文時士人則鄧通」とあり、続く「鄧通傳」に帝の寵愛によって蜀の銅山を賜ったことが載る（【問】の起詐之子…の項所引）。「東晉金溝、遂滿誇奢之室」は、晋の王済の豪奢な暮らしぶりの故事を指す。『晉書』巻四二「王濟傳」に「性豪侈、麗服玉食。時洛京地甚貴、濟買レ地爲二馬埒一、編レ錢滿レ之、時人謂爲二金溝一」、宋・劉義慶『世說新語』「汰侈」に「王武子被レ責、移二第近北芒一。于レ時人多地貴。武子好二馬射一、買レ地作レ埒、編レ錢匝レ地竟レ埒。時號曰二金溝一」

（武子は王済の字）とある。「金溝」は、編み連ねた銭で馬場を囲んだことをいう。王済の事跡に私鋳銭のことはないが、銭による悪行の縁と、「銅岳」と対になる「金溝」の二字句があることによって、ここに引かれたのだろう。「誇奢」の用例は未見（なお、奢侈の意の「夸奢」が『史記』『漢書』『後漢書』などに散見する）。『藝文類聚』巻六六「産業部下・銭」には、『史記』の「上使三善相者相二鄧通一、曰、當二貧餓死一。文帝曰、能富レ通者在レ我、何謂レ貧。於レ是賜二通蜀嚴道銅山一、得二自鑄錢一。號二鄧氏錢一、布二天下一」と、右の『世說新語』（字句に小異あり）が引用され、鄧通の銅山と王済の金溝の両方が載る。なお、宋伯宜「對泉貨策」に「復有二豫章銅岳、蜀道銅山一。全歸二佞倖之爐一、頓入二諸侯之冶一」とある。「銅岳」の用例はこれ以外に未見。

○姬景舍輕　單穆陳權子之譏　「姬」は周の姓、「姬景」は周の景王を指すが、用例は未見。この二句は、景王が貨幣価値の低下を心配して低額の銭（「輕」）を廃止しようとしたのに対して、単の穆公がそれを諫めたことを指す。『漢書』巻二四下「食貨志下」に「周景王時、患二錢輕一、將三更鑄二大錢一。單穆公曰、不可。古者天降二災戾一、於レ是乎量二資幣一、權二輕重一、以救レ民。民患レ輕、則爲レ之作二重幣一以行レ之。於レ是有二母權レ子而行一、民皆得レ焉。若不レ堪レ重、則多作レ輕而行レ之、亦不レ廢レ重。於レ是乎有二子權レ母而行一、小大利レ之」とあり、顔師古注所引の応劭注が「量二資幣一、權二輕重一」に「資、財也。量二資幣多少有無一、平二其輕重一也」、「母」「子」には「母、重也。其大倍、故爲レ母也。子、輕也。其輕少半、故爲レ子也」とする。低額の銭（「輕」「子」）が多すぎるときは、高額の銭（「重」「母」）の発行を増やし、それによって低額の銭を調節し、高額の銭が多すぎるときは、低額の銭を増やして高額の銭を調節する。互いに調節しあうために、両方の銭が必要だと諫めたのである。ここの「權」は、平らにならす意、「子」は軽い貨幣の喩である。なお諸本のうち「權」に作るのは塩釜・柳原（および人見の傍書）のみであり、その他はみな「擁」に作る。「擁」は、まもる、もつの意。「擁子」は、穆公が低額の銭（「子」）を存続させようとしたことを踏まえて、典拠の「權子」を言い換えた可能性もあるが、ひとまず典拠に従っておく。なお、宋伯宜「對泉貨策」の策問に「景王寶貨、單穆立二母子之譏一」とある。

○劉文放鑄　賈生致博禍之談　「劉」は漢の姓、「劉文」は漢の孝文帝を指すが、用例は未見。「賈生」は、賈誼のことで、『史記』巻八四「賈生傳」に「賈生、名誼」とあり、例は多い。この二句は、孝文帝が私鋳銭を解禁したのに対して賈誼が反対意見を述べたことを指す。『漢書』巻二四下「食貨志下」に「孝文五年、爲レ錢益多而輕。乃更鑄二四銖錢一、其文爲二半兩一。除二盜鑄錢令一、使二民放鑄一。賈誼諫曰…」とあり、「放鑄」に顔師古注が「恣二其私鑄一」とする。「博禍」は、大きなわざわいの意で、賈誼の意見の中に、「姦數不レ勝而法禁數潰、銅使二之然一也。故銅布二於天下一、其爲レ禍博矣。今博禍可レ除」（顔師古注「博、大也」）とある。賈誼は、私鋳銭の解禁によって様々な禍いが生じることを述べた後で、そのような禍いのおおもとにあるのが銅の自由化だとしている。なお、宋伯宜「對泉貨策」の策問に「文帝四銖、賈生深二博禍之歎一」とある。

○棄耕桑之務　爭錐刀之末　「耕桑」は農業のことで、『漢書』巻二四下「食貨志下」にも「民搖レ手觸レ禁、不レ得二耕桑一」とある。農業を捨てて鋳銭にたずさわる民が増えたことは、賈誼の私鋳銭反対意見の中に、「今農事棄捐而采レ銅者日蕃」とある。「錐刀之末」は、『春秋左氏傳』昭公六年に「民知二爭端一矣。將三棄レ禮而徵二於書一。錐刀之末、將二盡爭レ之」（晉・杜預注「錐刀末、喩二小事一」）とあるように、些末なことの喩。『隋書』巻二九「地理志上」の「去レ農從レ商、爭二朝夕之利一、游手爲レ事、競二錐刀之末一」の例では、農業を捨て商業で僅かな利益までも追い求めることを指し、本対策の用い方に近い。なお、小島憲之は、『文選』巻五五、劉峻「廣絕交論」の「競二毛羽之輕一、趨二錐刀之末一」（李善注「左氏傳、叔向曰、錐刀之末、將二盡爭レ之」）を指摘する（『万葉以前』二三二頁）。

○伏惟　聖朝　4栗原年足対策の【対】の伏惟聖朝の

項を参照。

○握天鏡　紐地鈴　「握天鏡」は、天下を観察し治める権力をもつことの喩。用例は、『藝文類聚』巻三八「禮部上・辟雍」、徐陵「皇太子臨二辟雍一頌」の「序」に「皇帝世膺二下武一、體資二上德一、握二天鏡一而授二河圖一、執二玉衡一而運二乾象一」などがある。「地鈴」の用例は未見だが、「天鏡」と「地…」を対にした例に、斉・王倹「策命齊王」の「披二金繩一而握二天鏡一、開二玉匣一而總二地維一」（『全齊文』巻九）、『藝文類聚』巻一四「帝王部四・齊高帝」、王倹「高帝哀策文」の「天鏡既穆、地維既肅。遐邇一體、表裏禔福」などがある。「地維」は大地をつなぎ止める縄を指すが、皇帝がこれを「紐《むす》ぶ」とした例に、同「帝王部四・梁元帝」、沈炯「爲二羣臣一勸二進梁元帝一第三表」に「陛下英威茂略、雄圖武算。指撝則丹浦不レ戰、顧眄則阪泉自蕩。地維絕而重紐、天柱傾而更植」がある。「地鈴」の「鈴」は、くさび、鎖、錠、足かせなどの意があり、右の「地維」と同義に用いたと考えられる。

○德音被於有截　至教翔於無垠　「德音」は、善いことば。ここでは天子の徳と言葉をいう。用例は、『藝文類聚』巻一三「帝王部三・魏文帝」、曹植「慶二文帝受レ禪章」の「陛下承レ統、纘二戎前緒一、克廣二德音一、綏二靜內外一」など。「有截」は、治まって整然としている様子。『毛詩』「商頌・大雅・長發」に「相土烈烈、海外有截」とあり、鄭玄箋に「截、整齊也」とある。「有」は形容詞を作る語助詞（不読）。「至教」は、至上の教え。『禮記』「禮器」に「天道至敎、聖人至德」とある。「無垠」は、果ての無いこと。『周書』巻一二「齊煬王憲傳」に「德義振二於無垠一、威風被二於有截一」とあり、ここと類似する。

○銜禾之獸屢臻　見穰之鱗荐集　「銜禾」は、（日本への伝来は未詳だが）後秦・王嘉『拾遺記』巻一「炎帝神農」の項に「時有三丹雀銜二九穗禾一。其墜レ地者、帝乃拾レ之以植二于田一。食者老而不レ死」（『漢魏叢書』）とある。穀物の起源譚であるが、同時に天子の善政を祝福する瑞祥の一種とみてよいだろう。類例は、『藝文類聚』巻九九「祥瑞部下・烏」所引『孫氏瑞應圖』に「赤烏。武王時銜二穀米一至二屋上一。兵不レ血レ刃而殷服。一本曰。王者不レ貪二天下一而重二民命一則至」など。「見穰」は用例未見。「見穰之鱗」で、農作物の豊かな穰りを見て現れる霊獣の意か。「鱗」は瑞祥として現れる龍を指そう。『禮記』「月令・孟春之月」の「其蟲鱗」に鄭玄注が「鱗、龍蛇之屬」とする。小島憲之は「鱗」を神宮・脇坂により「麟」と訂し、麒麟のことと解すが（『万葉以前』二三三頁）、神宮は「鱗」の異体字と認定され、諸本の内「麟」とするのは脇坂のみである。ここは、「鱗」でも意味が通るので、底本に従っておく。善政による豊穰と龍などの霊獣が結びつく表現は、『漢書』巻八七上「揚雄傳」所引「校獵賦」の「序」に「昔在二帝三王（中略）不レ奪二百姓膏腴穀土桑柘之地一。女有二餘布一、男有二餘粟一、國家殷富、上下交足。故甘露零二其庭一、醴泉流二其唐一、鳳皇巣二其樹一、黄龍游二其沼一、麒麟臻二其囿一、神爵棲二其林一」などとあるのが挙げられる。

○既停起詐之功　終斷冶鎔之途　「停起詐之功」は、問の「起詐之子、擅放西蜀之偽」を受ける。「斷冶鎔之途」は、『漢書』巻二四下「食貨志下」、賈誼の私鋳銭反対意見の「今農事棄捐而采レ銅者日蕃、釋二其耒耨一、冶レ鎔炊レ炭、姦錢日多、五穀不レ爲多」（顔師古注「應劭曰、鎔、形容也、作二錢模一也」）を踏まえる。「冶鎔」は鋳型を作ること。「冶鎔之途」は、農民が農業を捨て、農具の耒耨を溶かして鋳型を造り鋳銭すること全体を指そう。

○三農叶節　千箱盈庾　「三農」は、農業に従事する春夏秋の三時のこと。『文選』巻三、張衡「東京賦」に「三農之隙、曜二威中原一」（李善注「國語曰、三時務レ農、一時講レ武。韋昭曰、三時、春夏秋」）とある。「千箱盈庾」の典拠は、対の倉囷實其坻京の項に引いた『毛詩』「小雅・甫田之什・甫田」の「曾孫之稼、如レ茨如レ梁、曾孫之庾、如レ坻如レ京。乃求二千斯倉一、乃求二萬斯箱一」。「箱」は、作物を入れて車に乗せる箱。「庾」は、露積みの穀物。

○淮陽高枕　追長孺之芳趣　前漢の汲黯（「長孺」はその字《あざな》）が、私鋳銭が横行していた淮陽郡の太守となり、粛清した事績を踏まえる。『漢書』巻五〇「汲黯傳」に「會吏二立五銖錢一、民多二盜鑄レ錢者一、楚地尤甚。上以爲、淮陽楚地之郊也、召レ黯拜爲二淮陽太守一。（中略）黯居レ郡如二其故治一、淮陽政清」とある。小島憲之は、同「汲黯傳」の「臣過二河内一、河内貧人傷二水旱一萬餘家、或父子相食。臣謹以二便宜一持レ節發二河内倉粟一以振二貧民一」という、河内郡の貧民のために公倉の粟を放出した事績（『蒙求』の「汲黯開倉」）を挙げるが（『万葉以前』二三四頁）、私鋳銭の盛行に対処したという事績の方がここでの趣旨に叶う。なお、宋伯宜「對泉貨策」に「淮陽汲黯、塞二姦爐之巧一」とある。「高枕」は枕を高くして安らかに眠るの意で、安心するさま。用例は、『文選』巻四五、楊雄「解嘲」に「世亂則聖哲馳騖而不レ足、世治則庸夫高枕而有レ餘」など。「芳趣」は用例未見。すぐれた行いやこころざしの意。

○耶谷送歸　發祖榮之清轍　後漢の劉寵（「祖榮」）はその字）が、会稽郡の太守になって善政を敷き、帰都の際、郡内の若邪山谷の五、六人の老民から送別としておのおの百銭を贈られたが各自から一銭しか受け取らなかったという故事を踏まえる。「清轍」の「清」は、そうした清廉さを指す。『後漢書』巻七六「循吏列傳・劉寵傳」に「山陰縣有二五六老叟、尨眉皓髮一。自二若邪山谷閒一出、人齎二百錢一以送レ寵。（中略）爲人選二一大錢一受レ之」（李賢注「若邪、在二今越州會稽縣東南一也」）とある。「耶谷」は「若邪山谷」のこと。「耶」と「邪」は通じる。「發祖榮之清轍」について、小島憲之は「清廉な彼の清らかな車（「轍」は車のわだち）を出発させた」とするが（『万葉以前』二三四頁）、「轍」には跡の意があり、前項の対句として、「祖栄の清廉な事跡を実現（再現）する」の意でとる。「清轍」の用例は、『宋書』巻八四「孔覬傳」、「散騎職」の選任を命じた詔に「宜下簡二授時良一、永置中清轍上」など。祖栄の事跡に、私鋳銭の流行を止めたことはないが、良吏の中で特に彼がここに引かれるのは、餞別の銭の縁によるのだろう。

○銖文曷惑　鍿貫無訛　「銖」は、銭の重さの単位。『漢書』巻二四下「食貨志下」に「錢（中略）、輕重以レ銖」（顔師古注「錢則以レ銖爲レ重也」）とある。「文」は銭の文様。ここは「銖文」で貨幣を指す。同「食貨志下」、賈誼の私鋳銭反対意見の「法錢不レ立。（中略）縱而弗二呵虖一、則市肆異レ用、錢文大亂」の「錢文」に同じ。「惑」は、乱れるの意。「曷」は、「しばらく『遏』の通用とみなす」とする小島憲之説（『万葉以前』二三五頁）に従って、止めるの意とみておく。「鏹貫無訛」の「鏹」は「繈」の俗字。太公開九府之制…の項に引いた、同「食貨志下」の「繈千萬」への顔師古注に「孟康曰、繈、錢貫也」とあり、束にした銭のこと。「訛」は、いつわりの意で、ここは銭の偽造を指す。

○頓屛磨屑之風　永斷炭挾之俗　「磨屑之風」は、『漢書』巻二四下「食貨志下」の「姦或盜磨二錢質一而取レ鋊。錢益輕薄而物貴」（顔師古注「臣瓚曰、許愼云、鋊、銅屑也。磨二錢漫面一以取二其屑一、更以鑄レ錢」）を踏まえる。銅銭を磨き削り、その銅屑を集めて更に銭を鋳造することをいう。「炭挾之俗」は、『漢書』巻九九中「王莽傳」の「欲レ防二民盜鑄一、乃禁不レ得レ挾二銅炭一」を踏まえる。鋳銭に必要な銅と炭を私蔵することを指す。「挾」は、蔵す、かくすの意。

16　下毛野虫麻呂・儒仏老の比較

〔本文〕

問。

周孔名教、興レ邦化レ俗之規、
釋老格言、致レ福消レ殃之術。
爲當、内外相乖、
爲復、精麁一揆。
定二其同不一、
（1）覈二此眞詭一。

下野虫麻呂

對。竊以、
眇觀二列辟一、繞電履翼之皇、
逖聽二風聲一、洞八連三之帝。
雖二歷レ代千古一而源仍畫一。

〔訓読〕

問ふ。

周孔の名教は、邦《くに》を興し俗《ぞく》を化《か》するの規《のり》、
釋老の格言は、福《さきはひ》を致し殃《わざはひ》を消すの術なり。
爲《は》當《た》、内外相乖《あひそむ》くか、
爲《は》復《た》、精麁《せいそ》一揆《いっき》なるか。
其の同不を定め、
此の眞詭《しんき》を覈《あき》らかにせよ。

下野虫麻呂

對ふ。竊《ひそか》に以《おもひ》みれば、
眇《はる》かに列辟《れつへき》を観《み》るに、繞電履翼《ぜうでんりよく》の皇あり、
逖《とほ》く風聲《ふうせい》を聴くに、洞八連三《どうはちれんさん》の帝あり。
代《よ》を歴《ふ》ること千古と雖も源は仍《な》ほ畫一《くわくいつ》なり。

但、
　隨レ時之便不レ齊、
　救レ弊之術亦異。
原夫、
　玄(2)渉二清虛一、契歸二於獨善一、
　儒抱二旋折一、理資二於兼濟一。
是以、
　泣麟降レ跡、刻二魯册之祕典一、
　狼跋垂レ敎、(3)闡二周編之雅籙一。
至レ如下　白毫東輝、演二打刹之道一、
　紫氣西泛、望中凝玄之期(4)上、
斯誠、
　事隱二探頤之際一、
　理昧二鉤深之間一。
然、
　詳捜二化レ俗之源一、
　曲尋二消レ殃之術一、
　既淺二淄澠之疑一、

但し、
　時に隨ふの便《びん》齊《ひと》しからず、
　弊を救ふの術《じゆつ》も亦異《こと》なり。
原《たづね》みれば夫《そ》れ、
　玄は清虛に渉《わた》り、契獨善に歸し、
　儒は旋折《せんせつ》を抱き、理兼濟《けんさい》に資す。
是を以て、
　泣麟《きふりん》跡を降《くだ》して、魯册《ろさつ》の祕典を刻み、
　狼跋《らうばつ》敎を垂れて、周編の雅籙《がろく》を闡《ひら》く。
白毫《びやくがう》東に輝きて、打刹《ださつ》の道を演《の》べ、
紫氣西に泛《う》かびて、凝玄《ぎようげん》の期を望《ま》つがごときに至りては、
斯れ誠に、
　事は探頤《たんい》の際に隱れ、
　理は鉤深《こうしん》の間に昧《くら》し。
然れば、
　詳《つまび》らかに俗を化するの源を捜し、
　曲《つぶ》さに殃を消すの術を尋ぬるに、
　既に淄澠《しじよう》の疑ひを淺くし、

亦有㆓涇(5)渭之派㆒。
但、
學謝㆓贏金㆒、徒迷㆓同不之義㆒、
詞瞑㆓屑玉㆒、寧述㆓眞訛之旨㆒。
謹對。

〔校異〕
（1）覈─底本「覆」。諸本により改める。
（2）玄─底本「公」。諸本により改める。
（3）闡─底本「闈」。諸本により改める。
（4）期─底本一字分欠字。諸本により補う。
（5）涇─底本「經」。諸本により改める。

亦涇渭《けいゐ》の派《みなまた》有り。
但し、
學は贏金《えいきん》を謝し、徒《いたづ》らに同不の義に迷ひ、
詞は屑玉《せつぎよく》に瞑し、寧《いづく》んぞ眞訛の旨を述べむや。
謹みて對ふ。

〔通釈〕
問う。周公と孔子が説く儒教は、国を興隆し世を教化するための規範であり、釈迦と老子の教えは福を招来し災いを消すための方法である。この内典と外典は相反するものなのか、それとも精粗の差はあれ同じものなのか。これらの同・不同を定め、真偽を明らかにしてほしい。

下毛野虫麻呂

お答えいたします。私に考えをめぐらせますに、はるかに古代の君主たちを見れば、手中に「褒」字を握っていた黄帝や足で翼宿（たすき星）を履（ふ）んだ尭帝（のような聖天子）がおり、またはるかにその遺風・声望を聞けば、その徳は八方に広がり天地人の道に通じた帝王たちがおります。それから代を重ね千古というほどに過ぎましたが、政治の根本は同じです。ただし、時世に従うことの便宜は同じでなく、悪弊を救う方法もまた異なっております。

そもそも、老子の教えは清い無の境地ですが誓うところは独善です。儒教はふるまいの礼節を心に守り、その道理は人々の救済に役立ちます。こういうわけで、孔子が涙した麟の事跡から、魯の史料による『春秋』が記され、「狼跋」の詩が周の教えを述べて、『毛詩』「豳風」の雅な言葉として顕れました。（そして）仏の白い巻毛から発する光が東に輝いて（無量国土を照らし）、仏舎利の塔を築く道をひろげたことと、紫の雲が西に浮かぶのを見て、関令尹喜が老子の教えの到来を待ったという故事に至っては、これはまことに、事柄は奥深くまで探すうちに隠れてしまい、理屈は深みを探るも暗くてはっきりとしないのです。

こういうわけで、（儒教の）世を教化する源流を詳しく捜し、（仏教と道教の）災いを消す方策を細かく辿りまして、既に淄水、澠水のような（区別の難しい）違いを少しは明らかにし、一方で、涇水、渭水のような（もともと明らかな）違いもあることがわかりました。ただし、わたくしの学識は『羸金』の前でかしこまる程度で、ただ同不同の間を迷うばかり、筆力は『屑玉』も知らぬ程度、（そんなわたくしが）一体どうして真偽を申し上げられるでしょうか。

謹んでお答え申し上げげます。

〔語釈〕

【問】

○周孔名教　興邦化俗之規　「周孔」は周公と孔子。「名教」はここでは儒教を指す。梁・僧祐『弘明集』巻五・釈慧遠「沙門祖服論」に、「遠法師答。敬尋問旨、蓋是開其遠塗、照所未盡、令精麁竝順、内外有歸。三復斯誨、所悟良多。常以爲、道訓之與名教、釋迦之與周孔、發致雖殊、而潜相影響、出處誠異、終期則同」（大正蔵五二巻三二頁下～三三頁上）、『魏書』巻九〇「李謐傳」に「周孔重儒教、莊老貴無爲」、『晉書』巻四九「阮籍傳」の「瞻」の項に「戎問曰、聖人貴名教、老莊明自然、其旨同異。瞻曰、将無同」などとある。なお、本対策との先後は不明だが、『續日本紀』養老五年（七二一）七月庚午の詔に「周孔之風、尤先仁愛、李釋之教、深禁殺生」とある。「興邦」は『論語』「子路」に「定公問、一言而可以興邦、有諸」、「化俗」は『後漢書』巻三五「曹褒傳」に「以禮理人、以德化俗」とある。

○釋老格言　致福消殃之術　「釋老」は釈迦と老子。「致福消殃之術」に類する仏典の句に、隋・達摩笈多訳『佛說藥師如來本願經』「序」の「藥師如來本願經者、致福消災之要法也」（大正蔵一四巻四〇一頁上）がある（この句は桓武朝に活躍した日本僧・善珠の『本願藥師經鈔』にも引かれている）。一方、老子による「致福消殃」論は、『老子』「淳德」の「民之難治、以其多智。以智治國、國之賊、不以智治國、國之福」、同「歸元」の「見小曰明、守柔曰強。用其光、復歸其明、無遺身殃」などがある。

○爲當…爲復　小島憲之『上代日本文学と中国文学　中』八三七頁以下に考察があり、六朝から唐代にかけての口語（俗語）で、「選擇（A or B）を意味する語」だとし、「說教的な會話體問答體である」仏典に多く見えることを指摘する。事実、仏典の用例は多く、一例を挙げれば、唐・義浄訳『根本說一切有部毘奈耶破僧事』に「其長者子見大目連、心極驚怪、而說頌曰。今見日神身、從日下吾前。誰令現其身。速答是何人。爲當是

日耶、爲是多聞天、爲當是月下、爲復帝釋身」（大正蔵二四巻一八五頁上）とある。

○内外相乖　精麄一揆　「内外」は内典（仏教経典）と外典（儒教経典）。ここでは「外典」に道教も含もう。「精麄」は細かいと粗い。周孔名教…の項に引いた釈慧遠「沙門袒服論」に「令二精麄竝順、内外有レ歸」とあった。また、唐・道宣『廣弘明集』巻八、釈道安「二教論」に、儒仏老三教を比較して「子謂、三教雖レ殊勸善義一。余謂、善有二精麄優劣一、宜レ異」（大正蔵五二巻一三七頁中）、『廣弘明集』巻一九、沈約「内典序」に、「雖二篆籒異レ文、胡華殊レ則、至下於協二暢心靈一、抑中揚訓義上、固亦内外同レ規、人神一レ揆。（中略）眞俗兩書遞相扶奬、孔發二其端一、釋窮二其致一。撤レ網去レ綱、仁惠斯在。變レ民遷レ俗、宜二以漸至一。精麄抑引、各有二由然一」（大正蔵五二巻二三二頁上）などとある。外典では、『顏氏家訓』「歸心」に「内外兩教、本爲二一體一、漸極爲レ異、深淺不レ同」、『論衡』巻一「逢遇」に「道雖レ同、同中有レ異。志雖レ合、合中有レ離。何則、道有二精麄一、志有二清濁一也」などとある。なお、『續日本紀』養老六年（七二二）七月己卯の太政官奏に仏教統制に関して「内典外教、道趣雖レ異、量レ才揆レ識、理致同レ歸」とあり、ここでも「内典外教」も適材適所の考えでは一致するとされる。

○覈此眞詭　「眞詭」はまことといつわり。熟語としての用例は未見。小島憲之は「眞詭」を「眞訛」に作り、対の末尾の「述眞訛之旨」と対応させる（『国風暗黒時代の文学　上』二一四頁）。しかし、諸本が一致しており、また「詭」にもいつわりの意があることからひとまず底本に従う。

【対】

○眇觀列辟　繞電履翼之皇　逖聽風聲　洞八連三之帝　「眇觀」ははるか遠くを眺めること、「列辟」は歴代の君主。「逖聽」ははるかに聞くこと、「風聲」は君主の遺風・声望のこと。用例は、『漢書』巻五七「司馬相如傳」に「伊上古之初肇、自二顥穹生レ民、歷二選列辟一、以迄二乎秦一。率二邇者踵武一、聽二逖者風聲一」（唐・顏師古注「風聲、總謂二遺風嘉聲一耳」)、梁・昭明太子粛統「文選序」に「式觀二元始一、眇觀二玄風一」などとある。「繞電」は黄帝のこと。黄帝の母・符宝が北斗の樞星をめぐる電光が野を照らしたのに感じて懐妊し、黄帝を生んだという伝説による。『藝文類聚』巻一一「天部下・電」に「河圖握拒起曰。大電繞二樞星一、炤二郊野一、感二符寶一而生二黄帝一」、同巻一〇「符命部・符命」に「帝王世紀曰。(中略)電光繞二北斗樞星一、照二郊野一、感二附寶一、孕二十月、生二黄帝於壽丘一」、『文選』巻五四、劉峻「辯命論」、「星虹樞電、昭二聖德之符一」の李善注に「詩含神務曰。大電繞樞、照二郊野一、感二符寶一、生二黄帝一」などと見える。「履翼」について、小島憲之は周の后稷のこととする(『国風暗黒時代の文学 上』二一一五頁)。后稷の母が巨人の足跡を踏んで懐妊し、生まれた后稷を不祥の子として川の氷の上に捨てたところ、鳥が翼で覆い守ったとの故事である。『毛詩』「大雅・生民之什・生民」に「誕寘二之寒冰一、鳥覆二翼之一」、『史記』巻四「周本紀」に「遷レ之而弃二渠中冰上一。飛鳥以二其翼一覆二薦之一」とあり、ほぼ同文が『藝文類聚』巻一〇「符命部・符命」にも先述の黄帝の故事に近接して引かれている。しかし、これらは「覆翼」「覆薦」であって、「履翼」ではない(「覆」は、おおう、「履」は、ふむ)。諸本の状況を見るに、底本の「履翼」を「覆翼」に作るのは林氏だけであり、他本は全て「履翼」である(小島氏も「履翼」に作る。同前書)。「履翼」で用例を検するなら、『宋書』巻二七「符瑞上」に尭の誕生について「帝堯之母曰二慶都一。生二於斗維之野一、常有二黄雲覆二護其上一。及レ長、觀二于三河一、常有レ龍隨レ之。一旦、龍負レ圖而至。其文要曰、亦受二天祐一。眉八彩、鬢髪長七尺二寸、面鋭上豊下、足履二翼宿一。既而陰風四合、赤龍感レ之、孕十四月而生二堯於丹陵一」とあり、『北堂書鈔』巻一「奇表四」所引『宋瑞志』にも、「堯足履二翼宿一」と見える。これらをとれば尭を指すことになる。「繞電」「覆翼」が『藝文類聚』巻一〇「符命部・符命」に近接して記載されており、僅か一本ながら「覆翼」に作る本もあることからすると小島説も簡単には捨てがたいが、いまはひとまず尭を指すととっておく。なお、小島氏も後年、別の対策（26大神虫麻呂・無為と勤勉）の「履翼」については、「『翼』（二八宿の一つ、「たすきぼし」）の運行を履行することか」としている（『国風暗黒時代の文学補篇』四九七～八頁）。ただし、右に見える「足履翼宿」がどういう象徴的意味を有するかは未詳。「洞八」は君子の徳が八方にいき渡ること。『藝文類聚』巻一一「帝王部・總載帝王」に「帝王世紀曰。孔子稱㆓天子之德㆒、感㆓天地㆒、洞㆓八方㆒」とある。「連三」は、天地人の三つの道に通じた王のこと（「王」字の字解による）。同じく『藝文類聚』巻一一「帝王部・總載帝王」に「董子曰。古之人造㆓文字㆒者、三畫而連㆓其中㆒、謂㆓之王㆒。三畫者、天地與㆑人也。連㆑中者、通㆓其道㆒也」とある。

○隨時之便不齊　救弊之術亦異　「隨時」は『周易』「隨」に「天下隨㆑時、隨㆑時之義大矣哉」とあるのによる。「隨時」「救弊之術」が共に用いられた例としては『晉書』巻六八「紀瞻傳」に「三代相循、如㆓水濟㆑火、所謂隨㆑時之義、救㆑弊之術也」とある。

○玄渉清虚　契帰於獨善　儒抱旋折　理資於兼濟

「玄」は、ここは「儒」との対で道家を指す。「清虚」は清らかな虚無。『抱朴子』「内篇・塞難」に「仲尼知㆓老氏玄妙貴異㆒、而不㆑能㆑挹㆓酌清虚㆒」、『漢書』巻三〇「藝文志」に「道家者流、蓋出㆓於史官㆒。歷㆓記成敗存亡禍福古今之道㆒、然後、知㆓秉㆑要執㆑本、清虚以自守、卑弱以自持㆒」、『廣弘明集』巻二五「令㆔道士在㆓僧前㆒詔」（貞観十一年〈六三七〉）に「乃下詔云。老君垂範義在㆓清虚㆒。釋迦貽則理存㆓因果㆒。求㆓其教㆒也、汲引之迹殊㆑途、求㆓其宗㆒也、弘益之風齊㆑致」（大正蔵五二巻二八三頁下）、（同前）「敍㆘朝宰會議沙門致㆓拜君親㆒事㆖九首竝序・司刑太常伯劉祥道議」（龍朔二年〈六六二〉）に「至㆘於玄教清虚道風遐曠、高㆓尚其事㆒不セ屈王侯㆖、帝王有㆑所㆑不㆑臣」（大正蔵五二巻二八八頁中）などとある。「旋折」は「折旋」（「周旋」「盤旋」に通じ、礼に則った立ち居ふるまいの意）と同義で用いたものと思われるが、本策以前の漢籍・仏典に「旋折」の用例は見出し難い。なお、諸本「旋折」に作り、異同はない。ちなみに、先引の『抱朴子』「内篇・塞難」に「所㆓以貴㆑儒者、以㆓其移㆑風易㆑俗。

不レ唯三揖讓與二盤旋一也」とある。「獨善」は道家のとるべき態度。同じく『抱朴子』「内篇・明本」に「儒者汲二汲於名利一、而道家抱レ一以二獨善一」とある。「兼濟」は、多くの人を合わせて助けること。『周易』「繫辭上」の「子曰。易其至矣乎。夫易聖人所二以崇レ德而廣レ業也」への魏・王弼注に「窮理入神其德崇也。兼二濟萬物一其業廣也」とある。「獨善」「兼濟」の対は、『後漢書』巻五三「申屠蟠傳」の「安レ貧樂レ潛、味レ道守レ眞、不下爲二燥濕一輕重上、不下爲二窮達一易上レ節」への唐・李賢注に「易曰。窮則獨善二其身一、達則兼二濟天下一」とある。ただし、李賢が「易曰」と引く文は『周易』では「蹇」卦の項の唐・孔穎達疏に類似文が見えるのみで、不審。なお、『孟子』「盡心上」に「窮則獨善二其身一、達則兼二善天下一」とある。また、『晉書』巻九四「隱逸傳」、「張忠」の項に「研精道素、獨善之美有レ餘、兼濟之功未也」、仏典では、陳・吉蔵『維摩經義疏』「佛國品」に「迴向者、迴二己善根一向二於衆生一。故名二迴向一。以二獨善一則福少、兼濟則利多也」（大正蔵三八巻九二九頁中）、同「佛道品」に「或者謂、聲聞心獨善、菩薩心兼濟」（大正蔵三八巻九七六頁上）などと見える。

○泣麟降跡　刻魯冊之祕典

「泣麟」は孔子が『春秋』を哀公一四年の「獲麟」の記事で終えた故事に基づく。『春秋公羊傳』哀公一四年に「春西狩獲レ麟。（中略）孔子曰、孰爲來哉、孰爲來哉。反レ袂拭レ面涕沾レ袍」、『春秋左氏傳』哀公一四年の同記事に対する晉・杜預注に「麟者仁獸、聖王之嘉瑞也。時無二明王一出而遇レ獲。仲尼傷二周道之不レ興、感二嘉瑞之無レ應、故因二魯春秋一而脩二中興之教一。絶二筆於獲麟之一句一、所二感而作一、固所二以爲レ終也」、『文心雕龍』巻四「史傳」に「夫子閔二王道之缺一、傷二斯文之墜一、靜居以歎レ鳳、望レ衢而泣レ麟。於レ是就二大師一以正二雅頌一、因二魯史一以修二春秋一」などとあるように、『春秋』の筆を起す契機ともされた。「魯冊」は魯の記録・史料、「祕典」はここでは『春秋』を指す。

○狼跋垂敎　闡周編之雅籙

「狼跋」は『毛詩』「國風・豳風」所収の詩篇の名。その序に「狼跋、美二周公一也」とあり、周公と関連づけられている。「周編」は、ここはその「豳風」を指す（所収の七編全てを序が周公と関連づけている）。「魯册」と対で用いた例として、『晉書』巻九六「列女傳」の序に「夫三才分レ位、室家之道克隆、二族交レ歡、貞烈之風斯著。振二高情一而獨秀、魯册於レ是飛レ華、挺二峻節一而孤標、周篇於レ焉騰レ茂」とある。

○白毫東輝　演打刹之道　「白毫」は仏の眉間にある巻毛。仏の聖性を表す三十二相の一つ。晋・鳩摩羅什訳『妙法蓮華經』「序品」に「爾時佛、放二眉間白毫相光一、照二東方萬八千世界一」（大正蔵九巻二頁中）とある。「打刹」は仏舎利を納める塔を建てること。用例は、唐・道宣『續高僧傳』巻一一「釋辯義傳」の「一夜之間枯泉還涌。道俗欣慶、至二打レ刹起一レ基。數放二大光一如レ火如レ電。旋二遶道場一。遍照二城郭一」（大正蔵五〇巻五一〇頁下）など。

○紫氣西泛　望凝玄之期　「紫氣」は、周の関令尹喜が「紫氣」を見て老子来往を予見し、果たして老子とまみえて『道德經』を授けられた故事を指す。『藝文類聚』巻七八「靈異部上・仙道」所引『關令内傳』に「關令登レ樓四望、見三東極有二紫氣西邁一。喜曰、夫陽氣蓋レ九、星宿値合。歲月並レ王、復九十日之外、法應レ有三聖人經二過京邑一。至レ期、乃齋戒、其日果見二老子一」とある。「凝玄」は凝縮され奥深いこと。用例は『續高僧傳』巻一「釋法泰傳」の「有二攝大乘・倶舍論一。文詞該富、理義凝玄」（大正蔵五〇巻四三一頁上）など。ここは「望凝玄之期」で、関令尹喜が老子（の教え）との出会いを期したことを指す。

○事隱探頤之際　理昧鉤深之間　「探頤」「鉤深」は、奥深いものを探し求める意。『周易』「繫辭上」の「探レ賾索レ隱、鉤レ深致レ遠、以定二天下之吉凶一、成二天下之亹亹一者、莫レ大二乎蓍龜一」による。「頤」「賾」は類義字で、深いの意。「探頤」の例に、『隋書』巻一七「律曆志中」の「高祖武皇帝、索レ隱探レ頤、盡レ性窮レ理」がある。

○詳搜化俗之源　曲尋消殃之術　既淺淄澠之疑　亦有涇渭之派　「化俗之源」は儒教、「消殃之術」は仏教・道教で問に呼応する。「淄澠」は淄水と澠水の二つの川。判別しがたいもののたとえ。『列子』「說符」の「白公問二孔子一曰。（中略）若以レ水投レ水何如。孔子曰。淄澠之合、易牙嘗而知レ之」による。名料理人の易牙なら嘗めて淄・澠の水を判別できるとあるが、逆に言えば、常人には判別できないということ。「涇渭」は涇水と渭水の二つの川。清濁の別が明らかなことのたとえ。『毛詩』「國風・邶風・谷風」に「涇以レ渭濁、湜湜其沚」（毛公伝「涇渭相入而、清濁異」）とある。本対策より後の例だが、「新撰姓氏録序」に「時下二詔旨一、盟レ神探レ湯、首レ實者全、冒レ虚者害。自レ茲厥後、氏姓自定、更無二詐人一、涇渭別レ流」とある。なお、小島憲之は谷森本傍書「淺・洩・識」をもって意改して「淺」を「識」に改めるが（『国風暗黒時代の文学　上』二二六頁）、「淺」でも意味が通じるところから底本に従う。

○學謝贏金　徒迷同不之義　詞暝屑玉　寧述眞訛之旨

「贏金」は李若立による唐代の類書で、敦煌文献にその一部が残る。「屑玉」は『宋史』巻二〇七「藝文志・類事類」に「玉屑二巻」とある書と同じか。未詳の類書（『国風暗黒時代の文学　上』二一八～二一九頁）。「同不之義」「眞訛之旨」は問の「定其同不」「覈此眞訛」に対して謙遜しながら応えたもの。

17　葛井諸会・学問のあり方

〔作者解説〕

○策問執筆者　記載なく不明。

○対策者　葛井諸会《ふじいのもろえ》　本文の記名「葛」は「葛井」を中国風の一字名字にした。生没年未詳。18の左注によれば、本対策は和銅四年（七一一）三月五日の作。『續日本紀』等に、「葛井連諸會」として以下の事績・履歴が見える。天平七年（七三五）九月二八日、この日以前に、美作守阿部帯麻呂らが故意に四人を殺害したとの訴えが被害者の一族からあったが右弁官の役人たちがその訴えを受理しなかった。この日、右弁官の役人たちは科断され、自らの過失を認めた。その役人の中に「大史正六位下葛井連諸會」として名が挙がる。同日に詔があり、諸会らは全員罪を許された。同一三年（七四一）六月二六日付け「山背國司移」に「正六位上行介勳十二等葛井連諸會」として署名（『大日本古文書』三巻三〇〇～三頁）。同一七年（七四五）四月二五日外従五位下、同一八年（七四六）正月、大雪の日に左大臣橘諸兄が大納言藤原豊成らの諸王・諸臣を連れて元正太上天皇の御在所の雪かきを行い、太上天皇より宴を賜った。その際の勅命「聊賦二此雪一各奏二其歌一」に対する「葛井連諸會應詔歌一首」として「新しき年の初めに豊《とよ》の年しるすとならし雪の降れるは」が残る（『萬葉集』巻一七・三九二五）。同一九年（七四七）四月相模守、天平宝字元年（七五七）五月二〇日従五位下。

〔本文〕

問。

仁智信直、必須二學習一。

以屏二其蔽一(1)、乃顯二精暉一。

學爲二何物一、其理既然。

遲爾吐レ實、以正指南。

葛諸會

對。

臣聞。

人生二天地一、以レ學爲レ先。

所以、

木德(2)之后、畫二龜圖一以學、

星精之帝、摸二鳥跡一以習。

然則、

學是脩德之端、

習亦立身之要。

〔訓読〕

問ふ。

仁智信直、必ず須《すべから》く學習すべし。

以て其の蔽《へい》を屏《しりぞ》け、乃ち精暉《せいき》を顯《あらは》すべし。

學は何物《いかさま》に爲《す》る、其の理既に然《しか》にあり。

遲爾《ちじ》に實《まこと》を吐きて、以て正しく指南せよ。

葛諸會

對ふ。

臣聞く、

人は天地に生まれ、學を以ちて先と爲す、と。

所以《ゆゑ》に、

木德の后《きみ》、龜圖《きと》を畫《か》きて以て學び、

星精の帝、鳥跡を摸《ま》ねて以て習ふ。

然れば則ち、

學は是脩德の端にして、

習も亦立身の要なり。

至レ若下七十之達、會二洙泗一而鑽二洪敎一、
　五六之童、遊二舞雩一而仰中芳風上。
莫レ不下慕レ道之士⑶雲合、振二名四海一、
　受レ業之人霧集、揚中譽一代上。
廼識、
仁智學レ枝不レ剪レ根、則愚蕩⑷之蔽立至、
信直習レ派⑸不レ堰レ源、則賊絞之網必纏。
謹對。

七十の達、洙泗《しゆし》に會ひて洪敎《こうきよう》を鑽《うが》ち、
五六の童、舞雩《ぶう》に遊びて芳風を仰ぐがごときに至りては、
道を慕ふ士、雲合して、名を四海に振ひ、
業を受くる人、霧集して、譽を一代に揚げざるなし。
廼《すなは》ち識りぬ、
仁智は枝を學びて根を剪らざれば、則ち愚蕩《ぐたう》の蔽立ちどころに至り、
信直は派を習ひて源を堰《せ》かざれば、則ち賊絞《ぞくかう》の網必ず纏《まと》ふといふことを。
謹みて對ふ。

〔校異〕
(1) 蔽―底本「幣」。諸本により改める。
(2) 木―底本「本」。諸本により改める。
(3) 士―底本「志」。諸本により改める。
(4) 蕩―底本・諸本「藹」。内閣・三手・萩野・神宮「蕩」。典拠に鑑み、後者に改める。
(5) 派―底本・諸本「泒」（中国の川の名）、林氏・中根・菊亭・大倉・多和「流」、大学・東山・鎌田・平松・柳原・鷹司・帝慶・小室・久邇「派」（「流」の古字）、内閣・人見「派」。典拠に鑑み、「派」に改める。

〔通釈〕

問う。「仁」「智」「信」「直」は、（孔子の説くところによると）必ず学び復習しなければならない。そして、（それらを盲目的に好むことで起こる）弊害を退け、それぞれの徳を輝かせるべきである。（その）学びはどのようにすべきか。道理は（孔子によって）すでに説かれた通りである。じっくりと真実を述べ、正しく指針を示せ。

葛諸会

お答えいたします。私は聞いております。人は、天地に生を受けたならば、学を優先するべきだ、と。そのため、伏羲は亀図を画いて学び、黄帝は（蒼頡が）鳥の足跡を摸して（発明した文字で）習いました。

そうでありますから、学ぶことは徳を修める端緒であり、習うこともまた身を立てる要です。（孔子の高弟である）七十人の達人が洙水・泗水の間に集って偉大な教えを探究し、三十人の若者が舞台に遊んで孔子の芳しい風のような教えを仰いだ事績では、道を慕う士が雲のように集まって名声を天下に響かせ、師の学問を受け継ぐ人が霧のように多く集まって一代で誉れを高くしない者はありません。

そこでわかりますのは、「仁」と「智」は、枝を学ぶだけでその根元を切り整えなければ、愚かさと乱れという蔽害がたちまちに起こり、「信」と「直」は、支流を習うだけで、その源を押さえなければ、損ないと窮屈という網のような制約が必ず纏わりつくのです。謹んでお答え申し上げます。

〔語釈〕

【問】

○仁智信直　必須學習　以屏其蔽　乃顯精暉　「仁」「智」「信」「直」は、慈しみ・知恵・まこと・正しい道。この四徳も、ただそれを好むだけでその実行の基準を学ばなければ蔽害を生じることが、『論語』「陽貨」に「子曰、由也、女聞二六言六蔽一矣乎。對曰、未也。居。吾語レ女。好レ仁不レ好レ學。其蔽也愚。好レ知不レ好レ學、其蔽也蕩。好レ信不レ好レ學、其蔽也賊。好レ直不レ好レ學、其蔽也絞。好レ勇不レ好レ學。其蔽也亂。好レ剛不レ好レ學。其蔽也狂」と見える。ただし、右では「勇」「剛」を加えた六徳である。本対策のように、仁・智・信・直のみを取り上げる例は、本対策以前の漢籍に未見。四字句に整えるために「仁智信直」で切ったものと思われる。「學」と「習」は、『論語』「學而」に「學而時習之、不二亦説一乎」とある。「習」は復習。なお、諸会が目にしえたかは未詳だが、『禮記』「大學」の「欲レ誠二其意一者、先致二其知一」への唐・孔穎達疏に「初始必須二學習一、然後乃能有レ所レ知二曉其成敗一」とある。「精暉」はあざやかな光。用例は少ないが（「清暉」が多い）、梁・僧祐『弘明集』巻一一、孔稚珪「答二蕭司徒一書」に「博二約紛綸一、精暉照出」（大正蔵巻五二七三頁上）とある。

○學爲何物　其理既然　「何物」の「物」は「軽い添え字」「中国の俗語の用法」（小島憲之『上代日本文学と中国文学　中』八二三〜八二五頁）。「既然」の用例は、『文選』巻三六、任昉「天監三年策二秀才一文三首」の第二首に「弘奬之路、斯既然矣」、『弘明集』巻七、朱昭之「難夷夏論」に「不二其然一乎。理既然矣」（大正蔵五二巻四三頁下）、唐・法宝『倶舎論疏』「分別根品」に「云何可レ説三此有二命根一。其理既然」（大正蔵四一巻五四六頁中）などと見える。

○遅爾吐實　以正指南　「遅爾」はゆっくりと、おもむろに。「爾」は修飾語に添える助字。『藝文類聚』巻二九「人部十三・別上」、江総「贈二洗馬袁朗一別詩」に「高談無レ與レ慰、遅爾報二華篇一」、また、策問の終わりに用いた例として、本対策以前の日本への伝来は未詳だが、唐・呉師道「對二賢良方正策一第五道」に「何君可三以爲二師範一、何代可三以取二規縄一、遅爾昌言、以沃二虚想一」（『全唐文』巻二六〇所収。同書に拠れば垂拱元年〈六八五〉進士）とある。「吐實」は真実を述べる。『藝文類聚』巻二三「人部七・鑒誡」、姚信「誡子」に「有二内析外同、吐レ實懷レ詐」とある。「指南」は人を教え導くこと。指南車の故事（『宋書』巻一八「禮志五」）による。『文選』巻三、張衡「東京賦」に「習非而遂迷也、幸見レ指二南於吾子一」とある。

【対】

○人生天地　『莊子』「知北遊」の、老子が孔子に語った言葉「人生二天地之間一、若二白駒之過一レ郤、忽然而已」を踏まえる。類例は、『藝文類聚』巻六「地部・塵」、李康「遊山序」に「蓋人生二天地之間一也、若下流電之過二戶牖一、輕塵之栖中弱草上」、『文選』巻二六、潘岳「河陽縣作二首」に「人生二天地間一、百歳孰能要」など、人生の短さをいうものが多い。ここも、短い人生だからこそまず学問に励むべきだという含みがあろう。

○木德之后　畫龜圖以學　「后」は帝。『文選』巻三、張衡「東京賦」の「惟我后能殖レ之」に唐・李善注が「后、帝也」とする。「木德之后」は、伏羲（太昊庖犧氏・虙羲）を指す。『藝文類聚』巻一一「帝王部・太昊庖羲氏」、曹植「庖羲贊」に「木德風姓、八卦創焉」とある。「龜圖」は、以下のような伏羲の伝承を元にしたものだろう。『漢書』「五行志」の序に「虙羲氏繼レ天而王。受二河圖一、則而畫レ之。八卦是也」とあり、伏羲が「河圖」（黄河から出現した図）をもとに易の八卦を作ったという。また、『藝文類聚』巻一一「帝王部・太昊庖羲氏」所引『禮含文嘉』に「伏羲德洽二上下一、天應以二鳥獸文章一、地應以二龜書一。伏羲乃則レ象作レ易」とあり、こちらは「鳥獸文章」（鳥獣の身体の模様）と「龜書」（亀の甲羅に現れた文書）をもとに伏羲が易を作ったという。これらを合わせて「龜圖」としたものだろう。「龜圖」の用例は伏羲に関連したものは未見だが、『藝文類聚』巻七九「靈異部下・魂魄」、沈炯「歸魂賦」に「岐周景亳之地、龜圖雀書之祕、醒醉之歌味絕、讓畔之田鱗次」、『隋書』巻六「禮儀志・南北郊」に「爰始登極、蒙授二龜圖一、遷レ都定レ鼎、醴泉出レ地」などの例がある。

○星精之帝　摸鳥跡以習　「星精之帝」は黄帝。黄帝の母・符宝が北斗の樞星をめぐる電光が野を照らしたのに感じて懐妊し、黄帝を生んだという故事による。『藝文類聚』巻一〇「符命部・符命」所引『帝王世紀』に「電光繞二北斗樞星一、照二郊野一、感二附寶一、孕二十月、生二黄帝於壽丘一」とある。これを星の「精」と関連づけた例として、『禮記』「大傳」、「王者禘三其祖之所二自出一、以二其祖一配レ之」の後漢・鄭玄注に「王者之先祖、皆感二大微五帝之精一以生。蒼則靈威仰、赤則赤熛怒、黄則含樞紐、白則白招拒、黑則汁光紀」とある。「鳥跡」は、黄帝の時、臣下の蒼頡が鳥の足跡の形をもとに初めて書契を作った故事、つまり文字起源譚を指す。後漢・許慎『說文解字』巻一五上の叙に「黄帝之史倉頡見二鳥獸蹏迒之迹一、知三文理之可二相別異一也、初造二書契一（中略）倉頡之初作レ書、蓋依レ類象レ形。故謂二之文一、其後形聲相益。卽謂二之字一」、『晉書』巻三六「衞瓘傳」に「昔在黄帝、創レ制造レ物。有二沮誦倉頡者一、始作二書契一以代二結繩一、蓋覩二鳥跡一以興レ思也」などとある。

○學是脩德之端　習亦立身之要　問の「學習」を分けて対句の頭にそれぞれ配した。「學」と「脩德」を関連づけた表現は、『禮記』「燕義」に「國子存二游卒一、使二之脩レ德學レ道、春合二諸學一、秋合二諸射一、以考二其藝一而進二退之一」（鄭玄注「游卒、未レ仕者也。學、大學也。射、射宮也」）とあり、「學道」と並列的に述べた例がある。「立身」は、『孝經』「開宗明義章」の「立レ身行レ道、揚二名於後世一、以顯二父母一、孝之終也」に拠る。「習」と関連づけた例は、『禮記』「王制」、「司徒論二選士之秀者一而升二之學一、曰二俊士一（鄭玄注「學、大學」）。（中略）升二於學一者、不レ征二於司徒一、曰二造士一」への鄭玄注「不レ征、不レ給二其繇役一。造、成也。能習レ禮則爲二成士一」に、（本対策以前の日本への伝来は確実ではないが）孔穎達疏が「以三二十一習レ禮。禮以立レ身。故爲二成士一」としたものがある。

○七十之達　會洙泗而鑽洪敎　孔子の弟子七十人ほど

の達人が、（孔子の郷里曲阜の）洙水と泗水の間に集い、（孔子の）偉大な教えにきりこんでいった、の意。『晉書』巻六九「戴若思傳・弟邈」に、「昔仲尼列國之大夫耳。興レ禮修レ學於二洙泗之間一、四方髦俊、斐然向レ風、身達者七十餘人」とある。「達」は道理に通じた人、右の「身達者」の「達」。『論語』「雍也」の、孔子の子路（賜）についての評「賜也達」に、前漢・孔安国伝が「達、謂レ通二於物理一」とする。「洙泗」は、孔子の郷里、山東省曲阜県を流れる洙水と泗水を指す。右の『晉書』の例の他に、『藝文類聚』巻二〇「人部四・賢」、禰衡「顔子碑」に「亞二聖德一、蹈二高蹤一、遊二洙泗一、肅二禮容一、備二懿體一、心彌沖、秀不レ實、振二芳風一」とある。小島憲之は、「洙泗」について、次項に挙げる『論語』「先進」の「沂」（沂水）を「孔子の郷里を流れる洙水泗水の『洙泗』に書き改めたものであらう」とするが（『国風暗黒時代の文学　上』一九八頁）、右の例を踏まえれば、「書き改め」とまでみなくともよいだろう。「鑽」は錐で穴をうがつように深く探究する。『論語』「子罕」に孔子の教えについて「顔淵喟然歎曰、仰レ之彌高、鑽レ之彌堅」とある。「洪敎」は用例未見。

○五六之童　遊舞雩而仰芳風　孔子に志すところを問われた曽皙（点）が「若者たちと沂水のほとりで遊び、（雨乞いの）舞台で風に吹かれたい」と答えたところ、孔子が、自分もその仲間に入りたいと応じたという故事による。『論語』「先進」に、「冠者五六人、童子六七人、浴二乎沂一、風二乎舞雩一、詠而歸。夫子喟然歎曰、吾與レ點也」とある。なお、梁・皇侃『論語義疏』が「沂水、近二孔子宅一」、「舞雩、請レ雨之壇處也。請レ雨祭、謂二之雩一」とする。また、同義疏には、「五六」は三十、「六七」は四十二で、これを合わせると「孔門升レ堂者七十二人」になるともあり、これにより、前句の「七十之達」と同じく、「五六之童」も孔子の弟子たちを指すことになる。「仰」は、前項の『論語』「子罕」により「鑽」と対で置いている。「芳風」は、ここでは孔子の教えを指す。小島憲之は右の『論語』「先進」の「動詞の『風』を名詞の『風』に改作した」のだとするが（『国風

暗黒時代の文学　上』一九八頁)、前項に引いた『藝文類聚』「人部四・賢」、禰衡「顔子碑」に「遊二洙泗一、…振二芳風一」とあった。また、前項に引いた『晉書』「戴若思傳・弟邈」の「向風」も踏まえるか。

○受業之人霧集　揚譽一代　慕道之士雲合　振名四海

「受業」は受学・受教。『史記』巻一二三「禮書」に「仲尼沒後、受業之徒、沈湮而不レ擧」とある。「霧集」「雲合」はいずれも、大勢の人が集まる様をいう。『史記』巻九二「淮陰侯列傳」に「天下之士、雲合霧集、魚鱗襍遝、熛至風起」とある。「揚譽」は、ここは名声を揚げること。用例は稀少。『北史』巻三〇「盧觀傳」、「從叔文偉」の孫「詢祖」の項、魏收という人物が詢祖を思道という人物と比較したところに「魏收揚二譽思道一而以二詢祖一爲レ不レ及」とある(ただし、これは他者を賞賛する意)。「振名四海」は天下に名を響かせる。唐・道宣『續高僧傳』巻一七「釋僧善傳」に「振二名四遠一、歸レ宗殷滿」(大正藏五〇巻五六九頁上段)、同・巻三五「釋衞元嵩傳」に「兄曰。當今王褒二庾信一、名振二四海一。汝何所レ知」(大正藏五〇巻六五七頁下段)などとある。

○仁智學枝不剪根　則愚蕩之蔽立至　信直習派不堰源　則賊絞之網必纏

問の「仁智信直…」を承ける。学問の末端を木の枝や支流に、学問の本質を枝の間伐や治水に、それぞれ喩え、末端を学ぶばかりで本質を学ばなければ、「仁」「智」「信」「直」の四徳の運用に障害が生じる旨を述べる。同様の考えは、『文心雕龍』「附會」に「凡大體文章、類多二枝派一。整レ派者依レ源、理レ枝者循レ幹」と見える。これに拠ったのだろう。「愚蕩之蔽」「賊絞之網」は、問で引いた『論語』「陽貨」の「好レ仁不レ好レ學。其蔽也愚。好レ知不レ好レ學、其蔽也蕩。好レ信不レ好レ學、其蔽也賊。好レ直不レ好レ學、其蔽也絞」に拠る。

18　葛井諸会・誅殺の是非

〔本文〕

問。

殺二無道一以就二有道一、仲尼之所レ輕、
制二刑辟一以節二放恣一、帝舜之所レ重。
大聖同レ致、
所レ立殊レ途。
垂教之旨、貞而言之。

葛諸會

對。
竊以、
誅惡之義、先聖(1)之垂典、
戮逆之旨、後哲(2)之宣軌。

〔訓読〕

問ふ。

無道を殺して以て有道を就《な》すは、仲尼の輕んずる所、
刑辟《けいへき》を制して以て放恣《はうし》を節するは、帝舜の重んずる所なり。
大聖は致るところを同じくして、
立つる所は途《みち》を殊《こと》にす。
垂教《すいけう》の旨《むね》、貞《ただ》して言へ。

葛諸會

對ふ。
竊《ひそ》かに以《おもひ》みれば、
誅惡《ちゆうあく》の義は、先聖の垂典《すいてん》、
戮逆《りくぎやく》の旨は、後哲の宣軌《せんき》なり。

所以、
　無爲軒帝、動㆓三戰之跡㆒、
　有道周王、示㆓二叔之放㆒。
則知、
　凶必殛、邪必正者。
但、
　宣父焉(3)殺之誡(4)、欲㆑行㆓偃草之德㆒、是既擁(5)敎、
　重華節恣之制、乃敬㆓丕天之法㆒、此亦將謨。
　兩聖所㆑立、殊㆑途以同㆑歸、
　二訓攸㆑述、異㆑言而混㆑志。
謹對。

和同四年三月五日

〔校異〕
（1）之―底本なし。諸本により補う。
（2）之―底本なし。諸本により補う。

所以《ゆゑ》に、
　無爲《むゐ》の軒帝は、三戰の跡を動《とどろ》かし、
　有道の周王は、二叔《にしゆく》の放を示す。
則ち知る、
　凶は必ず殛《ころ》され、邪は必ず正さるる者なり、と。
但し、
　宣父《せんぽ》が焉殺《えんさつ》の誡《かい》は、偃草《えんさう》の德を行はむと欲す、是れ既に擁《いだ》くべき敎へなり、
　重華《ちようくわ》が節恣《せつし》の制は、乃ち丕天《ひてん》の法を敬ふ、此れ亦た將《おこな》ふべき謨《はかりごと》なり。
　兩聖の立つる所、途《みち》を殊《こと》にして歸を同じくし、
　二訓の述ぶる攸《ところ》、言を異にして志を混《まじ》ふ。
謹みて對ふ。

和同四年三月五日

（3）焉―底本「烏」。内閣・塩釜・萩野（右傍書）・神宮（右傍書）・人見・柳原・脇坂により改める。「烏」「焉」ともに疑問反語の辞として用い、かつ「烏殺」「焉殺」ともに用例未見であるが、典拠に鑑み「焉」を採る。

（4）誡―底本「試」。塩釜・人見（右傍書）「訓」。谷森・三手・脇坂により改める。

（5）擁―底本「權」。諸本により改める。

〔通釈〕

問う。無道（の者）を殺して有道（の政治）を実現するのは、仲尼（孔子）が軽んじたことである。刑罰を制定してほしいままの行いに節度を加えるのは、帝舜が重んじたことである。大いなる聖人たちは到達する所は同じであっても、教えの立て方は道筋を異にしている。（聖人たちの）垂れた教えの要旨を正しく述べてほしい。

葛諸会

お答えします。私に考えをめぐらせますに、悪人を罰する意義は古の聖人の教えた法典に述べるところであり、逆賊を罪する趣旨は後の哲人が示した規律に述べるところです。それゆえ、無為と称えられる軒帝は三度の戦いの事跡を鳴り響かせ、有道と称えられる周王は二人の悪人（管叔・蔡叔）を追放して世に示しました。そこで次のように知れます。凶悪人は必ず誅殺され、邪悪は必ず正される、と。

ただし、宣父（孔子）の誅殺を禁じる誡めは、草をなびかせるように民を風化する徳治を行おうとする、まず擁《まも》るべき教えであり、重華（舜）のほしいままの行いに節度を加える制度は、とりもなおさず天を奉じた法を尊重する、これもまた行うべきはかりごとです。両聖人の立言は、道は異なるとも帰着する所は同じです。二つの教訓の述べるところは、言葉は違えど志は一つに混じり合います。

謹んでお答え申し上げます。

和銅四年三月五日

〔語釈〕

【問】

○殺無道以就有道　仲尼之所輕　「無道」は道理・道徳に外れた行いやそれを行う者。「有道」は道理・道徳の行き渡った政治。「仲尼」は孔子。『論語』「顔淵」の、季康子が孔子に政治を問うた条に拠る。「季康子問㆓政於孔子㆒曰、如殺㆓無道㆒、以就㆓有道㆒、何如。孔子對曰。子爲㆑政、焉用㆑殺。子欲㆑善而民善矣。君子之德風。小人之德草。草上㆓之風㆒必偃」（前漢・孔安国注「就、成也」）とある。

○制刑辟以節放恣　帝舜之所重　舜が「刑」を緩く制定し直して刑罰には慎重を期するよう指導しつつ、一方で四人の大罪人を罰して天下を戒めた故事を踏まえる。『尚書』「虞書・舜典㆒」に「象以㆓典刑㆒、流宥㆓五刑㆒、鞭作㆓官刑㆒、扑作㆓教刑㆒、金作㆓贖刑㆒。眚災肆赦、怙終賊刑。欽哉、欽哉、惟刑之恤哉。流㆓共工于幽洲㆒、放㆓驩兜于崇山㆒、竄㆓三苗于三危㆒、殛㆓鯀于羽山㆒、四罪而天下咸服」とある。「刑辟」は刑罰。用例は、『晉書』巻三〇「刑法志」に「爰制二刑辟一、以詰二四方一、姦宄弘多、亂離斯永」とあるなど。「放恣」は自分勝手、ほしいまま。『後漢書』巻六六「王允傳」に「年十九、爲二郡吏一。時小黄門晉陽趙津、貪横放恣、爲二一縣巨患一。允討捕殺レ之」と、「放恣」な者を殺して排除した例がある。

○大聖同致　所立殊途　偉大な聖人は、それぞれに手段方法は異なるも同じ所にたどり着くことをいう。『周易』「繫辭下」に「子曰。天下何思何慮。天下同レ歸而殊レ塗、一レ致而百レ慮」とある。また、『文選』巻四三、嵆康「與二山巨源一絕交書」に「君子百行、殊レ塗而同レ致」とあり、唐・李善注が右の『周易』を引く。「大聖」の用例は、唐・道宣『續高僧傳』巻二〇「論」に「大聖垂教、正象爲レ初」（大正蔵五〇巻五九六頁上）、道宣『廣弘明集』巻二七「誡功篇序」に「大聖垂教、知二機厥先一」（大正蔵五二巻三〇三頁下）などがある。

【対】

○誅惡之義　先聖垂典　戮逆之旨　後哲宣軌　「誅惡」の用例は、『論衡』「恢國」に「高祖不レ爲二秦臣一、光武不レ仕二王莽一、誅レ惡伐二無道一、無二伯夷之譏一、可レ謂レ順二於周一矣」などと見えるが、「戮逆」を熟語として用いた例は本対策以前の漢籍・仏典に未見。「誅戮」（動詞）と「惡逆」（目的語）を二句に配して、「誅惡」「戮逆」としたか。「垂典」の用例は、『文選』巻四五、楊雄「解嘲」の「五帝垂レ典、三王傳レ禮、百世不レ易」など。「宣軌」の用例は未見。

○無爲軒帝　動三戰之跡　「無爲」は、『論語』「衞靈公」に「子曰。無爲而治者其舜也與。夫何爲哉。恭レ已正南面而已矣」、『漢書』巻五六「董仲舒傳」に「虞舜之時、游二於巖郎之上一、垂拱無爲、而天下太平」などとあるように、君主の徳によって天下が自然に治まる政治の理想的状態。「軒帝」は、黄帝・軒轅氏。用例は『晉書』巻一〇一「載記」序に「軒帝患二其干レ紀、所以徂征。武王竄以二荒服一、同二乎禽獸一」とあるなど。軒帝（黄帝）が「無爲」の聖帝であることは、『周易』「繫辭下」に「黄帝・堯・舜、垂二衣裳一而天下治」とあり、『論衡』

「自然」が、これを引いて、「垂二衣裳一者、垂拱無爲也」、また、「黄帝・堯・舜、大人也。其徳與二天地一合、故知二無爲一也」とする。「三戰之跡」は、軒帝が神農氏に代わって天子として即位する契機となった戦いの事跡。炎帝と三度戦って勝ち、さらに蚩尤を破り、その後、神農氏に代わって天子となった故事を指す。『史記』巻一「五帝本紀・黄帝」に「與二炎帝一戰二於阪泉之野一。三戰、然後得二其志一。（中略）諸侯咸尊二軒轅一爲二天子一、代二神農氏一、是爲二黄帝二」とある。「動」について、小島憲之は「勒」の誤でシルスと訓むべきかとする（『国風暗黒時代の文学　上』二〇一頁）。しかし、諸本「動」字で異同なく、「動」を「轟かす」の意に取れば文意は通る。『萬葉集』にも「動」を「轟く」の意で用いた例はあり（巻

四・六〇〇番歌「伊勢海之　礒毛動爾　因流波」、〈参考〉巻一

四・三三八五番歌「麻末乃於須比爾　奈美毛登杼呂爾」。巻一

三・三二三三番歌「三芳野　瀧動々　落白浪」、〈参考〉巻一

五・三六一七番歌「伊波婆之流　多伎毛登杼呂爾　鳴蟬乃」）、

また、観智院本『類聚名義抄』にも「動」字に「トトロカス」の訓が見られる。

○有道周王　示二叔之放　周の成王が二叔（管叔・蔡叔の二人）を征伐したことをいう。『毛詩』「大雅・生民之什・洞酌」の序に「召康公戒二成王一也。言下皇天親二有徳一饗中有道上也」とあり、「洞酌」は成王を「有道」の天子たらしめる訓戒詩として受容されていた。また、『魏書』巻六二「李彪傳」の彪による上表文に「周公傅二成王一、教以二孝仁禮義一。逐二去邪人一、不レ使レ見二悪人一。選二天下之端士・孝悌・博聞・有道・術者一、以爲二衛翼一。衛翼良、成王正。周道之所三以長久一也」とあり、成王を輔弼した周公旦が「有道」の者を選んで成王を補佐させ、成王が正しい天子となったとある。「有道」の王として成王を挙げたのはこのあたりに拠るか。「二叔之放」は、『史記』巻四「周本紀」に「成王少、周初定二天下一、周公恐二諸侯畔一レ周。公乃攝二行政一當レ國。管叔・蔡叔・群弟疑二周公一、與二武庚一作レ亂、畔レ周。周公奉二成王命一、伐三誅武庚・管叔一、放二蔡叔一」とある、周公旦が成王の命を奉じて管叔・蔡叔を誅戮・追放した故事を指す。管叔・

蔡叔を「二叔」という例は『史記』巻一三〇「太史公自序」の「及二旦一攝レ政、二叔不レ饗、殺レ鮮放レ度」（鮮は管叔、度は蔡叔の名）などがある。

○凶必殛　邪必正　「殛」は誅殺。『史記』巻一「五帝本紀・帝堯」に尭が「殛二鯀於羽山一」とあり、宋・裴駰『史記集解』が引く後漢・馬融注に「殛、誅也」とある。

○宣父焉殺之誡　欲行偃草之徳　是既擁敎　「宣父」は孔子。唐・太宗が貞観十一年（六三七年）に追尊した号。『新唐書』巻一五「禮樂志」に「十一年、詔尊二孔子一爲二宣父一」とある。本対策以前の日本への伝来は未詳だが、唐・高宗「令三國子學立二周公孔子廟一詔」に「粤若二宣父、天資睿哲、經二綸齊魯之內一、揖二讓洙泗之間一」（『全唐文』巻一二）、同「祭二告孔子廟一文」に「維乾封元年歲次景寅二月戊戌朔二日己亥。皇帝遣二司稼正卿扶餘隆一以二少牢之奠一致二祭先聖孔宣父之靈一」（「乾封元年」は六六六年。『全唐文』巻一五）、また、唐・孔穎達「尙書正義序」に「先君宣父、生二於周末一、有二至德一而無二至位一、修二聖道一以顯二聖人一」とある。「焉殺之誡」は、問の殺無道以就有道…の項に引いた『論語』「顔淵」の孔子の言葉「焉用レ殺」に拠る。孔子が有道の政治を実現するために無道を誅殺することを誡めたことをいう。「偃草之徳」は、風が草をなびかせるように民を教化する君子の徳。同じく先引『論語』「顔淵」の「君子之徳風、小人之德草。草上二之風一必偃」に拠る。「擁敎」は用例未見。文脈から「敎」は「宣父焉殺之誡」を指しており、「擁《いだ》きまもるべき教え」の意と解される。なお、『後漢書』巻三七「桓榮傳」の、明帝が皇太子時代の経学の師であった桓栄の病気を見舞った故事に、「帝幸二其家一問二起居一、入レ街下レ車、擁レ經而前、撫レ榮垂レ涕」とある。皇帝が経書と経学の師に敬意を表し、その教えを守ることを表明した所作が「擁經」である。

○重華節忞之制　乃敬丕天之法　此亦將謨　「重華」は舜のこと。『尙書』「虞書・舜典」に「曰若稽二古帝舜一曰、重華協二于帝一」とあり、前漢・孔安国伝が「華、謂二文德一。言、其光文重二合於堯一倶聖明」とする。また、『史記』巻一「五帝本紀・帝舜」に「虞舜者、名曰二重華一」とある。「節恣之制」は、問の「制二刑辟一以節二放恣一」をまとめた。「丕天之法」は、天の法を奉ずること。『漢書』巻二五下「郊祀志下」に、『尚書』「周書・太誓」（現行本は「泰誓」）を引いて「太誓曰。正稽レ古立レ功立レ事、可二以永レ年一、丕二天之大律一」とあり（現行本『尚書』にこの文は見えない）、唐・顔師古注が「今文泰誓、周書也。稽、考也。永、長也。丕、奉也。律、法也。言、正考二古道一而立レ事、則可二長年亨レ有二天下一。是則奉二天之大法一也」とする。また、『後漢書』巻四〇下「班固傳下」に「汪汪乎、丕天之大律」とあり、唐・李賢注が「汪汪、猶レ深也。今文尚書太誓篇曰。立レ功立レ事、可二以永レ年、丕天之大律。鄭玄注云。丕、大也。律、法也」とする。本対策がこれらに拠っていることは確実と判断されるが、『漢書』と『後漢書』の各注が「丕」を「奉」ととるか「大」ととるかで割れている。諸会がどちらに拠ったかにわかに断じることはできないが、対句の「偃草」が動詞プラス目的語（名詞）の語構成であることに鑑みて、ひとまず「奉」の意にとっておく。なお、小島憲之は、『尚書』「大禹謨」の「丕績」に付された孔安国伝「丕、大也」により「大いなる天の法則」としている（『国風暗黒時代の文学　上』二〇一頁）。「將謨」は用例未見。「將」は、『尚書』「夏書・胤征」の「今予以二爾有衆一奉二將天罰一」に孔安国伝が「將、行也。奉二王命一、行二王誅一」、「謨」は、『尚書』「虞書・大禹謨」の篇名に孔安国伝が「禹稱レ大。大二其功一。謨、謀也」、また、同前「胤征」の「聖有二謨訓一、明徵定保」に孔安国伝が「徵、證。保、安也。聖人所レ謀之教訓、爲二世明證一所以定レ國安レ家」とするのに拠り、ひとまず「行うべきはかりごとの」の意に解しておく。小島憲之は『爾雅』「釋古」の「將、大也」を挙げ、「大きなはかりごと」の意とするが（同前）、対句の「擁教」が動詞が名詞を修飾する語構成であるので右のように解した。

○兩聖所立　殊途以同歸　二訓攸述　異言而混志　問を受けて、二人の聖人の教えの述べるところ、言葉は異なるが志は一つであることをいう。「兩聖」は孔子と舜、「二訓」はその教訓。「殊途」「同歸」は、問の大聖同

致…の項に引いた『周易』「繋辞下」の「子曰。天下何思何慮。天下同㆑帰而殊㆑塗、一㆑致而百㆑慮」に拠る。「混志」は用例未見。『藝文類聚』巻一一「帝王部・帝舜有虞氏」、夏侯湛「虞舜賛」に「垂拱臨㆑民、詠㆓彼南音㆒。世澄道玄、天下混㆑心」とある「混心」と同様に、心を同じくするの意と考えられる。なお、「混」は観智院本『類聚名義抄』がオナジウシテの訓を挙げる。

○和同四年　「同」は「銅」の省筆。七一一年。元明天皇の治世。

19　白猪広成・礼と楽の優劣

〔作者解説〕

○策問執筆者　記載なく不明。

○対策者　白猪広成《しらいのひろなり》　本文の記名「白」は「白猪」を中国風の一字名字にした。生没年・経歴未詳。奈良時代前期の人。氏姓は、初めは白猪史。同氏は養老四年（七二〇）五月に葛井連となる。よって本対策はそれ以前の作と考えられる。広成の史料上の初見は『續日本紀』養老三年（七一九）閏七月、従六位下・大外記で遣新羅使となるも、同年八月辞任したとの記事である。『萬葉集』巻六に天平二年（七三〇）作の和歌が一首見える。九六二番歌の題詞に「天平二年庚午、勅遣二擢駿馬使大伴道足宿禰一時歌一首」とあり、歌は「奥山之磐爾蘿生恐毛問賜鴨念不堪國」（奥山の岩に苔むし恐しこくも問ひたまふかも思ひあへなくに）、左注に「右、勅使大伴道足宿禰饗二于帥家一。此日會集衆諸相二誘驛使葛井連廣成一、言レ須レ作二歌詞一。登時廣成應レ聲即吟二此歌一」とあり、機転を利かせて即詠したエピソードが残る。天平三年（七三一）正月、外従五位下。天平八年（七三六）作の『萬葉集』巻六・一〇一一番歌の題詞に名が見え、「冬十二月十二日、歌儛所之諸王臣子等集二葛井連廣成家一宴歌二首。比来古儛盛興、古歳漸晩。理宜下共盡二古情一、同唱中古歌上。故擬二此趣一輙獻二古曲二節一。風流意氣之士、儻有二此集之中一、争發レ念心々和二古體一」とあり、広成も「風流意氣之士」の一人であったらしい。同十五年（七四三）三月、新羅使の接待を監督するため筑前へ派遣。同六月、備後守。同七月、従五位下。同二十年（七四八）二月、従五位上。同八月、聖武天皇が広成宅へ行幸、「延㆓群臣㆒宴飲。日暮留宿」。翌日、妻の県犬養宿祢八重ともに正五位上を授かる。天平勝宝元年（七四九）中務少輔（以上、『續日本紀』）。『懐風藻』に「正五位下中務少輔葛井連廣成。二首」として漢詩二首が残る。それぞれの題詞は、一一九「五言。奉㆑和㆓藤太政佳野之作㆒。一首」（「藤太政」は藤原不比等）、一二〇「五言。月夜坐㆓河濱㆒。一絶」である。

〔本文〕

問。

禮主㆓於敬㆒、以成㆓五別㆒。
樂本㆓於和㆒、亦抱㆓八音㆒。
節㆑身陶㆑性之用、寔由㆓斯道㆒、
御㆑世治㆑民之義、既盡㆓於焉㆒。
雖㆓因㆑世損益㆒、而百王相倚、
利㆓用禮樂㆒、已有㆓前聞㆒。
未㆑決㆓勝負㆒、庶詳㆓其別㆒。

白廣成

對。

〔訓読〕

問ふ。

禮は敬を主《もと》として、以て五別を成し、
樂は和に本づきて、亦八音を抱く。
身を節《ただ》し性を陶《やしな》ふの用は、寔《まこと》に斯の道に由り、
世を御《をさ》め民を治むるの義は、既に焉《ここ》に盡くせり。
世に因りて損益《そんえき》すと雖も、而も百王相倚《あひよ》り、
禮樂を利用するは、已に前聞有り。
未だ勝負を決せず、庶《ねが》はくは其の別《わき》を詳《つまび》らかにせよ。

白廣成

對ふ。

臣聞、
三才始闢、禮旨爰興、
六情漸萌、樂趣亦動。
固知、
陰禮之作レ基、綿代而自遠、
陽樂之開レ肇、邃古而實遐。
但、
結繩以往、杳然難レ述、
書契而還、炳焉可レ談。
尋夫、
禮是肥レ國之脂粉、
樂卽易レ俗之鹽梅。
莫レ不下揖讓堯舜、率二斯道一以安レ上、
干戈履發、抱二茲緒一以化上レ下。
美善則丹蛇赤龍之瑞自臻、
和諧則黄竹白雲之曲彌韻。
所以、
高曁二天涯一、共二日月一而倶懸、

臣聞く、
三才始めて闢《ひら》け、禮旨爰《ここ》に興り、
六情漸く萌《きざ》し、樂趣亦動く、と。
固《まこと》に知る、
陰禮の基を作《な》すは、綿代《めんだい》にして自《おのづか》らに遠く、
陽樂の肇《はじめ》を開くは、邃古《すいこ》にして實に遐《はる》かなり、と。
但し、
結繩より以往《をつかた》は、杳然《えうぜん》として述べ難く、
書契より而還《このかた》は、炳焉《へいえん》にして談《かた》るべし。
尋ぬるに夫《そ》れ、
禮は是れ國を肥やす脂粉にして、
樂は卽ち俗を易《か》ふる鹽梅なり。
揖讓の堯・舜、斯の道に率《したが》ひて以て上を安んじ、
干戈の履・發、茲《こ》の緒《わざ》を抱きて以て下を化せざるは莫し。
美善なれば則ち丹蛇赤龍の瑞《しるし》自《おのづ》からに臻《いた》り、
和諧なれば則ち黄竹白雲の曲《うた》彌《いよよ》韻《ひび》く。
所以《ゆゑ》に、
高く天涯に曁《およ》び、日月と共にして倶《ひと》しく懸《かか》り、

遠遍㆓地角㆒、與㆓山川㆒而齊峙。
譬(1)㆓水火之利㆒㆑物、
方㆓梨橘之味㆒㆑口。
縱無㆓姜生之制㆒㆑地、
　有㆓夏氏之應㆒㆑天、
則敬㆑異之旨悉卷、
　親㆑同之跡偏舒。
誠乃俎豆之業、鐘鼓之節、
於㆑理終須㆑行㆑兩、
在㆑義寧容㆑廢㆑一。
謹對。

遠く地角に遍《あまね》く、山川と與《とも》に齊《ひと》しく峙《そばだ》つ。
水火の物に利あるが譬《ごと》く、
梨橘の口に味あるが方《ごと》し。
縱《たと》ひ姜生《きやうせい》が地を制する無きも、
　夏氏の天に應ずる有れば、
則ち異なるを敬ふ旨悉く卷《をさ》まり、
　同じきを親しましむる跡偏《ひとへ》に舒《の》べむ。
誠に乃《すなは》ち俎豆《そとう》の業、鐘鼓の節、
理に於いて終《つひ》に須《すべから》く兩《ふた》つを行ふべく、
義に在りて寧《なに》ぞ容《まさ》に一つを廢《す》つべけむや。
謹みて對ふ。

〔校異〕

（1）譬―底本「辟」。三手・神宮・平松・鎌田・谷森・尊経・萩野・河村・小室により改める。

〔通釈〕

問う。礼は敬いを主として五礼の別を成し、楽は和にもとづいてまた八音を内に抱く。身を慎み、心を養うことは、まことにこの（礼楽の）道により、世を治め、民を安んじる道理は、すでにここに尽くされている。(聖天子たちは)前代を踏襲しながら、(礼と楽を細部において)減らしたり増やしたりして改めたが、後世の代々の王たちもそうしたやり方に従い、礼と楽をそれぞれの世にふさわしく応用してきたことは、すでに聞き知っている。(しかし、礼と楽のうちどちらが重要なのか、その優劣については)まだ決せられていない。どうか礼と楽の違いについて詳しく述べてほしい。

白廣成

お答えいたします。私はこのように聞いています。(天・地・人の)三才がはじめてひらけ、礼の根幹がここに興り、人間に(喜・怒・哀・楽・好・悪の)六種類の感情がようやく芽生え、楽の趣きもまた動いた、と。このことから、よくわかります、陰である礼が基礎を作るのは、代々溯って遠いことで、陽である楽がはじめを切り開くのは、上古の昔より実にはるかなことだ、と。ただし、縄を結んでしるしとした時代より以前は、はるかに遠くて述べることは難しく、文字が作られて以降は、明らかで語ることができます。

考究してみますに、礼は国を豊かにする化粧の具であり、楽は風俗を改める調味料であります。禅譲した尭帝・舜帝はこの礼楽の道にしたがって権力を安定させ、武功によった殷の湯王履と周の武王発は、この礼楽の業を懐にして人民を教育しないことはなかったのです。(礼楽が)美しくうるわしければ、丹蛇・赤龍の瑞祥が自ら現れ、(民心が)和らぎ調和すれば、黄竹・白雲の歌曲がますます響きます。故に、(礼と楽は)空の頂に及ぶほど高く、日月と共に(空に)懸かり、地の果てに行き渡るほど遠く、山川と共に聳え立っているのです。水と火とは(性質は正反対ながら)どちらも人々を利し、梨と橘とは(味は異なりながら)どちらもよい味がするものであります(それと同様に、礼と楽とは性質・効用こそ異なるものの、太平な世を実現させるのにどちらも欠かせず重要なものであります)。たとえ(有徳の)姜姓の諸侯が土地を治めなくても、夏の朝廷が天に応じ(て礼楽を改め作り治め)

れば、地位や身分の異なる者同士が敬い合ってすべて治まり、情を同じくする者たちの親しみ合いがいやがうえにも伸長しましょう。まことに礼器のわざ（礼）と鐘と鼓のふし（楽）は、道理として二つとも実行されるべく、道義として、どうしてどちらか一つを取捨選択することができましょうか。

　謹んでお答え申し上げます。

〔語釈〕

【問】

○禮主於敬…　樂本於和…　礼は「敬」（人を敬うこと、行いを慎むこと）を旨とし、楽は「和」（人心を和らげる）を本とする、の意。『晉書』巻八三「車胤傳」に「明堂之制既甚難レ詳、且樂主二於和一、禮主二於敬一、故質文不レ同、音器亦殊」、『晉書』巻五二「阮种傳」に「禮以體レ德、樂以詠レ功、樂本二於和一、而禮師二於敬一矣」とある。本策問が典拠の「樂…禮…」と逆になっているのは、一般的に言われる「禮樂」の順に従っていよう。また、『孝經』「廣要道章」に「禮者敬而已矣」、『禮記』「曲禮上」の「毋レ不レ敬」への後漢・鄭玄注に「禮主二於敬一」、同「樂記」に「樂者、天地之和也。禮者、天地之序也」などとあるのを始め、「禮は敬、樂は和」の表現は多数見られ、礼楽思想の基本をなしている。

○五別　五礼の別。吉（祭祀）・凶（喪葬）・賓（賓客）・軍（軍旅）・嘉（冠婚）の五つの礼。『尚書』「舜典」の「修二五禮一」への前漢・孔安国伝に「修二吉・凶・賓・

軍・嘉之禮二」、『藝文類聚』巻三八「禮部上・禮」に「物理論曰、(中略)五禮者、吉凶賓軍嘉也。周禮、大宗伯之職、以二吉禮一事二邦國之鬼神祇一。(中略)以二凶禮一哀二邦國之憂一。(中略)以二賓禮一親二邦國一。以二軍禮一同二邦國一。(中略)以二嘉禮一親二萬民一」などとある。「別」については、『禮記』「樂記」に「樂者、天地之和也。禮者、天地之序也。和故百物皆化、序故羣物皆別」、「禮者、天地之別也」とあり、「禮」の自然的・社会的秩序をなすという特徴をいう。

○八音　金(鐘)、石(磬《けい》)、絲(絃楽器)、竹(管楽器)、匏(笙《しょう》・竽《う》)、土(壎《けん》・つちぶえ)、革(鼓)、木(柷《しゅく》・敔《ぎょ》)の八種の楽器。転じて広く各種楽器または音楽をも指す。『藝文類聚』巻四一「樂部一・論樂」に、「(五經要義)又曰。凡樂音有レ八。鼓謂二之革一。鍾謂二之金一。磬謂二之石一。琴瑟謂二之絲一。簫鼓謂二之竹一。塤謂二之土一。柷敔謂二之木一。笙謂二之匏一。是謂二八音一」とある(『初學記』「樂部・雅樂第一」、『周禮』「春官・大師」などにも「八音」の記述が見える)。また、『漢書』「律歷志」の「聲者、宮、商、角、徵、羽也。所二以作一レ樂者、諧二八音一、蕩二滌人之邪意一、全二其正性一、移レ風易レ俗也(中略)五聲和、八音諧、而樂成」を始め、「五声、八音」の調和が楽であるという文言は、諸史書の律暦志、礼楽志に多く見られる。【対】の和諧則黃竹…の項を参照。

○節身陶性　「節身」は、身を慎み、欲を節制すること。「陶性」は、心をつちかい、性情を養うこと。用例は、『法句經』「忿怒品」に「節レ身愼レ言」(『大正蔵』四巻五六八頁上)、『廣弘明集』巻二五「司戎議一首」に「然則道佛二教俱爲二三寶一。佛以二佛法僧一爲レ旨。道以二道經師一爲レ義。豈直攝生有レ託二陶レ性通一レ資。信亦爲レ政是基二裨レ聲濃一レ化」(『大正蔵』二五巻二八七頁上)、唐・高正臣「晦日置二酒林亭一」に「忘レ懷寄二尊酒一、陶レ性狎二山家一」(『全唐詩』巻七二)、梁・鐘嶸『詩品』上に(晋阮「歩兵詩」)「而詠懷之作、可下以陶二性靈一、發中幽思上」、唐・楊炯「晦日藥園詩序」に「風俗之微、陶二性靈於歌舞一」(『全唐文』巻一九一)などとある。なお、ここは、礼楽の身を修める作用を意識した上での転用かと思われる。たとえば、『漢書』巻二二「禮樂志」に「人函二天地陰陽之氣一、有二喜怒哀樂之情一。天稟二其性一而不レ能レ節也、聖人能爲二之節一而不レ能レ絕也、故象二天地一而制二禮樂一、所下以通二神明一、立二人倫一、正二情性一、節中萬事上者也」、『禮記』「樂記」に「是故先王之制二禮樂一、人爲二之節一」（『史記』巻二四「樂書」にも同文が見える）、『初學記』巻一五「歌」に「歌未レ終、君王乃喟然嘆曰、夫樂者、所下以通二神明一、節二情欲一、和二天地一、調中風俗上」などと見られるように、明王・聖主が人間の感情・情欲本位の天性を適度に調節し、倫理道徳に合うように教化するものとして「樂」をとらえている。礼楽の人心を感動させる力によって、人間本来の性情を節制し、それを陶冶化育するというのが、儒教における徳治（礼楽による統治）の論理である。

○御世治民之義　「御世」は、世の中を良く治めること。用例は、『漢書』巻七三「韋賢傳」、「子・玄成」の項に「朕聞。明王之御レ世也、遭レ時爲レ法、因レ事制レ宜」、『三國志』巻二三「魏書・和洽傳」、「太祖定荊州…」段への宋・裴松之注に「孫盛曰。昔先王御レ世、觀レ民設レ教。雖二質文因レ時、損益代用一、至二於車服禮秩、貴賤等差一、其歸一レ揆」などとある。「治民」は、人民を統治すること。『孝經』「廣要道章」に「移レ風易レ俗、莫レ善二於樂一。安レ上治レ民、莫レ善二於禮一」、『續日本紀』天平宝字元年（七五七）八月己亥条の詔に「安レ上治レ民、莫レ善二於禮一。移レ風易レ俗、莫レ善二於樂一」などとある。

○因世損益　前の王朝（の礼楽制度）を踏襲しながら、細部においては減らしたり増やしたりすること。『論語』「先進」の「子曰、先進於二禮樂一、野人也。後進於二禮樂一、君子也」に対し、魏・何晏注は「孔曰、先進・後進、謂二仕先後輩一也。禮樂因レ世損益、後進與二禮樂一、俱得二時之中一、斯君子矣。先進有二古風一、斯野人也」とし（「孔曰」は前漢・孔安国注）、同「爲政」の「子曰、殷因二於夏禮一、所二損益一、可レ知也。周因二於殷禮一、所二損益一、可レ知也」に対し、「馬曰、所レ因、謂二三綱五常一。所二損益一、謂二文質三統一」（「馬曰」は後漢・馬融注）とする。また、『史記』巻二三「禮書」に「太史公曰（中略）余至二大行禮官一、觀二三代損益一、乃知緣二人情一而制レ禮、依二人性一而作レ儀、其所二由來一尙矣」とある。

○百王相倚　「百王」は、代々の王。特に三皇五帝または夏商周三代（三王）以降の王をさす。『漢書』巻五六「董仲舒傳」の「賢良対策」に「蓋聞二五帝三王之道一、改レ制作レ樂而天下洽和、百王同レ之」とある。「相倚」は、相次いで従うこと。『北史』巻二九「蕭大圜傳」の「信吉凶之相倚也」や、本策問以前の日本への伝来は未詳だが、『舊唐書』巻七一「魏徵傳」所引の徵の唐・太宗への上疏文に「安二其所レ安、不下以二卹刑一爲上レ念。樂二其所レ樂、遂忘二先笑之變一。禍福相倚、吉凶同レ域、唯人所レ召、安可レ不レ思」など、吉と凶、災いと福とが、互に因果となって生じたり、一方に従がって、もう一方が生じたりして延々と相次いでゆくと表現する。ここも「百王は前の代に従って（礼楽を利用してゆく）」の意。『禮記』「樂記」の「樂者、異レ文合レ愛者也。禮樂之情同、故明王以沿也（鄭玄注「沿、猶二因述一也。孔子曰、殷因二於夏禮一、所二損益一可レ知也。周因二於殷禮一、所二損益一可レ知也）」もここの文意と通じている。

○利用禮樂　已有前聞　「利用禮樂」は「雖因世損益、而百王相倚」と文脈上続くので、前掲の『論語』「先進」・「爲政」、『禮記』「樂記」と『漢書』「董仲舒傳」の「賢良対策」に照らして、古代の聖王朝は、それぞれ自分の王朝にふさわしい礼楽制度を改め作り、後の世の王も代々従って礼楽を利用する、の意と解される。「前聞」は『論語』『禮記』『漢書』を始めとした典籍の記述をさす。

○庶詳其別　「別」は礼と楽の間の勝ち負けを分ける点。優劣の別。

【対】

○三才始闢　禮旨爰興　「三才」は天地人。「才」ははたらき。『周易』「說卦」に「昔者聖人之作レ易也、將三以順二性命之理一、是以立二天之道一曰二陰與レ陽、立二地之道一曰二柔與レ剛、立二人之道一曰二仁與レ義。兼二三才一而兩レ之、故易六畫而成レ卦」とある。「禮旨」、礼の趣意・根幹。

「三才」と「禮」の興りを関連させた例として、『藝文類聚』巻五「歳時部下・律」の庾信「爲二晉陽公一上二玉律一表」に「臣聞、三才既立、君臣之道已陳。六位時成、禮樂之功斯正」がある。

○六情漸萌　樂趣亦動　「六情」は人間の六種の情、喜・怒・哀・楽・好・悪のこと。『文選』巻一七、陸機「文賦」の「及二其六情底滯一、志往神留」に対し、唐・李善注が「春秋演孔圖曰、詩含二五際六情一、絕二於申一。（中略）仲長子昌言曰、喜怒哀樂好惡、謂二之六情一」とし、『春秋左氏傳』昭公二五年の「民有二好惡喜怒哀樂一、生二于六氣一、是故審レ則宜レ類、以制二六志一」に対し、唐・孔穎達疏が「此六志、禮記謂二之六情一。在レ己爲レ情、情動爲レ志、情志一也」とする。「樂趣」は楽のおもむき、趣旨。「趣」と「旨」は対になる。

○陰禮…　陽樂…　陰（地）に対応する礼と、陽（天）に対応する楽。後漢・班固『白虎通』「社稷」の「功成作レ樂、治定制レ禮。樂言レ作、禮言レ制何。樂者陽也、陽倡レ始、故言レ作。禮者陰也、陰制二度於陽一、故言レ制」、同「樂以象レ天、禮以法レ地」（『藝文類聚』巻三八「禮部上」にも引用）、『禮記』「樂記」の「樂由レ天作、禮以レ地制」などを踏まえたものであろう。

○綿代自遠　「綿代」は代々。『魏書』巻一〇八の二「禮志四之二」に「詔曰。禮貴レ循レ古、何必改作。且先聖久遵、綿代恒典、豈朕冲闇、所レ宜レ革レ之。」、とある。「自遠」の用例は、李善「上二文選注一表」に「協二人靈一以取レ則、基二化成一而自遠」とあるなど。

○邃古　過ぎ去った大昔。「邃」は往、上古。用例は『文選』巻一一、王延寿「魯靈光殿賦」に「上紀開闢、邃古之初」（李善注が『楚辭』「天問」の「邃古之初、誰傳二道之一」を引く）とあるなど。

○結繩以往　杳然難述　書契而還　炳焉可談　「結繩」は、太古、文字のなかった時代に、縄の結び目を記号として意思を通じ記憶に役立てたことをいう。「書契」はここは文字をさす。『周易』「繫辭下」に「上古結繩而治、後世聖人易レ之以二書契一、百官以治、萬民以察、蓋取二諸夬一」とあり、『文選』巻四五、孔安国「尚書序」に「古者伏犧氏之王ニ天下一也、始畫ニ八卦一、造ニ書契一、以代ニ結繩之政一、由レ是文籍生焉」とある。「以徃」は以前の意。「徃」は「往」の異体字。『魏書』巻一一四「釋老志」に「結繩以往、書契所レ絕、故靡ニ得而知一焉」とある（『廣弘明集』巻二に再収。大正蔵五二巻一〇一頁上）。「而還」は、以後・以来の意。本対策以前の日本への伝来は未詳だが、唐・睿宗「定ニ刑法一制」に「周秦以降、沿革罕同、漢魏而還、條流浸廣」（『全唐文』巻一八）とある。「杳然」は、遥かなさま、深く遠いさま。『晉書』巻九五「鳩摩羅什傳」に「吾與ニ此子一戲、別三百餘年、相見杳然未レ期、遲レ有レ遇ニ於來生一耳」（『高僧傳』巻二「鳩摩羅什」〈大正蔵五〇巻三三二頁下にほぼ同文〉とあり、『漢書』巻八七上「揚雄傳」に「章ニ皇周流一、出ニ入日月一、天與レ地杳」とあり、唐・顔師古注が「天地之際、杳然縣遠也」とする。「炳焉」はあきらかなさま。『文選』巻一、班固「兩都賦序」に「而後大漢之文章、炳焉與ニ三代一同レ風」とある。なお、全体として、前引『魏書』「釋老志」や、本対策以前の日本への伝来は未詳だが、唐・謝偃（六四三年没）「惟皇誠德賦」の「周ニ墳籍一以遐觀、總ニ宇宙一而一窺。結繩往而莫レ紀、書契来而可レ知」（『全唐文』巻一五六）が近い。

○禮是肥國之脂粉　「肥國」は、国を豊かにすること。『史記』巻四〇「楚世家」に「裂ニ其地一不レ足ニ以肥レ國、得ニ其衆一不レ足ニ以勁レ兵。（中略）裂ニ楚之地一、足ニ以肥レ國。詘ニ楚之名一、足ニ以尊レ主」とある。「脂粉」は、紅とおしろい。ここでは、国を豊かで艶やかにするものの喩。『北堂書鈔』巻八〇「禮總篇」に「周書曰、禮義治國之粉澤」、『初學記』巻二一「文部・經典」、「粉澤・橘柚」の事対所引『六韜』に「太公對ニ文王一曰、禮者、天理之粉澤」などとある。

○樂卽易俗之鹽梅　「易俗」は、悪い風俗を改めかえること。『孝經』「廣要道章」の「移レ風易レ俗、莫レ善ニ於樂一、安レ上治レ民、莫レ善ニ於禮一」、『禮記』「樂記」の「樂也者、聖人之所レ樂也、而可三以善ニ民心一。其感レ人深、其移レ風易レ俗」、「樂行而倫淸、耳目聰明、血氣和平、移レ風易レ俗、天下皆寧」などを踏まえる。「鹽梅」は、塩と梅酢で、調味料のこと。ここは喩である。『尚書』「説命下」に「若作二和羹一、爾惟鹽梅」（『藝文類聚』巻八六「梅」に引用）とある。

○**揖讓堯舜　率斯道以安上　干戈履發　抱茲緒以化下**

「揖讓堯舜」は尭から舜へと帝位が禅譲された故事を、「干戈履発」は殷の湯王履が武力によって夏王・桀を討ち、周の武王発が殷王・紂を討った故事をさす。「履」については『論語』「堯曰」の「予小子履、敢用二玄牡一、敢昭二告于皇皇后帝一」への何晏注に「孔曰、履、殷湯名」、「發」については『史記』「周本紀」に「西伯（＝文王）崩、太子發立、是爲二武王一」とある。その故事は、『文選』巻四七、袁宏「三國名臣序贊」に「揖讓之與二干戈一、文德之與二武功一」とあり、李善注に「孔叢子。曾子謂二子思一曰。舜・禹揖讓、湯・武用師、非レ相レ詭、乃時也」、同・巻五六、陸倕「石闕銘」に「雖下革命殊二乎因襲一、揖讓異中於干戈上、而晷緯冥合、天人啓惎、克明二俊德一、大庇二生民一、其揆一也」とあり、李善注に「舜・禹揖讓也、湯・武干戈也。言二揖讓・干戈之道雖レ殊、而用レ賢愛レ仁之義爲一レ一也」とある。なお、『禮記』「樂記」に「禮樂之情同故、明王以相沿也。故事與レ時竝」とあり、その「事與レ時竝」について孔穎達疏が「謂下聖人所レ爲之事、與二所レ當時一而竝行上。若下堯舜揖讓之事、與二淳和之時一而竝行、湯武干戈之事、與二澆薄之時一而竝行上。此一句明レ禮也」として、礼の損益・増減を揖讓・干戈の時代による変化と関連づけて論じている。「斯道」「茲緒」はいずれも礼楽のことをさす。「緒」は『毛詩』「大雅・蕩之什・常武」、「不レ留不レ處、三事就レ緒」への後漢・鄭玄箋に「緒、業也」とある。「安上」「化下」は、『孝經』「廣要道章」に「安レ上治レ民、莫レ善二於禮一」、その唐・玄宗注に「禮所下以正二君臣父子之別一、明中男女長幼之序上。故可二以安レ上化一レ下也」、「毛詩大序」に「上以風二化下一」などとあるのを参照していよう。

○**美善則丹蛇赤龍之瑞自臻**　「美善」は、美しく、正しく、麗しいこと。帝王の製作する楽の美質を形容する表現。ひいてはその楽による教化をほめるときにも用いられる。『荀子』「樂論」に「樂行而志清、禮脩而行成。

耳目聰明、血氣和平。移レ風易レ俗、天下皆寧。美善相樂」、『論語』「八佾」に「子謂レ韶、盡レ美矣、又盡レ善也」（韶は舜の楽）とある。また、『禮記』「樂記」の「先王之爲レ樂也、以法治也。善則行象レ德矣」への孔穎達疏に「言、人君爲レ治得下其所二教化一美善上、則下民之行法二象君之德一也」ともある。「丹蛇」は赤い蛇。本対策以前の日本への伝来は未詳だが、晋・谷倹「角賦」に「夫角以類二推之一、蓋黄帝會二群臣於太山一、作二清角之音一、似二兩鳳之雙鳴一、若二二龍之齊吟一、如二丹虵之翹レ首、似二雄虵之帶レ天」（『太平御覧』巻三三八。『全晉文』巻一二八にも引かれるが、「天」を「矢」に作る）とあり、楽の美の形容として取り上げられる。小島憲之は、「赤龍」は「帝舜の時に黄龍が現はれた故事」を指すが、対の「白」に対して「赤」を「使用」したとするが（『国風暗黒時代の文学上』二五頁）、やや不審。『文選』巻五六、陸倕「石闕銘」の「納二龍叙之圖一」に李善注が「春秋元命苞曰、堯游二河渚一、赤龍負レ圖以出。圖赤如二綈狀一、龍沒圖在」とし、『宋書』巻二八「符瑞志中・黄龍」に「赤龍・河圖者、地之符也。王者德至二淵泉一、則河出二龍圖一」などとあり、赤龍を河から現れる瑞兆とするので、「黄龍」を持ち込まなくとも文意は通る。なお、古代日本では、『萬葉集』で「もみぢ」を「黄葉」と書き、巻一三・三二六六番歌に「秋付者丹之穗爾黄色」（秋づけば丹の穂にもみつ）とあるように「赤」「黄」は指示対象を同じくしていた可能性が高い。

○**和諧則黄竹白雲之曲彌韻**　「和諧」は和らぎ調和すること。音楽自体の諧調と、その人心を調和する作用の両方をいう。『尙書』「虞書・舜典」に「詩言レ志、歌永レ言、聲依レ永、律和レ聲。八音克諧、無二相奪倫一、神人以和」、『周禮』「天官冢宰・大宰」に「三曰禮典、以和二邦國一、以統二百官一、以諧二萬民一」、『漢書』巻二一上「律曆志上」に「五聲和、八音諧、而樂成」、『春秋左氏傳』襄公一一年に「如二樂之和一、無レ所レ不レ諧」などとあるのによる。「黄竹」は周の穆王が大雪の中に凍える民を憐れんで作った詩、「白雲」は同じく穆王が瑶池で宴を開き、その時西王母が歌ったという歌謡である。いずれも帝王たる人物が天下万民を思う気持ちを表す歌。『藝文類聚』巻五六「雜文都二・詩」に「穆天子傳曰。至二于黄竹一、天子乃休。日中大寒、北風雨レ雪。天子作二詩我徂黄竹三章一、以哀レ民」、同・巻四三「樂部三・歌」に「周穆天子觴二西王母于瑤池之上一、西王母爲二天子一謠曰。白雲在レ天、山陵自出。道里悠遠、山川閒レ之。將子無レ死、尚能復來。天子答曰、予歸二東土一、和二治諸夏一、萬民平均、吾顧見レ汝。比レ及二三年一、將レ復二而野一」とある。

○**高豎天涯　共日月而倶懸　遠遍地角　與山川而齊峙**　「天涯」は空のかぎり、「地角」は地の果て。「天涯」は「天崖」とも通じ（諸本中、当該句を「天崖」に作る本も多い）、「地角」が水平的な広がりの果てを意味するのに対し、ここは垂直的な高さの頂点をさす。本対策以前の日本への伝来は未詳だが、陳・徐陵「武皇帝作レ相時與二嶺南酋豪一書」に「天涯藐藐、地角悠悠。言面無レ由、但以レ情企」（『文苑英華』巻六八二、『全陳文』巻九）、唐・張鷟『遊仙窟』の十娘の別れの詩に「天崖地角知二何處一、玉體紅顏難二再遇一」などとある。「共日月而倶懸」は、梁・昭明太子蕭統「文選序」の「姫公之籍、孔父之書、與二日月一倶懸」に拠る。「與山川而齊峙」は、李善「上二文選注一表」の「竊以道二光九野一、縟二景緯一以照臨。德二載八埏一、麗二山川一以錯峙」を参考にした可能性が高い。「日月」「山川」を並べたのは、たとえば『白虎通』「封公侯」に「天雖二至神一、必因二日月之光一。地雖二至靈一、必有二山川之化一」とあるような、天地を神霊極まるものたらしめるのは日月の光と山川の化であるとの思想に拠るか。この対句は、こうした日月・山川と等価なものとして礼楽を位置づけ、礼楽が世界の原理の表れであることをいう。

○**譬水火之利物**　「水火」は、生活を維持する上で欠かせない大事なもの。『孟子』「盡心上」に「民非二水火一不二生活一、昏暮叩二人之門戸一求二水火一、無二弗レ與者一、至足矣。聖人治二天下一、使下有二菽粟一如中水火上、菽粟如二水火一、而民焉有二不仁者一乎」とある。「利物」は、人々を利すること。物事に役立つこと。『周易』「乾」に「君子體レ仁足二以長一レ人、嘉レ會足二以合一レ禮、利レ物足二以和一レ義、貞固足二以レ幹事一」とある。

○方梨橘之味口　『莊子』「天運」の「三皇五帝之禮義法度、不レ矜二於同一、而矜二於治一。故譬二三皇五帝之禮義法度一、其猶二柤梨橘柚一邪。其味相反、而皆可二於口一。故禮義法度、應レ時而變也」（『藝文類聚』巻三八「禮部上・禮」再収）による。典拠は、梨と橘が味は正反対だが、どちらもよい味がするように、「三皇五帝之禮義法度」はそれぞれ異なるが、どれも良い禮儀法度であるの意だが、ここは、「水火」との対応から、「礼と楽との相違と一致」の喩と解するべきだろう。

○姜生之制地　夏氏之應天　「姜生」は禹が天子の位についたとき、姜姓を与えた四方諸侯のこと。「夏氏」は洪水を治めた功によって王になった禹のこと。または、禹の立てた夏王朝のこと。中国最初の王朝で、中華の始まりとされる。『國語』「周語下」に、「皇天嘉レ之（禹のこと）、祚以二天下一、賜レ姓曰レ姒、氏曰二有夏一、謂二其能以嘉祉殷富生レ物也。祚二四嶽國一、命爲二侯伯一、賜レ姓曰レ姜、氏曰二有呂一、謂下其能爲二禹股肱心膂一、以養レ物豐中民人上也」とあり、呉・韋昭注が「姜、四嶽之先、炎帝之姓也。炎帝世衰、其後變易、至二四嶽有德一、帝復賜二之祖姓一、使レ紹二炎帝之後一」とする。また、『藝文類聚』巻一一「帝王部一・炎帝神農氏」に「帝王世紀曰、炎帝神農氏、姜姓也。人身牛首、長二於姜水一。有二聖德一。都レ陳。作二五絃之琴一。始教二天下種レ穀、故號二神農氏一」とある。「制地」は、土地を制し、統治するの意。「應天」は、天の命に応じて帝位につくこと。『晉書』巻九七「四夷傳」に「考二義軒於往統一、肇承レ天而理レ物。訊二炎昊於前辟一、爰制レ地而疏レ疆」とある。なお、『禮記』「樂記」の「聖人作レ樂以應レ天、制レ禮以配レ地」、前漢・董仲舒『春秋繁露』「楚莊王」の「受レ命應レ天制レ禮作レ樂之異、人心之動也」などから、帝位についた者は改めて礼楽を制作することがわかる。この二句は、たとえ炎帝の後裔である有徳の諸侯が土地を治めなくても、聖帝の禹が天に応じて礼楽をなしたならば、の意。中心は後句にある。

○敬異之旨悉巻　親同之跡偏舒　「敬異」は、異なる等級・秩序を尊重し敬うこと。「親同」は、情を同じくする者を親しませる（和合させる）こと。『禮記』「樂記」に「樂者爲レ同、禮者爲レ異。同則相親、異則相敬」とあり、鄭玄注が「同、謂レ協二好惡一也。異、謂レ別二貴賤一也」とする。「巻」は、中に包むの意。「舒」は、のべる、発揮するの意。『淮南子』「原道訓」に「舒レ之幎二於六合一、巻レ之不レ盈二於一握一」とある。類似の表現が、4栗原年足対策に「舒レ之則盈二宇內一　巻レ之則發二懷中一」とみえる。

○爼豆之業　鐘鼓之節　「爼」は犠牲を載せて神前に供える台、「豆」は木製の高つき。祭祀に供物を盛る器で礼を象徴する。「鐘鼓」はかねとつづみ。楽を象徴する。周代では琴瑟と共に重要な楽器である。『禮記』「樂記」に「故鐘鼓管磬、羽籥干戚、樂之器也。（中略）。簠簋爼豆、制度文章、禮之器也」とある。

○於理終須行兩　在義寧容廢一　「理」「義」は、いずれも物事の道理、すじみちの意。『荀子』「大略」に「義、理也」、前漢・賈誼『新書』「道德說」に「義者、理也」、『禮記』「喪服四制」に「理者義也」などとある。

20　白猪広成・老子と孔子の優劣

〔本文〕

問。

李耳嘉遁(1)、以示㆓虚玄之理㆒、

宣尼危難、而脩㆓仁義之教㆒。

或以爲㆑精、或以爲㆑麁(2)。

其理云爲、仰聽㆓所以㆒。

白廣成

對。

竊聞、

眷㆓山林㆒以被㆓黄緇㆒、道德之玄教也、

是則柱下之風、

入㆓皇朝㆒以拖(3)㆓青紫㆒、仁義之敦儒也、

彼亦司冦之訓。

〔訓読〕

問ふ。

李耳は嘉遁《かとん》し虚玄の理を示し、

宣尼は危難にして仁義の教を脩《おさ》む。

或は以て精と爲し、或は以て麁《そ》と爲す。

其の理の云爲《うんゐ》、仰ぎて所以《ゆゑ》を聽かむ。

白廣成

對ふ。

竊かに聞く、

山林を眷《かへりみ》て黄緇《し》を被《かがふ》るは、道德の玄教なり、

是れ則ち柱下の風なり、

皇朝に入りて青紫を拖《ひ》くは、仁義の敦儒なり、

彼《そ》れも亦た司冦の訓なり、と。

故、
　清虚之理、煥二二篇一而同二春日一、
　折旋(4)之蹤、明二五經一而類二秋月一。
誠能拯二蒼生之沈溺一、
　　繼二皇風之絶廢一。
伏惟　聖朝、
　徳光二萬寓一、
　化高二五岳一、
　動植苞二其亭育一、
　翔走荷二其陶鑄一、
　烈風五日、曾不レ鳴レ條、
　崇雨一旬、徒無レ破レ塊。
復乃、
　南蠻裸(5)レ壤、占二青雲一以航レ海、
　北狄章レ身、蹈レ雲以梯レ山。
巍(6)兮蕩兮、其化如レ此。
猶懼、
　聃丘之教未レ備二汚隆一、

故に、
　清虚の理、二篇に煥《あき》らかにして春の日に同じく、
　折旋の蹤《あしあと》、五經に明らかにして秋の月に類《るい》す。
誠に能く蒼生の沈溺を拯《すく》ひ、
　　皇風の絶廢を繼ぐ。
伏して惟《おもひみ》るに　聖朝、
　徳は萬寓《ばんう》に光《て》り、
　化は五岳よりも高く、
　動植其の亭育《ていいく》に苞《つつ》まれ、
　翔走其の陶鑄《とうちゅう》を荷《う》く。
　烈風五日なるも、曾《かつ》て條《えだ》を鳴らさず、
　崇雨《しゅうう》一旬なるも、徒《いたづ》らに塊《つちくれ》を破ることも無し。
復た乃ち、
　南蠻《なんばん》は壤《つち》に裸《そそ》ぎ、青雲を占《うら》へて海を航《わた》り、
　北狄《ほくてき》は身を章《あきらか》にし、雲を蹈みて山に梯《はしご》す。
巍《ぎ》たり蕩たり、其の化此の如し。
猶し懼《おそ》る、
　聃《たん》・丘《きう》の教未だ汚隆を備へず、

玄儒之旨有レ虧(7)二雄雌一。
欲レ思下分二其條目一、
　辨中其精麁上。
竊以、
玄以二獨善一爲レ宗、無二愛敬之心一、
棄レ父背レ君、
儒以二兼濟一爲レ本、別二尊卑之序一、
致レ身盡レ命。
因レ茲而尋、鹽酸可レ斷。
謹對。

玄・儒の旨雄雌を虧《か》くること有らんことを。
其の條目を分かち、
其の精麁を辨へまく思はんと欲す。
竊《ひそ》かに以《おもひみ》るに、
玄は獨善を以ちて宗と爲し、愛敬の心無く、
父を棄て君に背く、
儒は兼濟を以ちて本と爲し、尊卑の序を別ち、
身を致し命を盡す。
茲に因りて尋ぬれば、鹽酸《えんさん》斷《さだ》むべし。
謹みて對ふ。

〔校異〕

（1）遁—底本「道」。谷森・三手・関西・塩釜・人見・中根・柳原・帝慶・多和により改める。

（2）麁—底本「兼」。谷森・河村・三手・関西・蓬左・神宮・尊経・人見・菊亭・平松・柳原・脇坂・池田・小室・久邇により改める。なお、内閣は「麤」（「麁」の正字）に作る。底本は別所に「精麁」とあるので、「麁」（「麤」の俗字）で統一した。

（3）掩—底本「施」。諸本により改める。

（4）旋—底本「施」。諸本により改める。

（5）祼—底本「稞」。蓬左・脇坂により改める。〔語釈〕を参照。
（6）蕩—底本「蕩」。内閣・谷森・河村・三手・鎌田・萩野・蓬左・神宮・尊経・池田・東海・井上・小室により改める。
（7）虧—底本「舒」。諸本により改める。

〔通釈〕

問う。李耳（老子）は隠遁して虚玄の道理を示し、宣尼（孔子）は危難の中にあって仁義の教えを修めた。（両者は思想として比較されて）あるいは精緻、あるいは粗雑とされる。両者の道理の言うところ為すところの由縁についてうかがいたい。

白猪広成

お答えいたします。私に聞いております、（隠者の居所である）山林を慕って黄色の衣を着るのは道を理念とする道家の教えであり、これは則ち柱の下に控える官吏であった老子風の思想、仕官して青と紫の印綬を引くのは仁義を理念とする儒家の学であり、それもまた大司寇となった孔子の教えである、と。よって、（道家の）清らかな虚無の道理は『老子道徳経』上下二篇に明らかなこと春の日のようであり、（儒家の）礼にのっとった振る舞いの足跡は五経に明らかなこと秋の月のようで、（これらは）まことによく、溺れそうな人民を救い、天子の風化の廃絶を防いで継続させています。

謹んで考えてみますに、今上陛下は、聖徳は天下を遍く照らし、教化は五岳の山々よりも高尚です。動物や植物も徳化に包まれ、天翔ける鳥や地を走る獣も育まれています。（陛下の徳により気象も穏やかで）強い風は五日に一度は吹きますが、これまで木の枝を鳴らしたことはなく（樹木に悪影響を与えず）、朝方の雨は十日に一度は降りますが、無益に田を荒らすことはありません。そしてまた、南方の蛮族は（徳化され）土に酒を注いで（正しく）神を祭り、雲気を占って海を渡り、北方の蛮族は身なりを整え、雲を踏み高山に梯子《はしご》して登り、（陛下の徳を慕って）来朝します。陛下の徳化の高大、広遠さはまさにこのようであります。

そこで、私は恐れます、老子・孔子の教えの上下を未だ十分に説き尽くさず、道家説・儒家説の主旨の優劣が決定できていないことを。（そこで最後に）その筋道を見分け、精粗を弁別したいと思います。私に考えをめぐらせますに、道家は独善を中心とし、（君や親への）敬愛の心を持たず、父を棄て君に背きます。儒家は兼済を基とし、尊卑の別を秩序立て、身命を捨てて君に尽くします。このことから考えますに、（道儒への）評価の正しい加減については（自ずと）決することができましょう。

謹んでお答え申し上げます。

〔語釈〕

【問】

○李耳嘉遁　以示虚玄之理　「李耳」は老子。『史記』巻六三「老子傳」に「老子者、楚苦縣厲鄉曲仁里人也。姓李氏、名耳、字耼。周守藏室之史也」「李耳無爲自化、清靜自正」とある。「嘉遁」は、正しい志をもって隠遁する意。『藝文類聚』巻五七、張協「七命」に隠者・沖漠公子を叙して「沖漠公子、含㆑華隠㆑曜、嘉遁龍盤、越㆑世高蹈」とある。同文を載せる『文選』巻三五・張協「七命八首」は「遁」を「遯」（「遁」の通用字）に作り、唐・李善注が『周易』を引き「嘉遯、貞吉」とする。なお、『周易』「遯」に「象曰、嘉遯、貞吉、以㆑正㆑志也」とある。また、唐・道宣『廣弘明集』巻一二、釈明槩「決㆘對傅奕廢㆓佛僧㆒事㆖」に「專任㆓清虛㆒杜㆓絶仁義㆒、務存㆓嘉遁㆒委㆓棄身名㆒、九流之中則道家之流也」（大正蔵五二巻一七四頁上）とある（「清虚」「仁義」も本対策の中に見える語）。「虚玄」は、静かで奥深い。ここでは、道士が静かで奥深い場所に居を構えることから、「虚玄之理」

で道家の在り方を指す。前掲の『文選』、張協「七命八首」に「遂適二沖漠之所レ居。其居、崢嶸幽藹、蕭瑟虚玄」とあり、李善注が『説文』を引き「玄、幽遠也」とする。

○宣尼危難　而脩仁義之教　「宣尼」は孔子。『漢書』巻一二「平帝紀」に「追二諡孔子一曰二褒成宣尼公一」とある。なお、前項に引いた『廣弘明集』の例は、「嘉遁」と「仁義」をともに用いている。

○或以爲精　或以爲麁　道家・儒家の、思想としての質の異なりについて問う。「精」は細かい、「麁」は粗い。『廣弘明集』巻八、道安「二教論」に「子謂、三教雖レ殊レ勸善義一。余謂、善有二精麁優劣一、宜レ異。精者超二百化一而高昇。麁者循二九居一而未レ息。安可三同年而語二其勝負一哉」（大正蔵五二巻一三七頁中）、また、「問。敬尋二道家一、厥品有レ三。一者老子無爲、二者神仙餌服、三者符籙禁厭。就二其章式一大有二精麁一。麁者厭人殺鬼、精者練屍延壽」（大正蔵五二巻一四一頁上）などとある。なお、教えの違いを「精麁」と表現した例として、16下野虫麻呂への策問に、儒仏老三教を比較して「周孔名教、興レ邦化レ俗之規、釋老格言、致レ福消レ殃之術。爲當、內外相乖、爲復、精麁一揆」とあった。

○其理云為　仰聴所以　「云為」は言うことと為すこと。『周易』「繋辞下」に「是故變化云爲、吉事有レ祥」とあり、唐・孔穎達疏が「是故變化云爲者、易既備含二諸事一。以レ是之故、物之或以漸變改、或頓從二化易一、或口之所レ云、或身之所レ爲也」とする。聖人の言動・行動を指す例として、『後漢書』巻五九「張衡傳」所引、張衡「應閒」に「蓋聞、前哲首務、務二於下學上達一、佐レ國理レ民、有二云爲一也」がある。

【対】

○眷山林以被黃緇　道德之玄教也　是則柱下之風　「山林」はこの文脈では道家が隠栖する場所。用例は『藝文類聚』巻三六「人部・隱逸上」、張華「招隱詩」に「隱士託二山林一、遁世以保レ眞」、『顏氏家訓』「歸心」に「儒有下不レ屈二王侯一高中尚其事上、隱有三讓レ王辭レ相避二世山林一」（『廣弘明集』巻三〈大正蔵五二巻一〇八頁中〉にも収載）、『文選』巻四三、嵆康「與二山巨源一絶交書」に「君子百行、殊レ塗而同致、循レ性而動、各附レ所レ安。故有下處二朝廷一而不レ出、入二山林一而不レ反之論上」（李善注が「班固漢書贊曰。山林之士、往而不レ能レ反。朝廷之士、入而不レ能レ出。二者各有レ所レ短」とする。「班固漢書贊」は『漢書』巻七二「王貢兩龔鮑傳」の「贊」のこと）など。なお、第三例は「朝廷」にある者と「山林」にある者を対比的に述べている点が本対策と似ている。「黄緇」は黄冠を戴く者と黒衣を着る者のことで道士と僧侶を指すが、ここは黄（道士）に重点がある。「緇」と「黄」で僧侶と道士を表した例として、『廣弘明集』巻二五「中臺司禮太常伯隴西王博叉執議狀奏一首・右兼司平太常伯閻立本等議」に「臣聞。剛折柔存、扇二玄風之妙旨一。答形甘辱、騰二釋路之微言一。（中略）聲聞降二禮於居士一、柱史委二質於周王一。此乃成二緇服之表綴一、立二黄冠之龜鏡一」（大正蔵五二巻二八九頁下）とあるが、「黄緇」と熟した用例は本対策以前には未見。やや遅れるが、唐・鄭嵎「津陽門詩」に「會昌御宇斥二内典一、去三留二教一分二黄緇一」（『全唐詩』巻五六七）とある。「玄教」は奥深い教え。ここは老子の教えを指す。『廣弘明集』巻二五「敍下朝宰會議沙門致二拜君親一事上九首竝序・司刑太常伯劉祥道議」に「玄教清虚、道風遐曠、高二尚其事一、不レ屈二王侯一」（大正蔵五二巻二八八頁中）とある。「柱下」は周王室の蔵書を司る役人のことだが、老子がその職に就いていたため、特に老子を指す。右に引いた『文選』巻四三、嵆康「與二山巨源一絶交書」の別所に「老子莊周、吾之師也。親居二賤職一」とあり、李善注が「列仙傳曰。李耳爲二周柱下史一、轉爲二守藏史一」とする。また、『文選』巻五〇、沈約「宋書謝靈運傳論」に「在二晉中興一、玄風獨扇、爲レ學窮二於柱下一」とあり、李善注が「老子爲二柱下史一」とする。なお、「柱下之風」とするのは、右に引いたところに散見する語「玄風」も踏まえていよう。

○入皇朝以拖靑紫　仁義之敦儒也　彼亦司冠之訓

「入皇朝」は儒家の身の処し方。前項に引いた、『文選』巻四三、嵆康「與二山巨源一絶交書」の「處二朝廷一而不レ出、入二山林一而不レ反」（李善注所引「班固漢書賛」に「朝廷之士、入而不レ能レ出」）などを踏まえていよう。「拖青紫」は、朝廷の高官が身につける印綬（紐）の色が青と紫であることから転じて、高位に登る意。『文選』巻四五、揚雄「解嘲」（『藝文類聚』巻二五「人部九・嘲戯」にも一部引用）に「生必上尊二人君一、下榮二父母一、析二人之珪一、儋二人之爵一、懷二人之符一、分二人之祿一、紆レ青拖レ紫、朱二丹其轂一」とあり、李善注が『東觀漢記』「百官表」を引き「印綬、漢制二公侯紫綬・九卿青綬一」とする。「敦儒」は、儒学を重んじ敬う意だが、ここでは尊重すべき儒学そのものを指す。用例は『魏書』巻四八「高允傳」の「臣承二旨敕一、竝集二一省一、披二覧史籍一、備二究典紀一、靡レ不下敦レ儒以勸二其業一、貴レ學以篤中其道上」など。「司寇」は周の六卿の一で、刑罰及び警察を掌る。ここでは孔子を指す。『史記』巻四七「孔子世家」に「定公以二孔子一爲二中都宰一。一年、四方皆則レ之。由二中都宰一爲二司空一。由二司空一爲二大司寇一」とある。

○清虚之理　煥二篇而同春日　「清虚」は清らかな虚無。「清虚之理」で道家思想の理を指す。『漢書』巻三〇「藝文志」に「道家者流、蓋出二於史官一。歴二記成敗存亡禍福古今之道一、然後、知レ秉レ要執レ本、清虚以自守、卑弱以自持一」とある（問の或以爲精…の項で触れた釈道安「二教論」にも引用されている）。「煥」は、鮮やかに輝く様。『論語』「泰伯」に「煥乎、其有二文章一」とあり、魏・何晏注が「煥、明也。其立レ文垂レ制、又著明」とする。「二篇」は、『老子道徳経』上下二巻をさす。問の李耳嘉遁…の項で触れた『廣弘明集』巻一二、釈明槩「決下對傅奕廢二佛僧一事上」に「老子二篇正是道經依令レ行レ之」（大正蔵五二巻一七四頁下）とある。聖人の教えを「春日」「秋月」（次項）に喩える例は未見。

○折旋之蹤　明五經而類秋月　「折旋」は礼に則った立ち居ふるまい。『毛詩』「小雅・甫田之什・賓之初筵」の「賓之初筵、左右秩秩」に、前漢・鄭玄箋が「左右、謂二折旋揖讓一也。秩秩、知也。先王將レ祭、必射以擇レ士。大射之禮、賓初入レ門、登レ堂卽レ席。其趨翔威儀甚審知。言レ不レ失レ禮也」とする。「蹤」は足跡。「五經」は『周易』『尚書』『毛詩』『禮記』『春秋』。

○拯蒼生之沈溺　繼皇風之絶廢　「蒼生」は草木の蒼々として多いことから、人民を指す。『文選』巻四七、史岑「出師頌」に「蒼生更始、朔風變レ楚」とあり、李善注が「蒼生、猶二黔首一也」とする（「黔首」は首の黒い者＝平民）。『日本書紀』巻一に「顯見蒼生、此云二宇都志枳阿烏比等久佐一」との和語注がある。この二句に類似した例として、『文選』巻四四、司馬相如「難二蜀父老一」に「夫拯二民於沈溺一、奉二至尊之休德一、反二衰世之陵夷一、繼二周氏之絶業一、天子之亟務也」、『周書』巻四五「沈重傳」に「有周開基、爰蹤二聖哲一、拯二蒼生之已淪一、補二文物之將墜一」などとある。

○伏惟　聖朝　4栗原年足対策の伏惟聖朝の項を参照。ここからしばらく今上天皇の徳化への称讃を連ねる。

○徳光萬寓　化高五岳　「萬寓」は「萬宇」に同じ。多くの家々、転じて天下を指す。『廣弘明集』巻一五、王僧孺「懺悔禮レ佛文」に「六氣氤氳、四序熙穆、至治光二萬寓一、玄化洞二九幽一」（大正蔵五二巻二〇七頁中）とある。「五岳」は古代中国に於いて天子の祭祀や巡行の対象となった五つの名山。『禮記』「王制」に「天子祭二天下名山大川一。五嶽視二三公一、四瀆視二諸侯一」とある。

○動植苞其亭育　翔走荷其陶鑄　動植物までもが当代の徳化に育まれていることを述べる。このような文脈での「動植」の用例は『藝文類聚』巻五八「雜文部・檄」、魏收「檄梁文」に「皇家承レ統、光配二彼天一、義洽二幽明一、化周二動植一」とあるなど。問の或以爲精…で触れた釈道安「二教論」にも「今、大周馭レ宇、膺レ曆受レ圖。（中略）而、德侔二終古一、動植效レ靈、仁竝二二儀一、幽明薦レ祉」（大正蔵五二巻一四一頁上）とある。「亭育」は養育。梁・僧祐『弘明集』巻一四、僧祐「弘明集後序」に「上帝成レ天、緣二其陶鑄之慈一、聖王爲レ人、依二其亭育之戒一」（大正蔵五二巻九五頁中）、『廣弘明集』巻一五、唐・太宗「令三道士在二僧前一詔」に「大道之興、肇二於遂古一、源出二無名之始一、事高二有形之外一、邁二兩儀一而運行、包二萬物一而亭育」（大正蔵五二巻二八三頁下）などとある。前者は「陶鑄」と「亭育」を対にし、後者は「亭育」が万物を包む点で本対策と似ている。「翔走」は空を飛ぶ鳥と地を走る獣の意と解されるが、本対策以前の用例は未見。『後漢書』巻三八「法雄傳」に「古者至化之世、猛獸不レ擾。皆由三恩信寛澤、仁及二飛走一」とあるように、「飛走」が一般的であり、その同義語として用いたと考えられる。『文選』巻一、班固「東都賦」に「飛者未レ及レ翔、走者未レ及レ去」とあり、「飛」と「翔」を入れ換える発想はありえたろう。なお、「飛走」「動植」をともに用いた例として、『禮記』「仲尼燕居」、礼と楽の二者を論じた「君子力二此二者一、以南面而立。夫是以天下大平也。諸侯朝、萬物服レ體」への、唐・孔穎達疏に「萬物服レ體者、(中略)言三飛走動植之物、而皆來爲二瑞應一也」とある。「陶鑄」は陶器や鋳物を作ること。転じて、育生・養成の意。用例は、『宋書』巻一四「禮志一」の「弘レ化正レ俗、存二乎禮敎一、輔レ性成レ德、必資二於學一。先王所下以陶二鑄天下一、津中梁萬物上」、『周書』巻一「文帝紀」の「皇家創歷、陶二鑄蒼生一、保二安四海一、仁二育萬物一」(『北史』巻九「周本紀上・太祖文帝」にもあり)など。

○烈風五日　曾不鳴條　崇雨一旬　徒無破塊　当代の徳によって気象も穏やかであることを述べる。『藝文類聚』巻一「天部上・風」に「尙書大傳曰。(中略)成王時、越裳重レ譯而來朝、曰、久矣天之無二烈風迅雨一。意、中國有二聖人一乎」、また、「論衡曰。儒者論二太平瑞應一、皆言、五日一風、風不レ鳴レ條」、同・巻二「天部下・雨」に「鹽鐵論曰。周公太平之時、雨不レ破レ塊、旬而一雨、必以レ夜」とあり、これらに拠ったと考えられる。なお、「五日」「一旬」を「五日に一度」「十日に一度」と解するのは、典拠を想起しない限り難解である。「崇雨」は用例を見ない。小島憲之は『毛詩』「國風・鄘風・蝃蝀」の「朝隮于レ西、崇朝其雨」(毛公伝「崇、終也。從レ旦至二食時一、爲二終朝一」)を指摘する(『上代日本文学と中国文学下』一四三五頁)。これに拠るなら、朝の内に降り止む雨の意になる。右の『藝文類聚』所引「鹽鐵論」に「旬而一雨、必以レ夜」とあることを意識した表現か。これも典拠がわからなければ難解。なお、本対策以前の日本への伝来は不明だが、『舊唐書』巻一九九上「東夷傳・新羅國」所収の、永徽元年（六五〇）、新羅女王・真徳が百済を大破したことを契機に唐・高宗に献じた「太平頌」に「大唐開二洪業一、巍巍皇猷昌。止レ戈戎衣定、修レ文繼二百王一。統レ天崇二雨施一、理レ物體二含章一」とある。こちらを参照すると、崇めるべき恵みの雨の意にとる解もありうるか。ひとまず小島説に拠っておく。

○南蠻裸壤　占靑雲以航海　北狄章身　蹈雲以梯山

徳を慕う周辺国の蛮人たちの来朝を述べる。これも当代讃美。「南蠻」「北狄」をこのような文脈で用いた例に『晉書』巻二一「文帝紀」の「仁風興二於中夏一、流澤布二於遐荒一。是以、東夷西戎、南蠻北狄、狂狡貪悍、世爲二寇讐一者、皆感レ義懷レ惠、款レ塞內附。（中略）九服之外、絕域之氓、曠世所二希至一者、咸浮レ海來享、鼓二舞王德一」がある。「裸壤」を底本は「粿（＝麦の一種）壤」に作るが、これでは文意をとり難い。内閣・鎌田・萩野・菊亭は「裸（＝はだか）壤」に作る。「裸壤」は裸に入れ墨で暮らす蛮族の地。『文選』巻一三、謝恵連「雪賦」の「沸潭無レ湧、炎風不レ興。北戶墐レ扉、裸壤垂レ繒」に、李善注が「東夷傳曰。倭國東四千餘里、裸人國也。字林曰。繒、帛揔名也」とし、同巻四三、趙至「與二嵇茂齊一書」の「今將下植二橘柚於玄朔一、蔕二華藕於脩陵一、表二龍章於裸壤一、奏中韶舞於聾俗上。固難二以取レ貴矣」に、李善注が「龍、袞龍之服也。章、章甫之冠也。裸壤、文身也。莊子曰、宋人資二章甫一適二諸越一、越人斷髮文身、無レ所レ用レ之」とする。これを採れば「南蛮の裸人の地から」の意となろうが、対の「章身」と対応しない。また、「雪賦」の李善注と関連づけると「裸壤」＝「倭國」となってしまう。蓬左・脇坂は「祼（＝酒を献じて神を祭る）壤」に作り、小島憲之はこれを採っている（『上代日本文学と中国文学　下』一四三四頁）。『尙書』「周書・洛誥」に「王入二太室一祼」とあり、前漢・孔安国伝が「太室、淸廟。祼、鬯告レ神。（中略）祼、官喚反」、唐・孔穎達疏が「祼、獻二鬯酒一以告レ神也。祼者灌也。王以二圭瓚一酌二鬱鬯之酒一以獻レ尸。尸受レ祭、而灌二於地一。因レ奠不レ飲、謂二之祼一」とする。「祼壤」の用例は未見だが、ひとまず小島説に従っておく。対の「章身」も本対策以前の用例未見。身なりを立派にする意ととる小島説（同前・一四三六頁）に従っておく。「占青雲以航海」「蹈雲以梯山」は、共に（蛮族が）遠方から来朝することを述べる。『藝文類聚』巻五五「雜文部一・集序」、梁・元帝「職貢圖序」に「皇帝君二臨天下一之四十載、垂二衣裳一而頼二兆民一、坐二巖廊一而彰二萬國一、梯レ山航レ海、交レ臂屈レ膝、占レ雲望レ日、重レ譯至レ焉」とある。「蹈雲」は雲を眼下に見るような高地を通る意だろうが、その意味の用例は未見。鳥が空を飛ぶ例だが、『抱朴子』「外篇・廣譬」に「靈鳳所二以（中略）凌レ風蹈レ雲、不レ掇不レ閡者、以二其六翮之輕勁一也」とある。なお、「蹈雲以梯山」は五字句、対の「占青雲以航海」は六字句で整合していない。諸本の内、底本と異なるものの状況を述べると、内閣・平松・河村・東海・鎌田・鶴舞が「蹈」と「雲」の間を一字分空白、谷森が同じ空白に「白カ」と小字で右傍書、山岸が「蹈白雲」、塩釜が「蹈丹峨」に作る、である。いずれが原態とも決し難いので、底本のままとした。

○巍兮蕩兮　其化如此　　今上天皇讃美を締めくくる。

「巍」は高く大きい。「蕩」は広く遠大。『論語』「泰伯」に「子曰。巍巍乎、舜禹之有二天下一也、而不レ與焉。子曰。大哉、堯之爲レ君也。巍巍乎、唯天爲レ大。唯堯則レ之。蕩蕩乎、民無二能名一焉。巍巍乎、其有二成功一也」とあり、何晏注が「巍巍、高大之稱」「包曰。蕩蕩、廣遠之稱。言二其布レ德廣遠一」とするのに拠る。

○聃丘之教未備汚隆　玄儒之旨有虧雄雌　　問への答え（結論）に入る。「聃」は老子の字《あざな》（問の李耳嘉遁…の項所引『史記』を参照）。「丘」は孔子の名。『史記』巻四七「孔子世家」に「魯襄公二十二年而孔子生。生而首上圩頂、故因名曰レ丘云。字仲尼、姓孔氏」とある。「聃丘」と組み合わせた例は未見。「汚隆」は低と高、控え目と盛ん。「汙隆」にも作る。『禮記』「檀弓上」に、「昔者吾先君子、無レ所レ失レ道。道隆則從而隆、道汚則從而汚」（鄭玄注「汙、猶レ殺也。有レ隆有レ殺。進退如レ禮」）とあるのに拠る。用例は、『文選』巻五五、劉峻「廣絶交論」に「蓋聖人握二金鏡一闡二風烈一、龍驤蠖屈、從レ道汙隆」（李善注「聖人懷二明道一、而闡二風化一、如二龍蠖之驤屈一。蓋從二道之汙隆也」)、『魏書』巻八「世宗紀」に「聖人濟レ世、隨レ物汙隆。或正或權、理無二恒在一」とあるなど。「雄雌」は優劣。用例は『史記』巻七五「孟嘗君傳」に（秦と齊について）「此雄雌之國也。勢不二兩立爲一レ雄。雄者得二天下一矣」とあるなど。

○分其條目　辨其精麤　「條目」は細目。『論語』「顏淵」に「顏淵問レ仁。子曰。克レ己復レ禮爲レ仁。一日克レ己復レ禮、天下歸レ仁焉。爲レ仁由レ己、而由レ人乎哉。顏淵曰。請問二其目一。子曰。非禮勿レ視、非禮勿レ聽、非禮勿レ言、非禮勿レ動」とあり、何晏注が「包曰。知三其必有二條目一、故請二問之一」とする。

○玄以獨善爲宗　無愛敬之心　棄父背君　儒以兼濟爲本　別尊卑之序　致身盡命　結論として、道家を「獨善」の思想として批判し、儒家を「兼濟」の思想として称揚する。「獨善」が道家の道であることは、『抱朴子』「內篇・明本」に「儒者汲二汲於名利一、而道家抱レ一以獨善」、とある。「愛敬」は、『古文孝經』「天子章」に「愛レ親者、不三敢惡二於人一。敬レ親者、不三敢慢二於人一。愛敬盡二於事レ親、然後徳教加二於百姓一、刑二於四海一、蓋天子之孝也」とあるように儒家の徳目である。「兼濟」は、多くの人を合わせて助けること。『周易』「繫辭上」の「子曰。易其至矣乎。夫易聖人所二以崇レ徳而廣一レ業也」への魏・王弼注に「窮理入神其徳崇也。兼二濟萬物一其業廣也」とある。なお、16下野虫麻呂対策の玄渉淸虛…の項も参照。「致身」は忠孝に身命を捧げること。『論語』「學而」に「事二父母一能竭二其力一、事レ君能致二其身一」とあり、孔安国伝が「盡二忠節一不レ愛二其身一」とする。また、『禮記』「曲禮上」の「臨レ難毋二苟免一」に孔穎達疏が「難謂下有二寇仇一謀中害君父上。爲二人臣子一、當三致レ身授レ命以救レ之」とする。「盡命」も同じ。用例は『魏書』巻五三「李沖傳」に「陛下以二文軌未一レ一、親勞二聖駕一。臣等誠思、亡レ軀盡レ命、效レ死戎行」とあるなど。

○鹽酸可斷　「鹽酸」は本対策以前の用例未見。塩と酢、すなわち、調味料のほどよい加減を意味する「鹽《えん》梅《ばい》」の意で用いたか。ひとまずそのように解しておく。

21　船沙弥麻呂・賞罰の理

〔作者解説〕

○策問執筆者　記載なく不明。

○対策者　船《ふねの》沙弥麻呂《さみまろ》　生没年・経歴未詳。『經國集』巻二十「策下」の目録に「舩連沙彌麻呂」とある。船氏は百済系帰化氏族。『日本書紀』欽明天皇十四年七月条によると、船氏の祖王辰爾に船賦（船にかける税）を数えさせ、それによって姓「船史《ふねのふびと》」を賜った。同記事に「今船連之先」とある。天武十二年（六八三）十月に賜姓があって「船連」となる。王辰爾は敏達元年五月に高句麗の表疏を読み解き天皇に賞賛された。推古・舒明に仕えた渡来系の官人の墓誌「船氏王後墓誌」にも、「船氏」は王辰爾の孫と記される。22の左注に「天平三年五月八日」（七三一）の日付がある。

〔本文〕

問。

帝王御レ世、必須二賞罰一。

用二賞罰一之道、雖三褒二貶善悪一、

〔訓読〕

問ふ。

帝王の世を御《をさ》むるに、必ず賞罰を須《もち》う。

賞罰を用ゐる道は、善悪を褒貶《はうへん》すと雖も、

或有レ辜而可レ賞者、
或有レ功(1)而可レ辜也。
理可二分疏一。庶詳二其要一。

船沙彌麻呂

臣聞、
聖帝臨レ民、
明王御レ俗、
莫レ不下随レ才授レ爵、
簡レ徳分レ司、
責二其成功一、
罰上二其有辜一。
是以、
虞舜(2)徴用、擧二元(3)凱一而竄二四凶一、
姫旦攝機、封二畢(4)邵一而討二二叔一。
因知、
國之二柄、徳之與レ刑、
爲レ政之基。莫レ甚レ於レ此。

或《ある》ひは辜《つみ》有れど賞《ほ》むべきことあり、
或ひは功《いさを》有れど辜すべきことあり。
理《ことわり》分疏《ぶんそ》すべし。庶《ねがは》くは其の要を詳《つまび》らかにせよ。

船沙彌麻呂

臣聞く、
聖帝民に臨み、
明王俗《よ》を御《をさ》むるに、
才に随ひて爵を授け、
徳を簡《えら》びて司を分かち、
其の成功を責め、
其の有辜《ゆうこ》を罰せざる莫《な》し、と。
是を以て、
虞舜《ぐしゆん》が徴用、元《げん》・凱《がい》を擧げて四凶を竄《はな》ち、
姫旦《きたん》が攝機《せつき》、畢《ひつ》・邵《せう》を封じて二叔《にしゆく》を討つ。
因りて知りぬ、
國の二柄《にへい》は、徳と刑とにして、
政《まつりごと》を爲す基《もと》、此より甚しきは莫し、と。

方今、
　化高㆓龍首㆒、道洽㆓鶉居㆒。
　行㆑禮措㆑刑、揚㆑清激㆑濁。
但、連城之寶、猶稱㆓有瑕㆒。
況既非㆓聖人㆒、詎能無㆑過。
誠須、㆓
　賞疑從㆑重、
　罰疑從㆑輕。
不㆑可㆘以、
諐淺罪輕、便以㆓有功㆒見㆑棄、
(5)勳高績重、終以㆓小過㆒掩㆖㆑功。
必須、㆘
　考㆓其眞僞㆒、
　察㆓其虚實㆒、
則、法禁行而不㆑犯、
　賞罰明而不㆖㆑欺。
謹對。

方今《いまし》、
　化は龍首より高く、道は鶉居《じゆんきよ》に洽《あまね》し。
　禮を行ひ刑を措《お》き、清を揚げ濁を激《げき》す。
但し、連城の寶、猶ほ瑕《きず》有りと稱《い》ふ。
況んや既に聖人に非ざれば、詎《なに》ぞ能く過《あやまち》無からんや。
誠に須《すべから》く、
　賞の疑はしきは重きに從ひ、
　罰の疑はしきは輕きに從ふべし。
諐《あやまち》淺く罪輕きに、便《すなは》ち有功を以て棄てられ、
勳《いさを》高く績《いさを》重きに、終《つひ》に小過を以て功を掩《おほ》ふを以ちてすべからず。
必ず須く、
　其の眞僞を考へ、
　其の虚實を察すれば、
則ち、法禁行はれて犯さず、
　賞罰明らかにして欺かざるべし。
謹みて對《こた》ふ。

〔校異〕

（1）而―底本なし。諸本により改める。

（2）徴―底本「微」。諸本により改める。

（3）底本「元」字と「凱」字の間に白猪廣成の対策文が混入する（底本四六丁ウ第四行目第十七字「古」より、四七丁オ第十六字「彼」まで）。諸本により改める。

（4）畢―底本「皐」。諸本により改める。

（5）高―底本なし。諸本により改める。

〔通釈〕

問う。帝王が世を治めるには、必ず賞罰を用いる。賞罰の用い方は、人々の行いの善し悪しを評価するといっても、あるいは罪があっても褒賞すべき場合があるし、あるいは功績があっても罪に問うべき場合がある。その理由は説明すべきである。どうかその要点を詳しく教えてほしい。

船沙弥麻呂

私は聞いております。聖帝が民に臨み、明君が世を治めるには、才能に従って爵位を授け、徳のある者を選んで、的確に職掌を分け、その功績を求め、その罪を罰する、そのようにしない帝王はない、と。そこで、虞や舜は人材登用にあたって、八元・八凱の賢臣を挙用し、四名の佞臣を流刑にし、周公旦は摂政として、畢公と召公を登用し、管叔・蔡叔の二名を討伐したのです。このことからわかるのは、国家の二つの要は恩徳（褒賞）と刑罰であり、政治の基本をなすものとして、これよりも重要なものはない、ということです。

さて、現在、今上陛下の民への教化は龍の首の如く高遠であり、正しい政道は鶉《うずら》のように暮らす民にまであまねく行き渡っております。礼を実行して刑罰を必要とせず、清廉な人才が登用され、世の濁りは押し流されています。とはいえ、連なる城と等しいほどの価値を持つ宝玉にもなお疵《きず》があると言います。まして、聖人などではまったくないこの世の人々ですから、どうして過失がないといえましょうか。（そこで、必要があって賞罰を行う際には）褒賞に迷う場合は重く与え、刑罰に迷う場合には軽く罰するようにすべきでしょう。過ちは浅く罪も軽いのに功績を見捨てられ、勲功は高く功績も重いのに些細な過失によって功績が覆い隠されるようなことがあってはならないのです。必ずその功績の真実と虚偽を明らかにするようにすれば、法律は履行されて違反もなく、賞罰は明快で人を欺くこともないでしょう。

謹んでお答え申し上げます。

〔語釈〕

【問】

○帝王御世　必須賞罰　「帝王御世」に類似の表現は、『漢書』巻七三「韋賢傳」、「子・玄成」の項に「朕聞。明王之御ㇾ世也、遭ㇾ時爲ㇾ法、因ㇾ事制ㇾ宜」、『群書治要』巻四五所引、後漢・崔寔「政論」に「先王之御ㇾ世也、必明二法度一以閉二民欲一、崇二堤防一以禦二水害一」、『晉書』巻九四「隱逸傳」、龔玄之の弟子「元壽」の項に「夫哲王御ㇾ世、必搜二揚幽隱一」などとある。賞罰によって世を御することは、『韓非子』「八經」に「凡治二天下一、必因二人情一。人情者有二好惡一、故賞罰可ㇾ用。賞罰可ㇾ用、則禁令可ㇾ立。禁令可ㇾ立而治道具矣」とあり、また、同・巻五〇「顯學」に「善二毛嬙・西施之美一、無ㇾ益二吾面一。用二脂澤粉黛一、則倍二其初一。言二先王之仁義一、無ㇾ益二於治一。明二吾法度一、必二吾賞罰一者、亦國之脂澤粉黛也。故明主急二其助一、而緩二其頌一、故不ㇾ道二仁義一」とある（『藝文類聚』巻五二「治政部上・善政」にほぼ同文を載せる）。また、先行する日本の例として、『日本書紀』推古天皇十二年四月戊辰、「憲法十七条」の第十一条に「明二察功過一、賞罰必當。日者、賞不レ在レ功、罰不レ在レ罪。執レ事群卿、宜レ明二賞罰一」とある。

○用賞罰之道　治世に賞罰を用いることを「道」と称した例として、本策問以前の日本への伝来は未詳であるが、『日本國見在書目録』に見える後漢・徐幹『中論』「賞罰」に「政之大綱有レ二。二者何。賞罰之謂也。人君明二乎賞罰之道一、則治不レ難矣」とあり、君主が「賞罰之道」を明察すれば、国を治めることは難しくないと述べる（『中論』は、池田秀三「徐幹中論校注（下）」、『京都大学文学部紀要』二五、一九八六年一二月に拠る）。

○褒貶善惡　「褒貶」は褒めたり貶《けな》したりの評価をすること。「善惡」の「褒貶」を言う例として、『禮記』「中庸」の「仲尼祖二述堯舜一、憲二章文武一」に後漢・鄭玄注が「此以二春秋之義一、説二孔子之德一。孔子曰。吾志在二春秋一、行在二孝經一。二經固足二以明一レ之」とし、これに唐・孔穎達疏が「吾志在二春秋一、行在二孝經一者、孝經緯文。言、褒二貶諸侯善惡一志在二於春秋一、人倫尊卑之行在二於孝經一」とする。

○或有辜而可賞者　或有功而可辜也　『淮南子』「人間訓」に「或有レ罪而可レ賞也、或有レ功而可レ罪也」とあるのに拠る。『淮南子』では右に続けて魏の西門豹と解扁を例に挙げて、国庫を潤さなかったものの民の信頼を得た西門豹を罪があっても賞される者、任国の歳入を三倍にしながら民を酷使し疲弊させた解扁を功があっても罪せられる者とする。「有辜」の用例は、『漢書』巻一〇「成帝紀」の詔に「數赦二有司一、務行二寛大一、而禁二苛暴一、訖今不レ改。一人有レ辜、擧レ宗拘繋、農民失レ業、怨恨者衆、傷二害和氣一、水旱爲レ災」とあるなど。

○理可分疏　「分疏」は、弁解することだが、ここは説明するの意で用いている。『漢書』巻四四「淮南厲王長傳」に「召レ相、相至。內史以レ出爲レ解」とあり、唐・顔師古注が「不レ應レ召而云二已出一也。解者、解説也。若三今言二分疏一矣」とする。

【対】

○聖帝臨民　明王御俗　　「聖帝」と「明王」の用例は、『後漢書』巻三四「梁統傳」に「統對曰。聞、聖帝明王、制立二刑罰一。故雖二堯舜之盛一、猶誅二四凶一」とあるなど。「臨民」の用例は『藝文類聚』巻一一「帝王部一・帝舜有虞氏」、夏侯湛「虞舜贊」に「有虞愔愔、揖穰鼓レ琴。垂拱臨レ民、詠二彼南音一」とあるなど。「御俗」の用例は『史記』巻八三「鄒陽傳」に「聖王制レ世御レ俗、獨化二於陶鈞之上一、而不レ牽二於卑亂之語一、不レ奪二於衆多之口一」（『漢書』巻五一「鄒陽傳」、『文選』巻三九、鄒陽「獄中上書自明」にほぼ同文が見える）とあるなど。

○随才授爵　簡徳分司　　『文選』巻三六、王融「永明十一年策二秀才一文五首」の第二首に「又問。惟王建レ國、惟典命レ官。上叶二星象一、下符二川嶽一。必待二天爵具脩、人紀咸事一、然後沿レ才受レ職。揆レ務分レ司」とある。「簡徳」は、徳のある者を臣下に選ぶこと。用例は『藝文類聚』巻五三「治政部下・薦舉」、曹植「自試表」に「昔、段干木修二徳於閭閻一、秦軍爲レ之輟レ攻、而文侯以安。穰苴授二節於邦境一、燕晉爲レ之退レ師、而景公無レ患。皆簡レ徳尊レ賢之所レ致也」とあるなど。

○責其成功　罰其有辜　　「責」は、強く要求すること。『後漢書』巻七一「朱儁傳」に「儁討二潁川一、以レ有二功效一、引レ師南レ指、方略已設。臨レ軍易レ將、兵家所レ忌。宜下假二日月一、責中其成功上」、『魏書』巻一五「昭成子孫列傳」の「忠從子暉」の項に「御史之職、務使レ得レ賢。必得二其人一、不レ拘二階秩一、久二於其事一、責二其成功一」などとある。「罰其有辜」の類例は『韓非子』「説疑」に「凡治之大者、非レ謂二其賞罰之當一也。賞二無功之人一、罰二不辜之民一、非二所謂明一也。賞二有功一、罰二有罪一、而不レ失二其當一、乃在二於人一者也」とある。

○虞舜徴用　擧元凱而竄四凶　　「虞舜」は五帝の一人舜（有虞氏）。「凱」「元」は、舜が登用した「才子」十六族のこと。高陽氏の子孫八族を「八凱」、高辛氏の子孫八族を「八元」と呼んだ。『春秋左氏傳』文公一八年に「昔高陽氏有二才子八人一。（中略）齊聖廣淵、明允篤誠、天下之民謂二之八愷一。高辛氏有二才子八人一。（中略）忠肅共懿、宣慈惠和、天下之民謂二之八元一。此十六族也、世濟二其美一、不レ隕二其名一、以至二於堯一。堯不レ能レ擧。舜臣レ堯、擧二八愷一、使下主二后土一以揆中百事上。莫レ不二時序一、地平天成。擧二八元一、使レ布二五教于四方一。父義、母慈、兄友、弟共、子孝、内平外成」とある（『史記』巻一「五帝本紀・帝舜」にも同趣の記事あり）。なお、右の『春秋左氏傳』（および『史記』）は「八愷」に作るが、「愷」と「凱」は通用字。「八凱」に作る例は、『藝文類聚』巻一一「帝王部一・帝舜有虞氏」所引「帝王世紀」に「遂擧二八凱一、使レ佐二后土一、以揆二百事一」、同・巻四八「職官部四・尚書令」所引、王隠『晉書』に「舜擧二八元・八凱一」などとある。「徵用」は登用するの意。『尚書』「虞書・舜典」に「舜生三十、徵用三十、在レ位五十載、陟方乃死」とある。「竄四凶」は、舜が四人の悪人を追放した故事を指す。『尚書』「虞書・堯典」に「流二共工于幽州一、放二驩兜于崇山一、竄二三苗于三危一、殛二鯀于羽山一」（孔穎達疏「竄者投棄之名」）とあり、『春秋左氏傳』文公一八年に「舜臣レ堯賓二于四門一、流二四凶族一」（『史記』巻一「五帝本紀・帝舜」にも同趣の記事あり）とある。

○姫旦攝機　封畢邵而討二叔　「姫旦」は周公旦のこと。「姫」は周王室の姓。「攝機」はここは摂政のこと。周の成王が幼くして即位した時、叔父の周公旦が摂政として補佐したことを指す。「姫旦」の用例は、『晉書』巻九八「桓溫傳」に「古之哲王咸頼二元輔一。姫旦光二于四表一、而周道以隆、伊尹格二于皇天一、而殷化以洽」とあるなど。「攝機」の用例は稀少だが、『北堂書鈔』「后妃部・臨朝五」所引『晉中興書』に「天子幼沖、攝機臨朝稱制」とある。「畢邵」は、周公旦のもとで周朝に仕えた二人の名臣、畢高と召奭のこと。『史記』巻四「周本紀」に「武王即レ位。太公望爲レ師、周公旦爲レ輔、召公・畢公之徒、左二右王師一、修二文王緒業一」、『後漢書』巻四八「翟酺傳」に「昔成王之政、周公在レ前、邵公在レ後、畢公在レ左、史佚在レ右」とある。「邵」と「召」は通用字。ただし、周公旦が二人を「封」じた（領地や爵位を与えた）という故事は未見。「討二叔」は、周公を疑い乱を起こした周公の兄弟、管叔鮮・蔡叔度を周公が討伐したことを指す。『史記』巻一三〇「太史公自序」に「及二旦攝政一、二叔不レ饗、殺レ鮮放レ度、周公爲レ盟」、『後漢書』巻三二「樊宏傳」の「子・儵」の項「春秋之義、君親無レ將、將而誅レ焉。是以周公誅レ弟」の唐・李賢注に「周公之弟管・蔡二叔、流二言於國一云、周公攝政將レ不レ利二於成王一。故周公誅レ之」とある。

〇國之二柄　「二柄」は根本となる二つのもの。ここは罰と賞のこと。『韓非子』「二柄」に「明主之所レ導二制其臣一者、二柄而已矣。二柄者刑德也。何謂二刑德一。曰、殺戮之謂レ刑、慶賞之謂レ德」とあるのに拠る。なお、『北堂書鈔』「政術部・論政一」所引『傳子』に「國有二二柄一」の句が見える。

〇化高龍首　ここから今上天皇（聖武）の讃美に入る。「龍首」は、『六韜』「文韜・上賢」に「夫王者之道、如二龍首一、高居而遠望、深視而審聽。示二其形一、隱二其情一、若二天之高不一レ可レ極也、若二淵之深而不一レ可レ測也」とあるように、教化が龍の首の如く高遠であることをいう。なお、『藝文類聚』巻一一「帝王部・總載帝王」には「六韜曰。王者之道、如二龍之首一。高居遠望、深視而審聽。神二其形一而散二其精一、若二天高而不一レ可レ極、若二川深而不一レ可レ測」とある。「龍首」について小島憲之は右の『藝文類聚』の「六韜曰…」を引きつつ、同じ巻一一「帝王部・太昊庖犧氏」所引『帝王世紀』の「太昊庖犧氏、風姓也、蛇身人首、有二聖德一」を引いて、「ここは、中國古代の天子伏義をさす」とするが（『国風暗黒時代の文学上』二〇四頁）、「蛇身人首」と「龍首」が同じ対象を指すか、不審。唐・道宣『廣弘明集』巻一三、法琳「辯正論・十喩篇下」に「聖人相質無レ常、隨レ方顯レ妙。是以蛇軀龍首之聖、道穆二於上皇一、雙瞳四乳之君、德昭二於中古一」（大正藏五二巻一七頁下～一八頁上）とあり、「龍首」の聖人のイメージがあったことは確認できるが、伏義や本対策の「龍首」と重ねるべきか、にわかには断定できない。

〇道洽鶉居　「道洽」は正しい政道が世の中に行き渡っていること。『尚書』「周書・畢命」に「道洽政治、澤潤二生民一」、『魏書』巻四四「薛野賭傳」、「子・虎子」

の項に「伏惟陛下道洽二羣生一、恩齊二造化一、仁徳所レ覃、迹超二前哲一」などとある。「鶉居」は、鶉《うずら》の住居。野宿して止まるところがないことの喩。『莊子』「天地」に「夫聖人鶉居而鷇食、鳥行而無レ彰」とあり、唐・陸徳明『莊子音義』が「鶉居、謂レ無二常居一也。又云、如二鶉之居一、猶レ言二野處一」とする。これらは隠者のとらわれなさや脱俗の喩だが、これを文明化されていない民の喩に転じた例が、『隋書』巻五七「薛道衡傳」に「太始太素、荒茫造化之初、天皇地皇、杳冥書契之外。其道絕、其迹遠、言談所レ不レ詣、耳目所レ不レ追。至二於入レ穴登レ巣、鶉居鷇飮、不レ殊二於羽族一、取二類於毛羣一。亦何貴二於人靈一、何用二於心識一」とある。本対策の文脈では、人間のみならず鶉（鳥）にまで天皇の徳治が行き渡っている意ともとれるが、ひとまず、右の『隋書』のような意味での民の喩と解しておく。

○行禮措刑　礼が行われ、罪人がいないので刑罰を設けつつも執行されていないとの治世の称讃。「措」は、ここは放置する（執行されない）意。『論語』「子路」に「禮樂不レ興、則刑罰不レ中。刑罰不レ中、則民無レ所レ錯二手足一」（「錯」と「措」は通ず）とあり、これを踏まえて、『漢書』巻四「文帝紀」の「贊」に「專務二以レ德化レ民。是以海內殷富、興二於禮義一、斷レ獄數百、幾レ致二刑措一。嗚呼、仁哉」とあり、後漢・応劭注が「措、置也。民不レ犯レ法、無レ所レ刑也」、唐・顏師古注が「斷獄數百者、言二普天之下死罪人不レ過二數百一。幾、近也」とする。右の『漢書』の「刑措」は刑が放置されているの意だが、本対策は「措刑」で「刑を放置する」との語構成にしている。「措刑」の例は、本対策と同時代か、やや時代が降るが、『舊唐書』巻七「睿宗紀」太極三年（七一五）四月の「制」に「朕聞。措レ刑由二於用刑一、去レ殺存二乎必殺一」。同・巻一六六「元稹傳」に「興二禮樂一而朝二諸侯一、措二刑罰一而美二教化一」などとある。

○揚清激濁　清らかなものが揚げられ、濁ったものが除かれているとの治世の称讃。「激」は押し流す意。『藝文類聚』巻九「水部下・池」所引『顧子』に「水有二四德一。池爲レ一焉。沐二浴羣生一、澤二流萬世一、仁也。揚レ清激レ濁、滌二蕩塵穢一、義也」、『晉書』巻三「武帝紀」に「揚レ清激レ濁、擧レ善彈レ違、此朕所三以垂二拱總レ綱」などとある。

○連城之寶　猶稱有瑕　前段から転じて、宝玉のように輝かしい治世であっても何らかの傷（過ちを犯す者）があることをいう。「連城之寶」は、秦王が趙国に十五の城と交換してくれと申し出たという名宝・和《か》氏の璧のこと。『史記』巻八一「廉頗藺相如列傳」に、「趙惠文王時、得二楚和氏璧一。秦昭王聞レ之、使三人遺二趙王書一、願以二十五城一請レ易レ璧」とあり、孔穎達「尙書正義序」に「罄二荊山之石一、所レ得者連城」とある（荊山は和氏の璧の産出地。楚山ともいう）。「連城之寶」は、『藝文類聚』巻七六「内典上・内典」、徐陵「東陽雙林寺傅大士碑」に「夫以二連城之寶、照廡之珍一、野老怪而相捐、工人迷而不レ識」、『晉書』巻七二「郭璞傳」に「連城之寶藏二於褐裏一」などとある。「猶稱有瑕」は、右の『史記』「廉頗藺相如傳」の、秦王のもとに遣わされて和氏の璧を献上した藺相如が秦王の偽りを見抜き、秦王の手元から璧を取り戻すくだりの「相如視二秦王無レ意レ償二趙城一、乃前曰。璧有レ瑕。請指二示王一。王授レ璧」との故事に拠る。

○況既非聖人　詎能無過　人々は聖人ではないので過ちを犯すことをいう。類似の言い回しの例は、『文選』巻四五、晋・杜預「春秋左氏傳序」に「非二聖人一、孰能脩レ之。蓋周公之志、仲尼從而明レ之也」、『三國志』巻二一「魏書・趙王幹傳」に「自非二聖人一、孰能無レ過。已詔二有司一宥二王之失一」などとある。

○賞疑從重　罰疑從輕　『尙書』「虞書・大禹謨」に「罪疑惟レ輕、功疑惟レ重」とあり、前漢・孔安国伝が「刑疑附レ輕、賞疑從レ重、忠厚之至」とする。また、『藝文類聚』巻五二「治世部上・論政」、劉向『新序』に「賞之疑者從レ重、罰之疑者從レ輕」とある。

○僁淺罪輕　便以有功見棄　勳高績重　終以小過掩功　「僁」は、「愆」の古字。「勳高績重」に類似する言い回しの例として、『宋書』巻五「禮志二」に、国の後嗣を生んだ女性についていかなる称号を与えるかという議論を載せる中に「若功高勳重、列爲二公侯一、亦有レ拜二太夫人之禮一」、また「若殊レ績重レ勳、恩所二特錫一」などとある。なお、熟語「勳績」の用例も多い。この四句は、『毛詩』巻三「國風・衛風・氓」の「士之耽兮　猶可レ說也」について、後漢・鄭玄箋に「說、解也。士有二百行一、可二以功過相除一」とあり、孔穎達疏が「士有二大功一則掩二小過一。故云レ可二以功過相除一。齊桓・晉文皆二殺親戚一篡レ國而立、終能建立。高二勳於周世一。是以功除レ過也」とするのを参照していよう。

○考其眞僞　察其虚實　「考其眞僞」は、『文選』巻四五、杜預「春秋左氏傳序」に「仲尼因二魯史策書成文一、考二其眞僞一、而志二其典禮一、上以遵二周公之遺制一、下以明二將來之法一」とある。「察其虚實」は『尙書』「周書・多方」、「要囚殄二戮多罪一、亦克用勸、開二釋無辜一、亦克用勸」への孔穎達疏に「將二欲斷罪一必受二其要辭一、察二其虚實一。故言二要囚一也」とある。なお、『中論』「譴交」に「考二其德行一、察二其道藝一」の対句が見える。熟語「考察」の用例も多い。賞罰の判断に用いた例として『後漢書』巻六一「左雄傳」に「刺史守相、輒親引見、考二察言行一、信賞必罰」とある。

○法禁行而不犯　賞罰明而不欺　『管子』「明法解」に「明主者有明二於術數一、而不レ可レ欺也。審二於法禁一、而不レ可レ犯也」、また、『韓非子』「飾邪」に「先王明レ賞以勸レ之、嚴レ刑以威レ之。賞刑明、則民盡レ死」とある。これらを参照していよう。

22　船沙弥麻呂・郊祀の礼

〔本文〕

問。
郊祀之禮、責レ簡尚存、
孟春上辛、有司行レ事。
由レ是、正月上辛、應レ拜二南郊一。
曆(1)有二盈縮一、節氣遅晩。
立春在二辛後一、
郊祀在二春前一。
因以爲レ疑、不レ知二進退一。
適用之理　何從而可。

船沙彌麻呂

臣聞、
登二大寶一而垂レ衣、

〔訓読〕

問ふ。
郊祀の禮、簡に責《もと》むるに尚ほ存す、
孟春の上辛に、有司事を行ふ、と。
是に由りて、正月の上辛に、應《まさ》に南郊に拜むべし。
曆に盈縮《えいしゅく》有り、節氣に遅晩あり。
立春辛の後に在れば、
郊祀春の前に在り。
因りて以て疑を爲し、進退を知らず。
適用の理《ことわり》　何れに從ひてか可ならむ。

船沙彌麻呂

臣聞く、
大寶に登りて衣を垂れ、

審二高居一而宰レ極、
莫レ不下仵二二儀之化育一、
法二四氣之環周一、
服二蒼玉於早春一、
建中朱旗於孟夏上。
今聖撫レ運、暉光日新、
明德內香、
仁風外扇。
由レ是、
禾秀二瑞穎一、時表二歳精之名一、
龜啓二靈圖一、屢紀二天平之號一。
猶思、
節有遲速、曆亦盈虛、
立春上辛、或遞先後。
斯乃、
奉二遵穹昊一、
敬二授民時一。
竊以、

高居を審《つまび》びらかにして極を宰《つかさ》る、
二儀の化育に仵《ひと》しくし、
四氣の環周に法《のつと》り、
蒼玉を早春に服《お》び、
朱旗を孟夏に建てざる莫し、と。
今聖運を撫《ぶ》し、暉光日に新しく、
明德內に香り、
仁風外に扇ぐ。
是に由りて、
禾瑞穎《いねずいえい》を秀で、時《よりより》に歳精の名を表し、
龜靈圖《れいと》を啓きて、屢《しばしば》天平の號を紀す。
猶し思ふ、
節に遲速有りて、曆も亦盈虛《えいきょ》し、
立春と上辛と、或は遞《たが》ひに先後することを。
斯れ乃ち、
穹昊《きゅうかう》を奉遵《ほうじゅん》し、
民時を敬授するなり。
竊かに以ひみれば、

啓蟄而郊、明二之魯策一、
立春迎レ氣、著二在周篇一。
然則、
拝二帝南郊一、是存二啓蟄之後一、
迎二氣東郊(2)一、非レ在二立春之前一。
因レ此而言、上辛在レ後。
謹對。

天平三年五月八日

啓蟄にして郊す、魯策に明之《あきら》かなり、
立春にして氣を迎ふ、周篇に著在《いちじる》し。
然れば則ち、
帝南郊に拝するは、是れ啓蟄の後に存《あ》り、
氣を東郊に迎ふるは、立春の前にあらず。
此に因りて言へば、上辛後に在り。
謹みて對ふ。

天平三年五月八日

〔校異〕

（1）暦―底本「歴」。諸本により改める。
（2）郊―底本「北」。内閣、および、典拠に鑑み改める。

〔通釈〕

問う。典籍に知見を求めると、郊祀の礼は変わらず行われており、初春（正月）の最初の辛の日（上辛）に役人がそれを執り行うとある。これによれば、（暦の上の）正月上辛に南郊で拝礼すべきである。（しかし）暦は伸び縮みし、節気は遅れることがある。（そこで）立春が正月上辛の後になると、郊祀が春の前（冬の間）に行われることになる。それで疑問が浮かび、どうすべきか分からない。用いるべき道理として暦と節気（季節）のどちらに従うのがよいだろうか。

船連沙弥麻呂

私は聞いております、（聖天子が）帝位に登り、衣を垂れて何もせずに天下を治め、高い所から天下を明らかに観察して最上位の職に務める、（それは）天地が万物を育てることと同じく、四季の巡りに従い、（春の色である）青い玉を初春には身に帯び、（夏の色である）朱の旗を初夏にはかかげない者はいない、と。

今、聖帝（陛下）は天運に応じて（天下を治められ）、徳政の輝きが日ごとに新たになっています。（陛下の）明らかな御徳は内に芳しく香り、仁の風は外に扇ぐように広がっています。これにより、稲はめでたい穂を秀でさせ、そのつど豊年の精華として名を表します。亀は神秘の図を啓上し、しばしば（天皇が平らかに治める）「天平」の世であることが記されます。

（しかしながら）やはり、思いますのは、節気には遅れたり早くなったりがあり、暦も（一年・一か月が）伸びたり縮んだりし、立春と上辛は互いに前後するということです。このようなことは、つまり、天体の運行を尊重し（暦を作り）、（一方）つつしんで民に農期を教える（節気を決める）ことから生じるのです。

私に考えをめぐらせますに、啓蟄に郊祀を行うことは魯の書物に明らかに見えており、立春に春を迎えるのは周の書物にはっきりと記されています。ゆえに、先帝を南郊において祀られるのは啓蟄の後であるべきであり、東郊で（春を）迎えられるべきは立春の前ではありません。これによって言うなら、郊祀を行う上辛は立春の後であるべきです。

謹んでお答え申し上げます。

天平三年五月八日

〔語釈〕

【問】

○郊祀之禮　責簡尚存　「郊祀之禮」は、天子が郊外で天地を祀る祭。『漢書』巻二五下「郊祀志下」に「成帝初卽位、丞相衡・御史大夫譚奏言。帝王之事、莫レ大二乎承天之序一、承天之序莫レ重二於郊祀一。故聖王盡レ心極レ慮以建二其制一。祭二天於南郊一、就レ陽之義也。瘞二地於北郊一、卽レ陰之象也」（唐・顔師古注「祭レ地曰二瘞薶一、故云二瘞地一也。卽、就也」）、同・巻二二「禮樂志・樂」に「至三武帝定二郊祀之禮一、祠二太一於甘泉一就二乾位一也。祭二后土於汾陰澤中方丘一也」などとある。日本では、本対策が作られた聖武天皇代に郊祀が行われた記録はないが、桓武天皇が延暦四年（七八五）十一月、および延暦六年（七八七）十一月に、さらに文徳天皇が斉衡三年（八五六）十一月に、長岡京の南郊、交野で郊祀を行っている。「責簡」の例は本策問以前の漢籍・仏典に未見。「尚存」は、恒常的に存しているの意。用例は『後漢書』巻六六「陳蕃傳」の「古人立レ節、事レ亡如レ存」に唐・李賢注が「言、人主雖レ亡、法度尚存、當レ行下之與二不レ亡時一同上、故曰レ如レ存」とするなど。

○孟春上辛　有司行事　由是正月上辛　應拜南郊

「孟春」は初春、つまり暦の正月。「上辛」は一か月の内の第一の辛の日。郊祀をその日に南の郊外で行うことは、『漢書』巻二五下「郊祀志下」、前漢・王莽の平帝への上奏に、「平帝元始五年、大司馬王莽奏言。（中略）禮記、天子祭二天地及山川一、歳徧。春秋穀梁傳、以二十二月下辛一卜、正月上辛郊」（顔師古注「豫卜二郊之日一」）、続けて「天墜有二常位一、不レ得二常合一。此其各特祀者也。陰陽之別於二日冬夏至一、其會也、以二孟春正月上辛若丁一。天子親合二祀天地於南郊一、以高帝・高后配」とあり、正月上辛（または丁）を、（冬至と夏至に別れていた）陰陽が「會」する日として、天地を祭る郊祀にふさわしいと位置づけている。

○暦有盈縮　節氣遲晩　立春在辛後　郊祀在春前

「盈縮」は、ここは太陰暦における一か月・一年の伸び縮み・長短のこと。「節気」は二十四節気のことで、太陽の運行に基づき、十五日を一気、一か月を二気、一年を二十四気とし、そのそれぞれの気の気候上の特徴を提示し、気候変化を知る目安としたもの。暦は月の満ち欠け、節気は太陽の運行を基準にするので、たとえば暦の十二月に節気の立春が訪れるなど、両者の間にずれが生じる場合がある（その結果、暦に対して節気の遅れが生じる）。本対策はそのことを問題にして、「孟春上辛」に行うべき郊祀だが、「正月上辛」（暦）より「立春」（節気）が後の場合（「正月上辛」が冬の間にある場合）はどうすればよいか、と問うのである。なお、本対策の前年、天平二年は、『日本暦日総覧　具注暦篇　古代中期二』（本の友社、一九九三年）によれば、正月上辛が正月六日、立春が正月十日となっており、「立春在辛後」であった。暦に「盈縮」があるとは、右のようなずれを修整するために太陰暦に大の月・小の月、また閏月などが設けられ、結果として一か月・一年の長さが伸び縮みすることを指す。日月の運行のずれについて「盈縮」を用いて述べた例として、『春秋左氏傳』隠公三年「三年春王二月己巳、日有レ食レ之」への晋・杜預注に「日行遲、一歳一二周天一。月行疾、一月一二周天一。一歳凡十二交會。然日月動物、雖三行度有二大量一、不レ能レ不三小有二盈縮一。故有下雖二交會一而不レ食者上、或有二頻交而食者一」とある。

【対】

○登大寶而垂衣　審高居而宰極　天子の治世のあるべき姿について述べる。「大寶」は天子の位、帝位。『周易』「繋辭下」に「天地之大德曰レ生。聖人之大寶曰レ位。何以守レ位。曰仁」とある。「垂衣」は『周易』「繋辭下」に「黄帝堯舜垂二衣裳一而天下治」とあり、天子の聖徳によって何もしなくても天下が治まる様をいう（『藝文類聚』巻一一「帝王部一・黄帝軒轅氏」に再収）。「審高居而宰極」は、『文選』巻三六、王融「永明九年策二秀才一文五首」の第一首に「朕夤奉二天命一、恭惟二永圖一。審聽高居、載懷二祇懼一」とあり、唐・李善注が『六韜』の「王者之道如二龍之首一、高居而遠望、遠視而審聽」を引く。「宰極」は本対策以前の漢籍・仏典に用例未見。「宰」は治める、「極」は最上の位のことで、天子として職務をつかさどる意と解される。なお、6道守宮継の対策にも用例をみる。

○仵二儀之化育　法四氣之環周　「仵」は同じくするの意。「二儀之化育」は天地が万物を生育すること。『禮記』「中庸」に「唯天下至誠、爲三能盡二其性一。能盡二其性一、則能盡二人之性一。能盡二人之性一、則能盡二物之性一。能盡二物之性一、則可三以贊二天地之化育一」とあり、後漢・鄭玄注が「盡レ性者、謂下順二理之一、使上不レ失二其所一也。贊、助也。育、生也。助二天地之化生一、謂下聖人受レ命在二王位一致中大平上」として、聖人が王位に就き太平をもたらすことは天地の万物生育を助けることになるとする。また、『春秋穀梁傳注疏』の晋・范寧「序」に『春秋』を評して「該二二儀之化育一、贊二人道之幽變一」とあり、唐・楊士勛疏が「該者備也。二儀謂二天地一。言下仲尼脩二春秋一濟二羣物一、同中於天地之化育上」として、孔子が『春秋』を編んで人々を導き助けたことを天地の万物生育の働きと同等だと評価している。本対策の例もこれらと同じ文脈をなして天子の徳政を描いている。「四氣」は四季の気候。「環周」は輪をなして巡回すること。自然な四季の運行に則った政治が行われることをいう。『文選』巻一九、張華「勵レ志詩」に「大儀斡運、天迴地游、四氣鱗次、寒暑環周」とあるのに拠っていよう。

○服蒼玉於早春　建朱旗於孟夏　『禮記』「月令・孟春之月」に「天子居二青陽左个一、乘二鸞路一、駕二倉龍一、載二青旂一、衣二青衣一、服二倉玉一、食二麥與一レ羊」とあり、唐・孔穎達疏が「蒼是東方之色。故下云下駕二蒼龍一服中蒼玉上」とするのに拠る（「倉」と「蒼」は通用字）。右の『禮記』は初春（孟春、早春、一月）の天子の居所・車旗・衣食について述べている。五行説では青は春の色であり（孔穎達疏にいう「東方」は春の方角）、春の色の玉を天子が身につけることは季節の順行に従う政治のありかたということになる。対句の「朱旗」を「孟夏」（初夏、四月）に建てるのも同じ理屈で、朱（赤）は五行説では夏の色である。『禮記』「月令・孟夏之月」に「天子居二明堂左个一、乘二朱路一、駕二赤騮一、載二赤旂一、衣二朱衣一、服二赤玉一」とある（「載赤旂」は赤旗を立てる意）。「建朱旗」の例は、『文選』巻二〇、曹植「責レ躬詩」に「於穆顯考、時惟武皇、受二命于天一、寧二濟四方一。朱旗所レ拂、九土披攘、玄化滂流、荒服來王」とあり、李善注が「漢火德、操爲二漢臣一、故建二朱旗一也」とする。ただし、これは李善注がいう通り、漢が火徳の王朝であることの象徴として曹操が戦いの場に立てた赤旗であり、本対策とは文脈を異にする。なお、本対策以前の漢籍の「朱旗」の用例は右のように王朝の火徳を示すものにほぼ限られている。

○今聖撫運　暉光日新　ここから今上天皇（聖武）への讃美に移る。「今聖」は「今、聖帝は」、または「今上聖帝」の意と解されるが、珍しい言い回しである。漢籍の例では『漢書』巻三六「劉歆傳」の「今、聖上德通二神明一、繼レ統揚レ業」、『後漢書』巻二八上「桓譚傳」の「今、聖朝興二復祖統一、爲二人臣主一」など、「今、聖○（二字熟語）」という言い方をするのが常である。「撫運」は時の運に順応すること。帝位に就くこと、政治が順調であることをいう例が多い。用例は『晉書』巻五九「長沙王乂傳」に「先帝應レ乾撫レ運、統二攝四海一、勤レ身苦レ己、克二成帝業一、六合清泰、慶流二子孫一」とあるなど。古代日本の用例として、本対策より遅れるが、『續日本紀』神護景雲三年（七六九）十一月己丑の陸奥国牡鹿郡の俘囚・大伴部押人の言上文に「幸頼二聖朝撫レ運神武威レ邊、拔二彼虜庭一、久爲二化民一。望請、除二俘囚名一、爲二調庸民一」とある。「暉光」は今上天皇の徳が放つ光。「仵二儀之化育…の項に引いた、『文選』巻一九、張華「勵レ志詩」に「復レ禮終朝、天下歸レ仁。若二金受レ礪、若二泥在レ鈞、進レ德脩レ業、暉光日新」とあり、李善注が「易曰、君子進レ德脩レ業、欲レ及レ時也。又曰、君子之光暉、吉。又曰、日新之謂二盛德一」とする。

○明德內香　仁風外扇　「明德內香」は今上天皇の徳をよい香りに喩える。『尚書』「周書・君陳」に「至治馨香、感二于神明一。黍稷非レ馨、明德惟馨」、また、『漢書』巻一〇〇下「敘傳下」、「郊祀志」について述べた項に「昔在二上聖一、昭事二百神一、類レ帝禋レ宗。望二秩山川一、明德惟馨、永世豐年」とある。「仁風」は今上天皇の仁徳による風化のこと。『藝文類聚』巻一二「帝王部二・後漢光武帝」所引、袁山松『後漢書』に「茫茫九州、瓜分鸞切、滑滑蒼生、塵消鼎沸。我扇レ之以二仁風一、驅レ之以二大威一」、同・巻四八「職官部四・侍中」、裴希声「侍中嵆侯碑」に「二儀肇建、君臣攸序。峨峨侍中、應レ期作レ輔。外播二仁風一、內擧二心膂一」、同・巻七七「內典部下・寺碑」、梁・簡文帝「迦葉佛像銘」に「慧雨自垂、仁風永扇」などとある。

○禾秀瑞穎　時表歳精之名　今上天皇の徳政に天が感応して瑞祥が続々と現れていることをいう。「禾秀瑞穎」は、稲穂の形に現れる瑞祥。『宋書』巻二七「符瑞志上」、堯帝の項に「在二帝位一七十年、景星出レ翼、鳳皇在レ庭、朱草生、嘉禾秀、甘露潤、醴泉出」とあるように「嘉禾」と呼ばれるのが常である。その形態は、『尚書』「周書・微子之命」に「唐叔得レ禾、異レ畝同レ穎。獻二諸天子一。王命二唐叔一歸二周公于東一」（前漢・孔安国伝「畝、壟、穎、穗也。禾各生二一壟一而合爲二一穗一。異レ畝同レ穎天下和同之象。周公之德所レ致。周公東征未レ還、故命二唐叔一以レ禾歸二周公一」）とあり、二つの根茎から生えた先がつながって穂は一つになっている、また、『漢書』巻五七下「司馬相如傳」に「導二一莖六穗於庖一、犧二雙觡共抵之獸一」（顏師古注「鄭氏曰。導、擇也。一莖六穗、謂二嘉禾之米一」）とあり、一本の茎に六つの穂が実る、等々のバリエーションがある。古代日本でも、『續日本紀』神亀四年（七二七）正月丙子に「河內國獻二嘉禾一。異レ畝同レ穗」などとあり、後に、『延喜式』巻二一「治部省・祥瑞」では、「下瑞」として「嘉禾」を挙げ、細字注で「或異レ畝同レ穎、或孳連二數穗一、或一稃二米也」とする。「瑞穎」の用例は稀少。本対策以前の日本への伝来は不明だが、唐・張説「爲二留守一奏二嘉禾一表」に「臣籍慶二宗枝一、久沐二星漢之潤一、躬持二瑞穎一、預奉二天保之符一」（『全唐文』巻二二二）とある。なお、右に引いた『尚書』孔安国伝にあるように「瑞穎」は穂のことだが、『日本書紀』などに見える「瑞穗」の用例も本対策以前の漢籍には未見（北宋の『清江三孔集』に初見）。「歳精」は『初學記』巻一「天部上・星」の「歳精」の項に「漢武帝內傳曰。西王母使者至、東方朔死。上以問二使者一。對曰。朔是木帝精、爲二歳星一。下遊二人中一、以觀二天下一。非二陛下之臣一」とあり、これに拠れば、人に変じて地上に現れ天下を観察する木星の精である。さらに用例を求めると、『北齊書』巻四五「樊遜傳」に「天下宅心、幽明知感、歳精仕レ漢、風伯朝レ周」、玄奘訳『瑜伽師地論』の唐・許敬宗「後序」に「瑞露禎雲、翊二紫空一而表レ貺、祥鱗慶翼、繞二丹禁一而呈レ符。歳精所レ記之州、咸爲二疆埸一、暄谷所レ談之縣、竝入二隄封一」（大正蔵三〇巻二八三頁中）などがあり、王朝に仕えたり、帝国の版図を記したりする「歳精」像が見える。ただし、これらでは「嘉禾」が「歳精之名」を「表」すという関係がいまひとつ明らかにならない。一方、本対策より百年以上後になるが、唐・杜光庭「賀二天貞軍一進二嘉禾一表」に「臣某謹按二瑞圖一云。嘉禾者美瑞也。稔歳精。王者德至二於土一、則二苗同秀。昔者唐叔得レ禾、異レ畝同レ穎。成王問二周公一曰。二禾一穗、意天下和同乎一」（『全唐文』巻九二九）とある。この場合は、「稔歳」が豊年の意の熟語で、「稔歳精」は豊年の精華といった意味だと考えられる。「歳」には一年の実りの意もあるので「歳精」も「稔歳精」と同様の意味だとすると、本対策の文脈により適合する。不審は残るが、ひとまず「一年の実りの精華」の意に解しておく。

○龜啓靈圖　屢紀天平之號　亀が「靈圖」（神秘の図像や文字）をもたらすことも瑞祥。『藝文類聚』巻九九「祥瑞部下・龜」に「龍魚河圖曰。堯時、與二群臣賢智一到二翠嬀之川一、大龜負レ圖來投レ堯。堯勅二臣下一寫取、告二瑞應一。寫畢、龜還二水中一」とある。「天平」は当代の元号。『續日本紀』天平元年（七二九）六月己卯に「左京職獻レ龜。長五寸三分。闊四寸五分。其背有レ文云、天王貴平知百年」とあり、この奇瑞を受けて「天平」と改元された（『續日本紀』天平元年八月癸亥の宣命で、「負レ圖龜一頭」が献じられたので、この「大瑞物」「貴瑞」にちなんで神亀六年を天平元年に改元すると宣せられている）。当該二句は本対策から二年前のこの出来事をそのまま叙している。

○節有遲速　曆亦盈虛　立春上辛　或遞先後　ここから答え（結論）に入る。この四句は問をほぼ反芻している。「盈虚」は盛衰、または満ち欠け。悶の「盈縮」と同義に用いていよう。『周易』「豐」に「日、中則昃、月、盈則食。天地盈虚、與レ時消息」、また、『文選』巻二五、盧諶「贈二劉琨一詩」に「福爲二禍始一、禍作二福階一。天地盈虚、寒暑周迴」などとある。

○奉遵穹昊　敬授民時　『尚書』「虞書・堯典」に「命二羲和一、欽若二昊天一、厤二象日月星辰一、敬授二人時一」（『藝文類聚』巻五「歳時部下・暦」に「…敬授二民時一」に作って再収）、『漢書』巻九九中「王莽傳」に「主二司天文、欽若二昊天一、敬授二民時一、力二來農事一、以豐二年穀一」（顔師古注「欽、敬也。若、順也。力來、勸二勉之一也」）とあるのに拠る。特に後者の「授民時」は文脈から、民に農期を教える意に解され、節気の設定に関わる表現である（「民時」は農期の意の熟語として用いることもある）。「穹昊」は天のこと。ここは天体の運行を指す。暦は天体の運行に則って作られる。用例は、『廣弘明集』巻二八、李徳林「隋文帝爲二太祖武元皇帝一行二幸四處一立レ寺建レ碑詔」に「伏惟太祖武元皇帝、窮レ神盡レ性、感二穹昊之靈一、膺レ籙合レ圖、開二炎徳之紀一」（大正蔵五二巻三二八頁上）とあるなど。

○啓蟄而郊　明之魯策　立春迎氣　著在周篇　「啓蟄」は二十四節気の第三番目。『春秋左氏傳』襄公七年に「夫郊二祀后稷一、以祈二農事一也。是故啓蟄而郊、郊而後耕」（杜預注「郊二祀后稷一、以配レ天。后稷、周始祖、能播殖者」）とあるのに拠る。「魯策」は、『文選』巻四五、杜預「春秋左氏傳序」に「仲尼因二魯史策書成文一、考二其眞僞一、而志二其典禮一」、『春秋左氏傳』哀公一四年「小邾射、以二句繹一來奔曰、使二季路要レ我。吾無レ盟矣」の杜預注に「孔子弟子既續書二魯策一、以繫二於經一。丘明亦隨而傳レ之、終二於哀公一以卒二前事一」とあるように、『春秋』の元になった魯国の史官の記録（竹簡に書かれた文書）、ひいては『春秋』を指す語。ここは典拠の『春秋左氏傳』を指すとみてよいだろう。「迎氣」は春の気を祭り迎えること。『禮記』「月令」に「是月也、以二立春一。先二立春一三日、大史謁二之天子一曰、某日立春、盛徳在レ木。天子乃齊」とあり、孔穎達疏が「先二立春一三日者、周法、四時迎レ氣、皆前レ期十日而齋。散齋七日、致齋三日。今秦法簡省故三日也」、続けて、「立春之日。天子親帥二三公・九卿・諸侯・大夫一、以迎二春於東郊一」とあり、孔穎達疏が「此一節、論下立春天子迎二春氣一、及二行賞一之事上」とする。「周篇」は周の書物。ここは右の『禮記』などの周代の礼制を伝える書を指すとみてよいだろう。『漢書』巻三〇「藝文志」に「易曰、有二夫婦父子君臣上下一、禮義有レ所レ錯。而帝王質文、世有二損益一。至レ周曲爲二之防一、事爲二之制一。故曰、禮經三百、威儀三千」とあり、周代は礼制が整えられた時代と考えられていた。なお、「魯策」「周篇」を組み合わせた例として『藝文類聚』巻五九「武部・戰伐」、王融「從二武帝一琅邪城講レ武應レ詔詩」に「治レ兵聞二魯策一、訓レ旅見二周篇一」、類例として『晉書』巻九六「列女傳」、「列女」の項に「夫三才分レ位、室家之道克隆、二族交レ歡、貞烈之風斯著。振二高情一而獨秀、魯冊於レ是飛レ華、挺二峻節一而孤標、周篇於レ焉騰レ茂」などとある。なお、「明之」「著在」は、小島憲之が、対句らしく揃えて訓読すべきとして、それぞれ二字で「あきらかなり」「いちじるし」と訓んでいるのにひとまず従った（『日本古典文学全集　万葉集　二』四五五頁）。逐語的に訓むなら「之を魯策に明らかにし」「著しく周篇に在り」となる。

○拝帝南郊　是存啓蟄之後　迎氣東郊　非在立春之前　「拝帝」は天地に合祀された先帝を拝むこと。問の孟春上辛…の項に引いた『漢書』巻二五下「郊祀志下」を参照。「迎氣東郊」は、内閣本以外の諸本に「迎氣東北」とある。しかし、五行説で春の方角は東であること、前項に引いた『禮記』「月令」に「以迎二春於東郊一」とあることから、内閣本の本文を採る。なお、『宋書』巻一四「禮志一」に「昔漢靈帝世、立春尙齋、迎レ氣二東郊一」とある。

○上辛在後　文脈からすると、郊祀を行う上辛は立春の後にあるべきだ、の意で、年によっては二月上辛でも可とすることを含むと解される。

23　蔵伎美麻呂・郊祀の礼

〔作者解説〕

○策問執筆者　記載なく不明。21・22と共通問題であり、同一筆者と考えられる。

○対策者　蔵《くらの》伎《き》美《み》麻《ま》呂《ろ》。生没年・経歴未詳。24の左注によれば、本対策と24は天平三年（七三一）五月九日の作。前日の五月八日の対策者・船沙弥麻呂への出題（21・22）と同一の問題に答えている。

〔本文〕

問。
郊祀之禮、責レ簡尚存。
孟春上辛、有司行レ事。
由レ是、正月上辛、應レ拜二南郊一。
暦有二盈縮一、節氣遲晚。
立春在二辛後一、
郊祀在二春前一。

〔訓読〕

問ふ。
郊祀の禮、簡に責《もと》むるに尚ほ存す。
孟春の上辛に、有司事を行ふ、と。
是に由りて、正月の上辛に、應《まさ》に南郊に拜むべし。
暦に盈縮《えいしゅく》有り、節氣に遲晚あり。
立春辛の後に在れば、
郊祀春の前に在り。

因以爲レ疑、不レ知二進退一。
適用之理　何從而可。
藏伎美麻呂
對。
臣聞、
　哲王御レ宇、郊祀爲レ先、
　明后臨レ時、祰望爲レ務。
故知、
　拜レ天之禮、乃牲帝之良規、
　報レ地之儀、寔前王之茂範。
　雖二復馳驟云異、沿革不一レ同、
　莫レ不下就二遠郊一而焚レ柴、
　　因二厚地一而埋上レ玉。(1)
遂使下英(2)聲遠著、
　茂實遐流、
　踰二千祀一而永存、
　經二百代一而不上レ朽。

因りて以て疑を爲し、進退を知らず。
適用の理《ことわり》　何れに從ひてか可ならむ。
藏伎美麻呂
對ふ。
臣聞く、
　哲王宇《てつわうう》を御《をさ》むるに、郊祀《かうし》を先と爲《な》し、
　明后時《めいこうじ》に臨むに、祰望《かうばう》を務《つとめ》と爲す、と。
故に知る、
　天を拜するの禮は、乃ち牲帝《わうてい》の良規《りやうき》、
　地に報ずるの儀は、寔《まこと》に前王の茂範《もはん》なり。
　復《また》、馳驟云《ちしゆうここ》に異なり、沿革同じからずと雖《いへど》も、
　遠郊に就きて柴《しば》を焚き、
　厚地に因りて玉《ぎよく》を埋めざるは莫し。
遂に英聲《えいせい》遠く著《あらは》れ、
　茂實遐《もじつはるか》に流れ、
　千祀を踰《こ》えて永存し、
　百代を經て朽ちざらしむ。

郊祀之設、無レ屬二上辛一、
事不レ得レ已、因レ爲二常會一。
然而、
　日月廻薄、盈縮時改二其行一、
　節氣推移、遲速或變二其序一。
　立春後レ辛、
　祀日先レ春。
　不レ可下以二一致一尋上、
　寧須下以二同塗一量上。
且夫、(3)
　進退殊レ揆、聞二諸鄒衍之談一、
　推歩定レ辰、(4)勒在二容成之說一。
唯愚謂、
　適用之理、宜レ合二時便一、
　事備二司存一、何煩二更議一。
謹對。

郊祀の設《まうけ》、上辛に屬《あた》ること無きも、
事已むを得ざるは、常會と爲すに因る。
然《しか》而して、
　日月廻薄《くわいはく》し、盈縮時《とき》に其の行《ぎやう》を改め、
　節氣推移し、遲速或《あるい》は其の序《じよ》を變ず。
　立春辛に後《おく》るれば、
　祀日春に先んず。
　一致《いっち》を以て尋《たづ》ぬべからず、
　寧《むし》ろ須《すべから》く同塗《どうと》を以て量《はか》るべし。
且つ夫れ、
　進退揆《しんたいみち》を殊《こと》にするは、諸《こ》れを鄒衍《すうえん》の談に聞き、
　推歩《すいほ》して辰《ほし》を定むるは勒《ろく》して容成《ようせい》の說に在り。
唯愚《ぐ》謂《おも》ふ、
　適用の理、宜しく時便《じびん》に合《あは》すべし、
　事司存《しそん》に備ふ、何ぞ更に議すを煩《わづらは》さん、と。
謹みて對ふ。

〔校異〕

（1）玉―底本「王」。諸本により改める。

（2）英―底本「莫」。諸本により改める。

（3）且―底本「旦」。諸本により改める。

（4）勒―底本「勤」。諸本により改める。

〔通釈〕

問う。典籍に知見を求めると、郊祀の礼は変わらず行われている。初春（正月）の最初の辛の日（上辛）に役人がそれを執り行うとある。これによれば、（暦の上の）正月上辛に南郊で拝礼すべきである。（しかし）暦は伸び縮みし、節気は遅れることがある。（そこで）立春が正月上辛の後になると、郊祀が春の前（冬の間）に行われることになる。それで疑問が浮かび、どうすべきか分からない。採用すべき道理として暦と節気（季節）のどちらに従うのがよいだろうか。

蔵伎美麻呂

お答えいたします。私はこのように聞いております。賢王は天下を統治するとき、郊祀の祭りを最優先にし、名君は国家を治めるとき、祖先への祭祀をその務めとしている、と。よって、次のことが分かります。（郊祀の）天を拝する礼は、過去の帝王が定めたよい規範であり、地に報ずる儀は、まことに前代の君主の決めた大法です。また、（帝王たちの政策は）時代を駆け抜けて激しく変化し、その移り変わりの仕方は各時代において異なっていますが、（どの時代の帝王も）郊外に行って柴を焚き大地に玉を埋めない（祭祀しない）ということはありません。

そして遂に（帝王たちの）芳しい名声は遠方まで著しく鳴り響き、立派な業績ははるかに伝わり、千年を超えて永く存続させ、百代を経ても朽ちさせないのです。（そのように存続してきたのは）郊祀の日取りが上辛に当たらない場合もそれはそれでやむをえないと考え、そう考えることによって恒例の祭祀として存続してきたのです。

こういうわけで、日月はめぐり、暦の伸び縮みはしばしば時の進み具合を変化させ、節気は移り変わり、遅速は場合によっては暦と順序を違え、立春が上辛の後になれば、郊祀の日取りは立春の前になります。（こうした場合、上辛に固定するなどの）同一の結論を求めるべきではなく、むしろ、（継続を第一とする）同じ判断基準によって思量すべきです。また、（暦と節気の）先に立ったり後になったりする遅速の基準が互いに異なることは、鄒衍の談論に聞くところであり、天体の運行の度合いと季節の運行との差を測り日取りを定めることは、容成の説にあります。（よって、これらに付け加える必要もありませんが）ただ一点、私ごときが思いますことは、（暦と節気の）どちらを適用するかを決める道理としては、時機の便に合わせるべきであり、知識は備わり、担当役人もおりますのに、これ以上の議論を煩わせる必要などどうしてありましょう、ということです。

謹んでお答え申し上げます。

〔語釈〕

【問】

22船沙弥麻呂・郊祀の礼の【問】の項に同じ。

【対】

○哲王御宇　郊祀爲先　「哲王」は賢明な王、立派な王。「御宇」は天下を統治すること。『陳書』巻六「後主本紀」に「昔睿后宰レ民、哲王御レ寓、雖下徳稱二汪濊一、明能普上燭、猶復紆レ己乞レ言、降レ情訪レ道、高咨二岳牧一、下聽二輿臺一、故能政若二神明一、事無二悔吝一」、『晉書』巻三「武帝紀」に「武皇承レ基、誕膺二天命一、握レ圖御レ宇、敷レ化導レ民」、『陳書』巻一（本紀第一）「高祖本紀上」に「我高祖應レ期撫レ運、握レ樞御レ宇、三后重レ光、祖宗齊レ聖」などとある。

○明后臨時　祰望爲務　「明后」は賢明な君主、名君。「哲王」と対になる。「臨時」はその時に臨む、その時にあたって。ここでは、「御宇」と対で「国を治める時にあたって」の意。用例は、『晉書』巻四六「劉頌傳」に「明后臨レ政、則任臣列レ職」とある。「祰望」は帝王が行う祭礼。「祰」とは祖先に告げ祭ること。『説文』巻一に「祰、告祭也」、『玉篇』巻一に「祰、禱也、告祭」などとある。「望」は王侯が領内の山川を遠望して礼を致す祭。『尚書』「虞書・舜典」に「正月上日受二終于文祖一。在二璿璣玉衡一以齊二七政一。肆類二于上帝一、禋二于六宗一、望二于山川一、徧二于羣神一」とあり、前漢・孔安国伝が「九州名山大川五岳四瀆之屬、皆一時望二祭之一。羣神、謂二丘陵墳衍一。古之聖賢皆祭レ之」とする。「祰望」は、ここは郊祀を指すと考えられるが、このように熟語にした例は本対策以前の漢籍・仏典に未見。

○拜天之禮　報地之儀　天地を祭る儀礼。これも郊祀のこと。『北史』巻五「西魏文帝本紀」に「（大統）四年春正月辛酉、拜二天於清暉室一」、『藝文類聚』巻三九「禮部中・封禪」所引の『白虎通』に「天以レ高爲レ尊。地以レ厚爲レ德。故增二太山之高一以報レ天。附二梁父之厚一以報レ地也」とある。また、『文選』巻三、張衡「東京賦」に「及レ將下祀二天郊一、報二地功一、祈中福乎上玄上」とあり、唐・李善注は『周禮』を引いて「以二正月上辛一郊祀、告二於上帝一、祭レ天而郊、以報二去年土地之功一」とする。

○牲帝之良規　前王之茂範　「牲帝」は「往帝」（「牲」は「往」の俗字）に同じ。昔の帝王。「前王」は前代の帝王。両者を合わせ用いた例として、『北齊書』巻四五「文苑・樊遜傳」に「往帝前王、匪二唯一姓一、封レ金刊レ玉、億有餘人」、『廣弘明集』巻一一、釈法琳「上二秦王一論啓」に「固以威蓋二前王一、聲高二往帝一」（大正蔵五二巻一六一頁上）などとある。「良規」はよい規則、またはよい規範。『魏書』巻一九上「廣平王洛侯傳」、嗣子「匡」の項に「謹レ權審レ度、自レ昔令典、定レ章革レ歴、往代良規」とある。「茂範」は立派な法。『晉書』巻一二一「李勢載記」に「立レ子以レ嫡、往哲通訓、繼レ體承レ基、前修茂範」とある。「良規」「茂範」の対と類似する例として、本対策以前の日本への伝来は未詳だが、唐・高宗、永徽二年（六五一）七月二日の敕に「合宮・靈府、創二鴻規於上代一、太室・總章、標二茂範於中葉一」（『舊唐書』巻二二「禮儀志二」、また、『太平御覧』巻五三三）、唐・駱賓王「四民之業優劣對策」の「蓋五帝通規、三王茂範」（『文苑英華』四九九）がある。

○馳驟云異　「馳驟」は、馬に乗って駆け廻ること、早足に走ること。ここは、動きのすばやい様子や、変化の激しい様子のたとえ。本対策以前の日本への伝来は未詳だが、唐・謝偃「玉牒眞記」に「質文殊レ軌、馳驟異レ規」（『全唐文』巻一五六）とあり、『廣弘明集』巻一五、沈約「佛記序」に「起滅回環、馳驟不レ息。去二來五道一、大千比二之毫端一。往二復三界一、祇劫未レ足レ稱レ遠」（大正蔵五二巻、二〇〇頁下）とある。また、唐・長孫無忌「進二五經正義一表」の「雖二歩驟不一レ同、質文有レ異」（『全唐文』巻一三六）と、それを踏まえた太安万侶「古事記序」の「雖二歩驟各異、文質不一レ同」などの例がある。

○沿革不同　「沿革」は初めから今までの移り変わり、『陳書』巻一「高祖本紀上」に「雖二復質文殊レ軌、沿革不レ同、歴代因循、斯風靡レ替」、『隋書』巻二五「刑法志」に「帝王作レ法、沿革不レ同、取レ適二於時一、故有二損益一」、同・巻二六「百官志上」に「夏倍二於虞一、殷倍二於夏一、周監二二代一、沿革不レ同」などとあり、いずれも帝王の政策が時代ごとに変遷することをいう文脈で用いられている。

○就遠郊而焚柴　因厚地而埋玉　郊祀で天地を祭る方法をいう。「遠郊」は都城から遠ざかった土地。『周禮』「地官・司徒下・載師」に「以二宅田・士田・賈田一、任二近郊之地一、以二官田・牛田・賞田・牧田一、任二遠郊之地一」とあり、後漢・鄭玄注が「司馬法曰、王國百里爲レ郊、二百里爲レ州、三百里爲レ野、四百里爲レ縣、五百里爲レ都。杜子春云、（中略）五十里爲二近郊一、百里爲二遠郊一」とする。「焚柴」は柴を焚いて天を祭ること。この柴を焚くことと次句の玉を埋めることについて、『禮記』「祭法」に「燔二柴於泰壇一、祭レ天也。瘞二埋於泰折一、祭レ地也」、『藝文類聚』巻三八「禮部上・郊丘」所引『爾雅』に「祭レ天曰二燔柴一、祭レ地曰二瘞埋一」とある。「焚柴」の用例は、『晉書』巻六「元帝紀」に「遂登二壇南嶽一、受二終文祖一、焚レ柴頒レ瑞、告二類上帝一」、『隋書』巻二二「五行志上」に「及下高祖受二周禪一、天下一統上、焚二柴太山一告レ祠之應也」などとある。「厚地」は厚い大地。『毛詩』「小雅・節南山之什・正月」に「謂二天蓋高一、不二敢不一レ局。謂二地蓋厚一、不二敢不一レ蹐」、『周易』「坤」に「坤厚載レ物、德合レ无レ疆」、**拜天之禮**…の項に引いた『藝文類聚』巻三九「禮部中・封禪」所引『白虎通』に「天以レ高爲レ尊。地以レ厚爲レ德」などと見える思想を受けた表現だろう。『後漢書』巻四九「仲長統傳」に「當二君子困賤之時一、跼二高天一、蹐二厚地一、猶恐レ有二鎭厭之禍一也」、『文選』巻三、張衡「東京賦」に「黔首豈徒跼二高天一、蹐二厚地一而已哉」とある。「埋玉」は、玉を埋めて地を祭ること。『毛詩』「大雅・生民之什・鳧鷖」の「鳧鷖在潨、公尸來燕來宗」への唐・孔穎達疏に「潨者、地高之貌、水外之地潨然而高、蓋涯涘之中、復有二偏高之處一、以爲二瘞埋之象一、喩レ祭二社稷山川一。（中略）李巡曰、祭レ地以レ玉埋二地中一曰二瘞埋一」とある。また、『隋書』巻一五「音樂志下・昭夏辭」に「埋二玉氣一、掩二牲芬一」などとある。

○英聲遠著　茂實遐流　「英聲」はすぐれたほまれ、名声。「茂實」は、りっぱな実質。ここでは政治的業績の意。『文選』巻四八、司馬相如「封禪文」に「俾丁萬世得丙激二清流一、揚二微波一、蜚二英聲一、騰乙茂實甲」とある（『史記』巻一一七「司馬相如傳」、『藝文類聚』巻一〇「符命」、三九「封禪」にも所引）。「遠著」は、（名声が）遠方まではっきりと聞こえるの意。『尙書』「虞書・堯典」、「昔在帝堯、聰明文思、光二宅天下一」への前漢・孔安国伝に「言二聖德之遠著一」、『三國志』巻五四「吳書・周瑜傳」の宋・裴松之注に「瑜威聲遠著、故曹公・劉備咸欲ㇾ疑譖ㇾ之」などとある。「遐流」ははるか遠くへ流れ伝わること。（時間的にも空間的にもいう）。用例は、『三國志』巻二九「魏書・方技傳・管輅」の宋・裴松之注に「精神遐流、與ㇾ化周旋、清若二金水一、鬱若二山林一」、『廣弘明集』巻二三、沈約「南齊禪林寺尼淨秀行狀」に「律師於ㇾ是亦次二第詣寺一、敷二弘戒品一、闡二揚大敎一。故憲軌遐流、迄屆二於今一」（大正蔵五二巻二七一頁上）とあるなど（仏典に多く見られる）。なお、本対策の「遠著」「遐流」の対に近い例として、晋・李興「晉故使持節侍中太傅鉅平成侯羊公碑」に「其志節言行、卓爾不ㇾ羣。遊二神玄默一、散二志青雲一。弘ㇾ之以二道籍一、博ㇾ之以二藝文一。於ㇾ是仁聲遠耀、芳風遐流」（『全晉文』巻七〇）とある。

○踰千祀而永存　經百代而不朽　「千祀」「百代」と対をなし、いずれも長い年代をいう。『隋書』巻三「煬帝紀上」、大業四年の詔に「先師尼父、聖德在ㇾ躬、誕二發天縱之姿一、憲二章文武之道一。命世膺期、蘊茲素王。而頹山之歎、忽踰二於千祀一、盛德之美、不ㇾ存二於百代一」とある。「永存」「不朽」の用例はそれぞれ、『漢書』巻一六「高惠高后文功臣表」に「使二黃河如ㇾ帶、泰山若ㇾ厲、國以永存、爰及二苗裔一」、『後漢書』巻一六「鄧禹傳」の孫「騭」の項に「陛下躬二天然之姿一、體二仁聖之德一、（中略）開二日月之明一、運二獨斷之慮一、援二立皇統一、奉二承大宗一。聖策定二於神心一、休烈垂二於不朽一、本非三臣等所二能萬一一」とあるなど。

○郊祀之設　無屬上辛　事不得已　因爲常會　「設」は設定、ここは日取りのこと。「無屬上辛」は、郊祀の日が上辛に当たらない場合もあることをいう。問の孟春上辛…の項に引いた『漢書』巻二五下「郊祀志下」の、前漢・王莽の上奏文に、郊祀は「正月上辛若丁」（上辛か上丁の日）に行うべきだとあった。また、『南齊書』巻九「禮志上」に、永明二年（四八四）になされた郊祀の日取りについての議論の一節として「後漢永平以來、明堂兆二於國南一、而郊以二上丁一。故供修二三祀一、得三幷二在初月一。雖三郊有二常日一、明堂猶レ無二定辰一」、つまり、後漢の永平年間（五八〜七五）以降の郊祀は「上丁」を「常日」として行われてきた、とある。「事不得已」は、ここは、上辛でなくともやむをえない、の意。用例は『三國志』巻四七「呉書・呉主傳」の「天下未レ定、孽類猶存。士民勤苦、誠所二貫知一、然勞二百姓一、事不レ得レ已耳」など。「常會」は、恒に会すること。用例は、仏駄跋陀羅訳『大方廣佛華嚴經』「賢首菩薩品」に「無上法寶清淨僧、常二會十方諸佛前一、逮レ成二無上深法忍一、敎二化無量群生類一、心常念二佛深妙法一、開二發衆生菩提心一」（大正蔵九巻四三六頁中〜下）とあるなど。ここは、恒例の祭祀の意ととる。

○日月廻薄　盈縮時改其行　「廻薄」は循環変化すること。『文選』巻一三、潘岳「秋興賦」に「四時忽其代序兮、萬物紛以廻薄」とある。やや後の例だが、『經國集』巻一、嵯峨天皇「重陽節神泉苑賦二秋可哀一」に「年華荏苒行將レ闌。物候蹉跎已廻薄」とある。「盈縮」は問に既出。「行」は進行の意。

○不可以一致尋　寧須以同塗量　「一致」は、同一点に帰着すること。結論が同じこと。「塗」は道筋、「同塗」はものごとの行われる順序・方法が一つであること。この二句は、強いて同じ結論を求めるべきではなく、むしろ（結論が異なっても）、同じ方法・基準をもってものごとを思量・判断しなければならない、の意。ここは、上辛の日に行うか立春後に行うかどちらか一方に決めることが「一致」、継続することを第一に考えることが「同塗」に当たる。『周易』「繫辭下」に「天下同レ歸而殊レ塗、一レ致而百レ慮」とあるが、本対策はこれと逆のことを述べている。なお、道筋も帰着点も同じとする例として、『北齊書』巻四「文宣帝紀」に「禎符雜還、異物同レ塗。謳頌塡委、殊方一レ致」、より抽象的に普遍的な智の同一性を述べた例として、『廣弘明集』巻一六、梁・簡文帝「千佛願文」に「雖下千聖異レ跡、一智同上レ塗」（大正蔵五二巻二一〇頁上）などとある。また、『類聚國史』「佛道部六」所引、延暦一七年九月壬戌の詔に「（法相宗と三論宗は）誠殊レ途而同レ歸、（中略）經二馳驟一而不レ朽」とあり、前出の「馳驟云異」と「經百代而不朽」とも類似している。

○進退殊揆　聞諸鄒衍之談　「進退」はここでは、暦と節気の進み方の遅速のこと。天体の動きについて「進退」という例として『尚書』「虞書・舜典」、「正月上日受二終于文祖一。在二璿璣玉衡一以齊二七政一」への唐・孔穎達疏に「馬融云。日月星皆以二璿璣玉衡度一知二其盈縮進退、失政所レ在」とある。「殊揆」は、基準を異にするの意。用例は少ないが、『廣弘明集』巻二七、釈曇瑗「與二梁朝士一書」に「孔定二刑辟一、以詰二姦宄一、釋敷二羯磨一、用擯二違法一。二聖分レ教、別有二司存一。頃見二僧尼一、有レ事每越二訟公府一。且內外殊レ揆、科例不レ同」（大正蔵五二巻三〇五頁上）とある。「鄒衍」は戦国・斉の臨淄の人。陰陽五行説を唱えた代表的人物で、『史記』巻七四「孟子荀卿列傳」に彼を評して「深觀二陰陽消息一而作二怪迂之變・終始大聖之篇十餘萬言一」とある。ただし、鄒衍が暦と節気の遅速について直接述べた例は未見。「鄒衍之談」に似た例は、『廣弘明集』巻一三、釈法琳「辯正論」に、釈迦の教えと鄒衍の談を比較して「雖二弘羊潛計之術一、莫三能紀二其纖芥一、鄒衍談天之論、無三以議二其涓滴一」（大正蔵五二巻一七九頁上）とあるが、これは「鄒衍段天之論」は釈迦の教えの一滴にも及ばないとする。また、『顏氏家訓』「歸心」に「鄒衍亦有二九州之談一。山中人不レ信レ有二魚大如一レ木、海上人不レ信レ有二木大如一レ魚」とあるが、これも暦・節気とは関わらない。なお、暦と季節の相違に関わる鄒衍のエピソードとして『藝文類聚』巻三「歳時部上・夏」所引『淮南子』（逸文）に「鄒衍事二燕惠王一盡レ忠。左右譖レ之、王繫レ之。仰レ天而哭、夏五月、爲レ之下レ霜」とある。これは鄒衍の超人性を示す話だと考えられるが、鄒衍の哭泣が暦の五月（夏）に霜を降らせた（二十四節気では九月の「霜降」に相当）としている。

○推歩定辰　勒在容成之説　「推歩」は、日月五星の運行の度合いと季節の運行との差を測ること。『後漢書』巻三八「馮緄傳」に「緄弟允、清白有二孝行一。能理二尚書一、善二推歩之術一」とあり、唐・李賢注が「推歩、謂レ究二日月五星之度・昏旦節氣之差一」とする。「定辰」は定まった日取りのこと（名詞）だが、ここは文脈上、日取りを定めるの意（動詞句）で用いていると解される。

郊祀之設…の項に引いた『南齊書』巻九「禮志上」に「雖三郊有二常日一、明堂猶レ無二定辰一」、同じくまた「禮記保傅云、三代之禮、天子春朝朝日、秋暮夕月、所二以明レ有レ敬也。而不レ明二所レ用之定辰一。馬・鄭云レ用二二分之時一、盧植云レ用二立春之日一」などとある。容成は黄帝の史官で、始めて律暦を作った人物とされる。『晉書』巻一七「律曆志中」に「逮二乎炎帝一、分二八節一以始二農功一。軒轅紀二三綱一而闡二書契一、乃使下羲和占レ日、常儀占レ月、臾區占二星氣一、伶倫造二律呂一、大撓造二甲子一、隷首作中算數上。容成綜二斯六術一、考二定氣象一、建二五行一、察二發斂一、起二消息一、正二閏餘一、述而著レ焉、謂二之調曆一」、『藝文類聚』巻五「曆」に「世本曰、容成作レ曆」などとある。また、『列仙傳』「容成公」に「容成公者、自稱二黄帝師一、見二於周穆王一。能善二補導之事一、取二精於玄牝一。其要、谷神不レ死、守レ生養レ氣者也。髮白復黑、齒落復生。事與二老子一、亦云二老子師一」（『文選』巻二一、郭景純「遊仙詩」の「陵陽挹二丹溜一、容成揮二玉杯一」への李善注にほぼ同文を引く）とある。その「容成之説」に似た例は、『廣弘明集』巻一三、釈法琳「辯正論」に「案二道德序一云、老子修レ道自隱以二無名一爲レ務。周衰出レ關、二篇之教、乃作。然、周書典謨、老氏所レ制。案二二教論一云、五千文者容成所レ説、老爲レ尹談。蓋述而不レ作也」（大正蔵五二巻一七八頁下〜一七九頁上）とある。

○愚謂　「愚」は自己の謙称。用例は『後漢書』巻三五「張純傳」に「臣愚謂。宜下除二今親廟一、以則中二帝舊典上。願下有二有司一博採二其議一」とあるなど。

○事備司存　「事備」は鄒衍・容成らによって当該問題についての知識は備わっている、の意。「司存」は『論語』「泰伯」の、曽子が敬子をいさめた言葉「君子所レ貴二乎道一者三。動二容貌一斯遠二暴慢一矣。正二顔色一斯近レ信矣。出二辭氣一斯遠二鄙倍一矣。籩豆之事則有二司存一」（魏・何晏注「包曰。敬子忽レ大務レ小、故又戒レ之以レ此。籩豆、禮器」）に拠る。日取りの選択のような小さなことは担当役人がいるからそちらに任せておけばよい、ということ。

24　藏伎美麻呂・賞罰の理

〔本文〕

問。

帝王御レ世、必須二賞罰一。

用二賞罰一之道、雖レ褒二貶善悪(1)一、

或有レ辜而可レ賞者、

或有レ功(2)而可レ辜也。

理可二分疏一。庶詳二其要一。

對。　　藏伎美麻呂

臣聞、

經レ邦導レ俗、貴在レ愼レ刑、

調レ風御レ民、先務レ明レ賞。

〔訓読〕

問ふ。

帝王の世を御《をさ》むるに、必ず賞罰を須《もち》ふ。

賞罰を用ゐる道は、善悪を褒貶《はうへん》すと雖も、

或《ある》ひは辜《つみ》有れど賞《ほ》むべきことあり、

或ひは功《いさを》有れど辜すべきことあり。

理《ことわり》分疏《ぶんそ》すべし。庶《ねがは》くは其の要を詳《つまび》らかにせよ。

對《こた》ふ。　　藏伎美麻呂

臣聞く、

邦《くに》を經《をさ》め俗《ひと》を導くに、貴《たふと》ぶらくは刑を愼《つつし》むことに在り、

風を調《ととの》へ民を御《をさ》むるに、先づ賞を明らかにすることを務む、と。

由(3)レ是、
憚レ悪(4)勸レ善、
黜レ幽陟レ明、
淸二彼姦凶之源一、
改二斯彫弊(5)之季一。
方今、
遐(6)邇 寧輯、
内外允(7)釐。
化被二八荒一、
徳流二四表(8)一。
開二三面以敷レ惠、
慮二一物之有レ傷。
爰及二芻蕘一、
廣垂二下聽一。
竊以、
賞疑從レ重、哲后之格言、
眚災肆赦、明王之篤論。
至レ如二管仲有レ隙、齊桓擧而厚任、

是に由りて、
悪を憚り善を勸め、
幽を黜《しりぞ》け明を陟《すす》め、
彼《か》の姦凶《かんきよう》の源を淸め、
斯《こ》の彫弊《てうへい》の季《すえ》を改む。
方今《いまし》、
遐邇寧輯《かじねいしふ》し、
内外允釐《いんり》す。
化は八荒《はつくわう》を被《おほ》ひ、
徳は四表《しへう》に流《なが》る。
三面を以て惠を敷かむと開き、
一物の傷《そこな》はるること有らむことを慮《おもんばか》る。
爰《ここ》に芻蕘《すうぜう》に及び、
廣く下聽《かちやう》を垂る。
竊《ひそ》かに以《おもひ》みれば、
賞の疑はしきは重きに從ふとは、哲后《てつこう》の格言、
眚災《せいさい》は肆《ゆる》め赦《ゆる》すとは、明王の篤論なり。
管仲《くわんちゆう》隙《すき》有るも齊桓《せいくわん》は擧げて厚く任《まか》せ、

韓信有レ過、漢高捨而不レ驗、
若專棄二有功一掛二彼重科一、
既忽二良才一不レ加二褒賞一、
何以、
奬二勵來者一、
勸二勵後人一者哉。
雖レ然、
不レ有二典刑一、
稍長レ犯レ綱、
此而可レ捨、
積習生レ常。
若使下寛二布惠和一、
明二愼賞罰一、
道二忠信一而齊レ俗、
班二禮敎一而訓上レ民、
兼復、
選二于公之儔(9)一委二之庶獄一、

韓信《かんしん》過《とが》有るも漢高《かんかう》は捨てて驗《かむが》へざるがごときに
至りては、
若し專らに有功を棄てて彼に重科を掛け、
既に良才を忽《いるがせ》にして褒賞を加へずは、
何を以て、
來者《らいしや》を奬勵《しやうれい》し、
後人《こうじん》を勸勵《かんれい》するものならむや。
然りと雖も、
典刑有らずは、
稍《やうやく》に綱を犯すに長《た》け、
此《かく》して捨つべくは、
積習《せきしふ》常を生《な》さむ。
若《も》し惠和を寛く布《し》きて、
賞罰を明かし愼み、
忠信を道《と》きて俗を齊《ととの》へ、
禮敎を班《し》きて民を訓《おし》へしめ、
兼ねて復《ま》た、
于公《うこう》の儔《ともがら》を選びて之に庶獄を委《ゆだ》ね、

召二黄霸之輩一寧二以羣州一。
然則、
上下克諧、
褒貶得レ衷(10)。
清靖之風斯在、
邕凞之化可レ期。
謹對。
天平三年五月九日

黄霸《くわうは》の輩《やから》を召して以て羣州を寧《やす》んぜしめむ、
然れば則ち、
上下克《よ》く諧《かな》ひ、
褒貶衷《まこと》を得む。
清靖《せいせい》の風斯《ここ》に在り、
邕凞《ようき》の化期《ま》つべし。
謹みて對ふ。
天平三年五月九日

〔校異〕

(1) 悪―底本「要」。諸本により改める。
(2) 而―底本なし。諸本により補う。
(3) 由―底本「申」。諸本により改める。
(4) 勸―底本「觀」。河村・三手により改める。谷森、傍書「勸カ」。
(5) 之―底本一字分塗りつぶし。諸本により補う。
(6) 遐―底本「遐遐」。諸本により「遐」一字削除。
(7) 允―底本「元」。人見・内閣・平松・塩釜・柳原、帝慶(傍書)により改める。
(8) 表―底本一字分塗りつぶし。諸本により補う。

（9）委―底本「悉」。諸本により改める。

（10）衷―底本「衰」。谷森「衰」に右傍書「衷乎」、左傍書「實乎」。人見「哀」に右傍書「衷カ」、陽二「裏」に右傍書「衷」。平松・萩野・蓬左・塩釜・神宮・池田・井上・柳原により改める。

〔通釈〕

問う。帝王が世を治めるには、必ず賞罰を用いる。賞罰の用い方は、人々の行いの善し悪しを評価するといっても、あるいは罪があっても褒賞すべき場合があるし、あるいは功績があっても罪に問うべき場合がある。その理由は説明すべきである。どうかその要点を詳しく教えてほしい。

蔵伎美麻呂

お答えいたします。私は聞いております、国を治め民を導くにあたり、尊ぶべきは刑罰を慎むことであり、風俗を調え民を治めるにあたっては、まず褒賞（の基準）を明らかにするよう務めるのだ、と。このことによって、悪行を差し控え善行を勧め、功績のない者を退けて功績のある者を登用し、かのよこしまでまがまがしい悪の根源を清め、この困苦の末端を改めるのです。

今、（今上陛下の治世は）遠くも近くも安らかに和らぎ、内外ともまことによく治まっています。（陛下の）風化は八方の果てをも覆い、盛徳は四方の外にも流れ（至っ）ております。（陛下は、殷の湯王のように）網の三面を（鳥獣に）恵みを施そうとしてお開きになり、一つのものでも傷ついていないかとおもんばかっていらっしゃいます。そのようなわけで、草刈りや木こり（のように賤しい私）にも及ぶほど広く（臣下どもに）ご下問なさいました。

私に考えをめぐらせますに、褒賞に迷う場合は重く与えるというのは、賢明な君主の格言であり、過失による損害は許すというのは、聡明な君主のゆきとどいた意見です。管仲との間に隙間があっても斉の桓公は（管仲を）重んじて登用し、韓信に過失があっても漢の高祖は赦して追及しなかったという例にいたっては、もし専ら功績を棄てて重い罰を科し、優れた人材をないがしろにして褒賞を与えなかったら、何によって将来ある者たちを奨《すす》め励し、後進たちを勧めねぎらうことができたでしょうか。しかし、そうはいっても、定まった刑法がなければ、だんだんと（人々が）綱紀を犯すことが増え、このように（刑罰もなく罪を）見逃してもよいとするなら、積み重なった悪習が常（の習わし）となってしまうでしょう。もし、寛く恵みと和らぎをゆき渡らせ、褒賞と刑罰（の基準）を明らかにして慎重に行わせ、忠と信に則って世を治め、礼の教えをしいて民を導かせて、そしてまた、于公のような者を選んでもろもろの裁判を任せ、黄覇のような者を召してもろもろの地方を治めさせるならば、その結果として、上の者と下の者とがよく調和し、褒賞と批判とが正しく行われるでしょう。清らかで安らかな風がここに実現し、やわらいで盛んな教化が約束されましょう。謹んでお答え申し上げます。

天平三年五月九日

〔語釈〕

【問】

21船沙弥麻呂対策の【問】の項に同じ。

【対】

○經邦導俗　貴在愼刑　「經邦導俗」は、国を治め民を導く。『尙書』「周書・周官」に「立二太師太傅太保一。茲惟三公、論レ道經レ邦燮二理陰陽一」、『廣弘明集』巻一二、釈明槩「決下對傅奕廢二佛法僧一事上并表」に「興レ邦制レ治導レ俗訓レ民、禮樂緝修、憲章條序、九流之內儒學之流也」（大正蔵五二巻一七四頁上）、本対策以前の日本への伝来は未詳だが、唐・高宗「衞士等聽二終制三年一詔」に「通喪下達、聖哲彝訓、緯レ俗經レ邦、咸率二茲道一」（『全唐文』巻一二）などとある。「愼刑」は刑を愼重に行うこと。『尙書』「虞書・舜典」に「欽哉欽哉、惟刑之恤哉」とあり、唐・孔穎達疏が「五刑雖レ有二犯者一、或以レ恩減降、不レ使三身服二其罪一、所以流放宥レ之。（中略）舜愼レ刑如レ此」とする。また、同「周書・多方」に「至二于帝乙一、罔レ不二明レ德愼一レ罰。亦克用勸」とあり、前漢・孔安国伝が「愼二去刑罰一亦能用勸レ善」とする。治世の要の第一に「愼刑」を挙げる例として、『魏書』巻九三「恩倖列傳・王叡」に「臣聞、爲二治之要一其略有レ五。一者愼二刑罰一、二者任二賢能一、三者親二忠信一、四者遠二讒佞一、五者行二黜陟一」とある。

○調風御民　先務明賞　「調風御民」は風俗を調え民を治める。類似の言い回しは、『北齊書』巻四「文宣帝紀」に「編戸之多、古今爲レ最。而丁口減二於疇日一、守令倍二於昔辰一、非レ所下以馭レ俗調レ風、示中民軌物上」、『廣弘明集』巻二九、（作者未詳）「平心露布文」に「陛下應レ眞理レ物、調レ俗御レ民、念二此鯨鯢一、愍二斯塗炭一、遂詔レ臣揚二旌色野一、問二罪心庭一」（大正蔵五二巻三四八頁中）、本対策以前の日本への伝来は未詳だが、唐・高宗「定二明堂規制一詔」（総章元年〈六六八〉）に「調レ風御レ節、萬物資以化成、布レ政流レ音、九區仰而貽則」（『全唐文』巻一三）などとある。「明賞」は褒賞を明らかにすること。『韓非子』「姦劫弑臣」に「善爲レ主者、明レ賞設レ利以勸レ之、使レ民以レ功賞、而不下以二仁義一賜上、嚴レ刑重レ罰以禁レ之、使レ民以レ罪誅而不下以二愛恵一免上」、同「心度」に「明主之治レ國也、明レ賞則民勸レ功、嚴レ刑則民親レ法。勸レ功則公事不レ犯、親レ法則姦無レ所レ萌」、『後漢書』巻六二「荀淑傳」孫「悦」の項に所引の「申鑒」に「賞罰、政之柄也。明レ賞必レ罰、審レ信愼レ令、賞以勸レ善、罰以懲レ惡。人主不二妄賞一、非三徒愛二其財一也。賞妄行則善不レ勸矣。不二妄罰一、非レ矜二其人一也。罰妄行則惡不レ懲矣」などとあり、刑罰も厳しく行うべきだとの主張と対になって用いられている。

○憚惡勸善　黜幽陟明　「憚惡勸善」は、悪行を差し控え善行を勧める。「憚惡」の用例は本対策以前の漢籍・仏典に未見。前項に引いた『後漢書』巻六二所引「申鑒」に「賞レ以勸レ善罰レ以懲レ惡」とあったが、「勸善」と「懲惡」を組み合わせる例は多数ある。「黜」は降す・退ける、「陟」は挙げる意。「黜幽陟明」で、功績のないものを職から退け、功績のある者を登用することをいう。『尚書』「虞書・舜典」に「三載考レ績、三考黜二陟幽明一、庶績咸熙」とあり、孔安国伝が「能否幽明有レ別。黜二退其幽者一、升二進其明者一」とする。また、『隋書』巻六三「樊子蓋傳」に「導レ德齊レ禮、實惟共治、懲レ惡勸レ善、用明二黜陟一」、とある。

○清彼姦凶之源　改斯彫弊之季　「姦凶」を除くという表現は、『文選』巻三七、諸葛亮「出師表」に「庶竭二駑鈍一、攘二除姦凶一、興二復漢室一、還二于舊都一」とある。根源から清めるという表現は、『漢書』巻二三「刑法志」に「罔密而姦不レ塞、刑蕃而民愈嫚。（中略）誠以二禮樂闕而刑不レ正也。豈宜下惟中思所二以清レ原正レ本之論上」、『晉書』巻三「武帝紀」に「朕以二不德一託二于四海之上一、兢兢祗畏、懼レ無三以康二濟寓內一、思下與二天下一式明二王度一、正レ本清上レ源」などとある。「彫弊」は困苦。『漢書』巻八九「循吏傳」の序に「孝武之世、外攘二四夷一、內改二法度一、民用彫弊、姦軌不レ禁」、『北史』巻一二「隋本紀下・煬帝」に「拯二羣飛於四海一、革二彫弊於百王一、恤レ獄緩レ刑、生靈皆遂二其性一、輕レ徭薄レ賦、比屋各安二其業一」などとある。

○遐邇寧輯　内外允釐　ここから今上天皇（聖武）の治世の讃美に入る。「遐邇」は遠いところと近いところ、国じゅうすべて、の意。用例は『後漢書』巻七「孝桓帝紀」に「幸頼二股肱禦レ侮之助一、殘醜消蕩、民和年稔、普天率土、遐邇洽同」など。本対策後の例だが、日本でも『續日本紀』天平一三年（七四一）三月乙巳の聖武天皇の詔に「宜レ令下天下諸國各令レ敬二造七重塔一區一、并寫中金光明最勝王經・妙法蓮華經各一部上。（中略）國司等各宜下務存二嚴飾一、兼盡中潔清上。近感二諸天一、庶二幾臨護一。布二告遐邇一、令レ知二朕意一」とある。「寧輯」は安寧・平和をもたらすことだが、ここは安らかで和らいでいるの意。『後漢書』巻七〇「孔融傳」に「秉二髦節之使一、銜レ命直指、寧二輯東夏一」（唐・李賢注「輯、和也」）とある。また、語構成を逆にした「輯寧」の例として、『尚書』「商書・湯誥」に「俾三予一人輯二寧爾邦家一」とあり、孔安国伝が「言、天使三我輯二安汝國家一」とする。「允釐」はうそいつわりなくよく治まっていること。『尚書』「虞書・堯典」に「允二釐百工一、庶績咸熙」とあり、孔安国伝が「允、信。釐、治」とする。

○化被八荒　徳流四表　「化」は天皇の徳に世界が感化されること。「八荒」は八方の果て、全世界。『漢書』巻二一上「律暦志上」に「人者、繼レ天順レ地、序レ氣成レ物、調二八風一、理二八政一、正二八節一、諧二八音一、舞二八佾一、監二八方一、被二八荒一、以終二天地之功一、故八八六十四」とある。「四表」は四方の果て。『尚書』「虞書・堯典」に「允恭克讓、光二被四表一格二于上下一」とあり、孔安国伝が「既有二四徳一又信恭能讓、故其名聞充二溢四外一至二于天地一」とする。

○開三面以敷恵　慮一物之有傷　「開三面以敷恵」は、殷の湯王が、鳥獣を捕らえるために野原に張られた四面の網のうち三面を開いて逃がしてやり、鳥獣にまで仁徳を及ぼした故事を指す。『史記』巻三「殷本紀」に、「湯出、見丁野張二網四面一、祝曰丙自二天下四方一皆入乙吾網甲。湯曰、嘻、盡レ之矣。乃去二其三面一、祝曰、欲レ左左、欲レ右右、不レ用レ命、乃入二吾網一。諸侯聞レ之曰、湯徳至矣、及二禽獸一」とある。「慮一物之有傷」は、天皇が、一人の者・一つの物すら損なわれていないか心を配っているの意。『藝文類聚』巻五八「雜文部四・移」所引、梁・簡文帝「答二穰城求レ和移一文」に「事同レ拯レ溺、愍二百姓之未一レ安、傷二一物之失一レ所。故餘民繈負、掃レ地來レ王、而向レ化之レ黨」、『隋書』巻三「煬帝紀」の詔に「毎慮二幽仄莫レ擧、寃屈不一レ申。一物失レ所、乃傷二和氣一。萬方有レ罪、責在二朕躬一」、孔穎達「周易正義序」に「王者、動必則二天地之道一、不レ使三一物失二其性一、行必協二陰陽之宜一、不レ使三一物受二其害一」などとある。なお、本対策以前の『續日本紀』神亀二年（七二五）九月壬寅の聖武天皇の詔に「朕以二寡薄一、嗣二膺景圖一、戰戰兢兢、夕惕若厲、懼二一物所一レ失、睠二懷生之便安一」とあり、これを意識した表現である可能性もある。

○爰及芻蕘　廣垂下聽　「芻蕘」は草刈りと木こりの意で賤しい者の喩え。ここは伎美麻呂の謙辞。『毛詩』「大雅・生民之什・板」に「先民有レ言。詢二于芻蕘一」（前漢・毛公伝「芻蕘、薪采者」）、『漢書』巻八五「谷永傳」に「陛下誠垂二寛明之聽一、無二忌諱之誅一、使二芻蕘之臣得一レ盡二所レ聞於前一」とある。

○賞疑從重哲后之格言　眚災肆赦明王之篤論　ここから答えに入る。「賞疑」は褒賞の程度が決めにくい場合をいう。「從重」は重い方をとる。『尚書』「虞書・大禹謨」に「罪疑惟輕、功疑惟重」とあり、孔安国伝が「刑疑附レ輕、賞疑從レ重、忠厚之至」とする。また、『藝文類聚』巻五二「治世部上・論政」、劉向『新序』に「賞之疑者從レ重、罰之疑者從レ輕」とある。「哲后」「明王」は賢明な君主。用例は『魏書』巻九「肅宗紀」に「賞貴二宿勞一、明主恒德、恩沾二舊績一、哲后常範」、『晉書』巻三〇「刑法志」に「肉刑之典、由來尚矣。肇自二古先一、以及二三代一。聖哲・明王所レ未二曾改一也」とあるなど。「眚災」は過失による損害。「肆赦」は罪を許す。『尚書』「虞書・舜典」に「眚災肆赦、怙終賊刑」とあり、孔安国伝が「眚、過。災、害。肆、緩。賊、殺也。過而有レ害、當二緩赦一レ之」とするのに拠る。

○管仲有隙齊桓擧而厚任　韓信有過漢高捨而不驗　「管仲」は春秋時代の斉の宰相、「齊桓」は管仲が仕えた斉の桓公。管仲は初め、桓公の兄で王位を争う競争者だった公子糾に仕え、即位前の桓公の命を狙ったこともあった。しかし、やがて桓公が即位して、糾は敗死。管仲は捕らえられたが、桓公に仕えていた親友の鮑叔に助けられ、逆に桓公に推挙された。桓公は鮑叔の進言を受け入れて管仲を登用し、管仲の働きにより桓公が覇者となった、との故事（管鮑の交わり）に拠る。『春秋左氏傳』荘公九年、『史記』巻六二「管仲傳」などに見える。ここは、桓公が管仲の過失を許して登用・信任したことを述べている。小過を許して登用する例に管仲の故事を挙げた例として、『藝文類聚』巻五七「雜文部三・連珠」所引、魏・王粲「傚二連珠一」に「臣聞。記レ功誌レ過、君臣之道也、不レ念二舊惡一、賢人之業也。是以、齊用二管仲一而霸功立、秦任二孟明一而晉恥雪」とある。「韓信」は淮陰の人、「漢高」は彼が使えた前漢の高祖。ここは、重用されないことに失望して逃亡した韓信の罪を、高祖が蕭何の諫言に従って許し、大将に任じた故事に拠る。『史記』巻九二「淮陰侯傳」、『漢書』巻三四「韓信傳」などに見える。高祖が韓信を登用したことをいう例は、『晉書』巻六二「劉琨傳」に「晉文以二郤縠一爲二元帥一而定二霸功一、高祖以二韓信一爲二大將一而成二王業一」、『宋書』巻三九「百官志上」に「漢高帝以二韓信一爲二大將軍一」などとある。

○專棄有功掛彼重科　既忽良才不加褒賞　「有功」の者を褒賞せぬ過ちをいう例として、『史記』巻七「項羽本紀」に「勞苦而功高如レ此。未レ有二封侯之賞一。而聽二細說一、欲レ誅二有功之人一。此亡秦之續耳」、『漢書』巻八「宣帝紀」に「蓋聞、有功不レ賞、有罪不レ誅、雖二唐虞一猶レ不レ能三以化二天下一」、『後漢書』巻六三「杜喬傳」に「夫有功不レ賞、爲レ善失二其望一、姦回不レ詰、爲レ惡肆二其凶一」などとある。なお、21の問の**或有功而可辜也…**の項も参照。「重科」は重い罪。用例は『宋書』巻四二「王弘傳」に「實以二小吏無知、臨レ財易レ昧、或由二疏慢一、事蹈二重科一」とある。「忽」はないがしろに扱う、「良才」は優れた人材。『抱朴子』「外篇・名實」に「放二斧斤一而欲レ雙二巧於班墨一、忽二良才一而欲二彝倫之攸レ敘、不二亦難一乎」とある。「褒賞」の用例は『魏書』「高宗文成帝紀」に「夫褒賞必二於有功一、刑罰審二於有罪一」とあるなど。

○獎勵來者　勸勵後人　「獎勵」の用例は『梁書』巻四六「胡僧祐傳」に「僧祐親當二矢石一、晝夜督戰、獎二勵將士一、明二於賞罰一。衆皆感レ之、咸爲二致死一、所レ向摧殄、賊莫二敢前一」、『隋書』巻六三「樊子蓋傳」に「實字人之盛績、有國之良臣、宜下加二褒顯一、以弘獎勵上」とあるなど。「來者」は『論語』「子罕」に「子曰、後生可レ畏、焉知二來者之不レ如レ今也一」とあるのに拠る。「勸勵」の用例は『隋書』巻四八「楊素傳」の「若不レ加二褒賞一、何以申二茲勸勵一」とあるなど。「後人」は、ここは右の『論語』「子罕」の「後生」と同義に用いていよう。

○不有典刑　稍長犯綱　「典刑」は定まった刑法・法律。『尚書』「虞書・舜典」に「象以二典刑一」とあり、孔安国伝が「象、法也。法用二常刑一、用不レ越レ法」とし、『毛詩』「大雅・蕩之代・蕩」に「雖レ無二老成人一、尙有二典刑一。曾是莫レ聽、大命以傾」とあり、後漢・鄭玄箋が「老成人、謂レ若二伊尹・伊陟・臣扈之屬一。雖レ無二此臣一、猶有三常事故法可二案用一也」「朝廷君臣皆任二喜怒一、曾無下用二典刑一治レ事者上、以至二誅滅一」とするなどに拠る。「犯綱」は、諸本の過半が「犯網」に作り、小島憲之は「綱」に改めている（『国風暗黒時代の文学　上』二〇六頁）。「犯綱」（綱紀を犯す）「犯網」（法網を犯す）いずれも文意は通るが、本対策以前の漢籍・仏典にいずれも未見。『文選』巻五四、陸機「五等論」に「六臣犯二其弱綱一七子衢二其漏網一、皇祖夷二於黥徒一西京病二於東帝一」とあり、伎美麻呂がこれにならった可能性もあるので底本に従う。

○此而可捨　積習生常　「此而」は前句を受けて「綱紀を犯す者が増えて」の意、「可捨」の「捨」は前の「韓信有レ過、漢高捨而不レ驗」を受けて、罪があっても見逃すことをいうととる。「積習」は長年の習慣。ここは悪習をいう。『晉書』巻二〇「禮志中」に「百僚拜陵、起二於中興一、非二晉舊典一。積習生レ常、遂爲二近法一。尋二武皇帝詔一、乃不レ使二人主諸王拜陵一、豈唯百僚」とあるのに拠る。日本でも本対策以前に、『續日本紀』養老四年

（七二〇）三月己巳の太政官奏に「依二此姦計一取レ利過レ本、積習成レ俗」とある。

○寛布恵和　明愼賞罰　「寛布」という言い回しは漢籍・仏典ともに用例未見。「恵和」の用例は『漢書』巻二三「刑法志」に「刑罰威獄、以類二天之震曜殺戮一也。溫慈恵和、以效二天之生殖長育一也」とある。「明愼賞罰」は、『後漢書』巻四六「陳寵傳」の子「忠」についての論に「庶二乎明愼用レ刑而不レ留レ獄。然其聽二狂易殺一レ人、開三父子兄弟得二相代死一、斯大謬矣」、『禮記』「緇衣」の「子曰。政之不レ行也、敎之不レ成也、爵祿不レ足レ勸也、刑罰不レ足レ恥也」への孔穎達疏に「此一節明二愼賞罰一之事」とあるなどに拠る。なお、經邦導俗…の項・調風御民…の項に既出の「愼罰」「明賞」の用例も参照。

○道忠信而齊俗　班禮敎而訓民　「道忠信」は『春秋左氏傳』僖公二四年に「耳不レ聽二五聲之和一爲レ聾、目不レ別二五色之章一爲レ昧、心不レ則二德義之經一爲レ頑、口不レ道二忠信之言一爲レ嚚。狄皆則レ之。四姦具矣」とあるのに拠っていよう。典拠の否定的な文脈を反転させている。「道」を小島憲之は三手により「遵」に改めるが（『国風暗黒時代の文学　上』二〇六頁）、底本に従う。「忠信」により民を治めることをいう例に、『荀子』「富国」の「君レ國長レ民者、欲二趨レ時遂一レ功、則和調・累解、速二乎急疾一、忠信・均辨、説二乎賞慶一矣、必先脩三正其在レ我者一、然後徐責二其在レ人者一、威二乎刑罰一」がある。「齊俗」の「齊」は、『論語』「爲政」の「子曰。道レ之以レ政、齊レ之以レ刑（魏・何晏注「馬曰、齊三整之一以二刑罰一」）、民免而無レ恥。道レ之以レ德、齊レ之以レ禮、有レ恥且格」などの用い方と同じく、整える意。ただし、「齊俗」という形でこの意を表した例は未見。『荀子』「富國」に「必將脩レ禮以齊レ朝、正レ法以齊レ官、平レ政以齊レ民、然後節奏齊二於朝一、百事齊二於官一、衆庶齊二於下一」とある「齊民」は本対策の「齊俗」と同義と言えよう。また、調風御民…の項に引いた『廣弘明集』巻二九「平心露布文」に「調レ俗御レ民」ともあった。「班禮敎」は、『晉書』巻六八「紀瞻傳」に「在昔哲王象レ事備レ物、明堂所三以崇二上帝一、清廟所三以寧二祖考一、辟雍所三以班二禮敎一、太學所三以講二藝文一、此蓋有レ國之盛典、爲レ邦之大司」とあるのに拠る。「訓民」の例は經邦導俗…の項に引いた『廣弘明集』巻一二「決下對傅奕廢二佛法僧一事上幷表」に「興レ邦制レ治導レ俗訓レ民」とあった。

○選于公之儔委之庶獄　召黄霸之輩寧以羣州　「于公」は前漢の裁判官で于定国の父。公平な裁判を行ったので、判決を受けた者たちから恨まれることがなかったという。『漢書』巻七一「于定國傳」に「于公爲二縣獄史・郡決曹一、決獄平、羅二文法一者、于公所レ決皆不レ恨」とある。「庶獄」は諸々の裁判沙汰。『文選』巻五六、潘岳「楊荊州誄」に「君莅二其任一、視レ民如レ傷。庶獄明愼、刑辟端詳」、『魏書』巻六二「李彪傳」に「深愼レ罰以明レ刑、則庶獄得レ衷矣」などとある。「黄霸」は漢代の地方長官。その善政は天下第一と称され、後に丞相となるも地方官としての名声には及ばなかったという。『漢書』巻八九「循吏列傳・黄霸」に「霸以二外寬内明一得二吏民心一、戸口歳增、治爲二天下第一一」「霸材長二於治レ民、及レ爲二丞相一、總二綱紀號令一、風采不レ及二丙・魏・于定國一、功名損二於治レ郡」とある（于定国と比較されている点も注目される）。「羣州」は多くの地方の意と解されるが、本対策以前の漢籍・仏典に用例未見。本項の構文に近い例として、『漢書』巻二三「刑法志」に、「招二進張湯・趙禹之屬一、條二定法令一、（中略）緩二深故之罪一、急二縱出之誅一」「選二于定國一爲二廷尉一、求二明察寬恕黄霸等一以爲二廷平一」などとある。

○上下克諧　褒貶得衷　「克諧」は、よく調和する。音楽についていうことが多い。『尙書』「虞書・堯典」に登用される前の舜の評判として、孝によって家族をよく調和させていることを言って「父頑、母嚚、象傲、克諧以レ孝烝烝、乂不レ格姦」とあり、孔安国伝が「諧、和。烝、進也。言、能以二至孝一和二諧頑嚚昏傲一」とする。また、『宋書』巻一九「樂志一」に「夫舞者所三以節二八音一者也。八音克諧、然後成レ樂」などとある。「褒貶」は21の問の褒貶善惡の項を参照。「得衷」は、適正に行われること。『春秋左氏傳』昭公六年に「叔向曰、楚辟、我衷」とあり、晋・杜預注が「辟、邪也。衷、正也」とする。前項に引いた『魏書』「李彪傳」にも「深愼レ罰以明レ刑、則庶獄得レ衷矣」とあった。また、『北史』巻九三「僭僞附庸列傳」の論に「嗣子纂レ業、増二修遺構一、賞罰得レ衷、擧厝有レ方」などとある。

○清靖之風斯在　豈凞之化可期　「清靖」は、清らかで安らかなこと。『漢書』巻三九「曹參傳」に、曹参の死後、民が彼を称えた歌に「曹參代レ之、守而勿レ失。載二其清靖一、民以寧壹」とある。「豈凞」は、和らぎ盛んなこと。魏の歌曲名でもある。『宋書』巻二二「樂志四」に「豈凞」の名義説明として「第十一曲豈熙。言下魏氏臨二其國一、君臣邕穆、庶績咸熙上也」とあり、その歌詞を記して「豈凞、君臣合レ德、天下治。隆二帝道一、獲二瑞寶一、頌聲竝作、洋洋浩浩。吉日臨二高堂一、置レ酒列二名倡一、歌聲一何紆餘。雜二笙簧一、八音諧、有二紀綱一。子孫永建二萬國一、壽考樂無レ央」とする。

○天平三年五月九日　天平三年は七三一年。21の船沙弥麻呂の翌日に同じ策問が下されたことになる。

25 大神虫麻呂・復讐と殺人罪

〔作者解説〕

○策問執筆者　記載なく不明。

○対策者　大神虫麻呂《おおみわのむしまろ》　本文の記名「神」は「大神」を中国風の一字名字にした（謙譲のために「大」字を除いた可能性もある）。生没年・経歴ともに未詳。『經國集』巻二十「策下」の目録に「大神直虫麻呂對策文二首」とある。26の左注によれば、本対策は天平五年（七三三）七月二十九日の作である。

〔本文〕

問。

明主立レ法、殺レ人者處レ死、

先王制レ禮、父讎不レ同レ天。

因レ禮復レ讎、既違二國憲一、

守レ法忍レ怨、爰失二子道一。

失二子道一者不レ孝、

〔訓読〕

問ふ。

明主法《めいしゆほふ》を立て、人を殺す者は死に處《しよ》し、

先王禮《せんわうれい》を制し、父の讎《あた》は天を同じくせず。

禮に因《よ》りて讎を復《かへ》せば、既に國憲《こくけん》に違《たが》ひ、

法を守りて怨《うらみ》を忍《しの》べば、爰《ここ》に子道《しだう》を失《うしな》ふ。

子道を失ふ者は孝ならず、

違二國憲一者不レ臣。
惟法惟禮、
何用何捨。
臣子之道、
兩濟得無。

神虫麻呂

對。
竊聞、
孝子不レ匱(1)、已著二六義之典一、
幹二父之蠱一、式(2)編(3)二八象之文一。
是知、
興レ國隆レ家、必由二孝道一。
故使下
烝烝虞帝、終受二昭(4)華之珪一、
翹翹漢臣、乃標中萬石之號上。
自レ爾(5)、
阿劉淳孝、乃殞レ身而令レ親、

國憲に違ふ者は臣ならず。
惟《こ》れ法惟《こ》れ禮、
何《いづ》れを用ゐ何れを捨てむ。
臣子《しんし》の道、
兩《ふた》つながら濟《な》すこと得《え》むや無《いな》や。

神虫麻呂

對《こた》ふ。
竊《ひそ》かに聞く、
孝子匱《つき》ずとは、已《すで》に六義《りくぎ》の典に著《あら》はれ、
父の蠱《やぶれ》を幹《ただ》すとは、式《もち》て八象《はつしやう》の文に編《あ》めり、と。
是《ここ》に知る、
國を興《おこ》し家を隆《さかり》にするは、必ず孝道に由《よ》る、と。
故《ゆゑ》に、
烝烝《じようじよう》たる虞帝《ぐてい》をして、終《つひ》に昭華《せうくわ》の珪《たま》を受け、
翹翹《げうげう》たる漢臣をして、乃ち萬石《ばんせき》の號《な》を標《あらは》さしむ。
爾《それ》より、
阿劉淳孝《ありうじゆんかう》にして、乃《すなは》ち身を殞《おと》して親を令《やしな》ひ、

桓溫篤誠、終振レ刀而殺レ敵。
魏陽斬レ首、存二薦祭之心一、
趙娥刺レ仇、致二就刑之請一。
我國家、
登レ樞踐レ曆、
握レ鏡臨レ圖。
仁超二栖鳳之君一、
道出二駕龍之帝一。
取二破觚於漢律一、
棄二繁荼於秦刑一、
兩壁(6)決疑、從二陶公之雅說一、
百鍰遺訓、協二夏典之明科一。
囚人不レ祭二皐繇之靈一、
獄氣既銷二長平之酷(7)一。
蒲鞭澄レ惡、
行葦興レ謠(8)
猶恐下、
屈レ志同レ天、則彌睽二孝弟一、

桓溫篤誠《くわんをんとくせい》にして、終《つひ》に刀を振《ふる》ひて敵《あた》を殺す。
魏陽《ぎやう》首を斬《き》りて、薦祭《せんさい》の心を存し、
趙娥《てうが》仇《あた》を刺して、就刑《しうけい》の請《こひ》を致《いた》す。
我が國家、
樞《すう》に登り曆《れき》を踐《ふ》み、
鏡《きやう》を握り圖《と》に臨む。
仁は栖鳳《せいほう》の君を超え、
道は駕龍《がりよう》の帝を出づ。
破觚《はこ》を漢律に取り、
繁荼《はんと》を秦刑に棄《す》て、
兩壁《りやうへき》の決疑、陶公《たうこう》の雅說に從ひ、
百鍰《ひやくかん》の遺訓、夏典の明科に協《かな》ふ。
囚人は皐繇《かうえう》の靈を祭らず、
獄氣《ごくき》既に長平の酷《うら》みを銷《け》す。
蒲鞭《ほべん》惡を澄ましめ、
行葦謠《かうゐうた》を興す。
猶《なほ》し、
志を屈して天を同じくせば、則《すなは》ち彌《いよいよ》孝弟に睽《そむ》き、

推レ(9)戈報レ怨、則多挂中(10)網羅、上
廣迨二芻蕘一、
傍詢二政略一。
夫以、
資レ父事レ主、著在二格言一、
移レ(11)孝爲レ忠、聞二諸甲令一。
由レ是、
丁蘭雪レ耻、漢主留二赦(12)辜之恩一、
(13)緱氏(14)刃レ讎、梁配有二減死之論一。
若レ使下
酌二恤刑之義一、驗二純情一而存レ哀、
討二議獄之規一、矜二至孝一而輕上レ罰、
高柴出宰、良(15)績遠聞、
喬卿臨官、芳猷尚在。
則、
可下能孝二于室一、

戈《ほこ》を推《お》して怨《うらみ》に報《むく》いば、則ち多く網羅《まうら》に挂《か》からむこ
とを恐れたまひ、
廣《ひろ》く芻蕘《すうぜう》に迨《およ》び、
傍《あまね》く政略を詢《と》ひたまふ。
夫《それ》以、
父に資《と》りて主に事《つか》ふること、著《しる》く格言に在《あ》り、
孝を移して忠と爲すこと、諸《これ》を甲令《かふれい》に聞く。
是れによりて、
丁蘭《ていらん》耻《はぢ》を雪《すす》き、漢主赦辜《しやこ》の恩を留め、
緱《こう》氏讎《あた》を刃《き》り、梁配《りやうはい》減死の論有り。
恤刑《じゆつけい》の義を酌み、純情を驗《こころ》みて哀を存《おも》ひ、
議獄《ぎごく》の規を討《たづ》ね、至孝を矜《あはれ》びて罰を輕くせしむるが
ごときは、
高柴《かうさい》が出宰して良績《りやうせき》遠く聞え、
喬卿《けうけい》が臨官して芳猷《はういう》尚《なほ》し在《のこ》る。
則ち、
能《よ》く室《いへ》に孝にして、

必忠㆗於邦㆖。
當㆓守㆑孝之時㆒、不㆑憚㆓損生之罪㆒、
臨㆓盡㆑忠之日㆒、詎顧(16)㆓膝下之恩㆒。
謹對。

必ず邦《くに》に忠なるべし。
孝を守る時に當《あ》たりては、損生《そんせい》の罪を憚《はばか》らず、
忠を盡《つ》くす日に臨みては、詎《なに》ぞ膝下《しつか》の恩を顧《かへり》みむ。
謹みて對《こた》ふ。

〔校異〕

(1) 匱—底本「遺」。諸本により改める。
(2) 式—底本「或」。諸本により改める。
(3) 編—底本「綸」。諸本により改める。
(4) 昭—底本「肥」。諸本の多くが「肥」であるが、「肥華」は本対策以前の漢籍に用例が見られず、舜との関わりでは「昭華之○」が多くの文献に見られること、また「肥」と「昭」の草体が非常に類似していることにより、小島憲之の意改（『国風暗黒時代の文学　補篇』四七二頁）に従う。
(5) 爾—底本ナシ。谷森、右傍書「尓カ」。三手により改める。
(6) 璧—底本「辟」。諸本により改める。
(7) 酷—底本「醋」。谷森、右傍書「醋カ酷カ」。三手、右傍書「或ハ●カ」（●一字判読不能）、右下添え書き「カ」、左傍書に底本と同字。文意に鑑み改める。
(8) 謠—底本「謠悪行」。谷森、左傍書「二字心衍文」。文意に鑑み改める。
(9) 戈—底本「才」。諸本により改める。

(10)網―底本「綱」。諸本により改める。
(11)孝―底本「教」。諸本により改める。
(12)辜―底本「事」。諸本により改める。
(13)緱―底本「維」。文意に鑑み改める。
(14)刃―底本「刀」。諸本により改める。
(15)績―底本「續」。諸本により改める。
(16)顧―底本「領」。諸本により改める。

〔通釈〕

問う。賢明な君主が法を立て、人を殺した者は死刑に処すこととし、いにしえの王が礼を制定し、父の仇とは天を同じくしない(仇を生かしておかない)こととなった。礼に従って仇に復讐すれば、まったく国法に背くことになり、法を守って怨みを耐え忍べば(仇討ちを行わなければ)、そこで子としての道を失うことになる。子の道を失った者は孝子とは言えず、国法に背く者は臣下とは言えない。かたや法、かたや礼、どちらを用いどちらを捨てようか。臣の道と子の道は両立できるや否や。

神虫麻呂

お答えします。私に聞いております、孝子は尽きないということは、すでに六義を述べた『毛詩』に明記され、(子が)父の残した過ちを正し治めるということは、八象を描いた『周易』に編みこまれている、と。これによって、国を興し家を盛んにすることは、必ず孝道によるということがわかります。それゆえに、(孝道は)それをおし進めた虞舜に、ついに（帝位の証の）昭華の玉を（堯から）受け取らせ、高潔な漢の臣（石奮）に、まさに「萬石の君」の名を（景帝が）掲《かか》げさせたのです。以来、阿劉は孝行に厚く、まさに我が身を犠牲にして親に尽くし、桓温は忠誠に篤く、ついに刀を振るって（父の）敵を殺しました。魏陽は（父の仇の）首を斬り、（父の）墓前に供えて（父を）弔う心を持し、趙娥は（父の仇を）刺し殺し、（自身の）処罰を願い出ました。

我が国家においては、（今上陛下が）北斗の第一星のような最上位に昇られ、運命により帝位を践《ふ》まれ、鏡のような明道に則《のっと》られ、（天の示した）未来記の予言に従って（天子で）いらっしゃいます。その仁徳は、領内の林に鳳凰を住まわせるような明君を越え、その道徳は、龍を御するような聖帝より抜きん出ていらっしゃいます。（陛下は）刑罰を寛大にすることを漢の刑法から採用し、煩雑な法網は秦の刑法に照らして捨てられ、見分けがたい二つの玉の判別（有罪・無罪の判決）に際しては、陶公の正しい説（罪の疑わしきは罰せず、賞の疑わしきは与える）に従い、（体刑に代えて）百鍰の罰金を課す昔の教えを実行されて、夏禹の書物に記す公明な法（罪の疑わしきは軽くする）にかなっていらっしゃいます。（当代の）囚人は（残虐な刑から逃れるために）皐陶（司獄の元祖）の霊を祀る必要もなく、（囚人たちの発する）獄中の気からは秦の長平監獄のような怨みの気がすっかり消えています。蒲《がま》の穂の鞭《むち》（やさしい刑罰）は悪人の心を清め、（仁政を讃美する）「行葦」の歌は民が盛んに歌っています。それでもやはり、（陛下は）仇討ちの志を曲げて仇と天を同じくすれば、（人々が）いよいよ孝順の道に背くことになり、戈で（仇を）刺し怨みに報いれば、多くの者が法の網にかかるだろうと危惧され、（孝と忠の両立について）広く、草刈り木樵のごとき賤しい者（私）に至るまで、あまねく政策についての意見を求められました。

そもそも、父に仕えるように主君に仕えることは、明確に教えの言葉にあり、親への孝を主君への忠に移しかえることは、第一の法令として聞くところです。これによって、丁蘭は（木母の）恥をすすぎ、漢王は（丁蘭を）

免罪する恩を残し、緱氏（の女《むすめ》・玉）は（父の）仇を斬り、（県の長官）梁配は（玉の）死罪を減ずる論定を（上級官庁から）得ました。温情ある減刑の道理を汲み、（罪人の）ありのままの心情を確かめてあわれみの心を持たせ、処罰を議する法規を調べ、この上ない孝心に同情して罰を軽くさせた例としては、高柴が獄吏となり残した善き功績が遠くまで聞こえ、喬卿が官に就いてなした優れた政策が今も知られています。

つまり、家に孝を尽くせる者は、国家にとっても必ず忠となります。（そういう者は、親への）孝を守る（仇討ちを行う）時には、命を損なう罪（死罪）を怖れることもなく、（主君への）忠を尽くす日に臨んでは、どうして父母の恩を顧みましょうか（父母のことは忘れて主君に命を捧げます）。

謹んでお答え申し上げます。

〔語釈〕

【問】

○明主立法　殺人者處死　明君と立法のつながりは、『漢書』巻二三「刑法志」に「聖王置二諫争之臣一者、非二以崇レ徳、防二逸豫之生一也。立レ法明レ刑者、非二以爲レ治、救二衰亂之起一也。今明主躬垂二明聽一、雖レ不レ置二廷平一、獄將二自正一」、『韓非子』「安危」に「明主之道忠レ法、其法忠レ心、故臨レ之而法、去レ之而思」、同「守道」に「聖王之立法也、其賞足二以勸レ善、其威足二以勝レ暴、其備足二以必完一」などとある。殺人犯が死刑に処されることは、『漢書』巻二三「刑法志」に、「漢興、高祖初入レ關、約二法三章一曰、殺レ人者死、傷レ人及レ盜抵レ罪」、『荀子』「正論」に、「殺レ人者死。傷レ人者刑。是百王之所レ同也」などとある（いずれも『藝文類聚』巻五四「刑法部・刑法」に再収）。

○先王制禮　父讎不同天　『禮記』「壇弓上」に、「孔子曰、先王制レ禮。行レ道之人、皆弗レ忍也」（後漢・鄭玄注「行レ道、猶レ行二仁義一」）とあり、孔子の言として、道

（仁義）を行う人は先王が定めた礼に対しては（誰もが忍びがたい情をこらえて）従うべきことを説く。また、『漢書』巻二三「刑法志」に「聖人既躬二明悊之性一、必通二天地之心一、制レ禮作レ教、立レ法設レ刑、動縁二民情一、而則レ天象レ地。故曰、先王立レ禮、則二天之明一、因二地之性一也」とある。以下の『禮記』に見えるように、親の仇を討つことは孝子の礼だった。「父讎不同天」は『禮記』「曲禮上」に「父之讎弗二與共戴一レ天」（鄭玄注「父者子之天。殺二已之天一、與共戴レ天非二孝子一也。行求殺レ之乃止」）とあるのに拠る。同「檀弓上」に「子夏問二於孔子一曰、居二父母之仇一、如二之何一。夫子曰、寢レ苫枕レ干不レ仕。弗三與共二天下一也。遇二諸市朝一不レ反レ兵而鬬」、『晉書』巻九六「列女傳」、「王廣女」の項に「吾聞、父仇不レ同レ天。母仇不レ同レ地」などともある。

○因禮復讎　既違國憲　子の礼として「復讎」をいう例に、『春秋公羊傳』隠公一一年「君弑、臣不レ討レ賊非レ臣也。不レ復レ讎非レ子也」がある。「國憲」の用例は、『漢書』巻一〇〇下「敍傳下」に「釋之典レ刑、國憲以平」、『晉書』巻八五「諸葛長民傳」に「長民驕縱貪侈、不レ恤二政事一、多聚二珍寶美色一、營二建第宅一、不レ知二紀極一、所レ在殘虐、爲二百姓所一レ苦。自以多行二無禮一、恒懼二國憲一」とあるなど。

○守法忍怨　爰失子道　「守法」の例は、『漢書』巻五一「鄒陽傳」に「魯哀姜薨二於夷一。孔子曰、齊桓公法而不レ譎、以爲レ過也」の唐・顔師古注に「哀姜、莊公夫人也。淫二於二叔一、而豫殺二閔公一。齊人殺二之於夷一。夷、齊地也。法而不レ譎者、言、守レ法而行、不レ能三用レ權以免二其親一也」とある。斉の桓公が殺人の罪を犯した娘の哀姜を法に従って処罰した例である。「忍怨」の例は、本対策以前の漢籍には未見。晋・竺仏念訳『出曜經』に「昔長壽王、身分爲二七段一、亡レ國失レ土。由尙忍レ怨不レ起、共相尊敬、還立二國土一、如レ本無レ異」（大正蔵四巻六九六頁下）とあるなど、仏典に見える。右の例は、長壽王が隣国の王に侵略され身を七つ裂きにされて殺害されたが、子・長生太子に「仇敵に怨みを抱くな」との教えを残し、長生はその教えを守り、後に仇敵を殺す機会を得ても殺さず、罪を悔いた仇敵の王から国を返還されたという説話に基づく（晋・僧伽提婆訳『増一阿含經』「高幢品」〈大正蔵二巻二六六～九頁〉などに見える）。この長寿王について、日本・善珠『梵網經略抄』が「如二長壽王經云一。以レ怨報レ怨、怨終不レ滅。以レ徳報レ怨、怨乃盡耳。是故菩薩不レ瞋爲レ勇。（中略）問。俗禮之中、君父之怨不レ報非レ孝。何故今言二於レ害レ親報レ之違一レ孝。答。孝有二二種一。世間之孝以レ怨報レ怨。如二草滅一レ火。勝義之孝以レ慈報レ怨。如二水滅一レ火。既信二六道皆我父母一、豈爲二一親一更害二一親一。彼殺二今親一、後墮二地獄一。但可二悲愍一、更無レ可レ報。故以二慈心一平等解レ怨速令二斷絶一、孝中之孝」（『日本大蔵経』三四巻七九頁）と、本対策同様、孝の問題として論じており興味深い（善珠は『日本後紀』延暦一六年〈七九七〉正月、任僧正。同年、七十五歳で卒。『日本靈異記』にも登場する。

なお、右の善珠の文章は新羅・太賢『梵網經古迹記』〈大正蔵四〇巻七一二頁中〉をほぼそのまま引用している）。「子道」は、子が親に仕える道。『史記』巻一「五帝本紀・帝舜」の「舜父瞽叟頑、母嚚、弟象傲、皆欲レ殺レ舜。舜順適不レ失二子道一。兄弟孝慈。欲レ殺、不レ可レ得」とあり、親が自分を殺そうとしてもその親に孝を尽くすことが「子道」であるとしている。「子道」を失った例として『漢書』巻二七上「五行志上」に、父の喪中に兵を起こした魯の成公について「成居レ喪亡二哀戚心一、數興レ兵戰伐、故天災二其父廟一、示下失二子道一不上能レ奉二宗廟一也」とある。

○失子道者不孝　違國憲者不臣　『漢書』巻六二「司馬遷傳」に「夫君不レ君則犯、臣不レ臣則誅、父不レ父則無道、子不レ子則不孝、此四行者、天下之大過也」とある。また、「不臣」が「國憲」に照らして断ぜられる例として、『晉書』巻七七「蔡謨傳」に「悖慢傲上、罪同レ不レ臣。臣等參議、宜レ明二國憲一、請二送廷尉一以正二刑書一」とある。

○惟法惟禮　何用何捨　「惟…惟…」という表現の例として『漢書』巻六三「武五子傳・廣陵厲王胥」に「嗚呼、悉二爾心一、祗祗兢兢、乃惠乃順。毋二桐好一レ逸、毋レ邇二宵人一、惟法惟則」とあり、顔師古注が「言レ當レ依二法則一」とする。熟語「法則」を「惟法惟則」としてリズムのよい表現に仕立て、文脈上は「法則にのっとる」（法則が大事だ）の意を表している。「惟法惟禮」は熟語を分けたのではないが、いずれも大事なものである「法」と「禮」について同様の表現に仕立てている。似た表現は、『文選』巻四五、楊雄「解嘲」に「知レ玄知レ默、守レ道之極。爰靜爰淸、遊レ神之廷。惟寂惟寞、守レ德之宅」とあるなど。「何…何…」という表現は、『周易』「繫辭下」に「子曰。天下何思何慮。天下同レ歸而殊レ塗、一レ致而百レ慮」（唐・孔穎達疏「天下何思何慮者、言、得二一之道一、心既寂靜、何假二思慮一也」）、『文選』巻一九、束晳「補亡詩」に「賓寫二爾誠一、主竭二其心一。時之和矣、何思何脩」（唐・李善注「時既和平矣、何所二思慮一、何所二脩治一。易曰、天下何思何慮」）などとあるが、いずれも反語表現である。小島憲之は「本対策の例はむしろ前の句の『惟…惟…』につられて生まれた表現かもしれない」とする（『国風暗黒時代の文学　補篇』四六八頁）。

○臣子之道　「臣子」は臣下の意だが、本対策の文脈では、「臣の道」（法を守って殺さない）と「子の道」（礼に従って親の仇を殺す）との二義を含むと解すべきであろう。『史記』巻一一八「淮南衡山列傳」に「章二臣安之罪一、使三天下明知二臣子之道一、毋三敢復有二邪僻倍畔之意一」とある。安は淮南王長の子。長は漢・皇祖の末子で、異母兄・文帝に反逆して誅されたが、文帝はその子・安を憐れみ淮南王に封じた。しかし、安は父を殺されたことを怨み、自らも文帝に対する謀反を企て自殺に追い込まれる。右はその自殺の前に安を弾劾する記述である。この「臣子之道」もまた、安の文帝に対する臣下の道だけでなく、父・長に対する子の道の問題も伏在する文脈にある（『漢書』巻四四「淮南厲王長傳」にほぼ同文を載せる）。

○兩濟得無　「兩濟」は『晉書』巻五〇「庾純傳」に「人倫之教、忠孝爲レ主。忠故不レ忘二其君一、孝故不レ忘二其親一。若孝必專二心於色養一、則明君不二得而臣一、忠必不レ顧二其親一、則父母不二得而子一也。是以、爲レ臣者必以レ義斷二其恩一、爲レ子也必以レ情割二其義一。在レ朝則從二君之命一、在レ家則從二父之制一。然後、君父兩濟、忠孝各序」とあるのに拠っていよう。ここは忠と孝をふたつとも全うする意。

「得無」は『論語』「顔淵」に「子曰、爲レ之難、言レ之得レ無レ訶乎」（魏・何晏注「子曰、行レ仁難、言レ仁亦不レ得レ不レ難」）とある。これは「得レ無●乎」で「●しないではいられない」の意を表す反語表現である。疑問表現の例も『文選』巻四二、応璩「與二廣川長岑文瑜一書」にあり、小島憲之が指摘している（『国風暗黒時代の文学　補篇』四六八頁）。これらを参照すると、「得レ無二兩濟一」を倒置して「兩濟得レ無」としたもので、「ふたつとも全うしないでいられるだろうか」の意となる。しかし、小島氏もいうように、この解はこの問の趣旨に照らしてやや落ち着きが悪い。諸本の訓点を見ると、三手・谷森が「得《ンヤ》レ無《キコトヲ》」とするが、蓬左・平松・池田は、「得無《シヤイナヤ》」としており、小島氏は後者を採っている（同前四六九頁）。ひとまず小島説に拠っておく。

【対】

○孝子不匱　已著六義之典　「不匱」は尽きない意。『毛詩』「大雅・生民・既醉」に「威儀孔時、君子有二孝子一。孝子不レ匱、永錫二爾類一」（前漢・毛公伝「匱、竭。類、善也」、後漢・鄭玄箋「永、長也。孝子之行、非レ有二竭極之時一」）とあるのに拠る。「六義之典」は『毛詩』を指す。『毛詩』「國風・周南・關雎」に「故詩有二六義一焉。一曰風、二曰賦、三曰比、四曰興、五曰雅、六曰頌」とあるのに拠る。なお、問の兩濟得無の項に引いた『晉書』巻五〇「庾純傳」の近接箇所にも「先王制レ禮垂レ訓、莫レ尙二於周一。當二其時一也、姬公留レ周、伯禽之レ魯、孝子不レ匱、典禮無レ愆」とある。

○幹父之蠱　式編八象之文　「幹父之蠱」は『周易』「蠱」に「初六。幹二父之蠱一、有レ子考无レ咎、厲終吉。象曰、幹二父之蠱一、意承レ考也」とあるのに拠る。「蠱」は皿の上に虫がわくこと、つまり腐敗。「考《ちち》」の過ちを象徴する。「幹」はそれを正す意。「八象之文」は『周易』を指す。「八象」は、易の八卦（乾・兌・離・震・巽・坎・艮・坤）の象の意。『宋書』巻五五「傅隆傳」に「所謂極二乎天一、播二乎地一、窮二高遠一、測二深厚一、莫レ尙二於禮一也。其樂之五聲、易之八象、詩之風雅、書之典誥、春秋之微婉勸懲、無レ不下本二乎禮一而後立上也」、『文選』巻二四、潘岳「爲二賈謐一作贈二陸機一」に「肇自二初創一、二儀烟熅。粤有二生民一、伏義始君。結レ繩闡レ化、八象成レ文」などとある。

○興國隆家　必由孝道　『古文孝經』「士章」の「以レ孝事レ君、則忠」、同「廣揚名章」の「君子事レ親孝、故忠可レ移二於君一」（前漢・孔安国伝「能孝二於親一、則必能忠二於君一矣。求二忠臣一必於二孝子之門一也」）など、親への孝（「隆家」）の延長上に君への忠（「興國」）を位置づける思想に基づく表現。「興國隆家」の例は、「孝道」によってではなく「倹約」による例であるが、『晉書』巻五六「江統傳」に（倹約によって）「能匡レ君濟レ俗、興レ國隆レ家」とある。また、『文選』巻三七、曹植「求二自試一表」に「士之生レ世、入則事レ父、出則事レ君。事レ父尚二於榮レ親、事レ君貴二於興レ國」、『魏書』巻八七「節義列傳」に「史臣曰」として（節義の臣たちを評して）「或臨レ危不レ撓、視レ死如レ歸、或赴レ險如レ夷、惟義所レ在。其大則光レ國隆レ家、其小則損レ己利レ物」などとある（『北史』巻八五「節義列傳」にほぼ同文あり）。なお、日本の例として『藤氏家傳』「鎌足傳」に「臣子之行、惟忠與レ孝。忠孝之道、全レ國興レ宗」とある。

○烝烝虞帝　終受昭華之珪　「烝烝」は進めるさま。舜が孝を以て家族を善の方へ進めたことを指す。『尙書』「虞書・堯典」に「父頑、母嚚、象傲。克諧以レ孝、烝烝乂、不レ格レ姦」（孔安国伝「諧、和。烝、進也。言、能以二至孝一和二諧頑嚚昏傲一、使二進進以レ善、自治不レ至二於姦悪一」）、『史記』巻一「五帝本紀・帝堯」に「能和以レ孝、烝烝治、不レ至レ姦」などとあるのに拠る。「昭華之珪」は、このままの形の例は漢籍・仏典ともに未見。帝位の証として舜が堯より与えられた玉を指す。『藝文類聚』第一一「帝王部一・帝舜有虞氏」所引『帝王世紀』に「堯乃賜レ舜以二昭華之玉一。老而命レ舜代レ己攝レ政」、『文選』巻四六、王融「三月三日曲水詩序」に「昭華之珍既徙、延喜之玉攸レ歸」（李善注「尙書大傳曰。（中略）堯得レ舜、推而尊レ之、贈以二昭華之玉一」）などとある。

○翹翹漢臣　標萬石之號　「翹翹」は、高潔なさま。

『毛詩』「國風・周南・漢廣」に「翹翹錯薪、言刈其楚」とあり、毛公伝が「翹翹、薪貌。錯雜也」として伸び放題の枝の意とし、鄭玄箋が「楚、雜薪之中尤翹翹者。我欲レ刈二取之一、以喩下衆女皆貞絜、我又欲上レ取二其尤高絜者一」として、高潔な者の喩とする。人物の形容に用いた例として『文選』巻二〇、潘岳「關中詩」に「翹翹趙王、請二徒三萬一」とある。「漢臣」は前漢・石奮を指し、「標萬石之號」は、石奮とその四子が「馴行孝謹」により二千石の官を得たことから景帝が石奮を「萬石奮」と呼んだ故事に拠る。『漢書』巻四六「萬石君石奮傳」に「皆以二馴行孝謹一、官至二二千石一。景帝曰、石君及四子皆二千石、人臣尊寵、乃舉集二其門一。凡號レ奮爲二萬石君一」とある。

○阿劉淳孝　乃殞身而令親　「阿劉」（人物名）が、孝に厚く、我が身を犠牲にして親に尽くしたの意。「阿劉」は「劉」姓の女性の愛称として漢籍に散見する（「阿」は愛称化する接頭辞）。その複数の「阿劉」のうち、小島憲之は、孝に厚い人物として、日本の『令集解』（九世紀前半成）「賦役令・節婦」条に引く『判集』に「阿劉宿種澡囊、早喪二所天一。願レ事二舅姑一、不レ移二貞節一」とあるのを指摘する（『国風暗黒時代の文学　補篇』四七五頁）。『判集』は未詳の文献。『令集解』「戸令・七出」条所引「古記」にも引かれているので天平年間以前の伝来と判断される。東野治之「太宰府出土木簡にみえる『魏徴時務策』考」（同著『正倉院文書と木簡の研究』、一九七七年、塙書房）は、唐代の事務・法律案件の決裁文の文例集とし、小島憲之は七世紀後半の成立と推定される敦煌本『唐判集』に『令集解』所引『判集』とほぼ一致する判例が載ることを指摘する。ただし、この例は、夫の死後数年、独身を守って舅姑に事えていた「婦女劉」が懐妊して男子を出産、劉は亡夫と「夢合」した結果の妊娠だと主張した。劉の兄はこれを恥と思い、妹を再婚させようとしたが、妹はそれを「確乎守レ志、貞固不レ移」という状態で拒否、やむをえず兄は自分の娘を代わりに嫁がせた、という事例であり、『判集』ではこの劉を「孝婦」と認められるかどうかという議論を展開し、劉の「夢合」による妊娠との主張を「誰不レ致二惑疑一」とする。また、「阿劉」が再婚せず舅姑に事えていたことが「殞身」（我が身を犠牲にする）とまで言えるかどうかも疑問である。よって、この『判集』の「阿劉」を本対策の典拠とするには不審が残る（小島氏も断定はしていない）。「淳孝」は厚い孝行。用例として『南史』巻三一「張裕傳」、孫「稷」の項に、「稷字公喬、瓌弟也。幼有二孝性一。所レ生母劉無レ寵遘レ疾。時稷年十一、侍養衣不レ解レ帶、每レ劇則累レ夜不レ寢。及レ終、毀瘠過レ人、杖而後起。見年輩幼童、輒哽咽泣涙、州里謂二之淳孝一」とあり、十一歳で劉姓の生母を身を削って看病し、母の臨終の時には痩せ細り杖にすがってやっと立っていた張稷が周囲から「淳孝」と評されたとある。「阿劉淳孝」を「阿劉に対して淳孝」の意にとるなら、むしろこちらが典拠として適切かとも考えられるが、ひとまず「阿劉が淳孝で」の意にとっておく。「殞身」の用例は、『周書』巻四三「韋祐傳」に「古人稱、不レ入二虎穴一、不レ得二虎子一。安危之事、未レ可二預量一。縱意レ國殞レ身、亦非レ所レ恨」とあるなど、自らの命をなげうつという例が多い。「令親」の「令」を小島憲之は「つかへ」と訓み、「『広雅』（「釋詁」）に、「令、使也」とみえ、ここは動詞「令」を自動詞に使用したものであらう」とする（同前四七六頁）。小島氏の説明は必ずしも明瞭でないが、文脈上この「令」は「親」を目的語とした動詞ととらざるをえない。『類聚名義抄』（観智院本・僧中）に「令」を「ヤシナフ」とする訓が見えるのでこれを採って訓んでおく。

○**桓溫篤誠　終振刀而殺敵**　桓温は東晋の政治家。ここは、桓温が孝子として父の敵を殺した故事を指す。『藝文類聚』第三三「人部・報讎」に「晉中興書曰。桓溫父被レ害時、溫年十五。枕レ戈泣血經レ年。乃提レ刀直進、手刃二仇人一」とある（『晉書』巻九八「桓溫傳」に同趣の話が見える）。「篤誠」の用例は『春秋左氏傳』文公一八年に「昔高陽氏有二才子八人一。（中略）齊聖廣淵、明允篤誠。天下之民謂二之八愷一」（晉・杜預注「齊、中也。淵、深也。允、信也。篤、厚也。愷、和也」）とある。「振刀」という言い回しは漢籍・仏典ともに未見。日本語的表現か。

○魏陽斬首　存薦祭之心　　孝子・魏陽が、父を殴り戟《ほこ》を奪った仇を父の没後に殺し、その首を父の墓前に捧げた故事に拠る。魏陽は父の生前に仇討ちをすると父を養えなくなるとの理由から父の死後に仇討ちを実行し、その孝徳を称され罪に問われなかったという。（逸名）『孝子傳』（船橋本）に、「魏陽者沛郡人也。少而母亡、與レ父居也。養レ父蒸々。其父有二利戟一。時、壯士相二市南路一打奪レ戟。（中略）於レ時、縣令聞レ之、召レ陽問云、何故不レ報二父仇一。陽答云、如今報二父敵一者、令三父致二飢渴之憂一。父沒之後、遂斬二敵頭一、以祭二父墓一。州縣聞レ之、不レ推二其罪一、稱二其孝德一、加以二祿位一也」とある（本文は、幼学の会編『孝子伝注解』〈汲古書院、二〇〇三年〉に拠る）。「薦祭」は、供物を捧げて祭る意。用例は『三國志』巻五九「吳書・吳主五子傳・孫和」に「使三守大匠薛珝營二立寢堂一、號曰二淸廟一。（中略）拜レ廟薦祭、歔欷悲感」とある。なお、これは非業の死を遂げた父・孫和を後日即位した子・孫皓が手厚く祭った例である。

○趙娥刺仇　致就刑之請　　趙娥が父の仇を刺し殺し、自ら刑罰を乞うた故事に拠る。『藝文類聚』巻三三「人部・報讎」に「列女傳曰。（中略）龐淯母者、趙氏之女、字娥。父爲二同縣人所一レ殺。而娥兄弟三人、倶時病物故。讎乃喜、以爲レ莫二己報一。娥乃潛備二刀兵一、以候二讎家一、十餘年後、遇二於都亭一、刺殺レ之。因詣レ縣自首曰、父仇已報、請レ就レ刑」とある（『後漢書』巻八四「列女傳・龐淯母」にほぼ同文が見え、後日譚として「後遇レ赦得レ免」とある）。

○登樞踐曆　握鏡臨圖　　ここから今上天皇（聖武）の治世の讃美。「樞」は北斗七星の第一星で宇宙の中心のこと。転じて天子の位を指す。『文選』巻三六、王融「永明十一年策二秀才一文」に「朕秉レ籙御レ天、握レ樞臨レ極」とあり、李善注が「春秋運斗樞曰、北斗七星、第一星天樞」とする。「登樞」の用例は、唐・睿宗「大寶積經序」に「中宗孝和皇帝、循レ機履レ運、配二永登樞一」（大正蔵一一巻一頁中）、唐・隴西王博乂「請レ樹二孔子廟碑一疏」に「伏惟皇帝陛下、資レ靈統レ極、稟レ粹登レ樞」（『全唐文』巻九九）、唐・長孫無忌「進二律疏議一表」に

「體レ國經レ野、御レ辨登レ樞。莫レ不下崇二寬簡一以二宏風一、樹二仁惠一以中裁化上」（『全唐文』巻一三六）などとあり、現在確認できるのは全て唐代以降の例である。「踐曆」は、小島憲之が「曆」は「曆數」のことで「天のめぐり合わせにより帝位を踐むこと」とする（『国風暗黒時代の文学補篇』四七九頁）。文脈上そのように解すべきと判断されるが、「踐曆」をこの意味で用いた例は漢籍・仏典ともに未見。即位と曆数とが関わる例として、『尙書』「虞書・大禹謨」の舜が禹に即位を命じる場面に「天之曆數在二汝躬一。汝終陟二元后一」（孔安国伝「曆數、謂二天道一。元、大也。大君、天子。舜、善二禹有二治水之大功一、言、天道在二汝身一、汝終當レ升二爲天子一」）とある。「握鏡」は明鏡を手に持つこと。聖人や天子が道に則ることの喩。『文選』巻五五、劉峻「廣絕交論」に「蓋聖人握二金鏡一、闡二風烈一」とあり、李善注が「言、聖人懷二明道一而闡二風敎一。（中略）。雜書曰、秦失二金鏡一。鄭玄曰、金鏡、喩二明道一也」とする。用例は、『梁書』巻一「武帝紀上」に「天之曆數、寔有レ所レ歸。握レ鏡璇レ樞、允集二明哲一」、『陳書』巻三三「儒林列傳・沈不害傳」に「陛下繼レ曆升レ統、握レ鏡臨レ寓」などとある。「臨圖」は、小島憲之が「未来記に当たって天子の位につくこと」とする（同前四八〇頁）。文脈上そう解すべきだが、「臨圖」をこの意味で用いた例は漢籍・仏典ともに未見。『藝文類聚』巻一一「帝王部一・帝舜有虞氏」所引『帝王世紀』の「堯乃賜レ舜以二昭華之玉一。老而命二舜代レ己攝政一。舜東巡狩、登二南山一、觀二河渚一、受二圖書一」、『文選』巻三、張衡「東京賦」の「高祖膺レ籙受レ圖、順レ天行レ誅」などと類義の言い回しであろう。

○仁超栖鳳之君　道出駕龍之帝　天皇の仁風・道徳は、瑞祥の鳳凰を領内に住まわせる明君や龍を御す聖帝を越えるほどであると讃える。『藝文類聚』巻九八「祥瑞部上・龍」、魏・陳王曹植「表」に、「臣聞、鳳皇復見二鄴南一、黃龍雙出二於淸泉一。聖德至理、以致二嘉瑞一。將下栖二鳳於林一、龍二囿於池一、爲中百姓旦夕之觀上也」とあるのに拠っていよう。「駕龍」の帝の例は、『文選』巻一一、王延寿「魯靈光殿賦」に「上紀二開闢一、遂古之初一、五龍比レ翼、人皇九頭、伏羲鱗身、女媧蛇軀」とあり、その「五龍比レ翼」に李善注が「春秋命歴序曰。皇伯・皇仲・皇叔・皇季・皇少五姓、同レ期倶駕レ龍、周密與レ神通、號曰二五龍一」とする。また、本対策以前の日本への伝来は不明だが、『焦氏易林』巻一三「同人之・需」に「黄帝出遊、駕レ龍乘レ馬、東上二太山一、南過二齊魯一。邦國咸喜」とある。小島憲之は『文選』巻三、張衡「東京賦」の「乘二鑾輅一而駕二蒼龍一」（李善注「禮記曰。孟春之月、乘二鑾輅一、駕二蒼龍一。鄭玄曰。鑾輅、有虞氏之車也。有二鑾和之飾一。而飾レ之以二青輪一。春、東方色青也。馬八尺爲レ龍」）を指摘し、「天子がその車を八尺の馬に引かせる意」とするが（『国風暗黒時代の文学　補篇』四八〇頁）、それでは「駕龍之帝」が天子一般のことになってしまうので従えない。

○取破觚於漢律　弃繁荼於秦刑　ここから今上天皇の治世における刑罰の現状を論じる。「破觚」は角《かど》を除くことで、厳しい刑罰を寛大にすることを指す。『史記』巻一二二「酷吏列傳」冒頭に「漢興、破レ觚而爲レ圜」とあり、宋・裴駰『史記集解』が「漢書音義曰。觚、方」、唐・司馬貞『史記索隱』が「應劭云。觚、八棱有レ隅者。高祖反二秦之政一、破レ觚爲レ圜、謂下除二其嚴法一、約中三章上耳」とする。同文は、『漢書』巻九〇「酷吏傳」冒頭にも記され、唐・顔師古注が「去二嚴刑一而從二簡易一」とする。「漢律」は、『後漢書』巻一下「光武帝紀下」の「其命二郡國有レ穀者一、給下稟高年・鰥寡・孤獨及篤癃・無二家屬一貧不レ能二自存一者上、如レ律」への唐・李賢注に「漢律今亡」とある。ここは成文法としての「漢律」の内容を云々するのではなく、より抽象的に漢の刑法の意で用いていよう。「繁荼」は、菊科の多年草荼《にがな》が繁茂する様。ここでは、法網の煩雑な秦の刑法を喩える。後漢・桓寛『鹽鐵論』巻一〇「刑徳」に「昔秦法繁二於荼一、而網密二於疑脂一」とあるのに拠る（『鹽鐵論』は『令集解』巻一に引用例あり）。なお、日本の後の例だが、清原夏野「令義解序」（八三三年成）に「芟二春竹於齊刑一、銷二秋荼於秦律一」とある。

○兩璧決疑　從陶公之雅說　梁王が富豪の陶朱公に疑獄の判について問うた際、二つの白璧を例に判別の難しさを説き、それを聞いた梁王が罪の疑わしきは罰せず、賞の疑わしきは与えるようにしたとの故事に拠る。前漢・劉向『新序』巻四「雜事第四」に「梁嘗有二疑獄一。群臣半以爲當レ罪、半以爲無レ罪。雖二梁王一亦疑。梁王曰。陶之朱公、以二布衣一富侔レ國、是必有二奇智一。乃召二朱公一而問曰。梁有二疑獄一。獄吏半以爲レ罪、半以爲不レ當レ罪。雖二寡人一亦疑。吾子決二是奈何一。朱公曰。臣鄙民也。不レ知二當獄一。雖レ然、臣之家有二二白璧一。其色相如也、其徑相如也、其澤相如也。然、其價一者千金、一者五百金。王曰。徑與二色澤一相如也、一者千金、一者五百金、何也。朱公曰。側而視レ之、一者厚倍、是以千金。梁王曰。善。故、獄疑則従レ去、賞疑則従レ與、梁國大悦」とある（『新序』は『令集解』巻一に引用例あり）。「陶之朱公」は、春秋時代末の越の政治家范蠡の改名後の名。范蠡は政治家として越王句践を補佐して呉を滅ぼし「会稽の恥を雪《すす》」いだ後に陶へ出奔、朱公と改名し商人に転じて巨万の富を築いた（『史記』巻一二九「貨殖列傳」に詳しい）。「雅説」は、正しい説の意。『毛詩』「大序」に「雅者正也」とある。一見価値を見分けがたい二つの璧も側面から見れば厚さで判別できる、しかし、その判別法を知ることは容易ではない、との説である。

○百鍰遺訓　協夏典之明科

「百鍰」は『尙書』「周書・呂刑」に「墨辟疑赦。其罰百鍰。閲二實其罪一」（孔安国伝「刻二其顙一而涅レ之曰二墨刑一。疑則赦従レ罰。六兩曰レ鍰。鍰、黄鐵也。閲二實其罪一、使下與二罰名一相當上」）とあり、罪の疑わしい場合に入れ墨の刑の代わりに科せられる罰金のことをいう。「鍰」は貨幣の単位、黄鉄六両。「遺訓」の用例は、『史記』巻三三「魯周公世家」に「賦レ事行レ刑、必レ問二於遺訓一、而咨二於固實一」、『藝文類聚』巻四「歳時部中・元正」所引、晋・傅玄「朝會賦」に「考二夏后之遺訓一、綜二殷周之典制一、採二秦漢之舊儀一、肇二元正之嘉會一」とあるなど。「夏典」は伝説上の聖帝・禹の王朝（「夏」）の書物の意。『藝文類聚』巻一三巻「帝王部三・宋武帝」所引、謝霊運「武帝誄」に「夏典載レ禹、九道是行。商誥述レ湯、兼攻是幷」とある。右の『藝文類聚』の「夏后」も禹王朝を指す。ここは、『尙書』「虞書・大禹謨」の舜が禹に譲位する場面で皐陶の言葉として「罪疑惟輕、功疑惟重」とあるのを念頭に置いての表現か。「明科」は公明な法。『文選』巻四〇、沈約「奏二彈王源一」に「宜丁寘以二明科一、黜二之流伍一、使丙已汚之族、永愧二於昔辰一、方媾之黨、革乙心於來日甲」とある。

○囚人不祭皐繇之靈　「皐繇」は「皐陶」に同じ。舜の臣。囚人が皐陶を祭るとは『後漢書』巻六七「黨錮列傳・范滂」に「牢脩誣二言鉤黨一、滂坐繫二黄門北寺獄一。獄吏謂曰。凡坐繫皆祭二皐陶一。滂曰。皐陶賢者、古之直臣。知二滂無一レ罪、將レ理二之於帝一。如其有レ罪、祭レ之何益。衆人由レ此亦止」とあるのに拠る。『藝文類聚』巻四九「職官部五・廷尉」に「尙書曰。帝曰、皐陶、蠻夷猾レ夏、寇賊姦宄。汝作レ士」とあり、皐陶は「廷尉」（刑獄を司る官）の起原と位置づけられている。『藝文類聚』には右に続けて「文子曰。皐陶喑而爲二大理一、天下無二虐刑一」とあり、最初の廷尉たる皐陶により「虐刑」がなくなったとされている。皐陶を囚人が祭ったとは、このような皐陶イメージによるものだろう。ここは、今上朝では「虐刑」が行われていないので皐陶が祭られることもないとの意になる。

○獄氣既銷長平之酷　『藝文類聚』巻七二「食物部・酒」に「東方朔別傳曰。武帝幸二甘泉一、長平阪道中有レ蟲、赤如レ肝、頭目口齒悉具。先驅馳還以報、上使レ視レ之、莫レ知也。時朔在二屬車中一。令二往視一レ焉。朔曰。此謂怪氣。是必秦獄處也。上使レ按二地圖一、果秦獄地。上問レ朔、何以知レ之。朔曰。夫積憂者、得レ酒而解。乃取レ蟲置二酒中一、立消。賜二朔帛百匹一」とあるのに拠る。甘泉宮へ行く途中の長平坂に不気味な蟲がいて、東方朔がこれを、かつてここにあった秦の監獄の「怪氣」だと見抜き、蟲を酒に入れることで消失させたという説話である。「獄氣」の用例は、『北齊書』巻四五「樊遜傳」所引の、遜が秀才に挙げられた際の対策に「遂使二長平獄氣一、得レ酒而後消、東海孝婦、因レ災而方雪一」と見える。なお、樊遜の対策は、法が煩雑になった結果かえって運用が恣意的になり「獄氣」が生じたとの文脈の中で、東方朔説話を踏まえて「長平獄氣」といっている。また、このことについて、本対策よりやや遅れるが、唐・白居易「效二陶潜體一詩」に「東海殺二孝婦一、天旱逾二年月一。一酌酹二其魂一、通レ宵雨不レ歇。咸陽秦獄氣、冤痛結爲レ物。千歳不レ肯レ散、一沃亦銷失」とある（甘泉宮は秦代に咸陽の北西の甘泉山に作られた）。これらを参照すると、「獄氣」とは不当に罰せられた囚人の「積憂」「冤痛」の現れのことであり、一句の趣旨は、獄中の気には長平の囚人のような怨気が含まれない、となる（「酷」はむごい仕打ちに対する怨みのこと）。小島憲之は、秦と趙が激しく戦った長平の戦いの秦方の将軍白起の故事を指摘し、「白起が（中略）長平の城を破りながら罪を受けたそのむごさを全く消してしまうほどだ」と解しているが（『国風暗黒時代の文学　補篇』四八三～四頁）、白起は投獄されていないこと、また、趙の投降者数十万人を騙して生き埋めにしたことは自分の罪だと言っていることなどから、ここの典拠としては認められない（白起と長平の戦いについては『史記』巻五「秦本紀第五」および巻七三「白起傳」に詳しい）。

○蒲鞭澄惡　「蒲鞭」は『後漢書』巻二五「劉寛傳」に「遷二南陽太守一。典二歴三郡一、温仁多レ恕、雖レ在二倉卒一、未二嘗疾言遽色一。常以爲、齊レ之以レ刑、民免而無レ恥。吏人有レ過、但用二蒲鞭一罰レ之、示レ辱而已、終不レ加レ苦」とあるのに拠る（『藝文類聚』巻八二「草部下・蒲」に再収）。過ちを犯した者を蒲の穂の柔らかい鞭で打ち、恥をかかせるだけにとどめるというやさしい刑罰のこと。「澄惡」の用例は漢籍・仏典とも未見。唐・孫伏伽（顕慶三年〈六五八〉卒）「昭仁寺碑銘」に「敎有レ殊レ塗、乘無レ異レ軫。甘露朝灑、慈雲夕布、品物以亨、羣迷式悟。捷逕坦レ道、耶山啟レ路、不レ有二善權一、誰澄二惡趣一」（『全唐文』巻一三五）とあるのが類似表現。

○行葦興謠　「行葦」は『毛詩』「大雅・生民之什」に載る詩の名。道傍の葦の意。序に「行葦、忠厚也。周家忠厚、仁及二草木一」とあり、草木にまで及ぶ聖天子の仁徳を象徴する。その歌詞の冒頭に「敦彼行葦、牛羊勿二踐履一」とあり、毛公伝が「敦、聚貌。行、道也」、鄭玄箋が「敦敦然道傍之葦、牧二牛羊一者毋レ使三躐履折二傷之一。草物方茂盛、以其終將レ爲二人用一。故、周之先王爲レ此愛レ之。況於レ人乎」とする。鄭玄箋の解に拠るならば、草木すら愛する天子の愛は言うまでもなく人々に及んでいる、ということになる。「興謠」は、今上天皇を讃える「行葦」が人々によって盛んに歌われる、ということ。用例は、『魏書』巻八八「列傳良吏・羊敦」に「昔五袴興レ謠、兩歧致レ詠、皆由下仁覃二千里一、化洽中一邦上」とあるなど。また、『藝文類聚』巻二一「人部五・性命」、何承天「達性論」に「大夫不二麛卵一、庶人不レ數レ罟。行葦作レ歌、宵魚垂レ化、所三以愛二人用一也」とあるのも参考になる。

○屈志同天　問の「父讎不レ同レ天」とは反対の行動を指す。仇討ちの志（孝心）を曲げて仇と同じ天の下にいること。「屈志」の用例は『後漢書』巻六四「趙岐傳」の「岐少明レ經、有二才藝一。娶二扶風馬融兄女一。融外戚豪家、岐常鄙レ之、不二與レ融相見一」への李賢注に「岐亦厲レ節、不下以二妹聟之故一屈中志於融上也」とあるなど。

○則彌睽孝弟　『論語』「學而」に「有子曰。其爲レ人也、孝弟而好レ犯レ上者鮮矣。（中略）孝弟也者、其爲二仁之本一與」、また「子曰。弟子入則孝、出則弟」とある。「孝弟」の「弟」は「悌」に通じ、年長者に従順なこと（年少の兄弟姉妹の意の「弟」とは別音）。『孟子』「告子章句下」に「徐行後二長者一、謂二之弟一。疾行先二長者一、謂二之不弟一。（中略）堯舜之道孝悌而已矣」とあり、後漢・趙岐注が「長者、老者也。弟、順也」とする。「睽」は、そむく、もとる。小島憲之は底本の「睽」を、「睽」（『周易』の卦。孔穎達疏「睽者乖異之名」）に通じるが一般的ではないので諸本に従うとして、「睽」に改めている（『国風暗黒時代の文学　補篇』四八五頁。「睽」に作るのは、大学・内閣・谷森・三手・塩釜・人見・柳原・池田・小室）。しかし、「睽」の用例も、『隋書』巻二五「刑法志」に「若乃刑隨二喜怒一、道睽二正直一」、年代・作者不明だが『全唐文』巻九八二「闕名」所収「對二奪情腰経服事一判」に「策勳苟進、不レ卽二人心一。致仕能歸、何睽二孝體一」などと見えるのでひとまず底本のままとする。

○推戈報怨　「推戈」は、戈《ほこ》を推《お》し出して刺すこと。『文選』巻一二、郭璞「江賦」に「悍下要離之圖レ慶、在二中流㆒而推㆖戈」とあり、李善注が「呂氏春秋曰。（中略）王子慶忌與㆓要離㆒倶渉㆓於江㆒、拔㆑劍以刺㆓王子慶忌㆒」とする。また、『晉書』巻八九「忠義列傳・吉挹」に「挹辭氣慷慨、志在㆑不㆑辱、杖㆑刃推㆑戈」とある。「報怨」は、『論語』「憲問」に「或曰、以㆑徳報㆑怨何如。子曰、何以報㆑徳、以㆑直報㆑怨、以㆑徳報㆑徳」とある。怨みに報いるには「徳」ではなく「直」をもってすべきだとする点、興味深い。

○則多挂網羅　「挂網羅」は、法の網にかかること。『後漢書』巻七四上「袁紹傳」に「其細政苛慘、科防互設、矰繳充㆑蹊、阬穽塞㆑路、擧㆑手挂㆓網羅㆒、動㆑足蹈㆓機埳㆒」とある（『文選』巻四四に陳孔璋「爲㆓袁紹㆒檄㆓豫州㆒」として再収）。刑法を「網羅」に喩えた例として、『韓非子』「解老」に「事㆑上不忠、輕犯㆓禁令㆒、則刑法之爪角害㆑之。（中略）好用㆓其私智㆒而棄㆓道理㆒、則網羅之爪角害㆑之」とある。

○廣迨芻蕘　傍詢政略　『毛詩』「大雅・生民之什・板」に「先民有㆑言。詢㆓于芻蕘㆒」（毛公伝「芻蕘、薪采者㆒」）とあり、薪採りのような賤しい者にまで広く意見を求めることをいう。『漢書』巻八五「谷永傳」に「陛下聖徳寛仁、不㆑遺㆓易忘之臣㆒、垂㆓周文之聽㆒、下及㆓芻蕘之愚㆒」とある。「迨」は、「及」に同じ。『毛詩』「國風・召南・摽有梅」に「摽有㆑梅其實七兮、求㆑我庶士迨㆓其吉㆒兮」とあり、鄭玄箋が「迨、及也」とする。「傍詢」は広く尋ねること。『藝文類聚』巻五三「治政部下・薦擧」、江総「擧㆑士詔」に「王公以下、各薦㆑所㆑知。傍詢㆓管庫㆒、爰及㆓輿皁㆒、一介有能、片言可㆑用」、また、本対策よりやや遅れるが、唐・盧重元「沖虚至徳真経序」に「我開元聖文神武皇帝、知㆑道爲㆓生本㆒、至徳非㆑言。廣招㆓四方㆒、傍詢㆓萬宇㆒、冀㆑有㆑達㆓其元理㆒、將㆑欲㆑濟㆓於含生㆒」（『全唐文』巻三六一）とある。「政略」は『群書治要』巻四七所収「蔣子萬機論」の論題として見えるが、それ以外の例は本対策以前の漢籍・仏典に未見。なお、『魏書』巻四七「盧玄傳」の「孫義僖」に「得㆑諮㆓詢政道㆒」とある。

○資父事主　著在格言　移孝爲忠　聞諸甲令　「資父

事主」は父に仕えるように君主に仕えること。『古文孝經』「士章」に「子曰。資二於事一レ父以事レ母、其愛同。資二於事一レ父以事レ君。其敬同」とあり、孔安国伝が「資、取也。言二愛レ父與レ母同、敬レ父與レ君同一」とする。これを四字句に要約した「資レ父事レ君」という表現が、『藝文類聚』巻二〇「人部四・忠」、梁・元帝「上二忠臣傳一表」に「資レ父事レ君、寔曰二嚴敬一。求レ忠出レ孝、義兼二臣子一」、『隋書』巻六〇「于仲文傳」に「九歳、嘗於二雲陽宮一見二周太祖一。太祖問曰、聞三兒好二讀書一、書有二何事一。仲文對曰、資レ父事レ君、忠孝而已。太祖甚嗟二歎之一」など多く見られ、これらに拠ったものと考えられる。「移孝爲忠」は興國隆家…の項に挙げた『古文孝經』「廣揚名章」の「君子事レ親孝。故忠可レ移二於君一」に拠る。なお、『今文孝經』の同箇所への北宋・邢昺疏に「言下君子之事レ親能孝者、故資レ孝爲レ忠、可中移二孝行一以事上レ君也」とあるのも参考になる。「格言」は『文選』巻四〇、沈約「奏二彈王源一」に「非二我族類一、往哲格言。薰蕕不レ雜、聞二之前典一」とあり、李善注が「論語考比識曰、格言成レ法」とする。法となる善い言葉のこと。用例は、『晉書』巻五〇「庾純傳」に「司徒石苞議。純榮レ官忘レ親、惡レ聞二格言一、不忠不孝。宜三除レ名削二爵土一」、同巻六九「戴若思傳・弟邈」に「臣以二闇淺一、不レ能下遠識二格言一、奉誦中明令上」とあるなど。「甲令」は法令の第一条（最優先事項）のこと。『後漢書』巻一〇上「皇后紀上」に「設二外戚之禁一、編二著甲令一、改二正后妃之制一」とあり、李賢注が「漢書音義曰。甲令者、前帝第一令也。有二甲令・乙令・丙令一」とする（『文選』巻四九に范曄「後漢書皇后紀論」として再収。李善注「如淳漢書注曰。甲令者、前帝第一令」）。本対策に類似の例として『宋書』巻九一「郭世道傳・子原平」に「秩レ年之貺、著二自國書一、餼レ貧之典、有レ聞二甲令一」とある。なお、後出の討議獄之規…の項も参照。

○丁蘭雪耻　漢主留赦辜之恩

「丁蘭」は前漢の河内の人。亡き母の木像を造り、生きている母のように供養した。丁蘭の木母のエピソードは何種類か伝わるが、ここは、丁蘭が、木母を傷つけた隣人を斬って仇討ちをしたが、孝であることをもって罪を許された話を踏まえていよう。『初學記』巻一七「人部・孝」に「孫盛逸士傳曰。丁蘭者、河内人也。少喪二考妣一、不レ及二供養一。乃刻レ木爲レ人、髣二髴親形一、事レ之若レ生、朝夕定省。其後、隣人張叔妻、從二蘭妻一有レ所レ借。蘭妻跪報二木人一、木人不レ悦、不二以借一レ之。叔醉疾來誶二罵木人一、以レ杖敲二其頭一。蘭還、見二木人色不一レ懌。乃問二其妻一、妻具以告レ之。卽奮レ劍殺二張叔一。吏捕レ蘭。蘭辭二木人一去、木人見レ蘭、爲レ之垂レ淚。郡縣嘉二其至孝一」、『太平御覽』「人事部一二三・仇讎下」所引『搜神記』に「丁蘭、河内野王人。年十五喪レ母、乃刻レ木作レ母事レ之、供養如レ生。鄰人有レ所レ借、木母顔和則與、不レ和不レ與。后鄰人忿レ蘭、盗斫二木母一、應レ刀血出。蘭乃殯殮報レ讎。漢宣帝嘉レ之、拜二中大夫一」、(逸名)『孝子傳』(船橋本)に「有二隣人借一レ斧。蘭啓二木母一、見二知木母顔色不一レ悦、不二與借一也。隣人大忿、伺二蘭不在一、以二太刀一斬二木母一臂一、血流滿レ地。蘭還來見レ之、悲傷號哭。卽往斬二隣人頭一、以祭二母墓一。官司聞レ之、不レ問二其罪一、加以二祿位一」などと見える。これらの類話がなんらかの文献を通して知られていたと考えられる。なお、『藝文類聚』巻三三「人部一七・報讎」、梁・簡文帝「甄異張景願二復讎一教」に「防廣刃レ讎、赦二其桎梏之罪一。丁蘭雪レ恥、擢以二大夫之位一」とあり、表現としては(次句の「刃讎」も含めて)これに拠っていよう。「赦宰」の用例は本対策以前の漢籍・仏典に未見。なお、『北史』巻二三「于栗磾傳」子孫「仲文」の項に「伏願垂二泣レ辜之恩一。降二雲雨之施一」とある(後出の酌恤刑之義…の項に引く唐・高宗「禁二酷刑及匿名書一詔」も参照)。

○緱氏刃讎　梁配有減死之論　緱《こう》氏の女《むすめ》玉が父の仇を殺し、県の長官・梁配は玉を死刑にしようとするが、玉の節義を称える申屠蟠の諫言により、上級官庁に請願して、死罪を減じる判断を得た故事に拠る。『後漢書』巻五三「申屠蟠傳」に「緱氏女玉、爲レ父報レ讎、殺二夫氏之黨一。吏執レ玉、以告二外黄令梁配一。配欲レ論二殺玉一。蟠時年十五、進諫曰。玉之節義、足下以感二無レ恥之孫一、激中忍レ辱之子上。(中略)配善二其言一、乃爲讞得二減死論一」とある（「讞」は上級官庁に請願すること。『藝文類聚』巻三三「人部一七・報讎」に「列女傳曰」としてほぼ同文を再収）。「減死之論」は、罪を死刑以外の罰で贖わせる減刑の論定。「刃讎」は前項を参照。

○酌恤刑之義　驗純情而存哀　「恤刑」は、あわれみをもって減刑すること。用例は『南齊書』巻四八「孔稚珪傳」に「發二德音一、下二明詔一、降二恤刑之文一、申二愼罰之典一」、本対策以前の日本への伝来は未詳だが、唐・高宗「禁二酷刑及匿名書一詔」に「庶使下泣辜之情、遠覃二於四海一、卹刑之旨、長垂中於萬葉上」（「卹」は「恤」の異体字。『全唐文』巻一二）、同「冊二趙王福青州刺史一文」に「爾其愛レ人理レ物、愼レ獄恤レ刑」（『全唐文』巻一四）、『舊唐書』巻一〇二「徐堅傳」に引く「神龍初」（七〇五年頃）の中宗への上表文に「恤刑之規、冠二於千載一、哀矜之惠、洽二乎四海一」など、唐代の文章に多く見られる。「純情」の用例は本対策以前の漢籍に未見。仏典では唐・般剌蜜帝訳『首楞嚴經』（正倉院文書に名が見える）巻八に「是人皆以二純情一墜落、業火燒乾、上出爲レ鬼。此等皆是自妄想業之所二招引一」（大正蔵一九巻一四五頁上）とある。ただし、これは否定的に価値づける文脈で用いられている。ここはひとまず、ありのままの心情の意に解しておく。「存哀」の例は『東觀漢記』逸文（『東觀漢記校注』巻二二・散句）に「敬養盡二於奉一、存レ哀愼レ刑」と見える。また、安平王孚「奏下請葬二高貴郷公一以中王禮上」（魏・甘露五年〈二六〇〉五月）に「高貴郷公肆行不軌。（中略）葬以二民禮一、誠當二舊典一。然、臣等伏惟、殿下仁慈過隆、雖レ存二大義一、猶レ存二哀矜一。臣等之心、實有レ不レ忍。以下爲可中加レ恩以二王禮一葬上之」（『全晉文』巻一四）とある（ただし、同じ文章は『三國志』「魏書」巻四「三少帝紀」の「高貴郷公髦」の項に載るが、こちらは「垂二哀矜一」に作る）。この二例いずれも罪を許す文脈で用いている。虫麻呂が直接これらに当たっていなくとも類例には触れていたものと推測される。

○討議獄之規　矜至孝而輕罰　「議獄」は、『周易』「中孚」に「君子以議レ獄緩レ死」とあり、孔穎達疏が「非二故犯一過失爲レ辜、情在レ可レ恕。故君子以議二其過失之獄一、緩捨二當レ死之刑一也」とする。また、『藝文類聚』巻五二「治政部上・赦宥」、陸倕「豫章王拜二後赦一教」に「夫議レ獄緩レ死、著二自令圖一、疑レ罪惟レ輕、聞二諸雅誥一」とある（「著自令圖…聞諸雅誥」の両句は本対策前出の「著在格言…聞諸甲令」に似る）。「至孝」の用例は多い。丁蘭雪恥…の項に引いた『初學記』にも丁蘭について「郡縣嘉二其至孝一」とあった。

○高柴出宰　良績遠聞　「高柴」は孔子の弟子。字《あざな》は「子羔」（また「子皐」に作る）。『禮記』「檀弓上」に「高子皐之執二親之喪一也、泣血三年、未二嘗見一レ齒」（鄭玄注「子皐、孔子弟子。名、柴」）とあり、孝子として有名。日本でも『令義解』「賦役令」の「孝子順孫」条に「謂。高柴泣血三年、顧悌絶レ醬五日之類、孝子也」とある。「出宰」は『論語』「先進」に「子路使三子羔爲二費宰一」（孔穎達疏「子路臣二季氏一。故任二擧子羔一、使レ爲二季氏費邑宰一也」）とある。ただし、『論語』には続けて、孔子がこの人事は本人のためにならないと反対したとある。他を検しても高柴が「費宰」（李氏の領地・費を治める代官）として「良績」を挙げた話は見えない。一方、高柴の「良續」については、『韓非子』「外儲說左下」に見える、子皐（高柴）が孔子に従って衛国に行き「獄吏」であった時、ある者を足切りの刑に処したが、その者は高柴の慈悲心と公正さを感じとっていたため、高柴を恨むことなく、逆に、孔子が讒言から処罰されそうになり衛から逃げ出した時、逃げ遅れた高柴を城門から逃がした、という故事がよりふさわしい。『韓非子』に、足切りに処された者が高柴の処断について「天性仁心固然也」と述べたとあり、これを後に聞いた孔子は「善。爲レ吏者樹レ德、不レ能レ爲レ吏者樹レ怨」と評したという。同じ話が『孔子家語』「致思」にも見え、孔子の評を「思二仁恕一則樹レ德、加二嚴暴一則樹レ怨。公以行レ之、其子羔乎」とする。また、『抱朴子』「外篇・詰鮑」にも「遠則甫侯・子羔、近則于公・釋之、控レ情審レ罰、剖レ毫析レ芒。受レ戮者吞レ聲而歌レ德、刖劓者沒レ齒無二怨言一」とある。「良績遠聞」はこれらを踏まえていよう。よって、「出宰」は、ここは官吏になったことを漠然と指すと見ておく。「良績」の用例は本対策以前の漢籍・仏典に未見。「遠聞」の用例は『楚辭』「九章・抽思」に「望二三五一以爲レ像兮、指二彭咸一以爲レ儀。夫何極而不レ至兮、故遠聞而難レ虧」（後漢・王逸注「功名布流、長不レ滅也」）とあるなど。

○喬卿臨官　芳猷尚在

「喬卿」の字を持つ人物が後漢に魏霸と郭賀と二人存する。魏霸については、『後漢書』巻二五「魏霸傳」に「魏霸、字喬卿、濟陰句陽人也。世々有二禮義一。霸少喪レ親、兄弟同居。州里慕二其雍和一。建初中、擧二孝廉一、八遷、和帝時爲二鉅鹿太守一。以二簡朴寛恕一爲レ政。掾史有レ過、要先誨二其失一、不レ改レ者乃罷レ之。（中略）和帝崩、典レ作二順陵一。時盛冬地凍、中使督促、數罰二縣吏一以厲レ霸。霸撫循而已、初不二切責一。（中略）吏皆懷レ恩。力作倍レ功」とあり、孝廉なことから登用され、人々に対して温情ある采配を行ったとある（兄弟を大事にしていた点について『藝文類聚』巻二一「人部五・友悌」所引『東觀漢記』に記述がある）。小島憲之は郭賀に比定する（『国風暗黒時代の文学　上』三五頁）。『後漢書』巻二六「郭賀傳」に「賀字喬卿、雒人。（中略）賀能明レ法、累レ官、建武中爲二尚書令一、在レ職六年、曉二習故事一、多レ所二匡益一。拜二荊州刺史一、引見賞賜、恩寵隆異。及レ到レ官、有二殊政一。百姓便レ之、歌曰、厥徳仁明郭喬卿、忠二正朝廷一上下平」とあり、その徳政が讃えられている（この百姓の歌は『藝文類聚』巻一九「人部三・謳謠」、同・巻五〇「職官部六・刺史」に再収）。両者を比較するに、後者に「臨レ官」に対応する「及レ到レ官」という表現が見え、かつ頌歌が『藝文類聚』に再収される点では有力だが、その事績・評価については前者が慎重な処罰・温情ある采配という点で前項の高柴に通じる。ひとまずこの「喬卿」は前者の魏霸を指すものと見ておく。「芳猷」は優れたはかりごと（政策）。用例は、『隋書』巻一「高祖楊堅紀上」に「入處二禁闈一、出居二藩政一、芳猷茂績、問望彌遠」とあるなど。また、「芳猷」が後世に伝わると表現する例として、本対策以前の日本への伝来は未詳だが、唐・太宗「晉祠銘」に「日月有レ窮、英聲不レ匱、天地可レ極、神威靡レ墜。萬代千齡、芳猷永嗣」（『全唐文』巻一〇）とある。

○則可能孝于室　必忠於邦　　ここから孝と忠の関係についてのまとめに入る。興國隆家…の項に挙げた『古文孝經』「廣揚名章」の孔安国伝「能孝二於親一、則必二能忠於君一矣」を踏まえる。

○當守孝之時　不憚損生之罪　　「守孝」の用例は本対策以前の漢籍・仏典に未見。時代は下るが『續日本後紀』承和三年（八三六）十二月七日条に「安房國言。安房郡人伴直家主、立性肅默、常守二孝道一。父母歿後、口絕二滋味一、建レ廟設レ像。四時供養」とある。「損生」の用例は『晉書』巻五一「皇甫謐傳」に「謐曰。人之所二至惜一者命也。如下迴二天下之念一以追二損生之禍一、運二四海之心一以廣中非益之病上、豈道德之至乎」とある。ただし、ここでの「損生」は、仇討ちによって人の命を奪うことである。

○臨盡忠之日　詎顧膝下之恩　　「盡忠」は『孝經』「事君章」に「子曰。君子之事レ上也、進思レ盡レ忠、退思レ補レ過」とあるのに拠っていよう（古文・今文異同なし。同文は『藝文類聚』巻二〇「人部四・忠」に再収）。また『論語』「學而」、「事二父母一能竭二其力一、事レ君能致二其身一」の何晏注に「孔曰、盡二忠節一不レ愛二其身一」とある。「膝下之恩」は幼少時からの父母の恩。『今文孝經』「聖治章」に「夫聖人之德又何以加二於孝一乎。故親生二之膝下一、以養二父母一日嚴」（玄宗注「親、猶レ愛也。膝下、謂二孩幼之時一也」）とある。なお、本対策以前の日本への伝来は未詳だが、唐・陳子昂（六六一～七〇二年）「爲二蘇令本一與二岑内史一啟」に「子以母貴、自レ古通方、禮以親榮、在昔恒理。豈非二奉上之道、休泰必同、膝下之恩、親愛先及一」（『文苑英華』巻六五八、『全唐文』巻二一四）とある。

26　大神虫麻呂・無為と勤勉

〔本文〕

問。
虞舜無爲、垂ニ拱巖廊之上(1)一、
周文日昃、廣ニ延英俊之人一。
夫(2)帝王之道、
條貫豈異、
何勞逸之不レ同。
而黔黎之懷輯、
欲レ使下
變ニ斯俗於彼俗一、
化ニ奸吏於良吏一、
人民富庶、
囹圄空虛上。
其術如何。

〔訓読〕

問ふ。
虞舜《ぐしゅん》は無爲にして、巖廊《がんらう》の上に垂拱《すゐきよう》し、
周文《しうぶん》は日昃《かたむ》くまで、英俊の人を廣延《くわうえん》す。
夫《そ》れ帝王の道は、
條貫《でうくわん》豈に異ならむや、
何ぞ勞逸《らういつ》の同じからざる。
而して黔黎《けんれい》の懷輯《くわいしふ》する、
斯《こ》の俗を彼《か》の俗に變へ、
奸吏《かんり》を良吏に化《くわ》し、
人民富庶《ふしよ》し、
囹圄《れいご》空虛ならしめんと欲す。
其の術は如何に。

悉レ心以對。

神虫麻呂

對。
竊以、
逖覽二玄風一、
遐(3)觀二列辟一、
結繩以往、鴻荒之世難レ知、
刻石而還、歩驟之蹤可レ述(4)。
至二於
根英易レ代、
金石變レ聲一、
咸以、
事藹二芸縑一、
義彰二華篆一。
煥焉在レ眼、若三秋旻之披(5)二密雲一、
粲然可レ觀、似三春日之望二花苑一。
當今、

心を悉《つく》して以て對へよ。

神虫麻呂

對ふ。
竊《ひそ》かに以《おもひ》みれば、
逖《とほ》く玄風《げんぷう》を覽《み》、
遐《はろか》に列辟《れつぺき》を觀《み》るに、
結繩以往《けつじよういわう》、鴻荒《こうくわう》の世知り難く、
刻石而還《こくせきじくわん》、歩驟《ほしう》の蹤述ぶべし。
根英代《よ》を易《か》へ、
金石聲を變ふるに至りて、
咸《みな》以て、
事芸縑《うんけん》に藹《おほ》く、
義華篆《くわてん》に彰《あき》らかに、
煥焉《くわんえん》として眼に在り、秋旻《しうびん》の密雲《みつうん》を披《ひら》くがごとく、
粲然《さんぜん》として觀るべくは、春日《しゆんじつ》の花苑《くわゑん》を望むに似る。
當今、

握レ褒御レ俗、
履レ翼司レ辰。
風清二執象之君一、
聲軼二繞樞之后一。
設二禹麾(6)一而待レ士、
坐二堯衢一以求レ賢。
鼓腹撃壌之民、抃(7)二舞於紫陌一、
負鼎釣璜之佐、接二武乎(8)丹墀(9)一。
方欲下、
窮二姫文日昃之勞一、
明二虞舜垂拱之逸一、
驅二風帝王之代一、
駕二俗仁壽之鄉一、
博採二蒭詞(10)一、
側訪中幽介上。
夫以、
時異二浮沈一、
運分二否泰一。

褒《ほう》を握り俗を御し、
翼《よく》を履《ふ》み辰を司る。
風は執象《しつしやう》の君より清く、
聲は繞樞《ぜうすう》の后に軼《いつ》す。
禹麾《うき》を設けて士を待ち、
堯衢《げうく》に坐して以て賢を求む。
鼓腹撃壌《こふくげきじやう》の民、紫陌《しはく》に抃舞《べんぶ》し、
負鼎釣璜《ふていてうくわう》の佐《すけ》、丹墀《たんち》に接武《せつぶ》す。
方に、
姫文日昃《じつしよく》の勞を窮め、
虞舜垂拱の逸を明らかにし、
風を帝王の代に驅り、
俗を仁壽《じんじゆ》の鄉に駕し、
博く蒭詞《すうし》を採り、
側《ひと》り幽介《いうかい》を訪ねむと欲す。
夫れ以みれば、
時は浮沈を異にし、
運は否泰《ひたい》を分かつ。

文質之統茲別、
張弛之宜不同。
然則、
四乳登二皇運一、經二三微(11)之虐政一、
重華踐二帝世一、近二二皇之淳風一。
淳風之時必須二垂拱一、
虐政之世何不二經營一。
是知、
聖王與レ世以汚隆、
黎庶從レ君而低仰。
若能、
追二有虞无爲之化一、
則二隆周勤己(12)之治一、
表二廉平一、
宣二禮讓一、
賁帛旌二其英俊一、
懸棒(13)絕二其奸回一、
勸レ之以二耕桑一、

文質の統茲《ここ》に別れ、
張弛《ちやうし》の宜《ぎ》不同なり。
然れば則ち、
四乳皇運に登りて、三微の虐政を經《をさ》め、
重華《ちようくわ》帝世を踐《ふ》みて、二皇の淳風に近し。
淳風の時、必ず須《すべから》く垂拱すべく、
虐政の世、何ぞ經營せざる。
是に知る、
聖王は世と與に以て汚隆《おりゆう》し、
黎庶《れいしよ》は君に從ひて低仰《ていぎやう》す、と。
若し能く、
有虞《いうぐ》の无爲の化を追ひ、
隆周《りゆうしう》の勤己《きんこ》の治に則り、
廉平《れんぺい》を表し、
禮讓を宣《の》べ、
賁帛《ひはく》其の英俊を旌《あらは》し、
懸棒《けんばう》其の奸回《かんくわい》を絕ち、
之を勸むるに耕桑《かうさう》を以てし、

勗レ之以二徳義一、
則可
金科不レ濫、
沙圄恒清、
九歳有レ儲、
千斯積レ庾、
水魚不レ犯、共喜二南風之薫一、
門鵲莫レ喧、咸(14)懐二東后之化一。
謹對。
天平五年七月廿九日

之を勗《つと》むるに徳義を以てすれば、
則ち、
金科濫《みだ》れず、
沙圄《さご》恒《つね》に清く、
九歳儲《きうさいちよ》有り、
千斯庾《せんしゆ》に積み、
水魚犯さず、共に南風の薫を喜び、
門鵲《もんじやく》喧《かま》しきこと莫《な》く、咸《みな》東后の化に懐《なつ》くべし。
謹みて對ふ。
天平五年七月廿九日

〔校異〕
(1) 上—底本「山」。諸本により改める。
(2) 帝—底本「常」。諸本により改める。
(3) 遐—底本「遯」。諸本により改める。
(4) 逑—底本「迷」。萩野・神宮・中根・平松・東海・小室・尊経により改める。鎌田・蓬左・池田・陽二は、右傍書「逑」。
(5) 旻—底本「昊」。諸本により改める。

(6)𪊲—底本「山」。人見・中根・慶長・林氏・大学・三手・関西・谷森・東山・多和・東海・久邇・南葵・萩野・蓬左・神宮・尊経により改める。

(7)扑—底本なし。人見・中根・慶長・林氏・大学・脇坂・鷹司・三手・関西・谷森・東平・塩釜・多和・東海・久邇・南葵・萩野・蓬左・神宮・尊経により改める。

(8)乎—底本「平」。諸本により改める。

(9)墀—底本「憳」。諸本により改める。

(10)詞—底本「訶」。諸本により改める。

(11)微—底本「徴」。諸本により改める。

(12)勤—底本「勒」。諸本により改める。

(13)棒—底本「捧」。人見・東海・鎌田・河村・神宮・尊経により改める。

(14)咸—底本「盛」。中根・慶長・林氏・大学・脇坂・鷹司・三手・関西・菊亭・谷森・東平・塩釜・多和・久邇・南葵・尊経により改める。

〔通釈〕

問う。虞舜は（自分では）何もせず宮殿で衣を垂れて手をこまねき、周の文王は昼過ぎまで（食事を摂る暇もなく）俊英の士を広く招き集めた。そもそも帝王の道においてそのあるべき筋道が（王によって）異なることがあろうか。（それなのに）どうして（文王のような）苦労の多い政治と（舜のような）安楽な政治とがあって、同じではないのだろうか。さて、庶民をなつかせ和楽させるについて、この風俗をあの風俗へと変え、悪い官吏を良い官吏へと教化し、民が富んで数も増え、（罪人をなくして）牢獄が空《から》になるようにしたいと思う。その方法はどうあるべきか。心を尽くして答えてほしい。

神虫麻呂

お答えいたします。私に考えをめぐらせてみますに、遠く古《いにしえ》の天子たちの奥深い政治の風姿を眺め、遥かに歴代の君主たちを見てみますと、結縄以前の（無文字の）未開の世のことは知り難く、（文字のできた）刻石以後は、天子たちの歩みの遅速の跡を述べることができましょう。帝王の政道は次々に代わり、礼楽の楽器と音色は変化します。すべて、その事は書物に多く書かれ、その義は先人の筆の跡に明らかであり、はっきりと眼に見えることはまるで秋の空が厚い雲をおしひらいたようであり、明らかに見えることは春の日に照らされた花園に似ています。

（さて）現在、（今上陛下は）掌に「褒」の字を握った舜のように人々を統治なさり、翼宿（たすき星）を踏んだ尭のように時節を司っていらっしゃいます。その風化は天下の大道を守った聖王たちより清らかで、その声望は北斗七星をめぐる電光に感応した黄帝よりも抜きんでています。禹のように招き旗を立てて優れた士を待ち、尭のように民の声を聴く場に座って賢人を求めていらっしゃいます。（そこで、当代は尭の時代のように太平で）腹鼓を打ち、撃壌の遊びをする民が都の郊外の路上で手を打って舞い、殷の湯王に仕えるために料理人となった伊《い》尹《いん》や璜《こう》を得て周の文王に仕えた太公望のように、優れた補佐役たちが宮廷の石畳の上で踵《きびす》を接しています。

（そのような聖代にあって陛下は）まさに、姫姓の（周の）文王の日がたけるまで飲食を忘れて働いた苦労の理由を究め、虞舜の垂拱無為の安逸の意義を明らかにし、（ご自身の治世の）風化を聖帝たちの時代のそれへと駆りたて、世俗の人々を（徳治により）長寿がもたらされる郷《さと》へと導こうとされて、広く薪採りのような賤しい者の言葉にも耳を傾け、おひとりで世に隠れた者の許《もと》をもお訪ねになろうとしていらっしゃいます。

（そこで卑見を申し上げますと）そもそも考えてみますに、時勢には浮き沈みの別があり、運勢は（『周易』にいう）「否塞」（停滞）と「通泰」（発展）を分かちます。（治政が）華やかであるか素朴であるかの道筋はここで分かれ、（政策を）張りつめることと緩やかにすることの適度は（時代により）同じではありません。以上のようであるので、「四乳」と伝わる文王は、帝王となる運命に従い、万物が微弱な季節に刑罰を行う（殷の）虐政をやめさせ、「重華」と称された舜は、帝位を受け継ぎ、（伏犠と神農という）二人の聖帝の淳朴な世の政治に近しかったのです。（舜のように世の中が）淳朴な時は必ずや垂拱することが当然であり、（文王のように）虐政の世にあってはどうして懸命に働かずにいられましょう。

これでわかりますことは、聖王の治世は世の中の状態とともに高下し、庶民はそうした君主のありように従って、うつむいたり顔を上げて仰ぎ見たりするということです。もし有虞（舜）の無為の風化に倣い、隆盛を誇った周（の文王）の天子自ら（労苦して）田を耕す政治に則り、正直と公平の精神を表明し、礼儀と謙譲の精神を宣告して、聘礼《へいれい》の錦布をもって英俊の士を（旗の合図で）招き、警察の門に掛けた棒で邪悪な者を廃絶し、（人々に）農耕と養蚕を奨励し、道徳と正義（の実現）に勉めれば、貴い法令は乱されず、監獄は常に（空《から》で）清く、国に九年分の食料の備蓄ができ、露天に千の倉が必要なほどの穀物が積まれ、（君臣の間は）水と魚のように親密になり、共に舜の「南風の薫り」の歌のような天下の穏やかな生育を喜び、門で鵲《かささぎ》が騒いで不吉な予兆をなすこともなく、みな舜が東方の諸侯を風化したような（陛下の）風化になつきましょう。

謹んでお答え申し上げます。

天平五年七月二十九日

〔語釈〕

【問】

○虞舜無爲　垂拱巖廊之上　周文日昃　廣延英俊之人

『漢書』巻五六「董仲舒傳」のいわゆる「賢良對策」における武帝の第一の制（問）に「虞舜之時、游二於巖郎之上一、垂拱無爲、而天下太平。周文王至二於日昃一不レ暇レ食、而宇内亦治」とあるのに拠る。「虞舜」は中国の伝説の聖帝、五帝の一人。「無爲」とは、何もしないで天下を統治すること。舜の「無爲」は『論語』「衛靈公」に「子曰、無爲而治者、其舜也與。夫何爲哉。恭レ己、正南面而已矣」（魏・何晏注「言、任官得二其人一、故無爲而治」）とある。「垂拱」は衣を垂れ、手をこまねていること（無為なこと）。『後漢書』巻五五「清河孝王慶傳」の「寡人生二於深宮一、長二於朝廷一、仰恃二明主一、垂拱受レ成」とあり、唐・李賢注が「垂拱、言二無爲一也」とする。また、『晉書』巻四一「劉寔傳」には「昔虞任二五臣一、致二垂拱之化一」とあり、前引『論語』何晏注と同様、虞舜の「垂拱無爲」と臣下の登用を関連させて述べている。

「巖廊」は、宮殿のひさし。前引の武帝の制の「巖郎」に、唐・顔師古注が「晉灼曰、堂邊廡。巖郎謂二巖峻之郎一也」とする。「周文日昃」は右の武帝の制を踏まえ、周の文王が日が西に傾き始める頃（午後）まで食事を摂る暇もなく政務に勤しんだことをいう。『宋書』巻四三「徐羨之傳」の羨之の上表文にも「伏願陛下、遠存二周文日昃之道一、近思二皇室締構之艱一、時攬二萬機一、躬親二朝政一、廣闢二四聽一、博詢二庶業一、則雍熙可レ臻、有生幸甚」とあり、君主の模範的なあり方としている。なお、『史記』巻四「周本紀」に、文王について「禮二下賢者一、日中不レ暇レ食、以待レ士。士以レ此多歸レ之」とあり、文王が賢者を尊重したが故に、多くの人士が集まってきたとされ（このことは『藝文類聚』巻一二「帝王部・周文王」所引『帝王世紀』にも見える）、『晉書』巻五六「江統傳」には「古之人君雖レ有二聰明之姿、叡喆之質一、必須二輔弼之助、相導之功一。故虞舜以二五臣一興、周文以二四友一隆」とあり、舜・文王ともに優れた臣下を有していたとする。

「廣延」は広く人々を招くこと。前出『漢書』「董仲舒傳」の武帝の第一の制に「廣二延四方之豪儁一、郡國諸侯公二選賢良修絜博習之士一、欲レ聞二大道之要、至論之極一」とある。「英俊」の用例は『漢書』巻六十四下「王褒傳」に「嘔喩受レ之、開二寛裕之路一、以延二天下英俊一也」（『文選』巻四七に王褒「聖主得二賢臣一頌」として再収）とあるなど。

○夫帝王之道　條貫豈異　何勞逸之不同　前項に引いた「董仲舒傳」の武帝の第一の制に続けて「夫帝王之道、豈不二同レ條共レ貫與。何逸勞之殊也」、仲舒の対に「帝王之條貫同、然而勞逸異者、所レ遇之時異也」とあるのに拠る。「條貫」はすじみち、道理。ここは優れた帝王のあり方のこと。「勞逸」は、労苦と安逸。文王が食事も忘れて政務に勤しんだことと舜の垂拱無為との対照的なあり方を指す。

○黔黎之懷輯　「黔黎」は「黔首」に同じ。頭を黒布で覆った者たちのことで、庶民を指す。『史記』巻六「秦始皇本紀」に「分二天下一以爲二三十六郡一、郡置二守・尉・監一。更名レ民曰二黔首一」とあり、宋・裴駰『史記集解』が「應劭曰、黔亦黎、黒也」とする。『禮記』「祭義」に「明命二鬼神一以爲二黔首則一。百衆以畏、萬明以服」とあり、後漢・鄭玄注が「黔首、謂レ民也」、唐・孔穎達疏が「黔首謂レ民也者、黔謂レ黒也。凡人以二黒巾一覆レ頭故謂二之黔首一」とする。用例は、『陳書』巻六「後主本紀」に「朕臨二御區宇一、撫二育黔黎一、方欲下康二濟澆薄一、蠲中省繁費上」とあるなど。なお、前出「董仲舒傳」の武帝の制・仲舒の対にはともに「羣生寡レ遂、黎民未レ濟」とある。「懷輯」は、なつかせて和楽させること。『後漢書』巻二三「竇融傳」「既到、撫二結雄傑一、懷二輯羌虜一、甚得二其歡心一。河西翕然歸レ之」（李賢注「輯、和也」）とある。

○人民富庶　囹圄空虚　「富庶」は富んで多いこと。『論語』「子路」の「子適レ衞。冉有僕。子曰、庶矣哉。冉有曰、既庶矣、又何加焉。曰、富レ之」に拠る語。熟語としての用例は唐代以後に限られる。本対策と同時代だが、唐・玄宗「宣二撫河南一詔」に「因二地利一以觀レ穡、樂二歲成一而報レ功。期二於富庶一、俾二之寧輯一」（『全唐文』

巻三〇）とある。虫麻呂はこれに類する例に触れていたのだろう。「囹圄」は牢獄。『漢書』巻二二「禮樂志」に周の政治について「教化浹洽、民用和睦、災害不レ生、禍亂不レ作、囹圄空虚四十餘年」とあり、顔師古注が「應劭曰、囹圄、周獄名也。師古曰、囹、獄也。圄、守也。故總言二囹圄一」とする。「囹圄空虚」は、善政により罪人がいないので牢獄が空《から》であることをいう。ここは直接には、前出「董仲舒傳」の武帝の第二の制に「殷人執二五刑一以督レ姦、傷二肌膚一以懲レ惡。成康不レ式、四十餘年天下不レ犯、囹圄空虚」、仲舒の第二の対に「周公作二禮樂一以文レ之、至二於成康之隆一、囹圄空虚四十餘年、此亦教化之漸、而仁誼之流」とあるのに拠っていよう。

○其術如何　悉心以對　「悉心以對」は、問いを与える際の類型的表現のひとつ。『文選』巻三六、王融「永明九年策二秀才一文五首」の四首目末尾に「開塞所レ宜、悉レ心以對」、『漢書』巻六三「武五子傳」の「燕刺王劉旦」の項における劉長の発言に「子大夫其各、悉レ心以對」などと見える。

【対】

○逖覽玄風　遐觀列辟　「逖覽」「遐觀」は、はるか遠くをながめること。ここでは、過去を振り返ること。「逖覽」の用例は唐代以後に見える。唐・高宗「隆國寺碑銘」に「朕逖二覽緗史一、詳二觀道藝一、福崇永劫者、其惟釋教歟」（『全唐文』巻一五。唐・慧立と彦琮『大唐大慈恩寺三藏法師傳』に同文を収載〈大正蔵五〇巻二六六頁下〉。『三藏法師傳』の名は正倉院文書に見える）とあるなど。「遐觀」の用例は、『文選』巻一三、張華「鷦鷯賦」に「普二天壤一以遐觀、吾又安知二大小之所一レ如」、唐・太宗「求二訪賢良一限二來年二月一集二泰山一詔」に「朕遐二觀前載一、歴二選列辟一、莫レ不下貴二此得人一、崇中茲多士上」（『全唐文』巻六）とあるなど。「逖覽」「遐觀」の対の類例としては、『晉書』巻五九「東海王越傳」に「詳二觀曩冊一、逖二聽前古一」などがある。本対策よりやや遅れるが、『懐風藻』「序」にも、「逖二聽前修一、遐二觀載籍一」とある。「玄風」は、ここは天子の奥深い政治の風姿のこと。『晉書』巻四二「王濬傳」に「今皇澤被二於九州一、玄風洽二於區外一」、同・巻六九「劉隗傳・孫波」に「往者先帝以二玄風一御レ世、責二成羣后一、坐二運天綱一、隨二化委順一」、梁・昭明太子蕭統「文選序」に、「式觀二元始一、眇覿二玄風一」などとある。「列辟」は、歴代の君主のこと。『漢書』巻五七下「司馬相如傳」に「伊上古之初肇、自二顥穹生一レ民、歴二選列辟一、以迄二乎秦一。率邇者踵レ武、聽逖者風聲」とあり、顔師古注が「辟、君也」「逖、遠也」とする（『史記』巻一一七「司馬相如傳」にほぼ同文があり、また、『文選』巻四八に「封禪文」として再収。ただし、両者とも「聽逖者」を「逖聽者」に作る）。また、『陳書』巻六「後主本紀」に「遐二觀列辟一、纂レ武嗣レ興、其始也、皆欲下齊二明日月一、合二德天地一、高視二五帝一、俯協中三王上」とある。

○結繩以往　鴻荒之世難知　「結繩」は、文字のない時代に縄を結んで心覚えとしたこと、「以往」は「以前」の意。『周易』「繫辭下」に、「上古結レ繩而治、後世聖人易レ之以二書契一」、『魏書』巻一一四「釋老志」に「結繩以往、書契所レ絕、故靡三得而知二焉。自二羲軒一已還、至二於三代一、其神言祕策、蘊二圖緯之文一、範世率民、垂二墳典之迹一」とある（『廣弘明集』巻二に再収。ただし、「其神言祕策」以降は異文。大正蔵五二巻一〇一頁上）。なお、本対策以前の伝来は未詳だが、唐・謝偃（貞観初に応詔して対策に及第）「惟皇誡德賦」に「周二墳籍一以遐觀、總二宇宙一而一窺、結繩往而莫レ紀、書契來而可レ知」（『舊唐書』巻一九〇上「文苑列傳上」、『全唐文』巻一五六）とある（「往而」は「以前」の意）。「鴻荒」は、太古未開の時代の様をいう。『文選』巻一一、王延寿「魯靈光殿賦」に「上紀二開闢、遂古之初一。五龍比レ翼、人皇九頭、伏羲鱗身、女媧蛇軀。鴻荒朴略、厥狀睢盱」とあり、晋・張載注が「鴻、大也。朴、質也。略、野略。上古之世、爲二鴻荒之世一也」、唐・李善注が「法言曰。鴻荒之世、聖人惡レ之」とする（「法言」は前漢・揚雄『揚子法言』。『日本國見在書目錄』に名が見える）。

○刻石而還　步驟之蹤可述　「刻石」は、泰山での封禅に際し石に文字を刻むことだが、ここはより抽象的に文字の出現を指す。『史記』巻六「秦始皇本紀」に「二十八年、始皇東二行郡縣一、上二鄒嶧山一、立レ石、與二魯諸儒生一議、刻レ石頌二秦徳一。議下封禪望二祭山川一之事上。乃遂上二泰山一、立レ石封祠レ祀。下、(中略) 禪二梁父一、刻二所レ立石一。其辭曰。皇帝臨レ位、作レ制明レ法、臣下脩飭」、『藝文類聚』巻三九「禮部中・封禪」所引『河圖會昌符』に「漢太興之道、在二九代之王一。封二于太山一、刻レ石著レ紀、禪二于梁甫一、退二考功一」などとある。「而還」は、ここは、以後・以来の意。本対策以前の日本伝来が確実な漢籍には用例未見。本対策とほぼ同時代だが、唐・睿宗「定二刑法一制」に「周秦以降、沿革罕同、漢魏而還、條流浸廣」(『全唐文』巻一八) とある。虫麻呂はこれに類する例に触れていたのだろう。なお、前項に引いた『魏書』「釋老志」に「結繩以往…自二義軒一已還」(「已還」は以後・以来の意) とあったことも参照。「歩驟」は、歩くことと走ること。歴代天子の治世の異なり (ゆっくりしているか、あわただしいか) をいう。『後漢書』巻三五「曹褒傳」に、「三五歩驟、優劣殊レ軌」とあり、唐・李賢注が「孝經鉤命決曰。三皇歩、五帝驟、三王馳。宋均注云。歩謂二徳隆道用、日月爲レ歩。時事彌順、日月亦驟。勤思不レ已、日月乃馳」とする。また、唐・長孫無忌「進二五經正義一表」に「雖二歩驟不レ同、質文有レ異、莫レ不下開二兹膠序一、崇以二典墳一、敦二稽古一以宏レ風、闡二儒雅一以立レ訓、啓二含靈之耳目一、賛中神化之丹青上」(『全唐文』巻一三六) とあり、これを踏まえた太安万侶「古事記序」に「雖二歩驟各異、文質不レ同、莫レ不下稽レ古以繩二風猷於既頽一、照レ今以補中典敎於欲上レ絶」とある。なお、やや時代が降るが、『日本後紀』延暦一三年 (七九四) 八月癸丑逸文に「墳典新闡、歩驟之蹤可レ尋」(『類聚國史』巻一四七「文部下・國史」) とある。「可述」はここは、先人の事績が今に伝わっているので論述できる、ということ。『漢書』巻一〇〇上「敍傳上」に「敢問。上古之士、處レ身行レ道、輔レ世成レ名、可レ述二於後一者、默而已虖」とある (後の煥焉在眼…の項に引く『漢書』「武帝紀」も参照)。

○根英易代　金石變聲　「根英」は漢籍・仏典とも用例稀少。小島憲之は初め『藝文類聚』巻一一「帝王部・總載帝王」所引『禮斗威儀』の「帝者得二其根核一、王者得二其英華一、霸者得二其附枝一。故帝道不レ行、不レ能レ王、王道不レ行、不レ能レ覇、覇道不レ行、不レ能レ守二其身一」を指摘していたが（『国風暗黒時代の文学　上』二一〇頁）、後に「よくわからぬ語。文字通りに解すれば、『根と花』の意とならうか」とした（『（同）補篇』四九五頁）。『禮斗威儀』に拠るなら、「根」は「帝道」、「英」は「王道」を指すことになる。さらに用例を検するに、『文苑英華』巻四八〇、「賢良方正科策二道」の項に神龍二年（七〇六）の策に続けて「闕名」として引かれる「又應二賢良方正科一第一道」に「臣聞。聖人法レ天而理、察レ道而行。（中略）雖二根英異レ轍、火木殊レ途、革去レ故而鼎就レ新、變二咸池一而歌二大夏一。然而無レ易二茲典一、其故何哉。蓋以下因二天人之和一、順中陰陽之數上、不レ可レ替也」とある。この例の「根英」は王ごとの政道の異なりの喩と解され、『禮斗威儀』とも整合的である。この対策は『全唐文』巻三〇〇に蘇晉の作として、同・巻九五九に斛律斉の作として同一文が収載されており、成立年時が不審、かつ、虫麻呂が直接参照し得た可能性は低いが、ひとまず本対策の「根英」も同様に解しておく。「易代」は王朝または王が替わること。用例は『魏書』巻三八「刁雍傳」に「王者治定制レ禮、功成作レ樂。虞夏殷周、易レ代而起、及二周之末一、王政陵遲」とあるなど。「金石」は金属製・石製の楽器のこと。『禮記』「樂記」に「樂者德之華也。金石絲竹、樂之器也」、『文選』巻一、班固「東都賦」に「太師奏レ樂、陳二金石一、布二絲竹一」（李善注「鄭玄曰。金、鐘鎛也。石、磬也」）などとある。ここは、王ごとの礼楽のあり方を指していよう。「變聲」の例は『宋書』巻三「武帝紀下」に「史臣」が武帝の宋朝創始を評して「誅レ內清レ外、功格二區宇一。至二於鍾石變レ聲、柴レ天改レ物、民已去レ晉、異二於延康之初一、功實靜レ亂、又殊二咸熙之末一」とあり、王朝交替による礼楽の変化を指している。

○事藹芸緗　義彰華篆

「藹」は盛んで多いこと。『文選』巻一九、束晳「補亡詩六首」に「瞻二彼崇丘一、其林藹藹。植物斯高、動類斯大」とあり、李善注が「藹藹、茂盛貌」とする。「芸緗」の「芸」は防虫のための香草（『禮記』「月令」に「仲冬之月、芸始生」、鄭玄注「芸、香草也」）、「緗」は書物の表装に用いる絹布（『後漢書』巻十上

「和熹鄧皇后紀」、「雖二聖明一必書二功於竹帛一流二音於管弦一」の李賢注に「竹、謂二簡冊一。帛、謂二縑素一」）のことで、書籍を指すと解されるが、「芸縑」は漢籍・仏典とも用例未見。書籍を指す語としては「芸編」（ただし、用例は一〇世紀以後）「縑緗」などがあり、「芸縑」という語もあったか。なお、後の日本の例だが、『續日本紀』天応元年（七八一）六月辛亥の石上宅嗣の薨伝に「捨二其舊宅一以爲二阿閦寺一。寺内一隅、特置二外典之院一、名曰二芸亭一。如有二好學之徒一、欲二就閲一者恣聽レ之」とあり、漢籍の書庫を「芸亭」と呼んだことが見える。さらに後の『本朝文粹』巻三所収、延喜八年（九〇八）八月一四日付けの菅原淳茂の対策「鳥獸言語」に「討二芸縑一而去レ惑、豈疑信之可二停滯一哉」とある。小島憲之は、この例は本対策に拠ったものか、としている（『国風暗黒時代の文学　補篇』四九六頁）。「華篆」も漢籍・仏典とも用例未見。文脈から（先人の）美しい篆書（書体）のことと解される。『文選』巻三、張衡「東京賦」の「發二鯨魚一、鏗二華鍾一」に呉・薛綜注が「發、擧也。鏗、猶レ擊也。華鐘、謂レ有二篆刻文一、故言レ華也」とする（「鯨魚」は鐘を打つ撞木のこと）。篆書で文字が刻まれた鐘を「華鍾」といった。あるいはこういうところからの造語か。

○煥焉在眼　若秋旻之披密雲　「煥焉」は光るさま、転じて、明らかなさま（「焉」は「然」の意）。『文選』巻二、張衡「西京賦」の「珍物羅生、煥若二崑崙一」に、薛綜注が「珍美之物、羅列布見。煥焉如二崑崙之所レ生者一」、加えて李善注が「山海經云。崑崙之墟有二珠樹・文玉樹一」とする。この場合は珠玉の光だが、これを思想や政策の明らかさの喩とした例として『漢書』巻六「武帝紀」の「贊」に「孝武初立、卓然罷二黜百家一、表二章六經一。（中略）興二太學一、修二郊祀一、改二正朔一、定二曆數一、協二音律一、作二詩樂一、建二封禪一、禮二百神一、紹二周後一、號令文章、煥焉可レ述」とある（『藝文類聚』巻一一、「帝王部一・漢武帝」に再収。なお、「可述」は前出）。また、「煥然」の例だが、『周易』「革」の「九五。大人虎變。未レ占有レ孚」への孔穎達疏に「損二益前王一、創レ制立レ法、有二文章之美一、煥然可レ観」とある（「可観」は次出）。「在眼」を先人の思想・事績を目にする文脈で用いた例として『南齊書』巻二八「劉善明傳」に「嘗覽二書史一、數千年來、略在二眼中一矣。歷代參差、萬理同異」とある。「秋旻」は秋空。これを思想・文章の明晰さの喩とした例として『弘明集』巻一〇、（「大梁皇帝勅二答臣下神滅論一」への）張翻「楊州別駕張翻答」に「至レ如下感果之規、理照二三世一、孝饗之範、義貫中百王上、妙會與二春冰一等釋、至趣若二秋旻一共朗」（大正蔵五二巻六八頁上）とある。「密雲」は『周易』「小畜」に「小畜亨。密雲不レ雨。自二我西郊一」とあるのに拠る語。陰の気が蓄積して解放されていない状態をいう。ただし、ここは『文選』巻二九、曹攄「思二友人一詩」に「密雲翳二陽景一、霖潦淹二庭除一」とあるように、空を覆う厚く重なった雲のこと。雲を披くことを明晰なものの現れの喩にした例として、『藝文類聚』巻二「天部下・霧」に「王隱晉書曰。樂廣爲二尚書郎一。尚書令衛瓘見奇レ之、命二諸子一造焉。曰。此人之水鏡。每レ見令二人瑩然一。若下披二雲霧一而覩中青天上也」（『晉書』巻四三「樂廣傳」、および、『文選』巻三〇、謝靈運「擬二魏太子鄴中集詩一八首・王粲」の「排レ霧屬二盛明一、披レ雲對二清朗一」への李善注にほぼ同文あり）、同・巻七六「內典部上・內典」、梁・元帝「光宅寺大僧正法師碑」に「昂昂千里、孰辯二騏驎之蹤一、汪汪萬傾、誰測二波瀾之際一。望レ之若レ披二雲霧一、覩レ之如レ觀二日月一」などがある。

○粲然可観　似春日之望花苑

「粲然」は明らかなさま。先述の『漢書』巻五六「董仲舒傳」の仲舒の第三の対に「入有二父子兄弟之親一、出有二君臣上下之誼一、會聚相遇則有二耆老長幼之施一。粲然有レ文以相接」とあり、顔師古注が「粲、明貌」とする。ここは、前に触れた昭明太子蕭統「文選序」に「風雅之道、粲然可レ觀」とあるのに拠っていよう。「春日」は対の「秋旻」との対応からすると春の太陽のこと。ここは、春の太陽が花苑を望むことが「粲然可觀」ことの喩になるのだが、そのような類例は未見。なお、「春日」が明晰なものを現出させる喩の例として『廣弘明集』巻二一、真観法師「因緣無性論」に「今者可レ謂、朝聞夕死、虛往實歸。積滯皆傾、等二秋風之落一レ葉、繁疑竝散、譬二春日之銷一レ氷」（大正蔵五二巻二五七頁上）とある。「望」はここは眺める意で、照らすことの喩だろう。結局、春日の光に照らされた花園のように明らかに見える、の意ととっておく。花を眺めることを「望」といった例は『玉臺新詠』巻一〇、蕭子顯「春閨思詩」に「金羈遊俠子、綺機離思妾。春度人不レ歸、望レ花盡成レ葉」、「花苑」の用例は唐・李嶠『李嶠百二十詠』「露」に「滴瀝明二花苑一、葳蕤泫二竹叢一」とある。

○握褒御俗　履翼司辰　ここから今上天皇（聖武）の賛美に入る。「握褒」は、舜の手に「褒」の字があった故事に拠る。『藝文類聚』巻一一「帝王部・帝舜有虞氏」所引『孝經援神契』に「舜、龍顏重瞳大口、手握レ褒」、その注に「握レ褒、手中有二褒字一。喩下從二勞苦一起、受二褒飾一、致中大位上也」とある。「御俗」の用例は『史記』巻八三「鄒陽傳」の「聖王制レ世御レ俗、獨化二於陶鈞之上一、而不レ牽二於卑亂之語一、不レ奪二於衆多之口一」（『漢書』巻五一「鄒陽傳」、『文選』巻三九、鄒陽「獄中上書自明」にほぼ同文が見える）など。「履翼」は、堯誕生の故事をいう。『宋書』巻二七「符瑞上」に、「帝堯之母曰二慶都一、生二於斗維之野一、常有二黄雲一覆二護其上一。及レ長、觀二于三河一、常有レ龍隨レ之。一旦、龍負レ圖而至、其文要曰、亦受二天祐一。眉八彩、鬢髮長七尺二寸、面銳レ上豐レ下、足履二翼宿一。既而陰風四合、赤龍感レ之。孕十四月而生二堯於丹陵一。其狀如レ圖」とある。『北堂書鈔』巻一「奇表四」所引『宋瑞志』にも「堯足履二翼宿一」と見える。この語について小島憲之は、周の后稷の故事を指すとしていたが（『国風暗黒時代の文学　上』二一一頁）、後に「『翼』（二八宿の一つ、『たすきぼし』）の運行を履行することか。ここは天子が星の運行を司る意であらう」と改めた（『同　補篇』四九七〜八頁）。后稷の故事とは、后稷の母が巨人の足跡を踏んで懐妊し、生まれた后稷を不祥の子として川の氷の上に捨てたところ、鳥が翼で覆い守ったとの話である。『毛詩』「大雅・生民之什・生民」に「誕寘二之寒冰一、鳥覆二翼之一」、『史記』巻四「周本紀」に「遷レ之而弃二渠中冰上一。飛鳥以二其翼一覆二薦之一」とあり、『史記』では、后稷を守るように鳥の翼が下に敷かれたり、上から覆っていることが見える。結果として、后稷が翼を踏んでいることになろう。しかし、『毛詩』は「覆翼」、『史記』は「覆薦」であり、「履翼」ではない。また、諸本「履翼」で異同はない。よって、ここは尭の故事を指しているとすべきだろう。ただし、尭の足が翼宿を履むことがどういう象徴的意味を有するかは未詳。「司辰」は、時節をつかさどること。『文選』巻一三、禰衡「鸚鵡賦」に「若二洒少昊司レ辰、蓐收整レ轡、嚴霜初降、涼風蕭瑟二」、唐・則天武后「新譯大乘入楞伽經序」に「久視元年歳次庚子、林鐘紀律、炎帝司レ辰。于時避二暑箕峯一、觀二風頴水一、三陽宮內、重二出斯經一」（大正蔵一六巻五八七頁上）などとあるように、たとえば秋は秋の神（少昊）、夏は夏の神（炎帝）が時節をつかさどっているとの文脈に用いるのが通例の言い回しである。ここでは現実の今上天皇が世を治めていることを、時の運行を秩序化するという観点から「司辰」といっていると解されるが、そのような表現の例は未見。

○風清執象之君　聲軼繞樞之后　「風…聲…」の対は熟語「風聲」を分けて両句頭に配したもの。遯覧玄風…の項に引いた『漢書』巻五七下「司馬相如傳」所引「大人賦」の「伊上古之初肇、自二顥穹一生レ民、歴二選列辟一、以迄二乎秦一。率邇者踵レ武、聽逖者風聲」に顔師古注が「風聲、總謂二遺風嘉聲一耳」とする。この例は遠い過去の聖帝たちの「遺風嘉聲」の意だが、本対策ではこれを今上天皇の治世の風《ふう》（「風化」「風教」の「風」）と声望の意に転じたものと解される。「風清」は今上天皇の治世の風が清いこと。類例は、『北史』巻四七「袁翻傳」に「皇上以二叡明一纂御、風清化遠」、唐・王勃「江寧呉少府宅餞宴序」に「霸氣盡而江山空、皇風清而市朝改」（『全唐文』巻一八二）とあるなど。「執象之君」は、道を守って世を治めた聖王のこと。『老子』「仁德」に、「執二大象一、天下往、往而不レ害、安平太」とあり、前漢・河上公注が「執、守也。象、道也。聖人守二大道一、則天下萬民移レ心歸二往之一也」とする。また、『文選』巻四九、干宝「晉紀論晉武帝革命」に「帝王之興、必俟二天命一。（中略）故古之有二天下一者、栢皇栗陸以前、爲而不レ有、應而不レ求、執二大象一也」とあり、李善注が「老子曰。執二大象一、天下往」とする。「執象」の用例は、本対策と同時代で虫麻呂が目にしえたかは未詳だが、唐・蘇頲（六七〇～七二七年）「御史大夫贈右丞相程行諶神道碑」に「聖皇執レ象、増二天報功一、元老協レ斯、捧二日疇貴一」（『全唐文』巻二五八）、唐・徐安貞（天宝初〈七四二年頃〉卒）「奉二和聖製喜雨賦一」に「惟大君之執レ象、襲二先帝之重レ元、體二至精一而御レ物、用二明德一而動レ天」（『全唐文』巻三〇五）などとある。「聲軼繞樞」の類例は、同じく蘇頲「冊二汴王邕一文」（景龍四年〈七一〇年〉成）に「望隆二才位一、聲軼二典司一。動則有レ恒、靜而無レ撓」（『全唐文』巻二五四）、同「揚州大都督長史王公神道碑」（開元一五年〈七二七〉成）「子八人。長曰レ有、次曰レ實。竝行齊二曾閔一、聲軼二元季一」（『全唐文』巻二五八）などとある。「繞樞之后」は黄帝のこと。母・符宝が北斗七星の樞星を囲繞する電光に感じて黄帝を生んだ故事に拠る。『藝文類聚』巻二「天部下・電」に「河圖握拒起曰。大電繞二樞星一、炤二郊野一、感二符寶一而生二黄帝一」、同巻一〇「符命部・符命」に「帝王世紀曰。（中略）電光繞二北斗樞星一、照二郊野一、感二附寶一、孕二十月、生二黄帝於壽丘一」、『文選』巻五四、劉峻「辯命論」、「星虹樞電、昭二聖德之符一」の李善注に「詩含神務曰。大電繞樞、照二郊野一、感二符寶一、生二黄帝一」などと見える。

○設禹麾而待士　坐堯衢以求賢　「麾」は指図・合図のための旗のこと、また、合図して呼び寄せること。『尚書』「周書・牧誓」に「王、左杖二黄鉞一、右秉二白旄一以麾曰、逖矣、西土之人」とあるのは、招き寄せる合図を白旗でした例。「設禹麾」は禹のように賢士を招く合図の旗を立てるの意。『楚辭』巻一〇「大招」に「魂乎歸來、尙二賢士一只。（中略）直贏在レ位、近二禹麾一只。豪傑執レ政、流澤施只」とあり、後漢・王逸注が「禹、聖王。明二於知レ人。麾、舉レ手也。言、忠直之人皆在二顯位一、復有二贏餘賢俊一以爲二儲副一、誠近二夏禹指麾取レ士一」とする。ここで王逸注は手を挙げて合図することを「麾」とするが、本対策の「設禹麾」は旗を立てることを意味していると考えられる。本対策と同時代か、やや遅れるが、『大唐開元禮』巻九五「嘉禮・皇帝元正冬至受二皇太子朝賀一」に式場の設営について「設二麾於殿上西階之西一、東向」とある。この場合「麾」は旗自体を指し、「設」はそれを立てることを意味している。本対策もこの意で用いていよう。「待士」は、問の虞舜無爲…の項に引いた、『史記』巻四「周本紀」の「禮二下賢者一、日中不レ暇レ食、以待レ士」とあった。なお、『藝文類聚』巻八〇「火部・庭燎」所引『說苑』に「主君設二庭燎一以待レ士、期年而不レ至。夫士所三以不レ至者、君天下賢君也、四方之士、皆自論レ不レ及レ君、故不レ至也」とあり、構文が似ている。「堯衢」は、尭が「衢室」と呼ばれる施設にあって民の声に耳を傾けたという故事に拠る。『管子』「桓公問」に、「黄帝立二明臺之議一者、上觀二於賢一也。堯有二衢室之問一者、下聽二於人一也。舜有二告善之旌一、而主不レ蔽也。禹立二諫鼓於朝一、而備二訊唉一。湯有二總街之庭一、以觀二民誹一也。武王有二靈臺之復一、而賢者進也。此古聖帝明王、所三以有而勿レ失、得而勿レ忘者也」とある（『藝文類聚』巻一一「帝王部一・總載帝王」にほぼ同文を再収。また、『三國志』「魏書」巻二「文帝紀」延康元年秋七月庚辰に「令曰。軒轅有二明臺之議一、放勛有二衢室之問一、皆所三以廣詢二於下一也」とあり、宋・裴松之注が右『管子』とほぼ同文を引く）。「堯衢」は、本対策以前の日本への伝来は未詳であるが、唐・李嶠（六四四～七一三年）「謝レ許二致仕一表」に「忘レ機求二漢水之翁一、擊レ壤就二堯衢之老一。歌二太平一而永レ日、飲二聖澤一而窮レ年」（『全唐文』巻二四六）と見える。ただし、以上は尭が民の声を聞いたとするもので、賢士を求めたとする本対策とはやや異なる。一方、尭が賢士を求めたことは、先述の『漢書』巻五六「董仲舒傳」の仲舒の第二の対に「臣聞、堯受レ命、以二天下一爲レ憂、而未三以レ位爲レ樂也。故誅二逐亂臣一、務二求賢聖一」、「務以求レ賢、此亦堯舜之用レ心也」と見え、本対策はこれらに拠ったと考えられる。なお、「禹麾」と「堯衢」との対は11刀利宣令対策にも「執二禹麾一而招レ能、坐二堯衢一而訪レ賢」と見える。

○鼓腹擊壤之民　抃舞於紫陌　「鼓腹」は、満腹で腹つづみを打つこと（太平で豊かな世の象徴）。『莊子』「外篇・馬蹄」に上古の帝王の無為の治について「夫赫胥氏之時、民居不レ知レ所レ爲、行不レ知レ所レ之。含レ哺而熙、鼓レ腹而遊」とある（『藝文類聚』巻一一「帝王部一・總載帝王」再収）。また、良吏讃美の例だが、『後漢書』巻一七「岑彭傳」、子孫「熙」の項に「遷二魏郡太守一、招二聘隠逸一、與二參政事一、無爲而化。視レ事二年、輿人歌レ之曰。我有二枳棘一、岑君伐レ之。我有二蟊賊一、岑君遏レ之。（中略）含レ哺鼓レ腹、焉知二凶災一。我喜我生、獨丁二斯時一」とある（『藝文類聚』巻一九「人部三・謳謠」に再収）。「擊壤」は諸説あり（土をたたく、鼓をうつ、遊戯の名など）、定説を見ない。ただし、『文選』巻二六、謝靈運「初去レ郡」の「卽二是義唐化一、獲二我擊壤聲一」に対する李善注に、晋・周處『風土記』を引き「擊壤者、以レ木作レ之、前廣後鋭、長四尺三寸、其形如レ履。將レ戲、先側二一壤於地一、遙於二三四十步一、以二手中壤一擊レ之、中者爲二上部一」とあり、古代の日本人はこれによって理解していた可能性が高い。ここは、尭の治世の徳が広大過ぎて、「擊壤」する老人（被治者）には認識できなかったという故事に拠る。『藝文類聚』巻一一「帝王部一・帝堯陶唐氏」所引『帝王世紀』に「天下大和、百姓無レ事。有二五十老人一、擊二壤於道一。觀者歎曰、大哉、帝之德也。老人曰、吾日出而作、日入而息。鑿レ井而飲、耕レ田而食。帝何力レ於レ我哉」とあり、後漢・王充『論衡』「藝增」がほぼ同文を引いて「此言下蕩蕩無二能名一之效上也」とする（『論衡』の該当箇所は右に触れた『文選』謝靈運「初去レ郡」の李善注にも引かれている）。「鼓腹」「擊壤」を取り合わせた例も多く、『藝文類聚』巻一四「帝王部四・梁武帝」所引、梁・元帝「高祖武皇帝謚議」に「虛納二十亂一、引二諒直之規一、廣闢二四門一、弘二招賢之德一。靑衿知二擊壤之性一、黃髮恣二鼓腹之歡一」、『弘明集』巻六、釈道恒「釋駁論」に「當下共擊壤以頌二太平一、鼓腹以觀中盛化上」（大正蔵五二巻三七頁上）、『北史』巻八二「儒林列傳」の「何妥」の項に「上古之時、未レ有二音樂一、鼓腹擊壤、樂在二其間一」（『隋書』巻七五の同項にも同文あり）、本対策以前の日本への伝来は未詳だが、唐・王績（五八五～六四四年）「爲二李密一檄二洛州一文」に「普天之下、率土之濱、蟠木距二於流沙一、瀚海窮二於丹穴一、莫レ不二鼓腹撃壌一、鑿レ井耕レ田、治レ之昇平、驅レ之仁壽」（『全唐文』巻一三二）などと見える。「抃舞」は、手を打って喜び舞うことで、聖帝の治世への称讃。『文選』巻七、潘岳「藉田賦」に晋朝の創始者・武帝の藉田（儀礼的耕作）の儀式を見た人々を描写して「動レ容發レ音而觀者、莫レ不下抃二儛乎康衢一、謳中吟乎聖世上」とあり、李善注が『列子』「湯問」を引いて「一里老幼、喜躍抃儛」とする。「紫陌」は、都の郊外の道路（右『文選』の「康衢」も道路のこと）。用例は『北齊書』巻三〇「崔暹傳」に「高祖如二京師一、羣官迎二於紫陌一」とある。

○負鼎釣璜之佐　接武乎丹墀　「負鼎」は、伊尹（阿衡）が鼎や俎を背負って殷の湯王に近づき、美味い料理でとり入って補佐の臣となった故事を指す。『史記』巻三「殷本紀」に「伊尹、名二阿衡一。阿衡欲レ奸レ湯而無レ由。乃爲二有莘氏媵臣一、負二鼎俎一、以二滋味一說レ湯、致二于王道一」とある。「釣璜」は、呂尚（太公望）が予言の刻まれた璜（璧を半分にした形の宝玉。『説文解字』に「璜、半璧也」）を釣り上げ、その予言通り周の文王の補佐となった故事を指す。『藝文類聚』巻八三「寶玉部・玉」所引『尚書中候』に「文王至二磻谿一。呂尙釣。王趨稱曰、望レ公七年、今見二光景一。答曰、望レ釣得二玉璜一。刻曰、姫受レ命、呂佐レ撿」（注に「撿、相也」）とある（同・巻一〇「符命部・符命」にも同趣の文を引く）。伊尹と呂尚を取り合わせた例は、『漢書』巻六五「東方朔傳」所引「非有先生之論」に、賢臣が明君を得た例として「伊尹蒙二恥辱一負二鼎俎一、和二五味一以干レ湯、太公釣二於渭之陽一以見二文王一。心合意同、謀無レ不レ成、計無レ不レ從、誠得二其君一也」とある（『文選』巻五一に再収）。「接武」は、先行者の足跡を半ば履むように近接して歩むこと。『禮記』「曲禮」に宮殿での作法の解説として「堂上接レ武」とあり、後漢・鄭玄注が「武、迹也。迹相接、謂二每レ移レ足半躡一レ之」とする。ここは今上天皇の朝廷に伊尹や呂尚のような賢臣が続々と集まっていることをいう。「丹墀」は、宮殿の階段前の、丹漆を塗って赤くした石畳のこと。『漢書』巻九七下「外戚傳」孝成帝の班倢伃の項に「俯視二兮丹墀一、思二君兮履綦一、仰視二兮雲屋一、雙涕兮横流」とあり、顔師古注に「孟康曰。丹墀、赤地也。師古曰。綦、履下飾也。言、視二殿上之地一、則想二君履綦之跡一也」とする。また、『文選』巻二、張衡「西京賦」の「青瑣丹墀」に李善注が『漢官典職』を引いて「丹漆地、故稱二丹墀一」とする。

○窮姫文日昃之勞　明虞舜垂拱之逸　ここから策問を再確認する。今上天皇が賢臣を集め、その者たちに問を発するという流れで文脈はつながっているが、同時に問への実質的な答えに入ってゆく。「姫文」は、周・文王のこと（「姫」は周王家の姓）。用例は『文選』巻五九、沈約「齊故安陸昭王碑文」に「稷契身佐二唐虞一、有レ大二功於天地一。商武姫文、所二以膺レ圖受レ籙」とある。「…勞…逸」は問の「何勞逸之不レ同」の「勞逸」を分けて二句に配したもの。同様に「窮…明…」も熟語「窮明」を分けたか。「窮明」の用例は少ないが、『弘明集』巻一三、顔延之「庭誥二章」に「達二見同善一、通二辯異科一、一曰言道、二曰論心、三曰校理。（中略）若夫玄神之經、窮明之說、義兼二三端一、至無二二極一」（大正蔵五二巻八九頁中）と見える。他は虞舜無爲…、および夫帝王之道…の項を参照。

○驅風帝王之代　駕俗仁壽之鄕　「驅風」の用例を検すると、『樂府詩集』が「齊・陸瑜」の作と推定する「仙人覽六著」に「驅レ風游二四海一、東過二王母廬一」（『樂府詩集』巻六四）とあり、（仙人が）自然現象としての風を操る意、同様に「駕俗」は、唐・張楚金（高宗・則天武后時代の人）「透撞童兒賦」に「卓絶之伎、不レ爲則已、爲必陵レ羣駭レ目、駕レ俗驚レ耳」（『全唐文』巻二三四）とあり、並み外れた様をいう。おそらく本対策は、これらの意味で「驅風」「駕俗」を用いてはいないだろう。むしろ、以下に見る「仁壽之鄕」の典拠から句構成も学んだと考えられる。「仁壽之鄕」は、仁徳ある政治によって人民が長寿を得る場所のこと。『漢書』巻二二「禮樂志」に、宣帝の時の王吉の上疏を引いて「願與二大臣一延二及儒生一、述二舊禮一、明二王制一、驅二一世之民一、濟二之仁壽之域一」とあり、顔師古注が「言、以二仁道一治レ之、皆得二其性一、則壽考也」（「壽考」は長寿の意）とする。また、同・巻七二「王吉傳」にほぼ同文を載せ、「仁壽之域」について顔師古注が「以レ仁撫レ下、則羣生安逸而壽考」とする。さらに、『文選』巻三六、王融「永明十一年策二秀才一文五首」の三首目に「能出二人於阽危之域一、躋二俗於仁壽之地一」（「躋」は高みに到達させるの意）とあり、李善注が右の『漢書』巻七二「王吉傳」を引く。本対策はこれらの「驅●●之●、濟■仁壽之●」「出■於●●之●、躋俗於仁壽之●」との句構成を参照していよう。その上で、「驅風…駕俗…」は熟語「驅駕」「風俗」を分けて二句に配した可能性もあろう。「驅駕」は馬を走らせることから、人を精勤させることの喩になる。『魏書』巻一九「天文志」に「漢高祖驅二駕英雄一、墾二除災害一」とある。「風俗」は社会のありよう。用例は『後漢書』巻八一「獨行列傳・繆肜」に「繆肜、汝脩レ身謹レ行、學二聖人之法一、將三以齊二整風俗一、奈何不レ能レ正二其家一乎」とあるなど。「風俗」を「驅駕」してある状態に至るという意味構成に類似の例として、否定的な文脈だが、『晉書』巻四六「李重傳」に「檢防轉碎、徵刑失實。故朝野之論、僉謂下驅二動風俗一、爲レ弊已甚上」とある。ただし、ここは「驅風…駕俗…」と二句にしたことにより、「風」は帝王の風化、「俗」は世俗の人々（のありよう）を指すことになろう。なお、「仁壽之鄕」という言い方は、本対策以後の唐代の文献に散見する。たとえば、大和六年（八三二）作の、劉礎「唐幽州節度衙前兵馬使王公夫人故隴西李氏墓誌銘幷序」に「去年秋七月、方達二京邑一。弃二危疑之地一、登二仁壽之鄕一、室家以和、骨肉相保」（『唐文拾遺』巻二八）とあるなど。虫麻呂が目にしていた漢籍にすでに用例があった可能性もあろう。

○博採芻詞　側訪幽介

「博採」は、広く意見に耳を傾けること。『後漢書』巻五四「楊震傳」に「所下以達二聰明一、開レ不レ諱、博採二負薪一、盡中極下情上也。（中略）乞爲虧除、全二騰之命一、以誘二芻蕘輿人之言二」とあり、李賢注が「輿、衆也。詩曰、詢二于芻蕘一。左氏傳曰、聽二輿人之謀一也」とする。「芻」は薪採り（卑賤な者）のこと（ここは虫麻呂自身を指す謙辞）。右の『後漢書』の「負薪」

「芻蕘」も同じ。「蒭詞」（卑賤の者の言葉）の例は本対策とほぼ同時代だが、唐・韋湊（六五九～七二三年）「釋道拜二君親一議狀」に「上動二皇鑒一、下擇二蒭詞一、改而更張、請レ遵二拜議一」（『全唐文』巻二〇〇）、また、唐・馮萬石（聖歴初〈六九八年頃〉進士に及第）「對二歴數策一」に、皇帝が策問を下したことについて「明揚二側陋一、典採二芻詞一、開二闡大猷一、旁求二雅問一」（『全唐文』巻二〇八）などとある。なお、同義の「芻言」は、『宋書』巻八五「謝莊傳」に「遂得下奉二詔左右一、陳中愚於側上、敢露二芻言一、懼レ氛二恒典一」、『廣弘明集』巻二五、沙門静邁等「上下拜二父母二有レ損表上」に「伏惟陛下廣開二獻書之路一、通納二芻言之辯一」（大正蔵五二巻二九一頁上）など、本対策以前に複数例が見える。「側」は「側席」（王が席の傍らを空けて一人座し、賢人の訪れを待つこと）の「側」で、ひとりの意。『後漢書』巻三「肅宗孝章帝紀」建初五年に「詔曰。朕思遲二直士一、側二席異聞一」とあり、李賢注が「遲、猶二希望一也。（中略）側席、謂レ不二正坐一。所三以待二賢良一也」とする。また、同・巻八三「逸民列傳」の序論に「光武側二席幽人一、求レ之若レ不レ及」とある（『文選』巻五〇に范曄「逸民傳論」として再収）。右の「幽人」は隠士のことである。本対策の「側訪幽介」はこれに学んだものだろう。なお、「側訪」の例は、本対策より遅れるが、唐・柳宗元「爲二樊左丞一讓レ官表」に「聖主求レ才、宜二難レ此受一。竊謂旁求二俊乂一、側訪二瓌奇一、必使下德合二準繩一、言成中綱紀上」（『全唐文』巻五七一）と見える。「幽介」は、卑賤で孤立した者のこと（虫麻呂自身を指す謙辞）。『文選』巻一三、謝莊「月賦」に「臣東鄙幽介、長レ自二丘樊一。昧レ道懵レ學、孤二奉明恩一」（李善注が『戰國策』巻五「秦」の「范睢謂二秦王一曰、臣東鄙賤人」を引く）、また、本対策と同時代の例だが、唐・宋璟の開元二〇年（七三二）の上表に「臣自拔二跡幽介一、欽屬二盛明一。才不レ逮レ人、藝非二經國一」（『舊唐書』巻九六「宋璟傳」。『全唐文』巻二〇七は「乞レ休表」と題し、「拔跡幽介」を「拔幽介」に作る）などとあり、いずれも謙辞である。

○時異浮沈　運分否泰　　ここから実質的な答えの部分に入る。舜と文王の違いを説明するのに時勢・運勢による「浮沈」「否泰」の違いを述べる。「時…運…」は熟語「時運」を分けて句頭に配したものだろう。『藝文類聚』巻二三「人部七・鑒誡」に「雜詩曰。世俗有二險易一、時運有二盛衰一」、『文心雕龍』「時序」に「時運交移、質文代變」などとある（前者は「盛衰」と「浮沈」とのつながり、後者は次句の「文質之統茲別」とのつながりで注目される）。「浮沈」は盛衰の喩。『文選』巻二六、王僧達「答二顔延年一」の「結レ遊略二年義一、篤顧棄二浮沈一」に李善注が「高誘淮南子注曰。浮沈、猶二盛衰一也」とする。時勢によって「浮沈」することをいう表現は、『世說新語』「品藻」に「陶二冶世俗一、與レ時浮沈、吾不レ如レ子」、『文選』巻四一、司馬遷「報二任少卿一書」に「從レ俗浮沈、與レ時俯仰、以通二其狂惑一」などとある。また、男に取り残された女の境遇をいう例だが、『文選』巻二三、曹植「七哀詩」に「君行踰二十年一、孤妾常獨棲。君若二淸路塵一、妾若二濁水泥一。浮沈各異レ勢、會合何時諧」とある。「否泰」は、易の卦「否塞」と「通泰」のこと。『文選』巻二四、陸機「贈三馮文羆遷二斥丘令一」に「否泰苟殊、窮達有レ違」とあり、李善注が「否・泰、周易二卦名也」とする。「否」は、天地の気が交わらずに万物が生成しないこと、君臣の志が通じ合わず国が滅亡することを、「泰」は、天地の気が交わり万物が生成発展すること、君臣和合してその志が通じ合うことをいう（『周易』「否塞」と「通泰」）。よって、『周易』「雜卦」が「否・泰反二其類一也」とする。時勢・運勢によって「否」と「泰」が異なるという表現は、『晉書』巻七七「蔡謨傳」に「時有二否泰一、道有二屈伸一」、『續高僧傳』巻二九「釋道積傳」に「計二城之存亡一、公之略也。世之否泰、公之運也」（大正蔵五〇巻六九頁中）などとある。なお、ここの論理は先述の『漢書』巻五六「董仲舒傳」の仲舒の第一の対に「帝王之條貫同、然而勞逸異者、所レ遇之時異也」とあるのに通じる（夫帝王之道…の項参照）。

○文質之統茲別　張弛之宜不同　「文質」は、華麗と素朴。『論語』「雍也」に「質勝レ文則野。文勝レ質則史。文質彬彬、然後君子」とあるのに拠る。ここは時と運の異なりにより帝王たちそれぞれに治世の「文質」が異なることをいう。『文選』巻八、楊雄「羽獵賦」の（帝王たちは）「各以竝レ時而得レ宜、奚必同レ條而共レ貫」への李善注に「言、帝王文質各竝レ時而得レ宜、何必同レ條而共レ貫乎。言二必不一レ然也。（中略）漢書武帝制曰。帝王之道、豈不二同レ條共一レ貫也」とあり、帝王たちの「文質」の異なりを『漢書』巻五六「董仲舒傳」の武帝の制（問）と関連づけている（夫帝王之道…の項参照）。なお、同趣の議論は、『文選』巻四九、干宝「晉紀論晉武帝革命」に「史臣曰。帝王之興、必俟二天命一。苟有二代謝一、非二人事一也。文質異レ時、興建不レ同」とあり、李善注が「春秋元命苞曰。王者一質一文、據二天地之道一也。天質而地文。又曰。正朔三而改、文質再而復」（『藝文類聚』巻一三「帝王部三・晉武帝」に再収）とする、また、『藝文類聚』巻二一「人部六・質文」所引、魏・応瑒「文質論」に「否泰易趍、道無二攸一一。二政代序、有レ文有レ質」とある。「張弛」は緊張することと弛緩すること。『禮記』「雜記下」に「張而不レ弛、文武弗レ能也。弛而不レ張、文武弗レ爲也。一張一弛、文武之道也」とあり、鄭玄注が「張弛、以二弓弩一喩レ人也。弓弩久張レ之則絕二其力一、久弛レ之則失二其體一」とする。これを帝王たちの治世の異なりとしていう例は、『後漢書』巻五二「崔駰傳」所引、崔駰「達旨」に「高辛攸降、厥趣各違。道無二常稽一、與レ時張弛、失レ仁爲レ非、得レ義爲レ是」とある。また、治世の「張弛」の「宜」をいう例として『梁書』巻二「武帝紀中」天監一五年の詔に「張弛之要、未レ臻二厥宜一、民瘼猶繁、廉平尚寡」とある。

○四乳登皇運　經三微之虐政　「四乳」は周の文王。その胸に乳が四つあったとの故事に拠る。『藝文類聚』巻一二「帝王部・周文王」所引『春秋元命苞』に「文王四乳。是謂二含良一。蓋法二酒旗一、布レ恩舒レ明」、その注に「酒者乳也。能乳二天下一、布レ恩之謂也」、同『帝王世紀』に「文王昌、龍顏虎肩、身長十尺、胸有二四乳一。敬レ老慈レ幼。晏朝不レ食、以延二四方之士一」などとある。「皇運」は、帝王となる運命のこと。『晉書』巻三「武帝紀」泰始元年、武帝（炎）の（魏の皇帝の讓位を受けて）即位を宣言する郊祀の告文に「魏帝稽二協皇運一、紹二天明命一以命レ炎。（中略）炎虔奉二皇運一、寅二畏天威一、敬簡二元辰一、升レ壇受レ禪、告二類上帝一、永答二衆望一」、『文選』巻四七、史岑「出師頌」に「五曜霄映、素靈夜歎。皇運來授、萬寶增レ煥」（李善注が「五曜霄映、素靈夜歎」は前漢・高祖の即位の予兆であることを指摘）などとある。「三微」は、ここは十一月・十二月・十三月（一月）のことで、それぞれ周暦・殷暦・夏暦で正月とされた月のこと。この三つの月は万物が微弱な状態にあり、それゆえに帝王はそれを扶養すべきだとされていた。『後漢書』巻三「肅宗孝章帝紀」元和二年の詔に「春秋、於レ春每レ月書レ王者、重二三正一、愼二三微一也」とあり、李賢注が『尙書大傳』を引いて「夏十三月爲レ正、平旦爲レ朔。殷以二十二月一爲レ正、雞鳴爲レ朔。周以二十一月一爲レ正、夜半爲レ朔」とし、その上で「必以二三微之月一爲レ正者、當二爾之時一、物皆尙微、王者受レ命、當二扶レ微理レ弱、奉成一之義也」とする。このことは治世の問題としては断獄に及び、「三微」の期間には裁判や刑の執行が避けられた。右の詔には、続けて「律、十二月立春、不二以報一レ囚。月令、冬至之後、有二順レ陽助レ生之文一、而無二鞫獄斷刑之政一。朕咨二訪儒雅一、稽二之典籍一、以爲王者生殺、宜レ順二時氣一。其定レ律、無下以二十一月・十二月一報上レ囚」（李賢注「報、猶レ論也。立春陽氣至、可二以施一レ生。故不レ論レ囚」「月令仲冬。是月也、日短至、陰陽爭、諸生蕩。君子身欲レ寧、事欲レ靜、以待二陰陽之所一レ定也」）とある。逆に「三微」の期間に刑罰を行うことは「虐政」とされた。『後漢書』巻四六「陳寵傳」に「殷・周斷レ獄不レ以二三微一、而化致二康平一、無レ有二災害一。自二元和一以前、皆用二三冬一、而水旱之異、往往爲レ患。（中略）秦爲二虐政一、四時行レ刑、聖漢初興、改從二簡易一」とある。「三微之虐政」はこのことを指していよう。右の「陳寵傳」に「殷・周斷レ獄不レ以二三微一」とあったように、周代には「三微」の期間の断獄は避けられていたとの認識があった。このことは、『魏書』巻六二「李彪傳」に「今京都及四方、斷レ獄報レ重、常竟二季冬一、不下推二三正一以育中三微上。（中略）誠宜丁遠稽二周典一、近採二漢制一、天下斷レ獄、起レ自二初秋一、盡二於孟冬一、不丙於二三統之春一、行乙斬絞之刑甲」とあることなどから確認できる。ただし、周の文王の事績として「三微之虐政」を経《おさ》めたことは未見。『史記』巻三「殷本紀」に、殷の最後の王・紂の悪政について「百姓怨望而諸侯有二畔者一。於レ是紂乃重二刑辟一、有二炮格之法一。（中略）西伯出而獻二洛西之地一、以請レ除二炮格之刑一。紂乃許レ之」とあり、紂が残虐な刑（「炮格之法」。炭火の上に膏を塗った銅の棒を渡し、その上を罪人に歩かせ、滑り落ちて焚死させる刑）を設けたのに対し、西伯（後の文王）がそれをやめさせたとある。このことも踏まえて「三微之虐政」を経《おさ》めたことを文王の事績としたか。なお、「三微」を底本は「三徴」に作る（底本以外の諸本は「三微」で一致）。小島憲之は、「三微」は「これに続く『虐政』とは意味が合はず、やはり底本の『三徴』の本文に従ふ」とし、「三徴の虐政を經《へ》」と訓み、「三徴」（三たび召されること）の例として『後漢書』巻七九上「儒林列傳・楊倫」の「倫前後三徵、皆以二直諫不一レ合既歸、閉レ門」を引く（『国風暗黒時代の文学　補篇』五〇八頁）。小島氏はこれ以上の説明をしていないが、楊倫の例は時勢が自らの理想と反する時に出仕を固辞したものであり、これに拠れば、「三徴の虐政を經《へ》」とは、「西伯（文王）が三たび召されても出仕を固辞するような（紂の）虐政時代を経て」の意となる。ただし、これは後に続く「虐政之世何不二經營一」と整合せず、また、西伯が三度召されたとの故事も未見であり、従えない。「三微」をもって解しておく。

○重華踐帝世　近二皇之淳風　「重華」は舜のこと。『尚書』「舜典」に「曰若稽二古帝舜一曰、重華協二于帝一」とあり、前漢・孔安国伝が「華、謂二文德一。言下其光文重二合於堯一倶聖明上」とする。また、『史記』巻一「五帝本紀・帝舜」に「虞舜者、名曰二重華一」とある。「踐帝世」という言い回しは漢籍・仏典とも未見。帝位に就くことと解される。同じく、『史記』巻一「五帝本紀・帝舜」に、「舜年二十以レ孝聞、年三十堯舉レ之、年五十攝二行天子事一、年五十八堯崩、年六十一代レ堯踐二帝位一」とある。即位に関わる文脈で「帝世」という例は、『藝文類聚』巻七「山部上・九疑山」所引、蔡邕「九疑山碑」に「師二錫帝世一、堯而授レ徵、受二終文祖一、琁璣是承」

（「師錫」は推挙）とある。「二皇」は、伏犧氏と神農氏を指していよう。『淮南子』「繆稱訓」に「昔二皇、鳳至二於庭一、三代至二乎門一、周室至二乎澤一」とあり、高誘注が「二皇、伏犧・神農也。三代、堯・舜・禹也」とする（『藝文類聚』巻九九「祥瑞部下・鳳凰」に再収）。また、『文選』巻三、張衡「東京賦」に「狹二三王之趢趗一、軼二五帝一之長驅、踵二二皇之遐武一」とあり、李善注が「踵、繼也。二皇、伏羲・神農也。遐、遠也。武、迹也」とする。「淳風」は、淳朴な風俗のこと。ここは、尭・舜の時代の評としていわれた以下の例を踏まえていよう。『文選』巻五五、陸機「演連珠五十首」の「玄晏之風恆存、動神之化已滅」への梁・劉峻注に「唐・虞遠而淳風流存、蘇・張近而解環易絶也」、『魏書』巻一〇九「樂志」に「伏惟陛下仁格二上皇一、義光二下武一、（中略）反二堯舜之淳風一、復二文武之境土一」などとある。

○淳風之時必須垂拱　虐政之世何不經營　前四句を受け、舜の時代は純朴な世で何もする必要がなく、文王の時代は紂の虐政ゆえに「經營」せざるを得なかったと説明する。「經營」は、ここは懸命に働くこと。この意味の用例は『後漢書』巻四「孝殤帝紀」延平元年の皇太后詔に「朕以レ無レ德、佐助統レ政、夙夜經營、懼レ失二厥衷一」とあるなど。文王の「經營」をいう例として、『藝文類聚』巻四六「職官部二・博士」所引、楊雄「博士箴」に「昔在文王、經二營其軌一、勗二于德音一」とある。なお、懸命に働く意の「經營」は古代日本語の外来語となった。『源氏物語』「夕顔」の、光源氏が夕顔を某《なにがし》院へ連れて行く場面で「預りいみじく經營しありく氣色《けしき》に、この御ありさま知りはてぬ」とあるのはその例である。なお先述の『漢書』巻五六「董仲舒傳」の仲舒の第二の対で、同様の議論が「舜知レ不レ可レ辟、乃卽二天子之位一、以レ禹爲レ相、因二堯之輔佐一、繼二其統業一、是以垂拱無爲而天下治」「文王順レ天理レ物、師二用賢聖一。（中略）當二此之時一、紂尚在レ上、尊卑昏亂、百姓散亡、故文王悼痛而欲レ安レ之、是以日昃而不レ暇レ食也」と展開している。

○聖王與世以汚隆　黎庶從君而低仰　「汚隆」は低と高、控え目と盛ん。「汙隆」にも作る。『禮記』「檀弓上」

に、「昔者吾先君子、無所失道。道隆則從而隆、道汚則從而汚」（鄭玄注「汙、猶殺也。有隆有殺。進退如禮」）とあるのに拠る。用例は、『文選』巻五五、劉峻「廣絕交論」に「蓋聖人握金鏡闡風烈、龍驤蠖屈、從道汙隆」（李善注「聖人懷明道、而闡風化、如龍蠖之驤屈。蓋從道之汙隆也」）、『魏書』巻八「世宗紀」に「聖人濟世、隨物汙隆。或正或權、理無恒在」、『晉書』巻三一「后妃列傳上」の序に「晉承其末、與世汚隆。宣皇創基、功弘而道屈、穆后一善、勣侔於十亂」とあるなど。「黎庶」は庶民（「黎」は黒いこと。問の黔黎之懷輯の項を参照）。『史記』巻一一七「司馬相如傳」に「太史公曰。（中略）大雅言王公大人、而德逮黎庶」とあり、裴駰『史記集解』が「韋昭曰。先言王公大人之德、乃後及衆庶也」とする。同文は『漢書』巻五七下「司馬相如傳」にも「贊曰。司馬遷稱…」として引かれ、顏師古注が「張揖曰。謂、文王・公劉在位、大人之德下及衆民者也」とする。「低仰」は上がり下がりのこと。『漢書』巻七五「李尋傳」に「政治感陰陽、猶鐵炭之低卬、見效可信者也」（「卬」は「仰」と通用）とあり、顏氏古注が（孟康の説を引き）「鐵炭之低卬」とは、冬至と夏至の到来を観測する方法として天秤の両端に鉄と炭を懸けて釣り合わせておき、そのバランスが自然に崩れて炭が上がれば陽気の復活つまり冬至の到来、鉄が上がれば陰気の復活つまり夏至の到来を知ったことをいう、とする。その説明に「先冬夏至、縣鐵炭於衡、各一端、令適停。冬、陽氣至、炭仰而鐵低。夏、陰氣至、炭低而鐵仰。以此候二至也」とある。ここは「汚隆」の対として聖王の治世の質の変化に従って庶民のありようも変わるということ。具体的にはうつむいたり顔を上げて仰ぎ見たりというイメージだろう。ただし、このような文脈で「低仰」を用いた先例は未見。

○追有虞无爲之化　則隆周勤己之治　「有虞」は、舜のこと。『史記』巻一「五帝本紀」に「帝舜爲有虞」とある。「无爲之化」は、問の虞舜無爲…の項参照。「隆周」は、周の隆盛を称える言い方。用例は『漢書』巻八七上「揚雄傳」に「眽隆周之大寧」（顏師古注「大寧者、詩大雅云、濟濟多士、文王以寧」）とあるなど。「勤己」は具体的には天子自ら田を耕すことを指す。『文選』巻三、張衡「東京賦」に、「躬三推二於天田一、修二帝籍之千畝一。供二禘郊之粢盛一、必致二思乎勤レ己一」とあり、李善注が「禘郊、謂レ祭二天於南郊一也。言三天子籍田千畝、必須二親耕一者、爲レ敬二其祖考一、用充二宗廟之粢盛一、故云レ勤レ己」とする。これを周の政治と関連づけた例として、『毛詩』「周頌・閔予小子之什・載芟」の序「載芟、春籍田而祈二社稷一也」に孔穎達疏が「周公成王太平之時、王者於二春時一親耕二籍田一、以勸二農業一、又祈二求社稷一、使レ獲二其年豐歳稔一」としたものがある。

○表廉平　宣禮讓　「廉平」は正直で公平なこと。用例は、『漢書』巻八「宣帝紀」神爵三年の詔に「吏不二廉平一則治道衰」、『南齊書』巻四六「顧憲之傳」に「掌二斯任一者、應レ簡二廉平一。廉則不レ竊二於公一、平則無レ害二於民一矣」とあるなど。「禮讓」は礼儀と謙譲。『論語』「里仁」に「子曰、能以二禮讓一爲レ國乎、何有。不下能以二禮讓一爲上レ國、如レ禮何」とある。両語を用いた例として『周書』巻一三「蘇綽傳」に、「爲二人君一者、必心如二清水一、形如二白玉一。躬行二仁義一、躬行二孝悌一、躬行二忠信一、躬行二禮讓一、躬行二廉平一、躬行二儉約一、然後繼レ之以二無倦一、加レ之以二明察一」とある。

○賁帛旌其英俊　懸棒絶其姧回　「賁帛」は、美しく飾ったきぬ（「賁」は飾ること）。王者が招いた賢士に聘礼として与える。『藝文類聚』巻五三「治政部下・薦擧」所引の梁・元帝「薦二鮑幾一表」に、「旌蒲出レ魯、賁帛歸レ齊。頌聲既興、盛業斯在。幾二忠公抗直、出宰廉平一」、本対策と同時代かやや遅れるが、唐・玄宗「命二諸州一擧二賢才一詔」に「致レ化之道、必二於求レ賢。得レ人之要、在二於徵レ實。頃雖下屢存二賁帛一、無上レ輟二翹車一、而駿骨空珍、眞龍罕レ覯」（『全唐文』巻二六）などとある。なお、後代の例だが、後晋・劉昫（八八七〜九四六年）「文苑表」に「文皇帝解二戎衣一而開二學校一、飾二賁帛一而禮二儒生一」（『全唐文』巻八五三）とあるのが参考になる。「旌」は旗の総称、または旗で合図して招くこと。**設禹麾而待士…**の項の「麾」に同じ。**博採蒭詞…**の項で触れた『文選』巻五

○、范曄「逸民傳論」（『後漢書』巻八三「逸民列傳」から採録）に「光武側席幽人、求之若不及。旌帛蒲車之所徵賁、相望於巖中矣」とあり、李善注が「言、招士或旌以帛也」とする。「懸棒」は、魏・武帝（曹操）が若い頃、尉（県の警察部長）になり、犯罪者をたたき殺すための棒を警察署の門に懸けたとの故事に拠る。『三國志』巻一「魏書・武帝紀」の「年二十、擧孝廉爲郎、除洛陽北部尉」への裴松之注に「曹瞞傳曰。太祖初入尉廨、繕治四門、造五色棒、縣門左右各十餘枚、有犯禁者、不避豪彊、皆棒殺之」とある。また、『隋書』巻二五「刑法志」に「昔曹操懸棒、威於亂時。今施之太平、未見其可」とある。「姧回」は邪悪なこと。「姧」は「姦」の異体字。用例は、『春秋左氏傳』宣公三年に「商紂暴虐、鼎遷於周。徳之休明、雖小必重。其姦回昏亂、雖大輕也」とあるなど。

○勸之以耕桑　勗之以徳義　「耕桑」は耕作と養蚕。これを勧めることが政治の要であることは『漢書』巻四「文帝紀」に「夫農、天下之本也。其開藉田、朕親率耕、以給宗廟粢盛」とあり、顔氏古注が「臣瓚曰。景帝詔曰、朕親耕、后親桑、爲天下先」とすることからもわかる（『史記』巻一〇「孝文帝紀」と裴駰『史記集解』に同文と同趣の注が見える）。「勸耕桑」という言い回しは、『漢書』巻三〇「藝文志」に「農家者流、蓋出於農稷之官。播百穀、勸耕桑、以足衣食。故八政一曰食、二曰貨。孔子曰、所重民食」、同・巻八五「谷永傳」に「遣使者、循行風俗、宣布聖徳、存卹孤寡、問民所苦、勞二千石、敕勸耕桑、毋奪農時、以慰綏元元之心、防塞大姦之隙」などと見える。「徳義」は、『今文孝經』「聖治章」に「徳義可尊、作事可法、容止可觀、進退可度、以臨其民。是以其民畏而愛之、則而象之」（『古文孝經』は「徳誼」に作る）、『尚書』「商書・盤庚下」の「式敷民徳、永肩一心」への孔安国伝に「用布示民、必以徳義。長任一心、以事君」、『宋書』巻三九「百官志上」に「自太師至太保、是爲三公。論道經邦、燮理陰陽。無其人則闕。所以訓護人主、導以徳義者」などとある。

○金科不濫　沙圄恒清　「金科」は、貴い法令。『文選』巻四八、楊雄「劇秦美新」に、「胤二殷周之失業一、紹二唐虞之絶風一、懿律嘉量、金科玉條、神卦靈兆、古文畢發、煥炳照曜、靡レ不二宣臻一」とあり、李善注が「金科玉條、謂二法令一也。言二金玉貴レ之也」とする。「沙圄恒清」は問の「囹圄空虛」を言い換えた表現（人民富庶…の項を参照）。ただし、「沙圄」は漢籍・仏典ともに未見。文脈から監獄を指すと解される。小島憲之は「囹圄」に意改する（『国風暗黒時代の文学　上』二一二頁、『（同）補篇』五一三頁）。諸本の状況を検するに、東山が「汝圄」に作る以外、諸本「沙」字で一致している。「圄」については、「沙圄」（鎌田・萩野・神宮・尊経・井上）、「沙周」（塩釜・帝慶）、「沙固」（小室）にそれぞれ作る本があるが、「沙圄」「沙周」「沙固」いずれも漢籍・仏典ともに未見で意味未詳であることは「沙圄」と変わりない。「囹圄」に作る本が一本もなく、諸本「沙圄」でほぼ一致している以上、意改は避けたい。試みに「沙圄」のまま解すると、「沙」は水辺の土地、「圄」は監獄の意なので、水辺の監獄をいったものか。『續日本紀』神亀元年（七二四）三月庚申に「定二諸流配遠近之程一。伊豆・安房・常陸・佐渡・隱岐・土左六國爲レ遠。諏方・伊豫爲レ中。越前・安藝爲レ近」とあり、聖武天皇代、本対策から見ると九年前に遠・中・近の流刑地が定められているが、海辺の国が多い。『萬葉集』巻一・二三番歌に、天武天皇代に「伊勢國伊良虞《いらご》嶋」への流刑に処された麻続《おみ》王を哀れんだ歌として「打麻《うちそ》を麻續《をみ》の王《おほきみ》海人《あま》なれや伊良虞の島の玉藻《たまも》刈ります」とあるのも、海辺の流刑地のイメージである。あるいはこうした日本独自の流刑地のイメージから造語して「沙圄」としたか。一案として示して後考を俟ちたい。「恒清」は問の「空虛」の言い換えで、牢獄が恒に空っぽであることをいっていよう。類似の表現は『藝文類聚』巻五〇「職官部六・令長」所引、蔡邕「考城縣頌」に「申二戒羣僚一、務在二寛平一、罪人赦宥、囹圄用清」とある。

○九歳有儲　千斯積庾　「九歳有儲」は食物の九年分の蓄え。優れた君主は災害等に遭っても民が困窮しないようにこれを備蓄すべきとされた。『禮記』「王制」に「國無二九年之蓄一曰二不足一。無二六年之蓄一曰レ急。無二三年之蓄一曰三國非二其國一也。三年耕、必有二一年之食一。九年耕、必有二三年之食一。以二三十年之通一、雖レ有二凶旱水溢一、民無二菜色一。然後天子食、日擧以レ樂」、『淮南子』「主術訓」に「夫天地之大計、三年耕而餘二一年之食一、率九年而有二三年之畜一、十八年而有二六年之積一、二十七年而有二九年之儲一」などとある。また、『文選』巻七、潘岳「藉田賦」に「無二儲稸以虞レ災、徒望レ歳以自必」への李善注に「崔寔四民月令曰。十月、五穀既登、家有二儲稸一」とある。「千斯積庾」は、露天に積み上げられた千の倉が必要なほど大量の穀物。「千斯」の「斯」は「～の」の意。『毛詩』「小雅・甫田之什・甫田」に「曾孫之稼、如レ茨如レ梁、曾孫之庾、如レ坻如レ京。乃求二千斯倉一、乃求二萬斯箱一」とあり、鄭玄箋が「庾、露積穀也」とする。ここはこの「曾孫之庾」と「千斯倉」を組み合わせた。

なお、以上の四句「金科不レ濫、沙圄恒清、九歳有レ儲、千斯積レ庾」は、善政の結果として監獄が空《から》であることと食物が豊かであることを並立していうが、同様の表現は、『管子』「五輔」に「善爲レ政者、田疇墾而國邑實、朝廷閑而官府治、公法行而私曲止、倉廩實而囹圄空」、『漢書』巻六五「東方朔傳」に「國無二災害之變一、民無二飢寒之色一、家給人足、畜積有レ餘、囹圄空虚」（『文選』巻五一に東方朔「非有先生論」として再収）、『文選』巻六、左思「魏都賦」に「上垂拱而司レ契、下緣督而自勸。道來斯貴、利往則賤。囹圄寂寥、京庾流衍」などと見える。

○水魚不犯　共喜南風之薫　「水魚」は劉備と諸葛亮の故事に拠っていよう（ことわざ「水魚の交わり」の典拠）。魚に対する水のように臣下が主君を親密に支えることをいう。『三國志』巻三五「蜀書・諸葛亮傳」に、諸葛亮と初めて対面した後の劉備（「先主」）について、「於レ是與レ亮情好日密。關羽・張飛等不レ悅。先主解レ之曰、孤之有二孔明一、猶二魚之有レ水也。願諸君勿二復言一。羽・飛乃止」（「孤」は君主の自称）とある。「魚水」でも同様で、『北史』巻二七「毛脩之傳」に「夫亮之相備、英雄奮發之時、君臣相得、魚水爲レ喩」、唐・呉兢撰『貞觀政要』

「求諫」に「唯君臣相遇、有レ同二魚水一、則海內可レ安也」などとある。「不犯」は、ここは、道を踏み外さない、法を犯さないというほどの意。前出『漢書』巻五六「董仲舒傳」の仲舒の第一の対に「刑罰甚輕而禁不レ犯者、教化行而習俗美也」、同・武帝の第二の制に「成康不レ式、四十餘年天下不レ犯、囹圄空虛」などとあった。「南風之薰」は、舜が作ったとされる琴歌の歌詞に拠る。『藝文類聚』巻四三「樂部三・歌」に「虞舜作歌曰。（中略）南風之薰兮、可三以解二吾民之慍一兮。南風之時兮、可レ阜二吾民之財一兮」とある。もとは『史記』巻二四「樂書」に「昔者舜作二五弦之琴一、以歌二南風一」「舜彈二五弦之琴一、歌二南風之詩一而天下治。（中略）夫南風之詩者生長之音也。舜樂二好之一。樂與二天地一同レ意、得二萬國之驩心一。故天下治也」とあるのに拠る。前者に対して裴駰『史記集解』が「鄭玄曰、南風、長養之風也。言三父母之長二養己一也。其辭未レ聞也。王肅曰、南風、育二養民一之詩也。其辭曰、南風之薰兮、可三以解二吾民之慍一兮」とする。これらによれば「南風之薰」は天下が徳政で養われ穏やかに治まることの象徴となる。

○門鵲莫喧　咸懷東后之化　鵲が鳴くことを吉兆とした例が以下のように見える。晋・竺法護訳『修行道地經』「數息品」に「若見下瑞怪鳥鵲來鳴、倚二獄門一住二獄戸一作上レ聲、夢見下上レ堂及上二高山一又入二龍宮一、墮二蓮花池一乘レ舟渡上レ海、自觀三不レ久免二一切苦一」（大正蔵一五巻二一三頁下。「烏鵲」は鵲のこと。この経の名は正倉院文書に見える）とあり、監獄の門で鵲が鳴くことを（囚人にとっての）吉兆としている。あるいは、唐・張鷟『遊仙窟』に「朝聞二烏鵲語一、眞成好客來」とあり、鵲が鳴くことは「好客」到来の予兆とされている。しかし、ここは鵲がやかましくない（「莫喧」）ことを理想の治世の象徴とする文脈である。そこで、鵲に何か悪しきことの象徴を見る例を検すると、『藝文類聚』巻八九「木部下・楊柳」に「焦贛易林・豫之・晉曰。鵲巢二柳樹一、鳩奪二其處一。任力劣薄、天命不レ祐」とあり、鵲が鳩に巣を奪われることを天命に見放されたことの象徴とする例を見出す。さらに、『三國志』巻二五「魏書・高堂隆傳」に、（魏・明帝が景初元年に）「陵霄闕」を建築すると鵲がその上に巣を作ったので、帝がそれについて隆に問うたところ、こう答えたとして「詩云、維鵲有レ巣、維鳩居レ之。今興ニ宮室一、起ニ陵霄闕一、而鵲巣レ之。此宮室未レ成身不レ得レ居レ之象也。天意若レ曰下宮室未レ成、將上有三他姓制ニ御之一。斯乃上天之戒也」とあり、未完成の宮殿に鵲が巣を作ったことは、『毛詩』（「國風・召南・鵲巣」）に鳩が鵲の巣に住むことをいうように、宮殿を他姓の氏族に奪われる予兆であり、天の戒めだとしている。そして、このエピソードが後に門とも関わってくる。『晉書』巻二八「五行志中・羽蟲之孼」に右の「高堂隆傳」の魏・景初元年のエピソードを引いた上で「孝武帝太元十六年六月、鵲巣ニ太極東頭鴟尾一、又巣ニ國子學堂西頭一。十八年東宮始成、十九年正月鵲又巣ニ其西門一。此殆與ニ魏景初一同レ占。學堂、風教之所レ聚、西頭、又金行之祥。及ニ帝崩後一、安皇嗣レ位、桓玄遂簒。風教乃穨、金行不レ競之象也」とあり、鵲が「東宮」の「西門」（西は五行の金の方角）に巣を作ったことが、金徳の晉王朝が簒奪される予兆だったとしている。本対策がこれらに拠っているなら、「門鵲莫喧」とは王朝簒奪の予兆がないこと、つまり王朝安泰の象徴となろう。なお、小島憲之は試解として三案を示している（『国風暗黒時代の文学　補篇』五一四〜六頁）。煩瑣になるので紹介は略すが、その三案とも門に鵲がいることについては説明できないという難点がある。本書では一案として右のように考えておく。「懐東后之化」は熟語「懐化」の中に「東后之」を挿入した。「懐化」は為政者の風化に帰服すること。用例は『晉書』巻三八「琅邪王伷傳」に伷を評して「克己恭儉、無ニ矜滿之色一、僚吏盡レ力、百姓懷レ化」とあるなど。「東后」は舜が即位して最初に引見した東方の諸侯のこと。『尙書』「虞書・舜典」に「歲二月東巡守、至ニ於岱宗一、柴。望ニ秩於山川一、肆覲ニ東后一」とあり、孔安国伝が「遂見ニ東方之國君一」とする。同趣の記事が『漢書』巻二五「郊祀志」に「遂見ニ東后一。東后者諸侯也」（顏師古注「后、君也。東方諸侯故謂ニ之東后一也」）と見える（『史記』巻二八「封禪書」も同様）。『尙書』は、舜がこの時、諸侯に曆・度量衡・

礼式などを統一させ、また、東から南・西・北と巡守して回って同じことをしたとする。つまり、天下全体を風化したことになる。本対策の「東后之化」はこれを踏まえて、結局は天下の風化を指すことになろう。なお、小島憲之は『文選』巻一〇、潘岳「西征賦」に『毛詩』「周南」「召南」について「麟趾信二於關睢一、騶虞應二乎鵲巣一」とあり、李善注が「毛詩序曰、關睢・麟趾之化、王者之風也。故繫二之周公一。鵲巣・騶虞之徳、諸侯之風也。故繫二之邵公一。周南・邵南、正始之道、王化之基」とするのを引き、「簡単にいへば、『鵲巣の徳は諸侯の風』といふことになる」。つまり「『鵲が静かに巣にゐること』を通じて、『毛詩』序の『鵲巣』へ及び、これが更に『諸侯の風』へと結ばれ、それが更に東方の諸侯、つまり『東后の化』へと聯想の糸がつながつたのではなからうか」としている（同前）。

○天平五年七月二十九日　七三三年。聖武天皇の治世。

『経国集』諸本と巻第二十「策下」の本文整定

一、『経国集』諸本の伝存状況

『経国集』は天長四年（八二七）五月に良岑安世・滋野貞主らによって奏上された（『日本紀略』天長四年五月庚辰条）。滋野貞主の「序」によると、賦十七首・詩九百十七首・序五十一首・対策三十八首を収め、全二十巻からなっていたといい、慶雲四年（七〇七）から天長四年までの日本漢文学を総覧する大部な勅撰漢詩文集であった。しかし南北朝期には半分以上が散逸し、現在は六巻（序と巻第一・十・十一・十三・十四・二十）が残るのみである。対策は巻第二十「策下」に収める二十六首がかろうじて伝わった。

いま対策二十六首を注釈するにあたり、『経国集』の諸本状況を紹介し、本文整定の方針を述べておきたい。『経国集』の諸本についてはすでに翠川文子氏、小島憲之氏、辻憲男・岩坪健両氏の調査があり、現存する諸本について見通しが立っている。[1]『経国集』対策の注釈を作成するにあたっては、これら先行研究や『国書総目録』掲載の写本、国文学研究資料館で閲覧のできるマイクロフィルムなどを対象とし、佐藤信一・遠藤慶太が各地の図書館・文庫に所蔵される『経国集』諸本の調査を行なった。写真版を収集するなどして本文整定の材料としたのは、次の写本である。合わせて、本書で用いた略号を【　】内に示しておく。

1慶長写本　6冊【慶長】（国立公文書館内閣文庫）
2林家旧蔵本　4冊【林氏】（国立公文書館内閣文庫）
3大學校本　6冊【大学】（国立公文書館内閣文庫）
4内閣文庫本　1冊【内閣】（国立公文書館内閣文庫）
5谷森善臣旧蔵本　1冊【谷森】（宮内庁書陵部）
6諸陵寮本　3冊【諸陵】（宮内庁書陵部）
7東山御文庫本　6冊【東山】（宮内庁侍従職管理）
8河村家旧蔵本　3冊【河村】（名古屋市鶴舞図書館）
9三手文庫本　2冊【三手】（上賀茂神社三手文庫）
10山口県立図書館本　2冊【山口】（山口県立図書館）
11関西大学所蔵本　4冊【関西】（関西大学図書館岩崎美隆文庫）
12鹽竈神社本　2冊【塩釜】（鹽竈神社）
13鎌田共済会本　2冊【鎌田】（鎌田共済会郷土博物館）
14萩野本　2冊【萩野】（東京大学総合図書館）
15南葵文庫本　4冊【南葵】（東京大学総合図書館南葵文庫）
16蓬左文庫本　6冊【蓬左】（名古屋市蓬左文庫）
17神宮文庫本　2冊【神宮】（神宮文庫）
18尊経閣文庫本　6冊【尊経】（前田育徳会尊経閣文庫）

19人見卜幽軒本　1冊【人見】（国立国会図書館鶚軒文庫）
20中根重成旧蔵本　2冊【中根】（国立国会図書館鶚軒文庫）
21菊亭家本　1冊【菊亭】（京都大学附属図書館菊亭文庫）
22平松家本　1冊【平松】（京都大学附属図書館平松文庫）
23柳原家本　1冊【柳原】（西尾市岩瀬文庫）
24脇坂家本　3冊【脇坂】（静嘉堂文庫）
25鷹司家本　6冊【鷹司】（静嘉堂文庫）
26帝慶山弐百館本　1冊【帝慶】（静嘉堂文庫）
27本朝文叢本　1冊【文叢】（静嘉堂文庫）
28松井簡治旧蔵本　1冊【松井】（静嘉堂文庫）
29池田家本　6冊【池田】（岡山大学附属図書館池田家文庫）
30大倉本　6冊【大倉】（大倉精神文化研究所）
31祐徳稲荷神社本　1冊【祐徳】（祐徳稲荷神社中川文庫）
32彰考館本　3冊【彰考】（水府明徳会彰考館文庫）
33陽明文庫三冊本　3冊【陽三】（陽明文庫）
34陽明文庫二冊本　2冊【陽二】（陽明文庫）
35多和文庫本　6冊【多和】（多和文庫）
36篠崎東海旧蔵本　6冊【東海】（多和文庫）

37井上頼囶旧蔵本　5冊【井上】（無窮会神習文庫）
38山岸徳平旧蔵本　3冊【山岸】（実践女子大学図書館山岸徳平文庫）
39小室文庫本　6冊【小室】（東京都立中央図書館）
40穂久邇文庫本　2冊【久邇】（穂久邇文庫）

『経国集』の写本系統は大別して①北朝の康永二年（一三四三）七月の本奥書をもつ諸本・②断簡で残る別系統の諸本に分類できる。対策を含む巻第二十が完存するのは①の諸本群で、康永二年の本奥書は次のようなものである。

（巻第一）……3大學校本・5谷森善臣旧蔵本・6諸陵寮本など

康永癸未之歳、初秋上旬之候、於西郊幽居、粗校讎之。點畫之誤、尚以有疑。此書蓮華王院寶藏之本也。近古以来、無握翫之人。金玉之聲。久埋塵埃之底、巻軸多一紛失。所遺僅上帙二巻第一第十下帙五巻一二三四第廿。是上古之篇什、興味尤深。仍軸々相分、書寫之畢。

（巻第十）……6諸陵寮本

康永二年初秋六朔、一見之次、所々改正之。任管見、推而注之。猶非無不重所、不讀得、或未能下雌黄而已。

（巻第十四）……6諸陵寮本・21菊亭家本・40穂久邇文庫本（いずれも「巻第十」と誤記）

康永癸未九秋夷則之律、二星仙會之期、校讎終功耳

（巻第二十）……3大學校本・5谷森善臣旧蔵本・6東山御文庫本など

一校了　康永第二之暦夷則初七之夕也。

これら本奥書からは『経国集』の流布状況をたどることができ、巻第一の本奥書によってその祖本は名高い「蓮華王院宝蔵の本」、すなわち後白河法皇の宝蔵におさめられていた皇室蔵書に起源することがわかる。(2)

現存する最古の『経国集』写本はやはり①の系統に属し、大永六年(一五二六)の書写奥書を有する三条西家本(1冊/学習院大学文学部日本語日本文学科研究室)である。

大永第六仲秋廿五以
鳳闕之御本倩羽林之
健毫令寫之者也
(大永第六仲秋二十五、鳳闕の御本を以て、羽林の健毫を倩《やと》ひ、写さしめるものなり)

この奥書によれば、「鳳闕の御本」を親本とし、大永六年八月二十五日に近衛府の官職(羽林)にあった者に書写させたことがわかる。書写者と考えられるのは、当時右近衛中将であった三条西実世(のち実枝　一五一一―一五七九)である。また写本の料紙には三条西家の反故が利用され、紙背の書状から実世の父である公条と禅僧、月舟寿桂の交流が論じられている。(3)

三条西家が日本古典の継承において果たした役割は広く知られているところで、(4)公条・実世(実枝)が関わり康永二年の本奥書を有する三条西家本『経国集』もまた、流布本の祖となるのであろう。

ただ惜しいことに、三条西家本は序・巻第一のみしか現存しない。先行研究に導かれて『経国集』諸本を再調査した結果でも、巻第二十の写本は近世初期をさかのぼらないのである。

二、底本選定の方針

以上のように古写本に恵まれない『経国集』の伝存状況において、巻第二十「策下」の本文を再建するには、どのような方法が考えられるであろうか。

古典文献の本文校訂を行なう場合、ふたつの方法がある。第一は諸本を調査して諸本系統を確定し、最善の本を底本に選んで他の諸本と対校する方法である。第二は最も広く普及した流布本を底本に取り上げ、諸本と対校する方法である。ふたつの校訂方針は、出発点となる底本の選択（最善本か流布本か）が違うけれども、適切な校訂作業を経たならば、結果（再建された本文）は、同じになるはずである。ちなみに従来刊行された『経国集』では、次のようなテキストが底本に選ばれてきた。

日本古典全書（一九二六年）　群書類従木版本
校註日本文学大系（一九二七年）　群書類従木版本
小島憲之「経国集詩注」（一九八五年）　群書類従木版本
辻憲男・岩坪健「校本経国集（二）」（一九九八年）　大學校本（内閣文庫）

現在の古典文献の研究においては、本文校訂を行う前にできるかぎりの諸本を集成し、諸本系統を確定したうえで最善本を底本として本文の再建を行うことが理想であろう。(5) 原撰本の復原をめざすためには古写本を底本に選ぶのが正しいとする立場であり、近年盛んな影印版の刊行も古写本を尊重し、その姿を図版によって提供するものであって、最善の本が底本に選ばれるべきとの考えを後押しする。『経国集』においては、十六世紀前半に書写された三条西家本が最も古く、写本系統でも諸本の源流に位置する。ところが先にふれたように三条西家本は序・巻第一のみであり、対策を収める巻第二十「策下」については、とびぬけて良質な写本を選ぶことは難しい。

このような伝存条件を考慮し、注釈作成者の間で議論をした結果、『経国集』対策の本文整定においては、広く普及したテキストを底本に選んで作業土台とし、上記四十本全てを対校の対象に含めることにした。『経国集』の場合、群書類従木版本が流布本に該当する。

群書類従は塙保己一によって刊行された叢書の板本（木版本）であり、『経国集』は文筆部四で二冊に分けて収められている。版面は半丁十行に二十字詰めで、「イ」として異本注記もみられる。これは巻第二十末尾に「右、経国集、以奈佐勝皐蔵本校合了」とあるように、幕臣で古典の考証をよくした日下部勝皐（一七四五―一七九九）の蔵書と比校した結果が反映されているのであろう。

三、おもな諸本の書誌

次に対校に用いた諸本のうち、近世の比較的早い時期に書写されたいくつかの諸本について書誌を略述する（実際に手にとって閲覧した本についてのみ方寸を記しておく）。

慶長写本　6冊（縦二八・五×横二〇センチ／国立公文書館内閣文庫所蔵　特一二一―三）

濃紺の表紙で料紙には斐紙を使用し、薄墨で引かれた八行の罫線のなかに十七字詰めで書写され、奥書・本奥書ともに無い。表紙には「經國集　〇〇」と書いた題籤を貼る。各冊の冒頭・末尾に「日本政府圖書」の朱文方印を捺すほか、印記はみとめられない。

装丁などにより、慶長十九年（一六一四）に徳川家康の命によって南禅寺金地院で書写され、紅葉山文庫に襲蔵された幕府の蔵書（慶長写本）であることがわかる。(6) 書物奉行によってまとめられた紅葉山文庫本の解題「重訂御書籍来歴志」（内閣文庫　二一八―六二）に「四種倶ニ慶長寫本ニシテ御本日記ニ院御所ヨリ出トアリ」と掲載され、来歴志本の称もある。

幕府の蔵書については書物奉行であった近藤守重の調査があり、慶長写本の親本が判明する。守重が挙げた金地院崇伝の日記「本光国師日記」の慶長二十年正月十八日付けの目録を示すと、次の通りである。

一　院御所御本之目録
一朝野群載　十九巻
一類聚国史　廿巻
一江吏部集　上下
一百詠　上下
一江談抄　三巻
一経国集　六巻
一都氏文集　三巻

一懐風藻　　一巻
一雑言奉和　　一巻
一文華秀麗集　　一巻
　右五十八巻
正月十八日（慶長二十年）、従南光坊（天海）請取申候。以上。

右のように『経国集』は「院御所」（後陽成上皇）から借用されている。学習院の三条西家本が「鳳闕之御本」を書写していたことを考えると、慶長写本と三条西家本はともに禁裏蔵書の『経国集』に関係が深いことが推測される。

大學校本　6冊　（縦二八・五×横二〇・八《センチ》／国立公文書館内閣文庫所蔵　特八―二）

明るい茶表紙に書名を記した題簽を貼る。冒頭に「大學校圖書之印」「秘閣圖書之章」の印記があり、第一冊には切り貼りした「日本政府圖書」の印記が貼られている。本文は半丁九行に十七字詰め前後で書写され、複数の筆蹟が認められる。各冊で分担書写したのであろう。本文と墨色を異にした異本注記がある。印記からは紅葉山文庫旧蔵の写本であったことが分かり、近世初期にさかのぼる江戸幕府の蔵書であろう。神戸親和女子大学の研究グループが「校本経国集」を作成する際に底本に選んだ写本である。[7]

谷森善臣旧蔵本　1冊　（縦二七・四×横二〇・三《センチ》／宮内庁書陵部　三五一―三二九）

渋引表紙に打付書で「經國集　全」と記す。印記は「宮内省圖書寮」「谷森平氏」の朱文方印がある。幕末・明治期の陵墓調査に深くかかわった国学者、谷森善臣（一八一八―一九一一）の旧蔵書である。[8]
本文は半丁十行に二十字詰め前後で書写され、傍訓や読点が施され、語句についての簡単な注を頭書する箇所もある。書写奥書はないものの、巻第二十には康永二年の本奥書に続けて元禄十一年（一六九八）に契沖（一六四〇―一七〇一）が松下見林（一六三七―一七〇四）の本により写したことを示す本奥書がある。

元禄十一年四月十七日此巻寫竟
右經國集廿巻之中、第一・第十・第十一・第十三・第十四・第二十、以上六巻、闕本者借松下見林翁之本寫之焉。誤脱之有疑者傍如（加カ）注。亦原本無和點、加以誤脱句投難成。故愚意所及且寫旦點、以便（使カ）于後覧之人、取其應取捨、其應捨愚納之本懐也。

不思議乗沙門契沖記之

諸陵寮本　3冊　（縦二八・五×横二〇・一センチ／宮内庁書陵部　一五九―一二三二）

渋引表紙に「經國集　〇」と記した題簽を貼る。印記は「諸陵寮之章」「帝室圖書」の朱文方印がある。本文は半丁七行に十六字詰めで書写、傍訓や読点を施し、語句についての注を頭書した箇所もある。第一冊の巻第十・第三冊の巻第十（実際は巻第十四）に康永の本奥書があるが、書写奥書や比校の痕跡は認められない。

東山御文庫本　6冊（宮内庁侍従職管理　勅一六五―七）

宮内庁が撮影したマイクロフィルムで閲覧すると、袋綴の冊子本で、表紙中央には「經國集　〇〇」と書名・巻名を打付書する。

本文は丹念な楷書で、半丁九行に十八字前後で書写されている。字句の異同を傍らに書き込む箇所もある。第一冊・第六冊に康永の本奥書があるが、書写奥書や印記は認められない。

南葵文庫本　4冊（東京大学総合図書館南葵文庫　E四五―一四四九）

本文は半丁十行に二十字詰めで書写され、冒頭に旧蔵者の白文方印「榎倉氏蔵書」「武因之印」（この二印は表紙の題籤にも捺される）、朱文方印「南葵文庫」と「東京帝国大學圖書印」がある。巻第二十には康永の本奥書に続けて次のような元禄七年（一六九四）の奥書がある。

　經國残篇共四冊、以延佳神主之本令釈普観書
写訖。
元禄七歳次甲戌閏仲夏中澣
　　権祢宜従四位下荒木田神主武因
　　（花押）

印記と奥書、また表紙に打付書された「佐于（宇）治久老蔵」などをあわせると伊勢の神宮祀官に伝わった写本で、内宮の権祢宜であった榎倉武因（一六六〇―一七一二）が旧蔵し、その親本は度会延佳（一六一五―一六九〇）の本であった。[9]

蓬左文庫本　6冊　（縦三〇×横二一センチ／名古屋市蓬左文庫　一〇八―九）

紺表紙に金泥で書名「經國集」と記した題籖を貼り、「御本」の朱文方印がある。

本文は半丁九行に十八字詰めで書写され、巻第一には康永二年の本奥書がある。朱で句点を施し傍訓や読点が加えられ、語句についての簡単な注を頭書する箇所もある。特徴的な肉厚の楷書である。題籖の金泥は尾張藩主徳川義直（一六〇〇―一六五〇）の筆とされ、「御本」も義直の蔵書に捺された印記である[10]。

人見卜幽軒本　1冊　（国立国会図書館鶚軒文庫　鶚詩文九二四）

本文は半丁十行に二十字詰めで書写され、印記はみられない。鶚軒文庫は医学者、土肥慶蔵（鶚軒　一八六六―一九三一）の蔵書で、そのうち漢詩文の部門が国立国会図書館に入った。土肥慶蔵の自筆目録によれば「人見卜幽筆」「成斎蔵書」とあり、水戸徳川家に仕えた儒者、人見卜幽軒（一五九九―一六七〇）の写本である[11]。

句点を打ち字句の異同を傍らに書くなどの手が加えられていて、それは巻第二十の奥書「右經國残編六巻、誤字闕文甚多／今以他本校合、或就本文是正之／且引用典故・字義等、略書加之／固可禁外見／右大辨菅原在家」と対応する。右大弁の在家とは菅原（唐橋）在家（一七二九―一七九一）で、奥書は追筆とみるべきであろう。

また巻第一には、那波道円（活所　一五九五―一六四八）が「鷹司閣下」に慫慂して模写したことを記す寛永八年（一六三一）八月二十八日付けの本奥書がある。

経国集二十巻、康永年中所存七巻耳。今御府只有六巻。則復失一巻。以往之存亡、不可測也。可惜而可嘆。余慫慂鷹司閣下、摸謄焉学習焉。欲変近代叢脞之風、廻上世正雅之体也。余亦就傚之。一覧之時、余及二三書生草々筆焉。誤字闕文、本自多矣、是亦可恨。今畳為一冊、懼碌々之復亡也。廼私改名曰蔵六亀編。東坡詩不云乎、得如虎挟一、失若亀蔵六。六何首尾及四足也。此集之中、蔵而余者、首尾両巻、余四巻耳。今獲覩焉、猶洛亀之再出也。誰謂名実不応哉。又書以年月日姓名。

寛永辛未秋八月廿八日那波道圓滌筆于洛中之活所文房

那波道円は林羅山と同門であり、この写本を残した人見卜幽軒もまた羅山に学び徳川光圀の修史事業に従事した儒者であった。近世前期に儒者たちが『経国集』などの日本漢文に注目し、堂上家の蔵書を書写したことがうかがえる。那波道円による奥書は鹽竈神社本・鎌田共済会本・柳原家本などでも転写されている。

脇坂家本　3冊　（静嘉堂文庫　一〇三―一六）

本文は半丁八行に十七字詰めで書写され、冒頭に「八雲軒」（白文）・「静嘉堂珍藏」（朱文）、末尾に「脇坂氏淡路守」「藤亨」（白文）・「安元」（朱文）の印記がある。伊予大洲のち信濃飯田藩主であった脇坂安元（一五八四―一六五三）の旧蔵書である。[12]

菊亭家本　1冊　（縦二七・三×横一九・九センチ／京都大学附属図書館菊亭文庫　四〇―ケ―二）

渋引表紙に「經國集　第十四／第廿」と打付書をする。現状では巻第十四・二十のみの一冊本であるが、下小口に「經國集　三」と墨書されているため、本来は三冊本で他は亡失した可能性がある。冒頭には旧蔵者の朱文方印「菊亭家蔵書」「今出川蔵書」と「京都大學圖書之印」の印記がある。

料紙には虫損が目立つ。本文は半丁八行に十六字詰めで書写され、朱による句点がある。巻第十四・二十それぞれに康永二年の本奥書がある。

陽明文庫二冊本　2冊　（陽明文庫　近―ケ―二五）

本文は半丁九行に十八字詰めで書写され、書写時の脱字を行間に補う箇所がみえる。印記や書写奥書はなく、巻第二十の末尾に康永の本奥書がある。書写の筆致は暢達で、名筆として知られる近衛家熙（一六六七―一七三六）による写本である。

穂久邇文庫本　2冊　（縦二七×横二〇センチ／穂久邇文庫　二―六―二）

花鳥唐草紋の表紙に「經國集　上」「經國集　下」と記した雲母引きの題簽を貼る。上冊は巻第十四・二十で題簽が表紙より離れ、下冊は巻十一・十三であるため、題簽の遊離で上・下が入れ替わっている。各冊の冒頭には「久迩宮文庫」の朱文方印があり、久邇宮家に伝来した写本である。[13]

本文は半丁八行に十六字詰めで書写されている。第二冊は墨付五十九丁で、康永二年の本奥書のほか書写奥書や句読の類は一切みあたらない。また二冊を収納する箱があり、蓋には「經國集　上下」と墨書されている。印記を除いて表紙や紫の綴糸、付属する箱などから判断すると、原状をよく保つ写本と判断される。

遠藤慶太

(1) 翠川文子「三條西家旧蔵「経国集」について」、『実践国文学』十、一九七六年十月。小島憲之「現存諸本について」、『国風暗黒時代の文学』中(下)Ⅰ(塙書房、一九八五年)。辻憲男・岩坪健「校本経国集(一)」、神戸親和女子大学『研究論叢』三二、一九九九年二月。辻憲男・上野英子「実践女子大学図書館蔵『経国集』諸本解題」、実践女子大学文芸資料研究所『年報』十八、一九九八年三月。

(2) 池田亀鑑『古典の批判的処置に関する研究』第一部(岩波書店、一九四一年)。竹居明男「寺院の宝蔵(経蔵)と院政期の文化」、『日本古代仏教の文化史』(吉川弘文館、一九九八年)、一九九三年初出など。

(3) 堀川貴司「三条西家旧蔵『経国集』紙背文書について—公条と月舟寿桂—」、『五山文学研究　資料と論考』(笠間書院、二〇一一年)、二〇〇八年八月。

(4) 坂本太郎「六国史の伝来と三条西実隆父子」、『坂本太郎著作集3　六国史』(吉川弘文館、一九八九年)、一九七〇年初出。宮川葉子『三条西実隆と古典学』改訂新版(風間書房、一九九九年)など。

(5) 植垣節也・中村啓信・青木周平「古事記学会五十年の回顧」、『古事記年報』四六、二〇〇四年一月、鹿内浩胤『日本古代典籍史料の研究』(思文閣出版、二〇一一年)序章などを参照。

(6) 福井保『紅葉山文庫　江戸幕府の参考図書館』(郷学舎、一九八〇年)。長澤孝三『幕府のふみくら　内閣文庫のはなし』(吉川弘文館、二〇一二年)など。

(7) 辻憲男・岩坪健氏前掲注1論文。

(8) 宮内庁書陵部編『図書寮叢刊　書陵部蔵書印譜』下(明治書院、一九九六年)。

(9) 中村英彦編『度会人物誌』(度会郷友会、一九三四年)、一九七五年校訂復刊。

(10) 『名古屋市蓬左文庫　善本解題図録』第三集(名古屋市蓬左文庫、一九五五年)。

(11) 『鶚軒文庫蔵書目録』上・下(ゆまに書房、二〇〇八年)。

(12) 金井寅之助編著『八雲軒脇坂安元資料集』(和泉書院、一九九〇年)。

(13) 久曾神昇『古今和歌集への道　国文学研究七十七年』(思文閣出版、二〇〇四年)。

〔付記〕本稿は科学研究費に採択された「『経国集』の総合的・領域横断的研究」（代表・津田博幸氏／研究課題番号21520209）の一環として佐藤信一氏と共に行なった調査の成果である。『経国集』諸本につきご示教いただいた辻憲男氏、調査においてお世話になった所蔵者の方々に対し、記して感謝を表したい。

小島憲之氏による『経国集』「対策」注釈一覧

成立年推定　『上代日本文学と中国文学　下』一四二二頁〜

1　紀真象・対新羅政策　『上代日本文学と中国文学　下』一四二三頁〜（未完）、『国風暗黒時代の文学　補篇』四一六頁〜（未完）
2　紀真象・文字の成立　『国風暗黒時代の文学　上』二二〇頁〜、『（同）補篇』四五三頁〜
3　栗原年足「天地始終」『国風暗黒時代の文学　上』二三〇頁〜
4　栗原年足「宗廟禘祫」なし
5　道守宮継「調和五行」『国風暗黒時代の文学　中（上）』一一一四頁〜
6　道守宮継「治平民富」『国風暗黒時代の文学　上』二三七頁〜
7　大日奉首名・文と武の優劣　『国風暗黒時代の文学　中（上）』七四四頁〜
8　大日奉首名・信と義　なし
9　百済倭麻呂・賢臣登用　なし
10　百済倭麻呂・精勤と清倹　なし
11　刀利宣令・適材適所　『国風暗黒時代の文学　中（上）』一〇八〇頁〜

12 刀利宣令・寛大と猛烈 『国風暗黒時代の文学 中（上）』一〇八六頁〜
13 主金蘭・忠と孝の先後 『上代日本文学と中国文学 下』一四二九頁〜
14 主金蘭・文と質の優劣 『国風暗黒時代の文学 中（上）』七三八頁〜
15 下野虫麻呂・偽銭駆逐 『万葉以前』二一七頁〜
16 下野虫麻呂・儒仏老の比較 『国風暗黒時代の文学 上』二一四〜
17 葛井諸会・学問のあり方 『国風暗黒時代の文学 上』一九六頁〜
18 葛井諸会・誅殺の是非 『国風暗黒時代の文学 上』一九九頁〜
19 白猪広成・礼と楽の優劣 『国風暗黒時代の文学 上』二二二頁〜
20 白猪広成・老子と孔子の優劣 『上代日本文学と中国文学 下』一四三三頁〜
21 船沙弥麻呂・賞罰の理 『国風暗黒時代の文学 上』二〇二頁〜
22 船沙弥麻呂・郊祀の礼 『日本古典文学全集 万葉集 二』四五四頁〜
23 蔵伎美麻呂・郊祀の礼 なし
24 蔵伎美麻呂・賞罰の理 『国風暗黒時代の文学 上』二〇五頁〜
25 大神虫麻呂・復讐と殺人罪 『国風暗黒時代の文学 上』二七頁〜、『（同）補篇』四六六頁〜（未完）
26 大神虫麻呂・無為と勤勉 『国風暗黒時代の文学 上』二〇八頁〜、『（同）補篇』四八九頁〜

後　記

本書は一九九九年四月から有志によって始めた日本漢文を読む会の研究成果である。同会では、ほぼ月一回のペースで『経国集』巻二十対策部を輪読する形式の研究会を行い、二〇一一年八月までそれを続けた。その終盤、二〇〇九〜二〇一一年度の三年間は、日本学術振興会の科学研究費補助金助成を受けた。

研究種目　基盤研究（C）
課題番号　21520209
研究課題名　『経国集』の総合的・領域横断的研究
研究代表者　津田博幸

この助成金により、各地に所蔵されている諸本の収集（主に佐藤信一が行い、遠藤慶太が補佐した）、電子テキストデータCDの購入、また、注釈で言及した漢籍・仏典の本文・注釈書（紙媒体）のコピーと原稿の書式の点検などを行った。膨大な量のコピーと原稿点検のアルバイトは津田の勤務先の和光大学の左記の学生さんたちに担ってもらった。感謝します。

大竹明香　落合茜　北野景　久木原栞　齋藤藍　志賀麻彩　重黒木凌　関根秀未　縄手聖子　（五十音順）

並行して、会のメンバーが一人一〜二首を担当し、注釈原稿を作成した（巻頭の「注釈執筆者一覧」）。その全ての草稿を研究会に集まって全員で検討した上で完成原稿を作り、さらにそれを佐野誠子・尤海燕・津田博幸・山田純が第三者チェックをし、最終的に津田が原稿全体を修整し、とりまとめた。よって、本書の内容に誤りがあれば、その責任は津田にある。

出版を引き受けてくれた塙書房の白石タイ社長、編集担当の寺島正行氏は、最初の入稿から五年以上、遅々として進まない津田の仕事を辛抱強く待ってくださり、丁寧な仕事で本に仕上げてくださった。感謝申し上げる。

なお、本書の刊行に際しては独立行政法人日本学術振興会平成三十年度科学研究費補助金（研究成果公開促進費）による助成を受けた（課題番号 18HP5037）。

二〇一九年一月

津田博幸

津　田　博　幸（つだ　ひろゆき）

編者略歴
1957年生まれ
現　在　和光大学表現学部教授

主要著書
『生成する古代文学』（2014年３月、森話社）

経《けい》国《こく》集《しゅう》対《たい》策《さく》注《ちゅう》釈《しゃく》

2019年２月28日　第１版第１刷

編　　者　津　田　博　幸
発 行 者　白　石　タ　イ
発 行 所　株式会社　塙　書　房
〒113-0033　東京都文京区本郷６丁目８-16
電話　03（3812）5821
FAX　03（3811）0617
振替　00100-6-8782

亜細亜印刷・弘伸製本

定価はケースに表示してあります。落丁本・乱丁本はお取替えいたします。
　ISBN978-4-8273-0131-1　C3091